BASTEI
LÜBBE

THOMAS TRYON

DER KULT

Aus dem Englischen
von Ursula Dotzler

BASTEI
LÜBBE

BASTEI-LÜBBE-TASCHENBUCH
Band 12455

Titel der amerikanischen Originalausgabe: Harvest Home

This Translation published by arrangement with Alfred A. Knopf, Inc.
Printed in Germany Februar 1996
Einbandgestaltung: Dieter Ziegenfeuter
Satz: Bosbach & Siebel Print Media Concept, Lindlar
Druck und Bindung: Ebner Ulm
ISBN 3-404-12455-3

Der Preis dieses Bandes versteht sich einschließlich
der gesetzlichen Mehrwertsteuer

TEIL I

Das Agnes-Fest

1.

Ich erwachte an jenem Morgen von Vogelgesang. Es war nur der kleine gelbe Vogel, der alljährlich im Akazienbaum vor unserem Schlafzimmerfenster nistet. Ich hätte ihm den Hals umdrehen können, denn es war noch nicht einmal sechs Uhr, und ich hatte einen Kater. Das war im Spätsommer vor Harvest Home, ehe der Vogel gen Süden zog.

Nun ist wieder Frühling, leider; und die Prophezeiung hat sich erfüllt: Der gelbe Vogel ist zurückgekommen. Die Ewige Wiederkehr, wie sie es hier nennen. Wenn ich heute an jenen Tag vor neun Monaten zurückdenke, ist mir, als hätte der Ruf des Vogels eine Warnung ausgedrückt. Aber das ist natürlich Unsinn, denn wer könnte auf den Gedanken verfallen, daß dieses kleine Geschöpf ein Unglücksbote war?

Während des ersten langen Sommers kamen mir seine fröhlichen Triller wie ein Zeichen der Erfüllung vor und zugleich wie eine Verheißung vollkommenen Glücks; fast, als verkünde er, daß wir am Ziel unserer Sehnsucht waren. Glück, Erfüllung – wenn es uns verheißen war, kam es nur in der seltsamsten Weise.

Das Haus, obwohl neu für uns, als wir es im Frühling erwarben, war beinahe dreihundert Jahre alt, unbewohnt, dem Verfall preisgegeben. Wir hatten es gekauft und den ganzen Sommer damit verbracht, es zu renovieren. Im späten August, als schon der größere Teil der Arbeit hinter uns lag, genoß ich die Befriedigung, meinen Herzenswunsch verwirklicht zu sehen. Ein Haus auf dem Land, die große Zurück-zum-Land-Bewegung. Stadtmaus wird zur Landmaus. Mr. und Mrs. Theodore Constantine und Tochter, Gutsbesitzer, vormals wohnhaft in New York, nun Penrose Lane 11 in der neuenglischen Ortschaft Cornwall Coombe.

Ich hatte meine Arbeit als Anzeigenleiter bei einer großen New Yorker Firma aufgegeben und widmete mich jetzt ernsthaft der Kunst. Das Hühnerhaus hinter der Garage war zum Atelier umgebaut worden; dort arbeitete ich. Nun konnte ich frei über meine Zeit verfügen. Ich hielt keine geregelten Arbeitsstunden ein, sondern malte, wenn ich Lust dazu hatte. Für gewöhnlich war ich ein Frühaufsteher. Am liebsten nützte ich die morgendliche Einsamkeit, durchstreifte die noch unbekannte Umgebung des Dorfes auf der Suche nach einem hübschen Motiv – einer Hausfassade, einer Flußlandschaft, einem Baum –, was immer mir gerade einfiel. An diesem Tag aber fühlte ich mich faul, verkatert, träge; ich hatte keine Lust, aufzustehen. Nach meinen Berechnungen mußte es Samstag sein, und ich hoffte, daß es stimmte. Undeutlich wußte ich, daß dieser Tag von besonderer Bedeutung war, konnte mir jedoch nicht darüber klarwerden, weshalb.
Mein Magen knurrte hohl, und Bess drehte den Kopf zu mir herüber. Sie streckte den Arm aus und berührte meine Hand; ihre Mundwinkel hoben sich in flüchtigem Lächeln. Sogar im Schlaf wußte sie, daß ich für den übermäßigen Alkoholgenuß der vergangenen Nacht büßte. Ich versuchte, ihre Hand zurückzulegen, wo sie vorher gewesen war, doch ihre Finger blieben mit den meinen verschlungen. Ich spürte den freundschaftlichen Druck ihrer Hand. Sie lag leicht angewinkelt im Bett, und eine Strähne ihres blonden Haares bedeckte teilweise ihre geschlossenen Augen.
Ich lauschte auf ihre leisen, gleichmäßigen Atemzüge und beobachtete, wie sich ihre Brust hob und senkte. Mein Blick verweilte auf der sanften Rundung des weißen Fleisches, den dunkleren, fast karminroten Brustspitzen unter dem gefältelten, durchsichtigen Baumwollnachthemd. Obwohl ihr Gesicht verschlafen und vom Druck der Kissen faltig war, ein wenig blaß und angespannt, wirkte es auf mich, seit sechzehn Jahren ihr Ehemann, unendlich liebenswert. Ich war nicht nur ihr Gatte, ihr Liebster, sondern auch ihr Bewunderer, und ich überlegte,

wie viele Ehepaare so gute Freunde sein mochten wie wir. Während ich sie ansah, merkte ich, daß ihr Gesicht schmaler geworden war. Unsere Übersiedlung aufs Land mit all der Arbeit im Haus und die dauernde Sorge um unsere junge Tochter Kate hatten Spuren hinterlassen. Bess wirkte erschöpft. Plötzlich fragte ich mich, ob der Wechsel von Stadtmaus zu Landmaus nicht ein Fehler gewesen war.
Bess schlief nicht. Ihr Lächeln verstärkte sich, ihre Lider flatterten, sie holte tief Atem und öffnete die Augen.
»Guten Morgen, Liebling.«
Ich lächelte zurück und sagte guten Morgen.
»Verkatert?«
»Mhm.«
»Armer Schatz.«
Eine blaue Ader pochte an ihrem Hals. Ich bückte mich und drückte die Lippen darauf. Sie legte den Arm um meinen Kopf und hielt mich fest; ihre Finger spielten in meinem Haar. Meine Frau, meine Liebe. Sie kam näher, strich mir mit der Hand über die Wange und betastete meinen nächtlichen Bartwuchs. »Blaubart«, murmelte sie.
Ich küßte den Schlaf von ihrem Mund und ihren Augen – sanfte Küsse, doch als sie ihren Körper gegen den meinen preßte, fühlte ich eine unwiderstehliche Woge der Erregung. Sie muß das gleiche empfunden haben, denn zufriedene Laute drangen zwischen ihren geschlossenen Lippen hervor, und ich drückte sie noch dichter an mich. Es war nicht unsere Gewohnheit, uns am Morgen zu lieben – wir hatten uns tatsächlich schon einige Zeit nicht mehr geliebt –, doch ganz plötzlich schien dies von allen Vorstellungen die beste und natürlichste.
Ich wartete, während sie die Decke zurückschlug und aufstand. Mit gespreizten Fingern fuhr sie sich durchs Haar und schüttelte es. Die Strähnen fielen ihr wieder über das Gesicht und verdunkelten ihr Profil, als sie den Kopf senkte, um ihr Nachthemd auszuziehen. Sonnenstrahlen sickerten durch das Fenster und umflossen sie, so daß sich die Umrisse ihres Körpers fest

gegen den reinen weißen Stoff abzeichneten. Das weiche Licht erzeugte eine Art Heiligenschein um ihr Haar. Sie schlüpfte aus ihrem Hemd und bückte sich, um es wegzulegen – mit einer Grazie und Unschuld, die mich an eines jener bezaubernden badenden Mädchen von Degas erinnerte. Sie war warm und duftete nach Schlaf und Sanftheit, als sie sich in meine Arme schmiegte. Ich spürte die zerbrechlichen Rippen unter dem Fleisch ihres Rücken; ja, sie war dünner geworden. Wir liebten uns zärtlich, voll Zuneigung und Verbundenheit, doch ohne Leidenschaft. Im Laufe der Jahre hatten wir uns zu sehr aneinander gewöhnt, kannten das alles zu gut, als daß es noch Geheimnisse für uns enthalten hätte. Leidenschaft entsprach Bess' Wesen nicht, sie war eher nachgiebig und auf eine äußerst weibliche Art empfänglich, unterwürfig, ergeben. Ich selbst verlangte nicht nach großen Gefühlsstürmen. Sie war meine Frau, ich liebte sie, wir hatten ein Kind, und obwohl wir kein zweites bekommen konnten, waren wir immerhin eine Familie. Ich war Bess nie untreu gewesen, weder körperlich noch geistig, und wenn die Sinnlichkeit fehlte, so hatten wir andere, wichtige Dinge, die diesen Mangel ausglichen.

Ich erinnere mich, wie glücklich ich war, wie sicher und geborgen ich mich in dieser Welt fühlte, die wir uns schufen, dieser neuen Welt im Dorf Cornwall Coombe. Und unser Schlafzimmer schien das Herz, der lebendige und pulsierende Mittelpunkt dieser Welt zu sein.

Ich lag friedlich da und ließ meine Augen durch den bereits vertrauten Raum wandern, genoß das blasse Gelb der schlicht getünchten Wände, die das Sonnenlicht aufnahmen und verstärkten; die dicken, glänzend lackierten Balken, die Chippendaletruhen, die als Kommoden dienten, die Flußlandschaft über dem offenen Kamin, die Vorhänge, die Bess genäht und die Schale mit Blumen, die sie auf den Kaminsims gestellt hatte; ihren Frisiertisch mit der stattlichen Reihe von Kristallflakons – Parfum, das sie selten benutzte. Unser Zimmer, sagte ich zu mir selbst, unser Haus, unsere Welt.

Und noch immer sang der Vogel im Akazienbaum.
»Hör nur, wie er sing!« Bess setzte sich auf, zog das Bettuch bis zum Kinn und stützte sich auf die Knie.
»Ich hätte ihn umbringen können. Was ist heute für ein Tag?«
»Samstag.«
»Dacht' ich mir's doch.« Ich kuschelte mich wieder unter die Daunendecke, erfreut, daß ich recht behalten hatte. »Dann können wir einfach hierbleiben…«
»Weißt du denn nicht, was für ein Tag heute ist?« Sie lachte das ihr eigene fröhliche, leichte Lachen. »Heute ist hier Jahrmarkt, erinnerst du dich? Das Agnes-Fest.«
Natürlich – ich hatte es vergessen. Am letzten Samstag im August wurde nach alter Tradition das Agnes-Fest gefeiert. Seit Wochen hörte man kaum von etwas anderem. »Habe ich gestern viel getrunken?«
»Nein. Aber du warst noch nie besonders trinkfest.«
Ich versuchte, sie wieder in meine Arme zu locken, doch sie wandte sich ab und sagte, sie müsse aufstehen und das Picknick vorbereiten. Sie hielt ihr Nachthemd an sich gedrückt, als sie zur Dusche lief. Ich streckte mich und fühlte ein Knacken durch meinen vom Schlaf steifen Körper gehen. Dabei überlegte ich, wie dieser Agnes-Jahrmarkt wohl sein mochte, dieses Dorffest, das alle so gespannt erwarteten. Und wer war Agnes eigentlich? Ich muß gestehen, daß ich von der Aussicht auf dieses Ereignis nicht weniger fasziniert war, als Bess es zu sein schien. Wo sonst als in Cornwall Coombe feierten die Leute noch Volksfeste?
Ich fand es noch immer schwer zu glauben, daß es heute noch einen solchen Platz auf der Welt gab. Nur war es eigentlich eine andere Welt, eine Welt für sich. An jenem Morgen lag ich in meinem Bett und dachte, wie wunderbar sie doch für uns paßte. Wir waren ein Teil jener unzufriedenen Menge gewesen, die sich danach sehnt, der Stadt zu entfliehen. Wie so viele andere hatten wir nach beständigeren Werten gesucht, eine Sehnsucht verspürt, unsere Füße wieder auf gutes Land zu setzen. New

York war voller Bedrohungen; wir hatten uns vor dem Gesindel gefürchtet, das auf den Türschwellen lauerte. So waren wir aufs Land geflohen, in der Hoffnung, daß wir dort finden würden, was wir in der Stadt vermißten: Ruhe, Frieden und Sicherheit. Das alles gab es in Cornwall Coombe. Während Bess duschte, sann ich mit geschlossenen Augen über die Freuden nach, die einem der Besitz eines Hauses aus dem 18. Jahrhundert beschert.

2.

Manchmal sagten wir, wir müßten verhext gewesen sein, als wir dieses Haus kauften. Es war reinster Zufall, daß wir es überhaupt fanden, so abseits lag es. Nach Jahren sonntäglicher Diskussionen mit Freunden über die Freuden des Landlebens hatten wir mit unserer Jagd begonnen. Zuerst sahen wir uns in der Nähe der Stadt um, dann zogen wir immer größere Kreise, verwarfen jedoch einen Ort nach dem anderen: zu groß, zu klein, zu teuer, zu schlechte Schulen, zu wenig Atmosphäre. In Wirklichkeit hatten wir Angst, einen Entschluß zu fassen. Schließlich wurde der Entschluß für uns gefaßt, oder zumindest kam es uns so vor. Mitte Februar war Bess' Vater gestorben. Einen Monat nach der Beerdigung packten wir Kate auf den Rücksitz und fuhren wieder nach Neuengland, um seinen Nachlaß zu regeln und seine Möbel einzulagern. Auf der Rückfahrt war das Wetter schlecht. Es schneite nicht, doch ein feiner, mit Graupeln durchsetzter Sprühregen ließ uns die Aussicht auf eine lange Fahrt nicht gerade angenehm erscheinen. Bess war still und in sich gekehrt; irgendwelche Schuldgefühle ihrem Vater gegenüber quälten sie wohl. Kate hatte Schnupfen und eine ihrer Launen. Dann, als wir schon eine Stunde oder länger unterwegs waren, hörte es auf zu regnen, und die Sonne kam hinter den Wolken hervor. Einem plötzlichen Einfall von Bess folgend, verließen wir die vierspurige Autobahn und fuhren auf eine alte Hauptverkehrsstraße, um uns ein paar kleine Ortschaften anzusehen; dann bogen wir ab und kamen auf eine Landstraße, dann verirrten wir uns. Wir landeten in einem Ort, der Saxony hieß und auf der Landkarte eingezeichnet war; anschließend folgte eine Siedlung namens Tobacco City, auch auf der Landkarte, und jenseits des Flusses Cornwall Coombe, verschwindend klein eingezeichnet.

Plötzlich, als wir über einen Hügel kamen, sahen wir eine alte, gedeckte Holzbrücke vor uns, die über eine schmale Stelle des Flusses führte. Obwohl der Himmel auf unserer Seite geisterhaft grau wirkte, war das Tal jenseits des Flusses in fahlgelbes Licht getaucht, als wäre das Land dort auf irgendeine Weise wichtiger, als verdiene es die Segnung der Sonne mehr. Und als die Wolken weiterzogen, sah ich etwas, was mich zum Lächeln brachte und mich Kates Aufschrei erwarten ließ. Er kam prompt.

»Seht mal, Vati, Mami – ein Regenbogen!«

Schwach zwar, aber er war da, ein weitgespannter Bogen über dem Fluß, und wie unter einem Zauberbann näherten wir uns der Brücke und fuhren darüber. Auf einem Schild stand: »Lost Whistle Bridge«.

Wären Feuer und Schwefel vom Himmel gekommen, ein Regen von Sankt-Elms-Feuer oder ein anderes schlechtes Omen, hätte man seinen Weg vielleicht wie geplant fortgesetzt. Doch ein Regenbogen – jedes Schulkind weiß, daß er Glück bringt; an seinem Ende liegt ein Topf voll Gold.

Was wir anschließend entdeckten, wurde für uns alle eine ständige Quelle der Verwunderung, denn schon bald wurde uns klar, daß wir am Ziel unserer Wünsche angelangt waren. Kaum mehr als ein Weiler, liegt Cornwall Coombe zwischen niedrige Hügel eingebettet, umkränzt von Ahorn- und Akazienbäumen, die damals gerade in Knospe standen. Überall blühten die Forsythien, am Flußufer stäubten die Weidenkätzchen, und die Luft war plötzlich von Frühlingsduft erfüllt.

Eine entlegene Gegend; die Straßen schienen bis auf vereinzelte Traktoren und ländliche Fuhrwerke kaum befahren. Zuerst sahen wir nur Bauernhöfe und Ackerland, Silos, Einzäunungen aus Draht oder Stein; und die brachliegende Erde wartete darauf, bestellt zu werden. Dann, als wir um eine Kurve fuhren, sahen wir in einem großen Feld einen Bauern mit einer Hacke stehen. Er war ein hochgewachsener Bursche, ein Hüne von einem Mann, blondhaarig und mit einem fast stolz wirkenden

Gesicht. Voll natürlicher Anmut stand er aufrecht zwischen den Furchen, die Hacke über der Schulter, und blickte über das gepflügte Land. Er schien auf etwas zu warten; plötzlich tauchte auf der Bergkuppe im Hintergrund eine Horde von Gestalten auf. Sie schwenkten einen Wald von Hacken, die sich schwarz gezackt gegen den Horizont abhoben. Der Mann bewegte seine Haue in einer Art Willkommensgruß, und die Gestalten verteilten sich über das Feld. Frauen und Kinder drückten mit den Holzgriffen Löcher in den Erdboden, die Männer bückten sich, um Saatgut aus ihren Taschen hineinzustreuen, die sie um die Schultern gebunden hatten. Nun wurden die Vertiefungen wieder aufgefüllt, und die Bauern bewegten sich in einer geordneten Formation über das dunkelbraune Feld. Als die blaßgelbe Sonne durch die schiefergrauen Wolken brach, wurde ich an eine jener flämischen Landschaften mit ihrer primitiven Einfachheit erinnert – richtig, natürlich und vollkommen.
Bess, die den Vorgang ebenfalls beobachtet hatte, griff nach meiner Hand und drückte sie. Das war es, was wir einander immer klarzumachen versucht hatten, sie und ich. Hier war unser Traum Wirklichkeit geworden.
Die Landstraße wurde zur Hauptstraße des Ortes. Wir kamen an eine Kreuzung mit dem Schild »Penrose Lane« und fuhren weiter zum Zentrum. Die altersgrauen Fassaden der Häuser aus der Kolonialzeit trugen Tafeln, auf denen das Jahr ihrer Errichtung und ihr Erbauer stand: Penrose, 1811; Harper Penrose, 1709; Gwydeon Penrose, 1688. Kate stieß einen Schrei des Entzückens aus, als sie die Schafherde entdeckte, die auf dem großen Dorfanger vor der weißen Kirche graste.
Wir wunderten uns über die leeren Straßen, denn es war Mittag; doch dann fanden wir die Antwort von selbst: Sie waren alle draußen auf den Feldern, das ganze Dorf. Wir sahen uns die Häuser, die Kirche und andere Gebäude an und fuhren dann den Weg zurück, den wir gekommen waren. Cornwall Coombes Reiz war unwiderstehlich; vielleicht lag es an den schlichten, makellosen Häusern, deren Rasenflächen gerade zu grünen

begannen, den noch winterlich anmutenden Gärten, dem hellen Glanz der Fensterscheiben, der schmucken Farbe von Türen und Fensterläden, den hohen Bäumen, die ihre kahlen Äste über die Straße streckten.
Als wir wieder zur Penrose Lane kamen, folgte ich einem Impuls und fuhr der Straße nach. Der Abstecher lohnte sich; wir befanden uns nun auf einer breiten Allee mit schönen alten Wohnsitzen hinter eleganten Umzäunungen.
Dann – weitläufig, verfallen, verlassen – tauchte das Haus zu unserer Linken auf. Wir hatten das kleinere Nachbargebäude hinter uns gelassen, auf dessen Veranda ein Mann mit dunkler Brille saß, während eine Frau in einem Blumenbeet nahe der Hecke arbeitete, die die beiden Grundstücke voneinander trennte. Vielleicht wäre ich weitergefahren, doch das Mauerwerk der Kamine zog meinen Blick auf sich – sorgfältig ausgeführte Arbeit, die den Künstler in mir ansprach. Aber es waren nicht wirklich die Kamine; es war das Haus selbst. Ich fühlte mich davon angezogen wie vom Schicksal selbst: Schicksal in Holzverschalung. Ohne zu überlegen, fuhr ich quer über die Straße und hielt an der Auffahrt neben der Hecke. Kate sprang ins Freie und lief zur Veranda hinauf, während Bess und ich sitzenblieben und uns den Hals hinter der Windschutzscheibe verrenkten. Zweifellos war der Besitz unbewohnt. Der Rasen war von Unkraut durchwachsen, die Blumenbeete wirken verwildert, und einige der Fensterscheiben waren zerbrochen.
»Oh, Liebling, sieh doch!« stieß Bess hervor und öffnete den Wagenschlag. Gemeinsam gingen wir über die Wiese zum Haus und sahen zu den dichtverzweigten Büschen neben den Fenstern auf. Ich erkannte sie; es waren Fliederbüsche, und ich wußte, weshalb Bess mir zulächelte: Einst hatte ich ihr im Frühling Flieder gebracht, damals in Paris.
An der Hausecke wuchs ein mächtiger Akazienbaum, und hoch oben in den Zweigen sahen wir ein Vogelnest vom letzten Jahr. Verlassenes Nest, verlassenes Haus. Wir verbrachten längere Zeit damit, die Augen mit den Händen zu beschatten und un-

sere Gesichter an schmutzige Fensterscheiben zu drücken. Dann kam Kate, die allein auf Abenteuer ausgegangen war, um uns eine Entdeckung mitzuteilen: Hinter der Garage befand sich ein verfallenes Hühnerhaus. Während sie es umkreiste und dabei wie ein Huhn gackerte, brachten mich die Proportionen des alten Gebäudes auf den Gedanken, wie gut es sich doch als Atelier eignen müßte. Auf dem spitzen Dach befand sich ein leerer Taubenschlag, und dahinter sah man die Umrisse eines ehemaligen Stalles.

Mitten auf dem Rasen wuchs eine mächtige Buche; an einem der unteren Äste hing der Überrest eines Vogelhauses. Hunderte von Zweigen sprossen aus der dreifachen Astgabelung, die ihrerseits aus dem dicken Stamm wuchs. Ein herrlicher Baum, stolz, knorrig und verwittert; er ähnelte einem großen alten Elefanten.

Ich legte meinen Arm um Bess' Schultern und ging mit ihr über den Rasen zurück.

Plötzlich merkten wir, daß unsere Streifzüge nicht unbeobachtet geblieben waren. Die Frau vom Nachbarhaus stand am Fuß der Treppe und sah zu uns auf. Sie hörte recht freundlich zu, als ich ihr erklärte, wir wären an alten Häusern interessiert – was durchaus keine Lüge war –, und lächelte, als ich fragte, ob jemand einen Schlüssel hätte. Dann erzählte sie uns, das Gebäude stünde schon seit Jahren leer; es gehörte jemandem, der passenderweise Penrose hieß, der Posthalterin des Dorfes. Die Instandhaltungskosten wären zu hoch gewesen, und so war sie umgezogen.

Ob das Haus unter Umständen zu verkaufen wäre, fragte ich.

»Unter keinen Umständen«, erwiderte die Frau. Nicht unfreundlich, aber bestimmt. Ich überlegte, ob sie vielleicht nur keine Nachbarn wollte.

»Wäre es möglich, mit Mrs. Penrose zu sprechen?« erkundigte ich mich beharrlich.

Miss Penrose, verbesserte sie mich. Miss Tamar Penrose müsse wohl im Postamt sein, falls sie es nicht geschlossen hatte und mit den anderen aufs Feld gegangen war. Jedoch, fügte die Frau hinzu, Miss Penrose würde zweifellos nicht daran interessiert sein, den Besitz zu verkaufen.

Bess und ich stiegen die morschen Stufen hinunter. »Es sind ja eine ganze Menge Leute auf den Feldern.«

Die Frau lachte. »Sie sind gerade zum Tag der Saat gekommen.«

Ich sagte, wir wollten es einmal im Postamt versuchen, und bedankte mich bei ihr. Dann nahm ich meine Kamera aus dem Handschuhfach und machte eine Aufnahme. Bess und Kate warteten im Wagen. Als ich einstieg, stand die Frau auf der Zufahrt und beobachtete uns.

Das Postamt war geschlossen. Ich warf Bess einen Blick zu und zuckte mit den Schultern; es sollte wohl nicht sein, und ich hatte keine Lust, Miss Penrose draußen auf den Feldern nachzuspüren. Nun ja, irgendwo gab es bestimmt ein Haus für uns. Kate schloß gerade Bekanntschaft mit einem Schaf; wir ließen sie zurück und gingen zusammen über den Dorfanger zur Kirche, wo ein altertümliches schwarzes Wägelchen mit einer Stute in der Deichsel auf seinen abwesenden Besitzer wartete. Im Friedhof legte jemand Blumen auf ein Grab, eine ältere Frau mit weiten schwarzen Gewändern und einem weißen Gebilde auf dem Kopf. Wir wollten sie nicht stören und hielten uns abseits, und statt die Inschriften auf den Grabsteinen zu lesen, wie Bess vorgeschlagen hatte, bewunderten wir den Glockenturm und das Portal. Als wir zurückgingen, merkten wir, daß die Frau uns nachsah.

Kaum waren wir beim Wagen angelangt, forderte uns Kate auf, zu ihr zu kommen und sie mit dem Schaf zu fotografieren. Das Bild wurde ein wenig zu dunkel; ich versuchte es noch einmal, und die zweite Aufnahme gelang besser. Es war ein gutes Foto, eine letzte Erinnerung an Cornwall Coombe. Kates Lächeln verriet ihre Begeisterung, unter derart exotischen Geschöpfen wie Schafen zu weilen, und den Hintergrund bildete die neuenglische Kirche. Dann, als ich das Bild genauer betrachtete, sah ich darauf dieselbe Gestalt, die wir im Friedhof bemerkt hatten. Ich hob den Blick und merkte, daß sie uns von der Kirchentreppe her beobachtete, wo die Kamera sie Minuten vorher eingefangen hatte.

Wieder einem Impuls folgend, verließ ich Bess und Kate und ging über den Dorfanger zurück, um die alte Frau über das leere Haus in der Penrose Lane auszufragen. Sie deutete auf das Postamt, und ich sagte, ja, ich wüßte, daß es Miss Penrose gehörte, aber glaube sie, daß man es besichtigen könne? Sie ließ es sich durch den Kopf gehen und erwiderte dann, das sei schwer zu sagen; man wüßte nie, was den Leuten hier plötzlich in den Sinn käme.

Ich griff in die Tasche und holte einen Füllhalter heraus, zog auch den ersten Schnappschuß hervor und kritzelte unsere New Yorker Telefonnummer auf die Rückseite. Wenn sie mit dem Fräulein vom Postamt spräche und das Haus zu besichtigen sei, sagte ich, würde sie dann ein R-Gespräch anmelden und mich anrufen?

Sie nahm das Bild entgegen, sah auf die Nummer, drehte es dann um und beäugte die Fotografie. Nettes Mädel, äußerte sie; hübsche Familie. Dann machte sie noch eine Bemerkung, als sie die Treppe hinunterstieg.

»Wie bitte?« fragte ich, denn ich hatte sie nicht richtig verstanden.

»Ich habe gesagt: ›An ihren Taten sollt ihr sie erkennen.‹«

Das Bild verschwand zwischen den üppigen Falten ihrer Röcke, und sie marschierte auf das Pferdewägelchen zu. Während sie einstieg, begegnete ich ihrem Blick, und mir war, als blinzelte sie mir zu. »Na, es ist Zeit, daß ich mich zur Saat aufmache.«

»Was wird denn gesät?« fragte ich.

»Mais«, erwiderte sie, und der Einspänner ratterte davon.

Wir sprachen wenig auf der Heimfahrt. Ich war enttäuscht, und obwohl Bess und ich schwiegen, wußte doch jeder von uns, was der andere empfand. Wir waren noch nicht sehr weit gekommen, da begann Kate zu niesen; dann bekam sie einen leichten Asthma-Anfall. Wir hielten für solche Fälle immer einen Inhalationsapparat im Handschuhfach bereit, der ihr meist Erleichterung brachte. Als es ihr besser ging, gab ich Gas. Auf dem Land war Frühling gewesen, doch in der Stadt herrschte noch immer Winter – es war schmutzig, matschig und windig. Unsere Wohnung im West Side kam uns düster und dunkel vor, und zum erstenmal sah ich, wie dringend sie einen neuen Anstrich benötigte. Bess war natürlich wegen ihres Vaters Tod deprimiert, obwohl sie es vor uns zu verbergen suchte. Kates Asthma war schlimmer geworden, und sie konnte wieder nicht zur Schule gehen.

Ich war nervös und reizbar und bekam im Büro wieder Krach mit dem alten Osborne wegen des Auftrages für Staples Coffee. Nach dem Streit explodierte ich und war bereit, zu kündigen, und obwohl kühlere Köpfe mich im Augenblick noch umzustimmen vermochten, wußte ich, daß meine Tage in dieser Firma gezählt waren. Am folgenden Mittag gab ich meine Stellung in beiderseitigem Einvernehmen auf. Um vier Uhr nachmittags hatte Sandler-Haigh bereits erfahren, daß ich frei war, und machte mir ein telefonisches Angebot. Ich sagte, ich würde es mir überlegen.

Ich hatte ein kleines Zimmer im rückwärtigen Teil unserer Wohnung als eine Art Atelier hergerichtet, wo ich in meiner Freizeit malte. Dorthin zog ich mich zurück, pflegte mein angeknackstes Ich und sagte mir: Jetzt oder nie! Raus aus diesem Wettlauf mit den Ratten, tu, was du dir immer gewünscht hast! Bess stimmte mir zu. Wir hatten ein schönes Stück Geld gespart und würden eine noch größere Summe vom Vermögen ihres Vaters erben. Nun sei der richtige Augenblick gekommen, sich über die Zukunft klarzuwerden, meinte sie. Ich hatte als Künstler begonnen, weshalb sollte ich nicht wieder damit weitermachen? Ich sagte, ich würde mir auch das durch den Kopf gehen lassen – obwohl ich es mir schon seit zwei Jahren oder länger überlegte.

Was keiner von uns aus seinen Gedanken oder Gesprächen verbannen konnte, war das Haus. Wunderbare Proportionen, sagte ich; fabelhafte Möglichkeiten, sagte sie; die vordere Veranda würde abgerissen werden müssen, sagte ich; es verlangte nach einer Menge Chintz, sagte sie; doch wir konnten es nicht bekommen, sagten wir beide.

Manchmal nahm ich die Fotografie von der Kirche und dem Dorfanger zur Hand und sah lange darauf. Sie schien mir zuzuwinken und zu rufen: »Komm!« Doch wenn es eine Art Vorsehung gewesen sein sollte, so war sie durchkreuzt worden. Offenkundig war es uns nicht bestimmt, dorthin zu kommen.

Dann, ein paar Wochen später, kam der Anruf. Ich malte gerade in Tempera, als Bess im Türrahmen erschien und sagte, es wäre ein Ferngespräch; etwas in ihrem Gesicht verriet mir, daß es kein gewöhnlicher Anruf war. Die warme Stimme stellte sich als Mrs. Dodd vor – vielleicht erinnerte ich mich an sie, Penrose Lane droben in Cornwall Coombe? Es ginge um das Haus nebenan, und wenn wir immer noch daran interessiert wären, könnten wir es besichtigen. Ob uns daran gelegen sei, zu kommen?

Und ob es das war! Wir ließen Kate in Mrs. Pepes Obhut zurück und fuhren früh am Sonntagmorgen los. Kurz vor Mittag trafen wir in Cornwall Coombe ein. Das Wetter war herrlich. Seit unserer letzten Fahrt hatte der Frühling alles verwandelt: Hartriegel und Lorbeer standen in Blüte, und Reihen von Osterglocken füllten wie gelbe Trompeten die grünenden Gärten. Ich parkte wie verabredet vor der Drogerie, und wir warteten auf dem Dorfanger, bis der Gottesdienst zu Ende war und Mrs. Dodd zu uns kam.

Sie führte einen Mann mit dunkler Brille über die Stufen nach unten. Er blieb stehen, um sich mit einer Frau zu unterhalten; ich erkannte in ihr die Alte, der ich unsere Telefonnummer gegeben hatte. Mrs. Dodd kam eilig auf uns zu. Sie sagte, ihr Wagen wäre auf der anderen Seite des Dorfangers geparkt, und wenn wir um die Kurve führen, könnten wir ihr folgen. Ja, sie hätte den Schlüssel.

Als wir hinter Mrs. Dodds Buick anhielten, fuhr die schwarzgekleidete Frau in ihrem Einspänner an uns vorüber, wandte sich um und warf uns einen Blick zu. Wir lernten Mrs. Dodds Mann kennen, der blind war. Ich äußerte einen Gemeinplatz über die hübsche Kirchenmusik, und Mr. Dodd erzählte mit gewissem Stolz, daß seine Frau die Orgel spiele. Heute, warf Mrs. Dodd ein, sei Pfingstsonntag. Ich sah Bess an: Feierten die Leute noch immer Pfingsten?

Wir fuhren zur Penrose Lane, wo Mrs. Dodd ihren Mann auf die Veranda führte, ihn in einen Sessel setzte und ihm ein Getränk brachte. Wir warteten inzwischen im Nachbargrundstück auf sie. An der Auffahrt blühte der Flieder, und ein Vogel baute sich im Akazienbaum ein neues Nest; ein kleiner gelber Vogel.

Das Haus, erklärte Mrs. Dodd, ehe sie die Vordertür aufschloß, gehörte zu den ältesten dieser Ortschaft. Der Sohn von Gwydeon Penrose, einem der ersten Siedler, dessen Haus am Dorfanger stand, hatte es erbaut. Diesem hier fehlte die Gedenktafel: 1709.

»Es hat ein paar Reparaturen nötig, fürchte ich«, sagte sie. Aus der Halle wehte uns modrige Luft entgegen. Nun, ja und nein. Die Küche war unmöglich, doch mit Geld konnte man etwas aus ihr machen. Genauso verhielt es sich mit den Badezimmern. Der Rest war genau das, was wir erhofft hatten – und noch mehr. Die geräumige Halle teilte das Haus; auf der einen Seite war das große Wohnzimmer mit Riemenboden und herrlichem offenen Kamin, auf der anderen ein Eßzimmer, in dem sich unter dicken Farbschichten wirklich eine Wandtäfelung verbarg. Ein kleinerer Raum verband das Speisezimmer mit der Küche; er hatte ebenfalls eine offene Feuerstelle. Ich vermutete in ihm das, was man allgemein »Kleiner Salon« zu nennen pflegte, doch Mrs. Dodd sagte etwas, was wie »Bacchuszimmer« klang. Erst später fiel mir ein, daß sie »Besuchszimmer« gesagt haben mußte.

Im ersten Stock waren vier Schlafzimmer; das größte enthielt

einen weiteren offenen Kamin, und die Fenster führten auf die Vorderseite des Grundstücks mit dem Akazienbaum und der nachbarlichen Hecke.
Wir gingen wieder nach unten. Ich ließ die beiden Frauen plaudernd in der Küche zurück, um mir noch einmal das Hühnerhaus anzusehen. Ich hatte recht gehabt; es würde ein vollkommenes Atelier abgeben. Ich wanderte am Stall vorbei zur Grenze des Besitztums und sah auf die gefurchte, von Unkraut durchsetzte Rasenfläche zurück. Dabei traf ich im stillen bereits meine Entscheidungen: Hier sollte eine Terrasse entstehen, dort eine Mauer, da Blumenbeete. Ich wollte Tauben für den Taubenschlag und ein neues Vogelhaus in der Buche. Das Haus mußte einen weißen Anstrich bekommen, dazu dunkelgrüne Fensterläden, und mit Ausnahme der vorderen Veranda, die abgetragen werden sollte, würde ich keinerlei Veränderungen vornehmen. Die Badezimmer müßten natürlich modernisiert werden, genau wie die Küche. Ich würde das Hühnerhaus säubern, mit einem Dachfenster versehen und die Innenwände tünchen; für Kate wollte ich ein Pferd besorgen. Alles sollte genauso werden, wie ich es mir immer erträumt hatte. Kurz gesagt, ich wollte den Besitz kaufen.
Aber zuerst mußte ich wissen, wieviel er kostete.
Ich ging zum Haus zurück und fand Bess allein unter den Fliederbüschen an der Auffahrt.
»O Ned!« seufzte sie; mehr brauchte sie nicht zu sagen. Während über unseren Köpfen, in den Zweigen der Akazie, der gelbe Vogel sein Nest auspolsterte, machten wir unter dem Baum Pläne, wie wir das unsere auspolstern wollten. Ich hielt Bess' Gesicht in meinen Händen und sah ihr in die Augen. Ich wollte, daß sie ihrer Sache ganz sicher war, und ihr Blick gab mir die Antwort. Ich ermahnte sie, sich nicht anmerken zu lassen, wieviel ihr am Kauf des Hauses lag; dann machten wir uns wieder auf die Suche nach Mrs. Dodd.
Sie erwartete uns an ihrer Haustür und führte uns in das Terrassenzimmer, das zugleich als Arbeitszimmer des Blinden diente

– ein kleiner Raum mit vielen Fenstern, deren Rouleaus halb herabgelassen waren. Die Wände waren mit Regalen bedeckt, auf denen sich eine wirre Ansammlung von Büchern, Zeitungen, Aktendeckeln und Kleinkram befand. Man bot uns Getränke an, und wir erfuhren, daß Mr. Dodd Professor war und an einer Universität im nördlichen Teil Neuenglands unterrichtet hatte, bis er in den Ruhestand trat.
Ich ergriff eine günstige Gelegenheit, mich zu erkundigen, wann wir mit Miss Penrose über den Hauskauf sprechen könnten. Professor Dodd sagte, das wäre nicht nötig; er sei ermächtigt, den Verkauf durchzuführen, falls das Haus unseren Wünschen entsprach. Er würde mir den Preis sagen, und dabei sollte es bleiben; Feilschen käme nicht in Frage. Dann nannte er eine Summe, die weit unter dem Erwarteten lag. Ich konnte mein Erstaunen kaum verbergen.
Wir fragten, ob Schulen und Ärzte vorhanden wären. Mrs. Dodd schüttelte den Kopf. Der Ort konnte sich keinen eigenen Arzt leisten; der nächste war in Saxony, auf der anderen Seite des Flusses; er kam in Notfällen. Daneben war die Witwe Fortune – eine Art Hebamme, Naturheilkundige und Tierärztin in einer Person – alles, was Cornwall Coombe aufzuweisen hatte. Rechtliche Angelegenheiten wurden für gewöhnlich von einem Anwalt in Ledyardtown erledigt. Es gab zwar etwas wie eine Schule, doch die meisten der Bauernkinder besuchten nicht mehr als acht Klassen. Wenn sich jemand weiterbilden wollte, stand ihm zwar eine Oberschule in Saxony zur Verfügung, aber mit Ausnahme des Zeitungsjungen nutzte niemand von Cornwall Coombe diese Möglichkeit. Um die Schulausbildung war es hier schlecht bestellt. Ich sah Bess an; das hatten wir nicht vorgesehen. Kein Arzt, keine Schule; beides brauchten wir.
Immerhin, schlug Mrs. Dodd vor, gäbe es drüben in Ledyardtown noch die Greenfarm-Schule, die einen guten Ruf hatte. Viele Eltern in den benachbarten Ortschaften, die eine bessere Schulausbildung für ihre Kinder wünschten, schickten sie dorthin. Einen Bus gab es nicht; vielleicht einen gemeinsamen Zu-

bringerdienst? Nein, keines der Dorfkinder besuchte Greenfarm. Wenn wir Wert darauf legten, würde Mrs. Dodd uns nach dem Mittagessen hinüberfahren. Ich fragte Professor Dodd, ob wir bei der Suche nach Handwerkern für die Hausrenovierung auf Schwierigkeiten stoßen würden. Er erwähnte einen Bill Johnson, der an der Hauptverkehrsstraße wohnte, und meinte, dieser Mann könnte gute Arbeit für uns leisten. Mrs. Dodd bot uns an, einen Bissen mit ihnen zu essen, doch wir lehnten taktvoll ab. Sie schlug den »Yankee Clipper« vor, ein Lokal, das sich ebenfalls an der Hauptverkehrsstraße befand. Wenn uns ein einfacher Imbiß genügte, gäbe es auch noch die Dorfschenke, das »Rocking Horse«. Wir entschieden uns für die zweite Möglichkeit und tranken unsere Gläser aus. Als Mrs. Dodd das Mittagessen ihres Mannes auf einem Tablett hereintrug, das Fleisch sorgfältig vorgeschnitten, verabschiedeten wir uns und baten um ein paar Stunden Bedenkzeit. Mrs. Dodd sagte, wir könnten uns soviel Zeit nehmen, wie wir wollten, das Haus würde uns bestimmt nicht davonlaufen.
Wir parkten wieder neben dem Dorfanger und blieben dann stehen, um das bunte hölzerne Schaukelpferd über der Gasthaustür zu bewundern, dessen Schweif und Mähne vergoldet waren. In der Wirtsstube war die Luft dick vom Pfeifenrauch und dem Stimmengemurmel der Bauern, die sich über Mais unterhielten. Sie standen am Schanktisch, und einige von ihnen beäugten uns neugierig, als wir einen Tisch im Hintergrund fanden und Bier und Wurstbrote bestellten.
Neue Gäste kamen ins Lokal, ein älterer Mann mit fünf jüngeren Begleitern. Auch sie wurden angestarrt, als sie mit ihren schweren Stiefeln an der Theke vorbeistapften und sich um einen Tisch in der Ecke setzten. Während die Männer am Schanktisch sich über Mais unterhielten, sprachen die Neuankömmlinge von Tabak – eine robuste, fast gewalttätig anmutende Gesellschaft, offensichtlich eine Familie. Der älteste von ihnen, ein aufbrausender, struppiger Mann, mußte unserer Ansicht nach der Vater sein.

Nach dem Essen warteten wir draußen vor den Schenke auf Mrs. Dodd und sahen uns dabei ein wenig um. Der Dorfanger, Mittelpunkt der Ortschaft, war mehr als eine Achtelmeile lang und von ovaler Form, umgeben von einer Straße, die am nördlichen Ende des Dorfes in die Hauptverkehrsstraße mündete. Westlich standen eine Gemeindehalle, das Feuerwehrhaus und eine Kolonialwarenhandlung; dann kam das Postamt – ein niedriges altes Gebäude aus Holz und Stein, häßlich geformt, mit schiefem Kamin. Daneben standen das Gwydeon-Penrose-Haus, die Drogerie, ein Friseur. Unsere Seite begann mit der Schenke, an die sich ein Gebäude anschloß, das offensichtlich zugleich als Rathaus und Bibliothek diente. Ein weiterer alter Wohnsitz, nun in eine Bank umgewandelt, kam als nächstes; mehr Häuser; dann die Kirche, direkt gegenüber dem Postamt.
Ich nahm Bess' Arm und ging mit ihr in Richtung Kirche. Ein alter Mann saß vor dem Kirchenportal. Sein Stuhl war ein wenig zurückgekippt, und im Schoß hielt er ein Strickzeug. Auch er beobachtete uns, während seine Finger die hölzernen Nadeln bewegten. Ich spürte den Druck von Bess' Hand auf der meinen und erwiderte ihn, und wir schlenderten zum Friedhof. Wieder gingen wir zwischen den Reihen der Grabsteine entlang und lasen die alten Inschriften. Gleich dem lebendigen Ort war auch dieser tote reichlich mit Penroses bevölkert.
Wir erklommen den grasbewachsenen Hügel, dessen Rückseite ebenfalls mit Gräbern bedeckt war. Er lief in sumpfiges Wiesenland aus, das von den sanften Windungen des Flusses durchzogen war. Ein niedriger Drahtzaun markierte die Grenzen des Kirchhofs. Außerhalb dieser Einfassung, halb verborgen unter Dornengestrüpp, stand ein einsamer Gedenkstein, der meine Neugier erregte. Ich ging hin, um ihn mir näher anzusehen. Hier war das Gras lang und ungepflegt, und der feuchte Boden gab unter meinen Füßen nach. Ich schob die Dornenranken beiseite und las die Inschrift:

GRACE EVERDEEN
verschieden
1958

Während ich zu Bess zurückkehrte, den Hügel hinauf, fragte ich mich, wer jene unglückliche Frau gewesen sein mochte, die man hier in ungeweihte Erde verbannt hatte.

Wir verließen den Friedhof und gingen an der Kirche vorbei, wo der alte Mann noch immer strickte – an einem Schal, wie mir schien. Seinen Augen entging nichts, als wir unseren Spaziergang bis zu der Stelle fortsetzten, wo die Hauptverkehrsstraße begann. Dann wandten wir uns um und genosssen die Aussicht.

Ich liebte diesen Ort; seine geruhsame, idyllische Atmosphäre, den Frieden, den jede Türschwelle, jede gepflegte Rasenfläche, jeder blühende Garten atmete. Ich mochte seine Biederkeit und Zeitlosigkeit, die sich auch in den Gesichtern der Vorübergehenden ausdrückte, einfachen Landleuten mit einfachen ländlichen Zügen. Hier spürte man eine Ehrfurcht vor dem Althergebrachten, ein strenges, unbeugsames Streben, die Dinge so zu bewahren, wie sie seit Generationen waren – selbst wenn das bedeuten sollte, daß man die Augen vor der Wirklichkeit verschloß.

Die Fahrt nach dem etwa fünfzehn Meilen entfernten Ledyardtown war hübsch, und der Leiter der Greenfarm-Schule erklärte sich bereit, Kate nach einer kurzen Prüfung im kommenden Herbst aufzunehmen. Die Schule machte einen besseren Eindruck, als wir an einem so abgelegenen Ort erwartet hatten, und schien allen modernen Anforderungen zu entsprechen; es gab sogar einen eigenen Reitstall.

Auf dem Rückweg erwähnte ich Mrs. Dodd gegenüber, ich hätte nicht gewußt, daß hier in der Gegend auch Tabak angebaut würde. O ja, sagte sie, auf der anderen Seite des Flusses gäbe es lauter Tabakpflanzungen. Bess erwähnte den struppig aussehenden Mann in der Schenke. »Das muß der alte Soakes

von Tobacco City mit seiner Brut gewesen sein«, erwiderte Mrs. Dodd. Eine gesetzlose Sippschaft; sie kämen manchmal herüber und kauften Mais, um Whiskey herzustellen.
Schwarzgebrannter Alkohol in Neuengland – gab es das? In der Tat, versetzte sie; die Soakes' stellten schon seit Jahren illegalen Whiskey her. Es wurde gemunkelt, sie hätten eine Destillieranlage in den Wäldern außerhalb des Ortes versteckt, doch bisher habe noch keiner versucht, sie zu finden. Die Leute, erzählte uns Mrs. Dodd, kümmerten sich hier hauptsächlich um ihre eigenen Angelegenheiten. Außerdem war Soakes' Whiskey bei den Bauern der Umgebung wegen seines Geschmacks beliebt; und er war billig.
Wir kehrten zum Dorfanger zurück, stiegen in unseren Wagen und folgten dem Buick wieder zur Penrose Lane, wo wir den Blinden im Terrassenzimmer vorfanden. Er lauschte gerade einem Plattenspieler, der ihm als »Buch-Maschine« diente, wie er es nannte: Er spielte damit ganze Bücher ab, die auf Platten gesprochen worden waren.
Mrs. Dodd schaltete das Gerät ab und bot uns einen weiteren Drink an, und wir teilten ihrem Gatten mit, daß wir das Haus kaufen würden. Ein Händedruck war alles, womit er die Transaktion besiegeln wollte; der Vertrag sollte später aufgesetzt werden. Wir verweilten noch eine Dreiviertelstunde in dem sonnigen Raum und machten uns dabei mit unseren zukünftigen Nachbarn vertraut. Der Professor schien eine ganze Menge über die Geschichte von Cornwall Coombe zu wissen, und es machte ihm offensichtlich Spaß, alle Fragen zu beantworten, die Bess und ich ihm stellten. Tradition, sagte er, wäre hier von großer Wichtigkeit; Tradition und Brauchtum. Alte Bräuche wurden von den Dorfbewohnern seit Generationen bewahrt. Sie seien eine engstirnige Menschengruppe mit starkem Zusammengehörigkeitsgefühl und offensichtlich entschlossen, sich von der restlichen Gesellschaft abzusondern, um ihre eigene Art, ihre Sitten, zu erhalten.
Der Professor saß bequem in seinem Sessel, nippte von Zeit zu

Zeit an seinem Getränk, den Kopf leicht vorgestreckt. Seine Augen waren hinter der dunklen Brille verborgen, die an den Seiten geschlossen war und kein Licht eindringen ließ. Die Leute von Cornwall Coombe wären von gutem Schlag, fuhr er fort, doch ihre Lebensweise unterscheide sich von der anderer Menschen, und es sei nicht leicht, sich daran zu gewöhnen. Manche mochten es schwierig finden, sich dem dörflichen Lebensstil anzupassen.

Die Ortschaft war nicht reich, was uns gefiel; klein, was wir hübsch fanden; altväterisch, was für uns anziehend war. Je nach Brauch fanden sich die Bauern zusammen, gingen zur Kirche, aßen, tranken, fasteten, trauerten, heirateten und vermehrten sich und wurden ihren Bräuchen gemäß zur letzten Ruhe getragen. Sie waren nach alter Sitte nicht sonderlich daran interessiert, was in der Welt vor sich ging, und verließen ihre Heimat nie, um Neues zu sehen. Ob wir bereit wären, uns anzupassen, fragte Mr. Dodd.

Bess und ich erhoben uns, und ich erwiderte, ja, wir wären bereit, alles zu tun. Der Professor nippte an seinem Glas und klopfte mit dem Fingernagel gegen den Rand. Er wünschte uns viel Erfolg, sagte er.

3.

Während Bess frischen Orangensaft auspreßte, saß ich am Bauerntisch in unserer neuen Küche und las die Zeitung.

»Vergiß deine Vitamine nicht«, erinnerte mich Bess. Sie deutete auf die stattliche Reihe von Kapseln und Pillen, die sie täglich neben meinem Frühstückstablett aufbaute. Ich spülte eine Tablette nach der anderen mit Orangensaft hinunter. Bess goß mir Kaffee ein und bereitete dann weiter das Frühstück zu, während ich meinen Kaffee trank.

Plötzlich hielt Bess in ihrer Arbeit inne.

»Vielleicht sollten wir morgen einmal zur Kirche gehen.«

»Es wäre vielleicht nicht schlecht, dort aufzutauchen, um die Leute besser kennenzulernen.«

Sie drehte sich zu mir um; ihr Gesicht erhellte sich. »Hast du es bemerkt? Sie scheinen ihr Benehmen uns gegenüber zu ändern, findest du nicht?«

Wir waren als unerwünschte Durchreisende hier erschienen. »Sie« waren zurückhaltend gewesen – nicht unfreundlich, doch ebenso fern von uns wie ihre Ortschaft von den Hauptstraßen und Autobahnen. Nach unserer Ankunft begegnete man mir bei meinen seltenen Streifzügen durch das Dorf mit eigentümlicher Gleichgültigkeit. Dann begannen sie zu meiner Erleichterung ohne ersichtlichen Grund hier und da ein Wort mit mir zu wechseln und mir freundlich zuzunicken.

Fred Minerva erschien plötzlich, um uns Ratschläge zu geben, wie wir das Haus isolieren sollten, oder frischen Dünger für den Rasen abzuladen. Edna Jones kam mit einem Begonienableger oder einigen Kohlköpfen aus ihrem Küchengarten vorbei. Mit einemmal merkte ich, daß wir Nachbarn hatten, Freunde, daß wir endlich zum Dorf gehörten und nicht länger nur Eindringlinge waren.

»Es muß die Witwe Fortune sein, meinst du nicht?«
Ich mußte Bess zustimmen; es schien mir keine andere Erklärung zu geben. Die Witwe Fortune war unsere Gönnerin geworden. Robert Dodd, unser nächster Nachbar, hatte uns erzählt, sie wäre eine der Dorfältesten, deren Urteil von allen anderen respektiert wurde; eine Art weise Frau. Mit ihr hatte ich damals am Tag der Saat auf den Kirchenstufen gesprochen, und sie war auch die erste, die mit ihrem Einspänner vor unserer Küchentür hielt. Ich vermutete, daß Bess recht hatte; nach der Witwe waren die anderen gekommen. Die Witwe Fortune – ich sagte mir, daß ihr Name Glück bedeuten müsse.
Während ich auf das Geräusch von Kates Schritten über unseren Köpfen wartete, beobachtete ich Bess, wie sie Eier und Würstchen briet, Semmeln von der Herdplatte nahm und Weißbrotschnitten in den neuen Toaster steckte. Ihre Bewegungen waren gewandt und ausgewogen; alles, was sie tat, wirkte planmäßig, ohne einen überflüssigen Schritt, einen unnützen Handgriff. Ich fand sie außergewöhnlich – doch das hatte ich schon immer getan.
»Gehst du nach dem Frühstück weg, um zu zeichnen?« fragte sie.
»Ich möchte gern die Skizze von dem Grabstein beenden; anschließend werde ich wohl zur Lost Whistle Bridge wandern.«
»Den weiten Weg?«
»Es ist nicht weit.« Mit dem rechten Zeigefinger betastete ich den kleinen Knoten, der sich seit kurzem an meinem linken Mittelfinger gebildet hatte, eine Warze, die vom dauernden Druck der verschiedenen Pinsel und Zeichenstifte herzurühren schien. »Es wäre gut für Kate, wenn man sie in der Kirche sehen würde, meinst du nicht? Und uns würde es auch nicht schaden, in den Gottesdienst zu gehen, zusammen mit den –«
»– Einheimischen? Vielleicht. Aber ich kann mir nicht vorstellen, daß Kate den Sonntagvormittag damit verbringen will, Pfarrer Buxleys Predigt zuzuhören. Es ist schwierig genug ...«
Noch immer kein Geräusch von oben. Kate schien lange zu

schlafen. Das war nicht ungewöhnlich bei ihr. Sie schlief nachts nicht gut. Seit ihrem neunten Lebensjahr war sie schwer asthmakrank, und hier in Cornwall Coombe hatte sie sogar noch schlimmere Anfälle erlitten als früher. Wir wußten nicht, in welcher Verfassung sie auftauchen und ob sie überhaupt in der Lage sein würde, zum Fest zu gehen. Vielleicht wollte sie es auch gar nicht. Kate war schwierig. Doch vorläufig gaben wir uns noch der Hoffnung hin, daß alles in Ordnung war.
Während die Eier und Würstchen brutzelten, holte Bess Lebensmittel aus dem Kühlschrank und begann das Picknick vorzubereiten. Ich beobachtete sie mit halbgeschlossenen Augen, vereinfachte ihre Figur zur Silhouette, nahm die Kurven und Wölbungen in mich auf, die Flut dunklen Haares, die ihre ganze linke Gesichtshälfte bedeckte. Bethany Constantine, geborene Colby; siebenunddreißig Jahre alt, schottisch-irisch-englische Vorfahren, Miss Kemps Internat in Boston, Studium der Philosophie, Naturwissenschaft und Soziologie. Maße: 95/64/92; gepflegter, hübscher Körper, ein voller Mund, vielleicht ein wenig zu breit für das dreieckige Gesicht – ein katzenhaftes Gesicht, rascher bereit, sich zu einem Lächeln zu verziehen als sich zu verfinstern.
Doch sie war schmaler geworden, und unter ihren Augen lagen dunkle Schatten. Die erzwungene Art, in der sie sich gerade hielt, verriet Erschöpfung, als bereite es ihr große Mühe, aufrecht zu stehen.
»Ißt du denn nichts?«
»Doch, natürlich.« Bess stibitzte, während sie weiterarbeitete, kleine Bissen aus den Pfannen, die auf dem Herd standen. Sie holte ein Wiegemesser aus der Schublade, ergriff das Hackbrett und begann den Schnittlauch zu zerkleinern. Dabei stieß sie einen gereizten Laut aus und fuhr mit dem Daumen über die Schneide des Messers.
»Also wirklich, ich habe Jack Stump fünfunddreißig Cents für dieses Wiegemesser bezahlt, dabei würde es nicht mal ein Stück Butter auseinanderschneiden.« Sie legte es beiseite und

arbeitete mit einem anderen Gerät weiter. »Dieser Bursche würde es fertigbringen, den Eskimos Eis zu verkaufen!« Jack Stump war ein umherziehender Hausierer, der mit seinem Karren in regelmäßigen Abständen schwungvoll vor unserer Haustür anhielt und Bess die neuesten Errungenschaften für Haus und Küche anzudrehen versuchte.

»Ich habe Jack schon eine Weile nicht mehr gesehen«, bemerkte ich.

»Ich weiß. Seit Tagen war er nicht mehr da. Dem Himmel sei Dank dafür. Ich habe noch nie einen Menschen gekannt, der soviel redet wie er.«

Schritte im ersten Stock: Kate war aufgestanden. Bess hörte die Geräusche ebenfalls, und ihr Blick wanderte zur Decke. Sie sah mich an; dann wandte sie ihre Aufmerksamkeit wieder dem Schnittlauch zu.

»Noch ein bißchen Kaffee, Liebster?«

»Hm-mm.« Eine Frau in Ohio hatte ihr Baby in der Badewanne ertränkt. Genau das gleiche hatte schon gestern jemand getan. Ich suchte nach dem Datum der Zeitung. »Die ist ja von gestern!«

»Heute ist keine Zeitung gekommen.«

»Tatsächlich?«

»Nein. Und Worthy ist für gewöhnlich sehr pünktlich zur Stelle. Er wird doch nicht krank sein?«

»Ich habe ihn erst gestern in der Drogerie gesehen.«

Bess holte eine Decke und Servietten aus einer Schublade, die karierten, die wir aus Paris mitgebracht hatten. Ich nahm mir ein Korinthenbrötchen, ergriff meine Tasse und Untertasse und die Zeitung von gestern und ging damit ins Bacchuszimmer.

Aus der Küche kamen angenehme häusliche Geräusche: das Zuschlagen der Kühlschranktür, fließendes Wasser, Bess' Stimme, die einen Schlager im Radio mitsummte. Ich suchte nach einem Bleistift und begann das Kreuzworträtsel zu lösen. Gleich darauf kam Bess mir nach und beugte sich über die Sofalehne, um das Fenster zu öffnen.

»Was für ein schöner Tag!« Sie zupfte ein paar welke Blätter aus dem Blumengesteck auf dem Büfett. »Ist das Zimmer nicht hübsch geworden – das ganze Haus? Wir können wirklich von Glück sagen, daß Tamar Penrose sich entschlossen hat, es uns zu verkaufen!« Sie küßte mich aufs Haar. Ich dachte daran, wie es hier ausgesehen hatte, als wir eingezogen waren, und ein Schauder überlief mich. Die endlosen Wochen der Renovierung zogen an meinem geistigen Auge vorüber – ich erinnerte mich an die aufgerissenen Böden, den durchdringenden Farbgeruch, die Schicht von Mörtelstaub, die sich überall heimtückisch festgesetzt hatte, und daran, wie wir uns abends an allen Gliedern zerschlagen ins Bett fallen ließen. Nun war die Arbeit fast beendet. Küche und Badezimmer waren neu, die Installationen ausgeführt, Zwischenwände eingezogen und Markisen angebracht. Alles war isoliert; die Fußbodenleger, Elektriker und Heizungsmonteure hatten sich verabschiedet. Das Haus war außen und innen frisch gestrichen, das Eßzimmer tapeziert. Wir hatten Lawson Colbys Möbel herbringen lassen, lauter schöne, antike Stücke, und sie auf die verschiedenen Räume verteilt. Zu den restlichen Arbeiten gehörten noch die Terrassenmauer und das Dachfenster im Atelier. Doch unsere Hauptstütze, Bill Johnson, reiste nächste Woche ab, um den Herbst und Winter in Las Vegas zu verbringen. So mußten wir uns anderswo nach einem Mädchen für alles umsehen.

»Ich glaube, sie hat's auf dich abgesehen.«

»Was? Wer?«

»Tamar Penrose. Ich habe beobachtet, wie sie dir schöne Augen macht, wenn wir ins Postamt kommen.«

Tamar Penrose hatte Absichten auf mich? Ich erinnerte mich daran, wie sie sich über den Schaltertisch lehnte oder sich in den Hüften wiegte, wenn sie zur Briefwaage ging. Aber Absichten? Wir hatten bisher kaum zwei Worte miteinander gewechselt.

»Mir kommt es so vor, als würde die halbe Ortschaft Penrose heißen«, sagte ich.

»Es ist furchtbar, wie die Leute hier Inzucht getrieben haben. Sie sind alle direkte Nachkommen der ersten Siedlerfamilie, miteinander verwandt und verschwägert – Vettern, die ihre Cousinen heiraten, und all das. Einige von ihnen sind ein bißchen … du weißt schon.« Sie tippte sich an die Stirn. »Wie Amys.«
»Welcher Amos?«
»Nicht ›A-m-o-s‹«, buchstabierte sie. »›A-m-y-s‹. Das ist dieser phantastische alte Griesgram, der die Straßen fegt und die Kirchenglocken läutet. Der, den Kate ›Sauertopf‹ nennt. Und der Mann der Witwe war mütterlicherseits ebenfalls ein Penrose.«
»War er auch …?« Ich tippte mir an die Stirn.
»Oh, ich glaube nicht. Für wie alt hältst du sie?«
»Wen?« Ich versuchte ein Wort mit fünf Buchstaben für »Gewürz« zu finden.
»Die Witwe.«
»Keine Ahnung.« Ich schrieb »Nelke« in die Kästchen.
»Meiner Meinung nach könnte sie in jedem Alter zwischen sechzig und neunzig sein. Maggie Dodd sagt, es wäre das bestgehütete Geheimnis im Ort.« Sie trug meine leere Tasse in die Küche.
»Seit wann ist sie Witwe?« fragte ich durch die geöffnete Tür.
»Eine Ewigkeit schon. Maggie hat mir erzählt, es wäre eine richtige Liebesheirat gewesen. Es kommt vom Honig, glaube ich.«
»Die Liebesheirat?«
»Nein, Schafskopf. Der Honig der Witwe hält all diese alten Bauern jung. Mr. Deming muß schon achtzig sein, und er sieht aus wie –«
»– siebzig.« Ewan Deming war das Oberhaupt der Gemeindeältesten.
»Mit Amys ist es das gleiche. Die Hälfte der Bauern hier im Dorf sind über sechzig, und sie arbeiten immer noch den ganzen Tag.«
»Wie erklärst du dir das?«

»Die Witwe nennt den Körper das menschliche Haus. Sie sagt, man müsse die Kühe beobachten, wenn man gesund bleiben will. Kühe hätten Verstand und wüßten, welche Nahrung man zu sich nehmen muß, und das wäre mehr, als man von den meisten Leuten behaupten könne«, erklärte Bess aus der Küche.
Ich hörte Kates Schritte auf der Treppe und sah sie flüchtig, als sie durch die Halle kam. Einen Augenblick später stand sie neben ihrer Mutter.
»Morgen.«
»Morgen, mein Herz. Gut geschlafen?«
»Nö.«
»Vergiß deine Vitamintabletten nicht. Hast du dich schon fürs Fest vorbereitet?«
»Glaub' schon. Aber es wird sicher schmalzig.«
Sie hatte also wieder einen ihrer neunmalklugen Tage. »Komm!« rief ich. »Ich glaube, wir werden uns prima amüsieren.«
Kate kam herein, ihr Glas mit Orangensaft in der Hand. »Hallo.«
»Hallo, Kindchen.« Ihre Hand zitterte, als sie ihr Glas hob, und ich wußte, daß sie wieder mal eine schlechte Nacht verbracht hatte. »Schließlich geht man nicht jeden Tag zu einem richtigen Volksfest.«
»Hör auf, die Werbetrommel zu rühren, Daddy.« Sie starrte aus dem Fenster, trank ihren Saft in großen Schlucken und steckte dazwischen die Vitamintabletten in den Mund. Ihr verschlafenes Gesicht wirkte teilnahmslos und melancholisch. Kate mit dem widerspenstigen Haar, dem spitzbübischen Gesicht, der Sandpapierstimme – arme kratzbürstige, aufsässige Kate. Ihre Augen waren rot und geschwollen, ihr Gesicht blaß.
»Hier gibt's wirklich eine Menge Tölpel.«
»Tölpel?«
»Und einige von ihnen spinnen.«
»Wer spinnt? Ich habe noch keinen getroffen, der verrückt wäre.«

»Missy Penrose ist verrückt.«
»Liebling, sag so etwas nicht«, mahnte Bess aus der Küche. »Missy ist nicht verrückt, nur ein bißchen eigenartig, sonst nichts.«
»Und ein Bastard ist sie auch.«
Schlimmer als neunmalklug: böse. Wenn Kate in dieser Stimmung war – ein Ergebnis ihres Schlafmangels –, wußte man nicht, wie man sie behandeln sollte. »Viele Kinder sind unehelich, aber das bedeutet nicht, daß sie schlechter oder weniger wert sind als wir. Die Leute können nichts für die Umstände, unter denen sie geboren wurden.«
»Trotzdem spinnt sie. Sie redet kaum jemals richtig, sie murmelt bloß, und wenn sie den Mund aufmacht, sagt sie verdrehte Sachen. Und ihre Mutter ist sexsüchtig.«
Ich fing den amüsierten Blick auf, den Bess mir hinter Kates Rücken zuwarf: *Hat es auf dich abgesehen.*
»Komm und iß dein Müsli, Kleines.«
»Hab' keinen Hunger.«
»Kate, du mußt etwas essen. Ich habe gebratene Würstchen und Eier. Ehrlich, andere Menschen –«
»– verhungern in Indien, ich weiß schon.« Kate trottete in die Küche, und ich hörte, wie Stuhlbeine über den Boden scharrten, als sie sich an den Tisch setzte. »Was gibt's zu Mittag?«
»Kleines, versuch zuerst einmal an dein Frühstück zu denken. Es gibt Pastetchen und gefüllte Hühnerbrust und –«
»Und zum Nachtisch?«
»Mousse au chocolat.«
»Für mich auch?«
»Nein. Aber du bekommst doch deine Fruchtcreme. Du weißt ja, was die Witwe über Süßigkeiten gesagt hat. Zwei Portionen mousse au chocolat sind für deinen Vater und für mich, zwei für die Dodds.«
»Mist!« Eine Pause trat ein, während Kate an einem Stück Toast kaute. Dann rief sie: »Daddy, weißt du, was ein Orakel ist?«

»So ungefähr –«
»Wie sie's in Delphi haben, oder? Und es verrät einem alles mögliche, stimmt's? Angeblich ist Missy Penrose ein Orakel.«
»Dann kann sie also weissagen?« Ich stand im Türrahmen und schaffte es, mein Lächeln hinter einem gespielten Gähnen zu verbergen.
»Lach nicht. Die glauben das wirklich. Du kennst doch die Geschichte von Minervas Scheune?«
»Kate«, warf Bess ein, »das ist bloß ein Gerücht. Keiner glaubt daran –«
»Freilich tun sie das. Sie glauben es, diese Tölpel.«
Fred Minerva hatte eine Pechsträhne gehabt. Nach Meinung der Dorfbewohner rührte sie daher, daß er während des Frühlingsfestes beim Tanzen gestolpert war. Bald danach trat er auf einen eisernen Rechen und bekam Blutvergiftung; dann war im Juli seine Scheune bei einem Gewitter abgebrannt.
»Aber ehe der Blitz einschlug«, erzählte Kate weiter, »fragte er Missy Penrose, ob er ein Türmchen mit einer Wetterfahne auf der Scheune anbringen sollte, und sie sagte zu ihm: ›Spare Holz, spare Eisen.‹ Sie behauptete, das Türmchen und die Wetterfahne wären eine Verschwendung, weil die Scheune abbrennen würde, und das tat sie dann auch.«
»Haben sie noch nie etwas von Blitzableitern gehört?« fragte Bess.
»So etwas benutzen sie nicht«, erwiderte ich. »Es ist nicht erlaubt, ebensowenig wie Versicherungen.«
»Aber es wäre doch vernünftig …«
»Vernunft zählt da nicht, Liebling. Es geht um den Brauch.«
»Na, seht ihr's, Tölpel.« Kate legte ihre Gabel auf den Tisch und ging zum Kühlschrank. Bess sagte: »Verflixt, jetzt hab' ich den Picknickkorb vergessen. Wo habe ich den nur zuletzt gesehen?« Und sie ging in die Halle hinaus. Kate rumorte im Gefrierfach.
»Kate, bist du hier glücklich?« fragte ich.
»Klar. Ich glaube schon.«

»Freust du dich auf die Schule?«
»Hm.« Sie schloß den Kühlschrank und nahm einen Löffel aus der Schublade.
»Wir können immer wieder in die Siebenundachtzigste Straße zurückkehren.«
»Ach komm, Daddy.« Sie steckte den Löffel in den Mund. Dann: »Du hast doch gesagt, daß ich ein Pferd bekommen würde.« Aufgebracht, voller Groll.
»Tut mir leid, Kindchen, du weißt doch, was –«
»– der Arzt gesagt hat. Ja.«
Ich fühlte mich wegen des Pferdes schuldig. Ohne zu überlegen, hatte ich es ihr versprochen, ehe wir New York verließen. Dabei war mir nicht in den Sinn gekommen, daß Asthmakranke wie Kate gerade gegen Tiere allergisch sind. Der Doktor in Saxony, der sie behandelt hatte, riet uns, sie von allen vierbeinigen Geschöpfen fernzuhalten, doch ihre Krankheit war weit schlimmer als eine einfache Allergie.
Seit ihrem neunten Lebensjahr litt Kate an einer angeborenen Schwäche, die Status asthmaticus genannt wird und eine ständige Gefahr für ihr Leben darstellte. Nach Jahren ziemlich erfolgloser Behandlung hatten wir von einem neuen Arzt erfahren, daß ihr Leiden keine körperlichen, sondern seelische Ursachen hatte. Es war also eine Art von psychosomatischem Asthma, dessen Ursprung vielleicht auf die Krise zurückzuführen war, die Bess und ich vor sechs Jahren durchmachen mußten. Wie der Arzt sagte, war diese Krankheit Kates unbewußter Versuch, sich an uns zu rächen. Einmal war sie beinahe erstickt, und nur das Sauerstoffgerät der nächsten Feuerwehr hatte sie gerettet. Es war wichtig, daß Kate keinerlei starken Erregungen ausgesetzt wurde, die einen Anfall herbeiführen konnten. Der Grund für die letzte Krise vor einer Woche war ihre Enttäuschung wegen des Pferdes gewesen. Sie hatte einen Wutausbruch bekommen, dem ein plötzlicher Erstickungsanfall folgte, und wir mußten den Arzt aus Saxony kommen lassen.
»Er war im Speicher.« Bess kam mit dem Picknickkorb in die

Küche zurück. »Kate, mach das Fenster über dem Spülbecken auf, sei so lieb. Heute ist es so herrlich draußen, ein richtiger Neuengland-Tag.« Sie stellte den Korb auf die Anrichte und drehte sich um. »Kate! Eis zum Frühstück?«

»Da sind doch bloß Milch und Eier drin, Mami, lauter Sachen, die man sonst auch zum Frühstück ißt.«

»Du wirst wieder Pickel bekommen, und keiner der Jungen wird dich –«

»– ansehen. Wem macht das schon was aus.«

Nachdem Bess soviel Aufhebens um die Eiskrem gemacht hatte, entschloß sie sich jetzt offenkundig, einfach darüber wegzusehen. Alles, um eine Szene zu vermeiden. Kate bekam wieder einmal ihren Willen. Ich hatte es schon vor langer Zeit aufgegeben, zu protestieren.

»Was willst du heute anziehen, Kleines?« fragte Bess munter.

»Das, was ich jetzt anhabe.«

»Blue jeans und ein Polohemd? Möchtest du denn kein Kleid tragen? Etwas Hübsches – für das Fest?«

»Was ist denn überhaupt so großartig an diesem Fest? Ehrlich, keiner spricht mehr von etwas anderem. Tölpel.«

»Kate!« mahnte Bess sanft.

»Hast du gewußt, daß sie durchdrehen?«

»Wer?«

»Die Dorfleute. Mondwahn. Bei Vollmond tanzen sie auf den Feldern herum und tun verrückte Sachen.«

Ich sah von meinem Kreuzworträtsel hoch. »Verwandeln sie sich in Werwölfe und Vampire?«

»Also hör mal, das stimmt!« Kate schlug zur Bekräftigung mit dem Löffel auf die Tischplatte. »Und ein Gespenst gibt's auch.«

»Von Gespenstern habe ich noch kein Wort gehört«, sagte Bess.

»Draußen in den Wäldern ist eines.«

»Wer hat dir das erzählt?«

»Missy Penrose. Bei Nacht erscheint es und verschlingt Babys und reitet auf einem kopflosen Pferd die Straße herunter...«

Bess versuchte, Kate zu beruhigen. Unsere Tochter stolzierte um den Tisch herum, stieß wilde Klagelaute aus und versuchte, so gespenstisch wie möglich auszusehen. »Liebling, jetzt reg dich nicht so auf. Geh nach oben und zieh ein Kleid an, tu mir den Gefallen. Du wirst bestimmt hübsch aussehen.«
Als sie verschwunden war, warf Bess mir einen Blick zu. Ich wußte, was sie dachte: *Was sollen wir nur mit ihr tun?* Kate war unsere einzige wirkliche Sorge, und wir fühlten uns beide ihr gegenüber schuldig.
Ich hörte das Knarzen des Weidengeflechts, als Bess den Picknickkorb füllte. Auf der anderen Seite der Hecke öffnete sich ein Fenster in Professor Dodds Terrassenzimmer. Dann rief eine Stimme: »Ist dort drüben schon jemand aufgestanden?«
Bess ging zum Spültisch und lehnte sich aus dem Fenster. »Morgen, Robert. Haben wir nicht einen schönen Tag für das Fest?«
»Ja, wirklich.«
»Guten Morgen«, rief nun auch Maggie Dodd. »Phantastisches Wetter. Hört euch nur diesen Vogel an!« Maggie war stets voll Begeisterung, als sei sie dafür verantwortlich, daß uns alles an Cornwall Coombe gefiel. Trotzdem kam es mir oft so vor, als würde sie sich auf ihre scherzhafte Art ein wenig abfällig über das Dorf äußern. »Was macht das Picknick?« fragte sie.
»Ich bin schon fast fertig.«
»Sie sind ja verrückt, sich soviel Mühe zu machen. Ich hätte wenigstens das Dessert zubereiten können.«
»Ich hab's doch gern getan. Wie steht's mit den Martini-Cocktails?«
»Bin gerade dabei. Ned trinkt wohl keinen Martini?«
»Nein, er mag den Geschmack nicht.«
»Dann nehme ich noch etwas Whiskey mit. Also, bis später. Jetzt mache ich erst mal Roberts Frühstück.«
Bess drehte den Wasserhahn fester zu, trocknete sich die Hände und begann die Hühnerbrust in Folie zu wickeln. Durch das geöffnete Fenster konnte ich Maggie mit Robert sprechen

hören. Einen Augenblick blieb alles still; dann ertönte eine andere Stimme:
»D'Artagnan zitterte …«
Ich erkannte das, was wir mittlerweile »die Unsichtbare Stimme« nannten – den Mann, der für Robert Bücher auf Platten sprach. Es war ein Geräusch, das nun schon zu unserem Alltag gehörte, und während des Sommers hatte ich immer wieder Abschnitte aus Mark Twains »Leben auf dem Mississippi« mitangehört, gefolgt von »Madame Bovary«. In dieser Woche waren die »Drei Musketiere« an der Reihe. Robert las sich durch die Klassiker.
»Liebling, wolltest du heute nicht zeichnen gehen?«
»Mhm.«
»Dann ist es wohl besser, wenn du dich beeilst. Es wird sonst zu spät.«
Ich beendete mein Kreuzworträtsel, legte die Zeitung beiseite und ging aus dem Bacchuszimmer in die Küche. Dort öffnete ich die Hintertür.
»Warte, Ned! Hast du Kleingeld bei dir? Dann geh auf einen Sprung bei der Witwe vorbei und zahle ihr fünf Dollar. Die schulden wir ihr für Eier und Honig. Und hier –« sie überreichte mir eine Papiertüte »– bringe ihr auch die restlichen Korinthenbrötchen.« Sie warf mir einen unsicheren Blick zu.
Ich ergriff die Tüte und nahm Bess gleichzeitig in die Arme.
»Ned?«
»Hm?«
»Kate –?«
»Ich weiß.«
»Du weißt es nicht …« Die Enttäuschung verlieh ihrer Stimme einen ungewohnt scharfen Ton. »Du bist keine Mutter. Du weißt es nicht.«
Ich hielt sie einen Moment fest und gab sie dann frei. »Mach dir keine Sorgen. Es wird alles gut.« Doch ich sagte es mit einer Zuversicht, die ich nicht wirklich empfand.

4.

Als unsere große Zurück-zum-Land-Bewegung begann, hatte Bess vorgeschlagen, wir sollten einen Strich unter unsere Vergangenheit ziehen. Übereinstimmend beschlossen wir, daß keiner unserer New Yorker Freunde unser Fremdenzimmer mit Beschlag belegen würde, wenigstens bis Weihnachten nicht. So isolierten wir uns nicht nur geographisch, sondern zogen uns auch von unserem alten Bekanntenkreis zurück. Das stellte kein besonderes Problem dar; unsere Eltern waren tot, und die Freunde, die uns eine Einladung wert erschienen, konnten warten.

Trotzdem kamen mir manchmal Zweifel, obwohl ich sie Bess gegenüber nie äußerte. Wie sollten wir in diese Welt passen, in der die Zeit stehengeblieben zu sein schien? Welche Freunde sollten wir mit Ausnahme der Dodds finden? Wie würde es Kate in der Greenfarm-Schule ergehen? Waren wir verrückt, uns in einem abgelegenen Dorf zu vergraben, wo man meilenweit fahren mußte, um zu einem Einkaufszentrum zu kommen oder einen Film zu sehen? Wo die Leute noch immer daran glaubten, daß alles, was gut genug für ihre Väter gewesen war, auch für sie gut genug war? Wie konnten sie mit mir über die Malerei sprechen, ich mit ihnen über Mais?

Darin schien mir des Rätsels Lösung zu liegen. Wenn der Prophet nicht zum Berg kam… Obwohl ich nie besonders naturverbunden gewesen war, würde ich im nächsten Jahr ebenfalls Mais säen. Ich würde die Wiese am Ende des Grundstücks umpflügen und Mais und Bohnen, Tomaten und Früherbsen anbauen. Ich würde mir Bücher über Gartenarbeit kaufen und lernen, wie man sogar als Stadtmensch die Erde dazu bringen kann, Frucht zu tragen. Dort an der Ecke der Penrose Lane, an jenem sonnigen Morgen vor dem Agnes-Fest, erhob ich Anspruch auf das Land, schwor ihm Treue. Ich bog nach links in die Hauptstraße ein und setzte meinen Weg in Richtung Dorfanger fort. Das Haus der Witwe Fortune war fast hinter einem Maisfeld verborgen, das hoch genug war, daß ein Mann sich darin hätte verstecken können. Ich hatte Robert Dodd sagen hören, die alte Dame würde den Mais besprechen, damit er besonders gut gedieh – eine Vorstellung, die ich kurios fand. Meiner Meinung nach hing das Wachstum der Pflanzen mit dem Einfluß von Land und Witterung zusammen; doch daß sie gediehen, weil jemand sie besprach …

Ich ging an dem kleinen, spitzgiebeligen Haus entlang und trat in den Vorgarten. Dort stellte ich die Tüte mit den Korinthenbrötchen auf die Treppe neben ein Paar abgetretener Schuhe. Darunter lag ein Blumenstrauß in einem undichten Kübel. Ein großer schwarzer Eisenkessel hing nahe der Hausmauer über einem rauchenden Feuer; der Inhalt brodelte und verursachte schmatzende, blubbernde Geräusche. Ich atmete das Aroma des Gebräus ein; andere Gerüche mischten sich darunter: Es roch scharf nach feuchter Erde, zerbrochenen Blumentöpfen und Dünger – gute, kräftige Landgerüche.

Meine Augen schweiften über die Reihen von Kohlköpfen, und plötzlich sah ich die Witwe dazwischen knien. Sie schien meine Ankunft nicht bemerkt zu haben. Sie hatte den Kopf gebeugt und die Hände auf der Brust gefaltet. Ich nahm an, daß sie betete, obwohl ich mir nicht vorstellen konnte, weshalb sie das gerade im Kohlgarten tun sollte. Das weiche Morgenlicht überzog sie mit einem Schimmer von Aquarelltönen – milchweiß und perlmuttfarben, violett und grau und zartrosa.

In diesem Augenblick hob sie den Kopf und stand auf, bemerkte mich jedoch noch immer nicht. Sie preßte ihre geballten Fäuste in den Rücken, um sich nach der gebückten Haltung zu entspannen, sah zum Himmel auf und schien in Träumerei zu versinken. Dann raffte sie ihre Röcke, die sie der Bequemlichkeit halber hochgesteckt hatte, spähte über den Boden und begann zu sprechen.

»Komm jetzt, du Schlafmütze, friß ein bißchen.« Sie bückte sich, brach ein paar Krautblätter ab und legte sie neben einen großen braunen Stein. Wie durch Zauberei bewegte sich der Stein. Ich blinzelte verdutzt und merkte dann, daß es in Wirklichkeit eine mächtige Schildkröte war, deren Schale einem Stein ähnelte. Während sich das Tier über eines der Kohlblätter hermachte, redete die Witwe mit ihm wie eine Hexe mit ihrer Vertrauten. Dann richtete sie sich auf, und ihre schwarze Gestalt hob sich festumrissen gegen den sich lösenden Dunstschleier ab.

»Guten Morgen«, rief ich endlich. Sie drehte sich um und sah mir durch ihre runde, silbergerandete Brille entgegen. »Passen Sie auf, wohin Sie treten«, sagte sie unverblümt. »Zertrampeln Sie meine Kohlköpfe nicht.«

Eine stattliche Frau; sie stellte etwas vor. Junonische Figur, wohlgeformter Kopf auf geradem Hals, volle Schultern. Obwohl der Zahn der Zeit hier und dort an ihr genagt hatte, war ihre Haut noch immer glatt und schimmerte gesund über dem rosigen Fleisch. Ich fragte mich wieder, wie alt sie sein mochte. Die Jahre hatten sie nicht welken lassen. Nichts Altweiberhaftes war an ihrer Erscheinung; ihre Gesundheit schien unerschütterlich, ihr Herz zäh, und wenn ihre Zähne nicht mehr echt waren, ging sie doch noch nicht am Stock.

Hätte mich jemand nach meinem ersten Eindruck von der Witwe Fortune gefragt, so hätte ich geantwortet: gemütlich und mütterlich.

»Sie sind ein Frühaufsteher«, sagte sie munter.

»Bess hat mir ein paar Korinthenbrötchen zum Frühstück für Sie mitgegeben.« Ich wies mit einer Kopfbewegung in Richtung Verandatreppe.

»Na, das ist aber nett von ihr. Kommen Sie, wir trinken eine Tasse Tee miteinander. Ich habe den Topf schon auf dem Feuer, lassen Sie mich nur vorher die Kuh auf die Weide bringen.«

Es klang mehr wie ein Befehl als eine Einladung, und ich merkte, daß ich zustimmend nickte. Sie schritt rasch aus, als ich ihr auf einem ausgetretenen Pfad zum Stall folgte. Dann verschwand sie einen Augenblick hinter der einfachen Tür, tauchte wieder auf und trieb eine große, braun-weiß gefleckte Kuh auf die kleine Weide. Den Weidenzaun verschloß sie sorgsam wieder mit einer Querstange, um das Tier vom Maisfeld fernzuhalten.

Sie führte mich den Weg zurück, den wir gekommen waren. Vor dem Kessel machte sie halt, um mit einem großen hölzernen Kochlöffel darin herumzurühren. »Schwein«, sagte sie kurz, und ich beobachtete, wie die Fleischstücke und das Fett an die Oberfläche kamen. »Eines von Irene Tatums Schweinen. Hab' es selbst letzte Woche geschlachtet. Sehr mysteriöse Angelegenheit. Das Schwein hatte zwei Mägen, Sie werden's nicht glauben.« Sie musterte mich. »Raten Sie mal, was ich in einem von beiden gefunden habe. Einen Kragenknopf!« Ihr Blick verschärfte sich, als wollte sie mich prüfen. »Würden Sie das nicht auch ein Omen nennen?«

»Nun ja, vielleicht schon«, sagte ich lachend.

»Sicher würden Sie das. Das täte jeder. Doch was für ein Omen?« fragte sie. Das Schwein, fuhr sie fort, hätte man eingepökelt. Nun sei nur noch der Kopf übriggeblieben, der da im Kessel kochte. Sie zog den Kochlöffel heraus, klopfte ihn ab und legte ihn zur Seite. Dann nahm sie ein Spankörbchen von einem Haken an der Mauer und marschierte in eine Ecke des Gartens, wo sie ihre Pflanzen prüfend betrachtete.

»Eine Minute noch!« rief sie mir zu und schnitt ein paar Blätter mit der großen Silberschere ab, die an einem schwarzen Band von ihrer Taille hing. Irgend jemand würde auf dem Fest bestimmt eisgekühlten Tee wollen, erklärte sie, als ich hinter sie trat, und etwas Minze schmecke immer gut. Sie hielt mir einen Pfefferminzstengel entgegen, und ich atmete den kühlen Duft ein; währenddessen schnitt sie eine weitere Pflanze ab und streckte mir auch diese hin. »Mitcham-Minze«, sagte sie. »Die ist gut gegen Koliken.« Dann führte sie mich zur Hintertür, zog ihre Stiefel aus und schlüpfte in die ausgetretenen Schuhe.

Nachdem sie mir eingeschärft hatte, meine Füße abzustreifen, durfte ich die Küche betreten. Sie stellte das Körbchen auf den Tisch und bot mir einen Stuhl an. Ich legte meinen Zeichenblock und den Malkasten beiseite, sie verstaute die Korinthenbrötchen im Backofen, stellte eine weitere Tasse mit Unterteller neben das Geschirr, das bereits auf dem Tisch stand, goß Tee ein, holte Butter aus dem Kühlschrank und brachte einen Topf Honig.

»Wie geht's Ihrer Familie?« fragte sie und fuhr dabei in ihren kleinen häuslichen Verrichtungen fort.

»Gut.« Ich beobachtete ihre Hände: große Arbeitshände, doch von einer eigenen schlichten Anmut, mit wohlgeformten, spitz zulaufenden Fingern und ovalen Nägeln. »Abgesehen von Kate – sie hatte wieder einen ihrer Asthma-Anfälle.«

»Ich weiß. Asthma.« Sie sprach das Wort mit scharfer Betonung. »Dieses Kind bräuchte kein Asthma zu haben.« Sie holte die Korinthenbrötchen aus dem Backofen und legte sie auf einen Teller, den sie mir hinschob. »Bedienen Sie sich.« Ihre geschickten Finger teilten die kleine Kräuterernte im Körbchen, sie band sie zu Büscheln und hängte diese an einige der Nägel, die in das Bord über dem Ausguß geschlagen waren. Überall standen Einmachgläser und andere Gefäße herum, gefüllt mit verschiedenen Kräutern, Stengeln, Blüten, Samen – ein ganzes Arzneibuch ländlicher Heilmittel.

»Wozu brauchen Sie das hier?« fragte ich und schnupperte den aromatischen, fast exotisch anmutenden Geruch ein, der einem Zinnkessel auf dem Herd entströmte.

»Für allerlei Gebrechen.« Ich überlegte mir, ob sie den Heiltrank wohl in Flaschen füllen und auf dem Jahrmarkt verkaufen würde. Als könnte sie meine Gedanken lesen, erklärte sie, daß es kaum einen Menschen im Dorf gäbe, der nicht ab und zu einmal bei ihr vorbeikäme, um eine ihrer Kräuteressenzen zu kaufen; es sei eine lohnende Nebenbeschäftigung für sie.

Ihr Blick fiel auf meinen Skizzenblock. »Was macht die Malerei?«

Ich versicherte ihr, daß ich hart arbeitete. »Eine New Yorker Galerie will sich um den Verkauf meiner Bilder kümmern.«
»Sind Sie begabt?«
»Wahrscheinlich nicht.«
»Sie sind ein Schwindler.« Ihre Augen hinter den Brillengläsern strahlten. »Lassen Sie mich mal sehen.« Sie blätterte den Block durch und murmelte beifällig; dann stieß sie ein kurzes Keuchen aus und preßte die Hände an die Brust. Ich sah, daß sie zum Blatt mit den Grabsteinen gekommen war, die ich gestern gezeichnet hatte.
»Ach du mein Himmel! Clemmons Stein.« Sie starrte auf die Skizze nieder, und ihr Gesicht wirkte plötzlich erschöpft. »Ach, da ruht der liebe Clem.« Sie schloß den Skizzenblock, legte ihn beiseite und setzte sich auf den Stuhl mir gegenüber. Dann rührte sie ihren Tee mit einem kleinen Silberlöffel um. »Clem hat mir diese Tasse hier geschenkt; das war in dem Jahr, als wir heirateten. Das ganze Service habe ich noch, nichts ist davon zerbrochen, nirgends auch nur eine angeschlagene Stelle.« Sie hob die Tasse und sah sie einen Moment gedankenvoll an; dann trank sie daraus.
»Mit Ihrem Haus scheint's gut voranzugehen. In Bill Johnson haben Sie einen tüchtigen Mann gefunden.«
»Hatten wir.« Ich erzählte ihr von Bills bevorstehender Abreise.
»Na, mir hat er aber nichts davon gesagt, daß er nach Las Vegas fahren will.« Ihre Stimme klang überrascht und ein wenig verstimmt, weil Bill sie nicht ins Vertrauen gezogen hatte. »Sie werden einen Ersatz für ihn brauchen, nicht wahr?«
»Es ist gar nicht so leicht, hier jemanden zu finden. Jeder denkt nur an die Maisernte.«
»Jetzt vor Harvest Home wird die Geschäftigkeit etwas nachlassen.« Unter ihren schweren Schritten gaben die Dielenbretter nach, als sie aufstand, eine Blutwurst in Pergamentpapier packte und in ein Körbchen legte. »Die muß ich bei Justin Hooke vorbeibringen. Er hat eine besondere Vorliebe für Blutwurst.«

Justin Hooke, das wußte ich inzwischen, war der hochgewachsene Ackermann, den wir an jenem ersten Tag unserer Ankunft in Cornwall Coombe gesehen hatten. Er besaß einen der schönsten Bauernhöfe der Gemeinde und wurde im allgemeinen mit einer Mischung aus Ehrfurcht, Respekt und Wohlwollen behandelt. Seine Frau hieß Sophie; die Heirat der beiden war vom ganzen Dorf mit Zustimmung aufgenommen worden. Justin schien der erklärte Liebling der Witwe zu sein, denn nun legte sie noch eine weitere Blutwurst in den Korb.
»Wie hat Ihnen der Tee geschmeckt?« fragte sie und holte eine Dose vom Küchenbord. »Ein englischer Tee, Weber Eins-B, kein Zwei-B. Ich lasse ihn extra aus London kommen. Haben Sie je von Fortnum & Mason gehört?« Ich sagte, ja, das hätte ich. »Dort kommt er her. Ein feiner Laden. Hier in Amerika scheint's Webers Tee nicht zu geben.«
Ich trug meine Tasse zum Spülbecken, wusch sie aus und wandte mich zur Tür.
»Wollen Sie schon so bald gehen?« Sie legte eine große Flickendecke neben ihren Korb.
Ich bedankte mich bei ihr und sagte, ich hätte vor, zur Lost Whistle Bridge zu wandern und dort ein wenig zu zeichnen. Dann erinnerte ich mich, weshalb ich eigentlich hergekommen war, und gab ihr die fünf Dollar für Eier und Honig. Sie steckte sie ein und erwiderte, sie müsse ebenfalls in diese Richtung; ob ich Lust hätte, mit ihr zu fahren? »Worthy müßte jeden Augenblick hier sein und den Wagen anspannen. Es sei denn, Sie ziehen es vor, auf Schusters Rappen zu gehen.«
Wieder klangen ihre Worte mehr wie ein Befehl als ein Vorschlag. Doch ich erwiderte, ich würde gern mitkommen. Sie bat mich, sie zu entschuldigen, sie müsse sich fürs Fest fertigmachen; dann verließ sie mich, und ich hörte, wie sie die Treppe hinaufstieg.
Ich wanderte wieder in den Vorgarten hinaus. Hühner und Gänse pickten zwischen Stangenbohnen. Aus der Ferne klangen vom Kirchturm acht tiefe Schläge herüber. Als ich hinter

mir ein Geräusch hörte, drehte ich mich um und sah, wie sich jemand auf einem Fahrrad über den Gartenpfad näherte. Es war Worthy Pettinger, der die Morgenzeitung austrug.
»Morgen!« rief er.
Ich erwiderte den Gruß und ging auf ihn zu. »Hallo, Worthy.«
»Tut mir leid, daß ich heute so spät dran bin, Mr. Constantine. Meine Mutter ist ganz durcheinander wegen des Festes.« Er nickte energisch und lächelte, während er eine Zeitung aus dem Korb an seiner Lenkstange nahm und sie zusammenfaltete. Er war etwa fünfzehn, hochaufgeschossen und schlaksig, mit einem hübschen, feingeschnittenen Gesicht und eifrigem Lächeln; wirklich ein sympathischer junger Bursche. Fleißig war er auch; man traf Worthy immer dabei an, wie er irgend jemandes Rasen mähte oder Holz hackte oder einen Garten anpflanzte.
»Worth-ee?« Ein Fenster im zweiten Stock tat sich auf, und die Witwe streckte ihren Kopf heraus. »Spann die Stute ein und trödle nicht herum!« Wie der Blitz verschwand sie wieder, und wir hörten ihre aufgeregte Stimme: »Wo zum Kuckuck ist jetzt meine Brosche?«
Worthy lehnte sein Fahrrad an die Mauer und legte die Zeitung auf eine Treppenstufe. Ich schlenderte hinter ihm her, als er in den Stall ging und die kleine Stute ins Freie führte. »He, altes Mädel«, sagte er fröhlich, schob ihr das Gebiß ins Maul und spannte sie mit geübten Griffen vor den Wagen.
»Du scheinst immer vollauf beschäftigt zu sein«, äußerte ich und bewunderte insgeheim seine Geschicklichkeit.
»Ja, Mister. Hier gibt's überall eine Menge Arbeit, wenn man etwas tun will. Ich möchte genug Geld verdienen, um im nächsten Herbst auf die Landwirtschaftsschule zu gehen. Es gibt immer noch viele Bauern, die nicht wissen, wie man Mais anbaut, auch wenn sie es nie zugeben würden.« Er sprach lebhaft und offen. »Ich glaube, mit anderen Anbaumethoden könnte man doppelt soviel Ertrag erzielen. Wir haben hier gutes Land, aber die Leute nutzen es nicht richtig. Es gibt Maschinen, die

die Arbeit von zehn Männern tun könnten und uns beim Pflanzen, Säen und Ernten eine Menge Zeit ersparen würden.« In vertraulichem Ton fuhr er fort: »Ich habe einen Traktor.« Seine Stimme verriet mir, daß das sein größter Schatz war, genau wie die Kuh für die Witwe. »Er ist ein Prachtstück. Ich kann den ganzen Motor auseinandernehmen und wieder zusammenbauen, und er funktioniert einfach fabelhaft.« Das sagte er mit Verschwörermiene, so daß es mir vorkam, als wäre es ein verwegenes Unterfangen, hier einen Traktor zu besitzen.

»Warum haben die anderen Farmer keine Traktoren?«

»Weil's nicht erlaubt ist. Maschinen würden die kleinen Bauern brotlos machen, und wir sitzen doch alle in einem Boot. Aber Traktoren wären ein Segen fürs ganze Dorf, und Eggen–«

»Schäm dich, Worthy! Wiegelst du die Leute auf?« Die Witwe war auf der Türschwelle erschienen und wartete, während der Junge sich mit dem Einspänner näherte. »Hier hat du ein Korinthenbrötchen. Iß. Du siehst mager aus.«

Sie hatte ihre Arbeitskleidung gegen ein elegantes schwarzes Kleid mit weiten Röcken ausgetauscht, dem eine lange schwarze Alpakaschürze vorgebunden war. Ihr graues Haar war sorgfältig gebürstet, zu einem Knoten hochgesteckt und von einer schneeweißen Haube mit gefälteltem Rand gekrönt, deren Bänder ihr links und rechts auf die Schultern herabhingen. Die gesuchte Brosche zierte ihren umfangreichen Busen.

»Danke, Witwe.« Worthy hob die Zeitung auf und tauschte sie gegen das Brötchen.

»Bedank dich nicht bei mir, sondern bei Mr. Constantines Frau – die hat sie nämlich gebacken. Zum Teufel mit dieser Zeitung, ich weiß nicht, weshalb ich Geld dafür ausgebe. Nichts als Raub und Mord und höhere Steuern.« Sie schleuderte die Zeitung von sich und ging in die Küche. Einen Moment später kehrte sie mit ihrem Korb und der Decke zurück; außerdem trug sie noch ein kleines Handköfferchen aus abgeschabtem braunem Leder. Sie überwachte Worthy dabei, wie er alle Sachen sicher unter dem Sitz verstaute.

»Teufel auch, jetzt habe ich meine Schere vergessen.« Sie verschwand, und als sie zurückkam, umgürtete wieder das schwarze Band mit der Silberschere ihre Mitte. Sie nahm den Blumenstrauß aus dem Eimer, schlug einen Teil der verschmähten Zeitung um die tropfenden Stiele und legte die Blumen zu den anderen Gegenständen, die bereits im Wagen lagen. Solcherart versorgt und ausgerüstet, reichte sie Worthy ihre Hand, und er half ihr beim Einsteigen.

»Hab' ich auch daran gedacht, den Ofen auszumachen? Worthy, lauf und sieh nach!« Sie drehte sich zu mir um. »Da sehen Sie mal, wie ein gutaussehender Mann wie Sie eine alte Dame durcheinanderbringen kann.« Sie wies mir den Platz an ihrer Seite zu, und ich stieg auf den Kutschbock. Nun ergriff sie die Zügel, trieb die Stute an und wandte den Einspänner in einem großen Bogen, so daß die Räder in ein Kräuterbeet abrutschten. »Zum Kuckuck, jetzt ist mein Fenchel ruiniert. Worth-ee!« Sie ließ die Zügel sinken und wartete auf Rettung. Worthy kam die Stufen heruntergerannt und führte die Stute mit gutmütigem Lächeln aus dem Vorgarten zur Auffahrt. »Man könnte meinen, Sie hätten noch nie einen Pferdewagen gelenkt, Witwe«, sagte er und gab ihr die Zügel zurück. »Vielleicht sollten Sie sich besser ein Auto kaufen.«

»Was sollte ich denn mit einem dieser teuflischen neumodischen Vehikel anfangen? Die verbreiten nichts als Lärm und Gestank und fressen obendrein Benzin. Clem hat mir diesen Wagen zur Hochzeit geschenkt, und er wird mich bestimmt überleben.« Sie schnalzte mit der Zunge, und die Stute ging ein paar Schritte vorwärts, doch gleich darauf hielt die Witwe wieder an. »Ach Worthy, ich hab' noch etwas vergessen. Mr. Constantine wird auf seinem Grundstück noch etwas Hilfe brauchen. Bill Johnson zieht's nach Las Vegas, zu den Spielhöllen. Du kannst doch bestimmt jemanden auftreiben, der mit zugreift?« Ihre Augen hinter den Brillengläsern musterten ihn.

»Um was für eine Arbeit handelt es sich denn, Mr. Constantine?«

Ich berichtete vom Dachfenster im Atelier und der Terrassenmauer. Er versprach, bei nächster Gelegenheit vorbeizuschauen und sich die Sache anzusehen; dann raste er davon, um seine Zeitungen auszutragen.

»Er scheint ein netter Kerl zu sein«, sagte ich beiläufig, dankbar, daß die Witwe sich meiner Schwierigkeiten annahm.

»O ja, Worthy ist ein vielversprechender Bursche, einer von den besten und besser als die meisten. Er ist immer vergnügt und dazu gutmütig und anstellig. Eines Tages wird er einen guten Bauern abgeben.« Ich erklärte, er scheine sehr strebsam zu sein, da er auf die Landwirtschaftsschule gehen wollte. Die Witwe antwortete mir nicht sofort, sondern ließ es sich durch den Kopf gehen. Als sie sich äußerte, tat sie es in nachdenklichem Ton: »Er macht sich nur selbst das Leben schwer. Die Leute halten hier nichts von Neuerungen. Er hat sein Herz daran gehängt, diese Schule zu besuchen, aber sein Vater wird's nicht zulassen – weder er noch Worthys Mutter.«

Ich drückte meine Verwunderung darüber aus, wie Eltern ihrem Kind so die Zukunft verbauen konnten. Die Witwe schüttelte den Kopf. »Wahrscheinlich kommt es Ihnen beschränkt vor, aber Sie müssen die Leute hier verstehen. Sie haben ihre eigenen Ansichten und Gewohnheiten, und es müßte schon eine von diesen Atombomben dreinfahren, um sie umzustimmen. Worthy allerdings ist anders, war es immer schon. Ich habe geholfen, ihn zur Welt zu bringen, hab' ihn aufwachsen sehen. Er war stets voller Tatendrang. Manchmal muß man ihn ein bißchen dämpfen, aber er wird seinen Weg schon machen. Die Jugend ist die Hoffnung der Welt. Und Ihre Tochter, Kate? Mag sie unsere ländlichen Sitten? Kommt sie Ihnen glücklich vor?«

Ich bejahte beide Fragen, und sie fuhr fort, mich auszufragen. Ich kam zu dem Schluß, daß ihre Neugier der freundlichen Anteilnahme an Kates Krankheit entsprang. Was aß sie? Wie viele Stunden schlief sie pro Nacht? Wogegen war sie allergisch und seit wann? Litt sie unter plötzlichen Temperamentsausbrüchen und Anwandlungen von Melancholie?

»Sie ist Ihr einziges Kind, nicht wahr? Manchmal ist so ein Einzelkind viel anfälliger als eines mit vielen Geschwistern.«
Ich erklärte, daß wir uns zwar beide verzweifelt mehr Kinder gewünscht hätten, daß Kates Geburt für Bess jedoch mit großen Komplikationen verbunden gewesen war. Allerdings erzählte ich ihr nicht, daß ich insgeheim befürchtete, der Mumps, den ich noch als Erwachsener gehabt hatte, könnte mich zeugungsunfähig gemacht haben – daß es vielleicht mein Fehler war, nicht der von Bess, daß wir keine Kinder mehr bekamen.
Die nächsten Fragen der Witwe galten Bess, die selbst ein Einzelkind war. Und ich, erkundigte sie sich, hätte ich Brüder oder Schwestern? Nein, sagte ich, obwohl Griechen sonst oft große Familien hatten.
»Fruchtbar, ja.« Sie sah mich mit schiefgelegtem Kopf an, als wollte sie sich ein Urteil über mich bilden. Ihre Augen zwinkerten, als sie weitersprach: »Hüte dich vor den Griechen, so heißt es doch?«
»Nur, wenn sie mit Geschenken kommen.«
»Und das haben Sie getan – Sie haben mir Korinthenbrötchen gebracht! Ein gerissenes Volk, diese Griechen. Denken Sie nur daran, wie sie aus ihrem hohlen Pferd kletterten, um die Mauern von Troja zu stürmen.«
»Ich habe aber nicht vor, die Mauern von Cornwall Coombe zu stürmen.«
Sie lächelte und fuhr fort: »Ich selbst habe nie Kinder gehabt. Aber eigentlich gehört mir jeder Junge und jedes Mädchen hier im Dorf. Ich beobachte sie gern von meinem Wohnzimmerfenster aus, wenn sie auf der Straße herumtollen. Dann klopfe ich mit dem Fingerhut aufs Fensterbrett und winke ihnen zu. Sie winken zurück, spielen aber gleich wieder weiter.« Ich merkte, daß sich hinter ihrer schroffen Art die Einsamkeit einer langen Witwenschaft verbarg. Im nächsten Augenblick überraschte sie mich damit, daß sie meine Hand tätschelte. Dann rief sie munter: »Guten Morgen, Tamar. Morgen, Missy!«
Die Posthalterin saß mit gerafften Röcken und bloßen Beinen

auf der Verandatreppe und flocht ihrer kleinen Tochter die Zöpfe. Das Kind entwischte ihr und kam mit seiner wunderlichen Puppe zur Gartenpforte, um uns vorüberfahren zu sehen. Sein Koboldgesicht war milchig weiß und von roten Zöpfen umrahmt; es wirkte abgehärmt und verzerrt, und die großen, wäßrigen Augen betrachteten uns mit jenem stumpfen, seltsam verschwommenen Ausdruck, der auf Inzucht schließen ließ.
»Pferdchen, Missy!« Die Witwe verlangsamte ihre Fahrt und brachte die Stute durch einen Ruck an den Zügeln dazu, mit dem Kopf zu nicken. Das Geschirr klingelte. Missy erwiderte nichts, sondern starrte uns weiterhin an. »Suchst du dir heute ein hübsches kleines Schaf aus? Braves Mädchen.« Die Stimme der alten Frau klang freundlich und warmherzig, und sie nickte vergnügt. Ich hatte das Gefühl, als sähe das Kind nicht die Witwe oder das Pferd an, sondern mich, und mir war seltsam unbehaglich zumute, als ich auf das durchscheinende Gesicht mit den vielen Sommersprossen niedersah, die den Nasenrücken bedeckten.
Ihre Mutter rief von der Veranda: »Missy, komm Pipi machen!« Ehe das Kind dem Befehl nachkam, drehte es sich noch einmal um und drückte dabei noch immer die absonderliche Puppe an sich. Und wieder überkam mich das gleiche merkwürdige Gefühl, als wäre sein Blick mit einer gewissen Bedeutsamkeit auf mich gerichtet. Als wir weiterfuhren, fragte ich die Witwe ungezwungen, ob es stimme, daß Missy Penrose in die Zukunft sehen könne.
Die alte Dame nickte wieder; Missy hätte besondere Kräfte, sagte sie, daran bestünde kein Zweifel. Ihrer Aussage nach hing das mit den Sommersprossen zusammen, zwei Dutzend an der Zahl, die in der gleichen Konstellation zueinander stünden wie Orion zu seinen beiden großen Sternen Beteigeuze und Rigel. Dies wäre das Sternbild ihres Gesichtes; eine Art Kosmos sei dort eingezeichnet. Und wie Menschen die Geheimnisse jener Himmelskörper zu lesen vermochten, so wäre es dem Kind gegeben, andere Rätsel zu ergründen.

Ich sann weiter über das sternengesprenkelte Gesicht und die unergründliche Natur Missy Penroses nach, und wir fuhren schweigend zum Ende der Hauptstraße.
Die weidenden Schafe blökten, als wir vor dem Kirchhof haltmachten. Die Witwe ging zum Grab ihres Mannes, um die frischen Blumen niederzulegen. Still blieb sie davor stehen, beugte den Kopf und faltete die Hände über ihrer Schürze.
Ich kletterte auf die Anhöhe und sah den Hügel hinunter, wo der Friedhof endete, umfriedet vom Drahtzaun. Jenseits der Begrenzung befand sich der verwilderte Platz, dessen Grabstein fast von Unkraut und Gestrüpp überwuchert war. Wieder dachte ich über Grace Everdeen nach, deren sterbliche Überreste unter dem verlassenen Gedenkstein lagen, und fragte mich, weshalb man ihr die letzte Ruhe unter den anderen toten Dorfbewohnern versagt hatte.
Ich ging zurück.
Die Witwe stand immer noch mit gesenktem Kopf an derselben Stelle und sagte: »Nun, Clem, wir werden wohl einen schönen Tag fürs Fest bekommen. Jetzt können wir nur hoffen, daß die richtige Wahl getroffen wird.« Sie legte den Kopf schief, als erwarte sie eine Antwort. Ich entfernte mich, um sie in ihrem Gespräch mit dem Toten nicht zu stören, das mir plötzlich aus irgendeinem Grund wie etwas völlig Natürliches erschien.
Schließlich brach sie ab, sah auf und lächelte, als sie meinem Blick begegnete. Sie kam auf mich zu und blieb unterwegs vor einem anderen Grabstein stehen.
»Nun ja, Loren«, murmelte sie und bückte sich, um eine Blume aufzurichten, deren Stengel abgeknickt war. »Loren ist auch heimgegangen, und das ist der Lauf der Welt. Der Herr hat's gegeben, der Herr hat's genommen.«
Ich sah mir den Stein näher an und las die Inschrift:

LOREN McCUTCHEON
28 Jahre

»Woran ist er gestorben?« fragte ich.
»Am Alkohol.«
»Mit achtundzwanzig?«
»Nun, es war nicht so sehr das Trinken selbst als der Sturz. Er war betrunken und ist nachts vom Stalldach gefallen.«
Ich wollte gerade fragen, welches Mißgeschick an der Verbannung jener unbekannten Grace Everdeen schuld war, doch die Witwe machte bereits kurzen Prozeß mit den teuren Verblichenen, raffte ihre Röcke und marschierte aus dem Friedhof, wobei ihre Schere am Band hin und her schwang.
Die Straße war ruhig und verlassen; nur die Posthalterin ging den Bürgersteig entlang, ihre Tochter Missy an der Hand. Als sie zur Post kam, drehte sie die Kleine mit dem Gesicht zu den weidenden Schafen, gab ihr einen Klaps auf das Hinterteil und schickte sie fort. Dann schloß sie die Tür zum Postamt auf und ging hinein. Das Kind stiefelte zum Dorfanger hinüber und mischte sich unter die Herde.
Inzwischen hatte die Witwe die Hände in die Hüften gestemmt und musterte den alten Kirchendiener, der noch immer im Sonnenschein döste.
»Ein komischer Kauz, dieser Amys.« Sie kicherte und ließ sich von mir auf den Kutschbock helfen. »Seit vierzig Jahren ist er unser Küster und hält noch immer nichts vom Agnes-Fest. Er hält überhaupt von nichts etwas, wenn man's genau nimmt.« Sie schnalzte mit der Zunge, und das Wägelchen rollte auf die Straße. »Brave Missy!« rief sie dem Kind zu. Das Mädchen sah nicht auf, sondern starrte nur die Schafe an, die in der Nähe grasten; ihre Glocken bimmelten friedlich. Die Witwe ließ die Zügel auf die Flanken der Stute klatschen, ein Schwarm Fliegen erhob sich, und das Pferd schlug ein flottes Tempo an – den Weg zurück, den wir gekommen waren; zum anderen Ende der Hauptstraße.

5.

»Wie sind Sie zu dieser Warze gekommen?«

Sie hatte mir die Zügel überlassen und führte meine Hand nun näher an ihre Brille heran, um das Gewächs auf meinem Finger zu inspizieren. Ich erwähnte den Druck meiner Pinsel und sagte, ich hätte die Absicht, deshalb den Arzt aufzusuchen.

»Ha! Tun Sie das nur. Den alten Doktor Bonfils drüben in Saxony. Vielleicht befreit er Sie davon, vielleicht auch nicht. Was Sie brauchen, ist ein kleines rotes Säckchen – das würde mit Ihrer Warze schon kurzen Prozeß machen.«

»Ein kleines rotes Säckchen?«

Sie legte den Zeigefinger an die Nasenspitze und kniff ein Auge zu. »Das, was wir die Cornwall-Kur nennen. Mal sehen, was sich machen läßt«, fügte sie geheimnisvoll hinzu und gab meine Hand wieder frei.

Wir fuhren die kurvenreiche Straße entlang, die nach Soakes Lonesome und zur Lost Whistle Bridge führte. Im Osten stieg die Sonne höher; der Himmel war bereits tiefblau. Zu beiden Seiten der Straße stand der Mais hoch, und als ich die Überzeugung äußerte, daß es in diesem Jahr wohl eine gute Ernte geben würde, stimmte mir die Witwe zu.

»Wir werden ein reiches Harvest Home feiern.«

»Was ist Harvest Home eigentlich?« fragte ich.

»Das ist die Zeit, wenn der letzte Mais eingebracht wird, wenn die Ernte vorüber ist und die Leute sich ausruhen und ihren Segen überblicken können. Eine Zeit für Frohsinn und Feste. Iß, trink und sei fröhlich. Die Leute können sich nicht vergnügen, solange die Ernte nicht eingefahren ist. Also müssen sie warten, bis die Arbeit getan ist. Harvest Home, das bedeutet Erfolg und Dank und alle guten Dinge. Und heuer ist das siebente Jahr.«

»Das siebente Jahr?«
»Ja. Sechs Jahre lang gibt es nichts als Arbeit und Fasten, doch das siebente Jahr ist etwas Besonderes. Nach dem Maisschälen folgt ein Spiel, und – nun, das siebente Jahr ist für uns von besonderer Bedeutung. Harvest Home ist ein Brauch von alters her.«
»Wann wird es gefeiert?«
Sie sah mich wieder an, als hielte sie mich wirklich für ein seltsames Exemplar. »Das hat mich auch noch keiner gefragt. Harvest Home wird gefeiert, wenn's an der Zeit ist – das hängt davon ab.«
»Wovon?« fragte ich hartnäckig.
»Vom Mond.« Während ich diese Auskunft verarbeitete, schürzte sie nachdenklich die Lippen und beobachtete einige Vögel, die wie Pfeile an uns vorbeischossen. »Drei«, zählte sie und folgte ihrem geschmeidigen Flug durch die Luft mit den Augen. »Und Lerchen. Lerchen sind ein gutes Omen, bestimmt werden wir ein reiches Harvest Home feiern! Gott wird uns doch nicht wieder nehmen, was Er uns einen ganzen Sommer lang versprochen hat? Waren sieben Jahre nicht Buße genug?«
Sie schien keine Antwort auf ihre rasch hervorgestoßenen Fragen zu erwarten; so nickte ich nur immer wieder zustimmend und hielt den Blick auf den Kopf der Stute gerichtet. Doch ihre Stimme verriet mir, welche Hoffnungen sie und die ganze Gemeinde auf diese Ernte gesetzt hatten. Schließlich fragte ich sie, was sie mit sieben Jahren Buße meinte.
»Die letzte Dürre«, erklärte sie finster und berichtete, daß vor langer Zeit in Cornwall eine große Hungersnot von biblischen Ausmaßen geherrscht hatte. Damals war das Getreide verfault, und nichts wollte wachsen. Schuld daran sei eine Frau namens Agnes gewesen, jene Agnes, in deren Namen das heutige Fest abgehalten wurde. Aus ungeklärten Gründen wäre diese Agnes im alten Cornwall noch vor den übrigen Dorfbewohnern aufgestanden und hätte die Frucht verflucht. Die Bauern, voller Zorn, töteten sie auf der Stelle, doch als Ergebnis ihrer Verwünschun-

gen folgten Jahre der Pest und Dürre. Dann sei einem der Dorfältesten in einer Nacht der Geist der toten Agnes erschienen – einer reuigen Agnes – und hätte ihm verkündet, daß das Land wieder fruchtbar werden und das Getreide im Überfluß wachsen würde, wenn man jedes Jahr ihr zu Ehren ein Fest gab. Das also war der Ursprung des jährlichen Agnes-Festes. Ich fand die Erklärung zwar interessant, aber reichlich phantastisch.
Doch der zweite Teil dieser seltsamen Geschichte, die die Witwe mir erzählte, klang alles andere als unwirklich. Vor dreizehn Jahren war Cornwall Coombe ebenfalls von einer großen Dürre heimgesucht worden. Der Fluß war im Frühling nicht angeschwollen, der Boden trocken geblieben, und nach der Saat hatte es nicht geregnet. So verdorrte der Mais in den Kolben, und das Dorf hatte schwere Zeiten durchgemacht. Kein Wunder, dachte ich, daß die Bauern hier abergläubisch waren.
Hinter uns näherte sich das Geklapper von Kochtöpfen; ein vertrauter Lärm, der stets die verschiedenen Auftritte des Hausierers Jack Stump ankündigte. Als ich zurückschaute, sah ich, wie er in die Pedale trat und sich gewaltig anstrengte, uns einzuholen. Die Witwe drehte sich nicht um; sie lächelte gelassen und machte keinerlei Anstalten, die Stute zu einer langsameren Gangart zu veranlassen.
Jack Stump, der wie wir erst vor kurzem nach Cornwall Coombe gezogen war, war in diesem ersten Sommer schon zu einem gewohnten Anblick auf den Dorfstraßen geworden. Sein verblüffendes Gefährt bestand aus den zusammengestückelten Überresten eines Karrens, die auf ein altes Fahrrad montiert waren. Er saß auf einem glänzenden, rissigen Ledersitz; von der Lenkstange flatterte eine kleine amerikanische Fahne, und immer war sein Kommen und Gehen von infernalischem Lärm begleitet: dem Gebimmel einer Kuhglocke, dem schrillen Ton einer Messinghupe und dem Geklapper seiner Blechpfannen, Töpfe und Tiegel, die er rund um das Gefährt aufgehängt hatte – kurz, ein Höllenspektakel auf Rädern. Und wo er kam und ging, redete Jack Stump.

»Klatschbase«, sagte die Witwe. Sie wandte den Kopf nach hinten, wo der Hausierer sich mit seiner Last vorwärtsplagte. »Arme, unwissende Seele.« Als er uns endlich eingeholt hatte, stieß sie mich mit dem Ellenbogen an und wünschte ihm einen guten Tag und einen schönen Morgen.

»Wie geht's, wie steht's, Witwe? Was macht das werte Befinden, Sir?«

Die Witwe zügelte die Stute, bis sie in Schritt fiel. »Na Jack, fein, daß Sie kein Langschläfer sind. Was hat Sie denn so früh aus den Federn getrieben?«

Er keuchte und prustete. »Ich bin ein Frühaufsteher, Witwe. Morgenstund hat Gold im Mund. Ja, Ma'am, es gibt eine Menge zu tun, und ich bin ein Mann der Tat – o ja!

Was macht Ihre Schere, Witwe? Scharf wie ein Schwert, möchte ich wetten; hol' mich der Teufel, wenn's nicht so ist. Hab' sie schließlich selbst geschliffen, stimmt's, Gnädigste?«

»Das haben Sie getan, Jack.«

»Und nicht einen Cent dafür verlangt.« Er warf mir einen drolligen Blick zu. »Nicht von einer Florence Nightingale, wie diese liebe alte Dame es ist.«

»Wie geht's deinem Hinterteil, Jack?« erkundigte sie sich.

»Ich sitze, oder etwa nicht?«

»Jack hatte eine Reihe stattlicher Furunkel«, erklärte sie. Das war das Geheimnis von Jacks Abwesenheit während der letzten Tage.

»Und an keinem sehr praktischen Ort für einen Burschen, der soviel sitzt wie ich, muß ich sagen«, fuhr Jack fort. »Doch dieses mildtätige Geschöpf hat mir befohlen, mich über ein Faß zu beugen, und dann strich sie eine von ihren Salben auf meinen Allerwertesten. – Sagen Sie mal, Witwe, was war denn eigentlich in dieser Salbe drin?«

»Wird nicht verraten. Was machen die Zahnschmerzen?«

»Verschwunden, genau wie Sie's gesagt haben.«

»Tragen Sie Ihr kleines Säckchen noch?«

Er versenkte eine Hand im Hemdausschnitt und förderte ein

kleines Säckchen aus rotem Filz zutage, das an einer Vorhangschnur um seinen Hals hing.
»Nein – fassen Sie ja nicht hinein!« warnte sie ihn, als er mit seinen schmutzigen Fingern daran herumnestelte. »Sie lassen sonst noch den Zauber heraus. Wohin wollen Sie denn jetzt?«
»In den Wald.«
»Soakes Lonesome?« Sie wandte die Augen nicht von der Straße und fragte nachdenklich: »Was führt Sie dorthin?«
»Muß nach meinen Fallen sehen. Ich hab' sie im ganzen Wald verteilt.«
»Da sollten Sie nicht hingehen, Jack.«
»Pah – das Soakes-Gelichter kann mir keine Angst einjagen.«
»Wenn Sie mir ein Kaninchen fangen, mache ich Ihnen eine Pastete daraus, Jack. Wart jetzt, mein Mädel, nur einen Augenblick«, sagte sie zu ihrer Stute. »Hier müssen wir haltmachen.«
Sie brachte das Pferd am Straßenrand zum Stehen, und ich half ihr beim Aussteigen. Wir waren vor dem Hof der Hookes angekommen, dem größten und schönsten von Cornwall Coombe. Das Haus war ein Juwel frühamerikanischer Architektur, mit Rasenflächen und Blumenbeeten im Vordergrund, weiten Maisfeldern zu beiden Seiten, Obstgärten und Weiden, die sich bis zum Fluß erstreckten und auf denen die Kühe grasten.
»Bin gleich zurück.« Die Witwe ergriff ihr Körbchen und marschierte die Auffahrt entlang, um die Hausfrau zu begrüßen. Sophie Hooke fütterte gerade einen Schwarm Hühner im Hof. Sie küßte die Witwe auf die Wange, und die Frauen unterhielten sich, während das Geflügel zu ihren Füßen Körner pickte. Plötzlich tauchte ein Hahn auf und versetzte die Hühnerschar in flügelschlagenden, gackernden Aufruhr.
»Das ist der größte Hahn, den ich je gesehen habe«, erklärte ich.
»Das sagt jeder. Jeder sagt, Justin Hooke hätte den größten Hahn im Ort, wenn Sie verstehen, was ich meine.« Jack Stump zog an seiner Hutkrempe und blinzelte mir unzüchtig zu. Dem

Geschwätz der Bäuerinnen und seinem Ruf in der Gemeinde zufolge war Farmer Hooke von der Natur großzügig ausgestattet; deshalb: »Justins Hahn.«
Mit einer Kopfbewegung deutete Stump zur Scheune, wo Justin Hooke gerade in der Tür des Heubodens erschien. Er griff nach dem Zugseil und landete mit einem großartigen Schwung auf dem Boden. Auch er küßte die Witwe auf die Wange, und sie hob die Serviette von ihrem Korb und bot ihm die beiden Blutwürste an.
Der Hausierer schüttelte bewundernd den Kopf. »Ist sie nicht eine großartige Frau, die Witwe Fortune? Eine gute, starke Seele, verdammt will ich sein, wenn sie's nicht ist, leistet Männerarbeit genauso wie Frauenarbeit, ist nicht schlechter im Stall als in der Küche. Wann ich auch an ihre Tür komme, jedesmal hat sie ein Stück Pastete oder Wurst für mich bereit. Da kann man lange suchen, ehe man eine freundlichere, großzügigere Seele findet, und das sage ich auch überall, wo ich hinkomme.«
»Papperlapapp, Jack, was du nicht alles sagst!« Die Witwe war zurückgekehrt und hatte gerade seine letzten Lobsprüche mitangehört. Sie ließ sich von mir nach oben helfen und nahm die Zügel wieder auf. Wir fuhren in Richtung Soakes Lonesome weiter; hier und dort sah ich Vogelscheuchen aus den Feldern ragen. Nicht die übliche Art, wie man sie in Gärten aufstellt; diese hier waren phantastische Gestalten, ausstaffiert mit abenteuerlichen bunten Kleidungsstücken und Lumpen. Mir fiel besonders eine auf, deren verbeulter Hut hing verwegen über einem Knopfauge, und eine lange Feder steckte im Hutband wie der Helmbusch eines Ritters.
In diesem Augenblick flatterten zwei Krähen aus dem Feld. Ihre Flügel glänzten im Sonnenlicht blauschwarz auf. »Zwei Krähen«, hörte ich die Witwe murmeln. »Wenn das kein schlechtes Omen ist…« Sie schüttelte den Kopf und äußerte dann, zu Jack Stump gewandt: »Jack, ich brauche alte Kleider, um meine Vogelscheuchen fürs nächste Jahr daraus zu machen.«

»Wie viele machen Sie denn?«
»Fast alle, die Sie gesehen haben. Es gibt kaum einen Bauern im Dorf, der nicht zum Frühlingsfest kommt und mich plagt, ihm eine Vogelscheuche zu überlassen. Können Sie mir ein paar Sachen beschaffen? Etwas Flottes?«
»Klar kann ich das.«
»Aber billig. Ich gebe kein gutes Geld für Lumpen aus.«
Wir waren auf eine Anhöhe gekommen. Wieder zog Jack seinen Schlapphut und nahm Abschied. Im Leerlauf fuhr er unter dem Geklapper seiner Töpfe und Pfannen den Berg hinunter.
Die Witwe beobachtete lachend seinen Abgang. »Er hat das Herz auf dem rechten Fleck, aber seine Zunge ist eine Heimsuchung.«
Wir kutschierten weiter. Jenseits des Waldes, der Soakes Lonesome genannt wurde, zog sich der Fluß dahin. Am anderen Ufer konnte ich das braune Land von Tobacco City ausmachen und bemerkte, daß die Ernte dort bereits eingebracht war. Eine staubige Straße schlängelte sich zwischen zwei Feldern dahin und führte zu einer Landungsbrücke am Fluß. In eine Staubwolke gehüllt, näherte sich ein rosaroter Wagen dem Ufer und hielt an. Mehrere Männer stiegen aus und kletterten in ein Motorboot, das am Steg vertäut war. Bald darauf bahnte es sich einen Weg durchs Wasser, doch das Brummen des Motors war zu weit entfernt, als daß wir es hören konnten. Das Boot steuerte auf ein Stück Land diesseits des Flusses zu, wo der Wald bis zum Ufer reichte. Ich beobachtete, wie es anlegte; als die Männer ausgestiegen waren, wurden ihre Stimmen schwach vernehmbar. Ich sah den stumpfen Schimmer ihrer Gewehrläufe, auf die das Sonnenlicht fiel.
»Soakes«, bemerkte die Witwe, und dann erfuhr ich prompt die wichtigsten Einzelheiten der Geschichte von Soakes Lonesome, in der Blut und Zerstörung eine große Rolle spielten, wie es dem kornischen Wesen entsprach.
Ursprünglich war der ausgedehnte Landstrich von den Gründern des Dorfes zum Gemeindebesitz bestimmt worden, in des-

sen Bereich jeder jagen und fischen durfte. Dann, irgendwann um 1700, wurde er von der Familie Soakes beansprucht, die sich folglich auch das Jagd- und Fischrecht vorbehielt. Obwohl die Felder um das Dorf reichen Ertrag brachten, ließen sich Soakes und andere alte Siedler jenseits des Flusses nieder, wo sie statt Mais Tabak anzubauen begannen. Nach Meinung der Dorfältesten bedeutete die Übersiedlung Verzicht auf alle Landrechte diesseits des Flusses; damit sollte auch Soakes Lonesome künftig nicht mehr der Familie Soakes gehören. Die inzwischen recht zahlreiche Sippe weigerte sich jedoch, auf den Anspruch zu verzichten, und somit wurde dieses Waldgebiet zum Zankapfel zwischen der Familie Soakes und den Leuten von Cornwall Coombe. Die gegenwärtige Generation – ein alter Mann, seine Frau und fünf Söhne – wurde allgemein als gewalttätige und wilde Gesellschaft von »Tabak-Barbaren« angesehen, die das Land noch immer als ihr Eigentum betrachtete – und wehe jedem Eindringling.
Was nach Ansicht der Witwe auch die Entstehung des Gerüchts vom Geist von Soakes Lonesome erklärte. Leute, die bereit wären, an Gespenster zu glauben, seien leicht an der Nase herumzuführen. Es wurde behauptet, daß der alte Soakes irgendwo im Wald einen Destillierapparat versteckte. Vor einigen Jahren war ein Steuerbeamter aufgetaucht, um Ermittlungen anzustellen, und es hieß, er sei in den Wald gegangen und nie wieder herausgekommen. Um sein geheimnisvolles Verschwinden hatte sich die Legende vom Geist von Soakes Lonesome gebildet, der angeblich auf der Old Sallow Road herumspukte, nicht weit von der Lost Whistle Bridge. Wir kamen zum Hof der Tatums, und die Witwe hielt wieder an. »Hier muß ich Sie absetzen«, verkündete sie. Auf der gegenüberliegenden Straßenseite führte ein schmutziger Pfad zur Rückseite des Wohngebäudes, wo die Hausfrau in einem großen eisernen Kessel rührte. Nein, es handelte sich nicht um Schweinefleisch, erklärte die Witwe: Irene kochte hausgemachte Seife. Die rothaarige Mrs. Tatum legte eben ihren Kochlöffel beiseite und befahl ihren Kindern

schreiend, keine Asche ins Haus zu tragen, als diese die Körbe mit Eßwaren in den kleinen Lieferwagen luden.
Ich griff nach meiner Zeichenmappe und sprang vom Wagen, um der Witwe herunterzuhelfen. Ich hatte geglaubt, sie würde Irene einen kurzen Besuch abstatten, doch nein – »ich muß mich um meine Kräuter kümmern«, sagte sie. »Und Sie haben Ihre Brücke zu zeichnen.«
Sie nahm ihren Korb, vereinbarte mit mir, daß wir uns in einer Stunde wieder treffen würden, raffte ihre Röcke und ging durch das hohe Gras der Wiese auf den Wald zu.
Ich setzte meinen Weg zu Fuß fort; zu meiner Linken erstreckten sich Maisfelder, dann kam eine Obstplantage, und rechts war die Straße von einem Zaun aus hohen Pfählen gesäumt. Vor mir ragte der dunkle Wald von Soakes Lonesome auf. Nach kurzer Wanderung sah ich Jack Stumps Hausiererkarren halb verborgen hinter dichten Lorbeerbüschen stehen – wohl eine Vorsichtsmaßnahme für den Fall, daß die Soakes hier vorüberkamen.
Als ich die Brücke erreicht hatte, setzte ich mich unter einen Baum und fertigte einige Rohentwürfe an. Genau fünfzig Minuten später klappte ich meinen Block zu und machte mich dann wieder auf den Rückweg.
Erneut passierte ich den versteckten Hausiererkarren, und als ich um die nächste Wegbiegung kam, sah ich die weiße Haube der Witwe unter den Bäumen am Rand der Wiese auftauchen. Ich wartete, bis sie die Straße erreicht hatte, und half ihr dann auf den Kutschbock. Plötzlich hörten wir aus dem Wald Schüsse. Eine Stimme schrie etwas, dann eine zweite. Kurze Zeit herrschte Stille, da kam die gnomenhafte Gestalt des Hausierers aus dem Wald gestürzt. Er zerrte sein Fahrzeug aus dem Versteck, rannte damit auf die Straße und sprang auf den Sitz. Dann radelte er auf uns zu, was das Zeug hielt.
»Ho, Jack!« rief die Witwe. »Was ist denn los?«
Er antwortete nicht. Ein entsetzter Ausdruck verzerrte sein graues Gesicht. Als er an uns vorüberkam, streifte er uns mit

einem benommenen Blick, als hätte er uns nie zuvor gesehen, und fuhr eilends in Richtung zum Dorf weiter.
Hinter uns tauchte ein hünenhafter Mann zwischen den Baumstämmen auf, sein Gewehr im Anschlag. Er beobachtete den hastigen Rückzug des Hausierers, schüttelte die Faust und verschwand wieder im Wald.
»Der Alte höchstpersönlich«, sagte die Witwe. Ich erwiderte, er hätte den neugierigen Jack wahrscheinlich dabei ertappt, wie er seinen Destillierapparat untersuchte, und ihn davongejagt.
»Das ist leicht möglich. Jack steckt seine Nase gern in fremde Angelegenheiten«, sagte sie und nahm die Zügel auf.
Nun, dachte ich, wenn der schläfrige, verträumte Ort Cornwall Coombe derart aufregende Geheimnisse zu bieten hatte, würde ich bestimmt viel Abwechslung finden. Und ohne meiner Begleiterin etwas davon zu sagen, beschloß ich, auf dem Jahrmarkt nach Jack zu suchen und herauszufinden, was sich im Wald von Soakes Lonesome ereignet hatte.

6.

Höllisches Motorengeknatter, unterbrochen von Fehlzündungen, das Krachen und Knirschen klappriger Holzräder auf der staubigen Straße, Geschrei und Gelächter empfingen uns, als wir kurz vor Mittag den Dorfplatz erreichten. Mit uns kamen die Leute scharenweise aus allen Richtungen geströmt: alt und jung, Kinder und schreiende Säuglinge, ganz zu schweigen von ländlichem Getier verschiedenster Art – muhende Rinder, wiehernde Pferde, blökende und bähende Schafe und Ziegen, gackernde Hühner, bellende Hunde; all das und noch mehr. Was nicht weiter verwunderlich war, denn wie Weihnachten wurde das Agnes-Fest in Cornwall Coombe nur einmal jährlich gefeiert, und die Leute schienen fest entschlossen, es in vollen Zügen zu genießen.

Ich parkte dicht hinter Irene Tatums abgetakeltem Lieferauto und öffnete Bess den Wagenschlag. Während Kate vom Rücksitz kletterte, schärften wir ihr ein, sich von jedem Tier, das ein Fell hatte, fernzuhalten. Dann blieben wir stehen und beobachteten die Festbesucher, die sich vergnügt und gutgelaunt um die Buden drängten und einander grüßten, umarmten und küßten, als hätten sie sich monatelang nicht gesehen.

Es waren meist ländliche Typen mit nüchternen Gesichtern – die Männer sehnig, grobknochig, schlecht rasiert. Sie trugen ihre Alltagskleidung: geflickte und ausgeblichene Overalls und Hemden, die am Hals offenstanden. Die Frauen kamen in einfachen, unmodernen Kleidern, und ihre leichten Strohhüte oder Häubchen sahen aus, als wären sie schon seit Urzeiten im Gebrauch. Die Kleider der kleineren Mädchen waren offensichtlich von ihren Müttern genäht, und ihre älteren Schwestern, deren dralle Körper beinahe die Nähte ihrer farbenfrohen Sonntagskleider sprengten, hatten die Haare zu Zöpfen geflochten

oder ließen sie offen auf die Schultern herabhängen. Ich beobachtete, wie sie den johlenden, overallbekleideten Jungen zulächelten, die der genaue Abklatsch ihrer Väter waren.
Plötzlich entstand ein großes Durcheinander; die Männer hasteten davon, um ihr Vieh in die Verschläge zu sperren, die Frauen eilten mit ihren Körben und Taschen zu den verschiedenen Buden, wo sie ihre Ware ausstellten: Eingemachtes, Backwerk und Handarbeiten. Zwischendurch fanden sie sich immer wieder in Gruppen zusammen, um Klatsch und Neuigkeiten auszutauschen.
»Seht euch King an!«
Grunzend und schwankend kam ein riesiges Schwein über zwei Planken aus Tatums Lieferwagen getrabt. Auf einer Holztafel stand in schiefen Buchstaben: »King, das Schwein«.
»Hier ist er!« schrie Irene Tatum stolz, als das Tier festen Boden erreicht hatte. Mit der Spitze ihres Sonnenschirms brachte Irene das Schwein zum Stehen und führte King den Zuschauern vor, als wäre er ein Mitglied ihrer eigenen Nachkommenschaft.
»Wie geht's, Mrs. Zalmon, Mrs. Green«, rief sie. »Jungchen, du bringst das Schwein hinüber in seinen Verschlag. Mädel, wo ist der Picknickkorb? Behandle King wie deinen eigenen Bruder, Rusty. Er muß seitlich stehen, wo's kühl ist. Debbie, zieh deinen Rock herunter!«
Während sie davonmarschierten, erschien die Familie Minerva auf der Bildfläche. »Dein Jim ist in diesem Sommer aber gewachsen«, gestand Mrs. Green Mrs. Minerva zu. »Ein stämmiger Bursche. Wer weiß, vielleicht wird er eines Tages der Glückliche sein…«
»Mein Jim?« Asia Minerva sah halb erschüttert, halb erfreut aus. »Nein«, sagte sie, »nein –«
»Dort kommen die Hookes.« Mrs. Green deutete auf Justin, der gerade Arm in Arm mit seiner Frau eingetroffen war. Ein leichtes Raunen ging durch die Menge, und mehrere Mädchen scharten sich eilends um ihn. Sophie stand ein wenig abseits

und beobachtete amüsiert, wie ihr Mann mit bewundernden Blicken empfangen wurde.
Der Gegenstand der allgemeinen Aufmerksamkeit, Justin Hooke, war ein richtiger Naturbursche. Trotz seiner ländlichen Kleidung und seines einfachen, ungekünstelten Auftretens unterschied er sich durch seine Vitalität und seine reckenhafte Gestalt von allen anderen Männern. Er war ein Bild von einem Mann – groß, breitschultrig, derb und kraftvoll. Seine Haut war bronzefarben, sein blondes Haar von der Sonne gebleicht, und die starken Zähne blitzten, wenn er die Lippen zu einem lässigen Lächeln verzog.
Im Augenblick schien er etwas verlegen über den Wirbel, den seine Gegenwart verursachte. Die Mädchen schlossen den Kreis immer dichter um ihn, und ich fragte mich: Wozu all die Aufregung?
»Ich hab' Stachelbeertörtchen in meinem Korb, Justin«, sagte eines der Mädchen schüchtern; eine andere wies ihn auf ihren Rosinenkuchen hin, und eine dritte sah ihn verliebt an und fragte ihn, ob er gefüllte Eier gern hätte.
»Wer soll's heute sein, Justin?« fragte die erste und legte ihre Hand auf seinen Arm. »Ja, wer soll es sein?« fragte die zweite, und dann verlangten sie alle von Justin zu wissen, wer »es« sein sollte.
Das Stimmengemurmel und Gelächter wurde lauter, als noch mehr Mädchen in den Kreis traten; Rufe ertönten, und weitere Neuankömmlinge mischten sich unter die Zuschauer. Worthy Pettinger traf auf seinem Traktor ein, und aus dem Gesichtsausdruck mancher Umstehender zu schließen, schien der Lärm, den sein Prachtstück verbreitete, ihre Ohren zu beleidigen.
»Ist Missy nicht reizend in ihrem Kleid?« rief Irene Tatum mit ihrer rauhen Stimme. Man gab ihr recht und machte Platz für Tamar Penrose, die ihre Tochter auf den Dorfanger führte.
»Hast du dir schon ein Schaf ausgesucht?« fragte jemand respektvoll, und ein anderer sagte: »Brave Missy!« und streckte die Hand aus, um ihre Zopfbänder zu berühren.

Das blasse, dünne Kind mit den zerbrechlich wirkenden Gliedmaßen schien blind gegen das Aufsehen, das seine Ankunft erregte. Missy hielt ihren ernsten Blick auf mich gerichtet. Obwohl ihre Haare geflochten und mit Bändern verziert waren, wirkten sie glatt und dünn, und wieder bemerkte ich das Muster, das die Sommersprossen auf ihrem Nasenrücken bildeten.

Als nächster traf Jack Stump ein. Mit Getöse kam er in seinem Hausiererkarren auf den Rasen gefahren, sprang vom Sitz und flitzte wie ein Wiesel hin und her – rollte die Leinwandfetzen an seinem Wagen aus, die als Markisen dienten, und brachte ein paar Bretter an, um seine Waren auszustellen. Dann zauberte er aus den unergründlichen Tiefen seines Gefährts eine zerschrammte und abgenützte Fiedel hervor, dazu eine Obstkiste, die ihm als Podium diente. Im nächsten Augenblick begann er auf seiner Geige zu kratzen.

Die musikalische Darbietung sollte ein vorzeitiges Ende finden. Ein Wagen bog unter lautem Gehupe um die Ecke des Dorfangers; ich erkannte das Auto der Leute von Tobacco City. Türen öffneten sich krachend, und die fünf großen und bierselig aussehenden Soakes-Söhne stiegen aus; dann kam der alte Soakes selbst hinter dem Steuerrad hervor. Ihre Ankunft versetzte den Musikanten in offenkundige Bestürzung, denn sein Gefiedel brach abrupt ab, das Instrument verschwand im Nu, Jack Stump kletterte auf seinen Ledersitz und verschwand mit Topfgeklapper in der Menge.

Grimmigen Blickes wartete der alte Soakes, während seine Sprößlinge einen Kübel voll Bier und Eis aus dem Rückteil des Wagens zerrten und in den Schatten eines Baumes brachten. Dort ließen sie sich ins Gras fallen, öffneten eine Flasche mit lautem Knall und reichten sie herum. Inzwischen machte sich ihr Erzeuger am Kofferraum seines Wagens zu schaffen und begann eine Auswahl handgefertigter Lockvögel auszustellen. Ich bahnte mir einen Weg durch die Menge und traf Bess und Kate im Gespräch mit Worthy Pettinger an.

»Worthy hat sich erboten, uns den Jahrmarkt zu zeigen«, sagte Bess. Als wir zusammen weitergingen, merkte ich, daß Kate ihr lebhaftes Interesse an dem Jungen hinter dem Anschein vollkommener Gleichgültigkeit zu verbergen suchte, während er uns auf die verschiedensten Sehenswürdigkeiten aufmerksam machte. In einiger Entfernung entdeckte ich die Witwe Fortune hinter einem Stand. Sie sprach energisch mit Sophie Hooke und machte gleichzeitig gute Geschäfte mit ihrem Honig. Andere Frauen hatten Eingemachtes, frisches Gemüse und Molkereiprodukte zu verkaufen. Ich interessierte mich vor allem für die Kunstfertigkeit, mit der die Seitenwände der Buden bemalt waren; bäuerliche Motive, einfach, aber anmutig mit der Naivität von Höhlenmalerei ausgeführt. Da gab es Sonnen und Monde und Sterne, verschiedene Tiere – hier ein Pferd, dort eine Kuh –, einen Stall, ein Strichmännchen. Und überall Mais; gebündelter Mais und Maiskolben, Menschen, die Mais säten und ernteten. Und neben den Abbildungen gab es auch Mais in seiner natürlichen Form. Einige der Budenauslagen waren mit Girlanden aus getrockneten Kolben und Blättern geschmückt.

Unser Führer brach einen Maiskolben davon ab und überreichte ihn Kate mit einem Lächeln. Worthy schien zu merken, wie linkisch sie sich fühlte, und hielt die zwanglose Unterhaltung aufrecht, an der sich Kate zwar nicht beteiligte, die jedoch darauf abgezielt zu sein schien, ihr die Befangenheit zu nehmen.

Nun deutete er auf ein Pferdegespann, das eben für den Wettbewerb der Zugpferde vorbereitet wurde, und die kleine Tribüne, auf der die Ringkämpfe stattfinden sollten. Einer der stärksten Söhne aus der Familie Soakes, Roy, sei über den Fluß gekommen, um gegen Justin Hooke anzutreten, doch obwohl Roy mehr wog, war Justin stärker und würde sicher gewinnen. Man merkte, daß Justin Hooke auch in Worthys Augen eine Art Held war. Trotzdem hatte der Junge fest vor, die Kletterkonkurrenz zu gewinnen.

»Natürlich ist es besser, wenn der Erntekönig gewinnt, aber er kann schließlich nicht in allem der Sieger sein.«
»Der Erntekönig?« fragte Bess, und Worthy erklärte es ihr. Diese hohe Ehre wäre Justin Hooke vor sieben Jahren zum Agnes-Fest verliehen worden. Beim Frühlingsfest hätte man ihn gekrönt, und er würde diese traditionelle Rolle auch während der Erntezeit weiterhin spielen. In einigen Wochen sollte ein Festspiel in der Gemeindehalle abgehalten werden – das Mais-Spiel, wie man es nannte –, bei dem Justins Königin gekrönt wurde. Sie trug den Titel »Maismaid«, und für diese Rolle war Sophie Hooke ausersehen worden.
»Wer hat die beiden gewählt?« fragte ich.
»Justin ist durch Abstimmung gewählt worden und Sophie von Justin selbst«, erwiderte Worthy.
»Oh, seht doch!« Bess war stehengeblieben, um eine Auswahl von Elfenbeinschmuck zu bewundern. Sie ergriff ein Paar Ohrringe und hielt sie sich an. »Suppenknochen«, lachte Worthy und erzählte, daß die Schmuckstücke – Broschen, Ringe und ähnliches – hier in der Gegend hergestellt würden; man schnitt sie aus einfachen Tierknochen. Die elfenbeinähnliche Patina wurde durch geduldiges Abschmirgeln und Wachsen hervorgerufen.
Nun hatten wir eine ganze Runde um den Jahrmarkt gedreht und waren wieder am Ausgangspunkt unseres Bummels angelangt. Bess stützte sich auf den Ladentisch des Schmuckstandes, um einen Stein aus ihrem Schuh zu leeren. »Hört mal«, sagte sie, »ich bin völlig erledigt. Wie wär's, wenn wir unseren Picknickkorb holen und uns nach den Dodds umsehen würden? Wir könnten uns unter dem großen Baum dort treffen und von da aus den Wettkämpfen zusehen.«
»Vielleicht würde Kate sich gern zu den anderen Mädels auf die Tribüne setzen und zuschauen.« Worthy deutete auf ein hölzernes Gerüst am Rand der Wiese, wo die Maismaid und ihr Hofstaat Platz nehmen sollten. Kate nahm den Vorschlag an, obwohl sie sich nicht äußerte, als Bess Worthy einlud, mit uns zu picknicken.

Nachdem ich den Korb aus dem Kofferraum geholt hatte, erinnerte mich Bess, Kates Inhalationsapparat aus dem Handschuhfach zu holen. Dann machte sie sich auf die Suche nach den Dodds.

»Mr. Constantine«, sagte Worthy, »ich würde Kate gern mitnehmen und ihr King zeigen, wenn Sie nichts dagegen haben. Er wird bestimmt das blaue Band kriegen.« Er schob seine blauschwarze Haarsträhne zurück, die ihm dauernd über die Augen fiel, und wartete höflich auf meine Antwort.

Ich sagte, mir wäre es durchaus recht, falls Kate nicht zu spät zum Picknick käme. Einen Augenblick blieb ich stehen und sah ihnen nach; dann ging ich zum Schmuckstand zurück und kaufte die Beinohrringe, die Bess so gefallen hatten.

In meiner Nähe stand der Kofferraum des rosaroten Wagens noch immer offen, und der alte Soakes schien ein gutes Geschäft zu machen, wenn auch nicht ausschließlich mit den harmlosen Lockvögeln. Ein Bauer nach dem anderen näherte sich verstohlen, um ihm etwas Geld in die Hand zu drücken und nicht nur eine der künstlichen Enten, sondern auch einen halben Liter Selbstgebrauten davonzutragen.

Nicht weit von Soakes hatte sich eine Gruppe alter Bauern im Gras niedergelassen. Sie flochten allerlei Gegenstände aus Maisblättern in der Form von Windrädern, Fächern, Sternen oder Spiralen. Ich zog meinen Block aus der Mappe, holte meinen Bleistift aus der Tasche und begann zu zeichnen. Einer der Männer sah auf, und ich fragte ihn, was sie da machten.

»Dekorationen für Harvest Home, Glücksbringer.«

»Pah, Glücksbringer!« sagte eine verächtliche Stimme. Es war der alte Küster, Amys Penrose. Er kaute an einem Strohhalm und beobachtete die Männer mit mürrischer Miene. »Die Arbeit hat der Teufel erfunden, heißt es. Was mich betrifft, würd' ich den Rest meiner Tage faulenzen, wenn ich nur könnte.«

»Es bleiben dir nicht mehr allzu viele, Amys«, meinte einer der Bauern und zwinkerte seinen Gefährten zu.

Amys kitzelte sich mit der Spitze des Strohhalms am Ohr und

überlegte einen Augenblick. »Na ja«, sagte er schließlich, »viel oder wenig, ich würde sie jedenfalls nicht mit so einer verdammten Narretei verschwenden. Seht euch das an!«
Mehrere Bauern führten ein Schaf an einem Strick vorbei. Plötzlich löste sich Missy Penrose aus der Menge, legte ihre Puppe beiseite, ließ sich auf die Knie nieder und schlang die Arme um den Hals des Tieres. Die kleine Messingglocke bimmelte, als sie ihren Kopf in dem wolligen Vlies vergrub, und einige Mütter lächelten im Vorübergehen. Der Küster räusperte sich und spuckte verächtlich aus.
»Sei doch nicht immer so verdrießlich, Amys«, tadelte einer der alten Männer. »Gib dich mit dem Platz zufrieden, den Pastor Buxley auf dem Friedhof für dich vorgesehen hat.«
»Paaaah!« Amys spuckte wieder. »Mir kannst du nicht weismachen, daß diese billigen Kisten, in die man uns steckt, nicht schon vor Jahresende von den Würmern vertilgt werden. Denkt bloß an den jungen McCutcheon – wißt ihr nicht, daß die Würmer Loren schon ganz aufgefressen haben, und seinen Sarg zur Hälfte?«
»Begrabt die Toten«, erwiderte ein Bauer und nickte philosophisch. Eine Zeitlang arbeitete die Gruppe still weiter. Amys lehnte gegen einen Baum und spielte mit dem Strohhalm. Ich zeichnete ein Gesicht nach dem anderen und dazu mehrere Paar Hände.
»Wer wird's heute werden, was meint ihr?« fragte einer der Alten nach einer Weile.
»Wenn man dem Geschwätz der Frauen glauben darf, ist es Jim Minerva«, erwiderte sein Nachbar.
»Trotzdem, es läßt sich schwer sagen«, meinte ein dritter.
»Ein prima Bursche, der junge Minerva«, sagte der erste wieder. »Sein Vater ist ein guter Bauer. Jetzt hat er 'ne neue Scheune. Jim hat heranwachsende Brüder, die für ihn einspringen können. Da würde nichts schiefgehen.«
»Meinst du nicht, daß Freds Pechsträhne vielleicht auf den Jungen abgefärbt hat?« gab sein Nachbar zu bedenken.
Während sie ihre rätselhafte Unterhaltung fortsetzten, hatte ich

meine Aufmerksamkeit Missys Puppe zugewandt und machte rasch mehrere Skizzen von dem wunderlichen Ding. Tamar Penrose zog ihre Tochter beiseite, als sich Jack Stump wieder auf seinem Karren näherte. Er schlug mit einem Schöpflöffel auf eine Reihe von Töpfen und nickte leutselig nach links und rechts, wobei er seinen Hut schwenkte. In seinem Kielwasser erschien ein Trüppchen aufgeregter Frauen, allen voran Irene Tatum, die stolz ein blaues Seidenband mit einer Rosette vorzeigte.

»Wie geht's, wie steht's, meine Damen?« begrüßte sie Jack. »Meine Verehrung, Mrs. Tatum. Glückwünsche sind wohl angebracht, nicht wahr? Das ist eine stattliche Sau, die Sie da haben. Eine ›Chinee Polack‹, nicht wahr?«

Mrs. Tatum stieß ein lautes, gewöhnliches Lachen aus. »Ein ›Poland China‹, Jack Stump, und es ist keine Sie, sondern ein Er. Kennen Sie denn den Unterschied nicht?«

»Er's haben keine Zitzen.«

»Ganz recht, Jack. Zitzen sind an einem Eber ungefähr ebenso unnütz wie Sie es sind. Wissen Sie, wo Polen liegt, Jack Stump?«

Der Hausierer kratzte sich gedankenvoll auf dem Kopf, am Bart und unter den Achselhöhlen. »Polen ist nördlich von Italien, oder nicht? Und China ist genau östlich, schätze ich. Das Land, das Marco Polo entdeckt hat.«

Ein rotes Gesicht zeigte sich unter den Umstehenden. »Marco Polo, das ist doch der, der die Welt umsegelt hat, was?« fragte einer der Soakes-Brüder.

»Wär' besser, du würdest noch mal die Schulbank drücken, Jungchen«, rief Jack. »Der Marco Polo, den ich meine, hat gegen die Heiden gekämpft, ist nach China gegangen und hat dort die Spaghettis entdeckt.«

»China?« sagte Edna Jones. »Kommen Spaghettis nicht aus Italien?«

»Natürlich, Sie faszinierendes Geschöpf.« Wie ein Zauberkünstler förderte Jack einen geblümten Schal aus einer seiner Schubladen zutage und schwenkte ihn vor ihrem Gesicht.

»Marco Polo hat sie drüben in China wachsen sehen, ein paar Samenkörner davon nach Europa mitgebracht und sie in Rom angepflanzt, und deshalb sind Spaghettis italienisch. Hört mal, Doris Duke hat in ganz Honolulu ihre Spaghetti-Pflanzungen!«
»Hausierer, du bist ein unwissender Narr!« Der alte Soakes war hinter seinem Wagen vorgekommen und machte ein drohendes Gesicht. »Du bist nie zur Schule gegangen, du kannst nicht mal deinen Namen schreiben. Warum hältst du nicht deinen Mund, ehe jemand dafür sorgt, daß du's tust? Spaghetti sind nichts als Teignudeln aus Mehl und Wasser!«
Einen Moment lang dachte ich, Jack müßte den Rückzug antreten, doch in der Menschenmenge schien er sich sicher zu fühlen. Er behauptete seine Stellung, holte seine Obstkiste wieder hervor und kletterte auf sein Podest. Ein kleines Gerät aus Chrom blitzte in seiner Hand auf.
»Sehen Sie sich das an, meine Damen, schauen Sie, was ich hier für Sie habe, das beste kleine Küchenwunder der Welt, das garantiert zwölf – zählen Sie mit, zwölf! – verschiedene Aufgaben für Sie macht, und das alles zum Preis von neunundsechzig Cents, ein Sonderangebot zum heutigen Festtag!«
Tamar Penrose stand in meiner Nähe und lauschte seinen Anpreisungen; dabei hielt sie Missy, ihre Kleine, an sich gedrückt. Während Jack ein Loblied auf sein Küchenwunder sang, nutzte ich die Gelegenheit, die Reize der Posthalterin einer genaueren Prüfung zu unterziehen.
Sie war kaum das, was man eine Schönheit nennen würde, doch sie hatte einen frischen Teint und eine Fülle schwarzen Haares. Tamar Penrose war größer als die Mehrzahl der umstehenden Frauen, mit vollem, festem Körper, breiten Hüften, doch schmaler Taille. Sie hielt sich mit lässiger Anmut aufrecht, und die Spitzen ihrer gestrafften Brüste zeichneten sich in aufreizender Weise unter dem gemusterten Kleid ab. Gegen die helle Haut wirkten ihre Lippen sehr rot, und als ihre Hände über Missys Schultern an ihrer Taille strichen, sah ich, daß ihre Fin-

gernägel in der Farbe ihres Lippenstiftes lackiert waren. Obwohl ich sie nie dabei ertappt hatte, wie sie mich direkt ansah, hatte ich oft das Gefühl, als beobachtete sie mich. Was ihre Tochter anging, so merkte ich, daß ihre Aufmerksamkeit jetzt von einem Bauern gefesselt war, der seine Sichel mit einem Wetzstein schärfte.
Als Jacks Zuhörerschaft sich merklich verringert hatte, ging ich auf ihn zu. Gerade da näherte sich auch der alte Soakes mit gespreizten Beinen. Er packte Jack am Rockaufschlag und verfrachtete ihn hinter den Karren. Ich hörte ihn mit zorniger, rauher Stimme sprechen.
»Ich hab' überhaupt nichts getan«, protestierte Jack schwach.
»Ist mir gleich, was du nicht getan hast«, erwiderte Soakes. »Ich rate dir bloß eines: Halt dich von den Wäldern fern. Du bist gewarnt!« Er stolzierte zu seinem Wagen zurück, und nun tauchte auch Jack wieder auf und rückte mit bebenden Fingern sein Jackett gerade.
»Dieser verdammte Grisly«, brummte er mit einem raschen Seitenblick. »Der Wald ist nicht sein Privateigentum.« Mit dem Handrücken fuhr er sich über die Bartstoppeln.
»Was ist heute morgen in Soakes Lonesome passiert, Jack?« fragte ich. Er hielt mitten in der Bewegung inne und musterte mich genau, als überlegte er, ob er mich ins Vertrauen ziehen sollte oder nicht.
»Das Seltsamste, was mir je untergekommen ist«, sagte er nach einer Pause und beobachtete dabei den gebeugten Rücken des alten Soakes, der sich an seinem Wagen zu schaffen machte. »Ich hab's mit meinen beiden Augen gesehen, und auf die kann ich mich verlassen.«
»Aber was ist passiert?« fragte ich hartnäckig. »Was haben Sie denn gesehen?«
»Ein Gespenst hab' ich gesehen«, flüsterte er.
Ich trat näher, um kein Wort zu überhören. »Was für ein Gespenst?«
»Ein Gespenst, das mal tot war, aber jetzt ist's wieder lebendig

geworden. Ein lebendiges Gespenst, so wahr ich hier stehe. Und es hat geschrien.« Seine Augen wanderten wieder zum alten Soakes hinüber, der gerade von einem Vorübergehenden Geld für eine Flasche seiner Hausmarke kassierte und dann den Kofferraum seines Wagens mit einem Knall schloß. Jetzt richtete er sich auf und warf uns einen unheilverkündenden Blick zu.

»Später«, wisperte Jack. Er ließ mich neben seinem Gefährt stehen und flitzte auf den Bauern zu, der noch immer seine Sichel mit einem Wetzstein schärfte.

»Na, wie geht's, Will Jones, wie steht's?« begann er und schielte nach links, wo der alte Soakes abseits von der Menge stand und ihn beobachtete. Mit gespielter Unbefangenheit griff er nach der Sichel und prüfte die Schneide mit dem Daumen. »Paß mal auf, Will«, versicherte er, »du könntest deine Sichel viel schneller auf einem Schleifstein schärfen.«

»Hab' keinen«, erwiderte dieser.

»Dann komm mit. In meinem Wagen ist einer.«

Jack führte den Bauern zu seinem Karren, schob mich beiseite und brachte hinter einer Klappe einen Schleifstein zum Vorschein, der an einem Teil des Wagengestells festgeschraubt war. Er befahl Will Jones, am Griff zu drehen, legte die Schneide an den Schleifstein und begann sie zu schärfen. Funken sprühten wie kleine Sternschnuppen auf; der Hausierer neigte den Kopf, als wollte er seine Arbeit prüfen, doch ich sah, daß er in Wirklichkeit den Abgang des alten Soakes verfolgte. Die kleine Missy löste sich von der Seite ihrer Mutter und kam langsam näher, um den Funkenregen zu beobachten, der in die Luft stob.

»Missy!« rief Tamar Penrose eindringlich, doch das Kind kümmerte sich nicht darum. Jack fuhr wieder mit dem Daumen über die Schneide, um sie zu prüfen. »Verdammich, ist die aber scharf, Will!« Die Klinge glitzerte wie ein silberner Halbmond.

»Wirklich gut«, stimmte der Bauer ihm zu.

»Pah – gut, zum Teufel noch mal! Erstklassig ist sie! Da hast du

deine Sichel, Will, scharf wie eine Rasierklinge, und das alles umsonst.« Der Hausierer überreichte ihm das Werkzeug, sprang auf den Sitz seines Gefährts und fuhr los.
»Jack!« rief ich, weil ich hoffte, den Rest der Geschichte zu hören, doch er schüttelte den Kopf und verschwand zwischen den Buden, ohne sich umzusehen.
Tamar kam, um ihre Tochter an der Hand zu nehmen. Missy zögerte noch einige Sekunden, und ihre trüben Augen verweilten auf der glänzenden Sichelklinge. Als sie sich umdrehte, fiel ihr Blick auf mich; einen langen, lautlosen Moment starrte sie mich an. Ich spürte plötzlich, wie meine Nackenhaare sich sträubten, während sie da stand und mich ansah, mit etwas steifem Körper und schlaffen Lippen. Endlich ließ sie sich von ihrer Mutter wegführen.
Ich blieb ein paar Sekunden allein stehen und versuchte mir darüber klarzuwerden, was ich gerade empfunden hatte – ein flüchtiges Gefühl, das sich kaum definieren ließ. Dann ging ich durch die Menge auf den Baum zu, unter dem Bess bereits das Picknick vorbereitete. Doch obwohl ich sie deutlich sah, schwebte mir noch immer das Gesicht des Kindes vor Augen; und vielleicht war allein das der Grund, weshalb ich vergaß, Kates Inhalationsapparat aus dem Handschuhfach des Wagens zu holen.

7.

»Eine vorzügliche Mahlzeit, meine Liebe«, sagte Professor Dodd zu Bess und wischte sich die Lippen mit einer der karierten Servietten ab. »Sie haben den Weg zu meinem Herzen gefunden. Wenn Sie brav sind, gibt Margaret Ihnen auch das Rezept für den alten Neuengland-Bohneneintopf.«

Ich spürte das wortlose Einvernehmen zwischen den beiden, als Maggie sich vorbeugte und Roberts Serviette ergriff, sie ausschüttelte und zusammenfaltete. Ich beobachtete sie in dem Gefühl, daß wir in ihnen wirkliche Freunde gefunden hatten. Für mich verkörperte Maggie mit ihrem ungeschminkten Gesicht, ihrer noch immer straffen Haut, ihren klaren Augen und dem hübsch frisierten Haar das, was ich auch bei den Dorfbewohnern so anziehend fand – eine Art einfacher, gelassener Anmut.

Bess zündete sich eine Zigarette an und blies den Rauch durch die Nase. Inzwischen hatte der Wettkampf der Zugpferde begonnen, und nun erschien die Witwe Fortune mit einigen Freundinnen, setzte sich an einen Tisch unter einem nahen Baum, stellte ihren Spankorb und das schwarze Köfferchen ab und ordnete ihre Röcke, während sich andere Leute neben ihr niederließen und ihre Picknickkörbe auspackten. Eine weitere Frau kam mit einem großen Glas Tee herbei und streckte es der Witwe entgegen. Die alte Dame griff in ihren Korb und holte ein paar Minzenblätter hervor, zerrieb sie zwischen den Fingern und warf sie in den Tee.

»Begrüße die Witwe, Liebling«, forderte Maggie ihren Mann auf.

»Hallo, guten Tag, Witwe!« rief Robert. Sie erwiderte seinen Gruß und schob ihren Tee beiseite, als ihre Nachbarin ihr einen Maiskolben in einer Serviette anbot.

Maggie lachte. »Seht euch das an, wie sie den Mais abnagt! Meine Zähne würden das nicht aushalten. Ist es nicht unglaublich, wie gut sie sich gehalten hat? Und sie ist so voller Tatkraft. Ihr werdet's schon erleben – nach dem Essen wird sie hier sitzen bleiben und den ganzen Nachmittag lang an einer Flickendecke nähen, sie und Mrs. Brucie und Mrs. Zalmon.«
»Nähen?« fragte Bess. »Ein Handarbeitszirkel?«
»Ja, das ist jetzt überall in Mode gekommen, aber hier in Cornwall Coombe war das schon immer so Sitte. Unsere Frauen können ein Dutzend Flickendecken pro Monat herstellen.«
»Flickendecken kosten in New York eine Menge Geld«, äußerte Bess nachdenklich.
Auf dem Feld hatte Fred Minerva seine Pferde gerade vor ein schlittenähnliches Gefährt mit hölzernen Kufen gespannt. Worthy erklärte, daß man diese Vorrichtung ein ›stoneboat‹ nannte, auf das Sandsäcke geladen wurden. Fred handhabte die Zügel geschickt und spornte seine Tiere an, die das ›stoneboat‹ über den Rasen zogen. An einer bestimmten Stelle spannte er sie aus, und zwei andere Pferde nahmen ihren Platz ein. Am Geschirr der verschiedenen Pferdegespanne klingelten Glöckchen, und hinter den Scheuklappen von Justin Hookes Pferden steckten kleine Rosetten aus Maisblättern.
Ich drehte mich zu Robert um. »Eines verstehe ich nicht: Weshalb gibt es in unserem technischen Zeitalter noch immer Bauern, die statt Traktoren Pferd und Pflug benutzen?«
»Sie halten hier nichts von Traktoren«, sagte Maggie.
Worthy hatte sich aufgesetzt und folgte dem Gespräch aufmerksam. Robert erklärte: »Die Bauern in dieser Gegend haben schon vor langer Zeit entdeckt, was man anderswo erst langsam wahrhaben will: Es gibt auf einem Bauernhof eine ganze Menge Arbeit, die von Tieren billiger ausgeführt werden kann als von Maschinen. Und auf dem feuchten Boden kann man mit einem Pferdepflug früher säen als wenn man einen Traktor benutzt.«
»Vielleicht verliert man bei der Frühsaat ein wenig Zeit, Pro-

fessor«, warf Worthy ein, »aber auf lange Sicht gesehen holt man das auf. Und wenn ich meinen Traktor vor das Stoneboat spannen würde, könnte ich es garantiert weiter und schneller ziehen als all diese Pferde zusammen.«

»Diese Hitze! Diese Hitze! Noch nie hab' ich einen heißeren Festtag erlebt.« Es war die furchtbare Mrs. Buxley, die Frau des Pastors, die in Begleitung ihres Gatten erschien. Mit ihrem flatternden Hut und den schwellenden Chiffongewändern wirkte sie wie ein viermastiger Schoner im Sturm, als sie über uns auftauchte. Schnaufend senkte sie ihr Hinterteil auf einen der Stühle, die Mr. Buxley herbeigetragen hatte. »Kann mich nicht erinnern, daß jemals ein Festtag so heiß war wie dieser – James, willst du dich nicht näher zu uns setzen? – seit dem Jahr der letzten großen Überschwemmung. Das war damals, als Sie und Robert zu uns kamen, nicht wahr, Maggie? Erinnern Sie sich, Robert?«

»Ja, ich erinnere mich.« Robert stieß ein kurzes Lachen aus.

»Himmel, das ist nun schon vierzehn Jahren her, man hält es kaum für möglich.« Sie verschwendete ein Lächeln an Bess. »Und für Sie ist es das erste Fest hier bei uns. Wir haben Sie noch nie in der Kirche gesehen – nicht wahr, James?«

Mr. Buxleys Antwort war ein unverständliches Gemurmel. Mrs. Buxley zog die Brauen zusammen, und ihre Miene drückte unendliche Geduld aus. »Und wir vermissen auch Ihr kleines Mädchen in der Sonntagsschule – nicht wahr, James? Sie wissen, daß ich die Sonntagsschule selbst abhalte. James braucht soviel Zeit, um seine Predigten vorzubereiten. Gefällt Ihnen unsere Kirche, Ned? Ich darf Sie doch so nennen? Erlauben Sie mir, daß ich mir ein paar von Ihren Arbeiten ansehe?« Mit gebieterischer Hand griff sie nach dem Zeichenblock auf meinem Schoß und begann ihn durchzublättern. »Ach, da ist Amys Penrose, wie er leibt und lebt. Und der alte Mr. Huie! Und diese Hände – Sie sind wirklich begabt, Ned.« Sie hob das Blatt hoch, damit alle es sehen konnten.

»Was sind das für Gebilde?« Bess deutete auf meine Skizzen

von den Formen aus Mais, die die alten Männer geflochten hatten.
Zum erstenmal erhob Mr. Buxley seine Stimme. »Das sind Erntesymbole, die Glück bringen sollen. Sie werden sie im nächsten Monat über fast jeder Tür und an jedem Schornstein sehen.«
»Und sehen Sie nur, wie er diese Puppe eingefangen hat«, fügte Mrs. Buxley hinzu. »Ned, wo haben Sie die gefunden?«
Ich erklärte ihr, daß die Puppe Missy gehörte, der Tochter der Posthalterin.
»Natürlich. Wie heißt das, Robert – ein ›Gaga‹?«
»Eine Maispuppe? Ja, ein Gaga.«
»Gaga? Was bedeutet das?« fragte Bess.
»Der Ursprung dürfte indianisch sein, es bedeutet wohl ›Spaß‹ oder ›spaßig‹. Eben ein Kinderspielzeug.«
»Na, es müßte einem Kind eigentlich eher angst machen.«
Mrs. Buxley lachte. »Einer unserer kleinen Bräuche. Sie müssen uns hier für recht heidnisch halten – nicht, James?«
»Wir haben unser Teil Fortschritt schon abgekriegt«, sagte Bess.
Draußen auf dem Sportfeld wurde der Zugpferd-Wettbewerb fortgesetzt. Wenn ein Gespann das Stoneboat so weit als möglich gezogen hatte, wurde es abgeschirrt, und ein neues Paar Pferde kam an die Reihe; nach jeder Runde wurden mehr Sandsäcke zur Last hinzugefügt, so daß sie zunehmend schwerer zu ziehen war.
Wieder kam Justin Hooke an die Reihe. Seine Pferde spannten sich unter der Last, ihre Flanken waren schweißüberströmt, ihre Vorderbeine gaben nach. Im Gegensatz zu den anderen Bauern benutzte Justin keine Peitsche; er trieb seine Tiere durch meisterhafte Zügelführung und Zurufe an. Das Stoneboat bewegte sich ein gutes Stück vorwärts, und die Zuschauer jubelten dem Erntekönig zu. Mr. Deming, das Oberhaupt der Dorfältesten, maß die letzte Strecke ab und erklärte Justin zum Sieger.

Gerade als man die Pferdegespanne vom Sportfeld führte, erklang das Geräusch von Worthys Traktor. Ich sah mich um und merkte, daß der Junge verschwunden war; jetzt erschien sein Kopf über der Menge, als er in seinem Traktor auf die Wiese fuhr. Er hatte Zugketten daran befestigt, die er rasch mit dem Stoneboat verband; dann sprang er wieder auf seinen Sitz und begann die Hebel zu betätigen. Das Vorderteil des Traktors schob sich in die Luft, und die Raupenketten bohrten sich in den Boden; dann ging ein Ruck durch die Ladung von Sandsäcken. Worthy schaltete rasch und brachte den Traktor geschickt in Fahrt, und als er die Geschwindigkeit beschleunigte, holperte das Stoneboat über den Rasen. Die Menge teilte sich und schloß sich wieder hinter dem Zug, bis Stoneboat, Traktor und Fahrer unseren Blicken entschwunden waren.

»Meine Güte«, brummte Mrs. Buxley. »Das wird Mr. Deming gar nicht gefallen. Wie das Gras überall aufgerissen ist! Worthy sollte vernünftiger sein. Ich hoffe, es gibt nicht wieder Verdruß, James?« Sie warf ihrem Gatten einen durchdringenden Blick zu. Mr. Buxley öffnete den Mund, um etwas zu sagen, schloß ihn wieder und bückte sich plötzlich, um seine Socken hochzuziehen.

Mrs. Buxley erhob sich. »Dort ist die Witwe, James. Wir müssen zu ihr gehen und sie begrüßen. Ich hoffe doch, daß wir uns demnächst in der Kirche sehen!« Sie drohte mit dem Zeigefinger und steuerte auf die Witwe zu; Pastor Buxley trottete mit den Stühlen hinter ihr drein.

Als sie gegangen waren, kicherte Robert und schüttelte den Kopf. »Das ist typisch Worthy, hier Unruhe zu stiften. Man wird ihn nicht zur Vernunft bringen, solange er diesen Traktor hat.«

Worthy kam zurück, um Kate zur Tribüne zu führen. Da wir die Ringkämpfe von unserem Picknickplatz aus ebenfalls gut beobachten konnten, blieben die Dodds, Bess und ich unter dem Baum sitzen. Die Witwe Fortune kam mit ihrem eigenen Stuhl näher.

»Seht mal«, sagte sie. »Justin tritt zum Kampf an.« Sie beschattete ihre Augen mit der Hand und beschrieb Robert den Beginn der Ringkämpfe. Roy Soakes kam auf den Rasen geschlurft, legte sein Hemd ab, sah sich mit mürrischem, verschwitztem Gesicht um und rieb sich die Handflächen an seinen Jeans trocken.
Plötzlich erklangen laute Hochrufe. Justin Hooke tauchte mit nacktem Oberkörper neben seinem Gegner auf; er wirkte noch hünenhafter als sonst, während er Roy Soakes musterte. Ich sah, wie er die Arme hob und die Menge grüßte. Dann ging er mit weit ausgreifenden, schnellen Schritten zur Tribüne, wo er sich vor Sophie und den übrigen Frauen verbeugte. Wieder trat er auf die Wiese, um seinem Gegner die Hand zu schütteln. Der Schiedsrichter sprach mit den beiden, trat zurück, und der Kampf begann. Sie rangen in einem Stil, den ich noch nie zuvor gesehen hatte; wohl die gute, altmodische ländliche Art, bei der alles erlaubt ist. Die Menge feuerte Roy nicht an, wenn er die Oberhand gewann; nur sein Vater und seiner Brüder ermunterten ihn kräftig: »Bring den Burschen um! Hau ihn auf den Schädel! Brich ihm den Arm!« Doch obwohl Roy mehr Gewicht hatte, gewann Justin mit seiner Stärke die erste, zweite und dritte Runde. Als der Stolz von Tobacco City schließlich vom Kampfplatz hinkte, schob der alte Soakes einen weiteren seiner Sprößlinge vor, und nachdem dieser sein Hemd ausgezogen hatte, trat er Justin gegenüber. Ohne zu warten, stellte Soakes seinem Gegner ein Bein und stürzte sich auf ihn.
Trotz des unfair errungenen Vorteils war es ein ungleicher Kampf. Justin rappelte sich wieder hoch, warf Soakes zur Seite, wälzte sich über ihn und umklammerte seinen Hals mit einem Halbnelson, bis sein Gegner die Augen verdrehte. Dann ließ er ihn los und trat beiseite. Als Soakes wieder auf die Füße kam, wirbelte Justin herum und versetzte ihm einen wohlgezielten Tritt in den Hintern, so daß er wieder zu Boden ging und alle viere von sich streckte. Unter Hochrufen und Gelächter trat Justin vom Kampfplatz ab.

Er ergriff das Handtuch, das Worthy ihm reichte, und trocknete sich ab; dann ging er zur Tribüne und sprach mit Sophie und den Mädchen. Einmal bückte er sich auch und unterhielt sich freundlich mit Kate, und als ein Pfiff ertönte, der den nächsten Wettkampf ankündigte, überreichte er ihr sein Handtuch und lief leichtfüßig wieder aufs Feld, begleitet von Worthy und einem halben Dutzend anderer junger Männer. Es war Zeit für die Kletterkonkurrenz.

Der Schiedsrichter hob die Hand, und der erste Teilnehmer nahm am Fuß des Pfahles Aufstellung. Er berührte das glatte Holz mit den Handflächen, bis der Startpfiff erklang; dann kletterte er rasch hinauf, berührte die Spitze des Mastes und ließ sich wieder hinabgleiten. Jimmy Minerva nahm seinen Platz ein, während der Schiedsrichter auf die Stoppuhr sah und die Zeit verkündete. Wieder gab er ein Zeichen, und Jim versuchte sein Glück. Als dritter trat Justin an; er kletterte für einen Mann seiner Größe und seines Gewichts mit großer Gewandtheit, erreichte rasch die Spitze, wo er eine kurze Pause einlegte, und rutschte nach unten. Die Ankündigung, daß seine Zeit besser als die seiner beiden Vorgänger gewesen war, wurde mit Beifall aufgenommen.

Auf der Tribüne hatten sich Sophie und die Mädchen erhoben; auch Kate stand aufrecht da und beobachtete gespannt, wie Worthy zum Pfahl ging. Er spuckte in die Handflächen, rieb sie gegeneinander und umfaßte den hölzernen Mast. Seine Knie waren gebeugt, so daß sie beinahe die Erde berührten. Als der Pfiff ertönte, kletterte er wie ein Affe am Pfahl empor.

An der Spitze angekommen, wartete er und sah grinsend auf die Menge nieder, bis der Schiedsrichter seine Zeit bekanntgab. Sie war einige Sekunden unter der von Justin. Worthy hielt sich mit einer Hand fest und winkte, und ich sah, wie Kate begeistert zurückwinkte. Doch er kam nicht sofort wieder herunter, sondern umklammerte nun die Pfahlspitze mit beiden Händen und begann mit dem Mast vor und zurück zu schwingen.

Plötzlich hörte man ein kurzes, scharfes Krachen, das fast wie ein Pistolenschuß klang. Worthy klammerte sich wieder mit Händen und Füßen an den Schaft und begann nach unten zu gleiten. Er hatte noch nicht die Hälfte des Weges zurückgelegt, als ein zweiter krachender Laut ertönte: Der Pfahl spaltete sich weiter. Ohne nach unten zu sehen, sprang Worthy mit einer eleganten Bewegung zur Seite und fiel auf den Rasen. Für mich gab es keinen Zweifel, daß er sich verletzt haben mußte, doch schon im nächsten Moment hatte ihn Justin auf die Füße gestellt; Worthy war ein wenig benommen, lachte jedoch und schüttelte den Kopf. Männer hoben ihn auf die Schultern und trugen ihn über den Platz, bis Mr. Deming wieder erschien und sie alle wegschickte.

Als ich zu Kate hinübersah, um festzustellen, wie sie auf den Zwischenfall reagierte, sah ich nur Sophie Hookes Rücken. Sie beugte sich über eine zusammengekrümmte Gestalt am Fuß der Tribüne. Schon wollte ich losstürzen, doch die Witwe ergriff meine Hand.

»Nein«, sagte sie und deutete auf das schwarze Köfferchen neben ihrem Stuhl. »Die schwarze Tasche – bringen Sie sie mir!« Sie eilte auf die Tribüne zu, während ich, von den anderen unbemerkt, das Köfferchen packte und hinterherrannte.

Kate war zusammengebrochen. Als ich eintraf, hielt Sophie Hooke sie in den Armen; die Witwe beugte sich über sie und lauschte auf ihren Herzschlag. Kates Gesicht hatte eine bläuliche Färbung angenommen, und an ihrer Stirn traten die Adern hervor. Ihre Augen waren weit aufgerissen und glasig, wie ich sie in diesem Sommer schon so oft gesehen hatte, und der Schweiß drang ihr aus allen Poren. Sie rang keuchend nach Luft. Ich sah, wie sie sich an den Hals griff, als müßte sie die unsichtbaren Hände wegzerren, die sie würgten.

»Einen Arzt!« Ich sah mich nervös um. Die Witwe schüttelte den Kopf, öffnete das Köfferchen, brachte eine Flasche zum Vorschein und zog den Korken heraus. Dann hielt sie das Gefäß an Kates Lippen, flößte ihr mehrere Tropfen Flüssigkeit ein und strich ihr über die Halsmuskeln, bis sie die Medizin geschluckt hatte. Gleich darauf wiederholte die Witwe dieselbe Prozedur noch einmal, und innerhalb weniger Sekunden ließ das furchtbare Keuchen nach und wurde von einem trockenen Rasseln abgelöst. Nun wurde Kates Brust fast regungslos, und ihr Atem ging langsamer. Ich griff nach ihrem Handgelenk und versuchte ihren Puls zu finden, spürte jedoch nichts.

Als die Menschenmenge sich der Tribüne näherte, veranlaßte mich die Witwe durch einen Wink, Kate in ein nahes Zelt zu bringen. Dort legte ich sie auf einen Tisch, machte erneut den Versuch, ihren Puls zu fühlen, und verwünschte mich dabei selbst, weil ich ihren Inhalationsapparat vergessen hatte. Schließlich ließ ich ihre schlaffe Hand sinken, stürzte aus dem Zelt und bahnte mir einen Weg durch die Festbesucher. Von weitem sah ich Bess, schrie »Kate!« und machte eine Kopfbewegung zum Zelt hin; dann stolperte ich weiter, holte den Inhalationsapparat aus dem Wagen und rannte zurück. Ich war auf das Schlimmste gefaßt, als ich die Zeltklappe öffnete. Bess, Sophie und die Witwe umringten den Tisch, auf dem ich Kate in qualvollem Zustand zurückgelassen hatte. Ein ungewöhnlicher Anblick erwartete mich: Kate saß da, die Hände im Schoß, und die Witwe sprach auf sie ein.

Ich trat einen Schritt näher, den Inhalationsapparat in der ausgestreckten Hand. Bess zog mich zu sich, und ich legte meinen Arm um sie und drückte sie fest an mich; zu sprechen wagte ich nicht. Die Witwe stand hinter Kate und beugte sich leicht vor. Ihr Kopf war auf gleicher Höhe mit dem meiner Tochter, ihre Lippen an ihrem Ohr. Mit den Fingerspitzen massierte sie Kates Nackenmuskeln, dann ihre Stirn, und sprach dabei mit leiser, beruhigender Stimme.

Sophie gesellte sich zu uns, versicherte, daß nichts mehr zu befürchten sei, und führte uns aus dem Zelt. Draußen stand Maggie Dodd mit Justin Hooke, und wir warteten gemeinsam. Dann näherte sich auch Worthy Pettinger, still und mit betroffenem Gesicht. Aus dem Zeltinneren hörten wir die sanfte, aber entschiedene Altstimme der Witwe.

Justin wandte den Kopf, und unsere Augen trafen sich. Dann nickte er; einmal, zweimal. Er sprach nicht, doch ich wußte, daß er uns zu verstehen geben wollte, was schon Sophie gesagt hatte: Es war nichts mehr zu befürchten.

Nun erklang Kates heiseres Lachen. »Geht's jetzt wieder besser?« fragte die Witwe. Ein zustimmender Laut, und im nächsten Moment hob sich die Zeltklappe, und Kate erschien. Sie sah bleich und mitgenommen aus. Bess lief auf sie zu, um sie zu umarmen; dann führten sie und Sophie unsere Tochter fort. Justin und Worthy folgten ihnen. Die Witwe, die zugesehen hatte, biß sich nachdenklich auf die Lippen, ging ins Zelt zurück und kam mit ihrem schwarzen Köfferchen wieder.

Ich erinnerte mich daran, wie Kates Anfälle sich manchmal anscheinend besserten, nur um nach einiger Zeit verstärkt wiederzukehren, und fragte mich, ob es sich nicht auch diesmal so verhielt. Die alte Frau schien meine Gedanken zu lesen, denn sie legte ihre Hand auf meinen Arm, als wollte sie mir Zuversicht geben.

»Es geht ihr jetzt wieder gut. Machen Sie sich keine Sorgen und sagen Sie auch Ihrer Frau, sie soll sich nicht ängstigen. Und was Sie auch immer tun, regen Sie das Kind nicht auf. Benehmen Sie sich, als wäre nichts geschehen.« Sie schnitt meinen Dank mit einer Handbewegung ab und strahlte mich dann hinter ihrer Brille hervor an; dabei tätschelte sie meine Wange.

Als sie sich bei Maggie eingehängt hatte und sich wegführen ließ, blieb ich stehen und starrte den nutzlosen Inhalationsapparat an, den ich noch immer in der Hand hielt; dann steckte ich ihn geistesabwesend in die Tasche und folgte den anderen. Dabei fragte ich mich, welches geheimnisvolle Mittel die alte Frau angewandt haben mochte, um Kate so rasch zu kurieren. Es sollte nicht das letzte Mal sein, daß die Witwe Fortune Kate rettete, und auch Bess, das wußte ich zu diesem Zeitpunkt noch nicht – ebensowenig wie ich ahnen konnte, daß sie unser ganzes Leben verändern würde.

8.

Eine Stunde später ging alles wieder seinen Gang, als wäre nichts vorgefallen. Kate war mit Worthy unterwegs, während Bess ruhig mit den Dodds plauderte. Obwohl ich es mir nicht erklären konnte, war mir, als hätte sich der Druck, der wegen Kates Krankheit ständig auf mir lastete, plötzlich gelöst. Die gelegentlichen Seitenblicke, die die Witwe Fortune mir zuwarf, während sie sich unterhielt, verstärkten dieses Gefühl nur noch. Ich ließ Bess im Gespräch mit Maggie und Robert zurück, nahm meinen Zeichenblock und schlenderte unauffällig in die Nähe des Damenkränzchens. Dann begann ich sie zu zeichnen, wie sie ihre Köpfe zusammensteckten und klatschten, bis die Witwe ihre Brille aufsetzte und sagte: »Mrs. Zee, ich glaube, wir sollten jetzt an unsere Decken gehen.« Sie strich ihre Schürze glatt, und die übrigen Frauen rückten mit ihren Stühlen dichter heran und holten die Flickendecken aus ihren Körben.

»Es wäre besser für Worthy Pettinger, wenn er nicht dauernd soviel Unfug anstellen würde«, sagte Mrs. Green.

»Erinnert euch das nicht an etwas?« fragte Mrs. Brucie.

»Allerdings tut es das!« Irene Tatum klappte einen Liegestuhl auseinander und ließ sich hineinfallen. Sie faltete ein Stück Zeitung zusammen, um sich damit Kühlung zuzufächeln. »Wenn ich's nicht besser wüßte, würde ich fast sagen, Worthy ist übergeschnappt, genau wie diese Person. Ich habe es schon immer gesagt, und dabei bleibe ich: Sie taugte nichts.«

»Ein fauler Apfel im Korb steckt alle anderen an«, äußerte Mrs. Green.

»Es fing schon lange vor dem Agnes-Fest an«, warf Mrs. Brucie ein.

»Wir haben ihr Ehre erwiesen, und wie hat sie es uns gedankt?« sagte Irene Tatum.

»Hör jetzt auf damit, Irene.« Die Nadel in der Hand der Witwe blitzte. »›Was Menschen Übles tun, das überlebt sie. Das Gute wird mit ihnen begraben.‹ – Es gibt Dinge, über die man besser nicht spricht. Laß sie in Frieden ruhen.«

»Die wird niemals Frieden finden, diese Grace Everdeen«, erklärte Irene hitzig.

»Das reicht jetzt!« rief die Witwe aus und wechselte geschickt das Gesprächsthema. »Ich habe noch nie einen solchen Sprung gesehen, wie Worthy ihn heute geschafft hat. Ein Teufelskerl, das ist er!«

Mrs. Brucie schüttelte den Kopf. »Teufel, ja. Wenn einer wie Worthy sich mal schiefe Ideen in den Kopf gesetzt hat, steckt er alle anderen damit an, und wohin führt das? An die Grenze, an die alleräußerste Grenze. Witwe, glauben Sie nicht, daß Sie mit dem Jungen sprechen sollten?«

»Mit Worthy?« Die alte Dame sah erstaunt hoch. »Wieso denn? Worthy ist ein netter, anständiger Bursche, dafür verbürge ich mich.« Sie schnitt ein Stück Nähgarn ab und fädelte es ein.

»Nun«, sagte Mrs. Green kurz, »wenn jemand gewählt wird, dann ist es bestimmt Jim Minerva, denkt an meine Worte. Darauf wette ich meinen ganzen Mais und alle meine Vorräte.«

»Du meine Güte«, sagte die Witwe, »wenn dieses Schaf nicht schneeweiß ist!« Die Männer hatten das Fell des Tieres mit klarem Wasser abgespült; nun hob es einer aus dem Zuber und stellte es auf die Füße, um es in der Sonne trocknen zu lassen. Ein anderer band ihm die Glocke wieder um den Hals. Während die Frauen weiter nähten und klatschten, hatten sich auch mehrere Männer zu einer Gruppe zusammengefunden; sie stocherten gedankenverloren in ihren Zähnen. Manchmal sahen sie zu dem Schaf hinüber, dessen Glocke leise bimmelten, als man ihm das Fell abrieb. Keiner der Männer sprach – sie schienen alle auf etwas zu warten.

Nicht weit entfernt stand Missy Penrose stocksteif auf der Wiese und starrte müßig zum Himmel, wo ein Flugzeug einen

weißen Kondensstreifen durch das Blau zog. Eine junge Frau ging vorüber, und die Witwe rief ihr zu: »Miss Clapp, bringen Sie sie aus der Sonne. Aus der Sonne, hab' ich gesagt. Es ist zu heiß, Missy hält es sonst nicht durch, bis sie fertig sind.«
Miss Clapp führte das Kind unter den Baum, wo die Witwe es auf den Schoß nahm. Sie rumorte in ihrem Handarbeitskörbchen, förderte ein Stück Zwirn zutage, knüpfte es zu einer Schlinge und begann, Missy ein Abnehmespiel zu zeigen. Die alte Dame schien sich Mühe zu geben, das Mädchen abzulenken; als sie eine Zeitlang gespielt hatten, setzte sie Missy ins Gras und wandte sich wieder ihrer Näharbeit zu.
Mrs. Green sah auf die Kirchturmuhr. »Es ist bald soweit.«
»Bald«, sagte auch Mrs. Brucie.
Jemand berührte meine Schulter. Ich drehte mich um und sah, daß Bess hinter mir stand und meine Skizze betrachtete. Sie lächelte mich an und ging dann über den Rasen. Neben dem Stuhl der Witwe blieb sie stehen und sah auf ihre Arbeit hinunter.
»Eine hübsche Decke.«
Die Witwe lächelte zu ihr auf. »Ein bißchen Handarbeit ist ein guter Zeitvertreib.«
»Wie lange braucht man, um so etwas zu machen?« fragte Bess.
»Das kommt darauf an. Vier oder fünf von uns können diese Decke fertigstellen, ehe der Mond um ein Viertel zunimmt. Sie sollten es selbst mal mit einer Handarbeit versuchen, meine Liebe. Jede Frau hier in unserem Tal näht. Setzen Sie sich ein bißchen zu uns. Wenn Sie ein paar abgetragene Kleidungsstücke haben und in Zukunft alles gut aufheben, können Sie gleich mit einer Flickendecke anfangen. Wirf nie etwas weg – das hat meine Großmutter immer gesagt.«
Ich lächelte in mich hinein; der Vorschlag gefiel Bess, das merkte ich.
»Hier, meine Liebe, ich fädle für Sie ein«, sagte Mrs. Zalmon. »Mrs. Brucie, holen Sie einen Fleck heraus, seien Sie so nett.

Da, sehen Sie mal – man muß es nur aufstecken, dann kann man schon anfangen, es festzunähen.«
Bess warf mir einen vergnügten Blick zu, der deutlich ausdrückte: Mein Gott, sieh mich an – ich bin in einem Nähzirkel!
Später kühlte die Hitze etwas ab; die Schatten wurden länger, die Sonne sank, und schläfrige Stille breitete sich über dem Dorfanger aus. Die Wimpel hingen schlaff und müde von den Zeltspitzen. Kein Wagen fuhr vorüber, keine Stimmen riefen, kein Hund bellte. Alles war ruhig.
Ich überquerte die Straße und ging auf das Penance-Haus zu, hinter dem ich einige der Männer hatte verschwinden sehen. Als ich am Postamt vorüberkam, drangen vom Schuppen des Nebenhauses her leise Stimmen an mein Ohr. Ich trat näher, um nachzusehen, was es dort gab. Unvermittelt brachen die Stimmen ab. In der Stille fühlte ich plötzlich das gleiche Prickeln im Nacken, das ich schon am Morgen verspürt hatte. Mir war unheimlich zumute; ich ahnte, daß etwas Seltsames vorging.
Ich machte ein paar Schritte auf die Scheune zu und blieb dann stehen, wie gebannt von einem Laut, den ich augenblicklich erkannte. Das Geräusch steigerte sich zu einem furchtbaren Höhepunkt, einem wilden Schrei, der wie aus dem Inneren einer Glocke aufstieg, um anzuschwellen und dann zu ersterben, sich im Nichts aufzulösen.
Ein Schwalbenpaar flog erschrocken unter der Dachkante hervor und schwang sich zum Himmel auf. Ich ging um die Ecke des Gebäudes; dort standen mehrere Männer in einem Halbkreis und kehrten mir den Rücken zu. Keiner drehte sich um. Warum waren sie so still, diese Männer und Jungen, warum so ernst, so unbeweglich?
Dann sah ich das Kind und glaubte im ersten Augenblick, es hätte sich verletzt, so rot waren seine Arme. Will Jones' einfaches Bauerngesicht war mir zugewandt. Er stand in Hut und Overall in der Mitte des Halbkreises und hielt den Griff seiner Sichel lose in der Hand; die scharfe, silberne Schneide war rot. Zu seinen Füßen lag das getötete Schaf. Seine dünnen Beine

unter dem roten Fell zuckten noch. Das Kind kniete im Staub, ganz in den Anblick der blutigen Masse von Eingeweiden versunken, die es in seinen Händen hielt. Seine Arme waren rot bis zu den Ellbogen.

Missy wandte ihr ausdrucksloses Gesicht und hob den Blick wie eine Schlafwandlerin zu den Männern, die sie umstanden und unerschütterlich auf sie niedersahen, auf die klaffend rote Öffnung im Leib des Tieres und die noch zitternden Eingeweide, die sie zärtlich in den hohlen Händen hielt.

Von den glänzenden, schlauchförmigen Drüsen und den aufgeblähten Membranen tropfte es rot; die glatte Masse glitt ihr durch die gespreizten Finger und fiel wieder in die aufgerissene Bauchhöhle zurück. Ohne die Augen von ihren Händen abzuwenden, reckte sie die Handflächen zum Himmel; ihr Rot stand zitternd gegen das tiefe Blau. Nichts war zu hören als die trockenen, rasselnden Atemzüge der Zuschauer. Ein Mann hustete, ein anderer schneuzte sich in sein Taschentuch. Noch immer waren die blutigen Hände vorgestreckt; wie in Trance erhob sich das Kind, die Augen glasig, und begann die jüngeren Männer langsam zu umkreisen, ohne ein Wort zu sagen.

Steif aufgerichtet ging Missy am jungen Lyman Jones vorbei, an den Tatum-Jungen, an Merle Penrose und einigen anderen, bis sie vor Jim Minerva stand. Ein schwaches Zeichen des Erkennens erschien auf ihrem Gesicht, ihre Augen weiteten sich merklich, sie murmelte etwas. Ihre Hände bewegten sich leicht, als wollte sie ihn berühren; dann ging sie wie eine Traumwandlerin weiter und machte wieder halt, streckte die Hände aus und legte sie auf Worthy Pettingers Wangen.

Ein Seufzen, ein Murmeln. Das Schwirren von Insektenflügeln. Als sie ihre Hände wieder zurückzog, blieb ein roter Abdruck beider Handflächen auf Worthys Haut zurück. Langsam drehte sie sich um und ließ die Arme sinken, doch sie hielt die Hände etwas von sich ab, als wüßte sie selbst in ihrer Trance, daß sie ihr Kleid nicht berühren durfte. Einige der Männer versammelten sich um Worthy; die blutigen Male zeichneten sich scharf gegen

sein bleiches Gesicht ab. Sie klopften ihm auf die Schultern und gratulierten ihm, während andere das Schaf beiseite zerrten, dessen Körper eine schmierige rote Spur auf dem Boden hinterließ. Der eine oder andere zündete seine Pfeife an; die Männer nickten einander zu und tauschten leise Bemerkungen aus.
Auf der Straße hatte ein Wagen eine Fehlzündung. Der Knall holte mich mit einem Ruck in die Wirklichkeit zurück. Ich sah mich wieder um, erblickte Staub und Stroh und Blut, hörte das eintönige Summen der Fliegen, roch den Gestank des toten Tieres. Die Frauen kamen paarweise und in Gruppen vom Dorfanger her gelaufen und riefen: »Hat sie gewählt? Wen? Wer ist es? Ist es Jim? Jim Minerva?«
»Nein«, sagten die Männer kopfschüttelnd und gingen zur Seite, und »Gelobt sei Gott!« riefen die Frauen, als sie den gezeichneten Jungen sahen. Sie küßten ihn, umarmten ihn, trugen ihn fort, und die Männer folgten, bis niemand mehr hinter der Scheune war als ich selbst.
Und das ausgeweidete Schaf.
Und Missy Penrose.
Sie atmete durch den Mund und stieß seltsame, unverständliche Laute aus, während sie den aufgerissenen Tierleib anstarrte.
»Mnm – um – nmmm ...« Wo vorher alles rot gewesen war, lief nun schwärzliche Gallenflüssigkeit aus dem zerfetzten Gewebe. Sie verstummte, steckte die Finger hinein und zog sie noch blutbefleckter wieder heraus, hielt sie gegen den Himmel. Ihr Körper versteifte sich und wurde von einem zitternden Krampf befallen.
»Nmn – um – nmmm – mnn.«
Ihre Pupillen verdrehten sich nach oben, etwas Speichel trat aus ihren Mundwinkeln und wurde zu Schaum. Sie zuckte, bäumte sich auf; dann hob sie einen steifen Arm, und ihr roter Zeigefinger deutete auf mich. Ein leichter Windstoß fing sich in ihren Haaren und wehte ihr eine Strähne über die Augen. Sie schob sie zurück, und ein roter Streifen erschien auf ihrer Stirn wie ein Kainsmal.

Ich erwiderte ihren Blick. Wieder überkam mich das gleiche Frösteln. Kalter Schweiß drang mir aus allen Poren. Der Wind strich durch das Gras zu ihren Füßen. Ich sagte nichts; wir schwiegen beide. Ihre Augen waren glasig, leer, und ich wußte, daß sie mich nicht sah. Und doch sah sie – etwas. Dann begann sie plötzlich zu schreien, zeigte dabei mit ihrem blutigen Finger noch immer auf mich. Ich stand vor Schreck wie erstarrt. Vom Dorfplatz drang festlicher Lärm herüber. Niemand hatte es gesehen, keiner sah es. Sie schrie lauter, als ich es je bei einem Kind für möglich gehalten hatte, deutete unablässig mit ihrem Finger auf mich.

Endlich verstummte sie und ließ den Arm sinken; nun hing er schlaff an ihrer Seite herab. Sie heftete die Augen kurz auf das tote Schaf, drehte sich dann um und ging fort.

Die Luft begann aufzufrischen, der Wind drehte sich, und der Himmel wurde langsam dunkler. Ich beobachtete, wie drüben auf dem Dorfanger die Männer zurücktraten, während die Frauen zu Missys Empfang herbeistürzten, sie berührten und liebkosten. Ein Murmeln ging durch ihre Reihen, wurde zum Jubel; dann, als das Kind das Bewußtsein verlor, verstummten die Stimmen plötzlich wie Vögel vor einem Sturm.

Ich ging hinter den Schuppen und erbrach mich ins Gras.

TEIL II

Zeit der Reife

9.

Die Zeit der Reife begann, jene entspannten Tage und Wochen vor der Ernte, da die Sonne den Mais noch völlig trocknet und die Bauern sich auf den Winter vorbereiten. Und während die Zeit der Reife verstrich, befreite ich mich nach und nach von dem Gedanken an jenen ausgestreckten roten Zeigefinger. Oder zumindest versuchte ich mir einzureden, daß ich es tat. Ich überzeugte mich selbst davon, daß es nichts von Bedeutung gewesen war; ein Kind hatte sich mit einem Außenseiter einen Scherz erlaubt. In diesen Septemberwochen streifte ich durch das Dorf, zeichnete, malte Aquarelle und sagte mir vor, daß der Zwischenfall unwichtig gewesen war. Manchmal sah ich sie – hinter ihrer Gartenpforte oder auf dem Dorfplatz, auf der Straße – doch es war, als sei nichts geschehen. So lullte ich mich selbst ein.

Langsam wurde ich zu einem festen Bestandteil des Dorfes; die Bauern erkannten mich an – nicht, weil ich so war wie sie, sondern weil ich mich von ihnen unterschied, weil ich Dinge »malen« konnte. Man respektierte mich wegen meiner Arbeit und weil die Leute spürten, daß ich nichts mehr wünschte, als das Leben um mich her mit Farbe und Pinsel festzuhalten. Auch ich zollte ihnen meinerseits respektvolle Anerkennung. Wenn ich sie als pittoresk und wunderlich schilderte, habe ich einen Fehler begangen. Sie waren Landleute, doch von zähem Schlag, arbeiteten von früh bis spät, vierzehn Stunden täglich, scheuten keine Mühe.

Und man gab uns die Möglichkeit, ihr Leben zu teilen. Sie betrachteten uns nicht länger als Außenseiter, sondern nahmen uns in ihre Gemeinschaft auf und behandelten uns wie ihresgleichen. Mehrere Sonntage nach dem Agnes-Fest gingen wir zur Kirche. Mr. Deming und die übrigen Dorfältesten nahmen traditionsgemäß die besten Plätze im vordersten Teil der Kirche ein, die gepolstert waren; in diese Ehre teilten sie sich mit Justin und Sophie Hooke. Die übrigen Kirchgänger waren je nach Rang und Wohlhabenheit in den Bänken verteilt. Männer und Frauen nebeneinander, und ihre Sprößlinge hatte man nach altem Brauch auf die Galerien verbannt. Dazwischen war der Chor untergebracht, geleitet von Mrs. Buxley, mit Maggie Dodd an der Orgel.

Mochte Pastor Buxley von Montag bis Freitag auch ein sanftes und demütiges Lamm sein, am Sonntag war er ein Löwe. Dies hier war seine Kirche; er stand auf seiner Kanzel vor seiner Herde. Für den heutigen Tag hatte er das zweite Buch der Könige, 18. Kapitel, 32. Vers, ausgewählt: »Bis ich komme und hole euch in ein Land, das eurem Lande gleich ist, darin Korn, Most, Brot, Weinberge, Ölbäume und Honig sind; so werdet ihr leben bleiben und nicht sterben …«

Mr. Buxley schloß die Bibel, nahm seine Brille ab, legte die Hände links und rechts auf den Rand der Kanzel, als suchte er moralische Stütze, und holte zu einer weitschweifigen Rede aus. Seine umfassenden Bewegungen beschrieben den Reichtum der verheißenen Ernte und die berechtigte Dankbarkeit für volle Kornspeicher, vollere Geldbörsen, noch vollere Mägen. Doch dann, leider! – seine Arme sanken verzweifelt auf die Kanzel zurück – was gab es neben einer solchen Ernte noch in diesem Land des Überflusses?

Sünde.

Jetzt kommt es, dachte ich: Höllenfeuer und Verdammnis, Asche auf unsere Häupter.

»… Sünde in diesem Land von Korn und Most«, klagte Mr. Buxley, und obwohl er von Israel sprach, wußte jeder der Versammelten, daß er auf Cornwall Coombe anspielte. Jene aber waren sündigen Herzens, die habgierig wie Jesebel waren. Doch – sein Finger deutete himmelwärts – der große Gott Jehova hatte prophezeit, daß das Fleisch Jesebels, der Unseligen, an der Mauer Jesreels von den Hunden gefressen würde.

Ich griff nach Bess' Hand, die auf dem Gesangbuch in ihrem Schoß lag. Sie lächelte mir unter den Lidern hervor zu, und mein Blick sagte ihr: Ich liebe dich. Konnte es an diesem wunderbaren Sonntag in Cornwall Coombe einen glücklicheren Mann geben als mich? Bess versetzte mir einen heimlichen Rippenstoß und lenkte meine Aufmerksamkeit auf die Galerie, wo die Jungen saßen. Amys Penrose lehnte sich gerade über die hinterste Bankreihe, und die Spitze seines Stockes landete mit elegantem Schwung auf Worthy Pettingers Kopf. Der Junge setzte sich erschrocken auf, blinzelte und erwachte gerade rechtzeitig, um zu erfahren, wie Jesebel ihre gerechte Strafe erhielt. Als sie ihr Angesicht geschminkt und ihr Haupt geschmückt hatte, sah das Flittchen zum Fenster hinaus, und drei Kämmerer stürzten sie aus dem Fenster. »Sehet doch nach der Verfluchten«, zitierte der Pastor, »und begrabet sie; denn sie ist eines Königs Tochter!«

Meine Augen verweilten auf Worthys düsterem Gesicht. In den Wochen seit dem Agnes-Fest hatte der Junge für uns gearbeitet, hatte geholfen, die Terrassenmauer fertigzustellen und das Dachfenster einzusetzen. Bess wußte täglich eine neue Beschäftigung für ihn, und von Tag zu Tag wurden wir abhängiger von seiner Hilfe und gewannen ihn immer lieber. Er hatte sich als klug, geschickt und anstellig erwiesen. Doch wenn ich ihn bei der Arbeit beobachtete, merkte ich oft, daß ihn etwas bedrückte. Ich hatte herauszufinden versucht, was es war, kam jedoch nicht hinter das Geheimnis seiner Niedergeschlagenheit.

Als ich zum Seitenschiff der Kirche sah, wo die unverheirateten Frauen saßen, kreuzte sich mein Blick durch Zufall mit dem der Posthalterin. Tamar Penroses Starren veranlaßte mich, die Augen sofort abzuwenden. Hatte sie mir zugeblinzelt? In der Kirche? Mit Bess an meiner Seite? Ich spähte noch einmal hinüber; die Posthalterin widmete dem Pastor ihre ungeteilte Aufmerksamkeit.

Endlich war die Predigt vorüber. Mr. Buxley räusperte sich und kündigte die Schlußhymne an. Wir sangen wieder, der Segen wurde erteilt, und der Gottesdienst war zu Ende.

Als ich zum Ausgang ging, läutete Amys Penrose die Glocke.

»Hübsche Musik«, sagte ich zu Maggie Dodd, die gerade die Chortreppe herunterkam.

»Oh, vielen Dank!« zwitscherte Mrs. Buxley hinter ihr. »Ein Erfolg für dich, James!« rief sie ihrem Mann zu, der seine Pfarrkinder am Portal verabschiedete. »Unsere verlorenen Schafe sind in die Herde zurückgekehrt. Ein schöner Tag, nicht wahr? Wo sind Mrs. Constantine und Ihr Töchterchen?«

Wie eine große, feuchte Qualle wandelte Mrs. Buxley an meiner Seite dahin; wir gingen durch die Eingangstür und traten auf die oberste Treppenstufe. »Läutet nur kräftig!« rief sie Amys munter zu. »Guten Morgen, Robert. Hat Maggie nicht wundervoll gespielt? Dieser Bach! Worthy, mein Lieber, sind die Gesangbücher weggeräumt und die Schranktür geschlossen? Bist ein braver Junge.«

Ich blieb stehen, um Worthy daran zu erinnern, daß eine Anzahl zerbrochener Schindeln auf dem Atelierdach durch neue ersetzt werden mußten. Er versprach, sich die Sache anzusehen, und tauchte dann in der Menge unter, die sich zum sonntäglichen Plausch am Fuß der Kirchentreppe versammelt hatte. Robert ergriff Maggies Arm, und ich hakte mich auf der anderen Seite bei ihm unter, um ihn zum Bürgersteig zu führen.

»Herbstlicher Tag, Robert.« Die Witwe trug ihr bestes schwarzes Kleid; die geschnitzte Beinbrosche steckte an ihrem Ausschnitt. Sie hatte sich gerade mit Bess und Kate unterhalten und drehte sich nun zu den Dodds und mir um. »Der Frühherbst kommt heuer ganz heimlich dahergeschlichen, ohne die üblichen Stürme. Morgen, Asia. Wo ist denn Fred heute?«

Mrs. Minerva blieb stehen, um sie zu begrüßen. »Fred hat etwas Schmerzen – und das gerade vor Harvest Home. O Gott, wer weiß, wie es ihm gehen wird, wenn das Wetter sich ändert.«

»Fred hatte wirklich furchtbares Pech. Wenn du mich begleitest, gebe ich dir etwas für ihn mit, Asia.«

»Das war heute eine Predigt!« Mrs. Zalmon traf auf den Pastor zu, der plötzlich wieder sanftmütig war, als wollte er noch am heutigen Tag das Erdreich besitzen. Mr. Buxley nahm die Glückwünsche für seine Predigt entgegen, während seine Frau sich im Widerschein seines Glanzes sonnte.
Plötzlich näherte sich Jack Stump auf seinem Karren, und das Geklapper seiner Töpfe und Pfannen durchbrach die sonntägliche Stille.
»Wie geht's, meine Damen? Famoser Tag, nicht wahr? Wie geht's, wie steht's, Witwe?«
»Komm nachher bei mir vorbei, Jack«, sagte sie, als er seinen Hut vor ihr zog. Er strampelte zu Sally Pounder und Betsey Cox hinüber, holte eine Schachtel aus dem Inneren seines Gefährts und schwenkte eine Kette aus Glasperlen.
»Jawohl, einen famosen Tag wie heute muß man nützen. Wie geht's Ihrem Schwein, Irene?« Er nahm seinen Hut vor Mrs. Tatum ab. »Mädels, seht mal, was ich hier habe. Eine einzigartige Kette, weit und breit gibt's nichts Schöneres, so etwas werden Sie nicht noch einmal zu sehen bekommen.«
»Wissen Sie nicht, daß heute Sonntag ist, Jack Stump?« schrie ihn Irene Tatum an. »Seit wann ist es erlaubt, am Sonntag zu kaufen oder zu verkaufen? Sind Sie vielleicht 'ne Ausnahme? Nein, also verschwinden Sie mit Ihrem Zeug, statt hier vor der Kirchentür zu handeln, wenn anständige Leute gerade mit ihrem Herrgott gesprochen haben.« Sie war von der Entrüstung des Gerechten erfüllt, als wäre sie Christus selbst, der die Geldwechsler aus dem Tempel vertreibt.
Ich nickte den Hookes zu, die gerade die Treppe herunterkamen. Justin wurde sofort von Verehrerinnen umringt, und Sophie stand nachsichtig lächelnd daneben. Ich trat zurück, als Tamar Penrose an mir vorüberkam; sie holte einen Schlüssel aus ihrer Handtasche. Sie warf mir einen verschleierten Blick zu, drehte sich dann rasch um und ging auf den Dorfanger zu.
Mrs. Green unterhielt sich mit Mrs. Zalmon. »Sieh dir diesen wertlosen Plunder an«, sagte sie und nickte zum Hausierer hin-

über, der Betsey Cox die Halskette aufschwatzte. »Man kann sich nicht darauf verlassen, daß der einem anständige Ware verkauft.«

»Mja.« Mrs. Zalmon stimmte ihr zu. »Besonders vertrauenerweckend ist er nicht, wie?«

Mrs. Greens Mundwinkel senkten sich. »Überhaupt nicht vertrauenerweckend.«

Die Witwe lachte. »Oh, ich habe Jack Stump gern. Er ist unabhängig. Unabhängigkeit verleiht den Menschen Charakter. Ich mag es, wenn ein Mann seinen eigenen Weg geht. Die Leute sind heutzutage so darauf bedacht, genau wie alle anderen zu sein. Menschen mit Eigenheiten sind mir sympathisch.«

Justin bot ihr an, sie in seinem Wagen nach Hause zu fahren, und sie bat ihn, etwas zu warten, bis sie auf den Friedhof gegangen war und Clem einen kurzen Besuch abgestattet hatte. Es war offenbar ihre Gewohnheit, einige der Kirchgänger vor dem Sonntagmittagessen zu einer geselligen Zusammenkunft in ihr Haus zu bitten. Justin nahm die Einladung an, kam endlich von den Anbeterinnen los, die ihn umringten, und führte Sophie zum Bürgersteig.

»Sie holen sich doch dann die Stoffreste bei mir ab?« sagte die Witwe zu Bess, schürzte ihre Röcke und wandte sich zum Friedhof, und die Silberschere baumelte wie gewöhnlich an ihrer Taille.

Maggie sagte: »Ned, bringen Sie Robert ins Rocking Horse auf einen Drink, ehe wir zur Witwe gehen, ja?« Während sie und Bess sich zu Mrs. Green und Mrs. Brucie gesellten, um über Flickendecken zu plaudern, führte ich Robert Dodd zum Gasthaus.

»Noch ein dörflicher Brauch?« fragte ich.

»Ja, und einer von größter Wichtigkeit. Damen sind dort nicht zugelassen.«

Als wir am Friedhof vorbeikamen, sah ich die einsame Gestalt vor Clem Fortunes Grab stehen. Sie bot ein eindrucksvolles Bild, dachte ich, diese alte Frau in ihrer Witwenkleidung und

der weißen Haube, wie sie mit gebeugtem Kopf zwischen den verwitterten Grabsteinen stand.
Es war wirklich ein herrlicher Tag. Der Himmel wölbte sich klar und leuchtend über dem Tal, und eine leise Ahnung des kommenden Herbstes lag in der Luft. Vor uns wirbelten Blätter über die Straße, von einer frischen Brise erfaßt.
»Was bedeuten diese Ringe im Gras?« fragte ich meinen Begleiter. Er legte den Kopf schief, als betrachtete er den Rasen.
»Freudenfeuer-Ringe. Wenn das Gras abbrennt und im nächsten Frühjahr neu gesät wird, scheint es immer in einer anderen Schattierung von Grün nachzuwachsen.«
»Freudenfeuer?«
»Zur Kindling Night, kurz vor Harvest Home. Ein ländlicher Brauch. Droben in Maine und New Hampshire werden am Election Day noch immer große Holzfeuer entzündet; es hängt irgendwie mit dem britischen Guy-Fawkes-Fest zusammen. Hier tanzt man zum Zeichen für das Ende des zunehmenden Jahres ums Feuer.«
»Was für eine Art Tanz ist das?«
»Das, was man als Reigen bezeichnet. Er geht wohl auf die alten Griechen zurück – man kann ja in den Museen noch immer Vasen sehen, auf denen Tanzende abgebildet sind, die eine Kette bilden. Manche dieser Krüge stammen aus der Bronzezeit oder sind noch älter.«
Missy Penrose ging zwischen den Schafen durch, die seltsame Puppe in der Hand. Ihre Mutter stand vor der Eingangstür des Postamtes, und im Weitergehen hatte ich das Gefühl, als wären zwei Augenpaare auf uns gerichtet. In der Gastwirtschaft traten die Bauern beiseite, um für den Blinden den Weg zu einem Tisch am Ende der Theke freizumachen. In der Ecke zu unserer Rechten saß Amys Penrose ohne Getränk, doch mit hoffnungsvoller Miene. Kaum hatten wir Platz genommen, schob er auch schon seinen Stuhl an unseren Tisch. »Morgen, Professor.«
»Sind Sie das, Amys? Ihre Glocke hat heute besonders schön geklungen.«

»Läuten ist läuten und trinken ist trinken.«
Robert war zwar blind, jedoch durchaus in der Lage, einen derartigen Wink zu verstehen. »Trinken Sie ein Bier auf meine Kosten, Amys«, forderte er den alten Küster auf. Wir bestellten Getränke bei Bert, dem Kellner, und als sie uns gebracht wurden, hörte ich einen der Bauern in unmittelbarer Nähe zu seinem Nachbarn sagen: »Na, heute muß es Gracie in ihrem Grab ja ganz heiß vor Scham geworden sein.«
»Wenn sie nicht schon längst im Höllenfeuer schmort.«
Ich fragte mich, wodurch sich Grace Everdeen die allgemeine Mißbilligung Cornwall Coombes zugezogen haben mochte.
Robert erklärte Amys: »Ich habe unserem Freund hier gerade von den Reigentänzen zur Kindling Night erzählt.«
»Kindling Night.« Amys benutzte den Spucknapf. »Verrücktes Zeug. Sie veranstalten diese närrische Tanzerei, solange ich mich erinnern kann.« Er schien mich mit seinen glitzernden Augen zu bannen. »Wenn Sie lange genug hierbleiben, werden Sie noch so allerlei zu sehen bekommen.«
Ich trank meinen Scotch und hielt den Kopf leicht gesenkt, so daß ich durch die geöffnete Tür den Dorfanger überblicken konnte. Tamar Penrose stand noch immer auf der Türschwelle des Postamtes.
»Warum hat das Postamt eigentlich so einen großen Schornstein?«
Amys hob das Gesicht aus seinem Bierkrug. »Teufel, das ist nicht immer 'n Postamt gewesen. War früher mal die alte Schmiede, die zu Gwydeon Penroses Hof gehörte, drüben, wo ich wohne.« Er schob seinen Hut zurück, stützte sich mit den Ellbogen auf den Tisch und zerkaute eine Handvoll Erdnüsse. »Ist 'n schlauer Bursche gewesen, dieser alte Gwydeon. Einmal, während 'nem Indianerangriff, verbarrikadierte er sich mit seiner Familie in der Schmiede. Die Indianer versuchten sie in Brand zu stecken, aber er hatte das Haus aus Stein gebaut, und so konnte das Feuer nur der Tür was anhaben. Als sie schließlich hineinstürmten und alle skalpieren wollten, waren die Pen-

roses nicht mehr da. Der alte Gwydeon, dieser Fuchs, hatte schon Monate vorher 'n Tunnel unter der Schmiede gegraben und war mit seiner ganzen Familie entwischt. Natürlich ist die Schmiede schon lang keine richtige Schmiede mehr. Nach der Revolution ist sie verkauft worden, und dann kam ein Laden hinein, später wurde das Postamt draus.«

»Etwas anderes, Amys«, sagte ich. »Stimmt das, was man über Missy Penrose sagt?«

Der Küster runzelte die Stirn und verzog mürrisch den Mund. »Kommt darauf an, was behauptet wird, mein Sohn.«

»Ich meine ihre Sommersprossen. Ist es wahr, daß sie eine Art Sternzeichen bilden?«

»Hier gibt's einen Haufen Dummköpfe, die alles glauben würden, was man ihnen erzählt. Wenn die der Meinung sind, daß dieses Kind den bösen Blick hat – na, das würd' ich unterschreiben. Obwohl ich dabei noch mehr auf die Mutter als auf die Tochter setze.«

»Regen Sie sich nicht auf, Amys«, sagte Robert beschwichtigend.

Der Küster richtete sich zu seiner vollen Größe auf und schlug auf die Tischplatte. »Aber weil wir gerade dabei sind, können Sie mir vielleicht sagen, weshalb der Pastor einer lieben Seele wie Gracie was Böses nachsagt, aber nie mit dem Finger auf eine wie die zeigt?« Er stieß mit dem Daumen in Richtung Postamt. »Ein besseres Mädel als Grace Everdeen hat's nie gegeben, und sie muß für ihre Sünden büßen, während sich diese Person, die wahrhaftig nichts taugt, als Posthalterin aufspielt. Und der Teufel hol' Roger Penrose, der einen Kieselstein nicht von einem Diamanten unterscheiden konnte.«

»Kommen Sie, Amys, immer mit der Ruhe«, erwiderte Robert.

Um das Thema zu wechseln, erkundigte ich mich, wo man ein Boot bekommen könne, um auf den Fluß zu rudern. Der Küster vertraute mir an, daß er selbst einen Kahn besitze, ein schmuckes Fahrzeug, für das man keinen Schöpfeimer brauchte, und das ich mir jederzeit ausleihen könnte. Er bedankte sich bei Robert für

das Bier und verließ die Schenke, und als wir unsere Zeche bezahlt hatten, traten wir ebenfalls wieder ins Freie.
Am Straßenrand stand der Hausiererkarren. Jack Stump pries gerade genau dieselbe Kette an, die er Betsey Cox vor der Kirche als »einmaliges Stück« aufgeschwatzt hatte. »Ein Sonderangebot zum heutigen Sonntag, meine Damen«, begann er. »Ein echtes viktorianisches Schmuckstück, sehen Sie sich das an. Viktorianisch, meine Gnädigen, 's ist also sozusagen antik. Viktorianisch, das heißt, daß es praktisch schon entstanden ist, ehe Kolumbus Amerika entdeckt hat!«
Die Menge lachte, und jemand rief: »Und was war vor der viktorianischen Zeit, Jack Stump?«
»Da war tiefstes Mittelalter; damals kamen die gräßlichen Tataren über die russischen Steppen und versuchten die Welt zu regieren.«
»Aha, aber was geschah vorher, Jack?« fragte Robert gutmütig.
»Himmel, Professor, das müßten Sie doch wissen! Damals war die Reformationszeit, als Martin Luther seine Thesen an seine Haustür nagelte.«
»Wer war denn Martin Luther?« fragte eine Stimme.
»Nun, Martin Luther war ein Lutheraner. Das ist's ja, was das Wort bedeutet: Ein Lutheraner ist jemand, der Luther heißt.«
»Ich heiße Luther, aber ich bin kein Lutheraner«, sagte einer der Soakes-Söhne. Er lümmelte am Türpfosten der Schenke, eine Dose Bier in der Hand.
Jack entschloß sich, ihn zu ignorieren. »Martin Luther machte den Leuten klar, daß der Papst nichts als ein habgieriger alter Knacker war und daß jeder anständige Christ diese schurkischen Priester zum Teufel jagen sollte. Er sagte, die katholische Kirche wäre nichts als eine Verbrecherbande, und die Leute müßten sich davon abwenden!«
»'s gibt keine Katholiken auf dieser Seite des Flusses«, rief jemand aus der Menge.
»Hab's gehört, Freundchen«, grollte Luther. »Keiner hat dich um deine Meinung gebeten.«

»Und keiner hat bestimmte Leute gebeten, über den Fluß zu kommen«, erwiderte ein anderer.
Roy Soakes, der besiegte Ringkämpfer, trat vor. »Wir kommen und gehen, wie es uns paßt. Wir suchen keinen Streit.«
Jack Stump warf seine Ketten in die Schachtel zurück, rollte ein Stück Stoff von einem Ballen ab und drapierten es über Sophies Schulter. »Und hier wären Nadel und Faden und Stecknadeln in Hülle und Fülle, falls Sie Lust haben, selbst zu schneidern.«
»Wär' besser, du würdest die Nadel selber benutzen, Alter«, sagte Roy, »um deinen Mund damit zuzunähen.«
Jacks Gesicht nahm einen wissenden Ausdruck an. »Nun ja«, versetzte er listig, »vielleicht sollte ich ihn wirklich zunähen. Wenn ich es nämlich nicht tue, könnte ich garantiert von allerlei seltsamen Dingen erzählen, die sich in einem gewissen Wald abspielen.«
»Hausierer, kümmere dich um deine eigenen Angelegenheiten!«
Der alte Soakes schob Luther aus dem Weg. Seine ungeschlachte Gestalt füllte den Türrahmen, und seine dröhnende Stimme brachte die Menge zum Schweigen. Er deutete mit dem Finger auf Jack. »Dieser Wald ist Privatbesitz. Das Land hat schon vor dem ersten Kongreß den Soakes gehört, und 's ist bis zum heutigen Tag unser Land geblieben. Wir mögen keine Eindringlinge.«
»Das ist nicht euer Land«, sagte jemand. »Es gehört uns. Wir pflanzen Mais, ihr Tabak!«
»Es heißt nicht umsonst ›Soakes Lonesome‹«, gab der alte Mann unerschütterlich zurück. Wieder wandte er sich an Jack Stump. »Du bist gewarnt worden.«
»Mich können Sie nicht erschrecken!« prahlte der Hausierer.
Roy schüttelte mit mörderischem Blick seine Bierdose und schleuderte sie gegen Jack Stumps Karren. Der Schaum spritzte in alle Richtungen. Jack hopste wild auf und ab und hielt den Stoffballen hoch. »Schaut euch das an – jetzt hat er lauter Flecke draufgemacht! Warum tust du so was? Seid ihr vielleicht drauf erpicht, daß ich die Polizei rufe?«
»Versuch's nur, Hausierer«, sagte der alte Soakes finster.

Roy lachte. »Ist mir neu, daß sie hier eine Polizei haben. Cornwall Coombe braucht aber auch allen modernen Komfort.«
Luther schlenderte auf Jack Stump zu und versetzte ihm einen Stoß, daß er in den Staub fiel. Er kroch mit krebsartigen Bewegungen zur Seite und stieß einen Schrei aus, als Roy sich unter sein Gefährt zwängte und den Rücken gegen das Fahrgestell stemmte, um den Hausiererkarren umzuwerfen.
Wie der Blitz war Justin Hooke neben ihm und zerrte ihn unter dem Karren hervor. Roy erhob sich, holte aus und traf Justin seitlich am Kopf, während drei seiner Brüder aus der Tür der Schenke stürzten, um sich am Kampf zu beteiligen. Jack Stump erhielt nacheinander mehrere brutale Schläge und brach auf der Fahrstraße zusammen. Als er aufschrie, sprang ich vor und versetzte Luther einen Kinnhaken, daß er taumelte. Roy griff mich an, und ich wehrte ihn mit zwei linken Geraden und einem Leberhaken ab. Inzwischen hatte sich Justin wieder erholt und kam zu mir herüber. Rücken an Rücken warteten wir, bis die Brüder Soakes wieder auf die Füße kamen.
Sie waren zu fünft und wir nur zu zweien; ein ungleicher Kampf, und doch hatten wir ihn schon gewonnen. Kaum rappelte sich einer von ihnen auf, um einen Schlag anzubringen, ging er auch schon wieder zu Boden.
Ich grinste Justin über die Schulter an. »Ich habe nicht gewußt, daß Bauernburschen ihre Fäuste so gut zu gebrauchen wissen.«
Justin holte wieder aus, und Luther ging zum viertenmal in die Knie. »Dieser Bauernbursche kann's jedenfalls!« Er genoß den Kampf offenbar sehr.
Nicht so Jack Stump, der unbarmherzig zusammengeschlagen worden war. Er lag im Staub und versuchte sich gerade wieder hochzurappeln. Der alte Soakes hob einen Fuß, um den Hausierer herumzurollen, da trat ihm eine Gestalt gegenüber, die einem schwarzen Racheengel glich.
»Schluß jetzt, Mr. Soakes!« befahl die Witwe Fortune. Ihr Gesicht war rot und zornig. Sie war fast ebenso groß und breit wie er und starrte ihn so durchdringend an, daß er den Blick senken

mußte, während seine Söhne mit hängenden Fäusten auf seine Befehle warteten.

»Ob das jetzt Ihr Wald ist oder nicht, wir legen keinen Wert darauf, daß man unseren Sonntagsfrieden stört.« Ihre Stimme klang laut durch die Stille.

»Ich bin gekommen, um Mais zu kaufen«, sagte der alte Soakes. Er hatte seinen Hut abgenommen und drehte ihn verlegen in den Händen.

»Dann kaufen Sie Ihren Mais und gehen Sie nach Hause. Meinetwegen prügeln Sie sich vor Ihrer eigenen Tür, aber lassen Sie friedfertige Bürger in Ruhe.« Sie wartete, bis die Männer sich in die Schenke zurückgezogen hatten; dann beugte sie sich über Jack Stump, der zu ihren Füßen lag.

»Nun, Jack, sind Sie tödlich verwundet?« Sie wandte sich zu mir um. »Helfen Sie ihm auf die Beine und wischen Sie ihm den Staub von den Kleidern. Dann bringen Sie ihn mit zu mir. Mal sehen, wie wir ihn wieder zusammenflicken können.«

10.

»Prügelt sich auf den Straßen herum«, brummte die Witwe und drückte Jack Stump auf einen ihrer Küchenstühle. Dann beugte sie sich über sein zerschundenes Gesicht. Der Hausierer sah blaß und mitgenommen aus; er betastete seine Kinnlade und stöhnte bei dem Versuch, sie zu bewegen. Sein Kiefer schien böse ausgerenkt zu sein, und obwohl er sich nicht beklagte, merkte ich, daß er starke Schmerzen hatte. Bess, Kate und ich standen dabei und sahen zu, wie er sich der erfahrenen Obhut der Witwe anvertraute.

»So, jetzt lassen Sie mich mal sehen, Jack«, sagte sie mit milder Stimme. »Lehnen Sie Ihren Kopf an die Stuhllehne – so ist's gut.« Sie musterte ihn durch ihre Brillengläser, stellte sich hinter den Stuhl und legte ihre Hände links und rechts an seine Kinnlade. Ihre sensiblen Fingerspitzen strichen am Unterkieferknochen entlang, bis sie die gesuchte Stelle gefunden hatte; ein Ruck, ein leichtes Knacken, und der Kiefer war wieder eingerenkt. Jack Stumps Gesicht war unter den Bartstoppeln blaß geworden.

»Himmel, Jack!« sagte sie. »Kann sich ein Mann wie Sie nicht mal sonntags rasieren? Na, wie ist's jetzt, besser so?«

Wieder betastete er seine Kinnlade, bewegte sie hin und her und nickte dann.

»Und jetzt werden Sie mir bestimmt weismachen wollen, daß diese Soakes mit der Prügelei angefangen haben.«

Jack nickte noch einmal nachdrücklich, und ich berichtete ihr den Vorfall in allen Einzelheiten, angefangen mit der Bierdose, die die Schlägerei herbeigeführt hatte. Die Witwe warf mir einen Blick zu.

»Sie sind genauso schlimm wie er – und Justin auch. Ihr alle drei. Was wird Mr. Deming dazu sagen?« Sie schnalzte mißbilligend mit der Zunge, stellte ihr schwarzes Köfferchen auf den Tisch und öffnete es. Dann ergriff sie einen Wattebausch, tränkte ihn mit etwas Flüssigkeit aus einem der etikettierten Fläschchen und reinigte Jacks geschwollenes Auge.

»Morgen werden Sie weiß Gott eine Augenweide sein. Und eine dicke Lippe bekommen Sie noch obendrein.« Sie berührte die verletzte Stelle leicht mit dem Zeigefinger. »Na, na, ich tu' Ihnen nicht weh. Für heute haben Sie genug ausgehalten. Ihr Auge hat einen Breiumschlag nötig. Kate, stell den Kessel aufs Feuer.«

Während Kate den Kupferkessel mit Wasser füllte, machte sich die Witwe vorsichtig daran, etwas wohlriechende Salbe auf Jacks verwundete Unterlippe zu streichen. Dann ließ sie ein Döschen davon in Jacks Tasche gleiten und erklärte ihm kurz, wie er sie anwenden sollte.

Nun holte sie einen kleinen Mischbecher von der Anrichte, maß eine Handvoll eines Pulvers ab, das wie einfaches Maismehl aussah, und fügte aus mehreren Töpfen mit Heilkräutern jeweils ein Quentchen dazu, bis die Küche voller Wohlgerüche war. Als das Wasser im Kessel zu summen begann, schüttete sie etwas kochendes Wasser in den Becher und vermischte alles zu einer breiigen Masse, die sie in ein Stück Seihtuch füllte und zu einem kleinen Säckchen formte. Nachdem es ein wenig abgekühlt war, drehte sie Jacks Kopf wieder sacht nach hinten und legte den Breiumschlag auf sein halbgeschlossenes Auge. Dann band sie das Säckchen mit einem Stoffstreifen fest.

»Jack, Sie sehen wie ein Pirat aus. So gefallen Sie mir richtig.« Sie gab ihm einen Klaps auf die Schulter und entließ ihn mit dem Befehl, die abgelegten Kleidungsstücke hereinzubringen, die er für sie beschafft hatte. Wir wurden ins Wohnzimmer komplimentiert, während sie noch ein paar Stoffreste für Bess' Flickendecke hervorkramte.

Wenn schon die anheimelnde Küche viel vom Wesen der Witwe verriet, das Wohnzimmer tat es noch mehr. Hier standen wohl all ihre »guten Stücke«; der Raum war gemütlich, und man sah ihm an, daß er oft benutzt wurde. Obwohl die Möbel nicht schäbig wirkten, merkte man doch, daß sie seit Jahren in Gebrauch waren, genau wie die Teppiche, die von Hand gewebt oder geknüpft sein mußten. Ich erkundigte mich bei der Witwe, ob sie sie selbst gemacht hätte.

»Bess, Sie finden den Schaukelstuhl wohl am bequemsten. Kate, wie wär's mit dem Sofa? Ja, ich habe sie geknüpft, jeden einzelnen. Damit beschäftige ich mich während des Winters, wenn ich nicht gerade Vogelscheuchen mache.«

Ich ging zum Erkerfenster und sah mir die sauber gezimmerte Sitzbank an, die mit kunstvoll geschnitzten römischen Ziffern von eins bis zwölf verziert war.

»Clemmon hat sie gebaut. ›Meine Uhrenbank‹ hat er sie genannt.« Sie war zugleich eine Sonnenuhr; wenn die Sonne durch das Fenster fiel und den Rahmen traf, warf sie einen Schatten auf die Bank. »Von dieser Sonnenuhr habe ich den größten Teil meines Lebens die Zeit abgelesen.«

Jack kam wieder ins Haus und begann seine Kleidersammlung auf den Klavierstuhl zu häufen. Mein Blick fiel auf den Kaminsims, wo ein altmodischer Rasierbecher stand; ein Rasiermesser mit Elfenbeingriff lag daneben. Erinnerungen an den toten Clem Fortune, nahm ich an. Die Witwe unterzog inzwischen die abgetragenen Kleidungsstücke, die Jack für sie gesammelt hatte, einer sorgfältigen Prüfung. In ihren Augen stand ein Lächeln, doch ihre Stimme klang barsch, als sie zu ihm sagte: »Sie werden doch wohl nicht glauben, daß ich einen von diesen alten Fetzen kaufe, oder?«

Der Hausierer hielt einen zerrissenen Mantel hoch. »Fühlen Sie nur den Stoff, feinstes Kammgarn. Und das Futter ist so gut wie neu.«

»Neu? Kalter Kaffee!«

»Na, beinahe jedenfalls. Er muß vielleicht ein bißchen geflickt werden, aber dafür sind Sie doch gerade die Richtige.«

»Ich würde nicht mal einen Vierteldollar für diesen Lumpen bezahlen, Jack Stump. Was haben Sie sonst noch?«

Er brachte ein Jackett zum Vorschein, dann mehrere Herrenhosen, ein oder zwei Kleider. »Hier, was haben wir denn da?« fragte sie und griff nach einem anderen Kleidungsstück. Ihre Augen blitzten, als sie es auf Armlänge von sich abhielt, um es zu mustern.
»Wußt' ich's doch, daß das nach Ihrem Geschmacke ist, Witwe!«
Mit einem Sprung war Jack an ihrer Seite und breitete die Ärmel aus, um die Wirkung zu erhöhen. Es war ein Waffenrock, grün vom Alter. Die Epauletten auf den Schultern hatten ihren Glanz verloren. Sie waren mit einer grauen Schicht überzogen, die Stoffnähte teilweise aufgerissen. »Den hab' ich von einer Frau drüben in Ledyardtown. Er gehörte ihrem Großonkel. 'ne Uniform aus dem Spanisch-Amerikanischen Krieg.«
»Recht schneidig, was?« Die Witwe drehte den Rock um und roch am Stoff. »Stinkt nach Mottenkugeln und weiß Gott was sonst noch.« Sie warf dem Hausierer einen argwöhnischen Blick zu. »Wieviel?«
»Na ja, ich müßte zehn Dollar verlangen.«
»Jack Stump, Sie sind wohl nicht ganz bei Trost, wenn Sie glauben, Sie könnten ins Wohnzimmer einer alten Dame spazieren und ihr einen Narrenrock für zehn Dollar andrehen!«
Bess und ich wechselten einen Blick und hörten lächelnd zu, wie die beiden um den Preis zu feilschen begannen. Der Hausierer sagte, er sei ihr wirklich ausgeliefert, da ihm wieder eine seiner geschäftlichen Rundreisen durch die nördlichen Landesteile bis hinauf nach New York bevorstünden; so könne er diese Kleidungsstücke unmöglich mit sich herumschleppen. Ob sie ihm also acht Dollar für die Uniformjacke geben wolle? Die Witwe bot ihm fünf Dollar dafür, einige Kleider und zwei Hosen im Preis inbegriffen, obwohl sie mit denen überhaupt nichts anzufangen wüßte.
Damit war der Handel abgeschlossen; sie bezahlte und brachte die Neuerwerbungen ins Nebenzimmer, wo sie sie in einer Ecke verstaute. Durch die halboffene Tür beobachtete ich, wie

sie den Waffenrock auf eine Kleiderbüste hängte und ihn abwägend musterte. »Kommen Sie, sehen Sie sich das an!« rief sie. »Daraus wird bestimmt eine famose Vogelscheuche.«
Wir traten ein, und sie fügte hinzu: »Kümmern Sie sich nicht um dieses Tohuwabohu. Hier entstehen meine Vogelscheuchen, und daraus werden sie gemacht.« Sie deutete auf einen Berg alter Kleider. »Und darauf nähe ich sie.« Wir bemerkten eine altmodische Nähmaschine mit Fußantrieb. »Das einzige, was ich mir immer gewünscht habe, ist eine elektrische Nähmaschine mit automatischer Spule, aber das werde ich wohl kaum mehr erleben.« Sie seufzte und sah sich dann um. »Immer das gleiche, jahraus, jahrein. Kaum stehen meine Vogelscheuchen auf den Feldern, da hat schon wieder ihr letztes Stündlein geschlagen; jedenfalls kommt's mir immer so vor.«
»Ihr letztes Stündlein?« fragte Bess.
»Vogelscheuchen verschwinden mit der Ernte. Zur Kindling Night werden sie alle verbrannt. Das erleben Sie schon noch selbst. Wenn der Mais abgeerntet ist«, erklärte sie, »holt man die Vogelscheuchen von den Feldern und bringt sie zum Dorfanger, wo sie im Freudenfeuer verbrannt werden. Dann verstreut man die Asche auf den Feldern, als Zeichen für die kommende Saat.«
Sie zerrte einen Karton aus der Ecke und öffnete den Deckel. »Hier sind ja die Stoffreste, die ich gesucht habe. Bess, sehen Sie mal, was Sie davon für Ihre Flickendecke brauchen können.« Während sie den Inhalt der Schachtel auf dem Boden ausbreitete, half ich Jack, die Kleidungsstücke einzusammeln, die die Witwe nicht genommen hatte, und wir trugen sie gemeinsam zu seinem Karren vor dem Haus, wo er sie wieder verstaute.
»Ha, das ist eine Frau!« wiederholte er, schüttelte den Kopf und keuchte. »Ist sie nicht großartig?« Er blickte mit seinem gesunden Auge zu mir auf und ähnelte dabei wirklich einem Piraten. »Wie geht's Ihrem Unterkiefer?«
»Ist so gut wie neu.« Er bewegte ihn wieder hin und her und

grinste; dann verfinsterte sich sein Gesicht. »Stinktiere, das sind sie alle, diese Soakes. Ein Pack versoffener Stinktiere. Sehen Sie sich mal an, was die hier gekritzelt haben!« Er wühlte in seiner Tasche und förderte einen Fetzen schmutziges Papier zutage, auf dem ein paar Worte standen. Darunter war ein Totenkopf gezeichnet.
»Was steht da drauf?«
Ich ergriff den Zettel und las laut vor.

»Dies ist eine WARNUNG!
Gefahr!
Betreten verboten!«

»Diese Soakes-Brüder können mich nicht erschrecken, und die halten mich auch nicht davon ab, in den Wald zu gehen«, erwiderte Jack.
Als ich ihn fragte, was am Morgen des Agnes-Festes passiert sei, stimmte er eine hitzige Jeremiade über die Unkosten für Fallen an und schilderte mir, wie schwierig es sei, sie an Plätzen aufzustellen, wo die Soakes sie nicht so leicht finden konnten. Bei seiner raschen Sprechweise und dem Keuchen, das er beinahe jedem seiner Sätze folgen ließ, fand ich es nicht leicht, dem Redefluß zu folgen, doch die grundlegenden Tatsachen, die ich daraus entnahm, waren diese: Damals, als die Witwe und ich ihm begegnet waren, hatte Jack seine Fallen im Wald überprüft und entdeckt, daß zwei davon fehlten. In einer weiteren Falle fand er ein Kaninchen, das er in die Tasche steckte. Dann war er weitergegangen und hatte festgestellt, daß die meisten seiner Fallen sich nicht mehr am ursprünglichen Platz befanden. Schließlich kam der Hausierer in einen Teil des Waldes, den er vorher nie betreten hatte. Dort entdeckte er dann den Geist von Soakes Lonesome. Die Leute mochten die Erscheinung für ein Gespenst halten, weil sie so schauerlich heulte, doch Jack beeilte sich, mir zu versichern, daß nicht das Gespenst ihn erschreckt hätte.
»Kein Gespenst könnte einen Mann wie Jack Stump überwälti-

gen, nein, darauf können Sie Gift nehmen! Ich habe mein Teil gesehen. Und wie ich durch den Wald gehe, hopsen diese Burschen hinter einem Baum hervor und stürzen sich auf mich. Der alte Mann packt mich an der Kehle, und ein anderer hebt sein Schießeisen und zielt direkt auf meine Nase. Na, die Jungs haben das Kaninchen in meiner Tasche gefunden und 's mir gestohlen, und dann stoßen sie mich herum, und schließlich haben sie mich gehen lassen, aber der Alte greift nach dem Gewehr und ballert los. Da hatt' ich mich aber schon hinter dem ollen Baum versteckt, und der alte Soakes sieht ja auch nicht so besonders gut. Danach bin ich dann aus dem Wald 'rausgestürzt gekommen, und er jagt hinter mir drein.«
Und seitdem war er wieder in den Wald gegangen; eine Tatsache, die den Soakes nicht unbekannt war, das bewies das sonntägliche Handgemenge. Ob er wieder auf das Gespenst gestoßen sei, fragte ich ihn.
»Natürlich!« prahlte er. »Ich hab's gesehen, und wie!« Er deutete mit dem Daumen über die Schulter, als wäre der Wald in unmittelbarer Nachbarschaft. »Und 's ist ein mächtig finsterer und versteckter Platz – abgelegen, so könnte man's nennen.» Er schwang seine Axt und erklärte, er hätte den Weg zu der Stelle, an der er das Gespenst gesehen hätte, durch Kerben in den Baumstämmen markiert. »Der Weg fängt an einer großen Tanne neben einem Felsbrocken an.«
In diesem Augenblick streckte die Witwe den Kopf durchs Küchenfenster, und kurz darauf erschien sie mit Kate im Vorgarten.
»Verkauf mir diese Axt, Jack«, rief sie ihm zu. »Ich brauche eine.«
Sie führte Kate ins Hühnerhaus, und ich hörte, wie sie meine Tochter in die Geheimnisse der Geflügelzucht einweihte. Jack streckte mir die Axt entgegen, und ich legte sie auf eine Treppenstufe. »Und heult das Gespenst noch immer?«
»Ganz verschieden. Manchmal klagt's wie eine Todesfee, manchmal gibt's keinen Ton von sich.«

Asia Minerva kam den Pfad zum Haus herunter, und Jack, der unentwegt weitersprach, nahm seinen Hut vor ihr ab. Im nächsten Moment trat die Witwe wieder aus dem Hühnerhaus und nahm die Besucherin mit in ihre Küche.

Ich befingerte die unheilvolle Warnung und unterdrückte ein Lächeln. Der Hausierer war mir trotz seiner abenteuerlichen Erscheinung und all seiner Schwatzhaftigkeit sympathisch – auch wenn er nicht einmal seinen Namen schreiben konnte.

»Ich will Ihnen mal was über diese Soakes verraten«, fuhr er in vertraulichem Ton fort.

»Was denn?«

»Sie wissen doch, daß es heißt, die hätten dort 'nen Destillierapparat versteckt?«

»Ja.«

»Und daß mal ein Steuerbeamter kam, um der Sache auf den Grund zu gehen?«

»Ja.«

»Das Gespenst ist der Steuerbeamte.«

»Wieso vermuten Sie das?«

»Ich vermute es nicht – ich weiß es. Hab' ihn gesehen. Die ha'm ihn um die Ecke gebracht, diese Soakes. Haben ihn abgemurkst. Das ist das Gespenst, von dem die Leute reden. Doch ich hab's angefaßt.« Er streckte seinen Daumen hoch.

»Es hat also einen Körper?«

»Knochen. Die Knochen von diesem Burschen.«

»Wieso heult es dann?«

Jack schwieg, denn gerade erschien Asia Minervas Gesicht kurz am Küchenfenster. Dann: »Sie glauben mir doch, oder?« fragte er, blinzelte, und seine wäßrigen Augen musterten mich prüfend.

»Jack Stump, hör auf, da draußen mit meinem Besuch über Knochen zu quatschen!« Die Witwe sah aus dem Fenster und drohte mit einem Kochlöffel. Sie war kaum wieder verschwunden, da zerrte Jack an meinem Ärmel. »Glauben Sie's mir, Sir, glauben Sie's mir!« beharrte er heftig, als wäre ihm noch nie

eine Lüge über die Lippen gekommen. »Passen Sie auf, ich werd' jetzt ein paar Wochen unterwegs sein, aber vorher schau ich mir die Sache noch mal an!«
Ich gab ihm den Papierfetzen zurück. Er rollte ihn zusammen und steckte ihn in das rote Filzsäckchen, das er um den Hals trug. »Das Zaubermittel der Witwe ist gut gegen Zahnweh; vielleicht hilft's auch gegen Soakes-Weh.« Er ließ das Säckchen wieder unter seinem Hemd verschwinden, schwang sich auf seinen Ledersitz und radelte die Auffahrt entlang; dabei stieß er um ein Haar mit dem Wagen der Hookes zusammen.
Kate kam aus dem Hühnerhaus und eröffnete mir, daß sie Hühner züchten wolle, und wir gingen zusammen in die Küche, wo die Witwe Fortune gerade einen ihrer Heiltränke in ein Fläschchen abfüllte. Sie verstöpselte es und schrieb dazu einige Anweisungen auf ein Blatt Papier. Asia nahm die Medizin entgegen; sie schien ziemlich aufgeregt zu sein.
»Nur keine Sorge, Asia«, sagte die Witwe. »Fred wird im Nu wieder wohlauf sein. Komm und trink eine Tasse Kaffee.«
Sie führte uns wieder ins Wohnzimmer, wo sich bereits mehrere Besucher versammelt hatten. Die Demings waren eingetroffen, dazu Konstabler Zalmon mit Frau; Maggie und Robert standen neben Bess. Als wir eintraten, brach die Unterhaltung plötzlich ab, und ich merkte, daß sich das Gespräch um das Handgemenge mit der Soakes-Sippe gedreht hatte. Mir kam es vor, als streifte mich die würdige Mrs. Deming mit einem anerkennenden Blick, und ich fragte mich, ob der Kampf vielleicht dazu beigetragen hatte, meine Stellung in der Dorfgemeinschaft zu festigen. Sogar Mr. Deming lächelte, und als Justin Hooke durch die Vordertür trat, kam er rasch auf mich zu und schüttelte mir die Hand wie einem alten Freund.
»Hier ist der Erntekönig in höchsteigener Person.« Die Witwe Fortune küßte ihn auf beide Wangen und wandte sich dann Sophie zu. »Und seine Maid.« Sie bot Justin ihren eigenen Stuhl an, während Sophie neben Bess Platz nahm, die mit Robert sprach. Ich setzte mich auf die Sofalehne.

»Sie haben recht«, sagte Robert gerade, »man müßte weit suchen, um einen Ort wie Cornwall Coombe zu finden. Sehen Sie, zum Teil hängt seine Besonderheit mit seiner geographischen Lage zusammen, wie ich es schon gesagt habe. Wir sind ein kleines Tal, eigentlich eine Enklave, auf drei Seiten von Hügeln umgeben. Und auf der vierten Seite schirmt der Fluß uns von der Außenwelt ab. Die alte Hauptstraße führt schon seit mehr als zweihundert Jahren hier vorbei, doch sie war stets ungefähr dreißig Meilen östlich des Dorfes. Ich glaube nicht, daß irgend jemand, der sie früher benutzte, etwas von Cornwall Coombes Existenz wußte. Dann wurden natürlich Eisenbahnen gebaut; die Strecke verläuft sechs Meilen östlich von hier, auf der Seite von Saxony. Der nächste Flughafen ist etwa sechzig Meilen entfernt, und wir haben noch immer nur eine Straße, die ins Dorf führt, und eine, die wieder aus Cornwall Coombe hinausführt. – Sind Sie das, Ewan?« Robert wandte sich um, als Mr. Deming sich zu uns gesellte. »Ich rieche Ihren Apfeltabak. Ich habe gerade versucht, unseren neuen Freunden zu erklären, wie es möglich ist, daß wir hier in unserem Dorf so abgeschieden leben. Vielleicht könnten Sie es ihnen besser klarmachen, Sie leben ja schon viel länger hier.«
Mr. Deming schmauchte gedankenvoll seine Pfeife und kratzte sich am Kopf. »Nun ja, ich weiß nicht so recht. Ich vermute, daß Ihnen an unserer Ortschaft unter anderem ihr altmodisches Aussehen gefällt, nicht wahr?«
»Ja, wirklich«, erwiderte Bess. »Das macht ja seinen Reiz aus. Alles wirkt so unverdorben.«
»Unverdorben, ja. Und der Grund dafür ist, daß die Zeit an uns vorübergegangen ist, wenn man's so nennen will. Die Leute denken, wir kämpfen für eine verlorene Sache, aber sagen Sie das einmal Fred Minerva oder Will Jones. Die säen noch immer, wenn die Blätter der Akazienbäume die gleiche Größe wie der kleine Finger eines Säuglings haben, und nicht vorher. Als Fred um Asia warb und Will um Edna, war's nicht im Sommer; sie haben nicht im Juni geheiratet, weil das gegen den

Brauch gewesen wäre. Sie mußten bis zum Winter warten, als die Ernte eingebracht war. Sie befolgen damit bestimmte Regeln, die vor so langer Zeit aufgestellt wurden, daß man nicht mehr weiß, was sie eigentlich bezwecken. Und so haben die Leute hier im Grund keine Ahnung, weshalb sie sich an diese ungeschriebenen Gesetze halten. Fremden muß das natürlich seltsam vorkommen. Hier ist die Dorfgemeinschaft wichtiger als die einzelne Familie. Und die Gemeinschaft ist vom Mais abhängig. Wenn die Saat gedeiht, gedeiht auch das ganze Dorf.«

Als Mr. Deming seine Ausführungen beendet hatte, ging ich ins Eßzimmer und stellte meine Kaffeetasse ab. Dann lehnte ich mich gegen den Türpfosten, holte meinen Skizzenblock heraus und begann Sophie Hooke heimlich zu zeichnen. Ohne Zweifel war sie die Dorfschönheit von Cornwall Coombe. Sie hatte langes, ursprünglich dunkelblondes Haar, das die Sonne an der Oberfläche zu einem sanften Gelbton gebleicht hatte, so daß es an die Farbe der seidigen Maisfäden erinnerte. Ihre Augen waren leuchtend blau, mit einem Ausdruck bezaubernder Unschuld. Besonders anziehend fand ich den melodischen Klang ihrer Stimme. Sie wirkte gelassen und entspannt und strahlte ruhige Sicherheit aus. Etwas wie Kraft prägte ihr Gesicht; sie besaß die ruhige Schlichtheit der Neuengländerin vom guten alten Schlag. Als ich ihre Augen zeichnete, fiel mir die Wahrhaftigkeit und entschlossene Fröhlichkeit in ihnen auf. Nur manchmal verdunkelten sie sich wie von einer flüchtigen Sehnsucht. Sie war Justin sicher eine gute Frau, und eines Tages würde sie wohl auch eine gute Mutter werden.

In meiner Nähe lauschten Mrs. Deming, Mrs. Zalmon und Mrs. Minerva den Erzählungen der Witwe. Sie schwelgte in Erinnerungen an ihren verstorbenen Mann.

»Sie vermissen ihn noch immer, nicht wahr, Witwe?« fragte Mrs. Zalmon.

»Ach ja. Ich weiß, es ist nicht gut, zurückzuschauen, aber trotzdem vergeht kein Tag, an dem ich nicht an ihn denke. Er war ein guter Mann.«

O ja, einen Mann wie Clemmon Fortune gäbe es kein zweites Mal, stimmten die Frauen zu, und die Witwe sprach über jene längst vergangenen Zeiten, als sie jung verheiratet war.

»Ach, er konnte den ganzen Tag lang singen, mein Clem«, sagte sie. Sie erinnerte sich, wie er den Wagen anspannte und über die Lost Whistle Bridge fuhr und wie gern er das Klappern der Pferdehufe auf den Holzplanken gehört hatte. »Nun ja«, sagte sie, »obwohl Clem längst tot sei, überspannt die Brücke noch immer den Fluß.«

»Es ist eine Schande, daß so viele von diesen überdachten Brücken abgerissen werden«, bemerkte Mrs. Deming. »Sie verleihen der Landschaft einen gewissen Reiz, nicht wahr?«

»Jedenfalls verleihen sie Soakes Lonesome einen gewissen Reiz«, sagte die Witwe bedeutsam.

»Ah«, erwiderte Mrs. Zalmon und beugte sich vor. »Sind Sie letzte Woche zum Kräutersammeln gegangen, Witwe?«

»Allerdings bin ich das.« Sie ließ die Augen durch das Zimmer schweifen, um sich zu vergewissern, daß ihre Gäste sich wohl fühlten. »Man muß rechtzeitig für den Winter vorsorgen. Heuer wächst ziemlich viel Alant im Wald. Es sei denn –«, sie zog ein angewidertes Gesicht, »die klumpfüßigen Soakes zertrampeln mir die Pflanzen.«

»Warum bleibt diese Sippschaft nicht drüben auf ihrer Seite des Flusses?« brummte Mrs. Zalmon.

»Der alte Soakes ist ein Tyrann, wie's im Buche steht.« Mrs. Deming zupfte ihren Mann am Ärmel. »Ewan, die Ältesten sollten einmal etwa wegen der Soakes' unternehmen.« Sie wandte sich wieder den Damen zu. »Wie er schon allein seine wilden Söhne aufzieht. Sie haben nicht mehr Hirn als eines von Irenes Schweinen.«

»Ja, sie machen mir Sorgen«, sagte die Witwe nachdenklich.

»Ah, wieso denn, Witwe?«

»Sie hätten sehen sollen, wie Jack Stump am Festtag zwischen den Bäumen hervorgeschossen kam, als wäre der Teufel selbst hinter ihm her.«

»Jack Stump war in Soakes Lonesome?«

»Jawohl.«

»Die haben ihn verscheucht, wie?«

»Ich habe ihn noch nie so schnell radeln sehen wie damals auf der Old Sallow Road.« Die Witwe lächelte zu mir auf. »Jack hatte im Wald herumgeschnüffelt. Dabei haben ihn die Soakes erwischt und davongejagt.«

»Er stellt dort seine Fallen auf, nehme ich an«, erwiderte Mrs. Deming.

»Ja, er fängt Kaninchen und alles mögliche.«

»Nun«, sagte die Frau des Konstablers bedeutungsvoll, »wenn dieser Wald für mich von Wichtigkeit wäre, würde ich bestimmt auch die Augen offenhalten, ob ich jetzt ein Soakes wäre oder nicht.«

»Pah, diese Soakes!« Die Witwe blinzelte mir zu und wechselte dann schnell das Gesprächsthema. Ich richtete meine Aufmerksamkeit auf Justin Hooke. Mit seinen hellblonden Locken und den blauen Augen hätte er Sophies Bruder sein können statt ihr Mann. Er unterhielt sich gerade mit Mr. Deming, die Hände über der Brust gekreuzt, doch unter der Liebenswürdigkeit des jungen Bauern schien sich mehr zu verbergen – ein Wissen um seine Bestimmung, ein Einvernehmen mit der Rolle, die das Schicksal ihm im Leben zugedacht hatte.

Inzwischen hatte Mrs. Zalmon Kate zu sich geholt und erklärte ihr die Abfolge der Feste, die alljährlich im Dorf gefeiert wurden. Zuerst kam der Tag der Saat, den Kate ja zum Teil kurz miterlebt hatte. Dann folgte das Frühlingsfest, später im Jahr die Sonnwendfeier, das Agnes-Fest, die Zeit der Reife und zuletzt die vier Tage von Harvest Home mit dem Mais-Spiel und der Kindling Night.

»Was ist das, das Mais-Spiel?« fragte Kate.

»Himmel, Kind, es ist eben ein Spiel. Es gehört zum Maisschälfest.« Mrs. Zalmon sah zu Justin hinüber. »Dort steht der

Erntekönig, Mr. Justin Hooke, und die Maismaid, Mistress Sophie Hooke.«
»Unser Mais-Spiel ist sehr alt, Kate«, mischte sich Justin ein. »Ich glaube, dieses Spiel gab es schon, ehe Cornwall Coombe gegründet wurde. Die Siedler haben es aus der alten Heimat mit hierhergebracht. Es ist uralt, nicht wahr, Witwe?«
»Worum geht es in dem Spiel?«
Justin sah die Witwe an, und diese erwiderte: »Nun, es beschreibt die Geschichte des Getreidewachstums. Du hast sie noch nie gehört, Kate, oder? Sophie, lauf und hole die Flickendecke aus der Kommode am Fußende meines Bettes.«
Gerade als Sophie sich anschickte, den Auftrag auszuführen, kam Maggie mit einem Tablett voll leerer Kaffeetassen an mir vorbei, und ich folgte ihr in die Küche.
»Hallo, Ned!« sagte sie fröhlich. »Ich hatte heute noch keine Gelegenheit, mit Ihnen zu sprechen. Sie haben gezeichnet – lassen Sie mal sehen.«
Ich zeigte ihr die Skizze von Sophie. »O Ned, ist das hübsch!« Ich spürte, daß es kein leeres Kompliment war. Sie betrachtete den Rohentwurf des Kopfes genau, der auf unfertige Weise etwas von Sophies Ausstrahlung wiedergab. Dann wusch Maggie die Tassen ab und stellte sie nacheinander auf den Spültisch. Ich steckte meinen Skizzenblock wieder ein und griff nach dem Geschirrtuch.
»Ned, ich glaube, ich habe Ihnen noch nie gesagt, wie schön es ist, Sie und Bess hier zu haben. Natürlich ist's auch schön für das Dorf, aber ich meine für uns – für Robert und mich.« Sie sprach mit einer solchen Wärme, daß ich merkte, sie meinte es ernst. »Hoffentlich hielten Sie mich damals, als Sie zum erstenmal hierherkamen, nicht für unfreundlich. Wir sind hier nicht an Besucher gewöhnt. Aber ich habe schon am ersten Abend zu Robert gesagt, daß es das beste wäre, wenn Sie dieses Haus kaufen würden. Sie sehen also, daß ich das jetzt wirklich nur aus Egoismus sage. Wir brauchen Sie hier, wirklich.« Sie drehte den Wasserhahn zu und trocknete ihre Hände am anderen Ende des Geschirrtuches ab.

»Na, wenn das kein Pech bedeutet!«
Sie lachte. »Ich bin nicht abergläubisch. Dafür gibt es hier genug andere Leute.«
»Maggie, wie ist ihr Mann gestorben?« Ich wies mit einer Kopfbewegung zum Wohnzimmer.
»Clem Fortune? Ach Gott, das war ein tragischer Unfall. Es passierte natürlich lange ehe wir hierher zurückkamen...« Sie verstummte, ordnete ihr Haar und sah aus dem Fenster. »Er hat sich versehentlich selbst getötet. Mit einer Axt. Er war in den Wald von Soakes Lonesome gegangen, um einen Baum zu fällen, und die Axt muß wohl abgeprallt sein. Sie grub sich tief in seinen Oberschenkel, und dann hat er sich vermutlich auf irgendeiner Weise verirrt – so etwas kann einem dort leicht passieren –, und ehe er Hilfe holen konnte, verblutete er.«
Jemand stand im Türrahmen. Ich drehte mich um; es war die Witwe. Sie hatte die Hände über der schwarzen Schürze gefaltet und nickte. »Ach ja. Er war wie ein Baum, Clemmon, und er hat sich selbst wie einen Baum gefällt. Ein Eisenholzbaum war's. Ich habe nie herausgefunden, wozu er das Eisenholz brauchte. Kommen Sie mit, wenn Sie sich die Decke ansehen wollen.«
Ich warf Maggie einen Blick zu, legte dann das Geschirrtuch beiseite und folgte den beiden Frauen ins Wohnzimmer. Alle umringten eine riesige Flickendecke, die über die Rücklehne des Sofas gebreitet war. Die Witwe forderte uns auf, näherzukommen, setzte ihre Brille auf und begann die verschiedensten Figuren und Vorgänge zu beschreiben, die aus bunten Stoffstücken zusammengefügt und aufgenäht waren. »Schau, Kate, hier ist der Erntekönig selbst. Da siehst du seine Krone aus Maishülsen und seinen roten Umhang.« Sie fuhr den Umriß der Figur mit den Fingerspitzen nach – gewaltig war sie, robust, mit farbenprächtigem Kostüm unter dem weiten Mantel. Eine Gestalt, die ungeheure Vitalität und Kraft auszustrahlen schien. An der Seite des Erntekönigs war eine Frau, umgeben von anderen Figuren, die ihr gerade einen Schleier vom Gesicht nahmen, während eine weitere mit ihrer Krone danebenstand.

Diese Frau war die Maismaid mit ihrem Hofstaat, die mit dem Erntekönig vermählt war und dem Getreide das Wachstum brachte.
Sophie stand neben Justin und lauschte mit einer Mischung aus Feierlichkeit und Würde. Als sie merkte, daß ich sie beobachtete, verschwand der ernste Ausdruck auf ihrem Gesicht und machte einem fröhlichen Lächeln Platz, als wollte sie sagen: »Ist das nicht alles albern?«
Die Witwe deutete nun auf andere Symbole: den Regen, der die Erde nährt, den Mond, der den Bauern zeigt, wann die Saat in den Boden kommen muß, die Sonne, der die jungen Halme entgegenstreben.
Sie beschrieb auch die übrigen Teilnehmer an diesem alten Spiel – den Erntenarren in seinem lustigen Kostüm aus Maisblättern und den »Jungen Lord«, den Nachfolger des Erntekönigs. Er sollte diesmal nach Missy Penroses Wahl von Worthy Pettinger dargestellt werden.
Bess fragte, wer diese Flickendecke eigentlich genäht hätte, und die Witwe erwiderte, sie stamme noch von der Frau des alten Gwydeon Penrose, dem Gründer des Dorfes. Das liege nun mehr als dreihundert Jahre zurück, und diese Arbeit sei bereits eine Kopie einer anderen, noch älteren Decke, die im alten Cornwall zurückgeblieben war. Natürlich hätte es auf jener Decke keinen Mais gegeben; Mais kannte man in England nicht, ehe Kolumbus die Neue Welt entdeckte. Vorher gab es nur Weizen und Roggen und ähnliches; doch noch immer war das Wort »Korn« der Oberbegriff für die Frucht der verschiedenen Getreidearten.
Als wir das Kunstwerk noch einmal bewundert hatten, legte Sophie die Decke sorgsam zusammen und trug sie ins Schlafzimmer der Witwe zurück. Bess bat mich, die Schachtel mit den Stoffresten zu holen, und bald darauf begannen die Gäste aufzubrechen.
Nachdem wir uns verabschiedet und unserer Gastgeberin gedankt hatten, gingen wir auch. Draußen vor dem Haus, auf dem

Pfad, sah ich eine Puppe im Gras liegen und bemerkte eine verstohlene Bewegung im Maisfeld. Wir stiegen in den Wagen, da tauchte Missy Penrose zwischen den Maisstengeln auf und griff nach ihrer Puppe. Dann ging sie die Straße hinunter und führte dabei einen Stock mit lautem Geklapper an den Zaunlatten entlang.

11.

Das Atelier war hübsch geworden. Das Dachfenster spendete gutes Licht; ich hatte eine Menge Regale für meine Kunstbücher, ausreichend Platz für meine Farben und Pinsel, Gestelle für meine Leinwand und die größeren Zeichenblöcke. Gipsabgüsse hingen an den weißen Wänden – ein Fuß, eine Nase, ein riesiges Auge; darüber eine Maske des hingerichteten Danton, die ich vor Jahren in Paris gekauft hatte.
Eine Stunde lang malte ich, ganz in meine Arbeit versunken, bis Bess verkündigte, daß der Braten fertig sei. Ich wusch meine Pinsel aus; Worthy hämmerte auf dem Atelierdach herum, und ich hörte, wie Kate ihm zurief, ob er mit uns essen wolle.
»He!« schrie ich, »hier ist eine undichte Stelle!« Ich schob einen Eimer unter die Rohrleitung, um die Tropfen aufzufangen, und als ich mir die Hände abtrocknete, sah ich, daß die Warze an meinem Finger einzuschrumpfen begann. Ich zog das kleine rote Filzsäckchen unter meinem Hemd hervor, das die Witwe mir vor einer Woche umgehängt hatte. Welchen dunklen kornischen Zauber mochte sie wohl in das Säckchen gesteckt haben, der Warzen verschwinden ließ?
Ich rief Worthy zu, er solle vom Dach herunterkommen, und ging mit Kate in die Küche.
»Was ist bloß mit Worthy los, Daddy? Seit einiger Zeit ist er so mürrisch.«
»Keine Ahnung, Kindchen. Vielleicht hat er Sorgen.«
»Findest du nicht, daß er gut aussieht?«
»Sehr gut.«
Ich berührte Kates Nacken mit den Fingerspitzen. »Du hast dich wohl verliebt?«
»Ach komm, Daddy. Mami, wann darf ich mich eigentlich mit einem Jungen verabreden?«

»Frag deinen Vater, Liebes.«
»Daddy?«
»Ich glaube, du solltest das besser mit deiner Mutter ausmachen.«
»Ich könnte doch mit einem Jungen ins Kino gehen, oder nicht?«
Ich hielt ihr Interesse am anderen Geschlecht für ein gesundes Zeichen. Vielleicht kam Kate langsam aus ihrem Schneckenhaus. »Wenn dich jemand einlädt, wird deine Mutter dich bestimmt ins Kino gehen lassen.«
Als Worthy kam, gingen wir ins Eßzimmer. Bess und ich setzten uns ans obere und untere Ende des Tisches, Kate nahm zwischen uns auf der einen Seite Platz, Worthy auf der anderen. Seit wir nach Cornwall gekommen waren, hatten wir uns die Gewohnheit der Einheimischen angeeignet, die sonntägliche Hauptmahlzeit nachmittags einzunehmen. Ich beugte mich über die große Platte mit Roastbeef; Bess bevorzugte das Endstück, und ich schnitt es für sie ab. »Worthy, wie magst du das Fleisch? Halb durchgebraten?«
»Ich hab's lieber, wenn es gut durch ist.«
Das andere Endstück ging sonst immer an Kate. Ich sah sie an, und sie sagte rasch: »Oh, das ist gut, weil wir unsere Fleischstücke gern etwas blutig essen – stimmt's, Daddy?«
Während der Mahlzeit erkundigte ich mich bei Worthy, wie es mit dem Atelierdach stünde, und er sagte, er hätte nirgends Anzeichen von Fäulnis gefunden, man müßte nur die Schindeln erneuern. Ich fragte ihn, wo man hier so etwas kaufen könne. Er überlegte eine Weile und erinnerte sich dann, daß einer Frau in Saxony während eines Schneesturms im vergangenen Winter die Scheune eingestürzt war. Sie hatte das Gebäude nicht wieder aufbauen lassen, und Worthy hielt es für möglich, daß sie die gebrauchten Schindeln noch immer besaß. Er meinte, das wäre besser, als neue zu kaufen. Ihr Name war Mrs. O'Byrne.
Dann kamen wir auf Gartenarbeit zu sprechen, und ich verkündete meine Absicht, im nächsten Frühjahr die Wiese hinterm

Haus umzupflügen und Gemüse anzupflanzen. Worthy war sofort Feuer und Flamme und versprach, mit seinem Traktor zu kommen. Wir diskutierten über organische Düngung, und er erzählte uns von einigen Freunden, die in der benachbarten Kleinstadt Danforth lebten. Wie wir waren sie aus der Stadt gekommen und hatten ihr ganzes Geld zusammengelegt, um eine Kommune zu gründen. Sie hatten einen aufgelassenen Bauernhof gekauft und ihn in »Musterfarm« umbenannt. Obwohl die Leute von Danforth sie als Hippies abtaten und sie in keiner Weise unterstützten, hoffte die kleine Gemeinschaft, innerhalb von zwei Jahren mit ihrem Obst- und Gemüseanbau Gewinn zu erzielen.
»Ich fahre heute nachmittag hinüber. Vielleicht möchten Sie sich die Farm ansehen?«
Ein andermal, erwiderte ich; Bess und ich hätten heute schon etwas anderes vor. Aber vielleicht käme Kate gern mit ihm? Bess tat den Mund auf, um zu protestieren, doch ich gab ihr einen Wink. Sie verstand mich sofort und stimmte mir zu.
»Deine Schule fängt wohl bald wieder an?« fragte ich.
»Ja, Mr. Constantine.«
»Freust du dich darauf?« sagte Bess.
»Ja, Ma'am.« Es war sein letztes Jahr auf der Oberschule, und er vertraute uns an, daß er gegen den Willen seines Vaters im nächsten Herbst mit der Landwirtschaftsschule beginnen wolle. Er hätte hart gearbeitet, um Geld dafür zu verdienen, und nachts gelernt, »wenn Pa mich nicht erwischte«. Im Laufe der Unterhaltung beobachtete ich ihn genauer. Seine alte Lebhaftigkeit war plötzlich zurückgekehrt; er lachte und scherzte mit Kate. Möglicherweise hatte die Witwe recht – vielleicht mußte er nur etwas besser gefüttert werden.
Ich fragte ihn, was es Neues im Dorf gäbe. Da sei nicht viel zu erzählen, erwiderte er; in Cornwall Coombe passierte nie etwas. Mrs. Mayberry war krank; sie würde es wohl kaum noch bis Harvest Home machen. Mrs. Thomas bekam ein Baby. Corny Penrose machte der Tochter des Bibliothekars, Elsie

Penrose, den Hof; er war väterlicherseits ihr Cousin zweiten Grades. Corny hatte Elsie einen Maiskolben geschenkt.

»Mrs. Thomas erwartet ein Baby? Ach, wie schön!« rief Bess auf. »Und warum hat Elsie einen Maiskolben von Corny Penrose bekommen?«

Worthy erklärte, das sei eine alte dörfliche Sitte. Wenn ein Junge sich für ein Mädchen interessierte, schickte er ihr einen Maiskolben. Falls sie seine Zuneigung erwiderte, schälte sie die Körner ab und gab die leere Hülse zurück; hatte sie jedoch nichts für ihn übrig, so bekam der Verehrer seinen Maiskolben unberührt wieder. Manchmal war es auch ein Mädchen, das einem Jungen auf diese Weise einen versteckten Antrag machte, wenn es Mut genug hatte. Doch das Paar mußte in jedem Fall warten, bis die Ernte eingebracht war.

»Hat dir schon jemand einen Maiskolben geschickt?« fragte Kate.

»Noch nicht.«

Sie wirkte erleichtert und begann zu erzählen, was sie von der Flickendecke der Witwe über das Mais-Spiel wußte. Worthys Gesicht verfinsterte sich. »Das ist dummes Zeug.«

Kate fragte so lange, bis sie ein wenig mehr über die Wahl des Erntekönigs und der Maismaid erfuhr. Seit dem ersten Agnes-Fest wurde der Erntekönig immer an diesem Tag auserkoren. Im darauffolgenden Jahr, beim Frühlingsfest, krönte man ihn dann, und die Dorfbewohner brachten ihm Geschenke. Während der nächsten sieben Jahre wurden ihm alle möglichen Vergünstigungen eingeräumt; die Gemeinde stellte ihm Arbeitskräfte zur Verfügung, die ihm ohne Entlohnung bei der Feldarbeit halfen. Außerdem wurde auch eine Maismaid ausgewählt, die mit ihm regierte.

»Ist es immer so, daß ein Mann seine Ehefrau dazu bestimmt?« erkundigte sich Bess.

»Nein. Das ganze Dorf war überrascht, als Justin Sophie heiratete und sie zu seiner Maismaid machte. Für gewöhnlich ist es ein unverheiratetes Mädchen.«

Bess und Kate räumten den Tisch ab und brachten das Dessert und den Kaffee herein. Als sie sich wieder gesetzt hatten, fragte Kate: »Worthy, du wirst doch bei dem Spiel der neue Erntekönig sein, oder nicht? Wen wählst du denn zu deiner Maismaid?«
Bess und ich wechselten Blicke – frech wie Oskar, unsere Tochter! Worthy runzelte nur die Stirn und antwortete nicht; er wollte von all dem nichts wissen.
»Tanzt man auf dem Maisschälfest? Square dance, meine ich?«
»Klar.«
»Kannst du Square dance?«
»Klar.« Doch er mochte es nicht. Square dance wäre altmodisch, etwas für verknöcherte Spießer, die in der Vergangenheit lebten. Worthy wollte nicht in der Vergangenheit leben, sondern in der Gegenwart. Seine Brauen schlossen sich über der Nasenwurzel zu einem düsteren Strich, und seine Finger spielten mit der Serviette. »Mr. Deming hat beim Agnes-Fest einen richtigen Zirkus veranstaltet, bloß weil ich ein bißchen Spaß machen wollte. Es ist nicht erwünscht, daß man in einem Traktor auf den Dorfanger kommt. Man soll auch keine Faxen auf dem Klettermast machen. Alte Knacker wie er verstehen keinen Spaß. Sobald man sich anders benimmt als andere Leute, zerreißen sich alle den Mund. Es macht einen zum Außenseiter, und das will hier keiner sein.«
»Willst du es denn?«
»Na ja, ich möchte jedenfalls nicht so wie alle anderen sein. Es ist blödsinnig, alles so zu machen wie sie, bloß weil's eben immer schon so gemacht worden ist. Nehmen Sie nur mal Gracie Everdeen.«
»Was war mit ihr?« Ich legte meine Gabel auf den Tisch und wartete auf Antwort.
»Ich weiß es nicht so genau. Die Sache passierte, als ich noch klein war. Aber es hat eine Menge Gerede gegeben.«
»Was für Gerede?«
»Sie sagen, sie wäre verrückt geworden.«
Gracie Everdeen ein Opfer der Inzucht, die in diesem Dorf getrieben wurde? »War sie eine Penrose?«

»Ich weiß nicht, Mr. Constantine. Vielleicht war sie's. Hier ist das fast jeder auf irgendeine Weise. Sie sollte jedenfalls einen Penrose heiraten.«
»Sollte sie das?«
»Sie waren verlobt, und dann ist sie davongelaufen.«
»Aber sie ist zurückgekommen, nicht wahr? Sie liegt doch hier auf dem Friedhof begraben – oder vielmehr außerhalb. Warum eigentlich?«
»Ich weiß es nicht.«
»Mit wem war sie verlobt?«
»Mit Roger Penrose.«
Aha, Roger Penrose, der Beinschnitzer. »Hat er eine andere geheiratet?«
»Er ist gestorben.«
»Wie?«
»Er fiel vom Pferd und brach sich den Hals, glaube ich. Wie schon gesagt, es passierte alles vor langer Zeit. Ehe –«
»Ja?«
Er zuckte mit den Schultern. »Ehe ich alt genug war, um mich daran zu erinnern.« Er warf einen Blick auf die Wanduhr. »Himmel, es wird spät!«
»Möchtest du keinen Nachtisch?« fragte Bess.
»Ich glaube, wir sollten uns jetzt besser auf den Weg machen«, schlug er rasch vor, und mir war, als sei der Wunsch, meinen Fragen zu entgehen, der eigentliche Grund für seine plötzliche Eile.

Als wir die beiden mit der Ermahnung entlassen hatten, vor neun Uhr wieder hier zu sein, stellten Bess und ich die Teller und Schüsseln in die Geschirrspülmaschine und spazierten dann die Straße hinunter, über die Wiese und zum Fluß. Dort fanden wir das Boot, von dem Amys gesprochen hatte. Wir hatten eine Wolldecke und ein Transistorradio mitgebracht; Bess setzte sich ins Heck, während ich das Boot vom Ufer abstieß und flußabwärts zu rudern begann.

Es war einer von jenen Tagen, die man sich einprägt, um ein Leben lang davon zehren zu können. Sonntagnachmittag, Neuengland, Sommerende. Eine verträumte Landschaft: makelloser Himmel, blendend weiße Wolken, strahlender Sonnenschein. Der Fluß war glatt und schimmerte sanft; manchmal spritzte Wasser auf, die Ruder knarzten, und am Ufer sangen die Vögel. All das war vorhanden, was man die Zutaten für einen vollkommenen Tag nennen könnte – das Spiel von Licht und Schatten zwischen den Bäumen, leise Musik, eine Frau, die man liebt.

Ich merkte, daß Bess in einer ihrer nachdenklichen Stimmungen war, und versuchte nicht, sie in eine Unterhaltung zu verwickeln, sondern gab mich selbst ganz der Schönheit dieses Nachmittages hin.

Am Ufer zeigten sich die ersten Spuren des herannahenden Herbstes, nicht offen, sondern versteckt, in den kleinsten Winkeln. Leichter Rauch hing wie ein ungleichmäßiger Dunstschleier in der Luft und schien alles in goldenen Glanz zu hüllen – Wasser, Bäume und Blattwerk, so daß mich die Landschaft an ein Gemälde von Turner erinnerte. Eine besondere Art von Zufriedenheit und Behagen erfüllte mich; wir folgten dem gewundenen Verlauf des Flusses etwa eine Meile, bis wir in Sichtweite von Soakes Lonesome kamen. Nach einigen weiteren Flußbiegungen sah ich den Landungssteg der Soakes auftauchen. Etwa ein halbes Dutzend Enten paddelten müßig auf dem Wasser. Der alte Mann und seine Söhne kauerten auf dem Steg und waren über irgendeine Arbeit gebeugt. Als wir vorüberfuhren, sahen sie hoch und beäugten uns kurz. Ihre verstohlenen Blicke wirkten irgendwie bedrohlich auf mich. Ich sah, wie der alte Mann sein Taschenmesser öffnete und die Klinge an seinem Stiefel schärfte, und legte mich stärker in die Ruder, bis wir sie hinter uns gelassen hatten. Dann schaute ich zurück und bemerkte, daß einer der Söhne ins Boot gestiegen war.

Ich hörte den dumpfen Widerhall des Motorenlärms, als wir um die nächste Krümmung fuhren. Einen Augenblick fragte ich mich, ob man uns folgte oder uns irgendwie belästigen wollte, doch als das Boot wieder in unser Blickfeld kam, steuerte es auf das Ufer von Cornwall Coombe zu. Bald danach hatten wir den Fluß wieder für uns allein. Ich trocknete mir die Stirn mit dem Hemdsärmel, stützte mich auf die Ruder und ließ das Boot dicht am Ufer entlangtreiben.

Die Sonne schien warm auf meinen Rücken und meine Schultern. Ich zog das Hemd aus. Bess nahm es und hielt es in ihrem Schoß. Sie schien noch immer in Träumerei versunken zu sein, und ich machte keinen Versuch, sie zu stören. Einmal sah sie mich an, und die Andeutung eines Lächelns erschien auf ihrem Gesicht; dann senkte sie den Blick wieder und beobachtete, wie ihre Hand durchs Wasser glitt.

Sie trug eine Goldschlange, ein Armband, das ich ihr in Venedig gekauft hatte. Ich sah, wie ein Fisch dicht daran vorüberglitt, angezogen vom Glanz des Metalls. Da wurde Amys Penroses Boot plötzlich zu einer Gondel, und der Fluß war der Canal Grande, der Himmel nicht amerikanisch, sondern italienisch, und wir waren wieder in Venedig – im Sommer vor siebzehn Jahren, 1955.

Es hatte ein halbes Jahr vorher begonnen, in einem eiskalten Winter in Paris, wo ich auf Armeekosten an der Sorbonne studierte. Ich begegnete Bess im großen Treppenhaus des Louvre, unter der »geflügelten Siegesgöttin«. Sie war mit einer Studienkollegin aus London gekommen, mit der sie in Chelsea ein Appartement teilte. Ich hörte, wie sie in ihrem Katalog las: »Die Nike von Smothrake.« – *Smothrake*, du lieber Gott! Die Gelegenheit war zu günstig, um sie vorübergehen zu lassen. Ich blieb stehen und machte sie auf ihren Fehler aufmerksam. Ja, sie wüßte, daß es eigentlich Samothrake hieß, aber bei ihr kam es immer wie »Smothrake« heraus. Wir verbrachten den Nachmittag zu dritt, und am Abend lud ich sie zum Essen ein, ohne Rücksicht auf meinen schmalen Geldbeutel.

Das andere Mädchen, Mary Abbott, fuhr allein nach London

zurück; Bess aber blieb bei mir in meiner Mansarde in der Rue du Bac: *sous les toits de Paris*. Alles war sehr romantisch und mein Bett sehr viel wärmer als während der ganzen letzten Wochen. Wir verlebten den Frühling gemeinsam und gaben ein kleines Vermögen für Flieder aus, den sie liebte, und im Juni kaufte ich einen gebrauchten Wagen, packte mein Malzeug ein, und in Etappen reisten wir in den Süden des Landes, dann nach Italien. Tagelang trieben wir uns in den Uffizien von Florenz herum, fuhren dann nach Venedig und schließlich nach Griechenland.

Den Winter verbrachten wir in Nordafrika, wo eine Flut von Briefen für Bess eintraf, immer in der gleichen gebieterischen Handschrift adressiert. Pastor Colby, Bess' Vater, forderte sie auf, nach Hause zu kommen. Sie war in einer schwierigen Lage, und obwohl sie nicht darüber sprechen wollte, erfuhr ich mit der Zeit doch genug, um mir ihr ungewöhnliches Schicksal zusammenzureimen.

Man hatte sie Bethany getauft, nach der Stadt in Connecticut, aus der ihre Mutter stammte. Mrs. Colby war aus reichem Hause, und ihr Geld ermöglichte dem Pastor einen besseren Lebensstil als den meisten seiner geistlichen Kollegen. Ihr Haus im Villenvorort einer großen neuenglischen Stadt war kostbar möbliert; doch obwohl Lawson Colby auf sein leibliches Wohl bedacht war, hüllte er seinen Geist in ein härenes Gewand und zwang seine Frau zur strikten Einhaltung der protestantischen Tugenden. Mrs. Colby starb an Diphtherie, als Bess erst zwei Jahre alt war, und von da an lebte Bess unter der tyrannischen Herrschaft ihres Vaters, der ihr unerbittlich seinen Glauben aufzwang. Doch was er großzog, war kein gottesfürchtiges Kind, sondern eines, das an Gott verzweifelte.

Nach dem College hatte Bess ihn überredet, sie mit Mary Abbott nach Europa reisen zu lassen, um »Kathedralen zu besichtigen«, doch nun war das Jahr um, und er verlangte ihre Rückkehr. Ich hatte beschlossen, daß sie meine Frau werden mußte, und ahnte, wie Pastor Colby sich dazu stellen würde.

Seine Tochter, die den Sohn eines emigrierten Griechen von Jersey City heiratete – katholische Griechen noch dazu. Ich war in einer glücklichen Familie aufgewachsen und erkannte, was Bess am dringendsten brauchte. Sie hatte keine Mutter, fühlte sich wurzellos; sie war nicht religiös und liebte ihren Vater nicht. Als Kind hatte sie nie wirkliche Zuneigung erfahren, und nach dem Tod ihrer Mutter war ihr Vater zu einem strengen, wenn nicht sogar harten Erzieher geworden, um sicher zu sein, daß seine Tochter nicht auf Abwege geriet. Nach seinen puritanischen Moralbegriffen war glücklich sein gleichbedeutend mit sündigen, und ich glaube nicht, daß Bess jemals besonders glücklich war, ehe wir uns begegneten. Was mir am meisten an ihr auffiel, war, daß sie die charakteristischen Merkmale eines Chamäleons besaß, das die Farbe seiner Umgebung annimmt; obwohl sie zeitweise eigensinnig sein konnte, ließ sie sich doch sehr leicht beeinflussen. Ich war ein glücklicher Mensch, und das schien sich irgendwie auf sie zu übertragen, denn sie wurde es ebenfalls. Mit mir zusammen geriet die Pastorentochter am linken Seineufer auf Abwege, und all die Ermahnungen des Pastors über Bescheidenheit, Fleiß, Tugend und den wahren Gott wurden von uns aus den Fenstern unseres Mansardenzimmers in den Wind geschlagen.
Leider war es unmöglich, auch ihren Vater auf diese Weise loszuwerden; so fuhren wir wieder nach Hause, um unsere Suppe auszulöffeln. Der Pastor hatte Geschichten von Bohemiens gehört, die in Dachzimmern lebten; ich war nicht das, was er für einen passenden Schwiegersohn hielt. Doch im Frühling hatte Bess' Hartnäckigkeit den Widerstand des alten Mannes so weit überwunden, daß er die Zustimmung zu unserer Heirat gab – unter der Voraussetzung, daß ich eine »ehrliche Arbeit« annahm.

Wir heirateten im Juni und zogen in eine Wohnung in Greenwich Village. Ich legte meine Pinsel beiseite und suchte mir

einen Job bei Osborne & Co. Fünfzehn Jahre lang betrieb ich die Malerei nur noch als Hobby.
Kurz nach Kates Geburt bezogen wir eine größere Wohnung im West Side in unmittelbarer Nachbarschaft von Pepes Schnellimbiß. Da Mrs. Pepe uns oft als Babysitter aushalf, wollten wir ihr Entgegenkommen erwidern; damals steckte ich mich bei Cita an, die Mumps hatte.
Mein Hals und mein Gesicht schwollen an; Bess pflegte mich, ich wurde wieder gesund und ging zu Osborne & Co. zurück, und jeder Arbeitstag war mir verhaßt. Doch während jener Jahre waren Bess und ich glücklich miteinander. Ich wußte, daß sie mich zum Teil geheiratet hatte, um von Pastor Colby frei zu sein, und in mancher Hinsicht setzte sie mich an seine Stelle. Wenn sie schon ohne Mutter war, so hatte sie nun wenigstens zwei Väter. Als Kate größer wurde, überschüttete Bess das Kind mit all der Liebe, die sie selbst einst vermißte. Ich wußte von Anfang an, was geschah, sah, daß Kate unter der Last mütterlicher Fürsorge beinahe erstickte. Als sie neun Jahre alt war, bekam sie ihren ersten Asthma-Anfall.

Es begann im Winter unseres neunten Ehejahres; damals erlitt Bess einen seelischen Zusammenbruch, dessen Ursprung im dunklen lag. Es war, als hätte sie sich in eine andere Welt zurückgezogen. Zuerst dachte ich, sie hätte ein Verhältnis mit einem anderen Mann, doch so war es nicht. Eines Abends kam sie nach Hause und verlangte die Scheidung. Sie wollte mich verlassen und Kate mitnehmen. Was ich auch vorbrachte, nichts konnte sie zur Vernunft bringen, doch einer unserer Freunde überredete sie schließlich, zu einem Psychiater zu gehen. Er fand den Grund für ihre Krankheit bald heraus. Bess hatte die Mutter vermißt, was zu Haßgefühlen gegen den Vater führte. Ich nahm nun in ihrer Vorstellung den Platz des Vaters ein, und ihr Unterbewußtsein übertrug diesen Haß auf mich.
Wir standen es gemeinsam durch. Sie wurde wieder die alte Bess, und schließlich bezeichneten wir diese Krise sogar

scherzhaft als ihr »verflixtes neuntes Jahr«. Doch die Sorge um Kates Gesundheit blieb; gegen ihre Asthma-Anfälle half keine Medizin, kein Kraut schien dagegen gewachsen zu sein, bis wir nach Cornwall Coombe und zur Witwe Fortune kamen.
Ich merkte, wie der Kiel des Bootes gegen etwas stieß, und öffnete die Augen. Bess lächelte mich an. »Wir sind auf Grund gelaufen, Liebling.«
Es war eine Sandbank; ich hob eines der Ruder, um uns wieder abzustoßen. »Nein. Laß uns ein bißchen hierbleiben«, schlug Bess vor. Ich zog meine Schuhe und Socken aus, krempelte meine Hosenbeine hoch und stieg ins Wasser, um den Kahn vollends auf die Sandbank zu ziehen. Dann half ich Bess ans Ufer. Der Fluß hatte hier eine abgeschiedene kleine Bucht geformt, die von Buschwerk eingefaßt und von Weidenzweigen überschattet war. Es war ein vollkommener Platz, eine ländliche Idylle für sich. Wir breiteten unsere Decke aus und legten uns nebeneinander.
Aus der Ferne hörte man Schüsse. Ich vermutete, daß wir in das Hoheitsgebiet der Soakes' eingedrungen waren. Wahrscheinlich jagte einer der Söhne im Wald nach Eichhörnchen. Nach einigen weiteren Schüssen blieb alles still. Wir zogen unsere Kleider aus und ließen uns über den lehmigen Abhang ins Wasser gleiten. Nachdem wir eine Zeitlang geschwommen hatten, legten wir uns auf die Sandbank und ließen uns von der Sonne trocknen. Dann gingen wir wieder ans Ufer; ich brachte die Decke noch tiefer ins schützende Dickicht, und wir liebten uns in Gottes freier Natur.
»Worüber redet ihr Frauen eigentlich, wenn ihr beisammensitzt und näht?«
»Ach, das Übliche – Weibergeschwätz.«
Wir hatten unsere Kleider wieder angezogen und lagen nebeneinander auf der Decke. Ich lehnte meinen Kopf gegen einen gefällten Baum. Bess sagte: »Eigentlich haben wir uns hauptsächlich darüber unterhalten, wie sie ihre Flickendecken verkaufen könnten.«

»Sie verkaufen?«
»Mhm. Erinnerst du dich an Mary Abbot in Bennington? Sie hat einen Laden in Lexington, und ich weiß, daß sie die Decken sofort loswerden könnte, wenn sie ein paar davon in ihr Schaufenster legen würde. Und dann der geschnitzte Beinschmuck und die Puppen – solche kunsthandwerklichen Dinge lassen sich gut absetzen.«
Ich stimmte ihr zu; der Einfall schien mir gar nicht schlecht zu sein.
»Und worüber redet ihr sonst noch?«
»Über Männer.«
»Ach komm!«
»Findest du die Witwe nicht auch faszinierend?«
»Mhm.«
»Was sie alles weiß! Ich meine, nicht nur über Haushalt und Handarbeit, sondern auch all ihre Kräuter und Heilmittel.« Bess spielte mit dem kleinen roten Säckchen, das um meinen Hals hing. »Es hilft wirklich, nicht wahr? Laß mich mal sehen.« Sie betrachtete die Warze und küßte dann meinen Finger.
Ich beugte mich über sie, um ein Blatt zu entfernen, das ihr auf die Schulter gefallen war. Als ich mich wieder zurücklehnen wollte, hinderte sie mich daran.
»Ned?«
»Ja?«
Ein Ausdruck erschien auf ihrem Gesicht, den ich nicht gleich zu deuten wußte. »Hättest du gern noch ein Kind?«
»Ein Kind? Wir können doch nicht –«
Sie nickte eifrig. »Die Witwe meint, es wäre vielleicht doch möglich. Sie hat ein Mittel. Möchtest du das nicht auch – einen kleinen Bruder für Kate?«
»He – wart mal! Nicht so schnell! Was für ein Mittel?«
»Ich weiß nicht. Eines von diesen Elixieren, die sie zusammenbraut. Sie sagt, es hilft oft. Mrs. Thomas hat sich schon seit langem ein Baby gewünscht und konnte keines bekommen, bis

sie und Mr. Thomas etwas einnahmen, was die Witwe ihnen gab. Jetzt ist sie schwanger.«

»Sind wir nicht ein bißchen zu alt dafür, noch einmal mit Windeln und Babygeschrei anzufangen – sogar wenn das Heilmittel der Witwe wirkt?«

»Reif fürs Altenheim sind wir jedenfalls noch nicht. Und ich bin auch noch nicht in den Wechseljahren. Kate wird im Handumdrehen verheiratet sein – wirklich, Liebling, glaub es mir. Und –«

»Was, und?«

»Ich möchte so gern noch mal Mutter sein. Noch einmal, solange noch Zeit dafür ist. O Ned, ich wünsche es mir so! Dein Kind. Einen Jungen.«

Ich war mir nicht ganz im klaren darüber, wie ich dazu stand. Ich hatte mir diesen Gedanken schon so lange aus dem Kopf geschlagen, daß er mich nun völlig überraschte. Und wenn die Witwe uns nicht helfen konnte? Wenn Bess sich Hoffnungen machte, die nicht in Erfüllung gingen? An wem würde es dann liegen – an Bess mit ihren Entbindungsschwierigkeiten oder an den Auswirkungen des Mumps, also an mir? Ich schlug eine Untersuchung vor; ein Mediziner sollte die Sache entscheiden, ehe …

»Nein«, sagte Bess. Meine eigensinnige Bess. »Kein Doktor – die Witwe.«

»Nun«, erwiderte ich. »Hm, na ja.« Ich grinste, dann küßte ich sie und unterwarf mich damit stillschweigend ihren Wünschen. Vielleicht konnte das Gästezimmer in ein Kinderzimmer verwandelt werden, wenn wir dafür sorgten, daß es einen Bewohner bekam. Wieder küßte ich sie und fand, daß wir einen vollkommenen Nachmittag erlebt hatten. Wenn wir später darüber sprachen, wurde »jener Tag« daraus; einer, den ich in Gedanken oft wieder durchlebt habe, und ich frage mich manchmal, ob es ihr ähnlich ergangen ist.

Ich beschloß, noch an diesem Abend nach Saxony zu fahren

und mit Mrs. O'Byrne wegen der Schindeln für das Atelierdach zu verhandeln. Ein schirokkoähnlicher Wind war aufgekommen; ich fuhr die Old Sallow Road entlang, und die Sonne versank hinter den Maisfeldern zu meiner Linken, als ich den Weg zur Lost Whistle Bridge einschlug. Ich fuhr am Hof der Tatums vorbei und bemerkte, daß das Feuer unter Irenes Seifenkessel erloschen war. Gestalten bewegten sich im Wohnzimmer, und die erleuchteten Fenster warfen ihre Schatten auf die Veranda. In der Auffahrt standen mehrere Fahrzeuge; auch die kleine Stute der Witwe wartete mit dem Wägelchen vor dem Haus. Hinter der nächsten Kurve begegnete mir Jack Stump auf seinem Karren. Ich hupte, als ich an ihm vorüberkam, und er winkte mir zu. Mit einem Blick in den Rückspiegel stellte ich fest, daß er sein Gefährt über die Böschung hinaufschob und zwischen den Bäumen versteckte.

Ich näherte mich der überdachten Brücke und merkte, wie sich der Wind gegen den Wagen stemmte. Auf dem Landungssteg der Soakes kauerten mehrere Gestalten; das Boot lag wieder vertäut am Ufer. Ich fragte mich, was sie dort tun mochten, hielt an, nahm den Feldstecher aus dem Handschuhfach und stieg aus, um zwischen den Holzlatten der Brücke durchzusehen. Auf den Querbalken gestützt, stellte ich den Feldstecher ein, bis ich die Gruppe deutlich vor Augen hatte. Es war der alte Soakes selbst, umgeben von seinen Söhnen, mit denen ich heute morgen gekämpft hatte. Im Wasser schwammen Enten; ich erkannte nun, daß es keine lebendigen Tiere waren, sondern Lockvögel an Schnüren. Die Soakes waren gerade mit der Herstellung dieser künstlichen Enten beschäftigt: Der Alte schnitt die Formen aus dem Wachstuch, einer der Söhne nähte sie zusammen, ein anderer stopfte sie mit irgendeinem Material aus.

Zwanzig Minuten später war ich in Saxony und erkundigte mich in der Drogerie nach Mrs. O'Byrne.

Der Verkäufer wies mir den Weg; ihr Haus war in unmittelbarer Nähe.

Mrs. O'Byrne war eine liebenswürdige Frau und durchaus bereit, mir die Schindeln zu verkaufen, die hinter der Garage gestapelt lagen. Der Wind peitschte ihre Röcke, als sie mich hinausführte, damit ich die Schindeln besichtigen konnte, und um mir zu zeigen, wo der Schuppen eingestürzt war.
»Es hatte keinen Sinn, das Dach wieder aufzubauen«, sagte sie. Außerdem sei sie alleinstehend und könne sich derartige Reparaturen nicht leisten. Ich entnahm daraus, daß sie für die Schindeln einen höheren Preis verlangen würde, doch sie hatten die richtige Größe und Farbe, und so kaufte ich vierzig Stück. Nachdem ich sie in den Kofferraum geladen hatte, schrieb ich ihr einen Scheck über die Summe aus, die sie dafür verlangte. Sie fragte mich, ob ich an alten Uhren interessiert sei. Sie habe da ein besonders schönes Stück, das sie verkaufen wolle, stilecht und von einem Uhrmacher namens Tiffany signiert. Ich erwiderte, daß ich sie mir gern ansehen würde, und Mrs. O'Byrne nahm mich wieder mit ins Haus.
Die Uhr war ein Prachtstück – schwarzer Onyx mit Goldbemalung –, tickte graziös und hatte ein bezauberndes Schlagwerk. Ich bot ihr hundertfünfundzwanzig Dollar dafür, und sie ging darauf ein.
Während ich einen zweiten Scheck ausstellte, fragte mich Mrs. O'Byrne über das Leben in Cornwall Coombe aus: wie lang wir schon dort wohnten, ob wir Mais anbauten, ob unsere Tochter im Ort zur Schule ginge und ob mir eine alte Dame bekannt wäre, die sich dort auch als Hebamme betätigte. Sie sei wohl inzwischen schon tot. Nein, sagte ich, die Witwe Fortune wäre noch sehr lebendig. Nun, meinte Mrs. O'Byrne, sie sei bestimmt eine Konkurrenz für Dr. Bonfils, der hier in Saxony lebte. Ja, der Arzt habe unsere Kate schon mehrmals behandelt. Dann: »Sind Sie einer jungen Frau namens Gracie Everdeen begegnet?«
»Ja, gewissermaßen«, sagte ich. »Kannten Sie sie?«
»Allerdings kannte ich sie. Sie hat vor mehreren Jahren fast einen ganzen Sommer bei mir verbracht.« Sie sprach mit Inter-

esse von Grace Everdeen, die sie sofort als »armes, unglückseliges Geschöpf« bezeichnete.

»Ein schwermütigeres Ding hab' ich nie gesehen. Sie tauchte eines Tages einfach auf, direkt hier vor der Tür. Es war Juni; die Zeit, in der ich immer meine Kirschen einmache, aber damals hatte ich mir gerade den Fuß verbrüht. Damit wäre es für dieses Jahr mit dem Einkochen vorbei gewesen, doch gerade da kam Gracie und suchte nach Arbeit. Ich sagte ihr, ich könnte nicht viel bezahlen, doch Kost und Unterkunft wären frei. Damit war sie einverstanden. Sie brachte also ihre Habseligkeiten in die Dachkammer hinauf und kümmerte sich recht gut ums Haus, bis ich wieder auf den Beinen war. Sie kochte die Quitten ein und die Tomaten, als sie reif waren. Gracie hat schnell und geschickt gearbeitet, aber, wie schon gesagt, sie war immer so trübsinnig.«

Mrs. O'Byrne schüttelte den Kopf. Der Wind hatte einen Fensterladen losgerissen und schlug ihn gegen die Hausmauer. Sie bat mich um den Gefallen, ihn wieder festzumachen. Als ich die kleine Reparatur ausgeführt hatte, fuhr sie mit ihrer Geschichte fort.

»Sie muß wohl zu Hause irgendwelche Schwierigkeiten gehabt haben und lief fort. Soviel ich weiß, war sie beinahe zwei Jahre unterwegs, ehe sie hierher kam. Drüben in Cornwall Coombe hatte sie einen Liebsten, der ging ihr nicht aus dem Kopf, obwohl ich nicht weiß, wie sie mit ihrem Aussehen hoffen konnte, ihn für sich zu gewinnen. Außerdem war da auch eine andere Frau.«

»Und wer könnte das gewesen sein?« fragte ich. Mrs. O'Byrne hatte keine Ahnung. »Aber sie verfluchte die beiden, und ich hörte, wie sie droben in der Dachkammer zum Steinerweichen weinte. Dann schrieb sie ihm einen Brief und bat mich, ihn auf Rechtschreibfehler durchzulesen. Darin bat sie ihn, herüberzukommen und sich mit ihr zu treffen. Ich klebte eine Briefmarke darauf und warf den Brief für sie ein, und in der zweiten Julihälfte – wir machten gerade Pfirsiche ein, soviel ich mich erinnern kann – war noch immer keine Antwort von ihm da. Dann, eines Tages, kam doch ein Brief. Am gleichen Abend traf sie sich mit ihm. Was dabei geschah, hab' ich von Mrs. Lake erfahren.«

»Mrs. Lake?«

»Die alte Mrs. Lake, die bei der Brücke wohnte. Ostern werden's neun Jahre, daß sie tot ist, und ihr Haus ist inzwischen abgerissen worden. Jedenfalls, sie lebte nahe der Lost Whistle Bridge, wie die Brücke auf der anderen Seite des Flusses genannt wird. Mrs. Lake hat alles gehört und gesehen, und als sie mich besuchte, erzählte sie mir die Geschichte.«

Mrs. O'Byrne hatte es von Mrs. Lake erfahren; nun sollte ich es von Mrs. O'Byrne hören. Roger Penrose war auf seinem Pferd zur Brücke geritten, wo ihn Grace auf der anderen Seite des Flusses erwartete, doch aus unbekannten Gründen überquerte keiner von beiden den Fluß, um den anderen zu treffen. Roger bat Grace, zurückzukommen, während sie von ihm verlangte, er solle zu ihr herüberreiten. Schließlich war Roger ohne Grace wieder davongeritten. Sie trafen sich immer wieder, jedesmal abends und stets mit dem gleichen Ergebnis. Mit der Zeit wurde Roger immer wütender auf Grace, die am Brückeneingang stand und ihm wilde, leidenschaftliche Bitten zurief. Doch es half nichts, die Liebenden kamen nicht zusammen.

»Mrs. Lake sagte, ihre Stimmen hätten furchtbar laut durch die Brücke gehallt, und die Qual der beiden wäre schrecklich anzuhören gewesen, sie hätten verwundeten Tieren geglichen. Nun, die Erdbeerzeit kam und ging, dann folgten die Heidelbeeren, und als ich endlich wieder ohne Krücken gehen konnte, pflückte ich die Johannisbeeren und Stachelbeeren. Das muß schon im September gewesen sein, denn vorher sind die Stachelbeeren nicht reif. Eines Abends entschloß ich mich, selbst zur Brücke hinunterzugehen und mir die Sache anzusehen. Ich verließ das Haus, ehe Gracie das Geschirr getrocknet hatte, und Mrs. Lake und ich versteckten uns auf der Veranda und löschten das Licht. Bald darauf kam auch Gracie; sie hatte ein Tuch um den Kopf gewunden und blieb auf unserer Seite des Flusses stehen, während Roger sich drüben zu Pferd näherte; ich hörte den Hufschlag auf der Straße. Dann hielt er an und rief: »Grace, komm nach Hause!« Schließlich muß er vor Wut außer sich gewesen sein, denn plötzlich kam er im Galopp herübergeritten. Grace versuchte davonzulaufen, doch er war schon neben ihr und hob sie aufs Pferd, um sie mit sich über die Brücke zu nehmen.«

»Zurück nach Cornwall?«

Mrs. O'Byrne schniefte. »Nein, sie blieben auf der anderen Seite, gingen nur ins Gebüsch am Straßenrand, denn wir hörten Rogers Pferd von der Obstplantage her wiehern. ›Na‹, sagte ich zu Mrs. Lake, ›ich werde Gracie nach hiesigen Sitten wohl morgen kündigen müssen!‹ Und dann, stellen Sie sich das vor, tauchte das Mädel plötzlich zu Fuß wieder auf, kam über die Brücke zurück, und er ritt die Straße hinunter. Um den Kopf hatte sie noch immer das Tuch gebunden, und sie war so unglücklich, daß ich es nicht übers Herz brachte, sie wegzuschicken. Ich führte sie nach Hause und steckte sie ins Bett. Am nächsten Tag kam die alte Dame.«

»Die Witwe Fortune?«

»Heißt sie so? Nun, sie kam jedenfalls in einem Pferdewägelchen hier angefahren, und Gracie fragte mich, ob sie das Wohnzimmer benutzen dürfte. Ich erlaubte es ihr, sagte sogar, sie könnte ihrem Besuch Tee anbieten. Ich selbst blieb droben im ersten Stock, aber ich merkte, daß die alte Dame sehr mitfühlend war – eine liebe Seele, wenn ich so sagen darf. Dann fuhr sie wieder ab.«

Grace hatte nun nicht mehr aus noch ein gewußt. Zuerst sagte sie Mrs. O'Byrne, sie wolle fort, dann wieder schwor sie, sie könne es nicht, dann war sie ratlos, was sie tun sollte. Am Ende aber ging sie doch und war nie wiedergekehrt.

»Es war eine Vollmondnacht, daran erinnere ich mich«, fuhr Mrs. O'Byrne fort. »Am Abend verließ Gracie wieder das Haus, und das war das letztemal, daß ich sie sah. Sie ließ ein-

fach alles hier und verschwand. Kam auch niemals zurück, um ihre Sachen abzuholen, nie. Ihr Liebster ist gestorben, nicht wahr?«
Ich bestätigte dies und fragte mich, woher sie es erfahren haben mochte. Dann erzählte ich ihr, was ich noch Worthy über Roger Penroses Sturz vom Pferd gehört hatte, und Mrs. O'Byrne begleitete mich mit kummervollem Blick zur Tür. »Aber eines haben Sie mir nicht gesagt – ist Gracie noch immer dort? Geht es ihr gut?«
»Sie ist ebenfalls tot.«
»O nein – was Sie nicht sagen! Armes Ding. Obwohl es so vielleicht besser für sie war. Sie hat so gelitten.«
Der Wind hatte merklich an Stärke zugenommen. Ich verstaute die Tiffany-Uhr in meinem Wagen. »Hurrikan-Wetter!« schrie Mrs. O'Byrne. »Kommen Sie mal wieder vorbei!« Und sie schloß die Haustür mit Gewalt gegen den Anprall des Sturmes.
Auf dem Weg zur Brücke betrachtete ich den Himmel. Der Mond, rund und bleich, tauchte die Landschaft in seltsam weißes Licht, das einen grünlich-gelben Ton annahm, wenn Wolkenfetzen über ihn hinzogen. Blitze zuckten blau am Horizont, und der Wind peitschte das Gras am Straßenrand.
Die Reifen holperten auf den Brückenplanken; auf der Old Sallow Road merkte ich, wie sich der Wind wieder des Wagens bemächtigte. Die Luft zischte von Zeit zu Zeit, als wäre sie von einem unsichtbaren Netz schadhafter elektrischer Leitungen durchzogen. Ich bog langsam um die Kurven und hielt auf die Mitte der Straße zu, als ich am Obstgarten der Tatums vorüberfuhr. Der Gedanke an Grace Everdeens Schicksal bedrückte mich; ich fand es seltsam und traurig und ein wenig geheimnisumwittert.
Die Wohnzimmerfenster in Irenes Haus waren noch immer erleuchtet. Jetzt befand sich die Böschung, die ich schon vorher entlanggefahren war, zu meiner Linken; über mir schwankten die Baumwipfel heftig im Wind. Jenseits der Straße wogten die

Maisfelder in wildem Aufruhr. Der Sturm wirbelte Blätter und kleine Steine über den ausgetretenen Pfad, der zum Hof der Tatums führte, trieb sie in irrem Tanz um die Räder der geparkten Fahrzeuge, am Seifenkessel vorbei, und wehte die Asche darunter zu einer Spirale hoch, um dann alles auf die Veranda zu schleudern.

Wieder stemmte sich der Wind gegen den Wagen. Ich verlangsamte die Fahrt. Ein großer Ast splitterte von einem Baum und fiel krachend auf die Straße. Ich riß den Wagen herum, dann brachte ich ihn zum Stehen. Bei laufendem Motor stieg ich aus und zerrte den Ast an den Straßenrand. Dann richtete ich mich auf. Etwas wie ein Schrei erhob sich über dem Heulen des Sturmes.

Wieder zuckte ein Blitz auf und überzog den Himmel mit gespenstisch grüner Farbe. Dann erschien plötzlich über mir, auf der Böschung, eine Gestalt in der Dunkelheit. Der Geist von Soakes Lonesome! ging es mir augenblicklich durch den Sinn. Er war schaurig anzusehen – grau wie Asche; die flatternden weißen Gewänder glichen einem Totenhemd. Ein Leichnam, dem Grab entstiegen.

Ich hatte nie ein Gespenst gesehen und glaube auch nicht, daß es so etwas gibt, doch in diesem Augenblick war ich völlig sicher, daß ich eine Geistererscheinung sah. Sie schien gegen den düsteren Hintergrund des Himmels zu leuchten, schwebte etwa zwölf Fuß über mir, den Kopf erhoben, die Arme ausgestreckt. Ich versuchte mir einzureden, daß das alles nur eine Ausgeburt meiner Phantasie sei, doch es nützte nichts: Die Gestalt stand dort oben, entstellt, einem Dämon gleich.

In ein grausigeres Gesicht hatte ich nie zuvor geblickt. Es war weiß wie das Gewand, mit Ausnahme der dunklen Augenhöhlen und des roten, grinsenden Mundes. Gerade dieses Lächeln machte die Erscheinung noch erschreckender – ein verzerrtes Grinsen, erbarmungswürdig, irre, grausam; das leere Lächeln einer Stoffpuppe. Dunkle, gallertartige Flüssigkeit quoll aus den Mundwinkeln, während sich die eine Hand in

einer mitleiderregenden Gebärde zu den Lippen hob – kraftlos und flehend, wie um das Lächeln wegzuwischen.
Dann drehte sich die Gestalt plötzlich in einem grotesken, qualvollen Tanz um sich selbst, wand und krümmte sich langsam, langsam, warf den Kopf wieder zurück, so daß das Gesicht zum Nachthimmel aufsah.
Im nächsten Moment war sie verschwunden, als hätte sie sich nach Gespensterart in Luft aufgelöst. Ich lief zum Wagen und stellte den Motor ab; dann kämpfte ich mich mühsam die Böschung hinauf, benutzte Steinbrocken und herausragende Wurzeln, um die steile Anhöhe zu erklimmen.
Von dort oben aus war nichts zu sehen als windgepeitschtes Gras bis zum Waldsaum, und dahinter Dunkelheit. Ich rief, doch ohne Erfolg. Keine Antwort, keine Spur von der weißen Gestalt.
Die Wolken hasteten über den Mond, der die Landschaft unvermittelt wieder in blendend weißen Glanz hüllte. Ich dachte, wie fern er doch sei, bemerkte die klar umrissenen Krater, Berge und Wüsten. Wieder senkte ich den Blick und sah mich noch einmal nach jener phantastischen Erscheinung um, die ich zuvor erblickt hatte. Und als ich da stand und dem Wind lauschte, wußte ich mit Sicherheit, daß es kein Geist gewesen war, kein übernatürliches Wesen, sondern ebenso wirklich wie der Mond selbst – wirklich genug, um menschlich und lebendig zu sein.

12.

Wirklich genug – doch war es lebendig gewesen? Oder stand ich schon unter dem Einfluß von Spukgeschichten und Aberglauben kornischen Ursprungs? Ich überlegte, ob ich Bess von der seltsamen Erscheinung erzählen sollte. Dann fiel mir wieder ein, wie labil sie war, und ich beschloß, es nicht zu tun, sondern lieber den heilsameren Zauber des Dorfes auf sie wirken zu lassen. Die Geschichte vom Geist von Soakes Lonesome hob ich mir wohl besser für einen passenderen Zeitpunkt auf.

Am nächsten Tag schmirgelte ich im Atelier die Holztafel ab, die ich für mein Bild von der überdachten Brücke benutzen wollte. Als Worthy kam, unterbrach ich meine Tätigkeit, um ihm beim Dachdecken zu helfen. Er war heute wieder bedrückt und äußerte über den Besuch auf der Musterfarm nur, daß es Kate dort gefallen hätte. Ich machte keine Anspielung auf mein seltsames Erlebnis am gestrigen Abend, und wir beschränkten uns auf die notwendigsten Bemerkungen, bis Bess erschien, um uns ins Haus zu rufen.

Nach der Mahlzeit ließ ich Worthy die Dachreparatur allein beenden, nahm meine Aquarellfarben und meine übrigen Malutensilien und fuhr zur Lost Whistle Bridge. Einem plötzlichen Impuls folgend, machte ich beim Hof der Pettingers halt, um mich kurz mit Worthys Eltern zu unterhalten. Man konnte nicht behaupten, daß die Farm in besonders gutem Zustand war. Im Haus gab es weder sanitäre Anlagen noch Strom- und Wasserleitungen. Wie alle Leute in Cornwall Coombe hatten auch die Pettingers jedes Fleckchen Erde ausgenutzt, um Mais anzubauen. Ich bemerkte einen Ziehbrunnen und ein Quellenhaus, einen Hühnerstall und eine Scheune. Wenn Fred Minerva spaßhaft als der größte Pechvogel unter den Bauern bezeichnet wurde, so war Wayne Pettinger bestimmt der ärmste von allen.

Er hatte noch zwei Söhne, die ihm auf dem Hof halfen, doch ich merkte schnell, daß ihm jede Minute leid tat, die »der Junge« sich bei anderen nützlich machte, mich eingeschlossen.
Sowohl Worthys Vater als auch seine Mutter hatten den müden, abgehärmten Blick von Kleinbauern, die einen verlorenen Kampf gegen die Erde kämpften. Keiner von beiden schien bereit zu sein, über Worthys Schwierigkeiten zu sprechen, als ich ihnen in der Küche gegenübertrat; sie saßen nur mit finsteren, unbewegten Gesichtern da und ließen mich reden. Ich sagte ihnen, daß ich das Gefühl hätte, man müsse Worthy eine Chance geben, und daß man ihm einen sehr schlechten Dienst erweisen würde, wenn man seine weitere Ausbildung verhinderte.
Mr. Pettinger war zornig und unerbittlich. Der Junge hätte den Kopf voller Flausen. Ihr Hof sei arm, doch sobald Worthy sieben Jahre lang Erntekönig wäre, würde sich alles ändern. Männer würden kommen und umsonst für ihn arbeiten; alles könnte so werden, wie sie es sich immer erträumt hätten. Man habe dem Jungen Ehre erwiesen, doch nein, er wolle lieber zu diesen Hippies drüben in Danforth verschwinden. Mr. Pettinger verdammte alles: Maschinen, moderne Methoden, Leute, die sich nicht mit dem zufriedengeben konnten, was sie hatten, sondern so habgierig waren, immer noch mehr zu wollen. Die Jugend heutzutage wisse nicht, wie gut sie es habe.
Er wandte sich an Mrs. Pettinger: »Du bist schuld, wolltest immer, daß er etwas lernt. Damit hat der ganze Verdruß angefangen – wir hätten nie zulassen dürfen, daß er auf die Schule geht.« Mit schweren Schritten ging er aus der Tür, hinüber zur Scheune, und ließ mich bei seiner Frau zurück, die in Tränen ausbrach.
Ihre roten Hände lagen auf der Tischdecke; sie verschlang die Finger ineinander und vertraute mir an, sie hätte Worthy sagen hören, daß er von zu Hause weglaufen wolle. Ich erwiderte, junge Leute hätten meiner Meinung nach das Recht, den Weg einzuschlagen, den sie für richtig hielten. Sie hörte mir mit

kummervoller Miene zu und trocknete ihre Augen mit dem Schürzenzipfel.
»Er lacht nicht mehr«, sagte sie. »Er war der liebenswerteste von allen, ach, es gibt keinen gefälligeren Jungen als ihn, und er war immer so vergnügt.« Mit schwachem Lächeln sah sie auf ihre Hände nieder. »Und er ist auch klug. Nicht wie – sie.« Sie deutete mit einer Kopfbewegung in Richtung Vorgarten, wo Worthys Brüder Mist schaufelten. »Es gab nichts, wofür er sich nicht interessiert hätte.«
Dann hätte sie zufällig mit angehört, wie er dem jungen Tatum erzählte, daß er nach Danforth verschwinden wolle, wenn er nicht auf die Landwirtschaftsschule gehen dürfte. Er plante, das Dorf zu verlassen, von Cornwall Coombe fortzugehen. Das hatte ihr bitter weh getan. Hatte sie etwas falsch gemacht? War er nicht richtig erzogen worden?
Es war nicht leicht, ihren Kummer mitanzusehen. Ich versuchte ihr Trost zuzusprechen, doch sie redete weiter, als wäre ich gar nicht vorhanden.
»Ich sage mir immer, Hoffnung und Brauchtum werden mir Kraft geben. Doch er hat seinen eigenen Kopf, er ist anders. Und in Cornwall Coombe zahlt es sich nicht aus, anders zu sein. Man muß sich nach dem richten, was die Leute sagen, was sie denken.« Sie erhob sich. »Und was sie tun«, fügte sie hinzu. Ich spürte, daß diese Worte auch mir galten, als wollte sie mich aus einer plötzlichen Eingebung heraus warnen, nicht einen ähnlichen Fehler zu begehen.
Sie brachte mich zur Tür, drückte mir dann impulsiv die Hand und sagte mit flehendem Blick: »Helfen Sie ihm, Mister, bitte!«
Ich verbrachte den Nachmittag bei der Brücke, vor meiner Staffelei; meine Gedanken beschäftigten sich noch immer mit dem Jungen. Der heiße Wind des Vortages hatte sich noch nicht gelegt und erschwerte mir das Malen im Freien, doch ich hielt aus, bis ich zwei leidliche Aquarellstudien fertiggestellt hatte. Kurz nach vier Uhr packte ich meine Malsachen zusammen, verstaute sie im Wagen und fuhr die Old Sallow Road hinauf.

Als ich um die Kurve kam, wo ich am vorherigen Abend das »Gespenst« gesehen hatte, hielt ich am Straßenrand an. Wieder kletterte ich die Böschung hinauf und suchte das Gelände sorgfältig ab. An einer Stelle war das Gras zertreten. Das unterstützte meine Theorie, daß ich gestern kein übernatürliches, sondern ein menschliches Wesen gesehen hatte.
Ich warf einen flüchtigen Blick über die Schulter zum Hof der Tatums auf der anderen Seite der Straße, überquerte das niedergetretene Rasenstück und näherte mich der Grenze von Soakes Lonesome. Aus dem Schatten des Waldes kam das klagende Gebell eines Fuchses. Zwischen den Bäumen sah ich das blaue Wasser des Flusses leuchten und hörte das dumpfe Tuckern des Soakesschen Motorbootes vom anderen Ufer. Langsam ließ die Hitze des Tages nach und verdichtete sich am Ufer zu einem Dunststreifen, der vom Wind sofort wieder in alle Richtungen verweht wurde.
Ich ging tiefer in den Wald hinein, entschlossen, das Phantom des letzten Abends zu finden, oder, falls das nicht möglich war, wenigstens die handfesteren Überreste des »Geistes«, von dem Jack Stump gesprochen hatte. Papageiengrüner Farm formte ein ständig wechselndes Spitzenmuster im flackernden Licht. Den Hintergrund bildete das dunklere Grün von Lorbeer und Erlen, und dazwischen wuchsen Stachelbeerbüsche, durch deren tückische Ranken ich mir vorsichtig einen Weg bahnte. Ich ging von einer Schneise zur anderen; der Boden gab weich und lautlos unter meinen Füßen nach. Alles war von einem Teppich aus Tannennadeln bedeckt.
Fernes Wasserrauschen drang an mein Ohr; hier mußte irgendwo ein kleiner Seitenarm des Flusses sein. Ich ging weiter, bis ich den gewundenen Wasserlauf zwischen den Bäumen entdeckte. Ich folgte ihm flußaufwärts. Plötzlich erklang hinter mir das Knacken eines Zweiges, und ich fuhr herum: Etwas bewegte sich im Dickicht. Ich wartete eine Weile. Sicher war es nur ein Fuchs; wachsam, argwöhnisch. So setzte ich meinen Weg fort.

Bald war ich tief im Waldinneren, umgeben vom Schatten der Blätter und einer Stille, die beinahe unheimlich wirkte. Es wurde dunkler. Die Baumstämme waren schwarz, das Moosgeflecht auf ihren Rinden begann zu verblassen. Irgendwo klopfte ein Specht; Grillen zirpten, und manchmal hörte ich einen Frosch quaken.
Als ich in einen entlegenen Teil des Waldes kam, wurde das Gelände hügelig, und überall lagen Felsbrocken. Ich entdeckte einen ausgetretenen Fußpfad und folgte ihm. Dabei faßte ich meine Umgebung scharf ins Auge. Der Weg teilte sich; ich verlangsamte meine Schritte, unsicher, in welche Richtung ich weitergehen sollte. Und da sah ich plötzlich, sorgsam versteckt, einen schmalen, unnatürlich wirkenden Erdwall, der mit Tannennadeln und Steinen getarnt war. Ich machte kurz davor halt, und meine Augen folgten den Gliedern einer Kette, die sich durch das Blattwerk bis hin zu dem Hügel wand: eine Falle, die nur auf den Fuß eines Unvorsichtigen wartete, um zuzuschnappen.
Ich wählte den Pfad zur Linken, ging vorsichtig um die Falle herum und setzte meinen Weg fort. Tiefhängende Zweige versperrten mir die Sicht; ich bückte mich, schob das Strauchwerk beiseite, und als ich mich wieder aufrichtete, sah ich das struppige Gesicht des alten Soakes vor mir. In der einen Hand hielt er die Flinte, mit der anderen packte er mich an der Kehle und drückte mich an einen Baumstamm. Sein Arm war gegen meine Luftröhre gepreßt, als hätte er die Absicht, mich zu erwürgen.
Meine Augen schienen aus den Höhlen zu treten; ich starrte in sein zorniges Gesicht. Seine Lippen waren in wilder Entschlossenheit aufeinandergepreßt, sein Atem kam stoßweise. Er lockerte den Griff gerade so weit, um sein Messer hervorzuholen – das große, scharfe Messer, das er auf dem Landungssteg benutzt hatte –, und setzte die Spitze an meine Kehle. Ich drehte den Kopf zur Seite, weniger, um dem Messer auszuweichen als seinem stinkenden Atem. In seinen Augen stand ein

irrer Ausdruck, als er mich fragte, was ich in seinen Wäldern zu suchen hätte. Ich versuchte mich zu befreien, doch seine Messerspitze hielt mich fest, als durchbohrte die Klinge meinen Hals und nagelte mich an den Baumstamm. Schritte näherten sich; für den Bruchteil einer Sekunde war er abgelenkt. Ich riß mein Knie hoch und stieß es ihm in den Unterleib, da ließ er mich los und krümmte sich, und alles Blut wich aus seinem Gesicht.

Roy Soakes kam den Pfad heraufgeschlendert; ich fuhr herum und raste den Weg zurück, den ich gekommen war. Als Roy mir nachstürzte, hörte ich, wie der alte Mann ihm befahl, aus dem Weg zu gehen, damit er einen gezielten Schuß abfeuern könne. Kurz darauf ertönte ein Schuß, dann ein zweiter. Der erste prallte an einem Baumstamm in der Nähe meines Kopfes ab, der zweite verfehlte mich weit. Ein rascher Blick über die Schulter verriet mir, daß Roy mir dicht auf den Fersen war, und ich rannte Hals über Kopf den Steig entlang. An der Weggabelung setzte ich mit einem raschen Sprung über die Falle hinweg, duckte mich und schlug den Pfad zur Rechten ein, ohne mein Tempo zu verringern – da drang ein Schrei an mein Ohr, gefolgt von einem metallischen Schnappen. Roy Soakes war mit dem Fuß in die Falle geraten. Ich blieb kurz stehen und holte Atem, bis ich den alten Mann näherkommen hörte. Er stieß laute Verwünschungen wegen Roys Dummheit aus und fluchte noch ärger, als er die eisernen Fangzähne zu öffnen versuchte.

Ich hätte am liebsten laut gelacht. Die Falle war aufgestellt worden, um Unschuldige und Ahnungslose zu überlisten; nun hatte der alte Soakes nur einen seiner eigenen Sprößlinge damit gefangen. Ich ging eilig weiter, warf von Zeit zu Zeit einen Blick zurück und geriet dabei immer tiefer in den Wald von Soakes Lonesome.

Ich sah zum Himmel auf und versuchte mich zu orientieren. Zuerst wandte ich mich in die eine Richtung, dann in die andere, ohne zu wissen, wohin der Pfad mich führen würde, und versuchte dem heimtückischen Gestrüpp auszuweichen, das mir immer wieder den Weg versperrte. Kletterpflanzen wanden sich wie Schlangen um meine Füße, und die Ranken dunkler Brombeersträucher zerrten an meinen Hosenbeinen, doch ich achtete nicht darauf, hielt nur die Arme schützend vors Gesicht und kämpfte mich weiter.

Endlich fand ich einen anderen, sehr schmalen Steig, dem ich blindlings folgte, bis ich auf einen großen Felsbrocken stieß, der wie ein Keil aus der Erde ragte. Ich warf mich auf den Boden, keuchend vor Anstrengung, und schlug nach den Insekten, die in einer dichten Wolke um meinen Kopf schwirrten und sich auf meiner Kehle niederließen. Als ich meinen Hals mit den Händen zu bedecken versuchte, spürte ich klebrige Feuchtigkeit: Blut sickerte aus der Wunde, die der alte Mann mir mit seinem Messer zugefügt hatte.

Ich rastete, bis ich wieder zu Atem kam. Dabei streifte mein Blick zufällig den Baum, der seine Wurzeln wie Fangarme um einen Teil des Felsens krallte. An seinem Stamm bemerkte ich eine nackte Stelle etwa in Kopfhöhe eines kleinen Menschen. Jemand hatte dort die Rinde weggeschnitten. Ich stand auf, ging näher darauf zu und legte die Finger in die Kerbe, die noch immer mit zähflüssigem Saft bedeckt war.

Eine von Jack Stumps Markierungen. Der große Baum am Felsbrocken, von dem er gesprochen hatte. Durch Zufall hatte ich gefunden, wonach ich suchte. Ich umkreiste den Felsen, hielt nach einer zweiten Kerbe Ausschau und entdeckte sie zu meiner Linken. Nun konnte ich die Spur verfolgen; sie führte um den Felsen herum und zurück in den Wald.

Das Gelände wurde abschüssig; flechtenüberzogene Geröllbrocken waren über meinen Weg verstreut, als wäre hier ein Hagel von Meteoriten auf die Erde niedergegangen. Wieder hörte ich das sanfte Murmeln des Flüßchens; hoch über mir schlossen sich die Baumwipfel zu einem dichten Dach aus windgepeitschten, seufzenden Ästen. Der Himmel verdunkelte sich.

Als ich zum Wasserlauf kam, blieb ich wieder stehen und lauschte. Ein Vogel rief; ein anderer antwortete. Dann Stille, das Brausen des Windes. Ich hatte das unheimliche Gefühl, verfolgt zu werden, doch nicht von meinem Freund mit der Flinte. Meine Phantasie begann mir Streiche zu spielen: Schattenhafte Umrisse tauchten drohend zwischen den Bäumen auf, und die weiße Gestalt mit dem roten, grinsenden Mund erschien wieder vor meinem geistigen Auge.
Ich ging durch die Schlucht, fand eine seichte Stelle im Fluß und benutzte eine Art Furt aus Steinen, um zum anderen Ufer zu gelangen. Gerade da, als ich auf einem Geröllbrocken in der Mitte des Wasserlaufes stand, hörte ich den Schrei.
Wenn es ein Schrei war. Einen Laut wie diesen hatte ich nie zuvor gehört. Ein Schrei? Ein Klagelaut? Ich sah nach allen Seiten, versuchte den Ursprung des Geräusches festzustellen, doch es schien von überallher zu kommen. Der Grund dafür mußte die Formation des Flußbettes sein, das auf beiden Seiten von Wällen aus Schiefer eingefaßt war. An diesen Wällen brach sich vermutlich der Schrei. Oder war es ein Seufzen? Der Laut schien der Strömung des Wassers zu folgen, stieg an, sank, verstummte, nur um wiederzukehren; ein furchtbarer, unmenschlicher Ton.
Ich sprang ans Ufer und erklomm die Böschung, während die Stimme – wenn es eine Stimme war – immer lauter wurde. Mit wenigen Schritten erreichte ich den Rand einer weiteren Lichtung, wo ich erstaunt stehenblieb. Keine Tannen, sondern ein Hain aus silbrigen Birkenstämmen formte einen Ring um das ausgedehnte Rasenstück, in dessen Mitte ein Bach floß, der von einem großen Teich gespeist wurde. Doch es war nicht der Teich, der mich so beeindruckte, sondern der Baum, der am Ufer wuchs – denn ich war sicher, daß die Schreie aus diesem Baum kamen. Er wirkte wie ein finsterer, sturmzerzauster Titan, einst ein stolzer Baum, der nun nicht mehr als drei oder vier tote und nackte Äste gegen den Himmel reckte.
Wieder hörte ich den Schrei. Ich überquerte die Lichtung und

ging um den Baum herum. Von der versengten Spitze bis zu den knorrigen Wurzeln war der mächtige Stamm gespalten, wo ein Blitzstrahl ihn getroffen und Feuer ihn ausgebrannt hatte, bis nur noch eine leere Hülle zurückgeblieben war. Wilder Wein rankte sich um den verwitterten Stamm wie Fäden, die die Wunde zu schließen versuchten, deren aufgeklappte Ränder wie verkohlte Hautlappen wirkte.

Der Wind fuhr durch den Spalt, zerrte an meinen nassen Hosenaufschlägen, strich durch das Gras und raschelte in den Weinblättern. Dann hörte ich den Schrei wieder, und von neuem erstarrte ich, denn ich hatte den Ursprung des Geräusches entdeckt, fast verborgen hinter dem wehenden Blattwerk – einen menschlichen Schädel, aus dessen geöffneten Kinnladen die Schreie drangen.

Für den Lebenden ist immer etwas Furchterregendes an dem langsamen Prozeß der Auflösung, dem ein toter Körper preisgegeben ist; wie die Natur die sterbliche Hülle zerstört und das Gerippe bloßlegt, denn es erinnert nur zu sehr an die eigene Bestimmung. Doch einen Schädel zu finden, der einem aus dem Inneren eines hohlen Baumes entgegengrinst und gräßliche Laute ausstößt, erregt ungleich stärkeres Entsetzen; ja, ich fürchtete mich. Doch noch immer stand ich wie festgebannt und starrte auf den Totenkopf, der abwechselnd schrie und dämonisch seufzte.

Eine Sekunde lang erregte ein schwarzer Vogel meine Aufmerksamkeit, der aus der Luft hinabstieß und sich lautlos auf einer der Birken niederließ. Es war eine Krähe, und sie beobachtete mich, während die Klagelaute die Lichtung erfüllten. Dann legte der Wind sich plötzlich, und mit ihm verklangen auch die Schreie. Nun endlich erkannte ich, was vorging: Der Wind selbst hatte diese Laute verursacht. Er strich über die Lichtung bis zum toten Baumriesen, pfiff durch die Öffnung im Stamm und stieg wie durch einen Windkanal nach oben bis zu der Stelle, wo der Schädel eingeklemmt lag, so daß man den Eindruck hatte, daß das Geräusch aus den geöffneten Kinnla-

den kam – ein groteskes Holzblasinstrument, dessen Grifflöcher die vermoderten Astlöcher waren und dessen Schalltrichter die klaffenden Kiefer.
Ich trat dicht an den Baum heran und teilte die Weinranken. Der Totenschädel lag leicht zur Seite geneigt; die Überreste der Hirnschale waren tief im gespalteten Stamm verkeilt und wurden zusätzlich von den Kletterpflanzen festgehalten. Er war groß und kräftig, mit vorgewölbten Jochbögen, vorstehenden Backenknochen und breiten Kinnladen; die restlichen Zähne wirkten unregelmäßig. Eine Spinne hatte ihr Netz über eine der Augenhöhlen gesponnen, und Schnecken hatten auf den Schläfen glänzende Kriechspuren hinterlassen.
Als ich genauer hinsah, bemerkte ich einen Riß quer über der Stirn, die offenbar einst von einem harten Gegenstand getroffen worden war. Ich wollte den Schädel befreien, doch er schien mit großer Gewalt in den gespaltenen Baum gerammt zu sein und ließ sich nicht bewegen.
Der Rest des Skelettes unterhalb des Schädels war unversehrt geblieben; es lag wie zur Rast zurückgelehnt. Die Knochen wirkten schwer und grob. Der Mensch mußte nicht ganz mittelgroß gewesen sein. Ich ließ mich auf die Knie nieder und untersuchte die unteren Gliedmaßen, die mir verhältnismäßig lang erschienen. Sie waren in die Ranken des wilden Weines verstrickt.
Wieder blies der Wind durch die Lichtung und verlieh dem Gerippe eine Stimme, als der Luftzug an meinem Gesicht vorbei in den Baum strich. Ich trat zurück und wäre mit dem rechten Fuß beinahe in den Teich geglitten. Dann umkreiste ich den Baum und versuchte dem Geheimnis dieser Entdeckung auf die Spur zu kommen. Der wilde, trotzige Ausdruck des Schädels enthielt zugleich eine Offenbarung und ein Geheimnis. Hier war ein Leben verlöscht; vernichtet in einem Augenblick der Auflehnung, des Widerstandes. Aus der Ferne klang gedämpftes Fuchsgebell zu mir herüber. Einmal, dann noch einmal. Schlauer Fuchs, wachsam genug, um das hinterlistige Men-

schenherz zu kennen, zu wissen, daß in diesem Wald sowohl Jäger als auch Gejagte auf der Lauer lagen.
Die Krähe stieß ein klagendes Krächzen aus, traurig wie der Tod. Ich fühlte mich plötzlich sehr einsam. Wieder sah ich zum Baum zurück. Wenn dies Jacks »Gespenst« war, wer oder was war dann die Erscheinung, die ich gestern abend gesehen hatte? Ein Trugbild? Dieses namenlose Skelett eines Menschen, der auf die grausamste Weise umgekommen sein mußte, war jedenfalls Wirklichkeit. Wer außer mir und Jack Stump war je darauf gestoßen? Waren es die Gebeine des vermißten Steuerbeamten? Wie lange hatten sie hier gelegen?
Wie viele Winter war der Schnee durch diese tote Augenhöhlen gerieselt, wie oft hatte der Frühling das Eis auf den Kinnladen geschmolzen, wie viele Sommer hatten den schmalen Brustkorb ausgebleicht, während das Skelett geborgen in seinem verkohlten Grabgehäuse lag? Endlich war es frei von Würmern und Aasfressern, nur mehr ein Instrument des launenhaften Windes, der sich gerade jetzt von neuem erhob und durch das Weinlaub fuhr. Wieder stieß der Schädel seinen Klageruf aus. Droben in der Birke sah die Krähe auf den Schauplatz nieder, auf dieses Opfer eines traurigen Geschicks, Warnung für jeden Eindringling, der sich nach Soakes Lonesome wagte.

13.

Während der folgenden Tage hatte ich wenig Gelegenheit, über meine furchtbare Entdeckung in Soakes Lonesome nachzudenken. Ich sprach auch nicht mit Bess darüber, weil ich sie nicht ängstigen wollte. Obwohl wir noch immer zur gleichen Zeit aufstanden und gemeinsam frühstückten, gingen wir schon am frühen Morgen getrennten Beschäftigungen nach: Ich widmete mich der Malerei, sie fuhr Kate zur Greenfarm-Schule hinüber und erledigte nach ihrer Rückkehr die Hausarbeit. Später, wenn sie mit allem fertig war, ging sie ihrem neuesten Hobby nach, der Organisation eines dörflichen Kunstgewerbevereins, der auf ihre Anregung hin gebildet worden war und dessen Erzeugnisse durch Bess' Vermittlung in Mary Abbotts New Yorker Laden verkauft werden sollten. In dieser Angelegenheit suchte sie öfter andere Frauen im Ort auf, und ich fand unser Haus manchmal seltsam ausgestorben. Die Geschäftigkeit der Großstadt war zu lange ein Teil meines Lebens gewesen; obwohl ich so tat, als hätte ich mich längst an das Landleben gewöhnt, empfand ich die Leere und Stille manchmal als beunruhigend. Doch es gab noch immer eine Menge zu tun, wofür ich mich an den Nachmittagen freimachte: Der Sturmwind hatte einen Ahorn im Garten entwurzelt, und das dadurch entstandene Loch mußte aufgefüllt und der Baum zersägt werden. Ich traf mich in der Kreisstadt mit einem Versicherungsbeamten, der unsere neue Hauseinrichtung schätzen sollte. Ich schrieb nach New York und ließ mir ein paar Bücher über organische Düngung schicken, fuhr zur Hauptverkehrsstraße und sah mich nach einem Kombiwagen für Bess um. Ich kaufte mir ein Fahrrad und für Kate ein Pferd.

Nicht der Arzt, sondern die Witwe Fortune hatte diese Anschaffung befürwortet. Ihre Gespräche mit Kate erwiesen sich als ebenso erfolgreich wie ihre verschiedenen Arzneimittel. Wie durch ein Wunder verschwand das Asthma. Es war uns rätselhaft, wie die alte Frau unsere Tochter geheilt hatte. Und während Bess und ich der Witwe immer größeres Vertrauen schenkten, begannen wir auch auf unsere eigene Sicherheit und unser eigenes Glück zu vertrauen.

Wir glaubten auch an ihr Versprechen, daß wir das Baby bekommen würden. Unsere tägliche Dosis Vitamintabletten war nun durch eine Flasche mit wohlschmeckender Mixtur ergänzt worden, die uns die Witwe mit einer Gebrauchsanleitung gebracht hatte. Und obwohl wir uns darüber mokierten, daß wir die »Zaubermedizin« einnahmen, merkte ich doch, wie sehr Bess hoffte, ihr Traum von einem Sohn möge in Erfüllung gehen, und wie fest sie an die Macht der Witwe glaubte, uns zu diesem Kind zu verhelfen. Ihr Vertrauen sollte nicht enttäuscht werden.

Wenn ich zurückdenke, kommt es mir vor, als wären jene ersten frühen Herbstwochen in Cornwall Coombe die glücklichsten gewesen, die wir jemals miteinander verbrachten. Eine allmähliche Wandlung schien mit uns vorzugehen, ausgelöst durch das Land und die Leute, die uns täglich immer stärker als einen Teil ihres Lebens anerkannten. Und ich sah, wie Bess von Tag zu Tag mehr aufblühte. Sie schlief besser, die Schatten unter ihren Augen und die feinen Linien auf ihrer Stirn verschwanden. Die frische Luft verbesserte ihren Appetit; sie begann zuzunehmen. Auch ihre Haut wirkte plötzlich frischer, und ich fing an, sie »Pfirsich« zu nennen, weil ihre Wangen so rosig schimmerten.

Auch bei Kate machte sich die wohltuende Wirkung des Landlebens bemerkbar. Es war ein Vergnügen, sie im Umgang mit Tieren zu sehen, von denen man sie so lange ferngehalten hatte. Auf Fred Minervas Rat wandte ich mich an einen Mann in einer benachbarten Ortschaft, der seinen Bauernhof und sein Vieh verkaufte und in die Stadt ziehen wollte. Die Stute, die ich schließlich erstand, war ein wenig zu groß für Kate, doch dieser Mangel würde sich bald ausgeglichen haben. Der Bauer hatte mich gewarnt, daß das Pferd ein wenig zum Eigensinn neige, und ehe ich es Kate übergab, mahnte ich sie zur Vorsicht. Natürlich war es unvermeidlich, daß die Stute, die Kate »Trementagne« nannte – ein französisches Wort für Nordwind, das sie irgendwo gehört hatte und zu »Tremmy« verkürzte –, bald einen wichtigen Platz in ihrem Leben einnahm, doch sie schien den Wunsch zu haben, ihre Liebe zu dem Pferd mit uns zu teilen.

Seit dem Agnes-Fest hatten sich keine Anzeichen ihrer quälenden Krankheit mehr gezeigt. Sie war gesünder und vergnügter und erschien am Morgen nie mehr mit jenem mißmutigen Ausdruck auf dem Gesicht, den ich fürchten gelernt hatte. Ich konnte kleine, aber deutliche Veränderungen an ihr wahrnehmen. Kate wurde eine junge Frau. Langsam verlor sie ihr schlaksiges, eckiges Aussehen und wirkte auch weniger scheu und linkisch, was wohl auf ihre Freundschaft mit Worthy zurückzuführen war.

Die Witwe Fortune besuchte uns nun regelmäßig, meistens am Spätnachmittag, um zuzusehen, wie Kate mit ihrer Stute auf der Wiese vor dem Stall ritt. Oft hörte ich auch, wie sich die beiden in der Küche unterhielten, und wußte, daß die alte Frau meiner Tochter half, sich von den Ängsten zu befreien, die früher der Ursprung ihrer Asthma-Anfälle gewesen waren. Nach einer Tasse Tee eilte die Witwe mit ihrem Spankörbchen wieder von dannen, um die alte Mrs. Mayberry zu pflegen; dann setzte sich Kate meistens zu mir ins Atelier und sah mir beim Malen zu, bis Bess nach Hause kam.

Das Wetter blieb weiterhin schön. An den Abenden saßen wir auf der Terrasse und brieten Steaks am Rost. Worthy Pettinger leistete uns oft Gesellschaft. Bess und ich hatten beide das Gefühl, daß ihm Kate immer größere Zuneigung entgegenbrachte. Angesichts dessen, was später geschah, war es ein falsches Paradies, doch das konnte ich damals nicht wissen. Nichts schien unser Glück trüben zu können. Vor allem hatte ich das Empfinden, nicht nur zu meiner Familie zu gehören, sondern zu den Bauern, dem Land, zum Boden selbst, auch wenn ich keine Feldarbeit verrichtete.

Doch während ich im Haus und im Atelier arbeitete, ging mir der grausige Fund im hohlen Baum nicht aus dem Sinn; auch nicht der »Graue Spuk«, wie ich insgeheim jene andere, weit phantastischere Erscheinung nannte. Ich hatte es nicht geschafft, das Unergründliche zu ergründen; das lag wohl nicht so sehr an einem Mangel an Intelligenz als an meiner Unfähigkeit, mich anderen anzuvertrauen. Ich wollte niemandem sagen, daß ich Gespenster gesehen hatte; die Leute sollten mich keinen Narren nennen. Was immer ich auch äußerte und zu wem, es würde weitererzählt werden, und mir gefiel die Vorstellung nicht, daß diese Bauern von mir glauben könnten, ich sei ebenso abergläubisch wie sie.

Doch es gab zwei Menschen, mit denen ich unbedingt sprechen mußte: Robert Dodd und Jack Stump. Robert war mit Maggie verreist, um seine Universität zu besuchen, mit der er nach wie vor in engem Kontakt stand. Der Hausierer war aber noch nicht von seiner Geschäftsreise zurückgekehrt. Umsonst wartete ich darauf, das vertraute Geklapper seiner Töpfe und Pfannen auf den Dorfstraßen zu hören.

Das einzige andere Problem, das mir damals zu schaffen machte, war der Junge, Worthy Pettinger. Die Dorfbewohner bestanden in ihrer ruhigen, aber unerbittlichen Art darauf, daß er die »Ehre« annahm, die sie ihm erwiesen. Worthy mußte und würde im Mais-Spiel den jungen Lord verkörpern. Obwohl er noch immer täglich zu uns kam, um die verschiedensten Arbeiten zu verrichten, erschien er nun ständig zu spät, war dauernd kurz angebunden und hüllte sich in Schweigen, wenn man ihn fragte, was ihn bedrückte.

Ich hätte gern etwas für ihn getan, doch wie konnte ich ihm helfen, ohne den Grund für seine Sorgen zu kennen? Meine eigene Erklärung war, daß die Änderung in seinem Benehmen mit seinem Widerstreben zusammenhing, für die Dauer von sieben

Jahren die Rolle des Erntekönigs zu übernehmen – gleichgültig, welche Ehrenbezeugungen oder Vergünstigungen sie ihm auch einbringen mochte –, da er doch den Wunsch hatte, sich von den festgefahrenen Gewohnheiten Cornwall Coombes freizumachen. Wer konnte ihm verübeln, daß er »neumodische Flausen« im Kopf hatte? Doch wenn sich sein Vater weiterhin so engstirnig benahm und Worthy zwang, die »Ehre« hinzunehmen, ließ sich wohl kaum etwas machen.

Eines Nachmittags entschloß ich mich zu einem Besuch bei den Hookes. Ich holte die Skizze hervor, die ich während der sonntäglichen Einladung bei der Witwe gemacht hatte, steckte sie in einen kleinen Rahmen und fuhr zum Hof Justin Hookes.

Ich ließ den Wagen am Straßenrand zurück und ging die Auffahrt entlang, die um das Haus herumführte. Mir war längst bekannt, daß die Leute von Cornwall Coombe ihre Werktagsbesuche stets durch die Hintertür abstatteten. An der Hintertreppe wurde ich von einer gackernden Gestalt empfangen, die mir durch das offene Küchenfenster entgegengeflattert kam. Ich beobachtete, wie das Huhn landete und flügelschlagend in ein Beet mit Kapuzinerkresse floh. Im nächsten Augenblick erschien Justins lächelndes Gesicht im Türrahmen.

»Kommen Sie, herein mit Ihnen«, sagte er herzlich und schüttelte mir die Hand.

»Ist außer den Hühnern noch jemand zu Hause?« fragte ich.

»Es bringt Glück, ein Huhn durch die Tür zu werfen. Sophie, sieh mal, wer hier ist!« Seine Frau hatte gerade über einigen Kontobüchern gesessen; sie erhob sich und bot mir eine Tasse Kaffee an. Nachdem sie das Geschirr auf den Tisch gestellt hatte, überreichte ich ihr mein Geschenk. Sie nahm das Päckchen entgegen, sah darauf nieder, hob den Blick zu mir und sah wieder auf das Geschenk.

»Komm, Sophie«, drängte Justin. »Mach es auf.«

Ein kleiner Schrei entfuhr ihr, als sie das Päckchen ausgewickelt hatte und die Zeichnung unter dem Glas erblickte. Sie

lächelte mich dankbar an. »Das ist das erstemal, daß mich jemand gezeichnet hat«, sagte sie schlicht.
Justin trat hinter sie und sah ihr über die Schulter. »Na, das ist Sophie, wie sie leibt und lebt!« Er schob mir einen Stuhl hin. Ich tat Zucker in meinen Kaffee und goß Sahne aus dem Milchkännchen dazu, das Sophie aus dem Küchenschrank geholt hatte. Justin fragte sie, wo sie das Bild aufhängen wolle.
»Im Wohnzimmer, glaube ich.«
Er holte einen Hammer, und Sophie führte mich in den Nebenraum, wo sie eine passende Stelle an der Wand auswählte. »Sophie«, sagte Justin, als er einen Nagel eingeschlagen und das Bild aufgehängt hatte, »zeigt ihm das Haus. Wenn ihr damit fertig seid, sehen Sie sich noch den ganzen Hof an, Ned. Ich muß jetzt zu den Männern zurück, sonst schlafen sie mir ein.« Er stapfte mit seinen schweren Stiefeln den Flur entlang, und Sophie führte mich über die Treppe nach oben.
Durch eine halboffene Tür sah ich ein geräumiges weißes Schlafzimmer mit einem Himmelbett, das dem unseren glich. Sophie bat mich einzutreten, und zeigte mir die Tagesdecke, die ihre Großmutter gehäkelt hatte. Am Fußende des Bettes stand eine Truhe; sie war passend zu den Vorhängen mit Blumen bemalt. Als ich sie bewunderte, errötete Sophie und gestand mir, daß sie selbst sie angemalt hätte.
»Sie sind sehr begabt, Sophie.«
»Aber nicht so wie Sie.« Plötzlich schien ihr etwas einzufallen; sie trat zum Fenster und sah in den Hof hinunter. Auf dem Rasenstück zwischen Haus und Maisfeld war ein Loch ausgehoben, und daneben lag ein junger Baum. Justin näherte sich gerade mit einer Schaufel, bückte sich und begann den Baum einzupflanzen. Sophie drehte sich wieder zu mir um und sagte: »Darf ich Sie um etwas bitten?«
»Aber sicher.«
»Ich hab' mein Eiergeld beiseite gelegt, und ich dachte mir… Wieviel verlangen Sie für ein Bild?«
»Ich würde Sie gerne malen, Sophie.«

»Nicht mich. Justin. Ich hätte gerne ein Bild von ihm. Eines, das gemalt wird, solange er noch Erntekönig ist, und das ich über den Kamin hängen könnte.«
Ich sagte, das sei eine gute Idee, und daß ich ihren Auftrag gern ausführen würde. »Es ist mein erster.« Dann fügte ich jedoch hinzu, daß ich nicht gern Atelierporträts machte und Justin lieber vor einem natürlichen Hintergrund malen wolle. Meiner Meinung nach entsprach das auch seinem Wesen sehr viel besser. Sophie begeisterte sich immer mehr für die Idee und erkundigte sich, wann ich beginnen könne.
»Nun – ich muß vorher noch ein paar Bilder für meine New Yorker Galerie fertigstellen.«
Ihre Miene verdüsterte sich. »Wie bald können Sie anfangen?«
Da es so wichtig für sie zu sein schien, daß ich Justin malte, solange er noch Erntekönig war, versprach ich ihr, so bald als möglich einige vorbereitende Skizzen anzufertigen.
Sie brachte mich wieder nach unten in die Küche, wo die Wirtschaftsbücher auf dem Tisch gestapelt lagen.
»Machen Sie die Buchführung, Sophie?«
»O ja, das ist meine Arbeit. Oder ein Teil meiner Arbeit. Jemand muß Bescheid wissen, wohin das Geld verschwindet.« Sie zeigte mir eines der Kontobücher, die sauberen Zahlenreihen, die in feiner Handschrift geschrieben waren: Soll und Haben, wobei die Einnahmen bis zur Ernte offenbar gleich Null waren.
»Bis Harvest Home wird sich die Einnahmespalte gefüllt haben«, sagte ich.
Sie schloß das Kontobuch und fuhr mit den Fingerspitzen leicht über den Einband. »Ja«, sagte sie sanft. Dann ergriff sie impulsiv meine Hand. »Wir sind so froh, daß Sie bei uns in Cornwall Coombe leben. Vor Ihnen haben sich nie Fremde hier niedergelassen, und es ist schön, Sie, Bess und Kate zu kennen.«
Noch einmal bedankte sie sich für die Zeichnung und bat mich, bald wieder vorbeizukommen.
»Ich fahre oft hier vorbei«, sagte ich, »ich male ein Bild von der Brücke.«

»Von der Lost Whistle Bridge? Das wird sicher hübsch.« Doch ich sah, wie sich ihr Blick bei der Erwähnung der Brücke umwölkte, als berge dieser Platz unliebsame Erinnerungen für sie.
»Ist etwas nicht in Ordnung mit der Brücke?« fragte ich.
»N-nein.« Sie drehte sich um und sah auf den Tisch. »Himmel, die Sahne wird mir verderben, wenn ich sie hier draußen stehenlasse!« Sie nahm das Kännchen und trug es zum Kühlschrank. Ich merkte, daß sie das Thema absichtlich gewechselt hatte. Als ich mich zum Gehen wandte, setzte sie sich wieder und schlug eines ihrer Wirtschaftsbücher auf.
»Vergessen Sie's nicht!« rief sie mir nach. »Das mit dem Bild, meine ich.«
Justin war noch damit beschäftigt, den jungen Baum einzupflanzen. Der Sturm hatte ihm so wie uns einen Baum geknickt, und dieser sollte ihn ersetzen. Er legte seinen Spaten beiseite, holte Asche aus einer Kiste und streute sie über die Wurzeln; dabei erklärte er mir, daß sie einen guten Dünger abgäbe. Dann schaufelte er den Rest der Erde in das Loch und stampfte sie mit den Füßen fest. Von Zeit zu Zeit musterte er den schmalen Stamm, um sicherzugehen, daß der Baum gerade stand. Als er seine Arbeit vollendet hatte, trat er einen Schritt zurück und sah zu den kahlen Ästen auf.
»Das ist ein Birnbaum fürs nächste Frühjahr. Er müßte gerade zum Frühlingsfest blühen.« Justin faßte mich am Arm und führte mich über den Hof, der offensichtlich sein ganzer Stolz war.
Zuerst zeigte er mir den »Segensstein«, einen großen Granitblock, der in die Grundmauer der Scheune eingelassen war und das Baujahr, 1689, eingemeißelt trug. Die schönen alten Holzwände waren nie überstrichen worden, doch die Jahre hatten ihnen eine unvergleichliche Patina verliehen. Eine Scheune zu streichen, sagte Justin, sei eine Art Sakrileg.
Wir besichtigten die Schweinezucht, den Heuboden, die Ställe, in denen es viel Licht und Luft gab. Alles war in bestem Zustand, schmuck und blitzsauber; nichts von der Nachlässigkeit,

mit der viele andere Höfe in der Gemeinde geführt wurden, war hier zu entdecken.
Wohin man auch blickte, war der Reichtum von Justins Erbe. Es gab keinen Zweifel, daß auf diesem Besitz kein anderer als er der Herr war, und das wußte er; wußte auch, welches Vermächtnis seine Vorfahren ihm hinterlassen hatten.
Er schob seinen Hut aus der Stirn und sah mich dabei an, als wollte er sichergehen, daß ich die Schönheit und den Reichtum seiner Felder auch genügend würdigte. Breitbeinig stand er da; eine Haltung, die ich schon öfter an ihm beobachtet hatte – als erneuerte er wie Antaios durch die Berührung mit der Erde seine Kraft.
Obwohl Justin oft nüchtern und ernst wirkte, verriet er auch manchmal Anzeichen einer jungenhaften Ausgelassenheit, die ihn mir besonders liebenswert machte. Er wirkte wie ein Kind, das sein Glück nicht fassen kann. Man mußte ihn einfach gern haben; ich war insgeheim froh, daß Sophie mich gebeten hatte, ihn zu malen. Wenn er wieder ein einfacher Bauer war und Worthy die Rolle des Erntekönigs übernommen hatte, konnten er und Sophie an Winterabenden sein Porträt betrachten und ihren Kindern erzählen, wie es einst gewesen war.
»Sie haben hier einen guten Boden«, bemerkte ich.
»Den besten weit und breit. Cornwall Coombe wird in diesem Jahr eine reiche Ernte erleben«, sagte er und sprach mit einer Ehrfurcht, die ich noch selten bei einem Menschen erlebt hatte. Mais sei leicht anzubauen; alles, was man brauchte, war gute Erde und reichlich Regen, während sich die Körner in den Hüllen bildeten, und zur Reife die beständige Hitze der Augustnächte. Er fragte mich, ob die Witwe mir schon gesagt hätte, daß es möglich sei, den Mais wachsen zu hören.
Ich lachte und bestätigte es. »Eine ihrer Marotten, nehme ich an.«
Justin schüttelte den Kopf. »Es ist wahr. Man kann es hören. Und es gibt kaum ein schöneres Geräusch auf dieser Welt. Vor dreizehn Jahren hatten wir hier eine Dürre, und jeder von uns

hätte damals alles dafür gegeben, den Mais wachsen zu hören.«
»Eine schlimme Zeit – die Witwe hat mir davon erzählt.«
»Wer sie erlebt hat, vergißt sie nie. Bei dieser Trockenheit verdorrte jeder Halm und jedes Blatt, und die Erde war wie Staub. Gedeiht der Mais nicht, so wächst auch nichts anderes. Es ist schrecklich, so etwas zu erleben; schlimm genug, wenn es einem selbst widerfährt, aber noch schlimmer, wenn man mitansehen muß, wie es den Nachbarn ergeht, die weniger Vorräte haben als man selbst. Das macht sie abhängig von anderen, Fred und Will und sie alle.« Seine Brauen zogen sich zusammen. »Und *sie* hat uns die Dürre gebracht, war schuld daran, daß sie leiden mußten.«
»Sie?«
»Grace Everdeen. Die größte Närrin, die je in Cornwall Coombe gelebt hat. Sie war schuld an der großen Dürre.«
»Wie ist sie gestorben?«
»Sie hat Selbstmord begangen, und das war das einzig Richtige.«
»Auf welche Weise?«
»Sie sprang von der Lost Whistle Bridge und ertrank.«
Wieder sah ich Sophies Gesicht vor mir, wie es sich verdüsterte; kein Wunder, daß die Brücke unangenehme Erinnerungen in ihr wachrief.
Dann begann Justin von etwas anderem zu sprechen: Er erklärte mir die wirtschaftlichen Hintergründe, die Cornwall Coombes Bauern zu einer so festen Gemeinschaft zusammenschweißten. Die verschiedenen Besitzansprüche gingen auf das Jahr 1650 zurück, wo das Land von Gwydeon Penrose und den übrigen Dorfältesten verteilt worden war – unter Berücksichtigung der Größe der einzelnen Familien und der männlichen Mitglieder, die den Boden bestellen könnten. Seitdem arbeiteten alle auf gemeinschaftlicher Grundlage. Heute wie damals wurde der Mais, wenn er ausgereift war, von Hand geerntet und in Fuhrwerken nach Ledyardtown zum Getreidespeicher gebracht, wo die Fahrzeuge zusammen mit der Ladung gewogen,

dann geleert und wieder gewogen wurden; die Bezahlung erfolgte nach dem so errechneten Reingewicht des Maises, und die Gewinne der einzelnen Bauern richteten sich nach der Größe des Landes, das sie bebauten.

Ich fragte, ob der ganze Mais beim Maisschälfest enthülst würde, ehe er zum Getreidespeicher kam, doch Justin schüttelte den Kopf. »Meine Felder werden als erste abgeerntet. Nur der Mais vom Südfeld wird als letzter geschält, und zwar in der Gemeindehalle beim Maisschälfest.«

Als ich mich nach dem Grund dafür erkundigte, zuckte er nur mit den Achseln und erwiderte: »So war es immer schon.« Er bückte sich, zog ein Unkraut aus der Erde und steckte es in die Tasche seines Overalls. »Das ist eines der Vorrechte des Erntekönigs.«

»Und wenn Worthy Erntekönig wird, gehen diese Vorrechte auf ihn über?« Er sagte, ja, so sei es. Ich erwiderte, daß Worthy nach meinen Beobachtungen nicht besonders glücklich über diese Aussicht zu sein schien. Wieder zog Justin die Brauen zusammen. »Er hat keine andere Wahl. Er wurde auserwählt.«

»Von Missy.«

»Auserwählt«, wiederholte er unerschütterlich. »Worthy hat einfach zu viele verdammt neumodische Flausen im Kopf. Er weiß ja gar nicht, was für ein Glückspilz er ist.«

»Sie hatten Glück.«

»Allerdings. Ich habe meinen Hof und Sophie – und ich war Erntekönig. Vielleicht kommt Ihnen das nicht besonders großartig vor, aber für mich bedeutet es eine ganze Menge.«

Ich rief mir wieder ins Gedächtnis, wie ich ihn zum erstenmal gesehen hatte: den unbekannten Hünen, der mit seiner Hacke auf dem gepflügten Feld stand. Heute wie damals erschien er mir wie die menschliche Verkörperung des Wachstums, ein Nachkomme des alten Freisassen, der sein Land bestellt, auf das Beste hofft und das Schlimmste hinnimmt, dessen Geschick von der Erde kommt.

Er lächelte und klopfte mir auf die Schulter. »Ich muß wieder an die Arbeit. Sophie hat sich mächtig über das Bild gefreut. Wir danken Ihnen beide.«

Ich sagte, es sei schön, daß ich ihr damit eine Freude gemacht hätte, und erzählte ihm von dem Plan, ein Porträt von ihm zu malen. Justin lächelte. »Nun ja, ich weiß nicht so recht, ob ich ein besonders gutes Modell abgebe. Sie wollen wohl, daß ich einen feinen Anzug anziehe, eine Krawatte umbinde und in Ihr Atelier komme?« Ich erklärte ihm meine Arbeitsmethode: daß ich mit einigen Skizzen beginnen würde, wenn er Zeit hatte, und daß er mir irgendwo im Freien, auf seinem Hof, Modell stehen sollte. »Ich kann meine Staffelei mitbringen«, sagte ich. Fast gegen seinen Willen leuchteten seine Augen auf. Ich merkte, daß ihn Sophies Einfall rührte und daß er sich gleichzeitig geschmeichelt fühlte, weil ich ihn porträtieren wollte. Er schüttelte mir warm die Hand, und als ich in sein ehrliches Gesicht sah, war mir, als könnte ich bis auf den Grund seines Herzens sehen.

Er ging zum Birnbaum hinüber, den er vor kurzem gepflanzt hatte. Ich sah, wie er den Spaten nahm, sich darauf stützte und den schmalen Stamm für einen Augenblick mit der linken Hand umschloß. In diesem Moment faßte ich den Entschluß, den Bauern Justin Hooke so zu malen: neben seinem frisch gepflanzten Birnbaum.

Ich machte kehrt und ging die Auffahrt entlang, zurück zu meinem Wagen. Im Vorübergehen betrachtete ich die langen Reihen reifenden Maises. Plötzlich fesselte etwas meinen Blick, und ich blieb stehen. Am Feldrand ragte ein Felsbrocken aus der Erde, an den ein Figürchen gelehnt lag. Zuerst hielt ich es für Missys Puppe oder eine andere, ähnliche; dann merkte ich, daß es etwas anders war. Ich hob das Figürchen auf und betrachtete es aus der Nähe. Es war ungefähr zwanzig Zentimeter groß – eine ganz besondere Art Puppe. Während Missys »Gaga« nichts als ein Kinderspielzeug war, handelte es sich hier offensichtlich um etwas Außergewöhnliches; es sah aus wie ein Totem, eine Art Fetisch, ein kleiner Maisgott.

In einem Maisfeld? Die Vorstellung schien lächerlich, und ich fragte mich, ob irgendein abergläubischer Bauer, der Justin sein Glück neidete, ihn auf diese Art mit einem Zauberbann zu belegen versuchte. Ich sah zum Hof zurück, wo die Männer noch immer mit ihrer Arbeit beschäftigt waren. Keiner hatte mich stehenbleiben sehen. Ich steckte die Puppe unter meine Jacke und setzte meinen Weg eilig fort.

Ich hatte vorgehabt, zur Holzbrücke zu fahren, um festzustellen, ob es mir gelungen war, meinen wirklichen Eindruck von der Brücke aufs Bild zu bannen, oder ob ich nur eine wertlose Reproduktion im Stil eines Kalenderblattes anfertigte. Ich fuhr also auf der Old Sallow Road weiter, und als ich mich der Grenze von Soakes Lonesome näherte, sah ich den Einspänner der Witwe Fortune am Straßenrand stehen. Nicht weit davon bewegte sich eine schwarzgekleidete Gestalt am Waldrand. Ich drückte auf die Hupe und wäre weitergefahren, doch die Witwe gab mir durch einen Wink zu verstehen, daß ich anhalten sollte.

»Hallo!« rief ich und stieg aus.

»Hallo, Ned Constantine. Das Wetter hat sich wieder aufgeklärt, nicht wahr? Was macht Ihr Brückenbild?«

»Nun, es ist ein Bild einer Brücke, mehr wohl nicht, fürchte ich.«

Ich ging auf sie zu und sah in das Spankörbchen, das sie am Arm trug. »Wonach suchen Sie denn heute?«

»Die Pilze schießen aus dem Boden.«

»Ach, wirklich?«

»Überall. Der Regen hat sie hervorgelockt. Sie können mitkommen, wenn Sie wollen.«

Ich lief zu meinem Wagen zurück, nahm meine Schlüssel, schob die kleine Puppe ins Handschuhfach und schloß es ab. Dann versperrte ich die Wagentüren und ging wieder zum Waldrand, wo die Witwe auf mich wartete. Ihr Gesicht sah erhitzt aus und glänzte vor Schweiß, und sie wirkte leicht aufgeregt, als sie mit ihrem gewohnten flinken Schritt in den Wald ging, ohne sich darum zu kümmern, ob ich ihr folgte. Dabei hielt sie den Kopf gesenkt, damit kein Pilz, keine Heilpflanze ihrem Blick entging.

»Alant gibt's heuer in Hülle und Fülle.« Sie bückte sich, pflückte ein Kraut ab und hielt es mir entgegen. »Feiner Geruch. Aber heute bin ich nicht auf der Suche nach Alant.«

»Was tun Sie damit?« fragte ich.

»Brauch' es zum Beispiel für einen Heiltrank, den Fred Minerva einnimmt.«

»Und was ist sonst noch darin?«

Sie lachte und schlug mir auf die Schulter. »Wird nicht verraten. Jedenfalls keine Salzsäure, darauf können Sie sich verlassen.«

Im nächsten Augenblick erregte ein Baum ihre Aufmerksamkeit, dessen Stamm dicht über dem Boden von einer Reihe muschelähnlicher, hellbrauner Gewächse bedeckt war. Sie eilte darauf zu, bückte sich und betastete sie. Dann nickte sie und murmelte etwas vor sich hin. Ich sah, wie sie in ihrem Körbchen rumorte; als ich sie fragte, wonach sie suchte, sagte sie, sie habe vergessen, ihr Messer einzustecken. Ich lieh ihr mein Taschenmesser und wartete, während sie mit der Klinge über den äußeren Rand einiger der Gewächse schabte und die winzigen Schnitzel in der Handfläche auffing. Vorsichtig ließ sie ihre Beute in ein Stück Stanniolpapier gleiten, wickelte sie sorgfältig ein und legte das Päckchen in ihren Korb. Wir setzten unseren Weg fort, und sie blieb immer wieder stehen – einmal, um etwas schwefelfarbene Flechte von einem Baumstamm zu kratzen, ein andermal, um ein Stück fahle Wurzel abzuhacken, die sie unter einer Schicht verrotteten Laubes ausgegraben hatte.

Immer tiefer drangen wir in den Wald von Soakes Lonesome ein. Als ich die Soakes erwähnte und meinte, sie könnten uns vielleicht als Eindringlinge betrachten, erwiderte die Witwe nur: »Pah!« – ein Ausruf, der ihre Verachtung für das wilde Tabakgesindel deutlich machte.

Wir gingen über einen Pfad, auf dem der Wind einen dicken Teppich von Blättern zusammengetrieben hatte. Unter unseren

Füßen raschelte das Laub; hoch oben in den Zweigen sangen die Vögel. In diesem Teil des Waldes war ich nie zuvor gewesen, und ich fragte mich, wo die große Tanne stehen mochte, auf der ich Jack Stumps erste Markierung gefunden hatte. Einmal war ich nahe daran, der Witwe das Geheimnis des hohlen Baumes und mein Erlebnis mit dem grauen Spuk anzuvertrauen, doch wieder fürchtete ich, ausgelacht zu werden, gerade von ihr.

Plötzlich hörten wir den fernen Widerhall von Schüssen. »Teufel!« brummte die Witwe. »Das sind Ihre Soakes, drüben, auf der anderen Seite des Flusses. Töten, das macht denen Spaß. Jagen Sie auch? Nein? Das ist gut. Es gibt schon zu viele Jäger.«

Gleich darauf stieß sie einen aufgeregten kleinen Schrei aus und stürzte vorwärts. Als ich sie eingeholt hatte, stand sie mit gesenktem Kopf vor einem großen Baum. Dicht neben dem Stamm war ein Ring von Pilzen aus der Erde geschossen. Schnell kniete sie nieder, schnitt einen davon ab und reichte ihn mir. Ich musterte ihn: Obwohl der Pilz hübsch war, sah er in meinen Augen wie das giftigste Ding aus, das die Natur hervorbringen kann. Die Kappe maß etwa zehn Zentimeter im Durchmesser; sie war rot und glänzend und mit kleinen, warzenartigen Auswüchsen bedeckt. Die Oberfläche des Pilzes fühlte sich klebrig an. Der Stiel war weiß und fleischig, und die Lamellen unter der Kappe bildeten ein zierliches weißes Muster.

Ich hatte die alte Frau noch nie so aufgeregt gesehen. Ihr Gesicht glühte, als sie den Ring von Pilzen Stück für Stück abtrug. Sie wickelte jeden davon in Stanniolpapier, reichte mir die Hand, als sie fertig war, und ich half ihr wieder auf die Füße.

»Ha!« rief sie begeistert, schüttelte ihre Röcke aus und übergab mir das Körbchen, damit ich es für sie trug. »Ich wußte, daß ich heute Fliegenpilze finden würde; man muß nur ausdauernd genug sein.« Dann erklärte sie mir, daß man diese Pilze so nannte, weil sie früher dazu benutzt worden waren, um Fliegen

und andere Insekten zu töten. Wenn sie auf Fliegen eine tödliche Wirkung hatten, wie wäre es dann mit Menschen? fragte ich.
Sie lachte: »Wahrscheinlich könnten sie einem schon den Garaus machen, wenn man genug davon ißt. Oder zumindest würden sie einen Menschen wohl sehr krank machen.«
»Wofür brauchen Sie sie?«
»Angeblich können Frauen ja nie ein Geheimnis für sich behalten, aber für mich gilt das nicht.« Sie berührte meinen Arm, und wir gingen langsam den Weg zurück. Wieder kamen wir an einer kleinen Pilzkolonie vorbei. Die Witwe machte mich darauf aufmerksam.
»Diese kleinen Dinger würde nur ein Dummkopf nehmen.« Sie hatten breite, lederfarbene Kappen und wurden Satanspilze genannt, und diesen Namen verdienten sie auch. Doch die roten Prachtexemplare in ihrem Korb, beeilte sie sich zu versichern, könnten bei richtiger Anwendung Frostbeulen heilen – oder, wie im Falle von Ferris Otts Vater, weitere Anfälle von Veitstanz verhindern helfen. Bauer Ott hätte nun schon vier Sonntag nacheinander nicht zur Kirche gehen können. »Sie und Bess werden ja mit der Zeit zu richtig regelmäßigen Kirchgängern«, bemerkte sie im Weitergehen. Ich sagte, es gefiele uns; ich sei seit meiner Kindheit nicht mehr zur Kirche gegangen, und was Bess anginge …
Die Witwe lachte. »Sie hat mir erzählt, daß sie nichts glaubt. Aber aus Ungläubigen können Gläubige werden.«
»Einem alten Hund lernt man keine neuen Kunststücke.«
»Warum nicht?«
»Meiner Meinung nach glaubt Bess nur an das, wovon sie ganz sicher weiß, daß es wahr ist.«
Sie blieb stehen, um in der Umgebung eines Farnkrautbüschels den Boden abzusuchen. »Und was ist wahr?« fragte sie schließlich.
»Das, was wirklich existiert.«
»Viele Dinge existieren. Dinge jenseits –«

»– jenseits des menschlichen Verstandes?«
»Und andere, die unseren Horizont übersteigen. Es kommt darauf an, wie weit der Horizont ist, den ein Mensch hat.« Der Nachdruck, den sie auf das Wort »Horizont« legte, erregte meine Aufmerksamkeit. »Hier, wo die Leute selten aus ihrem kleinen Tal herauskommen, bilden sie sich ein, das Leben und die Welt zu kennen. Doch Sie als Stadtmensch begreifen vielleicht mehr.«
»Vielleicht.«
»Aber nicht alles.« Ihre nächste Frage überraschte mich. »Glauben Sie an Parapsychologie, an übersinnliche Wahrnehmungen?«
»Denken Sie an Missy Penrose?«
»An Missy und andere –«
»– Phänomene? Möglich.«
»Solche Phänomene lassen sich erkennen, begreifen. Von jenen, die danach – streben.« Wieder verlieh sie ihren Worten einen gewissen Nachdruck. »Nehmen Sie einmal sich selbst. Sie sind ein Mann mit Vorstellungskraft. Sehen bedeutet nicht unbedingt glauben. Es gibt viele Arten von Wirklichkeit, wissen Sie. Viele Dinge zwischen Himmel und Erde.« Sie schien mit diesem Gespräch einen gewissen Zweck zu verfolgen, als wollte sie mich auf eine Art Probe stellen. »Es geht darum, Dinge zu begreifen, die einem vielleicht unbegreiflich erscheinen.«
»Wie?«
»Indem ein Mensch sich für alles offen hält, was geschieht.« Wieder streifte sie mich mit einem Blick, um zu sehen, wie ich das aufnahm.
»Wie soll man das fertigbringen?«
»Es gibt Mittel und Wege.«
»Würden Sie einem Menschen dabei helfen?«
Das vertraute Augenzwinkern hinter den Brillengläsern. »Wie kommen Sie darauf, daß ich das könnte?«
Nun war es an mir, sie prüfend anzusehen. »Ich traue es Ihnen zu.«

Sie lachte und versetzte mir einen Seitenstoß. »Vor Schmeichlern sollte man sich in acht nehmen, heißt es.« Sie entfernte eine Spinnwebe von ihrem Rock, und bei ihren nächsten Worten spitzte ich die Ohren. »Immerhin«, sagte sie in kaum hörbarem Ton, »könnte man für ein ›Erlebnis‹ sorgen.«
»Was meinen Sie damit?«
»Ein ›Erlebnis‹, habe ich gesagt.«
»Wann?« Meine Antwort war zu heftig, zu direkt. Ich merkte plötzlich, daß wir uns bisher nur in Andeutungen ergangen hatten. Die Witwe musterte den Waldboden sorgsam durch ihre Brille, die sie wie ein Lorgnon vor die Augen hielt.
»Wer weiß?« sagte sie endlich. »Eile mit Weile. Die Sphinx in Ägypten ist schon vor langer Zeit errichtet worden, doch bis heute hat noch keiner ihr Geheimnis gelüftet, nicht mal der große Napoleon. Allerdings sind manche Leute schlauer als andere und könnten das Rätsel lösen, wenn man sie einer Sphinx gegenüberstellen würde.«
»Manche Leute?«
»Manche Leute.«
»Ich?«
»Vielleicht.« Sie warf mir einen mutwilligen Blick zu, raffte ihre Röcke und ging an mir vorbei. »Ein Mensch muß lernen, zu ergründen, was sich ergründen läßt.«
»Ist es das, was sie mit ›Erlebnis‹ meinen?«
»Sie stellen zu viele Fragen.« Ihre Stimme klang humorvoll. »Kommen Sie weiter.«

14.

Die nächsten Tage brachten Regen und schließlich eine Kältewelle. Wir stellten zum erstenmal seit unserem Einzug die Heizung an, und der Wasserdampf bullerte durch die verschlungenen Rohre; die Heizkörper ratterten, strahlten jedoch nur wenig Wärme aus. Es stellte sich heraus, daß der alte Thermostat defekt war, und ich bestellte Heizungsfachleute aus einem Ort an der Hauptverkehrsstraße, die ihn gegen einen neuen austauschen sollten. Inzwischen benutzten wir die offenen Feuerstellen, die sich jedoch ebenfalls als schadhaft erwiesen, denn überall schien mehr Rauch aus dem Kamin herauszukommen als abzuziehen.

Jack Stump war der Mann, den wir brauchten. Ich erinnerte mich, ihn einmal prahlen gehört zu haben, daß er im Umgang mit Kaminen sehr geschickt sei. Er hätte schon längst zurück sein müssen; ich entschloß mich, mit dem Rad zur River Road zu fahren, wo er seine Hütte hatte.

Jack Stumps Behausung schien noch in demselben armseligen Zustand zu sein wie damals im März nach dem Hochwasser, als er hierhergezogen war. Ich sah die Spuren des Hochwassers noch an den Hüttenwänden und wunderte mich, daß der alte Schuppen der Flut überhaupt standgehalten hatte. Der Rasen war voller Unkraut, und überall lagen Blechdosen und andere Abfälle herum. Auf der Rückseite des Gebäudes befand sich ein fensterloser Verschlag, in dem der Hausierer vermutlich seinen Karren unterstellte, doch die Tür war durch ein Vorhängeschloß gesichert. Ich klopfte an die Hüttentür, erhielt jedoch keine Antwort, klopfte wieder, rief. Noch immer kein Laut.

Ich würde also selbst mit dem Kamin zurechtkommen müssen. Ich radelte über die Straße zurück und fuhr zur Seite, als mir ein roter Volkswagen entgegenkam. Hinter dem Steuer saß Jim Mi-

nerva; er winkte mir im Vorüberfahren zu. Was tat er hier auf der River Road, wo er doch eigentlich im Lebensmittelladen arbeiten sollte? Er machte wohl blau, um fischen zu gehen.
Auf der Hauptstraße sah ich Tamar Penrose in der Türöffnung des Postamtes stehen. Sie hielt eine Katze im Arm und beobachtete mich mit trägem Blick. Ihre Fingernägel glitten wie rote Käfer durch das Fell des Tieres.
In Neuengland war das Wetter unberechenbar: Schlagartig wurde es wieder schön. Am folgenden Sonntag nahm ich mit Worthys Hilfe den Kampf gegen den Kamin auf. Wir legten alte Leintücher auf den Boden der offenen Feuerstellen und dichteten die Öffnungen mit Plastiksäcken ab. Dann stiegen wir aufs Dach und seilten uns an. Mit vereinten Kräften ließen wir eine schwere Kette in den Kamin, schwangen sie hin und her und lösten damit den größten Teil des Rußes und Schmutzes, der sich im Laufe der Jahre angesammelt hatte.
Die Dodds waren am vergangenen Abend zurückgekehrt. Ich rief Maggie, die auf ihrer Seite der Hecke Blumenzwiebeln einpflanzte, einen Gruß zu. Nach einer Weile führte sie Robert ins Freie und setzte ihn auf einen Stuhl in die Sonne. Ich hörte, wie sich die beiden unterhielten, während Maggie ihre Gartenarbeit verrichtete.
Kurz vor dem Mittagessen stiegen Worthy und ich vom Dach, räumten die Plastiksäcke und Laken beiseite und reinigten unsere Hände mit Bimsstein über dem Waschbecken in der Küche. Als wir gegessen hatten, fuhr Bess zu Mrs. Green, um eine Flickendecke abzuholen. Ich bezahlte Worthy für seine Hilfe, ging über die Auffahrt zu meinem Atelier und schloß die Tür hinter mir. Dann blieb ich eine Weile nachdenklich auf einem Stuhl sitzen. Der Gegenstand, mit dem sich meine Gedanken beschäftigten, war hier im Raum, doch ich brauchte eine Viertelstunde, bis ich mich entschloß, ihn anzusehen. Schließlich nahm ich den Skizzenblock zur Hand, den ich während des Agnes-Festes benutzt hatte. Ich blätterte darin, bis ich fand, was ich suchte: die Zeichnung von Missy Penroses Puppe.

Eine Zeitlang starrte ich darauf nieder; dann legte ich den Block auf den Zeichentisch und holte eine Schuhschachtel aus ihrem Versteck auf dem obersten Regalbrett. Ich nahm den Deckel ab, legte die Puppe aus Justins Maisfeld neben die Skizze und verglich die beiden Figürchen miteinander.
Beide hatten Körper aus Maiskolben, große Augen, die in den Strohköpfen befestigt waren, und mit Bast zusammengebundene Strohbeine; kleine Stoffetzen stellten die Kleidung vor. Die Puppe war nur ein Kinderspielzeug, doch das andere Geschöpf... Ich betrachtete das seltsame Alraunengesicht und versuchte erneut, sein Wesen zu ergründen. Ohne Zweifel handelte es sich dabei um die Darstellung einer weiblichen Figur, denn zwei große Halbkugeln aus Stroh am Kolbenkörper stellten die Brüste dar, und zwischen den Beinen befand sich eine tiefe Spalte.
Was war das? Wessen Hand hatte diese Puppe geformt? Ich erinnerte mich an ein bestimmtes Kapitel in einem meiner Fachbücher, suchte den Band heraus und schlug den Teil »Primitive Kunst« auf. Rasch überflog ich die Seiten: eine groteske Figur, auf ein Tongefäß gemalt, vielleicht die Göttin Demeter; dann eine afrikanische Puppe aus derselben Zeit, Beispiele für die Fruchtbarkeitsriten primitiver, Agrarwirtschaft betreibender Völker; ein riesiger Basaltkopf, gefunden in Mexiko, angeblich eine Darstellung von Coatlicue, der großen, männervernichtenden Muttergöttin; eine indianische Puppe mit hölzernem Körper, bekleidet mit Stoff und Federn; das Relief einer Frau, in Frankreich ausgegraben, vermutlich eine Göttin, die von den Kelten verehrt wurde. Dem Begleittext zufolge bewiesen alle diese Kunstwerke, daß man einst in den verschiedenen Kulturen die gleiche Gottheit angebetet hatte: Die Mutter Erde, die älter als Rom oder Griechenland war, älter als Kreta, als Babylon oder Ägypten; so alt wie die Menschheit selbst.
Ich ging zum Zeichentisch zurück und verglich die beiden Figürchen erneut. Besonders die Augen beschäftigten mich. Auf der Zeichnung hatten sie einen hellen, beinahe unschuldigen

Blick, doch bei der Strohpuppe daneben schienen sie mir geheimnisvoll, ja boshaft. Allmächtige Augen, die alles sahen, alles wußten. Woran erinnerten sie mich? In ihrem drohenden Starren war Grausamkeit; sie wirkten unerbittlich, unversöhnlich. Plötzlich überlief mich ein Schauder. Hatte ich etwas an mich genommen, was ich nicht berühren durfte, einen Fetisch oder Kultgegenstand, den einer der abergläubischen Dorfbewohner in Justins Feld gelegt hatte, um ihn zu verhexen?

Beim Geräusch von Schritten fuhr ich herum. Worthy Pettinger stand gebückt in der Türfüllung, einen Schraubenschlüssel in der Hand. »Ich habe vergessen, das Wasserrohr –« Er brach ab, und sein Gesicht wurde bleich, als er die Maispuppe auf dem Zeichentisch erblickte. »Woher haben Sie das?«

»Gefunden.« Er trat zurück, als hätte man ihm einen Schlag versetzt. »Kannst du mir sagen, was das ist?«

»Wo haben Sie es gefunden?«

»In einem Feld.«

»Wo?«

»Bei Justin Hooke.« Der Schraubenschlüssel fiel polternd zu Boden; ich hob ihn auf. »Hast du schon je zuvor so etwas gesehen?«

»Nein. Ich… niemals.« Seine Stimme war zu einem Flüstern geworden. »Sie müssen es loswerden.«

»Was ist es denn eigentlich?«

»Ich – keine Ahnung. Weiß irgend jemand, daß Sie's genommen haben?«

»Nein, ich glaube nicht.« Ich nahm die Puppe, schüttelte sie und hörte, wie Worthy heftig atmete. Dann legte ich sie wieder in den Karton und schloß den Deckel. »Ich werde sie verbrennen.«

»Nein! Sie dürfen den Mais nicht verbrennen – er muß in die Erde zurück. Vergraben Sie's.« Er packte die Schachtel und rannte aus dem Atelier. Als ich durch die Tür trat, sah ich, wie er einen Spaten ergriff und hinter die Garage eilte, den Karton unter dem Arm.

Er grub das Loch unter einer Gruppe von Büschen nahe bei der Hecke, die unser Grundstück von dem der Dodds trennte. Ich sah, wie er die Schachtel tief in den weichen Boden legte, die Grube wieder auffüllte und die Erde mit den Füßen feststampfte. Er streute Blätter und Zweige über die Stelle; als er fertig war, stützte er sich schwitzend auf den Griff des Spatens und fuhr sich mit dem Handrücken über die Oberlippe.
Ich wartete noch einen Augenblick, dann sagte ich: »Worthy, ich will wissen, was es ist!«
Er holte tief Atem und schien sich langsam wieder zu fassen. »Ich weiß es nicht«, sagte er mit lässigem Schulterzucken. »Halt irgendein verrücktes Ding.« Er wirkte etwas einfältig. »Ich hab' wohl ein bißchen durchgedreht. Na ja, ich glaube, dort ist's gut aufgehoben. So was Verrücktes will sowieso keiner.« Doch seine Stimme verriet mir, daß er noch immer unter einer Art Zwang stand.
Ich musterte ihn kühl. »Missy Penrose vielleicht doch.«
»Wie?« Er hob rasch den Blick.
»Sie hat doch schon so etwas – eine Maispuppe. Die hast du sicher einmal gesehen.«
Er zuckte wieder mit den Achseln. »Ach so, das! Viele Kinder spielen mit solchen Gagas, wie man sie nennt. Sind eben Puppen, nicht mehr.«
»Du magst Missy nicht besonders.«
»Ach, sie ist schon in Ordnung.«
»Kann sie weissagen?«
Der Blick des Jungen verfinsterte sich; das Blut stieg ihm in die Wangen. Wortlos stieß er mit der Spitze des Spatens in das Blumenbeet neben der Hecke. Er ließ die Schultern hängen und preßte die Lippen zu einem bitteren Strich zusammen.
»Worthy, ich habe dich etwas gefragt.« Noch immer keine Antwort. »Du willst beim Mais-Spiel nicht mitmachen, stimmt's?« Er wartete; Schweigen. »Ist das so?« Ich trat auf ihn zu, faßte ihn an den Oberarmen und drehte ihn um. »Antworte mir, verdammt noch mal!«

»Nein, ich will es nicht!« Er stieß die Worte leidenschaftlich hervor. »Aber es hat sowieso nichts zu sagen, denn ich werde nicht hier sein!«
»Warum nicht?«
Mit einem Ruck befreite er sich aus meinem Griff, und seine dunklen Augen blitzten zornig. »Weil ich abhaue. Ich hasse dieses Dorf, und ich hasse die Leute hier. Sie sind Dummköpfe, alle miteinander.«
»Warum?«
»Weil sie ihre Ansichten für die einzig richtigen halten. Sie denken, wenn man ein Feld pflügt, müßte man dazu einen Maulesel benutzen und keinen Traktor. Maulesel, die sind hier Sitte, und Holzrechen sind Sitte, und Hacken sind Sitte, und etwas anderes hört man hier nicht – die alten Sitten. Ich will kein Maisbauer werden.«
»In dieser Gegend scheint man um den Maisanbau nicht herumzukommen.«
»Aber für mich ist das nichts. Nichts zu tun als Mais anzubauen, immer nur über die Maisernte zu sprechen. Und ihr Frühlingsfest und ihr Mitsommerfest und ihr Maisschälfest!« Seine Stimme wurde immer höher und brach dann ab. Als er weitersprach, war sein Ton ruhiger. »Ehrlich, Mr. Constantine, ich muß hier weg. Ich muß fort von hier.«
»Fort aus diesem Nest?«
Die Andeutung eines Lächelns. »So ungefähr. Wissen Sie, hier fühlt man sich so eingesperrt. Ich bin noch nie weiter als bis Danforth gekommen.«
»Wirst du dorthin gehen – zu deinen Freunden?«
»Das wäre der erste Platz, wo sie mich suchen würden.«
»Wer?«
»Sie alle. Vielleicht gehe ich zur Kriegsmarine.«
»Und siehst dir die Welt an? Vielleicht ist das keine schlechte Idee.«
»Ich habe Geld gespart und etwas auf die hohe Kante gelegt, genug, um mich einige Zeit über Wasser zu halten. Ich kenne

einen Burschen, der in Hartford einen Billardsalon und eine Bierkneipe hat. Bei ihm kann ich bleiben, bis ich weiß, was ich machen werde.«
»Wie alt bist du, mein Junge?«
»Sechzehn.«
»Die Kriegsmarine wird dich nicht ohne Einwilligung deiner Eltern nehmen, das weißt du wohl. Nicht, ehe du siebzehn bist.«
»Ich weiß. Sie würden's mir nie erlauben, aber ich bin bald siebzehn.« Er hob die Schaufel und ging ein Stück vor mir her. Ich hielt ihn auf. »Du hast recht. Wenn du den Wunsch hast, von hier fortzugehen, solltest du es tun. Es ist allein dein Leben, und du brauchst dir von anderen Leuten keine Vorschriften machen zu lassen. Wir werden dich vermissen.« Ich zog meine Brieftasche heraus, entnahm ihr ein paar Scheine und hielt sie ihm hin. Worthy schüttelte den Kopf.
»Komm, mein Junge, nimm es.«
»Sie haben mich schon bezahlt.«
»Das soll dir nur weiterhelfen, bis du weißt, was du tun wirst.« Ich drückte ihm das Geld in die Hand.
»Also gut, aber nur, bis ich's Ihnen wiedergeben kann.« Er faltete die Scheine zusammen und steckte sie in seine Uhrentasche. »Danke, Mr. Constantine. Tut mir leid, von Ihnen fortzugehen. Sie waren immer so nett zu mir. Würden Sie Kate von mir Lebewohl sagen?« Er sah zu der Stelle zurück, wo er die Schachtel vergraben hatte. »Und passen Sie -«
»Ja?«
»Nichts.«
Er hatte noch etwas sagen wollen, schien es sich jedoch anders überlegt zu haben. »Willst du mir schreiben und mich wissen lassen, wozu du dich entschlossen hast?«
»Klar. Möchten Sie meinen Traktor?«
»Ach, natürlich – wir wollten doch im nächsten Frühling damit die Wiese umpflügen. Wieviel verlangst du für ihn?«
»Nichts. Sie können ihn haben. Als Geschenk.«

Ich sagte, daß ich das nicht annehmen wolle, doch wenn er glaube, daß ich mit dem Traktor umgehen könne, würde ich ihn gerne kaufen; wohin sollte ich ihm den Scheck schicken?
Er überlegte einen Augenblick und sagte dann: »Passen Sie auf, machen wir's so: Ich schreibe Ihnen. Wenn Sie einen Brief mit dem Namen ›John Smith‹ auf dem Umschlag bekommen, wissen Sie, daß er von mir ist.« Wieder wanderte sein Blick zu der Gruppe von Büschen, wo er vorher gegraben hatte. »Sagen Sie niemandem ein Wort«, flüsterte er. Ich nahm die Schaufel, und wir gaben uns die Hand.
»Grüßen Sie auch Ihre Frau von mir«, fügte er hinzu und ging die Auffahrt entlang.
Ich kehrte zu den Büschen zurück, zu dem festgestampften Stück Boden. Dann begann ich zu graben.

Als ich die Schaufel in die Garage gestellt hatte und wieder ins Freie trat, die Schuhschachtel unter dem Arm, hörte ich Roberts Gruß von der anderen Seite der Hecke.
»Sind Sie das, Ned? Kommen Sie, setzen Sie sich doch bitte zu mir.«
Ich fand den Blinden in seinem Gartenstuhl vor. Sein Gesicht trug den üblichen stoischen Ausdruck, als hätte er schon vor langer Zeit gelernt, nichts im Leben zu erwarten, sondern hinzunehmen, was es ihm brachte. »Nun, mein Freund, Margaret hat mir gesagt, Sie wären den ganzen Vormittag über auf dem Dach gewesen. Seien Sie vorsichtig, diese alten Schindeln können tückisch sein.«
Ich zog einen Stuhl neben den seinen und erklärte ihm, wir hätten alle nötigen Vorsichtsmaßnahmen getroffen. »Worthy hat sowieso den größten Teil der gefährlichen Arbeit übernommen.«
»Ein brauchbarer Bursche, dieser Worthy«, sagte Robert grüblerisch. »Und gutaussehend obendrein, wie man mir gesagt hat. Er hat das alte kornische Blut in den Adern.«
»Ich dachte, die Leute aus Cornwall wären eigentlich blond. Er sieht mehr wie ein Indianer aus.«

»In England herrscht die Auffassung, daß die sogenannten ›dunklen Iren‹ von den Spaniern abstammen, die das Ufer erreichten, als die Armada unterging. Aber jeder, der Bescheid weiß, wird Ihnen verraten, daß nicht die Spanier die kornische Haarfarbe dunkel gemacht haben, sondern Menschen einer sehr viel älteren Kultur. Ich meine die Seeleute aus Knossos in Kreta, noch lange bevor Caesars Legionen sich in England niederließen.«

»Und Missy«, fragte ich anzüglich, »ist sie auch kornischer Abstammung?«

»Ihre Mutter jedenfalls schon, das wissen wir. Was ihren Vater angeht – das bleibt der Phantasie jedes einzelnen überlassen.«

»Stimmt es, daß sie wahrsagen kann?«

Ehe er mir antworten konnte, erschien Maggy mit einer Wagendecke und wickelte sie Robert um die Knie. Sie lachte, als er protestierte und sie beschuldigte, ihn zu verzärteln. »Stell dir einfach vor, du wärst auf einem Schiffsdeck, Lieber.«

»Um welche Zeit sind wir in Le Havre?« Er strich die Decke glatt. Maggie kniete sich mit ihren Gartengeräten neben uns auf den Boden. »Worüber habt ihr euch denn unterhalten?« fragte sie und grub eine große Tulpenzwiebel ein.

»Ned hat sich nach Missys Prophezeiungen erkundigt.«

Maggie lachte wieder. »Ned, Sie müssen sich langsam an die ländlichen Hirngespinste in unserem Tal gewöhnen.«

»Ich glaube nicht, daß man so etwas einfach als Hirngespinste abtun kann«, wandte Robert ein. »Es gibt sicher Menschen, die mit besonderen Kräften ausgestattet zu sein scheinen. Cassandra hat den Untergang Trojas prophezeit. Montezumas Priester konnten die Ankunft weißer Männer in der Neuen Welt voraussagen. Die moderne Parapsychologie hält den sogenannten sechsten Sinn für möglich. Immer wieder haben Menschen böse Vorahnungen, die sich oft als berechtigt erweisen.«

»Vielleicht stellt Missy nur Vermutungen an, die zufällig manchmal stimmen«, warf ich ein.

»Vielleicht. Aber wegen ihrer Sommersprossen glauben die Dorfleute, daß sie Verbindung mit *dem Gott* hat. Nicht unserem christlichen Gott, wohlgemerkt, sondern einer Gottheit, die in alten Zeiten verehrt wurde. Damals glaubte man daran, daß manche Menschen die Kraft der Weissagung hätten, die mit ihrem Wissen über die Sterne zusammenhing.«

»Und Missys Sterne stehen ihr auf dem Gesicht geschrieben.« Maggie setzte wieder eine Zwiebel in ein Loch und bedeckte sie mit Erde. »Nun ja, Ned, Sie wissen schon – ländliche Hirngespinste.«

»Was man nicht vergessen darf«, fuhr Robert fort, »ist, daß sich die menschliche Natur im Laufe der Zeit nicht sehr verändert hat. Man kann die tief verwurzelten Vorstellungen einer ganzen Kultur nicht einfach verleugnen. Als die ersten Siedler von Cornwall in die Neue Welt kamen, waren sie tief religiös. Was erwartete sie hier? Kälte, Krankheit, die ständige Furcht, überfallen zu werden; sie waren ohne Nahrung, ohne Heimat. Diese Menschen waren gezwungen, sich den Umständen anzupassen und sich umzustellen, um zu überleben. Doch während sie Neues dazulernten, hielten sie auch am Althergebrachten fest: ihrem Glauben an die Macht des Mondes, der Sterne und der Gezeiten und an uralte Gottheiten, bei denen sie in Krisenzeiten Zuflucht suchen konnten. Im ersten Jahr, als das Dorf gegründet wurde, gab es eine gute Ernte, denn die Siedler hatten von den Indianern gelernt, wie man Mais anbaut; so hatten sie zu essen.«

Doch dann, fuhr er fort, folgte jene Hungersnot, an die man sich noch heute erinnerte, die große Dürre, als der Mais auf den Feldern verdorrte, ehe er reif war. Die kornischen Siedler wurden von Furcht ergriffen; sie beteten um Hilfe – nicht in der Kirche, sondern auf den Feldern. Sie flehten die alten Götter um ihren Segen an, jene Götter, die ihnen die dunkelhaarigen Seeleute aus Kreta gebracht hatten. Und die Götter erhörten sie, denn das Land wurde gesegnet – mit Mais auf den Feldern und Früchten in den Obstplantagen.

»Aber heute sind natürlich nur noch geringe Spuren dieses Aberglaubens geblieben«, beeilte sich Maggie zu versichern. »Wie das Frühlingsfest und das Freudenfeuer zur Kindling Night.«

Robert nickte. »Geringe Spuren, ja, aber sie reichen tiefer. Heute wie damals lassen sich die Leute ihren heidnischen Glauben nicht ganz nehmen. Als die christlichen Priester die heidnischen Tempel niederrissen, verlangten die Menschen von ihnen, sie sollten die Bäume stehenlassen, die um die Tempel wuchsen. Und was noch wichtiger ist: Die Priester konnten die Denkweise nicht ausrotten, die die Menschen zum Bau dieser Tempel bewogen hatte.«

»Was würde Mr. Buxley heute tun, wenn er so etwas in Justin Hookes Maisfeld fände?« fragte ich, hob den Deckel von der Schuhschachtel und brachte die Puppe zum Vorschein.

Maggie legte ihr Setzholz beiseite. »Was in aller Welt–?« Sie streckte die Hand aus und griff nach dem Figürchen. »Was für ein seltsames Ding.« Sie drehte es nach allen Seiten und betrachtete es genau. Dann drückte sie es Robert in die Hand und ließ es ihn betasten, während sie ihm jede Einzelheit beschrieb. Anschließend stellte Maggie die Puppe auf den Boden zwischen ihre abgeschnittenen Schwertlilienblätter und die Blumenzwiebel und nannte sie ein äußerst häßliches Ding.

»Sie ist wirklich scheußlich, Robert.«

»Tatsächlich?«

»Was für eine Bedeutung mag sie Ihrer Meinung nach haben?« fragte ich. »Glauben die Leute hier an schwarze Magie?«

»Ich habe nie gehört, daß man es hier in Cornwall mit der schwarzen Magie hält«, sagte Maggie. »Du, Robert?«

»Nein, wohl kaum.«

»Wo haben Sie das gefunden, Ned?«

»In Justins Maisfeld.«

Ich beobachtete Robert genau, um festzustellen, ob sein Gesichtsausdruck wechselte, doch ich konnte nicht hinter die dunklen Brillengläser sehen. Gedankenverloren trommelte er mit den Fingerspitzen auf die Armlehnen seines Stuhles. Aus den Augenwinkeln sah ich, wie Maggie ihre Gartengeräte einsammelte und die abgeschnittenen Schwertlilienblätter zusammen mit den restlichen Zwiebeln in ein Körbchen legte. Sie erhob sich und säuberte ihre Knie. »Ich überlasse es euch Männern, das auszuklamüsern. Das übersteigt meinen Horizont.«

»Was würde Mr. Buxley wohl tun?« fragte ich Robert noch einmal, nachdem Maggie ihren Korb genommen hatte und gegangen war.

Er zuckte mit den Achseln. »Wahrscheinlich würde er einfach die Augen davor verschließen, genau wie die katholische Kirche es macht. Kirche und Gesetz haben gelernt, daß sich solche Dinge nicht vertreiben lassen. Wie kann man hoffen, dagegen anzukämpfen, wenn doch bewiesen ist, daß die alten Siedler aus Cornwall mit den gleichen Göttern hierherkamen, die die Indianer bereits verehrten?«

»Aber es existieren doch nur noch schwache Überreste davon?«

»Das hat Margaret gesagt, aber ich glaube, es ist genug übriggeblieben. Es sind die Spuren der älteren Kultur. Wer weiß schon, weshalb Fred Minerva seine Scheune lieber abbrennen läßt als sie mit einem Blitzableiter zu versehen? Oder warum die Witwe Krankheiten heilen kann, gegen die ein Arzt machtlos ist? Oder weshalb Missy in die Zukunft sehen kann? Justins Stammbaum beispielsweise läßt sich ohne Unterbrechung auf die ersten Familien in Cornwall zurückführen. Nun, seine Vorfahren waren tief religiös. Sie hatten jahrhundertelang an die gleichen Götter geglaubt, bis die Priester kamen, ihren Flüssen und Bergschluchten neue Namen gaben, die Tempel zerstörten, Kirchen bauten und sie Christus am Kreuz anbeten ließen. Sie hatten sich seit mehr als tausend Jahren damit zufriedengegeben, doch trotz allem waren sie dauernd von einer unbestimmten Sehnsucht erfüllt. Und was tun sie? Sie greifen auf die alten Zeiten zurück, die ihnen eine für sie selbst unverständliche Quelle des Trostes bieten, eine Maske, die die Maske verbirgt.«

Robert Dodd nickte nachdenklich. »Aberglauben? O ja, Justin ist abergläubisch. Das liegt ihm im Blut, steckt in allen Knochen, kommt aus seinem innersten Wesen. So war es auch mit seinem Vater und Großvater. Weil er daran glaubt, daß ihn diese innere Stimme, auf die er hört, retten wird, was auch kommen mag – Hölle oder Überschwemmungen, Mißernten oder Seuchen. Seine innere Stimme ist auch die von Missy Penrose. Deshalb tanzen sie noch immer zur Kindling Night auf dem Dorfanger um das Feuer.« Er stützte seine Hände auf die Armlehnen, um sich hochzustemmen. »Nein, nein, ich kann es selbst. Kommen Sie mit ins Haus auf einen Drink? Nein? Na, ich hoffe, Sie leisten mir bald wieder Gesellschaft.«
Er ging über den Rasen, als besäße er Augen, die ihm den Weg wiesen, und als er zur Hintertür kam, öffnete sie sich. Maggie stand auf der Schwelle und hielt die Tür für ihn auf. »Danke dir, Margaret«, sagte er und trat ins Haus. Ich winkte, doch sie schien mich nicht gesehen zu haben; so drehte ich mich um und ging heim.

15.

Als ich die Biegung der Hecke erreichte, hörte ich Hufschlag von der Straße. Kate näherte sich auf Tremmy. Wenn man bedachte, daß sie das Pferd erst seit kurzem hatte, ritt sie schon recht gut, obwohl es mir vorkam, als hätte sie ein etwas zu scharfes Tempo angeschlagen. Sie hielt neben mir an, und ihr Gesicht war rot vor freudiger Erregung.

Ich erinnerte mich an die Warnung des früheren Besitzers und ermahnte sie, dem Pferd nicht zu sehr die Zügel schießen zu lassen. Sie beugte sich im Sattel vor und strich ihrer Stute über den gebogenen, kastanienbraunen Hals. »Sie ist nur ein bißchen lebhaft, Daddy. Paß mal auf!« Sie ritt an, wendete ihr Pferd und ritt in mehreren Volten um mich herum.

»Fein, mein Herz, aber ich glaube, Tremmy hat genug für heute, und das gilt auch für dich. Laß sie jetzt abkühlen und gibt ihr etwas Hafer. Und vergiß nicht, sie abzureiben«, rief ich ihr nach.

Im Bacchuszimmer entdeckte ich, daß wir Damenbesuch hatten.

»Sehen Sie sich Ihren Harem an, Ned!« Die Witwe Fortune sah von ihrer Näharbeit auf. Ihr Pferd, erklärte sie, hätte heute ein steifes Fesselgelenk, deshalb sei sie zusammen mit Mrs. Zalmon und Mrs. Green auf Schusters Rappen gekommen, um uns ein Geschenk zu bringen, ein kleines Holzfäßchen mit Honigmet. Ich mixte mir einen Scotch mit Soda und setzte mich in den Clubsessel. Kate kam mit einer Dose Schuhcreme herein und begann ihre Stiefel zu putzen.

»Kate«, sagte die Witwe, »du sitzt schon wie ein richtiger Husar auf dem Pferd!«

»Ich brauche einen neuen Sattel, aber damit muß ich noch bis zum nächsten Jahr warten.«

»Wieso das?«
»Hab' nicht genug Geld. Ich muß es mir von meinem Taschengeld zusammensparen.«
»Hühner«, schlug die Witwe vor. »Du mußt eine Geflügelzucht anfangen.« Sie warf mir einen Blick zu. »Stellen Sie einen Drahtzaun auf, damit das Kind einen Auslauf für die Hühner hat. Wenn das Federvieh nicht mehr legt, kann man's immer noch aufessen. Bess, Sie haben mir ein Rezept für Hühnersalat mit Krebsfleisch versprochen.«
»Ich schreibe es für Sie ab, ehe Sie gehen.«
»Was gibt's zum Abendessen?« fragte Kate.
»Steaks und Salat.«
Kate verzog das Gesicht. »Ich möchte lieber Pepes Bohneneintopf.«
»Pepes Bohneneintopf?« wiederholte die Witwe.
Bess lachte. »Kates Lieblingsspeise ist Pepe Gonzalez' mexikanischer Bohneneintopf.«
»Du mußt einmal zum Abendessen zu mir kommen, Kate. Ich koche dir eine prima Suppe aus Muscheln und Fischen, dann wirst du deine Meinung bestimmt ändern.«
»Muscheln sind in Boston alle verdorben«, sagte Mrs. Green.
»Nein!« Die Witwe war entsetzt.
Mrs. Zalmon sagte: »Das Gift im Wasser macht sie ungenießbar. Die Leute sterben davon.«
Die Witwe schüttelte den Kopf. »Jetzt sind sie nicht mehr damit zufrieden, das Land zugrunde zu richten, sie müssen auch noch das Meer vergiften. Denk mal an – keine Muscheln!«
»Und Austern«, warf Mrs. Green ein. »Wenn man bedenkt, daß die Leute heutzutage Austern essen, ganz gleich, ob's jetzt ein Monat mit ›r‹ ist oder nicht. Die Zeiten haben sich wirklich geändert, seit ich ein Mädchen war!«
»Gemütliches Zimmer, Ned«, bemerkte die Witwe und sah sich um. »Ideal für Winterabende.«
Mrs. Green tat, als überliefe sie ein Frösteln. »Puh – Winter, und schon so bald!«

»Ja, bald. Die meisten Leute behaupten, neuenglische Winter wären hart, und für Weichlinge mag das auch so sein. Aber ich habe es gern, wenn schon zu Thanksgiving alles von einer Schneedecke eingehüllt ist. Wenn der Winter kommt, ist der Frühling nicht mehr weit, heißt es. Die Schneeglöckchen sprießen, ehe man sich's versieht, und bald ist wieder Tag der Saat. Dann kommt das Frühlingsfest, und auf dem Dorfanger wird getanzt.«

»Um den Maibaum«, sagte Mrs. Green.

»Vielleicht nimmt Worthy Kate mit zum Maitanz?« Die Witwe warf ihr einen listigen Blick zu.

»Kate, Liebling«, schlug Bess vor, »warum putzt du deine Stiefel nicht in der Küche?«

Kate sammelte ihre Schuhcreme, den Lappen und die Bürste ein, klemmte ihre Reitstiefel unter den Arm und verschwand. Plötzlich fuhr ein Windstoß durch den Kamin und wirbelte die Asche aus dem Feuer, das ich angezündet hatte, um festzustellen, ob die Heizung jetzt funktionierte.

»Ach du liebe Güte …« Mrs. Green sah Mrs. Zalmon zweifelnd an. Die Augen der Witwe blitzten hinter den Brillengläsern auf; dann lieh sie sich Bess' Schere, um einen Faden abzuschneiden. »Das muß ein Omen sein«, flüsterte Mrs. Zalmon.

Bess entfernte die Asche von der Feuerstelle. »Na jedenfalls kann man nicht behaupten, daß der Kamin nicht zieht.«

Ich sagte, das hoffe ich doch; Worthy und ich hätten wie die Sklaven geschuftet.

»Ich habe Ihnen ja gesagt, daß er ein brauchbarer Junge ist«, erwiderte die Witwe mit einer gewissen Selbstzufriedenheit.

»Irgend etwas ist mit dem Jungen los«, sagte Bess. »Er hat sich in letzter Zeit unglaublich verändert.«

Mrs. Zalmon erwiderte: »Manche jungen Leute erwarten zuviel vom Leben, mehr als ihnen zukommt. Worthy weiß gar nicht, was für ein Glück er hat. Zum Jungen Lord gewählt zu werden, ist eine Ehre, die kaum ein Junge verachten würde. Man braucht sich nur Justin anzusehen, wie er seinen Hof hochgebracht hat;

der schönste im Tal ist's. Worthy könnte eine Menge für seine Familie tun, wenn er sich nach den Sitten in unserem Dorf richten würde, statt alles umstürzen zu wollen. Er müßte Gott danken, daß er gewählt worden ist, ja, das sollte er wirklich.«

»Wie hat man den Erntekönig ausgewählt, ehe Missy es tun konnte?« fragte ich.

Mrs. Zalmon erklärte es mir. »Die Frauen haben ihre Stimmen abgegeben. Am Nachmittag vom Agnes-Fest trafen wir uns alle in der Kirche, und jede warf einen Stimmzettel in die Sammelbüchse.«

Dann, fuhr Mrs. Green fort, hätte man demjenigen das Amt übertragen, der die meisten Stimmen auf sich vereinigte. Doch als man entdeckte, daß Missy »das Gesicht« hatte, wurde beschlossen, in diesem Jahr keine Stimmen abzugeben, sondern ihr die Wahl zu überlassen.

»Trotzdem«, warf Mrs. Zalmon ein, »kann man nicht behaupten, daß Missy mit Worthy Pettinger die beste Wahl getroffen hat.«

»Was geschieht, wenn er beim Mais-Spiel nicht mitmacht?« fragte ich.

»Nicht mitmacht?« Die Witwe bedachte mich mit einem scharfen Blick. »Er wird mitmachen, ob er will oder nicht. Das erwartet man von ihm.«

»Die Menschen tun nicht immer das, was man von ihnen erwartet«, erlaubte ich mir zu bemerken. »Vielleicht hat er ganz andere Pläne.«

Mrs. Green schüttelte den Kopf. »Er kann keine anderen Pläne haben. Ein Junge muß seine Pflicht tun, genau wie ein Mann. Das war schon immer so, nicht wahr?«

»Vielleicht.« Die Witwe machte ein nachdenkliches Gesicht. »Clem war jedenfalls immer dieser Meinung. Aber er ist auch ein höchst ungewöhnlicher Mensch gewesen.«

»Clemmon ist in die ewige Seligkeit eingegangen«, sagte Mrs. Zalmon. Die Witwe nickte und biß das Ende ihres Fadens mit den Zähnen ab.

»Ach ja, in die ewige Seligkeit eingegangen«, wiederholte sie sanft. »Wohin ich ihm, so Gott will, bald folgen werde.«
»Bald folgen? Daran dürfen Sie nicht einmal denken, Witwe!« rief Mrs. Green aus.
»Eines nicht allzufernen Tages wird es mit mir zu Ende gehen.« Sie seufzte. »Wer soll dann alles weiterführen? Wer wird der Jugend sagen, was sie tun soll? Junge Leute heutzutage sind so anders als wir es waren. Aber immerhin, da ist noch Tamar –«
»Pah, Tamar!« Mrs. Zalmon war entrüstet. »Tamar soll Ihren Platz einnehmen?«
»Sie ist ein bißchen leichtsinnig, daran läßt sich nicht rütteln«, sagte die alte Dame mild. »Aber sie hat Charakter und Stärke. Sie ist wie die Erde selbst, Tamar, ja, das ist sie. Vielleicht nicht so gläubig, wie wir's uns wünschen würden, aber sie eignet sich. Wenn man mit ihr reden würde – sie überzeugen, sozusagen.«
»Sie wäre immerhin bedeutend besser als diese Person«, stimmte ihr Mrs. Green zu.
»Wer war Grace Everdeen?« fragte ich unvermittelt.
Die Witwe hob erstaunt den Kopf. »Wer war Grace Everdeen«, wiederholte sie, und ihr Blick heftete sich nicht auf mich, sondern auf einen unsichtbaren Punkt zwischen uns. Sie überlegte eine Weile.
»Nun, Grace Everdeen war die Tochter der alten Bess Everdeen. Gracie Everdeen.« Sie wiederholte den Namen langsam, als hätte sie ihn lange Zeit weder gehört noch ausgesprochen. Mrs. Zalmon zog die Brauen zusammen. Ich wußte, daß ich kein erfreuliches Thema angeschnitten hatte, ließ mich jedoch nicht davon abbringen.
»Aber was war mit ihr? Weshalb ging sie fort von hier?«
»Sie war eine gottlose Person«, sagte Mrs. Zalmon kurz.
»Die dörfliche Jesebel?« Ich dachte an Pastor Buxleys Sonntagspredigt über jenes Weib, dessen Körper den Hunden zum Fraß vorgeworfen wurde, und an die Kommentare der Dorfbewohner.

»Im biblischen Sinne.« Mrs. Zalmons Hand mit der Nadel schwebte in der Luft. »Grace war schlimmer als jede Jesebel. Man konnte förmlich sehen, wie das Böse von ihr Besitz ergriff, wie sie sich veränderte. Wenn man daran denkt, wie sie sich aufführte! Wie sie die Fahnenstange hinaufkletterte!«

»Und als ob das noch nicht gereicht hätte«, warf Mrs. Green ein.

»Mja. Beim Agnes-Fest rang sie sogar mit Roger und zwang ihn zu Boden.«

»Und das vor dem ganzen Dorf«, fügte Mrs. Green entrüstet hinzu.

»Den Erntekönig so zu beschämen. Oh, sie hatte sich wirklich verändert.«

»Es stand ihr richtig auf der Stirn geschrieben. Ich sah, wie das Böse an ihr nagte. Ich wußte es schon lange vor allen anderen. Ihr Gesicht wurde verkniffen, und ihre Augen bekamen so einen besonderen Blick. Wenn man daran denkt, was am Abend vor Harvest Home geschah!«

»Was geschah denn?« fragte ich.

»Mrs. Zee ...« begann die Witwe besänftigend.

»Sie übte einen zersetzenden Einfluß aus. Sie ...«

»Jetzt ist's genug, Mrs. Zee ...«

»Einen zersetzenden Einfluß!«

Vom Dorf her hörten wir den Klang der Kirchenglocke. Die Frauen verstummten plötzlich und ließen ihre Näharbeit sinken. Mrs. Green sah zur Tiffany-Uhr auf dem Kaminsims. »Das ist nicht das Sechsuhrläuten!«

Die Witwe legte ihre Flickendecke beiseite. »Mrs. Mayberry ist's. Sie ist hinübergegangen.«

Mrs. Zalmon spähte nervös zur offenen Feuerstelle.

»Wind im Kamin. Ich wußte doch, daß es ein Omen war.«

Die Witwe nahm ihre Brille ab und fuhr sich mit dem Zeigefinger über den Nasenrücken. »Ach ja. Sie ist verschieden, die arme Seele. Ich habe alles für sie getan, was ich konnte, und Jim Buxley kam zu ihr, als es zu Ende ging. Heute abend müssen wir für ihre ewige Ruhe beten.«

Mrs. Zalmon und Mrs. Green schüttelten im Gedenken an die verblichene Mrs. Mayberry die Köpfe und meinten, sie müßten jetzt wohl nach Hause gehen. Die Witwe Fortune blieb noch zu einer weiteren Tasse Tee, und während Bess in die Küche ging, nahm ich meinen Zeichenblock zur Hand. Auf dem kleinen Beistelltisch lag immer eine Anzahl von Bambusfedern; ich ergriff eine davon und schärfte sie mit dem Federmesser. Dann schraubte ich ein Fläschchen Tinte auf und begann die alte Dame zu skizzieren, wie sie sich über ihre Flickendecke beugte. An der Art, wie sie ihre Lippen schürzte und die Brauen leicht hob, merkte ich, daß sie wußte, was ich tat.

»Was für eine Feder ist das, die Sie da benutzen?« fragte sie, nachdem ich eine Weile gearbeitet hatte. Ich hielt sie hoch und zeigte ihr das Bambusröhrchen. »Sie kommt aus Japan«, erklärte ich.

»Ein listiges Volk, diese Japaner.« Sie musterte meine Hand, mit der ich die Feder hielt. »Was macht Ihre Warze?«

»Sie ist fast verschwunden.« Ich holte das kleine rote Säckchen aus meinem Hemd und ließ es hin und her baumeln. »Ein listiges Volk, diese Neuengländer.«

»Stecken Sie's weg. Sie dürfen es nicht herumzeigen.«

Ich ließ das Säckchen wieder unter mein Hemd gleiten, und wir setzten unsere Arbeit fort, sie auf dem Sofa, ich in meinem Sessel. Als ich die Zeichnung beendet hatte, bat mich die Witwe, ihr das Blatt zu zeigen.

»Alle Achtung!« sagte sie und betrachtete es nachdenklich. »Die alte Frau und ihre Näharbeit, wie sie leibt und lebt!«

Ich riß das Blatt ab, rollte es zusammen und überreichte es ihr. Sie nahm es mit einem Kopfnicken entgegen und steckte es in ihren Nähkorb. Dann ließ sie sich die Bambusfeder von mir geben und hielt sie gegen das Licht, spähte durch das Röhrchen und drückte die Spitze gegen ihre Handfläche, als wunderte sie sich, wie mit einem solchen Gerät eine Zeichnung entstehen konnte. Sie tätschelte meine Hand. »Es ist natürlich die Hand,

nicht die Feder. Das ist ein mühsames Geschäft, die Kunst – hab' ich recht?«
»Ja, Kunst ist ein hartes Brot, sagt man.«
Sie berührte meine Brust sacht mit den Fingerspitzen. »Kunst ist Kraft, und sie kommt aus dem Herzen.«
»Kann ich Sie nach Hause bringen?«
»Unnötig. Mir tut keiner etwas.« Sie verabschiedete sich von Bess und rief Kate auf Wiedersehen zu, die auf die oberste Treppenstufe kam und ihr zuwinkte. Während die Witwe ihre restlichen Sachen an sich nahm, unterdrückte ich ein Gähnen. »Zuviel Kunst für heute. Ich werde wohl früh zu Bett gehen.«
Sie war ins Bacchuszimmer zurückgegangen, um ihr Nähkörbchen zu holen, und als sie am Tisch vorüberkam, legte sie ihre Hand kurz auf das hölzerne Fäßchen. Wir durchschritten die Halle, und ihr Gesichtsausdruck gab mir Rätsel auf. Ich öffnete ihr die Vordertür. »Aber gehen Sie nicht zu früh zu Bett«, sagte sie, stieg die Treppe hinunter und drehte sich noch einmal um. Ihre Brillengläser funkelten. Sie nickte kurz mit dem Kopf, ging dann die Auffahrt entlang und bog in die Allee ein.

Ich machte Feuer unter dem Bratrost, und Kate half ihrer Mutter dabei, den schmiedeeisernen Tisch mit der Glasplatte auf der Terrasse zu decken. Wir setzten uns auf die Eisenstühle mit den weißen Daunenkissen; der Geruch des Herbstlaubes hing in der Luft. Während die Steaks brieten, aßen wir unseren Salat, Kate schwatzte von ihren Plänen für eine Hühnerzucht, und ich beobachtete Bess über die Terrine hinweg. Die Haare hingen wie gewöhnlich glatt auf ihre Schultern hinab, und sie hatte eine Spur Lippenstift aufgetragen. Ich weiß nicht, ob es vielleicht nur das späte Tageslicht war, doch sie kam mir an jenem Abend besonders bezaubernd vor. Plötzlich merkte ich, daß ich angefangen hatte, sie mit neuen Augen zu betrachten, daß eine Art Verwandlung mit ihr vorging. Sie war noch immer das Chamäleon, das die Farben seiner Umgebung annimmt, doch nun entwickelte sie andere Eigenschaften: Zielstrebigkeit und

Charakterstärke. Sie schien eine eigenständige Persönlichkeit zu werden, als hätte sie angefangen, sich selbst zu entdecken. Nun war sie weniger meine Ehefrau als ein Mensch, der sich selbst gehörte, mit mehr Selbstvertrauen und Unabhängigkeit. Mir war plötzlich, als würde ich sie nun von allen Seiten betrachten, wie man sich eine Statue ansieht, während sie früher einem Flachrelief vergleichbar gewesen war, bei dem nur ein Teil der Figur aus dem Stein ragt.

»Worthy hat den Rasenmäher wieder draußen stehenlassen«, sagte sie. Ich erwähnte nichts von meinem nachmittäglichen Auftritt mit dem Jungen und behielt auch mein Wissen über seine geplante Abreise für mich.

»Oh, zum Kuckuck«, fuhr Bess fort. »Ich hab' vergessen, der Witwe das Rezept zu geben!«

Wir begannen mit dem Hauptgericht; langsam ging die Sonne unter. Das goldene Licht wurde purpurn, dann blau und verdunkelte sich allmählich. Sterne flimmerten, als hätte man winzige Lichter angezündet. Ein Flugzeug flog lautlos über uns hinweg. Seine Flügel glitzerten metallisch auf, als sich die letzte Sonne in ihnen fing.

Ich zündete die Kerze in der Sturmlampe an. Ein unförmiger Mond war im Osten aufgegangen und tauchte die wehenden Spitzen der Maisfelder jenseits der Wiesen in silbriges Licht.

Kate hatte ihre Leinenserviette über den Kopf gelegt, sprang plötzlich auf, schob ihren Stuhl zurück und hüpfte in irrem Tanz auf den Rasen hinunter.

»Mondwahn! Der Mondwahn hat mich gepackt!« rief sie, flitzte hinter den Stamm der Buche und kam wieder zum Vorschein. »Buh! Ich bin der Geist von Soakes Lonesome!«

Bess beruhigte sie, und sie kehrte auf die Terrasse zurück und setzte sich; dabei spielte sie noch immer mit der Serviette.

»Ich hab' ihn gesehen«, sagte ich nach kurzem Überlegen.

»Wen?«

»Den Geist.«

»Ach, komm, Daddy.«

»Es ist wirklich wahr, Liebling.«
»Ned.«
»Also wirklich, ob ihr mir's glaubt oder nicht.«
»Du hast das Gespenst von Soakes Lonesome gesehen?«
Ich nickte, schob meinen Teller beiseite und lehnte mich in meinem Stuhl zurück. Der Augenblick schien mir gerade richtig: der mißgestaltet wirkende Mond, die Stille – ein passender Abend für eine Geistergeschichte. So berichtete ich in allen Einzelheiten von meiner Begegnung mit der grauen Gestalt auf der Böschung, schilderte sie in glühenden Farben bis zum dramatischen Höhepunkt – die Gestalt, die sich in groteskem Tanz drehte, die flatternden Gewänder, der rote, grinsende Mund. Das Gerippe im hohlen Baum erwähnte ich jedoch nicht; das erschien mir für eine Geistergeschichte zu wirklich und gräßlich. Kate war entzückt: Ihr Vater, der immer nur die Wahrheit sprach, hatte tatsächlich ein Gespenst gesehen!
Nachdem ich meine sonderbare Erzählung beendet hatte, räumte sie zusammen mit Bess den Tisch ab, und ich setzte mich auf einen der größeren, bequemeren Terrassenstühle. Ich konnte ihre Stimmen aus der Küche hören; sie unterhielten sich, während sie die Teller in den Geschirrspülautomaten stellten. Die Kühlschranktür wurde mehrmals geöffnet und geschlossen; dann bat Bess Kate, das Rezept für den Hühnersalat abzuschreiben und zur Witwe zu bringen. Nebenan, bei den Dodds, erzählte die Unsichtbare Stimme gerade mehr Dickenssche Abenteuer. Bess brachte das Kaffeegeschirr auf einem Tablett heraus, und ich ging ins Bacchuszimmer, um das Fäßchen der Witwe und zwei Gläser zu holen.
Das Fäßchen war ein schön gearbeitetes Holzgefäß, das an jedem Ende von einem Bandeisen umgeben war. Ein kleines Pflöckchen verschloß den Spund. Ich stach es an und goß etwas vom Inhalt in eines der Gläser. Der Met war sehr zähflüssig und von hellgelber Farbe. Ich roch daran; er hatte ein angenehmes Aroma, das mich an Orangen oder andere Zitrusfrüchte erinnerte. Er schmeckte süßlich, ein wenig wie Likör. Ich füllte das

zweite Glas zur Hälfte und gab es Bess. Sie kostete etwas davon mit der Zungenspitze, fand es gut, und wir nahmen abwechslungsweise einen Schluck vom Kaffee und aus den Gläsern.

»Was liest Robert zur Zeit?« fragte sie.

»Ich glaube, es ist *Die Geschichte zweier Städte*. Ich höre dauernd ›Carton‹ und ›Guillotine‹.«

Wir tranken unseren Kaffee aus, nippten weiter am Honigmet der Witwe und genossen den schönen Abend. Der gelbe Vogel im Akazienbaum zwitscherte leise, und ich dachte bei mir, mit welcher Beharrlichkeit er doch stets zu seinem Nest zurückkehrte. Aus allen Richtungen kamen abendliche Geräusche, jene geruhsamen, friedlichen Laute, die eine einschläfernde und äußerst beruhigende Wirkung auf die Sinne ausüben. Während wir so saßen und uns mit gedämpfter Stimme unterhielten, kam ein leichter Wind auf, trug den grauen Rauch des Holzfeuers über den Rasen und raschelte im Gezweig der Buche. Das Laub fiel schon seit Tagen; gerade jetzt beobachtete ich wieder, wie der Luftzug einige goldrote Blätter von den Zweigen löste und davontrug.

»Morgen müssen wir den Rasen rechen.«

»Mm. Worthy kann das ja übernehmen, oder?«

Ich antwortete nicht. Bess deutete zum Himmel. »Schau – eine Sternschnuppe!« Ich erhaschte einen Blick auf den schwachen Silberstreif, der in dünnem Bogen über den Himmel zischte, und es kam mir irgendwie unwirklich, unmöglich vor, daß etwas sich so rasch bewegen und eine so weite Strecke zurücklegen konnte.

»Wünsch dir etwas«, sagte Bess.

»Hab' ich schon.« Ich sah zu, wie sie sich eine Zigarette anzündete.

»Hast du dir auch etwas gewünscht?«

»Ja.«

»Was?«

»Wenn ich's dir sage, geht es nicht in Erfüllung.« Sie blies den

Rauch aus. »Aber das kann es sowieso nicht. Es ist ein unerfüllbarer Wunsch.«
»Alles kann in Erfüllung gehen.«
»Ich habe mir gewünscht, daß Mutter hier wäre.«
»Deine Mutter?«
»Ich wollte, sie könnte uns sehen. Kate, unser Haus. Alles.«
Wir saßen nicht weit voneinander entfernt; ich streckte meine Hand aus, und Bess ergriff sie und überbrückte damit den Abstand zwischen uns.
»Was hast du dir gewünscht?« fragte sie.
»Eine gerade Nase.«
»Ich liebe deine Nase.«
Im Nachbarhaus wurde der Plattenspieler abgestellt, und die Unsichtbare Stimme schwieg. Ich wartete darauf, daß das Fenster geschlossen wurde, doch sie schienen es offen zu lassen, denn ich hörte nichts. Der Himmel war voller Glanz. Als ich zu ihm aufsah, erschienen mir die Sterne unnatürlich hell, als wären sie der Erde in dieser Nacht irgendwie nähergerückt. Ich erkannte die Sternbilder des Großen und Kleinen Bären, den Polarstern, und, tief über dem Maisfeld, Mars, der rot und kriegerisch strahlte. Ich fragte mich, wo Orion mit Beteigeuze und Rigel sein mochte; dann dachte ich wieder an das seherische Kind, die Sommersprossen auf Missys Nasenrücken, den blutbesudelten, auf mich gerichteten Finger.
Wieder hob ich das Fäßchen und füllte zuerst Bess' Glas, dann das meine. Ein wunderbares Gefühl der Entspannung und Zufriedenheit überkam mich; ich war mir der herrlichen Nacht und unseres Beisammenseins voll bewußt. Ich sagte kein Wort, kostete etwas aus, was ich als einen flüchtigen Augenblick der Einsicht empfand. Mir war, als wären meine Empfindungsfähigkeit und Sinnlichkeit gesteigert. Nie hatte ich Bess mehr geliebt als in diesem Moment, hatte mich ihr so nahe gefühlt, so vollkommen mit ihr verbunden – nicht nur durch die Berührung unserer Hände, sondern ganz und ausschließlich. Wie außergewöhnlich sie war, meine Frau, wie bewunderungs-

würdig ihr ganzes Wesen. Ich spürte mit voller Deutlichkeit, wer sie war, wer ich war, wir beide.
Schweigend blieben wir sitzen. Ich bemerkte, wie sich die Rinde der Birke mit überraschender Deutlichkeit gegen die Dunkelheit abzuheben schien. Da plötzlich hörte ich den Klang von Musik. Ich vermutete sofort, Robert hätte eine neue Platte aufgelegt, und wollte gerade eine Bemerkung über seine Auswahl machen. Es klang wie ein Flötensolo. Doch mit einemmal erkannte ich, daß die Musik aus der anderen Richtung kam, vom Maisfeld unterhalb der Wiese. Sie erhob sich mit dem Wind über das Zirpen der Grillen – eine leichte Passage von Tönen, silbrig und melodiös, schwach zuerst; dann jedoch nahm sie immer mehr eine bestimmte Form und Melodie an. Ein magischer Zauber ging von dieser Musik aus; sie glich geheimnisvoll lockenden Sirenenklängen, anziehend und verführerisch wie die klagenden Töne der Schäferflöten, die wir in den griechischen Bergen gehört hatten.
Ich warf Bess einen Blick zu. Sie saß mit geschlossenen Augen da und genoß die Musik, ohne nach ihrem Ursprung zu fragen. Etwas völlig Heidnisches war an dieser Aneinanderreihung von Tönen, nicht wild, sondern ursprünglich. Sie schienen sich zu krümmen, wanden sich durch die Luft und den Wind, mischten sich verführerisch mit dem Rascheln des Laubes, des Grases und der Maisblätter. Es war fremdartig, magisch. Es war, das wurde mir plötzlich klar, ein Erlebnis – die Art Erlebnis vielleicht, die die Witwe gemeint hatte.
Andere Klänge kamen hinzu. Ich erkannte eine zweite Flöte, die aus einem anderen Teil des Feldes erklang. Da war das schwache Trommeln eines Tamburins und ein feiner Glockenklang, der mich an die Fingerglöckchen balinesischer Tänzer erinnerte – ein bezauberndes, musikalisches Geklingel, dessen Liebreiz durch das Flötenspiel noch gesteigert wurde. Wir hörten die Flöten des Pan, im nächsten Augenblick würden gehörnte und bocksfüßige Wesen im Mondlicht über unseren Rasen ziehen. Satyre, die sich zu einem Weingelage zusammenfanden.

Ich versuchte zu begreifen, was vor sich ging. Dies hier war kein improvisiertes Dorfkonzert, sondern etwas wie eine Belehrung. Dann dachte ich an das Honiggetränk, das Fäßchen Met. Ich stand unter dem Einfluß einer Droge. Da saß ich auf meiner Terrasse, an der Seite meiner Frau, und hatte das Gefühl, mich von meinem Körper zu lösen, fortgetragen zu werden, und ich war mit ganzem Herzen dabei. Wenn es ein Erlebnis war, gab ich mich ihm völlig hin, versuchte mich dafür zu öffnen, wie die alte Dame es mir geraten hatte, bemühte mich, ein Teil davon zu werden.
Dann, genauso geheimnisvoll und zauberisch wie es begonnen hatte, endete es wieder. Die zitternden Flötentöne schwangen sich zu einer letzten Melodie auf und verklangen; ein kurzes Geklingel des Tamburins, dann ein anschließender Laut, dessen Ursprung ich nicht kannte. Es war fast, als rührte er von einer Art Instrument aus Knochen her, eine kaum vernehmbare Aufeinanderfolge klickender Geräusche. Nun war alles still.
Ich holte tief Atem, leise, um die feine Ausgewogenheit in meinem Inneren nicht zu zerstören, und warf Bess einen verstohlenen Blick zu. Irgendwann während des Spiels hatten sich unsere Hände voneinander gelöst. Ihre Rechte lag weiß und unbeweglich auf ihrer Brust, die Finger berührten den Ansatz ihres Halses. Ich wartete auf eine Bewegung, ein Zeichen des Erkennens, doch sie blieb reglos, hielt die Augen geschlossen. Die Spur eines Lächelns lag auf ihren Lippen; ihr Gesicht wirkte fast kindlich. War sie eingeschlafen? Hatte sie es gehört? Oder hatte ich mir das alles nur eingebildet? Da erhob sie sich, und ich sah zu ihr auf.
»Hast–«
Sie beugte sich zu mir und legte ihre Fingerspitzen auf meine Lippen. Flüchtig sah ich ihre Augen im Mondlicht aufblitzen, ehe die Flut ihres Haares sie verbarg, da wußte ich die Antwort. Nein, ich hatte mir das alles nicht nur eingebildet. Ich stand auf, trat dicht an sie heran und legte meine Arme um sie. Sie hielt noch immer ihr Glas in der Hand, hob es und trank den Rest des

Mets aus. Ich schmeckte das süße Getränk auf ihren Lippen, als ich sie küßte. Nie war sie mir begehrenswerter erschienen, nie hatte ich mehr nach ihr verlangt. Und doch war es nicht nur Verlangen, das erkannte ich deutlich, nicht nur die »Fleischeslust«, über die wir oft scherzten, sondern eine tiefe, unergründliche Sehnsucht, dieses Erlebnis gemeinsam, auf körperlicher Ebene, fortzusetzen.

»Wir wollen schlafen gehen«, wisperte ich heiser. Ein zustimmendes Flüstern drang an mein Ohr; dann trat sie einen Schritt zurück und drückte mich wieder auf den Stuhl.

»Nein?« fragte ich.

»Doch. Bald. Komm zu mir. Ich muß noch nach Kate sehen, und dann –«

»Ja?«

»Ich möchte mich – bereitmachen.« Ich beobachtete den Kranz ihrer dunklen Wimpern, als sie die Lider senkte. Sich bereitmachen, das war ein Rest mädchenhafter Scheu, den ich an Bess kannte. Sie entschlüpfte sacht, als wollte sie den Bann nicht brechen. Wieder griff ich nach meinem Glas und trank. Ich wußte nun, weshalb uns die Witwe das Fäßchen gebracht und mir geraten hatte, nicht zu früh zu Bett zu gehen. Diese Nacht sollte für uns von besonderer Bedeutung sein, das begriff ich.

Und es war noch nicht vorüber; ich war sicher, daß noch mehr folgen würde, um das »Erlebnis« vollkommen zu machen.

Die Nacht schien sich um mich auszuweiten, mich zu umschließen und einzuhüllen. Die Farben der Chrysanthemen verstärkten sich im Mondlicht, wirkten kräftig wie Blüten auf alten Wandteppichen. Der kupferfarbene Glanz des Buchenlaubes wurde zum Gleißen, als wären die Blätter aus kostbaren Metallen gehämmert. Der Himmel pulsierte und pochte, verwandelte sich in einen niedrigen Baldachin, mit Juwelen besetzt, eine leuchtende Kuppel, die ich berühren und deren Licht ich auslöschen konnte. Mein Empfindungsvermögen erreichte eine ungeheure, nie gekannte Intensität, die mir unverständlich war, doch das kümmerte mich nicht; es zu erleben war mir genug. Ich war eins mit meiner Umgebung, mit Himmel und Erde, Licht und Klang, mit Bäumen, Blumen, Feldfrüchten, mit der ganzen Natur.

Dann begann der zweite Teil.

Ich sah eine Gestalt und blieb völlig unbeweglich sitzen, als sie erschien. Ich hatte recht behalten: Die Musik war noch nicht alles gewesen. Es war die Gestalt eines Mannes, und ich nahm an, daß sie aus dem Maisfeld gekommen sein mußte, denn sie wartete genau am Feldrand, auf einem dunklen Streifen Erde zwischen der Wiese und dem Acker. Der Mann war riesenhaft; er stand hoch aufgerichtet und war in etwas gehüllt, was ich nicht genau erkennen konnte. Ich sage, er war riesenhaft, denn so kam er mir vor, größer als jedes menschliche Wesen, das ich je zuvor gesehen hatte. Er tat zuerst einen Schritt, dann einen zweiten, und trat ins volle Licht des Mondes.

Er hätte ein Geist der Pflanzenwelt sein können, wie er dort stand in all seiner Kraft und Lebendigkeit, die Verkörperung von Vitalität und Wachstum – kein Dämon, sondern ein gütiger Geist. Jetzt erst sah ich, daß seine Arme und Beine mit Strohbüscheln umwunden waren, während Maisblätter seinen Brustkorb und Unterkörper bedeckten. Eine enganliegende, helmartige Kappe aus Blättern umschloß den Kopf, und das Gesicht selbst war hinter einer großen Strohmaske verborgen. Der Ausdruck, der durch die Schlitze für Mund und Augen hervorgerufen wurde, hatte wieder etwas Gütiges, erinnerte mich an die leicht leeren, doch angespannten Gesichter alter griechischer Skulpturen; ein Blick, zugleich sanft und rätselhaft – das Unbekannte. Die Gestalt nahm die klassische Kontrapost-Stellung von Stand- und Spielbein ein; das Spielbein vorgestellt und abgewinkelt, Hüfte und Schultern in entgegengesetzter Position.

Es war natürlich die Gestalt aus der alten Flickendecke, die das Mais-Spiel zeigte. Der Erntekönig, doch keine bloße Nachahmung. Er hob die Arme sehr langsam in einer Geste, die sowohl hintergründig als auch vollkommen anmutete; eine weite, umfassende Bewegung, als liege im Bogen seiner Arme göttliche Offenbarung. Mit ausgestreckten Armen verbeugte er sich vor mir, schien mich zu grüßen – eine irgendwie theatralisch wirkende Gebärde, dachte ich. Ich nahm an, es müsse Justin Hooke sein, doch war ich meiner Sache nicht sicher. Ich hielt nach einem Schimmer goldenen Haares in seinem Nacken Ausschau, konnte aber nichts sehen. Nun richtete er sich wieder auf und senkte einen Arm. Mit der anderen Hand vollführte er vor dem Mundschlitz seiner Maske pantomimische Gebärden, als wollte er damit einen Schwall von Worten ausdrücken. Dann drehte er sich ein wenig zur Seite, und eine andere Bewegung deutete das Heben eins Vorhangs an, hinter dem das Maisfeld lag, das er mit einem weiten, fließenden Bogen seines Armes nachzeichnete. Nun ließ er die Hand sinken und wandte sich nach rechts.

Ich folgte seinem Blick und bemerkte in einiger Entfernung eine zweite Gestalt am Feldrand. Auch sie hatte ich nicht kommen sehen; sie war einfach da – eine weibliche Gestalt, von Kopf bis Fuß hinter einer Art Schleier verborgen. Sie stand reglos unter der silbernen Hülle; dann wandte sie sich der männlichen Gestalt zu. Ich wartete und fragte mich, ob sie gleichzeitig aufeinander zugehen oder ob einer von beiden dem anderen entgegenkommen würde. Dann sah ich, daß die Frau es war, die wartete, und der Mann sich ihr langsam und mit schlichter Feierlichkeit näherte. Als er etwa bis auf drei oder vier Fuß an sie herangekommen war, kauerte er sich ins niedrige Gras, ein Knie aufgestellt, und stützte sich auf den linken Arm.

Für einen Augenblick bewegte sich keiner von beiden; dann teilten sich die hellen Schleier der Frau, und eine Hand zeigte sich. In einer langsamen Geste enthüllte sie ihren Arm, die Hände biegsam, graziös, die Finger leicht gekrümmt, den Zeigefinger ausgestreckt. Ihre Schultern neigten sich vor, und nun hob der Mann seinen rechten Arm und erwartete mit ausgestrecktem Finger ihre Berührung. Die Entfernung zwischen den beiden Fingern wurde immer geringer, und als sie sich berühr-

ten, sah ich ein rasches Aufblitzen, einen Funken weißen Lichtes, der zwischen ihnen aufsprang. Ich dachte an Michelangelos Erschaffung Adams in der Sixtinischen Kapelle, der göttliche Atem, den Jehova ihm einhauchte. Doch dort war es nur ein Fresko; dies hier war Wirklichkeit: Der Lebensfunke.
Der Mann erhob sich wieder, verbeugte sich zuerst vor der Frau, dann vor mir, und kehrte zu der Stelle zurück, wo er zuerst gestanden hatte. Ich wandte meinen Blick der weiblichen Gestalt zu. Sie hatte ihre Arme erneut unter den Schleiern verborgen, die Maske wiederhergestellt.
Wer war sie? Wen verkörperte sie?
Zuerst hatte ich geglaubt, sie müsse die Maismaid sein. Doch während ich sie betrachtete, wurde mir klar, daß sie in einer ganz anderen Aufmachung erschienen war als die Maismaid auf der Flickendecke. Ich spürte, daß diese Gestalt etwas anderes vorstellte, jemanden, dessen Identität ich erraten sollte. Die Sphinx. Sag mir, wer ich bin, schien sie mir zuzurufen. Eine Weile blieb sie so stehen, als wollte sie mir Zeit zum Raten lassen; dann breitete sie die Arme aus und führte die Hände langsam über ihrem Kopf zusammen, und die Schleier hoben sich mit ihren Händen. Ich war zugleich schockiert und erregt, als ich feststellte, daß sie unter ihren Hüllen völlig nackt war. Ich sah ihre Schenkel marmorbleich im Mondschein schimmern und dazwischen die geheimnisvolle dunkle Spalte.
Unwillkürlich erwartete ich, daß sie den Schleier ablegen müßte. Sie schien mich zu locken; ich glaubte, sie würde mir durch irgendeine Geste, einen Wink zu verstehen geben, daß ich zu ihr kommen sollte, den Platz der anderen Gestalt einnehmen. Doch als der Saum ihrer Gewänder sich bis zur Taille gehoben hatte, glitten sie sofort wieder bis auf ihre Füße hinab. Ich stand auf und tat einen Schritt vorwärts; dann sah ich zu der Stelle hinüber, wo der Mann gestanden hatte. Er war verschwunden. Die weibliche Gestalt neigte ihren Kopf unter dem Schleier, blieb in dieser Haltung einen Herzschlag lang stehen, drehte sich um und schritt vom Rasen über den Streifen dunk-

ler Erde, in die Schatten der Maisstengel, dann ins Feld hinein. Sie war fort.
Ich lief auf den Rasen und blieb auf halbem Weg durch den Garten stehen. Ich sollte ihr nicht folgen. Etwas war mir enthüllt worden – nicht nur die Reize jener Frau, sondern auch eine tiefere, übersinnliche Gleichung, die ich nicht zu lösen vermochte. Während mein Blick noch auf dem Feld verweilte, hörte ich wieder den trockenen Klang von Knochen, die aneinandergeschlagen wurden, gefolgt von einem Flötensolo, kurz, aber eindrucksvoll, ähnlich der abschließenden Koda in Strauss' *Till Eulenspiegel*. Eine betörende Weise, doch irgendwie spöttisch, als wäre das alles nur ein Spiel gewesen, eine kleine Zerstreuung für einen Herbstabend.
Alles war still. Ich drehte mich um und ging auf die Terrasse zurück. Dort steckte ich das Holzpflöckchen in den Spund, ergriff die Gläser und trug sie mit dem Fäßchen ins Haus. In der Küche wusch ich die Gläser aus und ließ kaltes Wasser über meine Handflächen laufen; es war wie ein Schock. Ich drehte den Hahn ab und stellte das Fäßchen auf das oberste Regal eines der Schränke. Dann schloß ich die Küchentür, löschte die Lichter, ging durch die Halle, vergewisserte mich, daß die Vordertür versperrt war, und stieg über die Treppe nach oben. Vor Kates Tür blieb ich stehen und lauschte, dann öffnete ich sie behutsam. Sie schlief.
Ich ging über den Flur zu unserem Schlafzimmer. Die Tür war angelehnt. Als ich eintrat, sah ich Bess im Schaukelstuhl neben dem Fenster sitzen. Ihre Hand war wie zum Gruß erhoben, und zuerst dachte ich, sie winke jemandem zu; dann merkte ich jedoch, daß sie nur nach der Zugschnur des Rouleaus griff. Sie zog es herab und ließ ihre Hand in den Schoß sinken. Ich hörte, wie sie mir mit sanfter Stimme ein Kosewort zuflüsterte. Dann erhob sie sich, um das einzige Licht auszudrehen, die kleine Lampe auf der Kommode. Nachdem sie sich entkleidet hatte, ging sie zu Bett; die Decke war schon zurückgeschlagen. Sie wartete auf mich.

Das Mondlicht strömte durch die Vorderfenster. Es war hell genug, um sich dabei auszuziehen. Als ich mich wieder umdrehte und auf Bess zuging, zog sie leicht den Atem ein, und ich dachte an eine Braut in ihrer Hochzeitsnacht, die bereit ist, sich den Forderungen ihres Gatten zu fügen. Doch als ich sie nahm, war es keine Jungfrau, die ich in den Armen hielt, sondern eine erfahrene Frau, eine so vollkommene Geliebte, wie sie sich ein Mann nur wünschen kann. Wir liebten uns wie nie zuvor. Nicht einmal während der Tage in der Rue du Bac in Paris hatten wir uns so geliebt. Es war die Vereinigung zweier Menschen, nicht nur körperlich, sondern auch seelisch, und wenn wir einander je wirklich gekannt haben, dann in jener Nacht, als wir vom Honigmet der Witwe getrunken und das Flötenspiel gehört hatten. Später, als Bess schlief, stand ich wieder auf und ging ins Badezimmer. Vom Fenster über dem Heizkörper konnte ich die Terrasse, die Wiese und das Maisfeld überblicken. Alles war vom Mondlicht überflutet. Mir war, als könnte ich wieder eine der beiden Gestalten dort stehen sehen, wo sie zuerst gestanden hatte. Nicht die Frau; der Mann – der dunkle Umriß einer mit Stroh und Maisblättern umhüllten Gestalt, die dort wartete. Worauf? Ich sagte mir, daß ich mir das jetzt wirklich nur einbildete, doch inzwischen bin ich anderer Ansicht. War er es wirklich, der Erntekönig?

Ich sah noch einen Augenblick länger hin, versuchte die Gestalt genauer auszumachen; dann war sie fort. Falls sie überhaupt zurückgekehrt war. Oder falls sie je wirklich dort gestanden hatte. Ich ging ins Bett zurück und legte den Arm um Bess' Schultern. Wieder rief ich mir die geheimnisvolle Erscheinung der verschleierten Frau ins Gedächtnis. Wer war sie? Oder vielmehr: Wen verkörperte sie? Ich dachte an die Bemerkung der Witwe über das Rätsel der Sphinx. Nun hatte man mir ein eigenes Rätsel aufgegeben, das ich lösen sollte. Ich erinnerte mich, daß das letzte, woran ich dachte, die Worte der Witwe waren: *Ein Mensch muß lernen, zu ergründen, was sich ergründen läßt.* Dann fiel ich in traumlosen Schlaf.

TEIL III

Der Tag des Zehnts

16.

An einem Nachmittag in der darauffolgenden Woche säuberte ich gerade meine Palette und die Pinsel, als ich die Kirchenglocke fünfmal schlagen hörte. Ich nahm mein Fahrrad und fuhr damit ins Dorf, um einige Fotos an meine New Yorker Galerie zu schicken, die ich vom Brückenbild aufgenommen hatte. Im Postamt verkaufte mir Myrtil Clapp, die Postgehilfin, eine Briefmarke. Ich klebte sie auf das Couvert und bemerkte dabei die Posthalterin selbst, die gerade an einem Ablageschrank Tee aufbrühte. Im Hinterzimmer sah ich Konstabler Zalmon sitzen, die Füße auf einem Tisch, die Pfeife im Mund. Tamar Penrose sah von ihrer Teekanne hoch und warf mir einen ihrer verschleierten Blicke zu. Ich hob die Hand zu einem kurzen Gruß, steckte den Umschlag in den Briefkastenschlitz und trat wieder ins Freie.

Draußen verglich ich meine Armbanduhr mit der Kirchturmuhr und überquerte den Dorfanger. Mrs. Green verschwand gerade mit einem Arm voll Bücher in der Bibliothek; Jim Minerva lud Lebensmittel auf den Rücksitz seines Volkswagens und fuhr in südlicher Richtung über die Hauptstraße davon. Ein Fuhrwerk kam gerattert; Will Jones saß auf dem Kutschbock, hielt vor dem Rocking Horse an und ging in die Gastwirtschaft. Mit bimmelnden Glöckchen und Geblöke trotten die Schafe beiseite, als ich mich der Kirche näherte.

Eine Schar Dorfmädchen stieg die Treppe hinauf, und durch die offene Kirchentür drangen die gedämpften Klänge der Orgel. Ich trat auf den Bürgersteig und sah Mrs. Buxley aus dem Friseursalon kommen; Margie Perkin hatte ihr das Haar gerichtete. Die Pastorengattin eilte auf mich zu, um mich zu begrüßen.

»Entzückender Tag heute!« sagte sie, als hätte sie ihn selbst geschaffen. Und wie ginge es mir, wären Bess und Kate wohlauf, und was machten meine entzückenden Bilder? In der Kirche begann der Chor zu üben, und die glockenhellen Stimmen der Mädchen erfüllten die Luft.

»Klingt das nicht entzückend? Unsere Mädchen proben für den Tag des Zehnts. Sie kommen doch auch zur Messe, nicht wahr?«

Ich sagte, ich hätte noch nie etwas vom Tag des Zehnts gehört, und sie erklärte mir, daß am kommenden Sonntag ein besonders feierlicher Gottesdienst stattfinden würde, bei dem die Bauern Mais zur Kirche brachten als Symbol für den Zehnt des Ernteertrages, der den Priestern nach altem Recht einst zustand. Eine Zeremonie, von der wir sicher beeindruckt sein würden.

»Wir sehen uns also in der Kirche!« Mrs. Buxley wandte sich zur Treppe. Amys Penrose kehrte gerade den Rinnstein. Er blieb neben mir stehen und tippte an seinen Hutrand. Ich winkte der Witwe zu, die auf der anderen Seite des Dorfangers mit ihrem Einspänner auftauchte. Ich hatte seit dem »Erlebnis« nicht mehr mit ihr gesprochen, obwohl ich sie gerne gefragt hätte, was sie vom Erscheinen des Erntekönigs und der unbekannten Frau hielt. Die Räder ratterten, die verrostete Federung quietschte – so fuhr das Wägelchen die staubige Straße entlang. Dazwischen hörte ich das helle Hufgeklapper der Stute: Auch die Witwe wandte sich in südliche Richtung. Kate kam auf ihrem Pferd vom nördlichen Ende der Hauptstraße geritten und galoppierte über den Dorfanger. Die entsetzten Schafe flohen in einer dichtgedrängten, wolligen Masse vor ihr. Ich rief ihr zu, sie solle die Tiere nicht so erschrecken; sie winkte und ritt weiter.

»Mrs. Buxley hat mir gerade vom Tag des Zehnts erzählt«, sagte ich zu Amys.

»Wieder so ein Blödsinn«, war seine lakonische Erwiderung. Er spuckte, sein übliches Zeichen der Mißbilligung. Dann wischte er sich mit dem verschlossenen Jackenärmel über den Mund. »Könnte ein Bier vertragen. Ich spucke schon Watte.«

Ich verstand den Wink und lud ihn auf ein Bier im Rocking Horse ein. Bereitwillig ließ er den kleinen Berg Laub am Straßenrand liegen, den er zusammengekehrt hatte, schulterte seinen Besen und ging mit mir zur Schenke.

Der Raum war voller Männer, Rauchschwaden hingen in der Luft, und von allen Seiten hörte man Stimmengemurmel. Die Bauern standen in Gruppen beisammen und tauschten die letzten Neuigkeiten aus. Hinter dem Tresen hatte Bert alle Hände voll zu tun.

Wir schoben uns durch die Menge und fanden am Ende der Gaststube einen Platz in der Ecke. Ich wartete, bis Amys sein Bier bestellt hatte, und verlangte wie üblich Scotch mit Soda. Will Jones stand gegen den Schanktisch gelehnt und unterhielt sich mit Fred Minerva, Ferris Ott und mehreren anderen. Ich prostete ihnen zu und erhielt ein Kopfnicken als Antwort. Je näher Harvest Home kam, desto stärker schien das Gefühl der Kameradschaft unter den Bauern zu werden. Von allen Seiten wurde zum Gespräch beigesteuert. Thema Nummer eins: Der Tod der alten Mrs. Mayberry. Thema Nummer zwei: Mrs. Oates, die Frau des Leichenbestatters, hatte ein Kind zur Welt gebracht. Die Dorfbevölkerung war wieder im Gleichgewicht. Thema Nummer drei: Weshalb war Worthy Pettinger in den letzten Wochen so verdammt mürrisch? Wußte er nicht, welches Glück ihm widerfahren war? Fred Minerva wünschte nur, man hätte seinen Jim zum Erntekönig gewählt. Thema Nummer vier: Justin Hookes Hahn. Thema Nummer fünf: das Wetter. Wenn es vor dem zweiten Donnerstag im November schneite, würde es einen harten Winter geben. Thema Nummer sechs: »diese Person«. Thema Nummer sieben: die letzte große Dürre.

Als Amys und ich ausgetrunken hatten, bat ich Bert, uns dasselbe noch einmal zu bringen, und gab ihm dann einen Wink, auch für Fred, Will, Ferris und die anderen eine Runde einzuschenken. Sie bedankten sich bei mir, leerten ihre Gläser und marschierten davon. Ich hörte noch, wie Ferris Ott sich im Hinausgehen mit Fred Minerva über die Pechsträhne unterhielt, die dieser schon fast ein Jahr hatte.

Ich wandte mich Amys zu und beobachtete ihn eine Minute lang, ehe ich mich zu ihm beugte. Ich gab mir Mühe, meine Stimme gleichgültig klingen zu lassen, wählte meine Worte jedoch sorgfältig.

»Sagen Sie mal, Amys, wie lange läuten Sie schon die Kirchenglocke?«

»Acht Stricke, vielleicht neun. Ich rechne nach Stricken, wissen Sie. So ein Strick ist in etwa sechs bis sieben Jahren abgenutzt, kommt ganz darauf an, wie viele geboren wurden oder gestorben sind.«

»Wenn Sie läuten, gibt es da einen Unterschied – ich meine, ob's für einen Mann ist oder für eine Frau?«

»Klar. Für einen Mann sind's dreimal zwei Glockenschläge, für eine Frau dreimal drei.« Er nahm einen kräftigen Schluck Bier und ließ es genießerisch durch seine Kehle rinnen. »He, Bert, gib mir 'n paar von den Nüssen dort!«

»Dreimal drei?« Ich rückte näher an ihn heran. »Haben Sie auch für Grace Everdeen so geläutet?«

»Teufel, nein!« erwiderte er in heiserem Flüsterton. »Für sie ist nie eine Glocke geläutet worden. Ich hätt's getan, wenn sie es mir erlaubt hätten, aber sie wollten nicht. Die nicht. Keine Glocke hat für Grace geläutet. Nicht dreimal drei Schläge, o nein. Ich hab' geläutet, als sie auf diese Welt gekommen ist, aber es war keiner da, der's getan hätte, als sie sie wieder verließ.« Er drehte sich eine Zigarette und zündete sie an. »Ach, Gracie Everdeen.« Er blies den Rauch in die Luft und nahm dann gleich einem Klageweib den Bericht über die tote Grace wieder auf.

»Unser Tal hat nie ein schöneres Mädel als Gracie hervorgebracht. Und auch kein feineres. Lieb und zart, das war sie, eine richtige Augenweide. 's gab keinen Burschen im Dorf, der ihr nicht nachgelaufen wäre. Groß war sie, aber schlank, und so schön, wie man sich's nur denken kann.« Er preßte meinen

Arm, um mich von der Wahrheit seiner Worte zu überzeugen. »Hübsch war sie, ja, das muß man sagen. 'n richtiges Wettrennen fand um sie statt, jeder wollte sie für sich gewinnen.«

»Und Roger Penrose?«

»Mja. Der machte schließlich das Rennen. Roger ging eigentlich mit Tamar Penrose, das ist eine von den verteufelten Penrose-Cousinen. Damals stimmten die Frauen ab, und Roger wurde Erntekönig, obwohl er arm wie 'ne Kirchenmaus war. Tamar war mächtig stolz und dachte, Roger würde sie zu seiner Maismaid machen, aber er tat's nicht. Ein Jahr verging, dann zwei, und er hatte sie noch immer nicht gefragt. Hatte überhaupt kein Mädel gefragt. Nun, da war Gracie, die blühte wie eine Blume, und – hab' ich schon gesagt, daß sie hübsch war? – ja, das hab' ich, und sie war's. Lassen Sie mich mal nachdenken. Roger ist also Erntekönig, und da ist die hübsche Gracie. Er nimmt sie auf eine Spazierfahrt im Wagen der Witwe mit, und wie sie zurückkommen, hat er Gracie gefragt. Alle fanden das prima, bloß Tamar nicht, denn die war ja nun ausgestochen – hm, sie ist ein launisches Ding. Aber Gracie, die strahlte so richtig. Na – wo war ich? Ja. Roger als Erntekönig, Gracie als Maismaid. Roger hatte ungefähr noch zwei Jahre vor sich. Die Witwe unterwies Gracie in ihre Pflichten. Jeder, der über sie redete, konnte nur Gutes von ihr sagen. Oh, hübsch war sie, fein und zart wie Frühlingsluft. Na, mein Herr, das nächste, was geschah, war, daß Roger ihr einen Ring gab.«

»Zur Verlobung?«

»Sozusagen. Er konnte sich keinen teuren Ring leisten. Dann wurden sie aufgeboten. Es kommt nicht oft vor, daß ein Erntekönig seine Maismaid heiratet – Justin und Sophie zum Beispiel, die waren auch so eine Ausnahmen, und das hat 'nen ziemlichen Wirbel verursacht. Aber Roger hatte sich für Gracie entschieden. Dann mischte sich plötzlich Mrs. Everdeen ein und machte das Aufgebot rückgängig. Sagte, Gracie müßte Roger seinen Ring zurückgeben. Und dann, 'ne Weile später, fing Gracie an, sich komisch zu benehmen; ungefähr um die

Zeit, als sie 'n Backfisch war. Schien einfach überzuschnappen. Tat alle möglichen verrückten Sachen.«
Ich gab Bert einen Wink, Amys noch ein Bier zu bringen. »Zum Beispiel?«
Amys schneuzte sich und wischte sich die Augen. »Na, erst hörte sie mal auf, sich die Haare zu kämmen. Trug tagaus, tagein dasselbe Kleid. War frech zur Witwe. Scharwenzelte um den Pastor herum. Am Mittsommerabend legte sie Mrs. Buxley eine ganze Fleischpastete unter den Allerwertesten, gerade ehe die sich hinsetzen wollte. Machte einem von den Soakes-Jungen schöne Augen. Roger war fuchsteufelswild, genau wie alle anderen. Bloß ich nicht; mir tat sie leid. Das passierte nicht alles auf einmal, müssen Sie wissen – mehr so nach und nach. Beim Frühlingsfest prügelte sie sich mit den Burschen auf der Straße. Direkt da, wo Sie die Soakes niedergeschlagen haben, nahm sie's mit Ferris Ott auf und warf ihn in den Staub. Dann, als Roger sein Pferd kaufte–«
»Das, mit dem er sich den Hals brach?«
»Mhmm. Sie forderte Roger zu 'nem Wettrennen heraus und gewann. Nun, keiner hätte Rogers Pferd schlagen können – aber Gracie hat's geschafft. Die Leute behaupteten, sie hätte der Witwe ein paar von ihren Kräutern gestohlen und sie dem Pferd unter den Hafer gemischt. Roger war so fuchtig, daß er zu Gracie sagte, sie solle ihm seinen Ring zurückgeben. Dann brachte sie Schande über das ganze Dorf – oder wenigstens bildeten sie sich's alle miteinander ein.«
»Wieso denn?« Ich trank einen Schluck von meinem Scotch. Amys zog an seiner Zigarette, blies den Rauch aus und setzte das Bierglas an die Lippen.
»Na, darüber kann man sich kaum wundern. Sie ist 'n richtiges Ekel geworden. Lief barfuß herum, mit zerrauften Haaren, schrie und kreischte und fluchte. Alle im Dorf waren wütend. Sie war die Maismaid, Roger hatte ihr Ehre erwiesen, aber sie schien sich nichts daraus zu machen. Es gab nichts, was sie nicht getan hätte, damit die Leute nicht entrüstet waren oder

schlecht von ihr dachten. Dann kam das Agnes-Fest, und damit war's aus. Roger hätte den Kletterwettbewerb bestimmt gewonnen, aber Gracie vermasselte es ihm, genau wie den Ringkampf. Anschließend hatte sie 'nen Streit mit Ewan Deming, und dann war sie weg.«

»Sie ging fort von hier?«

»Jawohl.«

»Wohin ging sie?«

Er schüttelte den Kopf, trank sein Bier und wischte sich den Schaum vom Kinn. »Das weiß keiner. Sie verschwand am Tag vom Agnes-Fest und kam fast zwei Jahre nicht zurück. Doch da war's schon zu spät. Roger sagte, wenn Gracie sich so aufführt, dann kann Tamar Maismaid werden, und beim Spiel wurde sie an Gracies Stelle gekrönt. Doch die meisten wußten nicht, daß Gracie schon im Frühling desselben Jahres zurückgekommen war. Irgendwie war's, als könnte sie nicht wegbleiben. Damals hatten wir 'nen sehr harten Winter. Fünf Fuß tief lag der Schnee auf dem Dorfanger, und die Leute mußten Gänge graben, um das Vieh zu füttern. Ich hab' damals vier von meinen Schafen verloren. Dann taute es, wir hatten Hochwasser, und der Frühling stand vor der Tür. Und mit ihm kam Gracie Everdeen. Ja, mein Herr, und wo immer sie auch gewesen sein mag, sie kehrte traurig und unglücklich zurück, und ich könnte wetten, daß ihr armes Herz gebrochen war.«

Es war etwas an seiner schlichten, ländlichen Ausdrucksweise, was ein lebendiges Bild vor mir erstehen ließ: Ich konnte die brachliegenden Felder vor mir sehen, den schmelzenden Schnee, den grauen Himmel – und jenes ungestüme, seltsame Geschöpf Grace Everdeen, Opfer zügelloser Leidenschaften, die ihre Mutter verachtete, weil sie ihr das Herz gebrochen, den Liebsten, weil er sie verraten hatte. »Aber sie kam in diesem Frühling nicht ins Dorf zurück, nicht wahr?« Ich erinnerte mich an den Teil der Geschichte, den ich von Mrs. O'Byrne kannte.

»Nein, nicht im Frühling. Sie war irgendwo drüben in Saxony, aber sie wollte nicht über den Fluß kommen. Wollte nicht um alles in der Welt über die Lost Whistle Bridge gehen.«

»Warum nicht?«

Er senkte kurz den Kopf und zögerte. Dann schien er sich wieder gefaßt zu haben. »Wer weiß? Weibsleute benehmen sich manchmal komisch. Roger Penrose erfuhr, daß sie in Saxony war. Er ritt zum Fluß und bat sie, heimzukommen. Ein ums andere Mal, aber sie wollt's nicht tun.«

»Warum hat Roger die Brücke nicht überschritten?«

»Er durfte nicht. Das ist Vorschrift. Im siebten Jahr darf der Erntekönig die Grenzen des Dorfes nicht überschreiten. Genauso ist's mit der Maismaid. Aber Gracie blieb auf der anderen Seite. Setzte nie einen Fuß über die Brücke. Und Roger kam nicht zu ihr hinüber.«

»Letzten Endes hat er es aber doch getan.« Ich erzählte Amys, was ich von Mrs. O'Byrne erfahren hatte: daß Roger am letzten Abend über die Brücke geritten war und Gracie mit sich auf die Cornwall-Seite genommen hatte, und wie Mrs. O'Byrne Grace wegen Sittenlosigkeit entlassen wollte.

Amys starrte mich sprachlos an. Dann spuckte er wieder aus. »Das ist nicht wahr! Roger hat sie an dem Abend niemals nicht angefaßt!«

»Woher wissen Sie das?«

»Ich–« Er stockte unsicher, warf Bert einen raschen Seitenblick zu und befahl ihm brüllend, ihm mehr Nüsse zu bringen. Als der Kellner ans andere Ende des Schanktisches gegangen war, fuhr Amys in heiserem Flüsterton fort: »Roger hat sie mit keinem Finger berührt! Der Erntekönig darf vor Harvest Home nichts mit 'nem Mädchen haben, das wäre gegen die Regel. Na ja, jedenfalls hat Roger sie kurz vor dem Mais-Spiel getroffen. Das war der armen Gracie ihre letzte Chance. Er ist zurückgeritten, und sie krönten Tamar an ihrer Stelle. Am nächsten Tag, 's war der Tag vor Kindling Night, wenn sie die Vogelscheuchen verbrennen, kutschierte die Witwe Fortune nach Saxony hinüber, um mit Gracie zu reden. Aber sie ist auch ohne das Mädel zurückgekommen. Roger war also an Harvest Home der Erntekönig, und Tamar ging als seine Maismaid mit ihm.«

»Ging wohin?«

»Hölle und Teufel, fragen Sie doch nich' soviel. Ich will's Ihnen ja gerade erzählen. In den Wald sind sie gegangen. Soakes Lonesome.«

»Harvest Home wird im Wald gefeiert?«

»Im siebten Jahr immer. Doch dann kam Gracie ebenfalls.«

»Und übte einen zersetzenden Einfluß aus.«

»Wer sagt das?«

»Die Frauen. Mrs. Green, Mrs. Zalmon –«

»Verdammte alte Gewitterziegen! Gott allein weiß, ob sie's tat.«

»Und was geschah dann?«

»Zwei Tage später hat Irene Tatum ihren armen toten Körper im Fluß gefunden. Sie hat sich von der Lost Whistle Bridge gestürzt. Ich hab's gehört und wollte die Glocke für sie läuten, dreimal drei Schläge. Aber da kam Mr. Deming daher und hat's mir verboten. Befahl mir, eine Grube zu schaufeln.«

»Außerhalb des Friedhofs?«

»Mr. Buxley sagte, einem Selbstmörder kann er kein christliches Begräbnis geben. Und da sind die Ältesten gekommen und haben einen Sarg aus Fichtenholz mit Gracie darin gebracht, und den ließen sie in die Grube hinunter. Dann hat Mr. Deming in seinem schwarzen Anzug von mir verlangt, daß ich das Grab wieder zuschütte, und sie sind weggegangen. Keine Seele war zur Beerdigung da. Mrs. Everdeen packte ihre Sachen und hat das Dorf wegen der Schande verlassen. Und das ist das Ende von der Geschichte.«

»Sie haben sie also begraben.«

Er wandte rasch den Kopf ab und benutzte wieder den Spucknapf. Nach einer Weile sagte er: »Ja, ich hab' sie draußen vor dem Zaun begraben, da, wo ihr Grabstein steht. In Schmach und Schande liegt sie da draußen, während Roger in allen

Ehren 'nen Platz auf dem Friedhof hat. Und *sie* führt im Postamt das Regiment und treibt sich mit allem herum, was Hosen anhat.« Er packte mich am Ärmel und sagte wild: »Hören Sie nicht auf die Leute. Gracie war ein feines Mädel. Und eine Schönheit, vergessen Sie das nicht. Schön wie der Frühling, eine richtige Fee, das war sie, die Gracie.«
Bert kam, um die Gläser einzusammeln und mit seinem Lappen die nassen Ringe auf dem Schanktisch abzuwischen.
Amys erhob sich mit wackligen Beinen von seinem Stuhl, einen kummervollen, elenden Ausdruck auf dem faltigen Gesicht. »Passen Sie auf, Mister, ich hab' Gracie lieb gehabt, und ich hab' sie nie vergessen, auch wenn's denen nicht paßt. Manchmal, wenn ich dreimal drei Glockenschläge läute, wie jetzt bei Mrs. Mayberry, sag' ich Gracie, daß es für sie ist.«
Er tippte an den Hutrand, bedankte sich bei mir, daß ich etwas für seine trockene Kehle getan hatte, ergriff seinen Besen und stapfte aus der Schenke.
Ich trank meinen restlichen Scotch und gab mir Mühe, die Bruchstücke seiner Erzählung von der unglückseligen Grace Everdeen zu einem Ganzen zusammenzufügen. Wieder ein Fall von unerwiderter Liebe, dachte ich, bezahlte und ging.
Auf dem Weg zur Kirche hörte ich das Sechsuhrläuten, und die Stimmen des Mädchenchors vermischten sich mit den bronzenen Glockenschlägen. Die Sonne versank hinter dem Postamt. Lange Schatten waren über den Dorfanger gekrochen und hoben die Kreise im Gras deutlicher hervor.
Ein paar Sekunden später stieg ich die Treppe zur Kirche hinauf, setzte mich in eine der Bänke und sah zum Chor auf, wo die Mädchen paarweise mit ihren Notenblättern standen und den feierlichen Hymnus sangen. Maggie saß an der Orgel und beobachtete in dem kleinen Spiegel über dem Manual, wie Mrs. Buxley den Chor dirigierte. In der oberen Ecke der Empore sah ich die Witwe sitzen. Sie hatte den Kopf in die Hände gestützt und schien in Gedanken versunken. Das Lied endete, und einen Herzschlag lang war es völlig still in der Kirche. Dann sam-

melten sich die Mädchen um die alte Frau, die sie für ihren Gesang lobte. Ich erhob mich und ging den Mittelgang entlang, da bemerkte ich Mr. Buxley, der an einem Tisch saß und in ein Kirchenbuch schrieb. Ich blieb stehen, um ein paar Worte mit ihm zu wechseln, und erfuhr, daß er gerade dabei war, den Tod der alten Mrs. Mayberry einzutragen. Er holte ein anderes Buch vom Regal, zeigte mir den Vermerk ihrer Geburt vor siebenundsechzig Jahren und stellte die beiden Matrikel dann wieder an ihren Platz zurück. Jeder Band war mit Jahreszahlen versehen; alle Geburten, Heiraten und Todesfälle des Dorfes waren hier verzeichnet, die drei wichtigsten Ereignisse im Dasein eines Menschen, gleich, wo er auch leben mag.

Kurze Zeit später schlenderte ich die Hauptstraße entlang und sah mir die gepflegten Gärten und die Häuser mit den schönen Eingängen im Kolonialstil an; Häuser, wie ich sie in der Stadt nie gekannt hatte. Als ich an Tamar Penroses Grundstück vorbeikam, sah ich Missy auf dem Ast eines Apfelbaumes sitzen und mit ihrer Puppe spielen, während unter ihr ein paar Hühner im Schmutz scharrten. Sie hob den Kopf und starrte mich an. Plötzlich fiel mir jene andere Puppe vom Maisfeld ein, und ich erkannte mit Bestürzung, daß ich nicht wußte, was aus ihr geworden war. Ich versuchte mir die Einzelheiten ins Gedächtnis zurückrufen, da hörte ich Missy einen leichten Schrei ausstoßen. Sie hatte vom Baum klettern wollen und war mit ihrem Kleid hängengeblieben. Bei dem Versuch, sich zu befreien, hatte sie den Halt verloren und war zu Boden gestürzt. Ich kehrte um und öffnete die Pforte. Sie lag unter dem Baum und schien halb betäubt zu sein. Ich kniete neben ihr nieder, hob ihren Kopf und fragte sie, ob ihr etwas fehle.
Sie sah mich starr an; dann hob sie die Hände und preßte sie gegen ihre Schläfen, als wollte sie damit den Schmerz lindern. Missy trug eine eigenartige, gestrickte Mütze, die bis über ihre Ohren gezogen war, als wäre tiefster Winter. Ihr Kleid war mit Grasflecken übersät, ihre Schuhe voller Schmutz.

»Hallo«, sagte ich.
Sie betrachtete mich mit leerem Blick; dann trat plötzlich ein Ausdruck des Erkennens in ihre wäßrigen Augen.
»Missy, erinnerst du dich an mich?«
»Mnmm – hm, um – Bild –«
»Das stimmt. Ich male Bilder. Erinnerst du dich, was beim Agnes-Fest mit dem Schaf passierte?«
Sie schüttelte den Kopf.
»Du hast mit dem Finger auf mich gezeigt, weißt du das noch?«
Wieder ein Kopfschütteln. Sie starrte auf die Hühner, die noch immer unter dem Baum scharrten.
»Hat dir jemand gesagt, daß du auf mich zeigen sollst?«
Ein Schulterzucken.
»Hat dir jemand gesagt, wen du zum Erntekönig wählen sollst? Oder hast du Worthy Pettinger ausgesucht, weil du ihn magst?«
Wieder ein Schulterzucken. Sie wandte ihre trüben Augen nicht von den Hühnern ab.
Ich versuchte es noch einmal. »Wenn die Leute dir Fragen stellen und du sagst ihnen etwas, sind das nur Sachen, die du erfunden hast?«
Sie kicherte und erwiderte dann: »Manchmal.« Noch immer beäugte sie die Hühner. »Mnmm – um – manchmal auch nicht«, fügte sie hinzu.
»Und wenn nicht, wer erfindet sie dann? Woher kommt das, was du den Leuten sagst?«
»Weiß ich nicht.«
»Hörst du es? Sind es Dinge, die jemand zu dir sagt? Wie eine Stimme?«
»Manchmal. Manchmal hör ich's nicht, manchmal seh' ich es bloß.« Sie stand auf und begann über den Rasen in Richtung Veranda zu gehen. Auf halbem Weg blieb sie stehen und warf mir einen raschen Blick zu. Ich ging ihr einen Schritt nach. Sie bewegte sich einen Schritt vorwärts. Es war, als wollte sie mich anlocken. Wenn ich mich bewegte, bewegte auch sie sich; wenn ich stehenblieb, blieb auch sie stehen und wartete, bis ich

weiterging. Sie kam zur Treppe und lief zur Veranda hinauf; dann drehte sie sich nach mir um. Als sie merkte, daß ich ihr folgte, setzte sie sich rasch auf die Hollywoodschaukel und wühlte in ihrer Kleidertasche, bis sie ein Stück Schnur fand. Sie blickte zuerst auf den freien Platz an ihrer Seite und dann auf mich. Ich nahm auf dem verschossenen Wachstuchkissen Platz, und sie setzte die Schaukel in Bewegung.

Die rostigen Ketten quietschten. Missy fuhr mit den Fingern jeder Hand durch die zu einer Schlaufe gebundene Schnur, machte ein kleines Muster daraus und hielt es mir entgegen, damit ich es übernahm. Ich steckte die Finger hinein, hob es ab und machte ein anderes Muster. Sie warf mir einen listigen Blick zu, nahm mir die Schlinge ab und formte ein neues Gebilde. Voll Eifer wartete sie auf meine nächste Bewegung. Ich fuhr mit Daumen und Zeigefinger jeder Hand in das kleine Labyrinth und hob es ab. Das Muster glitt über meine Finger, veränderte sich und saß fest.

»Mnm –« murmelte sie und starrte darauf nieder.

Wieder versuchte ich es. »Ist es ein Spiel, Missy? So wie das hier?«

»Kein Spiel.«

»Was siehst du denn eigentlich?«

»Mnm – es ist, wie wenn man durch Glas schaut.« Sie sprach plötzlich ganz deutlich. »Manchmal rot, manchmal blau, oder vielleicht schwarz. Und plötzlich ist alles schwarz, und dann ist's soweit… Wenn ich's sehe, wie es ausschauen soll, dann erzählen sie mir, was ich sagen soll. Manchmal ist Feuer da, und Blitze. Um – und Musik.«

»Musik?«

Sie überlegte einen Moment, und ein schwaches Summen kam von ihren Lippen. »Wie in dem Spiel, weißt du?« Sie ahmte einen Flötenton nach und spielte mit den Fingern auf einem imaginären Instrument. Dann machte sie Trommelgeräusche und die entsprechenden Bewegungen. »So ungefähr«, sagte sie. Ohne mich anzusehen, ergriff sie meine Hände und ver-

schränkte meine Finger ineinander. Dann begann sie die Schlinge darum zu wickeln.
»Mnmmm«, murmelte sie, und ihre Brauen zogen sich in höchster Konzentration zusammen.
»Da!« Missy legte meine Hände in ihren Schoß und starrte mich an. Ich bewegte meine Finger und merkte, daß sie festgebunden waren. Sie bekam einen Lachkrampf, lehnte sich gegen das Kissen und wartete, daß ich meine Hände wieder befreite.
»Missy, binde Mr. Constantine wieder los!«
Tamar Penrose stand auf der untersten Treppenstufe. Sie nahm ihre Tochter an der Hand, öffnete die Vordertür und schickte sie ins Haus. Ich erhob mich und versuchte mich aus der Verstrickung zu lösen. Tamar kam und sah sich meine Hände an. »Das ist einer ihrer Tricks.«
»Ich werde es schon los.« Ich machte allerlei Anstrengungen, mich aus Missys Schlinge zu befreien.
»Ich werde es durchschneiden müssen. Kommen Sie mit ins Haus.« Sie trat über die Türschwelle und wartete auf mich. Die Abenddämmerung brach schon herein. Die wenigen Autos, die auf der Straße vorüberkamen, fuhren bereits mit Licht. Ich hörte das vertraute Motorengeräusch, und gleich darauf das noch vertrautere Klappern von Pferdehufen.
»Ihr Mädel ist eine gute Reiterin«, sagte Tamar und hielt mir die Tür auf. »Missy, mach Licht.« Sie führte mich in die Küche, wo das Kind die Beleuchtung eingeschaltet hatte, und suchte in einer Schublade nach einem Messer. Eine große Katze saß mit halbgeschlossenen Augen auf dem Fenstersims. »Missy, Schätzchen, lauf hinaus und hole uns ein Huhn zum Abendessen.« Die Kleine verließ das Haus; gleich darauf hörte ich, wie sie im Garten hinter den Hühnern herjagte.
»Ich wußte nicht, daß Sie eine Vorliebe für kleine Mädchen haben«, sagte Tamar in zweideutigem Ton, und ein Lächeln umspielte ihre Lippen. Sie bot mir einen Stuhl an; dann begann sie die Schnur durchzuschneiden. »Gibt es dagegen nicht ein Gesetz? Vielleicht sollte ich Sie so verschnürt lassen und den

Konstabler rufen. Verführung Minderjähriger und so.« Sie lachte; ich roch ihr Parfum. »Da«, sagte sie, als sie meine Finger endlich befreit hatte. »Missy ist ein kleiner Teufel. Was hat sie Ihnen denn erzählt?«
»Nichts. Wir haben nur ein Abnehmespiel miteinander gemacht, und –« Ich stockte, als mir klar wurde, wie albern ich mich benahm. Schnell stand ich auf. »Nun, vielen Dank jedenfalls für den Samariterdienst.«
»Warum haben Sie's denn so eilig? Nachdem Sie nun schon hier sind, können Sie doch noch auf einen Drink bleiben.«
»Danke, ich mache mich jetzt besser auf den Heimweg.«
»Ach, kommen Sie!« Sie nahm Gläser aus einem Hängeschrank und stellte sie auf den Tisch. Ihr Kleid spannte sich aufreizend über ihrem vollen Körper. »Roy Soakes hat mir einen großen Krug Maiswhiskey gebracht. Haben Sie schon jemals schwarzgebrannten Alkohol versucht? Er steht gleich hinter der Tür dort; holen Sie ihn, ich bringe das Eis.«
Sie verschwand im Hintergrund, wo der Kühlschrank stand, und ging dann auf die Veranda, um nach ihrer Tochter zu sehen. Missy hatte inzwischen ein Huhn erwischt, das fürchterlich gackerte, während sie es festzuhalten versuchte. Tamar ergriff ein Beil und ging die Treppe hinunter. Ich beobachtete, wie sie das Huhn packte, seinen Hals auf eine Kiste drückte und ihm den Kopf abhackte. Dann ließ sie den kleinen Körper los, und das kopflose Huhn drehte ein paar irrsinnige Runden vor dem Haus und verspritzte Blut auf die trockene Erde. Als es umgefallen war, packte es Tamar an den Füßen und trug es zu einer Pfanne in der Nähe der Treppe. Sie band ihm die Beine zusammen und hängte den noch immer flatternden Tierkörper an einen Haken; das Blut tropfte aus dem Hals in die Pfanne.
Wieder im Haus, wusch sie sich die Hände und stellte das Eis auf den Spültisch. Die Katze auf dem Fensterbrett bewegte ihren Schwanz, als wir mit den Gläsern anstießen. Missy schien irgendwohin verschwunden zu sein, denn sie zeigte sich nicht, und ich hörte sie auch nicht im Garten rumoren.

»So.« Tamar Penrose schob ihren Stuhl näher an den Tisch heran. »Sie sind Maler, nicht wahr? Welche Art Bilder malen Sie?«

Ich erklärte ihr, welche Motive ich bevorzugte. »Interessieren Sie sich für Kunst?«

»Ich mag Bilder, solange sie hübsch sind.« Ihre Augen verengten sich leicht. Ich war ihr noch nie nahe genug gewesen, um zu bemerken, daß sie grün waren. Sie dehnte sich faul. »Unser Dorf ist hübsch, finden Sie nicht?«

»Haben Sie schon immer hier gelebt?«

Sie lachte. »Natürlich, was denn sonst? Wohin soll man schon gehen, wenn man hier in Cornwall Coombe geboren ist? Das war früher unser Haus, in dem Sie jetzt wohnen.«

»Ich weiß. Wir sind Ihnen sehr dankbar, daß Sie's uns verkauft haben.«

Sie zuckte mit den Schultern, hielt ihre Hand vors Gesicht und starrte auf ihre Fingernägel. »Es war nicht meine Idee. Aber wir brauchten das Geld ohnehin.« Sie erzählte mir von ihrem Vater, der sein Vermögen während der letzten Dürreperiode durch Getreidespekulationen verloren hatte. Sie mußten umziehen, insgesamt zweimal, und immer war das neue Haus kleiner als das vorhergehende. Das alles passierte nach der letzten großen Dürre, in dem Jahr, als Missy geboren wurde. Dann waren Tamars Eltern gestorben, und die Dorfältesten hatten ihr die Stellung als Posthalterin angeboten. Tamars Blick war auf meine Hände gefallen, die auf der Tischplatte lagen. Sie starrte darauf nieder. Ich ergriff mein Glas und trank einen Schluck.

»Verdammt stark.«

»Ja, der treibt einem das Wasser in die Augen. Die Leute finden Soakes' Whiskey fabelhaft. Rauchiger Geschmack. Es heißt, er wäre von der guten alten Sorte.« Wieder hob sie die Flasche. Ich lehnte ab, und sie schenkte sich selbst ein und stand auf, um den Whiskey mit Wasser zu mischen. Ich beobachtete die geschmeidigen Bewegungen ihres Körpers, das leichte Schaukeln ihres Busens und ihrer Hüften unter dem Stoff, die Biegung

ihres Nackens, als sie am Wasserhahn hantierte. »Ich habe mir immer vorgestellt, ich würde mindestens fünfmal heiraten und eine große Kinderschar haben. Da sieht man, daß alles anders kommt, als man denkt.« Sie sah zur Zimmerdecke. »Nun, wenigstens hab' ich ein Kind. Sie ist wie ihr Vater, wenn sie friedlich ist, das gleiche Wesen.«
Tamar betrachtete sich im Spiegel, der zwischen den Fenstern hing. »Genau wie er, auch wenn sie in Wut gerät. Sie hat auch seine Haarfarbe geerbt. Die meisten Mädchen hätten versucht, es zu verbergen – ich meine, daß sie keinen Mann haben –, aber was zum Teufel soll's. Hier kümmert sich niemand darum.«
»Missy ist ein ungewöhnliches Kind.« Ich fragte mich, wer der Vater gewesen sein mochte.
»Ja, das ist sie. Und sie macht mir nicht viel Mühe. Wir kommen gut miteinander aus. Manchmal ist es schwer, mit ihr zu reden. Ich meine, es wäre schön, jemanden um sich zu haben, der versteht, was man sagt.« Sie setzte sich wieder. Vom Ausguß kam das Geräusch tropfenden Wassers. »Dieser verfluchte Hahn!« sagte sie.
»Er braucht wohl eine neue Dichtung.«
»Hier sind viele Sachen, die alles mögliche bräuchten.«
»Sie kannten Gracie Everdeen?«
Ihre Brauen hoben sich fast unmerklich. Eine Pause trat ein. Dann: »Sie wollen eine Menge wissen, nicht wahr? Interessieren Sie sich für Gracie Everdeen?«
»Ich möchte nur gern die Dorfgeschichte begreifen.«
»Ich werde sie Ihnen begreiflich machen. Natürlich kannte ich Gracie. Wenn sie nicht gewesen wäre, würden wir noch immer in dem Haus wohnen, das jetzt Ihnen gehört. Sie war es, die uns die Dürre brachte, die meinen Vater und viele andere hier ruinierte. Sie war eine heimtückische Person, Gracie. Dachte, sie hätte alle auf ihrer Seite. Eine Zeitlang war es auch so. Sie hatte Roger, sollte Maismaid werden, war die Maienkönigin. Aber es kam nicht so, wie die Ärmste sich's vorgestellt hatte. *Ich* bekam Roger, *ich* wurde Maismaid. Gracie dagegen liegt auf dem

Friedhof und sieht sich die Radieschen von unten an. Wenn Sie wissen wollen, wie ich zu ihr stehe: Ich hoffe, sie schmort für alle Zeiten in der Hölle. Es war richtig, daß sie sich umgebracht hat, und wenn sie's nicht getan hätte, hätte jemand anderer –« Sie brach ab und bekam sich wieder in die Gewalt. Sie stützte sich auf die Ellbogen; der Ausschnitt ihrer Bluse lockerte sich, und ich sah den tiefen, festen Einschnitt zwischen ihren Brüsten.

»Wenn Sie die Wahrheit wissen wollen, Gracie war plemplem. Vollkommen plemplem.«

»Sie meinen, sie war verrückt?«

»Ja, verrückt. Verrückt vor Liebe zu Roger und ganz außer sich, weil sie ihn nicht heiraten konnte. Deshalb hat sie durchgedreht.«

»Was passierte denn eigentlich?«

»Sie und Roger wollten heiraten. Dann zog Mrs. Everdeen das Aufgebot zurück. Es brachte Gracie zur Raserei, daß ihre Mutter ihr nicht erlaubte, Roger zu heiraten.«

»Warum wollte sie es nicht erlauben? War er ihr nicht gut genug?«

»Er war ein Penrose. Lebte gleich beim Dorfanger. Roger war arm, aber die Everdeens waren im Tal nie besonders geachtet. Die Leute denken, wir Penroses wären ...« Sie tippte sich an die Stirn. »Aber in diesem Fall war's genau umgekehrt. Gracie schnappte über.«

»Wie?«

»Gott, Roger wählte sie zur Maismaid. Das war eine Ehre. Und was tat sie? Sie machte sich nur über uns lustig, die dumme Gans. Es gab nichts, was sie nicht getan hätte, um die Leute zu schockieren. Wissen Sie, was sie beim Agnes-Fest anstellte? Roger kletterte gerade auf dem Dorfanger den Pfosten hinauf, da erklomm Gracie die Fahnenstange vor dem Postamt, und zwar genauso schnell wie er. Alle Leute sahen nicht dem Erntekönig zu, das können Sie mir glauben, sondern Gracie. Dann, als Roger zum Ringkampf antrat, kam Gracie von der Tribüne und warf mit dem Stiel eines Hammers nach ihm, so daß er vor dem ganzen Dorf zu Boden ging. Eine Maismaid, die den Erntekönig außer Gefecht setzt! Sie war verrückt, das sage ich ihnen. Sie fluchte wie ein Fuhrknecht. Kein Wunder, daß sie daraufhin verschwand.«

»Und Sie wurden an ihrer Stelle Maismaid.«

»Ja, und ich wäre es wieder, wenn ich könnte. Sophie Hooke, mein Gott! Sie und Justin sind schließlich verheiratet! Das dürfte nicht sein. Ich finde es falsch, und alle anderen auch.« Sie griff nach meinem Glas. Ehe ich es freigab, spürte ich den leichten Druck ihrer Fingernägel auf meinem Handrücken.

»Warum reden wir von Gracie? Die Leute würden gern aufhören, an sie zu denken, wenn sie's bloß könnten. Sie haben schöne Hände. Lange, schmale Finger. Wahrscheinlich hängt das damit zusammen, daß Sie Künstler sind.« Sie fuhr mit den Fingerspitzen über ihr dunkles Haar. »Hübsch«, sagte sie mit belegter Stimme.

»Hübsch?« Ich ließ das Glas los. Sie trug es zum Spülbecken und füllte Eiswürfel hinein.

»Ich meine, es ist hübsch, daß Sie hier in meiner Küche sitzen. Es kommt nicht oft vor, daß ich so hohen Besuch bekomme.« Die Katze bewegte sich wieder, und Tamar brachte das Glas zurück. Sie beugte sich über mich, um es vor mich auf den Tisch zu stellen, und ich roch ihren Duft – nicht nur das Parfum, sondern den ganzen femininen Geruch, der ihr anhaftete. Ich hob den Kopf; ihr Haar streifte über meine Augen. Ich versuchte mich abzuwenden, doch sie lehnte sich nachdrücklich an meine Schulter, und ihr roter Mund kam näher. Ihre Lippen waren feucht und leicht geöffnet. Sie küßte mich. Ich legte den Arm um ihren Hals und drückte meinen Mund auf den ihren. Einen Augenblick später gab ich sie verwirrt frei. Sie erschauerte, vergrub ihre Lippen in meinem Hemdkragen. Dann trat sie zurück, nickte und murmelte: »Ich hab's gewußt.«

Draußen war es dunkel. Ich stand auf. »Tut mir leid, das hätte nicht passieren dürfen.«

Sie lehnte sich gegen den Spültisch, und ihre Brüste strafften sich unter der Bluse. »Was hätte nicht passieren dürfen? Ich habe alle diese Monate darauf gewartet, daß Sie etwas tun würden.« Sie ließ kaltes Wasser ins Becken laufen, und ihre roten Fingernägel blitzten unter dem Wasserstrahl. Dann drehte sie den Hahn wieder zu, schüttelte die Tropfen von ihren Händen und kam zu mir; ihre Arme schlang sie um meinen Hals, ihr Gesicht hob sich zu dem meinen.

»Ich habe gewartet, und nun ist es geschehen. Ich wußte, daß es so kommen würde.«

In ihren Augen war ein Leuchten, das nicht nur Verlangen verriet, sondern auch Triumph. Ich spürte das Wasser über meinen Nacken rinnen. Rasch griff ich nach ihren Händen und löste sie. Sie legte sie auf meine Brust.

»Ich kann dein Herz spüren.« Ein Lächeln umspielte ihre Mundwinkel. Ich fühlte mich unsicher auf den Beinen und drückte meine Knie fest durch, um nicht zu schwanken. »Hast du den Whiskey nicht vertragen?« Sie lachte leicht. »Er könnte dir ein paar angenehme Stunden bereiten.«

Die Herausforderung war nun nicht nur in ihren Augen, sondern auch auf ihren Lippen, in der Liebkosung ihrer Finger, die unter der Jacke über mein Hemd strichen.

Ich erwiderte ihre Blicke mit der gleichen Festigkeit und gab mir Mühe, mein Gleichgewicht zu bewahren. »Tut mir leid, Sie sind an den Falschen geraten.«

»Keine Lust zu einem Spielchen?«

»In meinem eigenen Garten.«

»Ach, wirklich?« Ihre Brauen hoben sich spöttisch, als zweifle sie an der Wahrheit meiner Behauptung. »Wird in deinem Garten viel gespielt? Mit Sandkasten und allem? Eimerchen, Schaufel – Gespielin?«

»Warum nicht? Ich bin verheiratet, oder haben Sie das vergessen?«

Ihr Lachen wurde heiser, mißtönend. »In deinem Fall gründen stille Wasser wohl nicht sehr tief, was?« sagte sie in ersticktem

Ton. »Ich dachte, du würdest vielleicht wenigstens ein bißchen waten wollen.« Sie sah mich noch einen Moment lang an, dann schlang sie ihre Arme um mich und preßte mich leidenschaftlich an sich. »Ich bin verrückt nach dir!«

Ich spürte den warmen, fordernden Druck ihres Körpers. Ihre Lippen strichen über mein Gesicht, meinen Mund, meine Wangen; sie küßte meine Augen, meine Brauen, und ihre Zungenspitze hinterließ eine feuchte Spur auf meinem Hals.

Ich packte ihre Handgelenke und schob sie von mir weg. Sie winkelte die Arme ab und hob die Hände, bis sie unter meinem Griff schwach wurde. Dann spannten sich ihre Muskeln, und sie begann sich gegen mich zur Wehr zu setzen. Ihre Augen blitzten; sie fuhr sich mit der Zunge über die Lippen.

»Du Bastard!« flüsterte sie. Ihre Finger krümmten sich, wurden zu Krallen, als sie Sie nach meinem Hemd ausstreckte und an den Knöpfen riß. Ich trat zurück, betroffen über ihre Raserei, und konnte mich nur aufrecht halten, indem ich nach einer Stuhllehne griff. »Du Hundesohn! Verschwinde! Raus hier, mach, daß du wegkommst!« Sie kam auf mich zu. Ich trat den Rückzug zur Tür an. Sie griff nach einem der Gläser und schüttete den Alkohol und die Eisstücke in meine Richtung. Ihr Gesicht war vor Zorn weiß und verzerrt. Sie beschimpfte mich mit Ausdrücken, die ich aus dem Mund einer Frau nie zuvor gehört hatte. Jetzt warf sie das Glas nach mir. Ich hob einen Arm zum Schutz; es streifte meinen Kopf, krachte gegen den Türpfosten und zersplitterte. Die Katze richtete sich auf. Tamar stand da und sah mich an; langsam verebbte ihre Wut.

»Tut mir leid«, sagte ich. Im Umdrehen sah ich, wie ihre Hände zum Mund fuhren; die roten Nägel glänzten im Licht. »Tut mir leid«, wiederholte ich stumpf. Die Katze miaute. Als ich mich von Tamar abgewandt hatte, blieb ich wie erstarrt stehen. Ein grausiger Anblick bot sich mir.

Missy stand auf der Türschwelle. Ihr Kleid war blutverschmiert. In einer Hand hielt sie das Küchenmesser, in der anderen das Huhn. Es war in der Mitte aufgeschlitzt, und die Eingeweide quollen in einer roten Masse hervor. Fetzen blutiger Federn klebten an Missys Mundwinkeln, und ich sah, wie ihre Kiefer sich bewegten, als versuche sie etwas hinunterzuschlucken. Aus ihrem vollen Mund kam unverständliches Kauderwelsch. Ich wich vor dem ekelerregenden Anblick zurück, und sie kam langsam ins Zimmer. Ihre Mutter hatte sich bis jetzt nicht bewegt.

Das Messer fiel aus ihrer Hand und polterte laut zu Boden. Sie streckte Kopf und Hals mit einer schlangengleichen Bewegung vor; ihre Augen waren leer, blicklos. Kassandra, aus der die Götter sprechen.

»Mn – mm – um«, murmelte sie mit eintöniger, hohler Stimme.

Ich stand wie versteinert, wartete.

»Mn – mm – um.« Sie schien danach zu ringen, jemanden zu erblicken, den sie allein sehen konnte, zu hören, was nur sie hören konnte. Noch immer war ihr Mund voll von jenem Bissen, der sich nicht zerkauen ließ, und sie formte die einzelnen Silben mit Anstrengung.

»Hüte – dich.« Sie machte sich an dem toten Huhn zu schaffen, steckte ihre Finger in die aufgeschlitzte Bauchhöhle.

»Die – Nacht.«

Ich sah auf die tropfenden Eingeweide nieder und hob den Blick wieder, als Tamar voll Erregung fragte: »Wann, Missy? Welche Nacht?«

»Wenn – sie kommt – die Nacht – hüte dich –«

»Wann?«

Eine unartikulierte Erwiderung.

»Welche Nacht, Missy?«

Obwohl das Mädchen mich beobachtete, war ich sicher, daß sie mich nicht sah. Doch nun, während sie die Eingeweide des Huhnes herausriß und auf das Linoleum warf, sprach sie zu mir: »Für dich – die –«

»Was, Missy?« Tamar beugte sich vor und wartete begierig auf Antwort.

Die Katze sprang auf den Spültisch und beäugte die schleimigen Innereien auf dem Boden. Missy bückte sich und tastete mit ihrer Hand danach, ohne ihren glasigen Blick von mir zu wenden. Sie kratzte an den Federn in ihren Mundwinkeln; dann griff sie nach dem ekelhaften Geschlinge zu ihren Füßen und begann die blutigen Gedärme nach mir zu schleudern, Stück für Stück. Ihre Arme bewegten sich wie Windmühlenflügel, ein Hagel von Brocken flog mir entgegen, ehe ich mich noch bewegen konnte.

»Sag es – welche Nacht?« fragte Tamar wieder.

Häßliche Flecken waren auf der bleichen Haut des Kindes erschienen. Speichelblasen bildeten sich zwischen ihren weitgeöffneten Lippen. »Mn – um – mnm.« Sanft streichelte sie die letzten Überreste der Eingeweide in ihrer Hand, verhielt dann, als lauschte sie auf etwas. Sie rang nach Worten, dann brach es aus ihr hervor:

»Die – Nacht aller – Nächte!«

Sie hob die Hand und stopfte die blutigen Gedärme in ihren Mund, würgte und wurde ohnmächtig. Während ich rückwärts durch die Tür ging, sprang die Katze auf den Boden und begann das Hühnerherz gierig zu verschlingen.

17.

Ich hörte das Pferd nicht gleich, als ich in die Penrose Lane einbog. Meine Gedanken beschäftigten sich noch immer mit den Vorgängen in Tamars Haus. Dann hatte ich den Eindruck, Kate gäbe ihrer Stute zuviel Zügel. Endlich merkte ich, daß Tremmy mit Kate durchging. Pferd und Reiterin kamen in raschem Tempo auf mich zu, und ich sah den entsetzten Ausdruck auf Kates Gesicht. Ich rannte zur Straßenmitte und machte einen Satz, um die Zügel zu erwischen. »Knie andrücken!« brüllte ich und zwang das Pferd, mich mitzuschleifen. Im gleichen Augenblick riß Kate an den Zügeln, die Stute bäumte sich auf, schlug aus, wieherte wild und warf den Kopf zurück. Kate blieb jedoch im Sattel. Sie klammerte sich mit beiden Händen in der Mähne fest und bemühte sich, das Tier wieder unter Kontrolle zu bekommen. Erneut riß es den Kopf hoch und stieß mich weg, wieder bäumte es sich auf; seine Hufe verfehlten mich um ein Haar, als es zu Boden ging. Ich warf mich zur Seite und schrie Kate zu, ihre Füße aus den Steigbügeln zu nehmen, dann sprang ich auf, ergriff die Zügel mit der einen Hand und das Ohr des Pferdes mit der anderen. Ich wandte alle meine Kraft auf, um das Tier zu beruhigen, dann ließ ich es los, streckte die Arme nach Kate aus und riß sie aus dem Sattel. Das Pferd rannte mit wilden Sprüngen davon; ich hielt Kate in den Armen. Dann stellte ich sie auf die Straße.

»O Mann!« Sie lehnte sich einen Augenblick an mich und drückte ihr Gesicht erleichtert an meine Brust.

»Ist alles in Ordnung, Kleines?«

»Klar. Mir geht's gut.« Sie stellte sich auf Zehenspitzen und küßte mich auf die Wange. Ich hörte sie lachen, während ich zur Straßenecke ging, wo das Pferd stehengeblieben war, um zu

grasen. Ruhig näherte ich mich ihm und sprach zu ihm, bis ich die Zügel in der Hand hielt. Kate lachte noch immer.
Plötzlich brach das Lachen ab. Sie griff sich an die Brust. Ich begann zu laufen und zerrte die Stute hinter mir her. Ihre Hände fuhren an ihre Kehle, sie taumelte leicht, und ich ließ das Pferd los und fing sie gerade rechtzeitig auf, als ihre Knie nachgaben. Einen Moment legte ich sie auf die Straße, sah, wie ihre Augen aus den Höhlen traten, ihre Adern anschwollen. Sie rang nach Luft. Halb verrückt vor Angst suchte ich in den Taschen ihrer Jeans nach dem Inhalationsapparat. Er war nicht da. Ich hob sie auf meine Arme und rannte mit ihr die Straße hinunter.
Bess und Maggie Dodd saßen am Tisch und tranken Kaffee, als ich sie durch die Küchentür trug. Bess sprang mit weißem Gesicht auf, und ich befahl ihr keuchend, den Inhalationsapparat aus der Schublade zu holen, den wir für Notfälle dort bereithielten.
Dann brachte ich Kate ins Bacchuszimmer und legte sie aufs Sofa. Gleich darauf kam Bess mit dem Atemgerät. Ich zwängte es gewaltsam zwischen Kates Lippen und pumpte. Durch die geöffnete Tür hörte ich, wie Bess mit Dr. Bonfils telefonierte. Dann wählte sie eine andere Nummer, erhielt offensichtlich keine Antwort und eilte einen Augenblick später aus dem Haus.
Der Inhalationsapparat schien nicht zu wirken. Kate lag da und rang nach Luft, und ich spürte, wie ihr Puls immer schwächer wurde. Hastig öffnete ich ihre Lippen und versuchte es mit Mund-zu-Mund-Beatmung. Das setzte ich fort, bis der Arzt eintraf.
Er verabreichte ihr eine hohe Dosis Adrenalin; ich tupfte ihren Arm ab, als er die Einspritzung vornahm. Kate lag im Koma. Hinter mir stand Bess und verfolgte die Vorgänge wie versteinert vor Entsetzen. Der Arzt schob Kates Lider zurück und sah die verdrehten Augäpfel an. Ich hörte einen Lastwagen vor dem Haus anhalten, und gleich darauf kamen Merle Penrose, Harry Gill und ein dritter Mann von der Feuerwache mit dem Sauerstoffgerät. Der Arzt überwachte die Anwendung des Apparates,

nahm sein Stethoskop aus der Tasche und hielt es an Kates Brust. Ich trat zurück, um ihm Platz zu machten, tastete blindlings nach Bess' Hand, fand sie jedoch nicht.
Doktor Bonfils kniete auf der Kante des Sofas und lauschte auf Kates Herzschlag. Ich bemerkte, daß der Kragen seines Hemdes ausgefranst war, und ich erinnere mich, wie ich überlegte, daß er in dieser Gegend wohl zu wenig verdiente, um sich ein neues leisten zu können. Mrs. O'Byrnes Tiffany-Uhr auf dem Kaminsins schlug die halbe Stunde, und plötzlich war ich mir des tickenden Geräusches voll bewußt. Merle und die anderen Feuerwehrleute hatten sich in eine Ecke zurückgezogen und warteten. Ich hörte ruhige Atemzüge, wußte jedoch, daß sie von Dr. Bonfils kamen, der sich mit hängenden Schultern über das Sofa beugte und noch immer auf Kates Herzschlag lauschte. Er gab Merle einen Wink; das Gerät wurde abgenommen. Merle und die beiden anderen Männer vermieden meinen Blick, als sie es ergriffen und durch die Tür gingen. Gleich darauf fuhr der Spritzenwagen über die Auffahrt und entfernte sich die Straße hinunter.
Dr. Bonfils erhob sich und sah auf die schmale Gestalt nieder. Er drehte sich nicht sofort um. Unfähig, länger zu warten, trat ich an seine Seite, legte ihm eine Hand auf die Schulter und zwang ihn, mir ins Gesicht zu sehen. Der Mensch kann noch immer hoffen, wenn es schon keine Hoffnung mehr gibt; er las es in meinem Gesicht. Ich sah, daß es ihn schmerzte, mir keine Hoffnung geben zu können. Wie betäubt beobachtete ich, wie er sein Stethoskop in das Köfferchen zurücklegte, hörte das Klicken der Schnappschlösser. Dann verließ er das Zimmer, ohne noch einen Blick auf den ausgestreckten Körper zu werfen. Die Vordertür öffnete sich und wurde wieder geschlossen.
Ich kniete zwischen dem Kaffeetisch und dem Sofa nieder und legte die Wange auf das Kissen; meine Lippen berührten die Schulter meiner toten Tochter. An der Jacke haftete noch immer Stallgeruch. Ich ergriff ihre Hand und hielt sie in der

meinen. Was jetzt? In Filmen breiteten sie immer ein Laken über die – Leiche.
Wieder vernahm ich Motorengeräusch. Ein Wagen fuhr die Auffahrt entlang, Türen wurden zugeschlagen. Ich rührte mich nicht von der Stelle. Es ging mir durch den Sinn, daß ich jetzt Ed Oates rufen mußte, damit er tat, was getan werden mußte. Amys Penrose würde die Glocke läuten; dreimal drei Schläge – war das nicht so Sitte bei einem Mädchen? Dreimal –
Ich hörte, wie sie ins Zimmer kamen, merkte, wie die Dielenbretter nachgaben, als jemand hinter mich trat. Eine Hand berührte meine Schulter. Ich sah darauf nieder und erkannte sie als die Hand der Witwe Fortune. Maggie Dodd stand neben ihr. Wortlos gab sie mir zu verstehen, daß ich zur Seite gehen sollte, und ich überließ ihr meinen Platz neben dem Sofa. Sie setzte sich auf die Kante und stellte das kleine schwarze Köfferchen zu ihren Füßen ab. Ich sah Bess an. Sie stand auf der Türschwelle, erschüttert, aber ohne Tränen. Die eine Hand, die sie gegen die Brust gepreßt hielt, umklammerte ein Taschentuch.
»Öffnen Sie meine Tasche«, sagte die Witwe zu Maggie.
Es war natürlich sinnlos. Selbst sie mit all ihren heilenden Kräften, all ihrer Weisheit, war nun machtlos; nichts konnte mehr getan werden. Ich hatte es in den Augen des Arztes gesehen. Ich ging zu Bess, nahm das Taschentuch aus ihrer Faust, wischte mir damit die Augen und schneuzte mich. Sie erwiderte meinen Blick kurz, und, wie mir schien, zornig, als wäre Kates Tod meine Schuld. Weshalb die meine? Weil ich ihr das Pferd gekauft hatte? Weil wir aufs Land gezogen waren, wo sie ein Pferd halten konnte? Warum?
Ich legte die Arme um sie und zog sie an mich. Ihr Körper blieb steif, und ihre vor der Brust geballten Hände trennten uns. Hinter mir raschelten die Röcke der Witwe. Sie murmelte Maggie etwas zu. Ich drehte mich um und sah, wie die alte Frau ihr Ohr an Kates reglosen Brustkorb legte. Sie lauschte gespannt; dann richtete sie sich auf, hob langsam die Hand, schloß sie zur Faust und ließ sie zu einem kurzen Schlag niedersausen. Wieder

beugte sie ihren Kopf und lauschte. Dann stieß sie ein Brummen aus, legte die Hände übereinander und begann Kates Brustkorb in gleichmäßigen Abständen zu bearbeiten. Nachdem sie dies etwa eine Minute fortgesetzt hatte, wechselte sie die Lage und begann mit der Mund-zu-Mund-Beatmung.

Ich wußte, daß es zwecklos war. Kate hatte sich nicht bewegt; es gab keinerlei Anzeichen dafür, daß sie atmete. Ohne ihre Tätigkeit zu unterbrechen, hob die Witwe den Blick und ließ ihn durch den Raum schweifen. Dann deutete sie auf das Glas mit meinen Bambusfedern, und Maggie reichte es ihr. Sie prüfte sie rasch, wählte einen davon aus und schickte Maggie nach sauberen Handtüchern. Ich sah, wie sie mir zunickte, und trat vor sie hin, da hob sie die Hand und faßte in meine Jackentasche. Ich wußte sofort, wonach sie suchte: das Federmesser.

Maggie brachte die Handtücher und löste die Witwe bei der Mund-zu-Mund-Beatmung ab. Die alte Frau klappte das Messer auf und beugte sich wieder über Kate, ohne eine Sekunde zu verschwenden. Sie setzte die Messerspitze an die Haut am Halsansatz und machte einen kleinen, raschen Schnitt. Dann drückte sie das stumpfe Ende des Bambusröhrchens an die Wunde und begann zu saugen. Ich hielt ihr ein Handtuch hin, als sie ausspie, was sie aus Kates Kehle gesaugt hatte; eine dicke, gelblichweiße Substanz, die mit Blut vermischt war.

Ich streifte Bess mit einem Blick. Sie stand noch immer wie versteinert auf der Türschwelle. Die beiden Frauen arbeiteten unerschütterlich und verbissen – Maggie Mund an Mund mit Kate, die Witwe, indem sie den todbringenden Pfropfen entfernte, der die Luftröhre verstopft hatte. Während sie am Bambusrohr saugte, spreizte sich ihre große, mit Leberflecken bedeckte Hand über Kates Brust und führte die rhythmischen Bewegungen weiter aus – preßte, wenn Maggie die verbrauchte Luft ausstieß, wartete, während frischer Atem zugeführt wurde.

Doch ich wußte, daß es keinen Sinn hatte. Ich beobachtete den blutigen Ring, der sich um das Bambusrohr gebildet hatte, und sah, wie die Tropfen über das Schlüsselbein rannen und in der grünen Samtpolsterung versickerten. Ich gab der Witwe ein frisches Handtuch, ergriff das beschmutzte und hielt es in meinen Händen. Kates Blut.

Endlich kam Bewegung in Bess; sie stellte sich neben mich ans Fußende des Sofas, und gemeinsam sahen wir auf unsere Tochter nieder. Die Situation kam mir grotesk, unwürdig vor – die aufgeschlitzte Kehle, das fließende Blut –, hört auf! wollte ich ihnen zurufen, laßt sie in Frieden – es ist grauenhaft, was ihr da mit unserem Kind macht, hört auf damit!

Ich muß einen Laut ausgestoßen haben, denn Maggie hielt inne und schüttelte den Kopf mit einer entschlossenen Bewegung, dabei wandte sie den Blick nicht von der Witwe. Mir kam plötzlich der furchtbare Verdacht, daß die alte Frau plötzlich verrückt geworden war, daß sie das letzte bißchen Blut aus dem regungslosen Körper saugen wollte, und wieder dachte ich: Mein Gott, mach, daß sie aufhören.

Und dann, vor unseren Augen, geschah das Wunder. Kates Brust begann sich krampfartig zu heben und zu senken. Rasch hob die Witwe Kates Kopf, und ich hörte, wie Luft in die Bronchien strömte. Nun veränderte die Witwe ihre Lage leicht und stützte den Kopf so, daß mehr Flüssigkeit austreten konnte, währen Bess nach einem Handtuch griff und niederkniete, um das Blut abzuwischen.

»Sie lebt«, sagte ich laut. Die alte Frau warf mir einen flüchtigen Blick zu, den ich nicht zu deuten vermochte; dann umfaßte sie Kates Kopf mit ihrer freien Hand und legte sie wieder zurück; ihre Rechte arbeitete noch immer wie ein Blasebalg. Die Atmung hielt einige Sekunden an, setzte dann wieder aus. Ich hatte das Gefühl, als wollten mir meine Glieder den Dienst versagen. Erneut versuchte es die Witwe mit der Mund-zu-Mund-Beatmung, da begann Kate wieder zu atmen – unregelmäßig zwar, doch anhaltend.

Sie wird leben, sie wird leben, sagte ich mir. Und das verdankte sie dieser alten Frau, die sich über sie beugte, sie ins Leben zurückzwang, ihr Luft zum Atmen gab. Bess hatte das feuchte

Handtuch weggelegt und stützte sich auf die Sofalehne, die Hände vors Gesicht geschlagen, als betete sie. Kates Atemzüge beschleunigten sich, wurden langsamer, beschleunigten sich wieder. Nach einigen Minuten hob die Witwe die Hände. Die Brust schien sich nun aus eigenem Antrieb zu heben und zu senken. Die ungleichmäßigen Atemzüge kamen keuchend – doch Kate atmete.

Sie würde leben.

Nun richtete die Witwe ihre Aufmerksamkeit auf den Schnitt an der Kehle; sie preßte die Wundränder mit den Fingern zusammen, um die Blutung zu stillen. Ich trat neben sie, griff nach Kates Handgelenk, das schlaff über die Sofalehne hing, und fühlte den Puls. Er war schwach, aber doch spürbar. Ich schickte ein stummes Dankgebet zum Himmel. Mein Gott, ich danke dir. Ich danke dir.

Wieder hörte ich die Witwe etwas murmeln. Sie veranlaßte Maggie durch einen Wink, ihr Bess' Nähkörbchen zu bringen. Gleich darauf fädelte sie eine Nadel ein und nähte das Gewebe mit einigen sauberen Stichen zusammen, als hätte sie eine ihrer Flickendecken vor sich.

Ich bewunderte die Geschicklichkeit, mit der ihre Finger arbeiteten, wie behend sie trotz ihres Alters waren, wie sorgfältig und behutsam sie die Nadel führten. Als die Wunde zugenäht und der Faden verknotet war, straffte sich die Witwe und preßte ihre Fäuste in den Rücken, um sich zu entspannen. Sie blieb jedoch weiter auf der Sofakante sitzen und beobachtete jede kleinste Bewegung Kates.

Ich hielt das zarte Handgelenk noch immer umfaßt, als könnte ich dadurch einen stärkeren Pulsschlag erzwingen. Bess rührte sich nicht von der Stelle. Ich hörte die leise Stimme der Witwe, dachte, sie spräche zu Bess, oder vielleicht mit sich selbst; vielleicht betete sie auch – ich weiß nicht, was ich dachte. Während ich neben ihr kauerte, spürte ich die Stärke, die von ihrem Körper ausging – eine Lebenskraft, die von ihr auf das Kind überströmte. Sie neigte sich tiefer über Kates Gesicht, ihre Lippen näherten sich ihrem Ohr, und sie flüsterte ihr etwas zu. Mir war, als redete sie Kate zu; sie schien ihr zu befehlen, ins Leben zurückzukehren. Die Worte ergaben keinen Sinn für mich, doch die Inbrunst, mit der sie gesprochen wurden, weckte mein volles Vertrauen. Ich sah zu Bess auf. Ihre Augen leuchteten; ein winziges, starres Lächeln der Hoffnung umspielte ihre fest zusammengepreßten Lippen.

Da begann der Puls von neuem zu flattern. Ich sprang auf und lief in die Küche. Schon hatte ich den Hörer abgenommen und streckte den Finger aus, um zu wählen, da fühlte ich Bess' Hand auf der meinen.

»Was tust du da?«

»Ich rufe die Feuerwache. Das Sauerstoffgerät –«

»Nein.« Sie drückte auf die Gabel. »Ich will sie nicht noch einmal hier haben.«

»Heiliger Gott, Bess –«

»Nein. Ich will es nicht.« Sie sah zur Tür des Bacchuszimmers hinüber. »Sie schafft es schon. Laß sie zufrieden. Wenn sie es nicht kann, schafft es keiner. Laß sie zufrieden. Laß sie zufrieden!« Ihre gequälte Stimme wurde immer schriller – der Schmerzensschrei einer Mutter. Ich legte den Hörer auf und wollte sie in die Arme nehmen, doch sie entzog sich mir.

»Bess –«

Sie fuhr herum; ihre Augen blitzten. »Ich weiß, wo du gewesen bist!«

Gewesen? Wo war ich denn gewesen?

Ich hatte es vergessen gehabt. Bei Tamar Penrose. Obwohl nichts geschehen war, spürte ich Schuldbewußtsein in mir aufsteigen. Bess faßte nach meinem Hemd. Ich sah darauf nieder: Lippenstift, zwei Knöpfe abgerissen, Flecken von Hühnerblut. Ich öffnete den Mund, um etwas zu sagen, doch Bess hatte sich schon umgedreht und ging ins Nebenzimmer – an Maggie vorbei, die im Türrahmen stand.

Maggie nahm ein Glas von der Anrichte und goß einen Schuß Scotch hinein, fand Eis und Soda und stellte alles auf den Tisch.

Sie schob mir einen Stuhl zurecht; ich folgte ihrer Aufforderung und setzte mich. Dann ergriff ich das Glas, das sie mir reichte. Geistesabwesend rührte ich mit dem Zeigefinger in den Eiswürfeln herum.
Maggie legte mir die Hand mit kurzem Ruck auf die Schulter, zog sich dann ebenfalls einen Stuhl heran und nahm mir gegenüber Platz. Ihre stumme Gegenwart war mir ein Trost. Wir warteten. Die leise Stimme der Witwe Fortune drang an mein Ohr. Dann, nach einer Weile, hörte ich auch Kates Stimme.

18.

Ich vollendete ein Bild von Fred Minervas Scheune in weniger als drei Tagen, arbeitete tagsüber an Ort und Stelle, abends im Atelier. Wenn Bess wegen des Kunstgewerbevereins im Dorf zu tun hatte, unterbrach ich meine Tätigkeit, um mich in den Clubsessel neben Kates Bett zu setzen, den ich aus dem Bacchuszimmer nach oben gebracht hatte. Wir plauderten oder machten Spiele, und manchmal zeichnete ich sie auch. Mittags kam die Witwe des öfteren in ihrem Einspänner vorbei und richtete uns das Essen, um Bess zu entlasten. Während ich in der Küche aß, konnte ich das Knacken des Sessels hören, wenn die Witwe sich zu Kate setzte, und den gedämpften, eindringlichen Klang ihrer Stimme. Manchmal lachte Kate, und das tat mir gut.

Ab und zu blieb die Witwe den ganzen Nachmittag über, und dann konnte ich mehr Zeit an meiner Staffelei verbringen. Auch das Abendessen bereitete sie öfter für uns, und durch das offene Atelierfenster konnte ich sie mit den Pfannen und Töpfen hantieren hören. Ich nahm an, daß sie auch für sich selbst kochte, denn manchmal sah ich, wie sie einen Teil des Essens in Folie wickelte, um es warm zu halten, und in ihren Korb legte. Gegen fünf Uhr hastete sie dann wieder davon; irgendeiner mir unbekannten, dringenden Tätigkeit zu.

Worthy Pettinger hatte Cornwall Coombe noch nicht verlassen, wie ich erwartete hatte, und als er von Kates Krankheit hörte, kam er regelmäßig nach der Schule zu ihr und richtete seine Besuche stets so ein, daß sie gerade mit dem Abgang der Witwe zusammentrafen; dann ging er in den ersten Stock und leistete Kate Gesellschaft, bis Bess heimkehrte.

Als das Bild fertig war, schickte ich es an meine Galerie aus New York. Wenige Tage später erhielt ich einen Anruf und erfuhr, daß es verkauft worden war und daß ein Scheck in angemessener Höhe an mich unterwegs sei. Ehe ich mit dem Porträt von Justin Hooke begann, machte ich mich sofort an die Planung eines weiteren Gemäldes für die Galerie, ein Bild von Jack Stumps Hütte am Fluß. Er schien weit gereist zu sein, vielleicht bis nach Vermont hinauf, denn wir hatten seit Wochen nichts von ihm gesehen. So hatte ich noch immer keine Gelegenheit gehabt, mich mit ihm über meine Entdeckung in Soakes Lonesome zu unterhalten.

Am Freitag nach Kates Anfall kam ich kurz nach fünf Uhr in die Küche und fand die Witwe Fortune noch am Spültisch vor, wo sie die Pfannen und Schüsseln säuberte, in denen sie das Abendessen gekocht hatte. Durch das Glasfenster des Ofens sah ich eine Lammkeule auf dem Rost liegen; ein Teil davon war bereits abgeschnitten. Zweifellos hatte sie das Fleisch schon eingewickelt und in ihrem Korb verstaut. Sie füllte eine Thermosflasche mit heißer Suppe aus einem Topf, der auf der Heizplatte stand.

»Na, das ist ein Süppchen!« sagte ich, als sie mich vom Kochlöffel kosten ließ. »Was ist da alles drin?«

Sie lachte. »Ich glaube, Sie trauen meinen Kochkünsten noch immer nicht. Das ist nichts als Pilzsuppe.«

»Aha«, sagte ich.

»Mit ein bißchen Borretsch. Und etwas Portulak und einer Spur Kerbel.«

»Aha«, sagte ich wieder und probierte noch einmal davon. »Und das ist alles?«

»Natürlich nicht. Glauben Sie vielleicht, ich würde irgend jemandem verraten, was ich alles an meine Suppe tue? Nein, nicht mal, wenn mich ein gutaussehender Bursche wie Sie danach fragt!«

»Ebensowenig wie das Rezept für Ihren Honigwein?«

»Hier, waschen Sie sich die Hände – sie sind ganz verkleckst.«

Ich säuberte den Spülstein, während sie sich schwer auf einem Stuhl niederließ. Sie sah müde aus, und mir wurde klar, daß die

Mühe, die sie sich mit uns machte, an ihren Kräften zehrte. Sie lächelte; ein kleines, dankbares Lächeln, das zu sagen schien: Haben wir nicht alles gut überstanden?
Plötzlich kniete ich neben ihr, schlang die Arme um ihre Mitte, legte meinen Kopf in ihren Schoß.
»Na, na«, sagte sie. »Kommen Sie, das dürfen Sie nicht tun.«
»Ich danke Ihnen«, murmelte ich in die Falten ihrer Schürze hinein.
Sie strich mir über den Kopf, tätschelte meine Wangen; dann schob sie mich sanft an den Schultern von sich weg, halb erfreut, halb verlegen über meine spontane Geste der Dankbarkeit.
»Sie dürfen Ihre Gefühle schon zeigen, wenn sie wirklich von innen heraus kommen. Das ist der Fehler bei vielen Menschen – sie fürchten sich, zu zeigen, was in ihnen vorgeht.« Ich erhob mich, und sie drückte mir kräftig die Hand. Dann sah sie zur Tür. »'n Abend, Worthy. Bist heute spät dran.«
Worthy Pettinger stand im Türrahmen und machte ein verwirrtes Gesicht, weil er uns bei einer so vertraulichen Szene überrascht hatte. Die Witwe stand auf, ging zu ihm und strich ihm das Haar aus der Stirn. Er ließ es zu, daß sie ihn prüfend betrachtete, wand sich jedoch vor Verlegenheit, als sie sein Kinn in die Hand nahm. »Dünn bist du geworden und spitz. Nein, bleib hier.« Sie öffnete ihr schwarzes Köfferchen. »Löffel«, sagte sie zu mir. Ich holte einen aus der Schublade und gab ihn ihr. Sie ergriff die Flasche, schraubte den Verschluß ab, goß etwas von der Flüssigkeit auf den Löffel und schob ihn Worthy zwischen die Lippen. Er rollte mit den Augen, doch sie zwang ihn, die Medizin zu schlucken. »Noch einen.« Die Witwe wiederholte die Prozedur und kam drohend mit dem Löffel auf Worthy zu, der bis zum Spülstein zurückwich. Dann verschloß sie die Flasche wieder, steckte sie in ihre Tasche und wusch den Löffel ab.
»Stell dich nicht so an, Junge«, sagte sie kurz. »Geh und hol mir meinen Wagen. Die Stute ist am Garagentor festgebunden.«

Er verschwand, um ihren Auftrag auszuführen. Die Witwe stellte die Reisetasche neben den Spankorb und ging nach oben, um sich von Kate zu verabschieden. Gleich darauf hörte ich den Kombiwagen vor dem Haus bremsen und ging zur Vordertür, um Bess zu öffnen. Wir begrüßten uns steif; sie legte ihre Sachen auf dem Garderobentisch ab und zog ihren Mantel aus.

»Wie geht's Kate?« Das war nun stets ihre erste Frage.

»Gut. Möchtest du einen Martini?«

»Nachher.« Sie eilte die Treppe hinauf. Kates Zimmertür wurde geöffnet und wieder geschlossen. Stimmengemurmel drang an mein Ohr. Die Küchentür fiel zu, und gleich darauf sah ich Worthy geduckt im Dunkeln am anderen Ende der Halle stehen.

»Ist alles in Ordnung mit dir?« fragte ich, ehe ich die Küche betrat. Schweigend folgte er mir und sah zu, wie ich Eis aus dem Kühlschrank holte, die Flasche mit Martini, den Gin, den Wermut. Schon erklangen die Schritte der Witwe auf der Treppe. Ich mixte den Martini und füllte ihn in ein Glas mit Stiel, wie Bess es gern hatte; dann stellte ich ihn auf das Regal über dem Kühlschrank.

Die Witwe kam herein, knüpfte die Bänder ihrer Haube und strich ihre Röcke glatt. Dabei bemerkte ich, daß ihre Schere nicht am gewohnten Platz hing. Sie wandte sich an Worthy, der hinter dem Tisch stand und an seinen Fingerknöcheln zerrte, bis sie laut knackten.

»Warum ziehst du so ein langes Gesicht, mein Junge?« Sie griff nach ihrem schwarzen Köfferchen.

Wieder drängte es mich, meinen Gefühlen Ausdruck zu verleihen. »Ich danke Ihnen, daß Sie für uns gebetet haben.«

»Versuchen Sie's selbst auch einmal. Am Sonntag ist der Tag des Zehnts. Worthy, drück dich nicht vor deinen Pflichten gegen den Herrn. Wenn du dir etwas wünschst, komm in die Kirche und bitte darum.« Er hielt den Blick gesenkt und knackte noch immer mit den Fingerknöcheln. »Laß diese ana-

tomische Knallerei und reich mir meinen Korb. Ich hab's eilig.«
Er kam um den Tisch herum und streckte ihr den Spankorb hin. Sie breitete die Leinenserviette über den Inhalt und ging zur Tür; dort drehte sie sich noch einmal um.
»Sonntag, Kirche. Der Tag des Zehnts – nicht vergessen!«
»Ich vergesse es nicht!«
Ich hob den Kopf, bestürzt über Worthys Ton. Er stand mit hängenden Schultern da, und sein Haarschopf fiel ihm über die Augenbraue, doch er machte keine Anstalten, ihn zurückzustreichen. Seine Hände hingen schlaff herab. Er starrte die Witwe böse an, und ich sah, wie sich seine Kiefermuskeln bewegten.
»Sehr gut«, erwiderte sie ruhig und verließ das Haus. Die Wagenfederung quietschte, als sie auf den Kutschbock kletterte; sie schnalzte der Stute aufmunternd zu, und die Räder rollten die Auffahrt entlang.
Worthy ging zum Spültisch, füllte ein Glas mit Wasser und trank.
»Schlechter Geschmack«, bemerkte ich und meinte damit die beiden Löffel voll Kräuteressenz, die er geschluckt hatte. Er nickte und wischte sich mit dem Handrücken über die Lippen.
»Willst du immer noch von hier weg?«
»Ja.«
»Wann?«
»Ich kann nicht fort, bis –« Er unterbrach sich. »Bald. Ich werde bald gehen.« Seine Augen verengten sich zu einem Spalt; er starrte in den Ausguß. »Ich muß noch etwas erledigen, eine letzte Sache, und dann verschwinde ich und komme nie wieder zurück.«
Er ging die Treppe hinauf. Ein paar Sekunden später kam Bess herunter, und ich trug ihren Martini-Cocktail und meinen Scotch in das Bacchuszimmer. Das Sofa war zum Polsterer gebracht worden; wir nahmen rechts und links vor dem offenen Kamin Platz, sie auf dem Schaukelstuhl, ich im Windsorsessel.
»Die Witwe meint, Kate könnte morgen ein bißchen aufste-

hen«, sagte sie und fuhr mit dem Zeigefinger über den Rand ihres Glases.

»Das ist schön.«

»Aber nur für eine Stunde.«

»Fein.«

Die Tiffany-Uhr füllte das Schweigen zwischen uns mit ihrem Ticken.

»Bess.«

»Hm?«

»Warum benimmst du dich so?«

»Ich benehme mich überhaupt nicht. Es ist nur –«

»Nur was?«

»Es ist nur, daß ich es nie für möglich gehalten hätte.«

»Was hast du nicht für möglich gehalten?«

»Daß du...« Sie trank einen Schluck von ihrem Cocktail. »Bitte, Ned, ich will mich nicht streiten.«

»Ich ebensowenig. Es gibt nichts, worüber wir streiten müßten.«

»Können wir's dann nicht dabei belassen? Mit Kate ist bald wieder alles in Ordnung, und –«

»Ja. Mit Kate ist bald alles in Ordnung, aber was ist mit uns?«

»Ich weiß es nicht.«

»Sieh mich an.« Sie hob den Kopf und erwiderte meinen Blick. »Ich bin zu Tamar Penrose gegangen, ja, das stimmt. Aber es ist nichts passiert. Ich gebe dir mein Wort, daß nichts vorgefallen ist.«

»Dann muß es ein vergeblicher Besuch gewesen sein.« Sie nahm wieder einen Schluck und fragte: »Warum bist du hingegangen?«

»Ich ging nicht mit ihr, sondern mit der Kleinen – Missy. Ich...« Ich stockte. Wie sollte ich ihr erklären, weshalb ich mich an jenem Nachmittag mit Missy beschäftigt hatte? Oder was ich von ihr zu erfahren gehofft hatte? Oder meine Ängste, die ich zwar als unsinnig verwarf, jedoch nie loswerden konnte?

»Es ist wahr«, behauptete ich hartnäckig. Mir wurde heiß; Verwirrung überkam mich, ich haßte den Abstand zwischen uns, wünschte, wir könnten unsere Gläser wegstellen und uns in den Armen halten. »Es ist wahr«, sagte ich noch einmal.

»Du bist einem kleinen Mädchen um sechs Uhr abends ins Haus gefolgt? Und aus welchem Grund? Warum denn nur?«

»Um etwas zu erfahren.«

»Von einem dreizehnjährigen Kind?« Auf ihrem Gesicht erschien das Lächeln, das sie immer aufsetzte, wenn ich mir wie ein Idiot vorkommen sollte. Und so war es auch. Wie konnte ich ihr von dem roten, auf mich gerichteten Finger erzählen, dem verrückten Mädchen, das in der Küche seiner Mutter weissagte, den blutigen Eingeweiden des Huhnes, die über den Boden verstreut lagen?

»Sie ist vom Baum gestürzt – ich wollte mich vergewissern, daß ihr nichts passiert war. Ich bin ihr gefolgt – wir saßen auf der Veranda, in der Hollywoodschaukel. Wir spielten ein Abnehmespiel ...«

»Ned!«

»Es ist wahr. Sie band meine Finger mit der Schnur zusammen. Dann kam Tamar nach Hause.«

»Tamar ...«

»Wie sollte ich sie sonst nennen – Miss Penrose?«

»So hast du sie doch früher immer genannt. Bis sich die ... Verhältnisse änderten.«

Wütend stand ich auf. »Hör zu, Bess, ich versuche wirklich, dir die Wahrheit zu sagen. Ich versuche dir zu erklären, was passiert ist.«

»Du hast gesagt, es wäre nichts passiert.«

»Das stimmt.«

»Ich hab' dein Hemd weggeworfen.«

»Warum?«

»Ich habe es nicht für meine Aufgabe gehalten, die Knöpfe wieder anzunähen, die eine andere Frau abgerissen hatte, weil sie's nicht erwarten konnte, mit dir zu schlafen.«

»Ich habe sie geküßt.«

»Einmal?«
»Nein –«
»Mehr als einmal?«
»Ja–«
»Und du hast etwas getrunken und warst beschwipst, und sie war da und reizte dich so, daß du nicht widerstehen konntest – war es so?«
»Ich –«.
»Du konntest nicht widerstehen. Der männliche Trieb. Fleischeslust. Was habt ihr mit dem Kind gemacht?«
»Sie war nicht da. Sie war draußen.«
»Hübsch. Die Mutter schickt das Kind zum Spielen, während sie –«
Ich schmetterte mein Glas in den offenen Kamin, um sie zum Schweigen zu bringen.
»Du kannst mir glauben oder nicht, tu, was du willst, aber ich sag' es noch einmal: Es ist nichts passiert, abgesehen von ein paar Drinks und ein oder zwei Küssen.«
»Ich werde einen Besen holen«, sagte sie.
Ich sah ihr nach, wie sie in die Küche ging und das Ticken der Uhr wurde von Kates Husten übertönt. Ich nahm meine Wagenschlüssel vom Haken und verließ das Haus.

Als ich heimkam, war es drei Uhr morgens. Ich ging auf Zehenspitzen in die Küche und legte zwei Schachteln in den Kühlschrank, drehte das Licht aus, das Bess für mich hatte brennen lassen, und schlich die Treppe hinauf. Vor Kates Tür blieb ich stehen und lauschte, hörte ihre leisen Atemzüge. Ich überquerte den Flur und öffnete unsere Schlafzimmertür. Bess lag schlafend im Himmelbett. Die Lampe auf der Kommode brannte noch. Ich zog mich aus und legte meine Kleider über einen Stuhl. Aus irgendeinem Grund mußte ich plötzlich an Kassandra denken, die Prophetin von Troja. Apollo hatte ihr die Gabe der Weissagung verliehen, doch weil sie seine Liebe verschmähte, bestrafte er sie. Es wurde ihr Schicksal, daß nie-

mand ihr Glauben schenken sollte. Doch das hohle Pferd kam, die Mauern von Ilion fielen.
Und die Mauern von Cornwall Coombe? Es war Missy Penroses Schicksal, daß alle ihr glaubten, jeder einzelne Bauer. Ich drehte das Licht aus. Der Mond verbarg sich hinter den Wolken. Alles war still und dunkel; eine ruhige Nacht. Ich fragte mich, wann sie kommen mochte – »die Nacht aller Nächte«.

19.

Obwohl ich nur vier Stunden geschlafen hatte, schaffte es der gelbe Vogel, mich am folgenden Morgen zur gewohnten Zeit aufzuwecken. Ich hörte Bess unter der Dusche, und als sie aus dem Badezimmer kam, rosig überhaucht, hätte ich sie am liebsten wieder ins Bett gezogen. Sie legte das Badetuch ab, in das sie sich eingehüllt hatte, streifte ihr Kleid über und setzte sich vor die Frisierkommode, um ihr Haar zu bürsten.

»Morgen«, sagte ich.

»Guten Morgen.« Ihrem Ton war zu entnehmen, daß es durchaus kein guter Morgen war. Ich gähnte ausgiebig.

»Du drehst dich wohl besser noch mal um und schläfst noch sechs Stunden.«

»Wieso?«

»Na, heute nacht hast du nicht viel Schlaf gehabt.«

»Nein.«

Sie bürstete mit Aplomb weiter, etwa zehn Striche. »Der Drang war wohl unwiderstehlich.«

»Nein.«

»Was war's denn?«

»Ich hab' eine Fahrt unternommen.«

»Ach ja?« Sie beobachtete mich im Spiegel. »Bis drei Uhr früh?«

»Ja.«

»Nun, es ist ein langer Weg bis zur Hauptstraße. Angeblich treibt es den Täter ja immer wieder an den Ort seines Verbrechens zurück.«

»Ich bin nach New York gefahren.«

Sie drehte sich auf dem Stuhl um, ihre Hand mit der Bürste schwebte in der Luft. »Was hast du getan?«

»Ich habe gesagt, ich bin nach New York gefahren.«

»Weshalb um alles in der Welt?«
Ich schlug die Decke zurück und ging zum Badezimmer. »Um für Kate einen anständigen Bohneneintopf zu kaufen.«
Als ich nach unten kam, stand mein Frühstück bereits auf der Wärmeplatte. Bess hatte auf einem Zettel die Nachricht hinterlassen, daß sie zu Mrs. Brucie gefahren war, um einige Flickendecken abzuholen. Ich öffnete die Kühlschranktür, holte die Kaffeesahne heraus und fand einen zweiten Zettel. Er war an einer der Schachteln von Pepes Schnellimbiß festgesteckt. Ich las, was darauf stand:

Nicht zum Frühstück!!!
(Und warte auf den Mann mit dem Sofa)

Das frisch bezogene Sofa wurde im Laufe des Vormittags zurückgebracht und stand für Kate bereit, als ich sie mittags ins Erdgeschoß trug. Ich legte sie darauf, brachte ihr Kissen und eine Decke und setzte mich neben sie auf den Schaukelstuhl.
»Soll ich den Fernseher anschalten?« fragte ich.
»Jetzt nicht gleich. Weiß dieser Vogel eigentlich nicht, daß der Winter kommt?«
»Er hat gewartet, bis es dir wieder besser geht.«
Sie nickte geistesabwesend und rümpfte ihre Nase wie ein Kaninchen. Dann schnupperte sie und sah mich mit weit aufgerissenen Augen an. »Das riecht ja wie Bohneneintopf!«
Ich ging in die Küche, füllte einen Teller und brachte ihn ihr mit einem Glas Milch auf dem Tablett. »Viele Grüße von Pepe.«
»Oh, Daddy!« Ich stellte das Tablett auf den Tisch und ergriff den Teller und den Löffel.
»Ich kann's selber.«
»Nein, du bleibst einfach hier liegen, ich füttere dich. Du warst schließlich eine krankes Mädchen.«
»Wieviel hast du?«
»Zwei Portionen. Was du nicht schaffst, frieren wir ein, dann kannst du noch ein zweites Mal davon essen. Aber nicht zum –«

»– Frühstück, ich weiß.« Sie schluckte den Bissen, den ich ihr in den Mund gesteckt hatte, und wartete auf den nächsten.
»Hast du dich wieder mit Mami versöhnt?« fragte sie.
»Du hast uns also gehört.«
»Mm. Es hat sich angehört, als ob du einen russischen Toast ausbringen würdest – so wie in ›Krieg und Frieden‹.«
»Ich glaube, es war mehr Krieg als Frieden.«
Sie ließ es dabei bewenden, aß schweigend weiter und blies auf jeden Löffel, den ich ihr entgegenhielt. »Möchtest du ein bißchen Milch?«
»Ja.«
Ich reichte ihr das Glas, sie trank ein paar Schlückchen und legte sich dann ins Kissen zurück. Ich wischte ihr mit der Serviette den Mund ab.
»Möchtest du sonst noch etwas?«
»Kannst du das Fenster aufmachen? Es ist ein bißchen stickig hier drinnen.«
Ich trat ans Fenster und öffnete es. Von der anderen Seite der Hecke kam die Unsichtbare Stimme. Wir lauschten beide und versuchten herauszufinden, um welchen Klassiker es sich heute handelte, doch wir schafften es nicht. Ich schloß das Fenster wieder bis auf einen Spalt und stellte den Fernseher für Kate an; dann trug ich das Tablett in die Küche. Als ich zurückkam, sah sie gerade June Allyson zu, die auf dem Bildschirm einen heroischen Kampf mit einer Baßgeige ausfocht.
Ich vergewisserte mich, daß sie alles hatte, was sie brauchte, und ging wieder in mein Atelier. Aus Roberts offenem Fenster kam noch immer die Unsichtbare Stimme, doch ich hatte bis jetzt noch zu wenig gehört, um mir darüber klarzuwerden, worum es ging. Kurze Zeit später trat ich aus der Tür des Ateliers und sah den Einspänner auf der Zufahrt stehen. Die Stute zupfte zufrieden an den Grashalmen neben der Hecke. Plötzlich wurde die Küchentür aufgerissen, und die Witwe erschien auf der Veranda. Sie stemmte die Hände in die Hüften und funkelte mich an.

»Bohneneintopf!« Die Art, wie sie das Wort hervorstieß, verriet mir, daß es ihren Unwillen erregte.
»Bohneneintopf!« wiederholte ich mild.
»Unterstehen Sie sich, dem Mädel etwas von diesem ausländischen Zeug zu geben. Wollen Sie, daß sie sich den Magen verdirbt? Wenn Sie sie füttern, geben Sie ihr das, was ich für sie gekocht habe, verstanden?«
»Jawohl, Madam.«
Sie warf mir noch einen Blick zu und kehrte in die Küche zurück. Als ich an der Hecke vorüberkam, hörte ich wieder die Unsichtbare Stimme:
»›Ich bin Charles Hexams Freund‹, sagte Bradley. ›Ich bin Charles Hexams Schulmeister‹«
Ich rief zu Robert hinüber: »Ich gebe mich geschlagen, Robert. Was ist das für ein Buch?«
»Versuchen Sie's mit *Unser gemeinsamer Freund.*«
»Hab' nie davon gehört.«
»Dickens.«
Es war zu vermuten, daß Robert sich bis zum Frühling durch Dickens' sämtliche Werke gelesen hatte. Ich stieg auf mein Fahrrad und fuhr über die Auffahrt zur Allee.
Vor dem Postamt hielt ich an, um den Brief einzuwerfen, den ich an meine New Yorker Galerie geschrieben hatte. Vom Briefkasten neben der Eingangstür aus sah ich die Posthalterin hinter dem Schalter stehen. Sie war gerade dabei, ein Paket zu wiegen, und hielt den Kopf gesenkt; ihr Gesicht war hinter der Flut dunkler Haare verborgen. Plötzlich sah sie auf, als hätte sie gespürt, daß ich sie beobachtete. Sie erwiderte meinen Blick mit unbewegter Miene; dann griff sie nach einem Stempel und drückte ihn auf das Paket. Ich ging zu meinem Fahrrad zurück.
Das rosarote Auto der Soakes fuhr auf den Dorfanger zu. Ich stieg wieder auf mein Fahrrad, radelte die Hauptstraße in südlicher Richtung entlang und hörte dabei, wie sich der Wagen hinter mir näherte. Als ich zur Straßenkreuzung kam, bog ich scharf nach links in die River Road ab, und das rosarote Auto

donnerte vorbei. Ich sah über die Schulter zurück. Der alte Soakes saß am Steuer, und zwei Gesichter starrten mir durch das Rückfenster nach. Ich hörte ihr höhnisches Gejohle, bis der Wagen hinter einem Maisfeld verschwand. Eine Wolke von blauem Auspuffgas schwebte in der Luft und löste sich langsam auf.

Zehn Minuten später saß ich auf einer Kiste in der Ecke des kleinen Grundstücks von Jack Stumps Hütte. Ich verbrachte eine Stunde damit, die Umrisse des Hauses zu skizzieren, war mit dem Ergebnis unzufrieden und konzentrierte mich auf Details. Ein Fenster gefiel mir besonders: Es hatte zerbrochene Scheiben, ein Schwalbennest klebte in einer Ecke, und die obere Hälfte war teilweise von einem zerfetzten Stück Rouleau bedeckt. Mit diesem Ausschnitt beschäftigte ich mich bis in den Nachmittag hinein. Schließlich wurde es schwierig, weiterzuarbeiten, da sich die Sonne in den zerbrochenen Scheiben brach und mich blendete. Ich radierte an einigen Stellen und hielt das Blatt dann gegen das Licht, um die Zeichnung auf etwaige Fehler zu überprüfen. Anschließend drehte ich mich um und verglich die Skizze mit dem Original. Plötzlich fiel mir etwas Seltsames an der Zeichnung auf – oder vielmehr an dem Fenster selbst. Auf meinem Blatt war das Rouleau nur etwa zehn oder zwölf Zentimeter heruntergelassen, doch nun reichte der zerfetzte Sonnenschutz bis zum Fensterbrett.

Ich steckte meinen Zeichenblock in die Mappe, ging zur Tür und lauschte. Aus dem Inneren der Hütte drang ein schwacher, scharrender Laut. Ich klopfte.

»Jack? Sind Sie da?«

Niemand antwortete mir. Ich trat zurück und musterte die Vorderfront des Hauses. Von drinnen kam ein leichtes Husten, dann wieder ein schlurfendes Geräusch. Ich versuchte die Tür zu öffnen. Sie war verschlossen.

»He – Jack, ich bin's, Ned Constantine!« Ich wartete eine Weile und ging dann um die Hütte herum. In der roh gezimmerten

Seitenwand befand sich eine weitere kleine Tür. Ich drückte die zerbrochene Porzellanklinke nieder und trat ein.
Ich befand mich in einem kleinen, dunklen Raum, den kaum mehr als ein tropfender Wasserhahn über einem Spülstein und ein primitiver zweiflammiger Herd als Küche auswies. Eine Petroleumlampe stand auf einem wackligen Tisch, und auf dem Fensterbrett sah ich einen Becher und ein Rasiermesser mit Elfenbeingriff stehen, die mir bekannt vorkamen. Ich ging am Tisch vorbei und stieß die Verbindungstür auf.
Die herabgelassenen Rouleaus sperrten das Tageslicht aus. Ich konnte nur vage Umrisse erkennen: einen Tisch, einige Stühle, ein Bett an der Wand mit zerwühlten Decken. Ich tastete mich zum Fenster vor und zog das Rouleau hoch. Ein wimmernder Laut drang an mein Ohr; ich drehte mich um und sah, wie sich das Bettzeug bewegte. Eine Hand stahl sich unter der Decke hervor, um sie hochzuziehen. Ich ging an einem Stapel alter Zeitschriften vorbei und sah auf das Bett nieder.
»Jack?«
Erneut bemerkte ich eine Bewegung und bückte mich, um die Decke zurückzuziehen. Die Hand kam wieder zum Vorschein und umklammerte die Stoffkante mit verzweifeltem Griff.
»He, alter Freund, ich bin's, Ned Constantine.«
Das Wimmern verstärkte sich, und ich beugte mich tiefer hinunter. »Jack, was ist los?« Ich schlug die Decke zurück, und da lag der Hausierer und wurde buchstäblich von Angst geschüttelt. Er duckte sich, drehte den Kopf zur Seite und legte seinen Arm schützend vors Gesicht. Seine Haut fühlte sich heiß und fiebrig an, und die Anstrengung, das Zittern zu unterdrücken, ließ ihn nur noch stärker beben.
Ich kniete neben ihm nieder. Noch immer hielt er sein Gesicht vor mir versteckt, und nur auf mein sanftes Drängen hin wandte er sich mir schließlich zu und ließ den Arm etwas sinken, so daß seine rotgeränderten Augen über dem ausgefransten Hemdsärmel sichtbar wurden.
»Sind Sie krank?« fragte ich. Er schloß die Augen und schüt-

telte den Kopf. »Sind Sie gerade erst zurückgekommen? Sie waren lange fort.« Er nickte matt. Wie ich es von Kate her gewöhnt war, griff ich nach seinem Handgelenk, um seinen Puls zu fühlen. Instinktiv zog er seinen Arm zurück und enthüllte mir so sein Gesicht. »O nein. O nein!« Entsetzt starrte ich ihn an. »Herrgott, Jack, was ist mit Ihnen geschehen?« Sogar im Halbdunkel sah ich, daß sein Mund nur mehr eine einzige erbarmungswürdige Wunde war; die verkrusteten Narben auf den Lippen waren noch nicht ganz verheilt. Angstvoll drückte er sich gegen die Wand, und ich versuchte ihn zu beruhigen, versicherte ihm, daß ich ihm nichts zuleide tun würde. Langsam ließ er den Arm sinken; seine Finger zerrten an dem abgeschabten Stoff. Ich streichelte seine Hand und beugte mich vor, um in dem schwachen Licht besser sehen zu können. »Niemand wird Ihnen etwas tun, Jack.« Wovor fürchtete er sich so? Ich nahm sein Gesicht behutsam zwischen meine beiden Hände und sah mir die Narben an. Sie befanden sich in einem Abstand von jeweils einem Zentimeter nebeneinander auf seiner Ober- und Unterlippe; in den Mundwinkeln wirkten die frisch verheilten Wunden unregelmäßiger. Als wollte er dagegen protestieren, daß ich etwas so Abstoßendes betrachtete, stieß er einen gurgelnden Laut aus. Er versuchte damit aufzuhören, konnte nicht, hustete, würgte; sein Mund öffnete sich, und ich starrte in den dunklen Rachen. Mir war, als drehte sich mein Magen bei dem Anblick um, der sich mir bot.

Ich gab das gequälte Gesicht frei, faßte ihn an den Schultern und schüttelte ihn sacht. »Jack? Jack, hören Sie mir zu. Ich werde einen Arzt holen. Hören Sie mich? Ich hole Hilfe.«

Ich vernahm Schritte hinter mir, dann eine Stimme: »Lassen Sie ihn – man hat schon genug an ihm herumgedoktert.«

Die Witwe stand im Zimmer. Sie stellte ihr Köfferchen auf den Tisch und kam zum Feldbett. Mein Blick wanderte von ihr zu der zusammengekauerten Gestalt unter der Decke und dann wieder zu ihr. Sie nahm eine Taschenlampe in die Hand und schob einen Stuhl näher an das Bett heran.

»Was ist ihm zugestoßen?« fragte ich.
Ohne mich zu beachten, knipste sie das Licht an und ließ die Taschenlampe in ihren Schoß gleiten. Dann legte sie dem Hausierer die Hand auf die Stirn.
»Nun, Jack, wie geht's heute? Besser?« Er wandte ihr das Gesicht zu, nickte leicht. Wie ich es vorher getan hatte, griff sie nach seinem Handgelenk und fühlte den Puls. »Ja, besser, würde ich sagen. Es macht sich.« Dann, an mich gewandt: »Ich nehme an, er könnte etwas Tee vertragen. Würden Sie Wasser aufsetzen?«
Ich füllte den Topf mit Wasser und stellte ihn auf die Heizplatte. Als ich zurückkam, hielt die Witwe gerade die Taschenlampe vor Jack Stumps Lippen und drängte ihn sanft, den Mund zu öffnen. »Los jetzt – Sie verflixter Bursche – zieren Sie sich doch nicht so. Machen Sie Ihren Mund auf und lassen Sie mich nachsehen, wie's steht.«
Schließlich gab er nach und ließ zu, daß sie ihn untersuchte. Sie leuchtete seine Mundhöhle mit dem Strahl der Lampe aus und gab mir dann durch ein Kopfnicken zu verstehen, daß ich ihr den Koffer bringen sollte.
Ich reichte ihn ihr und nahm ihr die Taschenlampe ab, während sie einen Wattebausch mit Flüssigkeit aus einem Fläschchen tränkte und Jacks Rachen sorgsam damit betupfte. »So, jetzt ist es gut. Sie können Ihren Mund wieder zumachen, Jack.« Sie stellte die Flasche in das Köfferchen zurück und holte eine kleine Dose hervor. Sie enthielt eine Salbe, mit der sie die Narben auf seinen Lippen bestrich. »Letztesmal, als ich diese Salbe benutzte, waren sie mit ihren Fäusten auf Sie losgegangen, Jack. Aber diesmal hatten sie was Schlimmeres für Sie als Fäuste, nicht wahr?«
Ich starrte sie an. »Die Soakes?«
»Sscht!« erwiderte sie. »Nun, Jack, was Sie jetzt möchten, ist eine gute Tasse Tee, hab' ich recht?«
Er nickte; sie tätschelte seine Hand und stand auf. Ich folgte ihr in die Küche, wo sie eine Dose von einem Regal nahm und die

Teekanne über dem Wasserbecken ausspülte. Ich lehnte mich mit zitternden Knien gegen den Türpfosten und muß wohl etwas wie ein Stöhnen ausgestoßen haben, denn sie sagte ungeduldig: »Nehmen Sie sich zusammen, hier gibt's schon Unannehmlichkeiten genug.«
»Sie haben ihm die Zunge abgeschnitten?«
»Muß wohl so gewesen sein.« Sie maß mit dem Löffel Teeblätter in die Kanne, und während das Wasser siedete, zog sie die Leinenserviette von ihrem Spankorb, begann auszupacken, und legte mehrere in Folie gewickelte Päckchen auf den Tisch, dazu eine Thermosflasche. »Sie wußten nicht, daß Sie die Unglücklichen speisen, stimmt's?«
Sie hatte das Essen nicht für sich selbst aus unserem Haus getragen, wie ich geglaubt hatte, sondern für Jack.
Nun brühte sie den Tee auf. »Wie ist es denn passiert?« fragte ich.
»Ganz einfach: Sie haben sich im Wald versteckt – in *ihrem* Wald, verdammt sollen sie sein! – und ihn erwischt. Ja, sie erwischten ihn und haben ihn übel zugerichtete, der alte Soakes und seine Söhne. Eine feine, wohlgeratene Sippschaft. Ich habe ja immer schon gesagt, daß Jack eines Tages mal Verdruß bekommen würde, weil er seine Nase in alles steckt.«
Unwillkürlich berührte ich meine Zungenspitze und dachte daran, daß ich beinahe ein ähnliches Schicksal erlitten hätte. Der alte Soakes mit seinem scharfen Messer, die Söhne mit ihren –
»Stopfnadeln, mit denen sie ihre Lockvögel nähen«. Ich sprach meine Gedanken laut aus.
»Ja, Stopfnadeln. Sie haben ihm die Zunge abgeschnitten und seinen Mund zugenäht.«
»Wieso ist er nicht verblutet?«
»Weil wir's verhindert haben.« Sie nahm eine Tasse und einen Unterteller vom Regal und stellte beides auf den Tisch. »Der Tee dampft noch, Jack!« rief sie zu ihm hinüber. »Wir lassen ihn ein bißchen abkühlen, ehe Sie ihn versuchen.« Dann mar-

schierte sie ins Nebenzimmer, setzte sich wieder auf ihren Stuhl und hielt Tasse und Teller im Schoß.

»Aber verblutet wären Sie beinahe, Jack, nicht wahr? Hier, versuchen Sie einen Schluck.« Sie hielt ihm die Tasse entgegen.

»Seien Sie nicht so widerspenstig«, mahnte sie ihn. »Weber Eins-B ist ein richtiges Stärkungsmittel. Und wenn Sie den Tee ausgetrunken haben, gibt's Suppe und 'nen feinen Braten – mit gütiger Genehmigung unseres Freundes hier.« Obwohl Jack den Tee offenbar nicht wollte, wartete sie mit erhobener Tasse, bis er einen Schluck davon nahm. Sie ließ ihn nicht aus den Augen, während er trank, und erzählte mir dabei, was sie von der Tragödie wußte.

Sie und Asia Minerva hatten zusammen mit Mrs. Zalmon, Mrs. Green und Tamar Penrose eines Sonntag abends in Irene Tatums Haus ihren Nähzirkel abgehalten, als sie aus dem Wald von Soakes Lonesome Lärm und Schüsse hörten. Sie waren auf die Veranda gelaufen, um festzustellen, was vor sich ging. Dann war Jack Stump aus dem Wald gekommen, halb verrückt vor Schmerz und wie von Sinnen. Er sah das Licht und kam zu ihnen, und das Blut floß durch seine zugenähten Lippen. Sie hatten die Fäden aufgeschnitten und seine verstümmelte Zunge entdeckt. Die Witwe selbst hatte ihm mit dem glühenden Feuerhaken die Wunde ausgebrannt; dann legten sie ihn auf das Sofa im Wohnzimmer und warteten, bis er den schlimmsten Schock überwunden hatte.

»Und ganz voller Asche waren Sie, Jack, nicht wahr?« fuhr sie fort.

Der Hausierer nickte wie benommen.

»Asche?« fragte ich.

»Ja, Asche. Als sie ihr scheußliches Werk beendet hatten, tauchten sie ihn ins Wasser und schüttelten dann Asche aus ihrem Destillierapparat über ihn. Hab' ich recht, Jack?«

Wieder sah ich ihn nicken. Asche. Weiße Asche. Dann dämmerte es mir: Das Phantom im Sturm. Nicht der Geist von Soakes Lonesome, sondern der verstümmelte Jack Stump, des-

sen Mund zugenäht war und blutete, so daß er wie zu einem qualvollen Lächeln verzerrt wirkte. Ich erinnerte mich, daß ich auf meiner Fahrt nach Saxony die Soakes auf dem Landungssteg beobachtet hatte, wie sie Lockvögel anfertigten.
Die Witwe wartete geduldig, bis Jack seine Tasse geleert hatte, und als er sich über den Mund fuhr, hielt sie sanft seine Hand fest. »Nein, tun Sie das nicht. Sie wischen mir ja die ganze Salbe wieder weg. Jetzt warten Sie ein bißchen, bis ich Sie rasiert habe, dann richte ich Ihnen das Abendessen.« Ich ging mit der Taschenlampe voraus, als sie Tasse und Teller wieder in die Küche zurücktrug und beides auf den Tisch stellte.
»Das einzige, was man tun kann, ist, ihn aufzumuntern, sonst wird er apathisch, und dann kommt er nicht mehr auf die Beine. Wenn wir nicht zuviel Wesens daraus machen, ist er im Frühling wieder mit seinen Töpfen und Pfannen unterwegs. Nicht wahr, Jack?« Sie erhob ihre Stimme wieder. »Ich habe gerade gesagt, Jack wird im Frühling wieder mit seinem Karren vor meine Tür geradelt kommen, munter wie ein Fisch im Wasser.«
»Was hat man gegen sie unternommen?« fragte ich.
»Gegen die Soakes-Sippschaft? Pah, was soll man da tun? Der Konstabler weiß davon, aber es gibt ja keine Zeugen. Der arme Jack kann es nicht mehr erzählen. Er kann die Geschichte nicht mal aufschreiben.«
Ich schüttelte den Kopf. »Herrgott, so leben zu müssen!«
»Nehmen Sie den Namen des Herrn nicht leichtfertig in den Mund. Man kann es nicht ändern. Jack braucht keinen Sirup, sondern Essig, sonst rappelt er sich nicht wieder auf.« Es würde alles Menschenmögliche für ihn getan, sagte sie. Die Frauen des Dorfes wechselten sich in seiner Pflege ab, so daß er nie längere Zeit allein blieb. Die Lippen würden heilen; die Hauptsache sei, daß er den Mut nicht sinken ließ. »Es gibt viel Schlimmeres. Eine Menge Leute können nicht sprechen und nicht hören. Manche können weder sprechen noch hören noch sehen. Denken Sie an Robert Dodd. Ein leidgeprüfter Mann, aber er hat trotzdem etwas aus seinem Leben gemacht, er und

Maggie. Die Hauptsache ist, zu überleben. Sie zum Beispiel sind Maler, für Sie ist es nicht so wichtig, zu sprechen oder zu hören. Sie müssen sehen. Aber selbst wenn Sie's nicht könnten, würden Sie doch weiterleben, nicht wahr? Sie würden sich nicht von einem Pack wie den Soakes unterkriegen lassen.«

Sie wusch die Tasse aus und stellte sie ins Regal zurück. Ich staunte über sie. Sie wußte nicht nur über die Krankheiten des Körpers Bescheid, sondern befaßte sich auch mit den psychologischen Hintergründen und achtete darauf, daß seelische Störungen nicht die Oberhand über das körperliche Leiden gewannen. Sie gestattete sich weder Mitleid noch Verzweiflung oder Schwäche.

»Das schlimmste Leben ist immer noch besser als überhaupt keines.« Mit raschen Bewegungen schlug sie den Seifenschaum im Rasierbecher Clem Fortunes, nahm das Rasiermesser mit dem Elfenbeingriff und ging ins Nebenzimmer, um Jack zu rasieren.

20.

Bess war nach New York gefahren, den Wagen voller Handarbeiten für Mary Abbott, und sollte erst am nächsten Tag zurückkommen. An diesem Abend holte ich das kleine Holzfäßchen aus dem Schrank, nachdem Kate sich schlafen gelegt hatte, setzte mich ins Bacchuszimmer und trank wieder vom Met der Witwe. Dann ging ich auf die Veranda hinaus und sah zum Maisfeld hinüber. Keine Musik ertönte, keine Gestalt erschien. Ich stellte das Fäßchen wieder weg und ging zu Bett.

Im Schlaf sah ich eine greifbare Finsternis, ein bodenloses Meer mit tausenderlei phantastischen Formen, die zusammenstießen, verschmolzen, sich trennten; leuchtende Seeanemonen, die sich schlossen und entfalteten, und andere, unvergleichliche Lebewesen, scharlachrot, orange, türkis und golden blühend. Es war, als könnte ich die Hand ausstrecken und sie in dieses dunkle Meer tauchen, in dem sie schwammen. Die Dunkelheit hatte eine Struktur, war weich, geschmeidig, pelzig wie das Fell eines Tieres; sie hatte eine Ausdehnung, schien so unendlich und weit. Mein eigener Körper versank völlig darin, mein Fleisch schien sich zu dehnen, unter einer Last nachzugeben. Es war ein atmendes Dunkel, ein lebendiges Wesen, pulsierend wie ein Herz, pochend in einer geheimen, unbegreiflichen Ausstrahlung, schien sich in ständigem Wechsel zu erweitern und zusammenzuziehen.

Und, versteckt in dieser Finsternis, die Augen: die Augen von Missy Penrose. In der Schwärze des Traumes starrten sie mich an. Ich lehnte mich nach rechts, sie folgten; nach links, sie folgten noch immer. Die dunklen Augen, oval, geschwungen, deren Lider sich nicht bewegten. Auf ihrer eisigen Oberfläche sah ich mein eigenes Bild, ein verzerrter Blaubart. Die Augen wurden zur festen Kugel, einer Onyxkuppel. Ihre Tiefen ließen kommende Ereignisse ahnen, deren Geheimnisse verschleiert blieben. Ich sah in den Augen große schwarze Vögel schweben, sah vernichtete Maisfelder, die Gestalt einer Vogelscheuche. Die Vögel waren Krähen, wurden zu Harpyien mit menschlichen Köpfen und Brüsten, und in einem schrecklichen Chor verhöhnten sie mich. Und ihre Augen wurden wieder zu den Augen des Kindes, und sie jagten mich, und ich lief – doch ich lief nicht vor ihnen weg, sondern auf sie zu, denn ich hatte die Antwort gefunden. In meinem Traum wußte ich alles. Das Geheimnis lag offen vor mir, und mit der Antwort kam die Erkenntnis, kam …

Tageslicht. Und ich saß in unserer Kirchenbank und merkte, wie mir der Schweiß über den Rücken lief und mein Hemd durchweichte. Verstohlen lockerte ich meine Krawatte, suchte in der Tasche nach einem Taschentuch und trocknete mir die Stirn.

Die Kirchenfenster standen offen; ein leichter Windhauch führte den Geruch des Herbstes mit sich. Ich konnte den Hügel mit seinen Grabsteinen unter den weitverzweigten Bäumen sehen, das goldrote Laub. Ich starrte aus dem Fenster und hörte Mr. Buxleys Predigt nur mit halben Ohr, den Text, der heute aus dem Buch Ruths stammte: *»… Wo du hingehst, da will auch ich hingehen; wo du bleibst, da bleibe auch ich. Dein Volk ist mein Volk, und dein Gott ist mein Gott …«*

Ruth, die ihr eigenes Land verlassen hatte, um Naemi in das seine zu folgen, wo sie auf Boas Feld Ähren las.

Ich wandte mich zur Galerie um, auf der die Mädchen saßen, und bemerkte, daß Missy dem Pastor weder zuhörte noch ihn ansah. Ihr leerer Blick war auf mich gerichtet. Ich konnte das Gefühl nicht loswerden, daß sie mich seit dem Beginn des Gottesdienstes nicht aus den Augen gelassen hatte.

Wie ich es nun Tag für Tag tat, grübelte ich auch jetzt wieder über jenes Rätsel nach. *Hüte dich vor der Nacht.* Welcher Nacht? Die Nacht aller Nächte. Wann würde sie kommen? Was würde geschehen?

Ich sah flüchtig zu Missy auf, einmal, zweimal, wieder. Dabei versuchte ich mir darüber klarzuwerden, welche Gefühle sie in mir erweckte, doch es gelang mir nicht, abgesehen von der Erkenntnis, daß ich mich auf irgendeine geheimnisvolle Weise mit ihr verbunden fühlte. Sie beunruhigte mich, verfolgte mich in meinen Träumen. Ich sagte mir vor, daß sie nur ihr Spiel mit mir trieb, ein kindliches Spiel, nicht mehr; sie war nur die Dorfidiotin.

Oder etwa nicht?

Ihr starrer Blick flößte mir etwas wie Grauen ein. Mir war, als liege die Ahnung eines künftigen Unheils darin.

Vorahnung. Omen. Missy Penrose.

Tamar Penrose.

Die Mutter saß unter der Empore und hörte Mr. Buxley aufmerksam zu. Ich spürte – oder vielleicht bildete ich es mir auch nur ein –, daß sie sich dessen bewußt war, daß ich sie ansah, an sie dachte. Wie die Tochter mich beunruhigte, ärgerte mich die Mutter. Etwas Raubgieriges, Forderndes ging von ihr aus. Wenn sie sich mit den einheimischen Tölpeln im Heu vergnügte, so war es nicht nur mit der Leichtfertigkeit einer gewöhnlichen Dorfschlampe. In ihr war mehr, eine Art primitives Erbe – die ewige Frau, die sich des Mannes bedient, nicht nur zur Befriedigung ihrer Lüste, sondern um ihn sich völlig untertan zu machen. Tamar als Symbol der Kastration. Ich hatte wie eine Motte das Licht umschwirrt, hatte mir die Flügel versengt, wenn nicht verbrannt. Ich würde den gleichen Fehler nicht wieder begehen; ich würde sie künftig meiden wie die Pest.

Doch abgesehen von meinem zerrissenen Hemd: Wie hatte Bess wissen können, daß ich in Tamars Haus gewesen war und nicht im Rocking Horse oder bei der Brücke oder an irgendeinem anderen Ort? Obwohl ich mir sagte, daß Frauen für so etwas einen besonderen Instinkt haben, glaubte ich es doch nicht so ganz.

Auf seiner Kanzlei leierte Mr. Buxley endlos weiter. Ich sah mich wieder um und merkte, daß Worthy Pettinger es sich doch anders überlegt hatte. Er war nicht zur Kirche gekommen, wie er es der Witwe versprochen hatte. Sein Platz in den Bänken der Jungen war von einem anderen besetzt; so hatte Amys Penrose heute wohl keine Verwendung für seinen Stock, obwohl mir das Gesicht des Küsters, der an der Wand lehnte, ungewöhnlich aufmerksam vorkam.

Endlich hatte Mr. Buxley seine Predigt beendet. Er rückte seine Brille gerade, hustete kurz und stieg von der Kanzel, um sich auf seinem Stuhl niederzulassen. Nun erhoben sich die Dorfältesten von ihren Ehrenplätzen und stellten sich hinter einer großen Erntetafel unter der Kanzel auf. Mr. Deming nickte, und Justin Hooke stand auf, streckte lächelnd die Hand aus und zog Sophie zu sich hoch. Die Leute nickten, Beifallsgemurmel wurde laut. Noch nach langer Zeit erinnerte ich mich an den Anblick, den sie damals boten, Justin und Sophie. Die Sonne schien strahlend durch das Fenster, fing sich in ihrem Haar und verwandelte es in gesponnenes Gold, umgab die beiden Köpfe mit einer Aureole von Glanz. Sie sahen sich zärtlich an, und es ging mir durch den Sinn, wie glücklich sie doch waren. Nun brachte jeder von ihnen einen Maiskolben zum Tisch unter der Kanzel. Mit dieser Geste erneuerten sie den alten Brauch von der Abgabe eines Zehnts der Ernte an die Kirche.

Nachdem ihre symbolischen Gaben dargebracht worden waren, erhoben sich die übrigen Mitglieder der Kirchengemeinde, um es ihnen nachzutun. Ich beobachtete die Gesichter der Bauern, ihrer Frauen und Kinder, die an mir vorübergingen und Mr. Deming ihre Maiskolben überreichten, der sie auf den Erntetisch legte. Unter ihnen sah ich auch die Witwe in ihrer weißen Haube und ihrem schwarzen Kleid; sie gab Mr. Deming nicht nur einen, sondern zwei Kolben. Er ergriff ihre beiden Hände und drückte sie. Dann beugte er sich vor, um sie auf die Wange zu küssen und ihr zu danken.

Sie war die große alte Dame des Dorfes, und es gab keinen in der Kirche, der das nicht gewußt hätte. Sie verdiente den Respekt, den man ihr entgegenbrachte, und es ging mir durch den Sinn, wieviel die Bauern ihr verdankten und wieviel ich ihr verdankte, nicht zuletzt das Leben meines Kindes. Und während sie in der Kirche ihren Tribut zahlten, zollte ich ihr insgeheim den meinen.

Nun schlossen sich Konstabler Zalmon und seine Frau dem Zug an, der sich feierlich durch den Mittelgang der Kirche zur Kanzel bewegte. Abgesehen von dem altmodischen Dienstabzeichen, das an seiner Werktagsjacke steckte, hatte Mr. Zalmon in meinen Augen nicht viel von einem Polizeibeamten, und ich nahm an, daß während seiner Dienstzeit wenig vorgefallen war, was ihm zur Ausübung seiner polizeilichen Gewalt Gelegenheit gegeben hätte. Obwohl die Dorfbewohner übereingekommen waren, den Überfall auf Jack Stump geheimzuhalten, schien man doch allgemein der Auffassung zu sein, daß es Mr. Zalmons Aufgabe war, die Familie Soakes zur Rechenschaft zu ziehen, und er stand nun täglich stundenlang vor dem Postamt und hielt nach dem rosaroten Wagen Ausschau.

Da ich meine Staffelei für einige Tage auf dem Grundstück des Hausierers aufgestellt hatte, um das zerbrochene Fenster zu malen, hatte ich Gelegenheit, das ständige Kommen und Gehen der Bäuerinnen zu beobachten, die Jack Stump in ihren Körben zu essen brachten. Auch die Witwe erschien jeden Nachmittag pünktlich gegen fünf Uhr auf ihrem Einspänner, um den Kranken zu pflegen. Die Frauen reinigten Jacks Kleidung und Bettzeug, kochten ihm Fleischbrühe, wuschen und rasierten ihn und taten alles, um ihn wieder aufzupäppeln. Es war das Ziel der Witwe, ihn bis zum Frühling soweit wiederherzustellen, daß er mit seinem Karren wie früher durch die Gegend fahren konnte; eine Absicht, die sie mit unbeirrbarem Eifer verfolgte. Da Mrs. Buxley unter den Mitgliedern der Kirchengemeinde gesammelt hatte, war Jacks Lebensunterhalt für den Herbst und Winter gesichert.

Vor einigen Tagen war ich mit Amys' Boot flußaufwärts zum Landungssteg der Soakes gefahren, hatte jedoch keine Spur

von ihnen gesehen. Einem Gerücht zufolge waren sie auf einer längeren Jagdpartie, und Mr. Zalmons Wachsamkeit war umsonst. Sie hatten Jack Stump ebenso zum Schweigen gebracht wie den Steuerbeamten, dessen Schädel im hohlen Baum heulte.
Der Prozessionszug in der Kirche wurde langsam kürzer. Die Dodds kamen über die Treppe des Orgelchors herab. Maggie führte Robert langsam, und er streckte seinen Maiskolben vor, als wollte er sich damit seinen Weg ertasten. Mr. Deming nahm die Feldfrucht entgegen und legte sie auf den inzwischen beträchtlich angewachsenen Stapel. Dann schüttelte er Robert warm die Hand, und nachdem auch Maggie ihre Abgabe entrichtet hatte, brachte sie ihren Mann an seinen Platz zurück.
Als meine Bankreihe sich dem Zug anschloß, ging auch ich zum Erntetisch und überreichte Mr. Deming die drei Maiskolben, die ich mitgebracht hatte – einen für mich, einen für Bess und den kleinsten für Kate. Mr. Deming nahm diesen letzten Kolben und hielt ihn hoch, so daß alle ihn sehen konnten, und als ich über den Mittelgang zurückging, wußte ich, daß alle guten Wünsche der Leute von Cornwall Coombe mich begleiteten. Ich spürte die Wärme in ihren Blicken, sah, wie Asia Minerva lächelte, Will Jones mir zunickte.
Endlich waren auch die letzten Kinder von der Empore gekommen und zum Erntetisch gegangen. Nun wandten sich die Ältesten an Mr. Buxley, der sich von seinem Stuhl erhob und die Hände segnend über die Maiskolben auf dem Tisch breitete. Die Gläubigen standen mit gesenkten Köpfen da, bis der Pastor seine Brille zurechtrückte und die Schlußhymne ankündigte. Wie alle anderen drehte auch ich mich um und sah zum Chor über dem geschlossenen Kirchenportal auf. Mrs. Buxley hob ihre behandschuhte Hand, nickte Maggie an der Orgel zu, und wir begannen zu singen.
Der Pastor hatte ein Erntedanklied ausgewählt. Die Weise war sogar mir als säumigem Kirchgänger vertraut. Um mich herum

sangen alle Leute mit Inbrunst. Ihre Gesichter waren dem Sonnenlicht zugewandt und von Begeisterung und Frömmigkeit erhellt. Droben spornte Mrs. Buxley den Chor mit grimmiger Entschlossenheit an.
Mein Blick wanderte von der Pastorengattin zur Uhr unter dem Chor. Plötzlich wurde das Kirchenportal mit donnerndem Krachen aufgestoßen. Ein metallischer Laut folgte, als einer der Türflügel gegen den Heizkörper stieß. Die Chormitglieder tauschten bestürzte Blicke. Eine Stimme nach der anderen wurde leiser und verstummte. Maggie hob die Hand von den Orgeltasten und drehte sich mit überraschtem Gesicht um, während Mrs. Buxley über die Brüstung gelehnt stand und sich den Hals verrenkte, um den Grund für die Störung herauszufinden.
Worthy Pettinger stand auf der Schwelle – mit bleichem, finsterem Gesicht, die Arme ausgestreckt, um die Türflügel aufzuhalten. Sein Blick schweifte über die Kirchenbänke, und ich sah, wie Mrs. Pettingers Hand zum Mund fuhr, als wollte sie einen Aufschrei unterdrücken. Die Kirchengemeinde stand schweigend da, starrte den Jungen verblüfft an und harrte der Dinge, die da kommen würden. Worthy löste seine rechte Hand von der Türfüllung und ballte sie zur Faust, und die Faust zitterte, als er sie hob und mit lauter, zorniger Stimme hervorstieß:
»Möge Gott den Mais verfluchen!«
Wie durch Zauberschlag erhob sich Stimmengewirr; Frauen schlugen die Hände vors Gesicht, Männer wandten sich mit wütendem Gemurmel einander zu.
»Möge Gott den Mais verfluchen!«
Er blieb wie erstarrt auf der Türschwelle stehen, hatte die geballte Faust noch immer vorgestreckt. *»Und möge Gott die Mutter verfluchen!«* Mit einer jähen Geste des Abscheus ließ er den Arm sinken, drehte sich auf dem Absatz um und rannte davon.
Die Kirchengemeinde blieb in furchtbarem Aufruhr zurück; die Frauen schrien auf und sanken auf ihre Sitze, die Männer stürz-

ten aus den Bänken und sammelten sich im Mittelgang, während Amys Penrose im Vestibül auftauchte, das Seil mit beiden Händen umklammerte und mit aller Kraft daran zog. Ich horchte auf das dröhnende Geläut der Glocke. Es klang wie ein Amen.

TEIL IV

Das Mais-Spiel

21.

Die Felder schienen sich unter der Last der reichen Frucht zu biegen, und die Maiskolben glänzten prall in den geplatzten Hülsen. Dann, als die Zeit der Reife vorüber und die vorgesehene Mondphase erreicht war, brach die Ernte an. Sie begann nach altem Brauch auf dem Hof der Hookes. Dort verteilten sich die Dorfbewohner über das Feld und plünderten das reiche, goldene Land, pflückten die Kolben von den Stengeln und warfen sie in Körbe, die immer wieder in Pferdefuhrwerke geleert wurden, die am Feldrand entlangfuhren.

Als Justin Hookes Südfeld abgeerntet war, wurde der Mais zur Gemeindehalle für das Maisschälfest gebracht, und die Bauern schnitten die Stengel mit ihren Sicheln ab und banden sie zu riesigen Büscheln zusammen. Sie wurden in regelmäßigen Abständen zwischen den Furchen aufgestellt, und bald war das Feld leer. Nichts blieb mehr übrig als diese Hocken, die häßlichen Stoppeln und die Vogelscheuchen der Witwe Fortune. Nun wanderten die Bauern zum nächsten Feld und zum übernächsten – so vergingen die Tage der Ernte in Cornwall Coombe, und jeder wußte, daß Harvest Home vor der Tür stand.

Seit meinem angeblichen Seitensprung mit Tamar Penrose am Abend von Kates Asthma-Anfall hatte ich Anzeichen einer Veränderung an Bess entdeckt, die ich für eine natürliche Folge ihres verletzten Stolzes hielt. Trotzdem berührten sie mich eigenartig. Die meiste Zeit kam mir Bess ganz einfach geistesabwesend vor, als versuchte sie, sich an etwas zu erinnern. Manchmal überraschte ich sie, wie sie im Bacchuszimmer auf einem Stuhl saß und in die Luft starrte, die Hand mit der Nadel müßig im Schoß. Dann hörte ich ein gemurmeltes Wort oder eine Redensart, als wollte sie sich etwas durch ständiges Wie-

derholen unauslöschlich ins Gedächtnis einprägen. Oder sie machte gedankenverloren irgendein Zeichen; wenn ich aufsah, lächelte sie, als wüßte sie selbst, daß sie sich wunderlich benahm. Ihr Lächeln, einst so rasch und freudig, war nun mild geworden, fast aufreizend in seiner Selbstzufriedenheit.
Und in meiner eigenen Selbstzufriedenheit glaubte ich, ihr Geheimnis zu verstehen. Glaubte, die tieferen Gründe zu kennen, die diese Wandlung verursacht hatten, jene Gefühlsregungen, die im innersten Wesen einer Frau begründet sind.
Sie wartete auf etwas.
Also wartete ich mit ihr.
Sie gewöhnte sich an, ihre Arme über der Brust zu verschränken und leichte, wiegende Bewegungen zu machen, als wollte sie den Schmerz betäuben, den ich ihr angeblich zugefügt hatte. Sie hörte auf, die Zeitung zu lesen, und schien sich nicht mehr dafür zu interessieren, was in der Welt vorging. Oft fand ich das Telefon abgehoben, und wenn ich sie nach dem Grund fragte, antwortete sie, jemand müßte den Hörer zufällig von der Gabel gestoßen haben oder, ehrlicher, sie wäre heute einfach nicht in der Laune, mit jemandem zu sprechen. Sie sah sich ihre Lieblingsprogramme im Fernsehen nicht mehr an und zog es statt dessen vor, Kate Gesellschaft zu leisten, die sich langsam erholte. Was ich auch vorschlug, um Bess etwas Zerstreuung zu schaffen, stieß auf Gleichgültigkeit.
Fragte ich beispielsweise: »Wie wär's, wenn wir heute abend an der Hauptstraße essen würden?«, so wiederholte sie mit leerem Blick: »Hauptstraße?« Und ich erläuterte: »Im Yankee Clipper.«
»Oh, schon recht«, antwortete sie dann. »Wenn du es möchtest.«
»Ich dachte, du würdest dich darüber freuen.«
Sie zuckte mit den Schultern, als sei ein Abendessen im Yankee Clipper das letzte, was ihr in den Sinn gekommen wäre. Dann ging sie ans Telefon, um die Witwe Fortune zu bitten, abends bei Kate zu bleiben.

Ich war sicher, daß Bess sich in sich selbst zurückgezogen hatte, um ihre Wunden zu pflegen, und glaubte ebenso fest daran, daß sie zu mir zurückfinden würde und alles wieder wie früher werden konnte, wenn ich nur Geduld hatte und den richtigen Augenblick abwartete.
Manchmal griff ich nach ihrer Hand, drückte sie und versuchte ihr verständlich zu machen, was ich empfand. Dann machte sie sich frei und tätschelte meine Wange.
»Aber ich möchte, daß du mir glaubst«, sagte ich. »Ich möchte sicher sein, daß du mir glaubst.«
»Natürlich glaube ich dir, Ned.«
Doch ich wußte, daß sie es nicht tat.
Obwohl sie weiterhin täglich durchs Dorf fuhr, um die neuesten Handarbeiten abzuholen – die Flickendecken, Teppiche und den Beinschmuck –, war Kate wieder zum beherrschenden Mittelpunkt ihres Lebens geworden, zu einer Art Besessenheit. Ich sah die Warnsignale, ohne etwas dagegen zu unternehmen. Ich sagte mir, daß es nur natürlich war – die Reaktion einer Mutter, der man ihr Kind genommen und wie durch ein Wunder wiedergegeben hat. Ich glaubte, wenn Kate damals nach dem Mond verlangt hätte, Bess hätte einen Weg gefunden, ihr diesen Wunsch zu erfüllen.
Ich hatte darüber nachgedacht, wie ich der Witwe vergelten konnte, was sie für uns getan hatte. Geld kam nicht in Frage; sie hätte es nie angenommen. Also versuchte ich mir etwas auszudenken, was sie nicht zurückweisen konnte, ein Zeichen unserer Dankbarkeit. Es mußte etwas Ausgefallenes sein, was sie sich selbst nie gönnen würde.
Eines Tages kam mir eine Idee.
Um Kate die Zeit zu vertreiben, hatte ihr die Witwe ein Stück Stramin mit einer Vorlage für Petit-point-Stickerei geschenkt und unterwies sie im Sticken. So brachte Bess ihre Nähsachen vom Bacchuszimmer nach oben zu Kate, wo sie zusammen handarbeiteten und plauderten. Wenn die Witwe kam, konnte ich die drei in Kates Zimmer lachen und reden hören, und plötzlich

fiel es mir ein – das perfekte Geschenk für die Witwe Fortune.
An diesem Abend fand ich Bess am Fenster unseres Schlafzimmers sitzen, nachdem die alte Dame heimgefahren war und Kate schlief. Sie sah zum nächtlichen Himmel auf, zum zunehmenden Mond und den frostig glitzernden Sternen, und ich wurde an jene Nacht erinnert, als ich sie nach dem »Erlebnis« im gleichen Schaukelstuhl vorgefunden hatte.
Ich zog den Hocker unter der Frisierkommode hervor und setzte mich schweigend neben sie. Ihr Kopf ruhte am Korbgeflecht des Stuhles, und ich sah, wie bezaubernd das Mondlicht die vorspringenden Partien ihres Gesichtes liebkoste – ihre Backenknochen, den Schwung der Oberlippe, ihre Brauen.
Ich nahm ihre Hand. »Was ist?«
Ihr Blick war fern, und wieder umspielte das selbstzufriedene Lächeln ihre Lippen. »Ich habe mich nur erinnert.«
»An jene Nacht?«
»Ja. Diese wundervolle Musik. So – anders als alles, was wir je gehört haben.«
»Aber du hast nichts *gesehen*?«
»Nein, ich hab' es dir doch gesagt.«
Wieder beschrieb ich ihr die beiden Gestalten, den strohbekleideten Mann, der meiner Meinung nach Justin gewesen sein mußte, die verschleierte Frau.
»Sophie nackt?« Sie lachte leicht. »Das glaube ich nicht. Es klingt mehr nach Tamar – *wenn* du jemanden gesehen hast.«
Wenn ich jemanden gesehen hatte … Vielleicht hatte sie recht; womöglich hatte ich über dem Zauber des Abends und dem Fäßchen Honigmet Phantasie und Wirklichkeit durcheinandergebracht. Vielleicht war alles nur ein Trugbild gewesen. Ich hatte in einem medizinischen Lexikon über jene Fliegenpilze nachgelesen, die die Witwe in Soakes Lonesome gesammelt hatte. Bei innerer Anwendung konnten die Wirkstoffe dieses Pilzes seltsame Halluzinationen hervorrufen; sie konnten einem auch dazu verhelfen, Dinge mit phantastischer Klarheit zu sehen und zu verstehen.

Bess war aufgestanden und kämmte ihr Haar. Nach einer Weile sagte sie: »Und wenn du sie wirklich gesehen hast, und sie sollte nicht die Maismaid verkörpern, wer war sie dann?«
Ja, wer…
Und in diesem Augenblick erkannte ich instinktiv, daß es kein Trugbild gewesen war, sondern Wirklichkeit; ich wußte, daß sie die Sphinx war, und daß man mir die Aufgabe gestellt hatte, dieses Rätsel zu lösen.
Dann, als die Ernte fast eingebracht war, schien der Sommer plötzlich vorüber zu sein. Während die Bauern sich auf den Feldern beeilten, den letzten Mais abzuernten, verfärbten sich die Bäume schlagartig, als wären sie gerostet, weil man sie zu lange im Freien gelassen hatte. Der Ahorn sah aus, als stünde er in Flammen, die Akazien nahmen die tiefrote Schattierung von Korduan an, die Birken wirkten wie goldene Schirme, und sie alle warfen nun ihr Laub rasch ab. Die Kürbisse wurden von den Feldern geholt und in Bretterbuden am Straßenrand feilgeboten, wo Apfelwein verkauft wurde. Das Dorf begann sich auf den Winter vorzubereiten. Dann verging der Frost ebenso unvermittelt wieder, wie er gekommen war, das Wetter erwärmte sich, und als Harvest Home herannahte, verzauberte ein herrlicher Indianersommer das ganze Tal.
Am Tag vor dem Maisschälfest, das das Mais-Spiel einleiten sollte, fuhr ich zur Maschinenhandlung drüben an der Hauptstraße. Als ich eine halbe Stunde später wieder aus dem Laden trat, hatte ich eine Singer-Nähmaschine gekauft, ein rosarotes kleines Prachtstück mit einer Unmenge verschiedener Feinheiten und Zusatzgeräte, mit denen bestimmt nur ein Genie umgehen konnte.
Auf dem Heimweg begegnete mir Dr. Bonfils in seinem Wagen, und wieder kam mir Grace Everdeen in den Sinn. Ich wurde schon seit einiger Zeit den Gedanken nicht los, daß Selbstmörder für gewöhnlich Briefe hinterlassen, die oft in Wut oder Verzweiflung geschrieben werden, doch zumeist ein Licht auf das Motiv ihrer Handlungsweise werfen. So ent-

schloß ich mich, bei Mrs. O'Byrne in Saxony vorbeizuschauen.
Sie hängte gerade Wäsche auf eine Leine. »Ich dachte, auf dem Land ist nur montags Waschtag«, rief ich ihr beim Aussteigen zu. Während sie ihre Kopfkissenbezüge mit Wäscheklammern feststeckte, erzählte ich ihr die wenigen unklaren Einzelheiten, die ich noch über Grace Everdeens Tod in Erfahrung gebracht hatte, und daß es Selbstmord gewesen sei. Mrs. O'Byrne war so erschrocken über diese Neuigkeit, daß sie sich auf die Hintertreppe setzen mußte. Ich beeilte mich, hinzuzufügen, daß ihre damalige Empörung über Gracies Verhalten das Mädchen meiner Meinung nach nicht zu dieser Tat getrieben haben konnte; sie mußte vielmehr mit Roger Penrose in Zusammenhang stehen. Ob sie vielleicht etwas hinterlassen hätte …?
»Einen Brief!« Sie stand auf und führte mich ins Haus. »Sie hat einen Brief geschrieben. Ich fand ihn in ihrer Kommode, nachdem sie verschwunden war. Es stand schon eine Adresse darauf, und ich nahm an, daß sie einfach vergessen hatte, ihn einzuwerfen, so durcheinander wie sie damals war. Ich klebte also eine Briefmarke drauf und warf ihn in den Kasten.«
Ein Brief, doch er war fort.
»Erinnern Sie sich, an wen er gerichtet war?«
»An ihren Liebhaber, Roger Penrose. Doch er hat ihn nie erhalten. Kommen Sie mit, ich zeig's Ihnen.« Sie führte mich durch die Küche und in den Keller hinunter, wo sie einen Stapel Kartons in Angriff nahm, von denen jeder mit einer Aufschrift versehen war: »Weihnachtsschmuck«, »Dicks Wintersachen«, »Großmutters Küchengeschirr«. Auf einem stand nur der Name »Grace«, und diesen zerrte sie hervor, löste die Schnur und hob den Deckel. Ich bückte mich und sah mir den Inhalt an. Da lagen mehrere zusammengefaltete Kleider und Pullover; Schuhe, Handschuhe, eine kleine Schachtel mit Modeschmuck und ein Taschenbuch. Mrs. O'Byrne griff nach dem Taschenbuch und schlug es auf. Zwischen den Seiten lag der Brief.
Ich konnte den Poststempel nicht entziffern, doch der Um-

schlag war an Roger Penrose in Cornwall Coombe adressiert. Quer über das Couvert zog sich der verblaßte Abdruck eines Stempels: *Empfänger verzogen – zurück an Absender.* Der Brief war versiegelt.

»Darf ich ihn aufmachen?« Mrs. O'Byrne überlegte und sagte dann, nach vierzehn Jahren könne man das wohl nicht mehr als Einmischung in anderer Leute Privatangelegenheiten betrachten, noch dazu, wo Grace tot sei. Ich nahm mein Taschenmesser, schlitzte den Umschlag auf und zog ein einzelnes Blatt Papier heraus. Ich hielt es ans Licht und las die krakelige Handschrift. Der Brief war offensichtlich in großer Verzweiflung geschrieben:

Mein Liebster,

vergib mir. Ich wollte nicht, daß es so kommt. Deshalb habe ich auch zu verhindern versucht, daß du mich siehst. Aber du weißt jetzt, warum alles nicht sein kann. Was geschehen ist, war nicht meine Schuld. Doch das ist nicht mehr wichtig; es wird mit mir sterben. Was kein Mann je weiß, keine Frau je erzählt – wie ich diese Worte hasse! Ich wollte bei dir sein, um den Mais mit dir zu machen. Ich muß dabei sein! Ach, ich verliere noch den Verstand! Ich werde kommen, keiner kann mich daran hindern. Vergib mir!

Der Brief trug keine Unterschrift. Ich las die Zeilen noch einmal durch und gab das Blatt an Mrs. O'Byrne weiter; dann bückte ich mich, um mir den Inhalt des Kartons genauer anzusehen. Als Mrs. O'Byrne den Brief gelesen hatte, faltete sie ihn wieder zusammen und steckte ihn in den Umschlag zurück.

»Nun, da haben wir die Antwort – meinen Sie nicht? Sie erwartete ein Kind von ihm – so war's doch wohl? Und nachdem er sich mit ihr verlobt hatte, entschied er sich für eine andere. Einen Ring hat er ihr auch gegeben.«

Ich musterte gerade die Schuhe. »Trug sie den Ring noch immer?«

»Nicht am Finger – um ihren Hals, an einer kleinen Kette wie ein Medaillon.«

»Warum nicht am Finger?«
»Das ging nicht. Er paßte ihr nicht.«
Ich legte die Schuhe in die Schachtel zurück – große, schwere Schuhe. »Gracie muß ein kräftiges Mädchen gewesen sein.«
»Groß wie ein Pferd, ja, aber nicht stark.«
»Würden Sie sie zart nennen?«
Sie warf einen Blick auf die Schuhe, die zuoberst in der Schachtel lagen. »Nicht mit solchen Füßen. Aber sie hatte eine zarte Gesundheit, ja. Sie war schrecklich schwach. Die Hausarbeit erledigte sie zwar, aber dabei wurde sie sehr rasch müde. Sie tat mir so leid, wie sie sich immer dahinschleppte. War einfach gefügig und still und hätte die ganze Zeit am liebsten geschlafen. Keine Spur Energie. Wahrscheinlich war ihr meistens übel, wie das bei Schwangeren so ist.«
Ich erinnerte mich, wie müde Bess in den Monaten vor Kates Geburt gewesen war. Doch Gracie war ja einst Fahnenstangen hinaufgeklettert und hatte Roger Penrose beim Ringkampf überwältigt. Ich hob einen der Handschuhe auf, betrachtete ihn und bat Mrs. O'Byrne, ihn überzustreifen. Sie schlüpfte mit der Rechten hinein und hielt sie hoch: Der Handschuh war ihr viel zu groß. Wir legten ihn zusammen mit dem Taschenbuch und dem Brief in die Schachtel zurück, stellten sie dann an ihren alten Platz und gingen nach oben.
Ich bedankte mich bei Mrs. O'Byrne, machte mich wieder auf den Weg und grübelte weiter über den Inhalt des Briefes nach. *Ich wollte nicht, daß es so kommt. Es wird mit mir sterben. Was kein Mann je weiß, keine Frau je erzählt…* Vielleicht waren es wirklich nur die wirren, verzweifelten Gedankengänge eines ledigen Mädchens, das ein Kind erwartete, wie Mrs. O'Byrne gemeint hatte. Doch wann hatte er sie geschwängert? Bestimmt nicht an dem Abend, als er sie über die Brücke holte.
Ich fuhr über den Fluß, hielt auf der Seite von Cornwall Coombe an und ging auf die Brücke zurück, um durch die Holzlatten zu spähen. Etwa zwölf Fuß unter mir floß das Wasser ruhig und gemächlich dahin; ich sah einen Schwarm bräun-

licher Fische in der Tiefe schwimmen. Auf beiden Seiten fiel das sandige Ufer sanft zum Wasser hin ab. Ich fragte mich, von welcher Stelle aus Grace Everdeen sich in den Fluß gestürzt haben mochte – wie sie es überhaupt geschafft hatte, sich auf diese Weise zu töten, denn nach meinem Dafürhalten gab es hier nirgends Untiefen.

Wieder ließ ich mir durch den Kopf gehen, was ich erfahren hatte: Amys sagte, Roger wäre in der Nacht vor dem Maisschälfest zur Brücke geritten. Das Maisschälfest fand am Abend des Mais-Spieles statt, dem Beginn von Harvest Home. Gracie war zwei Tage nach Harvest Home gestorben. Wenn sie schwanger gewesen war, mußte sie sich schon irgendwann während des Sommers mit Roger getroffen haben, zu einer Zeit, da weder Mrs. Lake noch Mrs. O'Byrne es beobachtet hatten. Dann war sie an Harvest Home aufgetaucht, um Roger zu beschuldigen. Sie verließ Cornwall Coombe wieder, um zurückzukehren... wohin zurückzukehren? Mrs. O'Byrne hatte behauptet, daß Grace ohne ihre Sachen fortgegangen und nie wiedergekommen war. Irene Tatum hatte ihre Leiche erst zwei Tage später gefunden. Wo war Gracie gewesen, ehe sie von der Brücke sprang? Hatte sie die letzten Stunden ihres Lebens allein verbracht?

Ich fuhr weiter, ohne von Grace Everdeens tragischem, rätselhaften Schicksal loszukommen. Als ich am Tatum-Hof vorbeifuhr, wurde meine Aufmerksamkeit durch Irene Tatum abgelenkt, die in ihrem rauchenden Seifenkessel rührte und brüllende Kommandos zum Maisfeld hinüberschickte, wo einige ihrer Kinder gerade die alte Vogelscheuche aus dem Feld zerrten und zum Haus brachten.

Vorbereitungen zur Kindling Night. Wohin ich auch sah, keiner der Wächter aus Mais und Stroh stand mehr an seinem Platz auf den Feldern. Ich machte bei den Hookes halt, unterhielt mich einen Zeitlang mit Sophie, bis Justin aus dem Stall kam, und bat ihn, sich wieder wie damals neben den Birnbaum zu stellen, als er ihn pflanzte. Dann begann ich meine erste

Skizze. Wir unterhielten uns, während ich zeichnete, und Justin war freundlich und liebenswürdig wie immer, bis ich das Gespräch auf Worthy Pettinger und den Vorfall in der Kirche brachte, der nun schon einige Wochen zurücklag. Justins sonniges Gesicht umwölkte sich stets, wenn ihn etwas störte oder beunruhigte, und nun stiegen Sturmwolken über dem Olymp auf.

Er änderte die Position, die er für mich eingenommen hatte, und wandte das Gesicht ab. Worthy, sagte er, sei ein junger Narr. Er hätte zweifache Schuld auf sich geladen: Er hatte nicht nur die Ehre verschmäht, die das Dorf ihm mit der Wahl zum Jungen Lord erwies, sondern er hatte auch die Feldfrucht verflucht. Auch wenn diese Ernte nicht beeinträchtigt worden war, wer wüßte, was das kommende Jahr bringen würde? Wieder sprach Justin von Dürre und Seuchen, und als er mir sein Gesicht zuwandte, stand die ganze alte Furcht, aller Aberglaube darin geschrieben.

Er nahm selbst einen Teil der Verantwortung für das Geschehnis auf sich. Er hatte gewußt, daß Worthy unzufrieden und unglücklich war. Er, Justin, hätte sich mehr Mühe geben sollen. Es wäre seine Pflicht als Erntekönig gewesen, dafür zu sorgen, daß Worthy zur Besinnung kam, ehe er seinen furchtbaren, unbedachten Entschluß faßte – einen Entschluß, der hier im Dorf das gleiche Mißfallen auslöste wie die Episode mit Grace Everdeen.

Ich ergriff meine Bambusfeder wieder, und Justin nahm seine ursprüngliche Haltung ein. »Weil wir gerade von Grace sprechen – wieso übte sie an Harvest Home eigentlich einen zersetzenden Einfluß aus?«

»Sie kam – das reichte.«

Ich versuchte es auf andere Weise. »Ich glaube nicht, daß Grace Selbstmord beging. Oder wenn sie's getan hat, wohl kaum, indem sie von der Brücke sprang.«

»Weshalb nicht?«

»Weil nicht einmal ein zehnjähriges Kind dort ertrinken

könnte, das ein paar Züge schwimmen kann. Vom Geländer bis zum Wasser sind's nicht mehr als fünfzehn Fuß, und wenn ein Mensch entschlossen ist, Selbstmord zu begehen, würde ihm ein Sprung von dieser Brücke wohl kaum als eine sehr erfolgversprechende Todesart erscheinen.«

»Der Fluß trägt in diesem Jahr viel Wasser.«

»Und was bedeutet das?«

»Das bedeutet, daß er damals, als Grace sich das Leben nahm, ziemlich wenig Wasser mit sich führte. Wenig Wasser, doch es gibt dort eine Menge Felsen. Die sind glatt, aber hart. Wenn Sie aus fünfzehn Fuß Entfernung auf einen von diesen Felsen prallen, haben Sie Ihren gewünschten Erfolg.«

Das hatte ich wohl, und Gracie ebenfalls. »Wie lange liegt das zurück? Als Gracie ...«

»Vierzehn Jahre«, erwiderte er rasch.

»Wie kommt es, daß Sie sich so genau daran erinnern?«

»Wenn Sie damals hier gelebt hätten, würden Sie sich auch daran erinnern. Keiner der Dorfbewohner, der zu dieser Zeit lebte, hat's vergessen. Es war das Jahr vor der letzten großen Dürre.«

Die letzte große Dürre, die nach Auffassung der Bauern Grace Everdeen zuzuschreiben war. Dieses Dorfgeheimnis reizte meine Neugier immer mehr; es drängte mich dahinterzukommen. Was hatte Gracies unglückliche Liebesgeschichte mit der Mißernte vor dreizehn Jahren zu tun?

Eine Zeit zeichnete ich schweigend weiter, dann sagte ich zu Justin: »Wenn Sophie ein Bild von Ihnen haben will, solange sie Erntekönig sind, hätten Sie ihr Kostüm anziehen sollen.«

Justin lachte. »Ich würde mir wirklich blödsinnig vorkommen, wenn ich in diesem Kostüm hier draußen stehen müßte.«

»Das mit den Maisblättern?«

Sein Blick war ausdruckslos. »Es ist nicht aus Maisblättern, sondern aus Stoff.«

»Ich habe das Kostüm gemeint, das Sie damals im Maisfeld trugen. Eine bemerkenswerte Schau haben Sie an dem Abend ab-

gezogen.« Ich bemühte mich, eine Spur Ironie in meine Bemerkung zu legen.
»Welche Schau?«
»Das wissen Sie doch – hinter meinem Haus, mit der Musik.« Ich benützte meine Bambusfeder, um eine Flöte zu imitieren. »Das waren Sie, nicht wahr? Sie und – noch jemand? Tamar vielleicht? Der Abend, an dem Mrs. Mayberry starb.«
Er betrachtete mich unbewegt, ohne zu lächeln, und schüttelte den Kopf. »Ich weiß nicht, wovon Sie reden. Sophie und ich sind an diesem Abend ins Kino gegangen.«
»Aha.« Offenbar sollte ich von Justin Hooke kein Eingeständnis von seiner Mitwirkung am »Erlebnis« bekommen.
Als ich meine Skizzen fertiggestellt hatte, verließ ich Justins Hof und fuhr ins Dorf, in dem größere Geschäftigkeit als gewöhnlich herrschte. Geflochtene Erntesymbole schwangen im Wind von den Schornsteinen, und an den Portalen der Häuser hingen Bündel getrockneter Maiskolben als Vorbereitung auf Harvest Home. Rund um den Dorfanger waren Autos und Fuhrwerke geparkt, und überall eilten die Leute hin und her. Männer hatten sich auf dem Bürgersteig versammelt oder standen auf den Türschwellen und sahen die Straße hinunter; andere verglichen ihre Armbanduhren mit der Kirchturmuhr. Durch die offenen Tore der Gemeindehalle gingen Frauen aus und ein, und zwei oder drei Jungen kletterten auf dem Vordach herum und schmückten den Eingang mit Maisgirlanden, während Jim Minerva auf einer Leiter stand und in den Ecken Büschel geschälten Maises anbrachte.
Zwei junge Mädchen kamen die Treppe herunter und steckten die Köpfe zusammen. Ich hörte, wie sie miteinander sprachen.
»... weshalb er gerade vor dem Spiel weglaufen will?« sagte Betsey Cox.
»Er ist verrückt.« Sally Pounders Gesicht war rot vor Bestürzung, als sie zum Kirchturm aufsah. »Amys«, rief sie, »geht die Uhr vor?« Amys Penrose hielt im Kehren inne und stützte sich

auf seinen Besenstiel. »Hölle und Teufel, nein!« schnauzte er sie an. Sally warf einen besorgten Blick auf die Penrose-Scheune und eilte mit Betsey auf eine Gruppe von Frauen zu, die sich auf dem Dorfanger versammelt hatten.

Ein Fuhrwerk kam die Straße entlanggerattert und hielt vor der Gemeindehalle. Mr. Pettinger stieg ab; er begann einige Kürbisse abzuladen, während seine Frau auf dem Kutschbock sitzenblieb und ihm zusah. »Hallo«, sagte er zu Ferris Ott. »Die hab' ich für das Fest gebracht.«

»Glaub' nicht, daß wir Kürbisse brauchen«, erwiderte Ferris Ott mit betonter Gleichgültigkeit. Mr. Pettinger warf seiner Frau einen unsicheren Blick zu. Die Unterhaltung der Umstehenden verstummte. Einer nach dem anderen drehte dem Bauern mit seinen Kürbissen den Rücken zu.

»Nein, wir haben schon genug davon.« Will Jones sah Mr. Pettinger kurz an. Die Kürbisse wurden wieder auf den Wagen geladen, Mr. Pettinger kletterte auf den Kutschbock, ergriff die Zügel, und das Fuhrwerk ratterte davon.

»Was hat das zu bedeuten?« fragte ich Amys.

»Sin' verfemt. Was kann man hier schon anderes erwarten?« erwiderte er laut. Gesichter wandten sich ihm zu; der Küster starrte trotzig zurück. »Der Bursche ist abgehauen, und was Besseres konnte er nicht tun, dabei bleib' ich.«

»Kehr du mit deinem Besen und kümmere dich nicht um Sachen, die dich nichts angehen«, sagte Ferris Ott in Amys' Richtung.

In diesem Augenblick streckte Mrs. Zalmon ihren Kopf aus der Tür der Gemeindehalle. »Wo sind diese Tatums mit den restlichen Dekorationen?«

Sie sah über die Schulter zurück und rief etwas; gleich darauf gesellten sich Mrs. Brucie und Mrs. Green zu ihr, und sie liefen ebenfalls hastig zu den Frauen auf dem Dorfanger hinüber.

»Das bringt Glück!« rief Jim Minerva von seiner Leiter, der eben eines der geflochtenen Erntesymbole über der Tür aufgehängt hatte. Amys spuckte in den Staub der Straße, und seine buschigen Augenbrauen zogen sich finster zusammen. »Ja – für die, die dumm genug sind, dran zu glauben, daß es hier so was wie Glück gibt. Wenn's nach mir ginge, ich würde sie verbrennen, alle miteinander.« Er wischte sich mit dem Jackenärmel über die Lippen.

»Sie glauben wohl nicht an Glück, Amys?« fragte ich. Der alte Mann grübelte einen Augenblick und schien seinen Erinnerungen nachzuhängen. »Das schlimme ist, daß sie 'ne Menge Wirbel um nichts veranstalten.« Er ließ den Kopf hängen, und als er wieder aufsah, wirkte sein Gesicht eingefallen, und das zornige Glühen in seinen Augen war erloschen. »Nein, mein Herr, die Sache lohnt sich nicht.«

»Schäm dich, Amys Penrose, natürlich lohnt es sich!« Mrs. Buxley segelte in voller Fahrt auf die Gemeindehalle zu und bremste scharf, den Arm voller Kostüme. »Und Gott sprach: ›Es werde Licht!‹ – das wissen Sie doch!« Sie sah zum Erntesymbol auf. »Doch wir dürfen nicht auf Glück allein vertrauen.« Sie lächelte mich erwartungsvoll an. »Ich meine, wir sind schließlich nicht im Mittelalter. Menschen sind immerhin schon auf dem Mond gelandet, nicht wahr? Denken Sie mal an, Ned, das ist Ihr erstes Mais-Spiel. Und unser dreiundzwanzigstes. Es ist kaum zu glauben. Ich weiß nicht, wie wir Schwester Tatum heuer in dieses Kostüm zwängen sollen. Vielleicht versuchen wir's mit einem Korsett.« Sie stürzte wieder davon, rief: »Jimmy, hilf mir damit!« und lud die Kostüme auf Jim Minerva ab.

Er warf einen besorgten Blick zur Straße. »Meine Güte, Mrs. Buxley, es ist schon fast Zeit ...«

»Himmel, nein!« Sie sah zum Kirchturm auf. »Amys, geht diese Uhr –«

»Ja, Ma'am, sie geht richtig.«

»*Tempus fugit.*« Mrs. Buxley blinzelte mir schelmisch zu, als wüßten wir beide am besten, daß man gegen die Flüchtigkeit der Zeit machtlos ist. »Amys, mein Lieber, nehmen Sie Ihren Besen und kehren Sie unsere Bühne ein bißchen!« Sie scheuchte den schwerbeladenen Jim Minerva in die Halle und

überredete den Küster, mit ihr zu kommen. »Wir sehen uns beim Gottesdienst!« rief sie mir noch über die Schulter zu.
Ich machte einen Bogen um den Dorfanger und die wartenden Frauen, stieg die Treppe zur Kirche hinauf und trat in die Vorhalle. Mr. Buxleys Sakristei war verschlossen; so kletterte ich über die hölzernen Stufen in den Glockenturm. Die Zahnräder des Uhrwerks bewegten sich in unerschütterlichem Gleichmaß, als ich am Gehäuse vorüberkam, und dann hing die große Bronzeglocke direkt über mir. Von den Bogenfenstern des Turmes aus konnte man das ganze Dorf überblicken: die Hauptstraße hinauf und hinunter, den Fluß, den Friedhof und Gracies Grabstein, einsam hinter dem Drahtzaun, und den Dorfanger unter der Kirche.
Mrs. Buxley kam aus der Gemeindehalle geeilt und gesellte sich zu den anderen Frauen; von Minute zu Minute wurde die Gruppe größer, und einige von ihnen sahen immer wieder zum Zifferblatt der Uhr auf. Kurz darauf tauchte der Küster mit seinem Besen wieder auf, und ich ging die knarrenden Stufen nach unten, vorbei am Seil, das von der Glocke bis ins Vestibül hing. Amys stand in der Tür zur Sakristei.
»Eine schöne Aussicht hat man von dort oben.«
»Mja.«
»Haben Sie eine Minute Zeit?«
»Sogar zwei.«
»Ich würde gern einen Blick in eines dieser Bücher werfen.« Ich deutete auf das Regal mit der Reihe datierter Bände, auf die Mr. Buxley so stolz war.
Amys warf mir einen seltsamen Blick zu, dann nickte er. »Bedienen Sie sich.« Während er wegging, holte ich den Band mit der Jahreszahl 1958 heraus. Ich schlug die letzten Seiten auf und ging die Eintragungen vom November durch: Geburten, Heiraten, Beerdigungen. Schließlich fand ich eine in gebieterischer Handschrift geschriebene Anmerkung: »Grace Louise Everdeen, Selbstmord, heute begraben – außerhalb des Friedhofs – kein Gottesdienst.«

Ich schloß das Buch wieder, stellte es an seinen Platz zurück und machte mich auf die Suche nach Amys, der gerade einen Stapel Gesangbücher aus dem großen Eichenschrank unter dem Chor holte. Nachdem ich mich bei ihm bedankt hatte, trat ich wieder ins Freie.

Welchen vagen Verdacht ich auch immer gehegt haben mochte, er war durch die Eintragung Pastor Buxleys ins Kirchenbuch zerstreut worden. Hier war es schwarz auf weiß niedergelegt, Grace Everdeens Begräbnis in ungeweihter Erde – seit uralten Zeiten die letzte Ruhestätte der Selbstmörder. Ich beschloß, ihre Gebeine in Frieden ruhen zu lassen, und schlug mir die Sache aus dem Kopf. Die Kirchenglocke begann zu läuten.

In der Feuerwache polierte der stämmige Merle Penrose die Messingteile am Feuerwehrauto; er war einer von den Männern, die bei Kates Anfall das Sauerstoffgerät gebracht hatten. Während ich vorüberging, hörten er und sein Gehilfe zu arbeiten auf und kamen auf die Straße gelaufen. Zwei andere Männer unterbrachen ihr Schachspiel, folgten ihnen und ließen die Türflügel der Feuerwache weit hinter sich offen.

Vor der Drogerie stand eine weitere Gruppe von Männern; offenbar warteten sie auf Mr. Deming, denn als er plötzlich erschien, entfernten sie sich gemeinsam. Noch immer läutete die Glocke, und immer mehr Frauen kamen aus allen Richtungen und gesellten sich zu der wartenden Schar auf dem Dorfanger.

Ich betrat das Postamt, in dem zwei Frauen mit ihren Körben standen; eine von beiden gab gerade ein Päckchen auf. Durch das Schaltergitter sah ich Tamar Penrose, die Briefe in die mit Anfangsbuchstaben versehenen Kästchen sortierte. Sie hatte mir den Rücken zugewandt und sah mich nicht eintreten. Der Teekessel dampfte auf der Heizplatte. Plötzlich erschien Konstabler Zalmon, hob die Klappe am Schaltertisch und ging ins Hinterzimmer. Tamar folgte ihm rasch, einen Stapel Briefe in der Hand. Die Tür fiel hinter ihnen zu.

»Beeil dich«, sagte eine der Frauen zu ihrer Begleiterin, die in ihrer Geldbörse nach Kleingeld suchte. Als sie endlich aus dem

Postbüro hasteten, trat ich an den Schalter und ließ mir von Myrtil Clapp Briefmarken geben. Ich bezahlte gerade, da öffnete sich die Tür zum Hinterzimmer wieder, und der Konstabler und Tamar Penrose kamen heraus. Tamar verteilte schnell den Rest der Post, stellte die Heizplatte ab und folgte Mr. Zalmon aus dem Postamt.

Myrtil schob ihre leere Teetasse beiseite, ging zum Fächerregal mit den Briefen und kehrte mit mehreren Umschlägen zurück, die sie unter dem Gitter durchschob. »Eine ganze Menge heute«, sagte sie. Dann stellte sie ein Schild mit der Aufschrift »Geschlossen« vor den Schalter, hob die Klappe und ging hinaus. Ich sah mich um; das Postamt war leer. Ich nahm meine Briefe an mich und blätterte sie durch. Von draußen kam ein Schrei. Ich hielt kurz inne, steckte dann meine Post ein und trat rasch ins Freie.

Das Sonnenlicht blendete mich. Als sich meine Augen daran gewöhnt hatten, sah ich mich um. Die Straße war leer. Auf dem Dorfanger standen die Frauen im gelben Licht, warfen Schatten auf das grüne Gras und warteten.

»Wie steht's mit deinen Spätkartoffeln, Asia?« fragte Will Jones' Frau Asia Minerva.

»Schlecht. Sind heuer richtig zurückgeblieben.«

»Sie brauchen Regen. Kommt mir fast vor, als hätte der Mais in diesem Jahr den ganzen Regen aufgebraucht. Hat ihn richtig aufgesaugt, wirklich. Und das nach all dem Regen, den wir im letzten Frühling hatten.«

Asia verrenkte sich den Hals, um ihrer Nachbarin über die Schulter zu sehen, und schien angestrengt auf etwas zu lauschen. Es konnte nicht mehr lange dauern.

Dann war es vorüber. Eine der Frauen stieß einen Ruf aus, eine andere streckte die Hand aus; sie liefen über den Dorfanger und auf die Straße, drängten vorwärts, um zu den Männern zu gelangen, die hinter der Scheune hervortraten. Asia umarmte ihren Sohn, und als sie ihn von sich abhielt, sah ich die blutigen Male auf seinem Gesicht. Wieder zog sie ihn an sich, drückte ihn an ihren Busen, und die anderen Frauen drängten sich um Mutter und Sohn, redeten aufgeregt durcheinander und berührten den Jungen, bis die Männer eintrafen und Jim die Hand schüttelten. Dann begann sich die Gruppe aufzulösen, und die Frauen und Männer sahen sich nach Missy Penrose um, die ein wenig abseits stand, ihre groteske Puppe in der blutbesudelten Hand.

Als ich mich dem Haus der Witwe Fortune näherte, fiel mir auf, daß ihr Mais noch nicht abgeerntet war. Ich sah eine kleine Rauchwolke aufsteigen, nicht aus dem Schornstein, sondern von einer Stelle hinter dem Haus. Ich ging um den kleinen Schuppen herum und fand die Witwe über eine Bank gebeugt, auf der mehrere Bienenkörbe in einer Reihe standen.

»Sie haben wohl gedacht, meine Röcke hätten Feuer gefangen?« fragte sie lachend. Ihr Gesicht war durch ein Netz geschützt, und in einer behandschuhten Hand hielt sie eine Räucherpfanne. »Kommen Sie nur her«, sagte sie, als ich zurückwich. »Kein Grund zur Aufregung. Die Herrschaften, die in diesem Bienenkorb daheim sind, hängen dort drüben im Baum. Irgendein verflixter Waschbär hat einen Teil meiner Honigbienen aufgefressen. Jetz mach' ich Herbstputz in ihrem Haus.«

Sie hob den letzten Korb am Ende der Bank auf und entfernte Wachs und andere Reste aus seinem Inneren; dann stellte sie ihn wieder zurück. »Jetzt muß ich nur noch diesen Waschbären erwischen, die Bienen wieder einfangen, und wenn der Frühling kommt, werd' ich bald wieder eine Menge Honig im Topf haben.«

Ich half ihr, ihre Siebensachen einzusammeln und in den kleinen Schuppen zu tragen. Während sie alles aufräumte, bemerkte ich auf einem staubigen Regal in der Ecke mehrere hölzerne Fäßchen, die dem aufs Haar glichen, das die Witwe uns geschenkt hatte. Sie waren verstöpselt und von einer dicken Schicht Spinnweben überzogen. Schon seit Jahren schienen sie nicht mehr berührt worden zu sein.

Ich merkte, daß die Witwe meinem Blick gefolgt war. Sie forderte mich auf, zu ihr zu kommen, und brachte mich rasch aus dem Schuppen. Draußen wischte sie sich den Staub von den Händen, richtete sich auf und stemmte ihre Hände in den Rücken.

»Der Winter steht vor der Tür – mein Ischias macht sich wieder bemerkbar.« Sie überblickte ihr Maisfeld und nickte zufrieden. »Bald wird alles eingebracht sein, und wieder ist ein Jahr vorüber. O ja«, fuhr sie fort, während wir über den Pfad zum Haus gingen, »bei euch Stadtmenschen endet das Jahr erst mit Silvester, aber für einen Bauern ist das Jahresende schon mit der Ernte gekommen. Erst die Ernte, dann das Maisschälfest, Kindling Night und Harvest Home, und dann haben wir's wieder für ein Jahr geschafft. Ja, das war eine reiche Ernte.« Sie seufzte dankbar, zog ihre Arbeitsschürze aus und legte sie sorgfältig zusammen. »Trinken Sie eine Tasse Tee mit mir?«

Ihre Küche war wie immer von würzigem Kräuterduft erfüllt. Auf dem Herd stand ein großer Kessel, in dem es heftig brodelte, und sie wies mich an, ihn auf die Veranda zu tragen und ihn dort auf einen Tisch zu stellen. Ehe sie ihn mit einem Seihtuch bedeckte, sah ich Stücke großer Pilzkappen im Topf herumschwimmen und bildete mir ein, in ihnen die Pilze wiederzuerkennen, die wir damals im Wald gefunden hatten. Die rote Färbung war verschwunden, doch man konnte noch immer die eigenartigen Auswüchse auf der Oberfläche der Kappen erkennen. Auf einem Brett stand ein halbes Dutzend weiterer Holzfäßchen, die neu aussahen und nicht verstöpselt waren. Als ich in die Küche zurückkam, hatte die Witwe die Überreste von Kräutern und Gewürzen bereits beiseite geschafft, und der Wasserkessel stand auf dem Feuer.

Sie stellte das Geschirr auf ein Tablett, holte ihre Teedose vom Regal und füllte das kleine silberne Ei. Da die Nachfüllschachtel im Inneren der Dose leer war, faltete sie sie auseinander, streifte den Karton glatt und spießte ihn auf einen Haken, auf dem sie allerlei Zettel sammelte. Die Dose kam wieder ins

Regal zurück. Im Haus der Witwe hatte alles seine Ordnung, nichts wurde verschwendet.
Sie trug das Tablett ins Wohnzimmer, während ich zu meinem Wagen ging, um die Überraschung zu holen. Die Witwe hatte sich behaglich vor dem offenen Kamin niedergelassen, und ich stellte die große Schachtel auf den Läufer zu ihren Füßen. Sie setzte eigens eine andere Brille auf und griff nach ihrer Schere – eine, die ich noch nie zuvor gesehen hatte –, um die Klebstreifen durchzuschneiden. Dann öffnete sie die Schachtelklappen.
»Ach du mein lieber Himmel!« Sie sah mich an, dann wieder in den Karton, und beugte sich mit dem eifrigen Entzücken eines Kindes vor. »Ist es das, was ich vermute?«
»Was vermuten Sie denn?«
»Ich vermute, es ist eine Nähmaschine.«
»Mir scheint, da vermuten Sie richtig.«
Ich hob die Maschine heraus und stellte sie auf den Tisch, so daß sie sie genauer betrachten konnte. Dann zeigte ich ihr all die mechanischen Kunststücke, die das Prunkstück ausführen konnte – vom Zickzackstich bis zur Knopflocheinfassung. Und das Beste …
»Eine automatische Spule! Wirklich, ich hätte nie gedacht, daß ich im Leben noch zu einer Nähmaschine mit einer automatischen Spule kommen würde.«
»Kein Mensch sollte ohne automatische Spule durchs Leben gehen müssen. Es ist – ach, wir wollten Ihnen einfach danken!«
»Nun, nicht doch – ist ja schon gut.« Sie umklammerte meine Rechte kurz mit beiden Händen und gab sie dann wieder frei. Ich sah, wie sie ihre Brille abnahm und sich die Augen trocknete. »Sie sind ein guter Mensch, Ned Constantine. Sie sind eine liebe Familie. Ach ja.« Sie faltete die Hände über ihrem üppigen Busen und lächelte. »Na, das ist das Ende meiner alten Nähmaschine, und ich kann nicht behaupten, daß ich besonders traurig darüber wäre.«
Wieder betrachtete sie das neue Glanzstück. Ohne die Au-

gengläser hatte sie jenes seltsam nackte und fremde Aussehen von Menschen, die ständig eine Brille tragen. »Glauben Sie wirklich, daß ich's in meinem Alter noch lerne, mit ihr umzugehen?«
Ich sagte, meiner Meinung nach könnte das nicht besonders schwierig sein, und zeigte ihr den beigefügten Prospekt mit der Gebrauchsanleitung und den graphischen Darstellungen. Sie setzte ihre Brille wieder auf, um ihn sich anzusehen, und ließ ihre Schere am schwarzen Band in den Schoß gleiten. »Schaut mächtig verzwickt aus. Vielleicht kann Bess mir dabei helfen.«
Ich stopfte das Verpackungsmaterial in den Karton zurück.
»Haben Sie eine neue Schere?«
Sie schüttelte den Kopf. »Weiß der Himmel, wo die andere hingekommen ist. Wahrscheinlich habe ich sie bei Asia Minerva verloren oder sonst irgendwo beim Nähen.« Sie trank einen Schluck aus ihrer Tasse und beäugte mich über den Rad ihrer Brille. »Lassen Sie das jetzt, ihr Tee wird kalt.« Ich setzte mich ihr gegenüber auf einen Stuhl und rührte den Zucker und Zitronensaft in meiner Tasse um.
»Weber Eins-B?«
»Mja. Ich glaube, mit Honig würde er Ihnen besser schmecken als mit Zucker.«
»Ihre Bienen machen guten Honig.« Ich rührte weiter um. »Interessanten Honig.«
»Wieso?«
»Ich denke jetzt an Ihren Met.«
»O. Hat's Ihnen denn geschmeckt – das, was in dem kleinen Fäßchen war?«
»Ja, allerdings.«
Ihre Miene war undurchdringlich. »Hab's mir schon gedacht.«
»Die Darbietung hat uns auch gefallen.«
»Darbietung?«
»Nun, Sie wissen doch – der Bursche im Maisfeld.«
»War da ein Bursche im Maisfeld?«
Ich lächelte; ihr Blick verriet mir, daß sie auf der Hut war.

»Ja, im Maisfeld war ein Bursche, und zwar auf Ihre Veranlassung.«
»Warum sollte ich so was veranlassen?«
»Keine Ahnung.«
Ein enttäuschtes Flackern in ihren Augen. »Keine?«
»Oder vielleicht doch, ich weiß nicht recht. Der Bursche hatte ein – Mädel bei sich.«
»Das ist ganz natürlich, nicht wahr? Ein Mann und eine Frau –«
»– in einem Maisfeld –«
»Wie Sie das sagen, klingt's ziemlich prosaisch. Wer war das – Mädel?« Sie legte auf das letzte Wort stärkere Betonung als ich vorher.
»Nun, wohl eine Sphinx.«
»Ach? Wie schon gesagt, manchmal dauert es lange Zeit, das Geheimnis einer Sphinx zu lösen. Sphinxe sind berühmt für ihre Rätselhaftigkeit. Doch wenn Sie etwas gesehen haben – wohlgemerkt, ich sage wenn! – wenn Sie also dachten, Sie hätten etwas gesehen, vielleicht hat es Sie dazu veranlaßt, Vermutungen anzustellen?«
»Das hat es.«
»Vielleicht war genau das beabsichtigt.«
»Zu ergründen, was sich ergründen läßt?«
»Sicher. Aber vielleicht haben Sie das alles nur geträumt.«
»Das kann sein. Was für einen Schnaps tun Sie in das Fäßchen?«
Sie lachte herzlich. »In einem guten Getränk muß nicht unbedingt Alkohol sein. Wenigstens nicht in dem Getränke, das in diesem Fäßchen ist. Alkohol stumpft für gewöhnlich die Sinne ab, nicht wahr? Nehmen Sie beispielsweise diesen schwarzgebrannten Whiskey der Soakes. Davon ist man im Nu benebelt.« Sie rumorte in ihrem Handarbeitskörbchen, förderte ein Knäuel Wolle zutage und begann zu häkeln, als könnte sie es nicht ertragen, müßig dazusitzen. »Jedenfalls hat's Ihnen doch gefallen, was Sie sahen – oder was Sie zu sehen glaubten?«
»O ja, sehr sogar.«
»Aber –?«

»Ich habe es nicht verstanden. Wenigstens ...« Ich wäre gern in sie gedrungen, um zu erfahren, wer die weibliche Gestalt gewesen war. Doch obwohl ich sicher war, daß sie hinter der Sache steckte, merkte ich, daß sie nicht danach gefragt werden wollte. Sie schien vielmehr zu erwarten, daß ich die Antwort auf meine Frage selbst fand. Nun sah sie über ihre silberne Brilleneinfassung auf mein Geschenk und sagte: »Unglaubliche Erfindung, so eine Nähmaschine. Besonders, seit die Dinger elektrisch betrieben werden. Interessant –«

»Was?«

»Nun, was so eine kleine Batterie alles bewirkt.« Mit schlauer Miene wandte sie sich wieder ihrer Häkelarbeit zu und führte mich geschickt vom Thema weg. Doch mehr denn je drängte es mich, das Rätsel der Sphinx zu lösen und herauszufinden, wer jene Frau im Maisfeld gewesen war.

»Ja«, fuhr sie fort. »Sie haben Herz und Verstand. Wie steht's daheim?«

Ich zuckte mit den Schultern. »Hm.«

»Sie sind wohl ein bißchen fremdgegangen?«

»Nein.«

»Wie ich's Ihrer Frau gesagt habe. Sie sind nicht der Typ dafür. So einen kenne ich eine Meile gegen den Wind. Es gibt nichts Schlimmeres als eine unversöhnliche Frau.«

»Bess?«

»Wenn Sie sich schon die Hörner abgestoßen hätten, wäre sie wahrscheinlich längst daran gewöhnt. Der Unterschied ist, daß sie an Sie glaubt.«

»Wenn sie an mich glaubt, warum vergißt sie dann die ganze Angelegenheit nicht?«

»Ihr Stolz ist verletzt. Es hängt mit ihrer Erziehung zusammen, daß die Ehe für sie unantastbar ist – so, wie man sich's vor dem Altar verspricht. Sie hat Ihnen vertraut. Wahrscheinlich hat der Vorfall mit Tamar ihren Glauben an Sie ein bißchen erschüttert.«

»Woher wissen Sie davon?«

»Mir kommt so manches zu Ohren.«

»Sie hören also auf das, was geklatscht wird?«

»Seien Sie nicht gleich so gereizt. Hab' ich nicht gerade gesagt, was ich von Ihnen halte? Bess ist als Dame erzogen worden; sie versteht Frauen wie Tamar nicht. Aber sie wird sich schon wieder beruhigen.«

»Wird sie das?«

»Klar wird sie's. Ich muß sie mal ein bißchen ins Gebet nehmen. Heute abend kommt sie mit ihrer Flickendecke zu mir. Lassen Sie mich nur mit ihr reden. Und wenn Sie sich dann ein wenig Mühe geben und nett zu ihr sind, werden Sie schon sehen, daß alles in Ordnung kommt. Diese Tamar ist ein kleines Biest. Ich hab' geholfen, sie zur Welt zu bringen, hab' sie aufwachsen sehen, und ich weiß, was in ihrem Kopf vorgeht. Schmeicheln Sie sich nicht, daß ihr wirklich etwas an Ihnen liegt, das stimmt nämlich nicht. Oder wenn's doch so sein sollte, dann bloß, weil sie Sie nicht haben kann. Tamar wollte immer genau das, was sie nicht kriegen konnte.«

»Wie Roger Penrose?«

»Jawohl, wie Roger. Allerdings hat sie den schließlich doch bekommen, genau wie sie's vorhergesagt hatte. Oder wenigstens hat sie ihn gehabt.« Ich bemerkte die leichte Betonung und wartete auf eine genauere Erklärung, doch sie kam nicht. »Ein Mann ist so gut wie er sein soll, aber eine Frau ist so schlecht wie sie's wagt. Das trifft auf Tamar zu. Aber immerhin hat sie erreicht, was sie wollte.«

»Und was war das?«

»Sie wollte Maismaid werden, und sie ist's geworden.«

»An Grace Everdeens Stelle.«

»Eine Frau wie Tamar kann sowohl einen Mann als auch eine Frau zu Fall bringen.«

Sie drückte sich nicht so unklar aus, daß ich den Sinn ihrer Bemerkung nicht verstanden hätte. »Es war nicht so, wie Sie glauben.«

»Ich? Pah! Ich glaube überhaupt nichts. Hab' keine Zeit dazu. Außerdem ist's nicht meine Angelegenheit.«

Ich lächelte wieder. Die Witwe interessierte sich viel mehr für die Launen des Wetters und der Natur und die Früchte der Erde als für das gewöhnliche Treiben ihrer Artgenossen.
Das Telefon klingelte. »Na, wer mag das wohl sein?« sagte sie und stand auf. »An dieses neumodische Zeug kann ich mich einfach nicht gewöhnen, und wenn ich so alt wie Methusalem würde.« Sie entschuldigte sich, ging in den Flur und nahm den Hörer ab. »Ja, Mr. Deming«, hörte ich sie noch sagen; dann trug ich die neue Nähmaschine ins Nebenzimmer, um nicht indiskret zu sein, und stellte sie auf einen Spieltisch.
Gleich darauf kam sie durch die Tür. »Ist alles in Ordnung?« fragte ich, denn auf ihrem Gesicht lag ein ernster Ausdruck.
»Himmel, ich möchte mal einen Tag erleben, an dem wirklich alles in Ordnung ist – aber das ist der Lauf der Welt. Mrs. Deming fühlt sich nicht wohl. Ich muß bei ihr vorbeischauen.« Sie streichelte die Nähmaschine und bedankte sich noch einmal bei mir. An der Tür hielt sie mir ihre Wange zum Kuß hin. »Hab' mich gefreut, daß Sie mich besucht haben. Und –« beinahe ein nachträglicher Einfall – »machen Sie sich keine Sorgen mehr. Zu Hause warten Neuigkeiten auf Sie, durch die alles in Ordnung kommen wird.«
»Neuigkeiten?« Ich drehte mich um, doch die Tür wurde bereits geschlossen, und ich sah nur noch das Blinken ihrer Brille im Licht.
Während der Heimfahrt war mir wohler zumute. *Neuigkeiten, durch die alles in Ordnung kommen wird.* Ich fragte mich, was es mit ihrer rätselhaften Mitteilung auf sich haben mochte, und war so in Gedanken versunken, daß ich den anderen Wagen beinahe übersehen hätte, der mir in rascher Fahrt aus der Mitte der Ortschaft entgegenkam. Ich erhaschte einen Blick auf Konstabler Zalmon hinter dem Steuer; neben ihm saß ein Mann mit abgewandtem Gesicht. Ich wartete, bis der Wagen zum Ende der Hauptstraße kam und in die Old Sallow Road einbog, und setzte dann meinen Weg fort.

Kate war schon im Bett. Sie hatte zu Abend gegessen und ruhte sich nun bereits für das Maisschälfest am kommenden Tag aus. Morgen durfte sie zum ersten Mal seit ihrem schweren Anfall das Haus wieder verlassen. Bess hatte das Abendessen im Speisezimmer gerichtet, einem Raum, den wir in letzer Zeit selten benutzten. Der Tisch war festlich gedeckt: Auf der dunkel polierten Tischplatte lagen Leinensets und Leinenservietten; eine kleine Schale mit Chrysanthemen stand in der Mitte, daneben ein Kerzenleuchter. Wenn wir sonst hier aßen, nahmen Bess und ich die Plätze am oberen und unteren Ende des Tisches ein, Kate zwischen uns. An diesem Abend saß Bess jedoch zu meiner Linken, und ich fragte mich, ob diese äußere Annäherung vielleicht einen tieferen Grund hatte. Doch während wir uns über belanglose Dinge unterhielten, merkte ich, daß sie noch immer geistesabwesend und kühl war.

»Ich habe einen Nähmaschine für die Witwe gekauft.«

»Wirklich?«

»Von uns beiden. Ein kleines Geschenk.«

»Hat sie sich gefreut?«

»Ich glaube schon. Sie möchte, daß du ihr zeigst, wie man damit umgeht.«

»Natürlich.« Schweigen.

Ich sagte: »Die Suppe schmeckt gut.«

»Ich habe ein bißchen Sherry hineingetan.«

»Das merkt man.«

Ich sah sie über die Terrine hinweg an. »Ein wenig Salz müßte noch hinein, glaube ich«, sagte sie. Ich reichte ihr den silbernen Salzstreuer.

»Ich war heute bei den Hookes«, berichtete ich.

»Wie geht's ihnen?«

»Gut.«

Sie betrachtete das Monogramm auf ihrer Serviette, ein elegant verschnörkeltes E in breiter Stickerei. »Elizabeth«, sagte sie.

»Hm?«

»So hieß meine Mutter.«
»Ich weiß.«
Sie fuhr den Buchstaben mit dem Fingernagel nach. »Ich erinnere mich an sie.«
»An deine Mutter?«
Sie nickte; ein kleines Lächeln. »Ich erinnere mich an den Duft ihrer Seife – und wie sie mit mir sprach. Sie und Vater hatten getrennte Schlafzimmer, und in ihrem stand eine blaue Chaiselongue, ein Korbmöbel. Ich weiß noch, daß die Chaiselongue knarzte – das kam wahrscheinlich von dem Weidengeflecht.«
»Aber Bess, du warst erst zwei –«
»Ich weiß, aber ich erinnere mich daran. Sie hatte ein Nachmittagskleid – es war aus rosafarbener Seide, glaube ich, und hatte Spitzenmanschetten.«
Ich war erstaunt. Meiner Meinung nach war es unmöglich, daß ein Mensch sich an solche Einzelheiten aus seiner frühesten Kindheit erinnern konnte. »Und sie hat mir natürlich vorgesungen.« Sie lächelte leicht. »Es war ein Lied von einem Vogel. Dann kam Vater herein, und ich wurde ins Kinderzimmer gebracht.«
»Vom Kindermädchen?«
»Nein. Mutter trug mich hinüber. Ihr Kragen war ebenfalls mit Spitze besetzt.«
»Und dann?«
»Dann starb sie. Sie war einfach nicht mehr da. Nur das Kindermädchen und Vater. Laß deine Suppe nicht kalt werden.«
»Tu' ich nicht.«
Sie weinte. Ich war bestürzt. Große Tränen rollten ihr über die Wangen und glänzten im Kerzenlicht. Ich wollte ihre Hand nehmen, doch sie legte sie auf ihre Serviette im Schoß.
»Bess – tut mir leid.« Sie biß sich auf die Lippen, fuhr sich mit den Fingern durchs Haar und lachte; ein zitterndes Lachen, das nicht überzeugend klang. Sie ließ den Blick durchs Zimmer schweifen, sah zur Wand über der Holztäfelung auf.
»Ich mag diese Tapete so gern.«

Es war eine bedruckte Tapete, die Kopie eines alten Stiches.
»Es ist ein hübscher Raum, findest du nicht?«
»Ja.« Ich wartete, bis sie sich wieder gefaßt hatte. »Es tut dir doch nicht leid?«
»Was meinst du?«
»Daß wir hierhergezogen sind.«
»Nein. Es tut mir nicht leid. Ich bin sehr froh, daß wir hergekommen sind.« Sie sagte es mit einer Art Trotz, als müßte sie unser neues Leben in Cornwall Coombe verteidigen.
»Noch etwas Suppe?« Ich griff nach dem Schöpflöffel; schweres Silber, wieder mit einem verschnörkelten E verziert.
»Ja, bitte.« Ich füllte ihren Teller, dann den meinen. Nach kurzem Schweigen sagte sie: »Schau nur, wie die Blätter fallen. Das macht mich traurig. Irgendwie kommt es mir so endgültig vor.«
»Aber es wird doch immer wieder Frühling.«
»Die ewige Wiederkehr.«
»Wie?«
»Nur eine Redensart.«
Ich hatte das Gefühl, als hätte nicht sie diesen Ausdruck geprägt; sie mußte ihn irgendwo gehört haben. Wieder begann sie zu weinen. Ich legte meinen Löffel nieder. »O Bess!«
»Ich bekomme ein Kind.«
»Was sagst du da?«
»Ein Baby. Meine Periode ist ausgeblieben. Es muß in der Nacht passiert sein, als wir den Met tranken. Ich werde ein Kind bekommen.«
»Bist du sicher?«
»Ja.«
Wie die Witwe es angekündigt hatte: Neuigkeiten. Ich brachte kein Wort hervor, griff nur nach Bess' Hand, und diesmal entzog sie sie mir nicht.
»Wie lange weißt du es schon?«
»Seit – seit dem Tag von Kates Anfall.«
Nun war mir alles klar. Sie hatte auf meine Rückkehr gewartet, um es mir zu sagen, und als ich kam, war mein Hemd mit Lip-

penstift beschmiert, die Knöpfe abgerissen. Ich war von Tamars Haus gekommen. Kein Wunder, daß sie so wütend geworden war. Die ganzen Wochen hindurch hatte sie dieses Geheimnis mit sich herumgetragen. Ich konnte mir vorstellen, wie ihr zumute gewesen sein mußte.
»Bis jetzt weiß es noch keiner. Abgesehen von der Witwe natürlich. Und Maggie.«
Es versetzte mir einen Stich, daß Maggie es vor mir erfahren hatte. Ich war enttäuscht, aber wahrscheinlich hatte ich es nach der Episode mit Tamar verdient. Sie ließ zu, daß ich ihre verkrampften Fingerknöchel küßte, und ich sagte ihr, wie glücklich ich darüber wäre.
»Es wird im Frühling zur Welt kommen. Gerade vor dem Frühlingsfest.« Wieder befingerte sie das Monogramm. »Vielleicht Elizabeth.«
»Wenn es ein Mädchen wird.«
»Ja. Und wenn's ein Junge ist –«
»Bitte, nicht auch Theodore.«
»Wie sonst?«
Sie stützte ihr Kinn auf die gefalteten Hände und sah sinnend aus dem Fenster. »Ich muß Missy fragen.«
»Wie bitte?«
»Ich muß Missy fragen«, wiederholte sie.
Ich war entsetzt. »Ich lasse nicht zu, daß dieses Spatzengehirn meinem Kind einen Namen gibt.«
»Wir müssen. Sie will es so.«
»Wer?«
»Die Witwe.« Sie fing meinen Blick auf. »Das ist das mindeste, was wir tun können.« Wieder stand der furchtbare Anblick des Mädchens mit den blutbesudelten Händen vor meinem geistigen Auge. »Nach allem, was sie für uns getan hat. Ich will, daß unser Kind etwas Besonderes wird ...«
»Natürlich wird es etwas Besonderes. Aber ...«
»Wir werden den Rasen wieder rechen müssen.« Sie legte ihre Serviette beiseite, stand auf und ging zum Fenster. Dort stand

sie, ohne ein Wort zu sagen, sah nur hinaus. Ein langer Augenblick verstrich, und plötzlich hatte ich das Gefühl, als hätte sie meine Anwesenheit vergessen. Ich trat hinter sie, legte meine Hände auf ihre Schultern und drehte sie zu mir um.

»Ich weiß nicht, was wir machen sollen«, sagte sie, »jetzt, wo Worthy fort ist. Es gibt so vieles zu tun.«

»Wir werden jemand anderen finden, wenn Harvest Home vorüber ist.«

»Ja.« Sie wirkte entrückt, weit weg von mir. »Harvest Home – bald ist es soweit. Worthy wird beim Mais-Spiel nicht mitmachen. Wohin er wohl gegangen sein mag?« fügte sie nachdenklich hinzu.

»Keine Ahnung«, sagte ich. Mit halbem Ohr hörte ich ein Geräusch auf der Treppe, während Bess sich mir zuwandte. »Er sagte einfach, daß er fortgehen wollte, und –« Ich stockte, merkte, wie sie mich anstarrte.

»Er hat dir gesagt, daß er von hier fort wollte?«

»Ja. An dem Tag, als wir den Kamin in Ordnung brachten.«

»Und du hast nichts unternommen, um ihn davon abzuhalten?«

»Wie sollte ich das machen?«

»Du hättest versuchen können, es ihm auszureden. Du hättest es jemandem sagen können, damit man ihn zurückgehalten hätte.«

»Warum hätte man ihn zurückhalten sollen? Ich finde, es war das Beste, was er tun konnte.«

Alle Farbe war aus ihren Wangen gewichen. Sie machte sich zornig von mir los und drehte mir den Rücken zu. »Ein junger Bursche wie er, ganz auf sich gestellt …«

»Er ist fast siebzehn; alt genug, um Soldat zu –« Ich unterbrach mich, denn mir war eingefallen, was Worthy über seine Absicht gesagt hatte, sich freiwillig zur Armee zu melden.

»Wovon will er denn leben?«

»Er hat Geld gespart, und ich hab' ihm noch etwas gegeben. Und ich werde seinen Traktor kaufen.«

»Du hast ihm Geld gegeben? Dann hast du ihn ja beinahe dazu angestiftet!«

»Gott im Himmel, Bethany, er ist kein Verbrecher.«
»Du scheinst eine Menge auf eigene Faust zu unternehmen. Gibst den Leuten Ratschläge ... Ich meine, es ist wirklich nicht deine Angelegenheit.«
Ich traute meinen Ohren nicht. Wir hatten eine Auseinandersetzung wegen einer Sache, die uns gar nicht betraf. Ich gab mir Mühe, ruhig und besonnen zu bleiben.
»Bess, was macht das schon, wenn Worthy es selbst so wollte? Du hast recht, es ist nicht unsere Angelegenheit.«
Sie fuhr herum. »Du mischst dich in Dinge, die dich nichts angehen. Du hattest kein Recht dazu!« Ihre Hände zitterten, als sie die Terrine vom Tisch nahm und durchs Bacchuszimmer in die Küche ging.

»Hallo, mein Schatz!«
»Hallo, Daddy.«
»Wie steht's?«
»Gut.«
»Darf ich reinkommen?«
»Klar.«
Bess war weggegangen. Ich setzte mich in den Clubsessel neben Kates Bett und versuchte meine Stimme fröhlicher klingen zu lassen, als mir zumute war. »Wie weit bist du schon mit deiner Stickerei?«
Sie hielt den Stramin hoch. Es war ein hübsches Motiv: ein Blumenstrauß, mit einem Band umwunden. »Für Mutters Geburtstag.«
»Mutter?«
»Ja.«
»Du nennst sie doch sonst immer Mami.«
»Ich weiß. Habt ihr euch wieder gestritten?«
»Es war kein Streit, Kate. Es war nur – eine Diskussion.« Ich beobachtete, wie ihre schlanken Finger die Nadel einfädelten und das Stickgarn sorgsam durch den Stramin zogen. »Damit bist du im Nu fertig. Kate ... was ist los, mein Kleines?«

Ich hob ihr Kinn und sah sie an. Ihre Augen füllten sich mit Tränen.
»Du, wein doch nicht. Es war wirklich kein Streit.«
»Warum hast du ihn gehen lassen?«
»Keiner hat ihn gehen lassen. Worthy ist fortgegangen, weil er es so wollte.«
Das Geräusch auf der Treppe; sie hatte gehorcht. »Er mußte tun, was er für richtig hält. Es wäre egoistisch gewesen, wenn wir versucht hätten, ihn unseretwegen zurückzuhalten.« Ich beugte mich zu ihr und nahm ihr den Stramin aus der Hand. »Worthy muß erst erwachsen werden. Es gibt so vieles, was er erst erfahren und lernen muß. Wenn's soweit ist, kommt er eines Tages zurück, und dann bist du ebenfalls erwachsen.«
»Und was geschieht dann?«
»Das hängt wohl von dir und Worthy ab.«
Sie schüttelte den Kopf; die gleiche eigensinnige Bewegung, die ich von ihrer Mutter kannte. »Dann wird er sich geändert haben, und ich mich ebenfalls, und jeder von uns ist inzwischen jemand anderem begegnet. Dann ist es nicht mehr wichtig.«
»Es gibt ja andere Jungen. Corny Penrose ist ein netter Kerl.«
»Er ist ein Bauerntölpel. Und außerdem hat er Elsie schon einen Maiskolben gegeben.«
»Willst du nicht mit nach unten kommen und fernsehen?«
»Nein, danke.« Sie griff nach ihrer Handarbeit und begann wieder zu sticken. »Du kannst schon gehen, es macht mir nichts aus.«
»Also gut. Ich komme vor dem Einschlafen noch mal zu dir.«
Ich gab ihr einen Kuß und ging die Treppe hinunter. Als Bess schließlich nach Hause kam, saß ich noch immer vor dem Fernseher.
Sie stellte ihr Nähkörbchen auf den Boden, kam zu mir und küßte mich auf die Stirn. »Tut mir leid, Liebling. Verzeihst du mir?«
Ich zog sie auf meinen Schoß. »Natürlich.«
»Ich glaube, ich bin nervös – die Launen einer werdenden Mut-

ter. Wir müssen wohl einen Kinderwagen und das alles kaufen. Weißt du noch, wie man das Fläschchen macht?«
»Ich kann mich ja wieder für einen Kurs in Säuglingspflege anmelden.«
Sie ging zu Kate hinauf, und ich machte eine Runde durchs Haus, löschte alle Lichter und verschloß die Türen; eine Gewohnheit, die ich noch immer nicht ablegen konnte.
Als ich ins Bacchuszimmer zurückkam, sah ich meine Zeichenmappe auf dem Beistelltisch, wo ich sie bei meiner Rückkehr hingelegt hatte, und die Briefe fielen mir wieder ein, die ich im Postamt abgeholt hatte. Ich nahm die Umschläge und sah sie durch; ein Prospekt von einer Firma, die Swimmingpools baute, ein Brief für Bess von Mary Abbott, eine Rechnung, ein Brief für mich vom Versicherungsagenten und ein weiteres Couvert.
Die Adresse des letzten Briefes war mit Bleistift geschrieben. Ich drehte ihn um und sah mir den Absender an: *Mr. John Smith, 245 Franklin Street, Hartford, Connecticut.* Dann zog ich das einzelne Blatt heraus, legte den Umschlag auf den Tisch und las, was Worthy Pettinger mir geschrieben hatte. Es ginge ihm gut; er würde mir bald seine neue Adresse bekanntgeben; im nächsten Monat wolle er nach New York fahren, und dorthin könnte ich ihm dann das Geld für den Traktor schicken. Ich las den Brief zweimal durch, dann warf ich ihn ins Feuer. Das weiße Blatt ging in Flammen auf und wurde sofort schwarz, krümmte sich, bewahrte jedoch noch etwas von seiner ursprünglichen Form, als es auf den brennenden Holzklotz flatterte.
Ich griff nach dem Umschlag und sah auf die Rückseite nieder. Irgend etwas daran war seltsam. Nicht, daß das Couvert mit Bleistift beschrieben war und von Worthy stammte – nein, es berührte mich eigenartig, daß die Kanten verknittert waren, und daß sich die Lasche so leicht vom Umschlag gelöst hatte, als ich das Blatt herausnahm.
Jemand hatte den Brief über Dampf geöffnet!

22.

Meine Vermutung war richtig gewesen: Worthy Pettinger hatte Cornwall Coombe verlassen, weil er sich vor etwas fürchtete. Er hatte mir das Versprechen abgenommen, über seinen Verbleib Stillschweigen zu bewahren, und erfand einen John Smith, um sich zu schützen. Doch irgend jemand hatte herausbekommen, wer hinter diesem Decknamen steckte. Nun war Worthy in Gefahr. Doch was drohte ihm? Ich faßte den Entschluß, nach Hartford zu fahren und mit ihm zu sprechen. Ich mußte ihm erzählen, daß sein Brief abgefangen worden war. Ich wollte herausfinden, weshalb er sich in Gefahr befand. Morgen, nach dem Maisschälfest, würde ich zu ihm fahren.

Denn endlich hatten die vier Festtage von Harvest Home begonnen, die von allen so sehnsüchtig erwartet worden waren. Den Auftakt dazu bildete das gemeinsame Maisschälen mit einem üppigen Festessen in der Gemeindehalle, gefolgt vom Mais-Spiel. Ich sollte nie nach Hartford kommen, um Worthy dort zu treffen, denn in jener verhängnisvollen Nacht fiel ich bei den Leuten von Cornwall Coombe in Ungnade. Es war nicht nur der Anfang meiner Schmach, sondern auch aller anderen furchtbaren Ereignisse, die folgen sollten.

Der Abend begann durchaus erfreulich. Was die Witwe auch immer zu Bess gesagt haben mochte, es schien den gewünschten Erfolg erzielt zu haben, denn sie war wieder liebevoll und warmherzig, und ich zweifelte nicht daran, daß die Sache mit Tamar vergeben und vergessen war, da Bess sich so sehr auf das Baby freute.

Wir trafen kurz nach sieben Uhr vor der Gemeindehalle ein – Bess, Kate und ich in Begleitung der Dodds. Durch die weitgeöffnete Tür des großen Gebäudes fiel ein warmer Lichtstrom auf die Straße. Wir traten ein; mehrere Frauen standen an langen Tischen und legten Decken auf, während Mrs. Green und Mrs. Zalmon die Fülle verpackter Speisen entgegennahmen, die zum Festessen beigesteuert wurden. Die Bühne am anderen Ende der Halle war mit Girlanden geschmückt. Rechts und links davon standen große Maishocken und pyramidenförmig aufeinandergetürmte Kürbisse, und die Vorhänge waren mit Erntesymbolen bemalt. Auf dem Boden inmitten des Saales lag ein riesiger Berg Maiskolben zum Schälen bereit, und in einer Ecke stimmten fünf Musikanten ihre Instrumente. Die abgerissenen Töne wetteiferten mit dem Stimmengewirr; überall rannten Kinder hin und her und riefen: »Wann fängt's endlich an?« In einer anderen Ecke, der Kapelle gegenüber, saß die Witwe Fortune und unterhielt sich ernst mit Sophie Hooke. Als Sophie entschlüpft war, gingen wir hinüber, um die alte Dame zu begrüßen. Sie bot Robert einen Stuhl an, und während Maggie ein paar Worte mit den Musikern wechselte, scherzte Robert mit der Witwe, die ihre beste Haube und ihr Sonntagskleid mit der Beinbrosche trug.

»Ach, Mary, das ist einer meiner liebsten Abende in Cornwall.« Die Witwe lachte und winkte einer vorübergehenden Freundin zu.

»Na, Robert, Sie glauben immer, der Weg zum Herzen einer Frau ginge durch Ihren eigenen Magen.« Sie lachte wieder und begann ihm zu schildern, was im Festsaal um sie her vorging. Dort wären die Tatumkinder, die auf dem Maisstapel herumhopsten und wie üblich Dummheiten anstellten; hier sei Sally Pounder in einem neuen Kleid, und Justin Hooke sähe wirklich fabelhaft aus. Da käme Asia Minerva – wirklich, ihr Gesicht glänzte nur so vor Stolz! – und dort ginge Fred, na, sie konnte schon erraten, wohin er seine Schritte lenkte: Er gesellte sich wohl zu Will Jones und den anderen, um einen Schluck aus dem Steinkrug zu nehmen. Ja, und die Kapelle stimmte ihre Instrumente, und man sähe förmlich, wie es Tamar in den Füßen zuckte; sie könne es wohl kaum erwarten, bis der Tanz beginne. Und Missy hätte ihre Puppe mitgebracht.

Mrs. Deming erschien, um die Witwe zu begrüßen und Robert die Hand zu schütteln, doch von ihrem Mann war nichts zu sehen. Einige der anderen Frauen hatten nun ihre Arbeit an den Tischen beendet, zogen Stühle heran und nahmen ihre Flickendecken zur Hand. Robert sagte, wenn hier ein Kaffeeklatsch abgehalten werden sollte, würden er und ich wohl besser zu den Männern verschwinden, und wir gingen in die Ecke, um ebenfalls aus dem Steinkrug zu trinken.

Hinter der Bühne herrschte geschäftiges Treiben; die letzten Vorbereitungen für das Mais-Spiel wurden getroffen. Mrs. Buxleys rundes Gesicht tauchte zwischen den Vorhängen auf. Sie schien nach Robert Ausschau zu halten, denn Minuten später kam sie auf uns zugeeilt.

»Da sind Sie ja, Robert – na, Sie brauchen diesen Krug nicht vor mir zu verstecken, Fred, ich lebe nicht umsonst schon seit dreiundzwanzig Jahren hier. Ich weiß genau, daß ein Maisschälfest ohne einen Tropfen Alkohol nur eine halbe Sache wäre. Robert, kommen Sie mit. Ich möchte sichergehen, daß Sie nachher Ihren Weg zur Bühne finden.« Und sie trieb den Professor vor sich her zum Bühneneingang.

Die Männer ließen den Krug reihum gehen; während sie tranken, stützten sie das schwere Gefäß mit den Ellbogen ab. Schließlich kam die Reihe auch an mich. Ich nahm einen kräftigen Schluck und stürzte hinterher ein Glas Wasser hinunter, das Will Jones mir zum »Nachspülen« reichte.

Trommelschläge erklangen, Körbe wurden hereingebracht und verteilt. Die Männer krempelten ihre Ärmel auf, die Frauen banden Schürzen um, und alle streiften Handschuhe über. Als die Zeiger der Wanduhr auf Acht standen, begann das traditionelle Maisschälen. Wir bildeten alle einen Kreis um den riesigen Stapel, schälten die Blätter von den Kolben und streiften die Körner ab.

Die Wände des Gemeindesaales hallten wider von den gutmütigen Scherzen der Männer, dem Geplapper der Frauen und den ausgelassenen Rufen der Kinder. Überall herrschten Fröhlichkeit und Übermut; man merkte, wie sich die Bauern nun endlich entspannten, nachdem die Arbeit des Sommers getan war. Ein Gefühl der Zusammengehörigkeit einte diese Leute, das von der symbolischen Ernte auszugehen schien, die sich vor ihnen auftürmte: ein Berg der Sicherheit für das kommende Jahr. Bauern, die ich kaum kannte, schlugen mir auf die Schultern und scherzten mit mir; ihre Frauen, die ich bisher nur in der Kirche gesehen hatte, blieben stehen und sagten, wie froh sie wären, daß unsere Familie nach Cornwall Coombe gekommen war. Die übliche Zurückhaltung schien wie weggeblasen, alles war eitel Freude und Herzlichkeit, so daß man immer wieder einen Schluck aus dem Steinkrug nehmen mußte, und als der eine Krug leer war, wurde ein anderer herbeigeschleppt.

Die Zeit verging, und wir arbeiteten mit nicht nachlassendem Eifer. Die Luft war vom Staub der Hülsen erfüllt, die Körner fielen wie ein goldener Strom in die dafür vorgesehenen Körbe, die leeren Stiele und Schalen landete in anderen. Wenn die Körbe voll waren, wurden sie weggetragen, um gleich darauf leer in den Saal zurückgebracht zu werden, bereit, sich von neuem zu füllen. Inzwischen spielte die Kapelle eine alte Weise nach der anderen, um die Leute bei Laune zu halten.

Ich wischte mir den Schweiß von der Stirn, setzte den Krug an die Lippen, als er wieder herumgereicht wurde, und ging mit neu gestärkten Kräften an die Arbeit. Wenn die anderen lachten, schien ich plötzlich lauter lachen zu können; wenn sie schrien, schrie ich lauter, wenn sie sangen, sang ich kräftiger. Der Berg Mais wurde kleiner und kleiner, und schließlich wurde um die Wette geschält. Wer würde den letzten Kolben erwischen? Dieses Glückspfand – ein Vorzeichen, das offenbar von großer Bedeutung war – fiel Jim Minerva zu, der sich mit den Tatum-Jungen und einigen anderen auf einen Wettstreit um die begehrte Trophäe eingelassen hatte.

Alle brachen in Jubel aus, als Jim den Kolben hochhielt und rief: »Ich hab's! Ich hab's!« Und der Rest erwiderte im Chor: »Was hast du?« – »Einen Hals! Einen Hals!« erwiderte er in traditionellem kornischen Wortlaut, schwang den Maiskolben und brachte ihn der Witwe Fortune zum Schälen. Sie erhob sich und kam ihrer Aufgabe mit großer Feierlichkeit nach – ließ die Körner zwischen ihren gespreizten Fingern in den Korb rieseln, gab Jim die leere Hülse zurück, säuberte ihre Hände an der Schürze und verbeugte sich würdevoll nach allen Seiten.

Bei Gott, dachte ich und schlug mir auf die Schenkel, das alte Mädchen ist wirklich königlich. Eine richtige Herzogin. Ich tat zwei kurze Schritte, merkte, daß ich leicht schwankte, und zwang mich, aufrecht zu stehen. War ich beschwipst? Es sah fast so aus. Im Saal war es heiß. Nun wurden Stühle aufgestellt und die Speisen auf den langen Tischen enthüllt. Von allen Seiten hörte man überraschte und begeisterte Ausrufe. Keiner hatte je eine derartige Festtafel gesehen.

Da standen Mrs. Brucies berühmte gebackene Bohnen und Mrs. Zalmons berühmter deutscher Kartoffelsalat und Asia Minervas berühmter Rehbraten und Mary Fortunes berühmte Blutwürste, ganz zu schweigen von den Unmengen anderer Leckerbissen. Und wenn man bereits voll bis obenhin war, blieb noch immer Irene Tatums berühmter Schokoladenkuchen, und man hatte die Wahl zwischen Mrs. Greens berühmter Kürbispastete und Mrs. Buxleys berühmter Rumtorte mit Äpfeln und Rosinen.

Ich hatte keinen Hunger; mir lag viel mehr daran, den Steinkrug wiederzufinden. Meine Umgebung sah schon ein wenig verschwommen aus, als ich auf die Veranda stolperte. »Riecht bloß mal diese Luft!« sagte ich und drehte mich um, da standen wieder ein paar freundliche Bauern um einen anderen Steinkrug versammelt und waren völlig damit einverstanden, mir etwas von seinem Inhalt abzugeben. Ich setzte den Krug an die Lippen und verschüttete dabei ein paar Tropfen, dann gab ich ihn weiter, wischte mir das Kinn und spähte über das Geländer. Was taten diese Kinder dort unten in ihren Kostümen aus Maisblättern? Ach ja, das Spiel!

»Wenn der Frühling kommt, werde ich Mais anbauen«, ver-

kündete ich der leeren Straße und schaukelte am Eckpfosten der Veranda. Jawohl, am Tag der Saat würde ich einfach mit den anderen hinausgehen, pflügen und säen und tanzen...
Erneut reichten sie mir den Krug, und ich hob ihn hoch in die Luft. Sie lachten und klopften mir wieder auf die Schulter und nannten mich einen feinen Kerl.
Die Trommelschläge erklangen von neuem. Wir marschierten in den Saal zurück, wo die Stühle inzwischen in langen Reihen aufgestellt worden waren, und die Dorfbewohner nahmen ohne Hast ihre Plätze ein – ein wenig feierlich, dachte ich, etwas ernst. Ich ließ mich auf dem Stuhl nieder, den Kate und Bess für mich freigehalten hatten, nahm Bess' Hand in die meine und wartete mit den anderen, bis die letzte Stimme verstummte, der Saal sich verdunkelte, Rampenlicht den Vorhang erhellte und Musik ertönte.
Das Mais-Spiel begann.
Ein Raunen ging durch die Menge, als Debbie, die jüngste Tochter der Tatums, durch die Eingangstür trat. Sie sah wie eine Brautjungfer aus, kam über den Mittelgang des Saales und verstreute Blumen auf ihrem Weg. Ihre Schritte waren langsam und gemessen, wie sie es einstudiert hatte, und sie sah weder nach rechts noch nach links, sondern starr geradeaus, als wüßte sie nicht, daß ihr der ganze Hofstaat des Erntekönigs folgte.
Meine Sinne waren leicht umnebelt, doch ich schaffte es noch, die verschiedenen Gestalten in der Prozession mit den Figuren zu vergleichen, die uns die Witwe damals auf ihrer Flickendecke gezeigt hatte. So fand ich heraus, was sie vorstellten. Hier kamen die Hofleute in die Gemeindehalle geströmt; Jungen und Mädchen des Dorfes, die mit klaren, melodischen Stimmen sangen. Die Musikbegleitung klang seltsam – seltsam, dachte ich, und doch vertraut –, Tamburine, Flöten und Trommeln, einige klapperten mit Rasseln, andere klingelten mit Glöckchen. Dabei glühten ihre Gesichter, und ihre Mienen waren eifrig und voller Begeisterung. Ich erkannte Schwester Tatum, Margie Perkin und Sally Pounder, lächelnd und keines-

wegs scheu oder sittsam; sie gingen an der Seite von lachenden jungen Männern, die sie umfaßt hielten, sangen und tauschten Blicke mit den Zuschauern. Als der festliche Zug sich der Bühne näherte, wurde die Prozession plötzlich zum Tanz. Manche trugen große Kränze aus Maishülsen und Herbstblumen an langen Stangen, Mädchen verstreuten Früchte und Maiskörner aus Körben, die Füllhörnern glichen. Ihnen folgte der Erntenarr, dargestellt von Fred Minerva – ein grotesker Hanswurst, ausstaffiert mit Schellen und zerlumpten Bändern, auf dem Kopf eine altersschwache Krone aus Mais. Er vollführte einen närrischen Tanz, der die Leute zum Lachen brachte.

Als nächstes erschien eine anmutige Gestalt ganz in Weiß, in ein langes, schimmerndes Kleid mit Schleppe gehüllt, den Kopf unter einem blütenbestickten Schleier verborgen. Einen Augenblick stand sie im Türrahmen wie ein Vogel, der zum Flug ansetzt; dann kam sie den Mittelgang entlang, und es war fast, als schwebte sie. »Die Maismaid«, hörte ich die Leute in meiner Nähe flüstern; da wußte ich, daß es Sophie Hooke war. An der Bühne wurde sie von ihren Ehrenjungfern empfangen und auf ihren Platz geleitet.

Anschließend trugen sechs Dorfburschen einen Gegenstand in den Saal, der wie ein riesiger Maiskolben aussah. Was auch immer darin sein mochte, es war unter Maisblättern versteckt. Die Attrappe wurde auf die Bühne gebracht und dort niedergelegt.

Nun trat eine Verzögerung ein, die zum Spiel zu gehören schien. Die Zuhörer wurden rastlos und ungeduldig, als könnten sie die Spannung nicht länger ertragen. »Her mit ihm!« schrie ein Mann. »Zeigt ihn uns!« rief ein anderer. »Kommt und macht den Mais!« drängte ein dritter. »Ja, macht das Korn – macht den Mais!« Die Frauen stimmten ein, und die Rufe steigerten sich zum wütenden Geschrei. Ich versuchte mich zu erinnern, wo ich diese Formulierung schon einmal gehört hatte. Eine Zeile in Gracie Everdeens Brief an Roger Penrose?

Dann trat plötzlich die majestätische Gestalt des Erntekönigs ins

Licht. Ein gefältelter, purpurroter Umhang schwang hinter ihm her, als er mit langen Schritten zur Bühne ging. Er stand mitten im Kegel des Scheinwerfers, hob die Arme zur Begrüßung, was bei den weiblichen Zuschauern offenkundiges Entzücken auslöste, und warf den Saum seines Umhanges über den Arm. Ich verrenkte mir den Hals, um herauszufinden, ob er das gleiche Kostüm darunter trug wie jener Mann im Maisfeld. Doch Justins Kostüm schien aus handgewebtem Stoff gearbeitet zu sein, war bestickt und glich dem Vorbild auf der Flickendecke aufs Haar. Er trug auch nicht die seltsame Kappe aus Maisblättern, die ich am Abend des »Erlebnisses« gesehen hatte.

Die anderen Darsteller hatten sich auf der Bühne verteilt: Auf der rechten Seite saß die Maismaid, umgeben von ihrem Hofstaat, und der Erntekönig nahm neben ihr Platz. Sie alle sahen zu, wie Robert Dodd aus den Kulissen trat und die Geschichte vom Wachstum des Getreides zu erzählen begann.

»Und die Erde wurde gepflügt«, sagte Robert, *»um Mais zu machen. Der Pflug zog die Furchen durch den Boden, es wurde gesät, und die Erde war erfüllt. Bereitwillig nahm sie die Saat auf, und die Saat keimte und brachte Blätter hervor. Regen und Sonne nährten den Mais in stetem Wechsel, doch in ungebrochenem Kreislauf, und es war gut, dieses friedvolle Warten bis zur Ernte ...«*

Während der Erzählung stellten die Schauspieler die verschiedenen Vorgänge dar. Zuerst traten Erntekönig und Maismaid auf die Bühnenmitte und standen sich gegenüber. Ein Seufzer ging durch die Menge, als die Ehrenjungfern den Schleier der Maismaid lüfteten und Sophies strahlendes Gesicht enthüllten. In ihr langes, blondes Haar waren Blumen und Ketten aus Maiskörnern geflochten. Sie sah mit ihren großen blauen Augen zu Justin auf, und er umarmte sie. Dann begannen sie »Mais zu machen«. Sophie ging auf die linke Seite der Bühne, Justin auf die rechte; zwei Jungen, denen man große, gebogene Hörner auf die Stirn gebunden hatte, kamen und zogen einen Pflug. Justin packte die Griffe und lenkte die Pflugschar über

den Boden, und am anderen Ende der Furche wartete Sophie, duckte sich gewandt, als die Jungen mit ihren gesenkten Hörnern auf sie zukamen, sprang über die Pflugschar und lief zum anderen Ende der Bühne. Die gehörnten Spieler machten kehrt, und mit ihnen Justin und der Pflug. Wieder überquerten sie die Bretter, und der Vorgang des Pflügens begann von neuem.
»Pflüg die Furche!« rief jemand; die Frau neben mir faltete ihre Hände, und ihr Mann schlug sich begeistert auf die Schenkel. Als das Feld umgeackert war, verschwanden die Jungen mit ihren Hörnern, und Frauen mit Hacken lockerten das imaginäre Erdreich um Sophie und Justin, die sich wieder gegenüberstanden und in der Mitte der Bühne darauf warteten, daß der Regen den Boden nährte. Die Frauen tauchten ihre Hände in kupferne Kannen, die bis an den Rand mit Wasser gefüllt waren, und ließen die Tropfen von ihren Fingern auf die Bretter fallen. Nun wurde die Saat in die Erde gebracht: Vier Körner lagen auf der Bühne, und die jungen Männer arbeiteten mit Säcken, die sie um die Schultern geschlungen trugen, genau wie wir es damals gesehen hatten, als wir zum erstenmal nach Cornwall Coombe kamen.
Das ereignete sich während des Lenzmonds, am Tag der Saat; und wieder regnete es. Dann wurden die Zuschauer sehr still; das Frühlingsfest kam, und hinter den Darstellern stieg der zunehmende Mond auf – aus einem Stück Pappkarton geschnitten und an einer Schnur hochgezogen. Das war die Zeit, da der Erntekönig inthronisiert wurde; man setzte Justin eine prächtige Krone aufs maisfarbene Haar, geflochten aus Maisblättern und Kolben. Sophie, als seine Gefährtin, wurde ebenfalls unter Applaus gekrönt. Anschließend nahm man ihnen die Umhänge ab, und der Erntekönig tanzte mit der Maismaid – sie, zurückhaltend und scheu, schien ihm auszuweichen und ihn zugleich zu ermuntern; er stampfte schwer auf die Bretter und umkreiste sie mit vorschriftsmäßigen, rituellen Schritten.
Der Freiertanz war vorüber. Nun – während der Zeitspanne, die Erntemond genannt wurde – trat der Erntekönig ins Rampenlicht an den Rand der Bühne und sprach zum Publikum.

»Ich bin der Erntekönig, der Sämann, König des Getreides. Ihr habt mich allmächtig gemacht, und dafür gebe ich euch den Reichtum der Erde. Ich bin Er. Ich bin Er.« Dabei vollführte er Gebärden des Gebens, und die Zuschauer erhoben sich und streckten ihm die Hände entgegen, als wollten sie seine Gaben entgegennehmen.
»Gib es uns! Gib es uns!« schrien die Männer.
»Und verflucht sollst du sein«, rief einer, »wenn du es nicht tust!«
»Ja, dann sollst du verflucht sein.«
»Und verdammt.«
»Ja, dann sollst du verdammt sein.«
Justin nickte ihnen zu und hielt die Hände noch immer in einer großen Geste des Gebens vorgestreckt. »Verflucht ihr mich nun?«
»Nein!« schrien sie. »Nein!«
»Verdorre ich?«
»Nein!«
»Verfaule ich?«
»Nein!«
»Dann sagt mir euer Geheiß.«
»Mach den Mais.«
»Mit der Mutter?«
»Mach den Mais!«
»Ja – mit einer andern.«
Mit dieser Erwiderung war das Zwiegespräch beendet. Der Erntekönig verbeugte sich und drehte sich um. Ich beobachtete ihn, wie er über die Bühne schritt und kurz bei jeder der Ehrenjungfern verweilte, als könne er unter ihnen allen wählen. Sie schienen eifrig bereit, ihm zu Willen zu sein, doch er hatte nur Augen für die Maismaid, Sophie, die dabeisaß und zusah. Dann kam Fred Minerva als Erntenarr herbeistolziert, schlug Justins Rockschöße zurück und sagte zu den Zuschauern gewandt: »He, Mädels, das ist ein Pflug, um Mais zu machen! Da werdet ihr wirklich gepflügt!« Niemand schien sich an seinem

zweideutigen Spaß zu stoßen, alle lachten gutmütig, und einer krähte Justin zu: »He, alter Hahn, Kikeriki!« Als der Scherz vorüber war, fuhr Robert in seiner Erzählung fort:
»Und mit dem Lauf der Jahreszeiten kam die Erde zum Tragen und erwies sich als fruchtbar, und der Mais schwoll in den Hülsen. Und die Sonne gewährte ihren Glanz und schenkte dem Erntekönig damit Stärke; der Mond gab ihm die magische Kraft, die nur er verleihen kann. Er verfügte, daß alle Früchte gedeihen sollten, solange der Erntekönig auf seinem Thron saß und jung und lebensvoll war, und daß es den Menschen wohlergehen sollte. Und die Erde grünte und blühte, und die Saat reifte der Ernte entgegen.«
Der Erntemond nahm ab und wurde zum Mond ohne Reue, und in dieser Zeit tanzte Justin mit allen Mädchen. Obwohl ich genau zusah, in der Hoffnung, die Gestalt aus dem Maisfeld zu sehen – oder wenigstens eine ähnliche –, erschien mit Ausnahme der Maismaid kein Darsteller, der mich der Lösung des Rätsels nähergebracht hätte.
Die Kinder, die ich vorher von der Veranda aus beobachtet hatte, kamen nun in ihren Maiskostümen auf die Bühne. Sie stellten das wachsende Getreide dar und formten lange Reihen, zwischen denen Justin und die Mädchen tanzten. Dann, als der Erntekönig müde zu werden schien und seine Bewegungen matter wurden, kniete er neben Sophie nieder und legte seinen Kopf in ihren Schoß. Und Robert erzählte seine Geschichte weiter:
»Dann kamen nichts als Wind und Kälte; weder Sonne noch Mond noch andere Wohltaten, denn die Erde schlief. Doch unter ihrer kalten, weißen Decke lag ein Geheimnis verborgen, das nur Männer kennen, die den Boden bestellen, und während die Erde den Alten Lord aufnahm und ihn in ihrer schlummernden Umarmung hielt, bereitete sich ihr Schoß schon auf die neue Geburt vor, und das ist das Geheimnis, das jeder Bauersmann kennt. Und als sie ihre Decke ablegte, als der Tag der Saat wiederkehrte, erhob sich der König, der bisher der Junge

Lord gewesen war, doch nun seinerseits zum Erntekönig wurde, von neuem – stark und jung und schön. Und so soll es weitergehen, für immer, die Ewige Wiederkehr, denn so war es seit alters her.«

Die Zuschauer im Saal nickten; sie waren der Erzählung mit eifrigen, hellen Gesichtern gefolgt. Das Spiel war eine Wiederholung des natürlichen Werdeganges, eine Darstellung des Lebens selbst, und mir kam es vor, als wären diese Leute in ihrem Herzen noch echte Naturmenschen, ein Stamm von altem Geschlecht, schlicht und klar in ihren Wünschen und Bedürfnissen.

Droben bildeten die Kinder in ihren Maiskostümen einen Kreis, und als sie sich wieder teilten, ging eine Bewegung durch das Publikum. Die riesige Nachbildung eines Maiskolbens lag nun mitten im Licht der Scheinwerfer. Die Blätter raschelten, bewegten sich, teilten sich dann gänzlich, und mit einem Satz stand Jim Minerva auf der Bühne.

»Ho!« rief jemand, als er aus dem Maiskolben sprang.

»Ihr habt einen neuen!«

»Neu«, flüsterten sie, nickten und klatschten Beifall, und Jim verbeugte sich. Dann setzte man ihm die Maiskrone aufs Haar, der Pflug wurde wieder herausgebracht, und als er die Griffe berührte, wurde ein einziger, großer Schrei laut. Die Leute sprangen auf, und der Vorhang fiel. Gleich darauf hob er sich wieder; die Mitwirkenden hatten sich in einer langen Reihe aufgestellt und machten die üblichen Bühnenverbeugungen. Erneut senkte sich der Vorhang, hob sich wieder, und die Hauptdarsteller standen allein vor uns. Justin führte Sophie ins Rampenlicht; sie knickste und stolperte dabei leicht, und ein Raunen ging durch die Menge. Justin hielt sie jedoch fest an der Hand und half ihr sofort wieder hoch. Jim Minerva machte noch eine Verbeugung; dann verbeugten sie sich alle vor Robert, und Sophie brachte ihn auf die Mitte der Bühne. Auch Robert verbeugte sich, der Vorhang fiel zum letztenmal, und das Mais-Spiel war vorüber.

Eine wunderbare Vorstellung wäre das gewesen, sagten alle. Ich hörte, wie manche sich flüsternd darüber unterhielten, daß Sophie gestolpert war, doch sonst sei alles wie am Schnürchen gegangen, sagten sie.

Die Stühle wurden zur Seite gestellt, und der Tanz begann. Die Kapelle spielte einen oder zwei Standardtänze, um die Leute in Schwung zu bringen, und langsam sammelten sich die Paare in der Mitte des Saales. Ich sah mich nach Bess um; die Witwe unterhielt sich gerade wieder mit Sophie, und ganz in ihrer Nähe zeigte Mrs. Zalmon meiner Frau ihre neueste Flickendecke. Ich forderte statt dessen Kate auf und führte sie auf die Tanzfläche, doch ich merkte an ihrem Gesichtsausdruck, daß sie wünschte, ich wäre Worthy, und ich mußte aufpassen, daß ich ihr nicht auf die Füße trat.

Die Kapelle wechselte zu einem langsamen Walzer über, und es ging etwas besser. Als Kate genug hatte, führte ich sie weg, und wir sahen den Tanzenden zu. Sophie schwebte in Justins Armen vorüber; sie raffte ihren langen Rock, während er sie herumschwenkte, und lehnte sich zurück. Er sah über ihren Kopf hinweg ins Leere. Seine Miene war nüchtern und ernst, und ich fragte mich, ob er sich wirklich amüsierte. Auch bei Sophie hegte ich in dieser Hinsicht leichte Zweifel. Sie sah mit jenem sehnsüchtigen, bittersüßen Ausdruck zu ihm auf, der stets nur ihm allein galt. Dann merkte ich, daß Tränen in ihren Augen standen. Und doch schien es mir unmöglich, daß wirklich etwas das Glück dieser beiden trüben konnte, und als Justin sich erneut mit ihr im Tanze drehte, waren ihre Tränen verschwunden, und sie lächelte wieder.

Schließlich begann die Kapelle einen Reel zu spielen – einen schottischen Volkstanz. Ich holte Bess, damit wir gemeinsam zusehen konnten. Die Tanzenden stellten sich in zwei Reihen auf, Männer und Frauen einander gegenüber, verbeugten sich, schlossen sich zu einem Kreis, die Paare teilten sich zu Vierergruppen, wechselten schräg die Plätze, bildeten kleine Kreise und drehten sich Rücken an Rücken. Ich hatte noch nie zuvor einen Square dance gesehen und staunte über die Gewandtheit und Anmut, mit der diese sonst so linkischen Bauern die komplizierten Schritte und Figuren ausführten. Dort war Fred Minerva; er strahlte über das ganze Gesicht, verbeugte sich vor Edna Jones und trat dabei mit seinen schweren Schuhen so leicht wie nur möglich auf, hakte sich bei ihr ein und schwenkte sie herum. Der Pastor tanzte mit Mrs. Deming – wo war Mr. Deming? –, Will Jones mit Maggie Dodd, Cyrus Perkin mit Asia Minerva: das ganze Dorf in buntem Durcheinander.

Als der gute alte Justin vorüberkam, winkte die Witwe ihn mit dem Zeigefinger zu sich her, auf dem ihr Fingerhut steckte. Er beugte sich über sie, und sie flüsterte ihm etwas ins Ohr. Dann bahnte er sich einen Weg durch die Tanzenden, kam auf Bess zu und zog sie mit sich in den Tanz, lachte, als sie die Schritte durcheinanderbrachte, half ihr, sich wieder richtig einzuordnen und reichte sie an Morgan Thomas weiter. In diesem Augenblick eilte Will Jones in Richtung Steinkrug davon, und Maggie kam atemlos und lachend herbei und zog mich auf die Tanzfläche. Es war heiß, die Musik war laut, und ich amüsierte mich köstlich. Gute alte Maggie.

Dann war statt der guten alten Maggie plötzlich die gute alte Tamar an meiner Seite, ohne daß ich recht wußte, wie es zugegangen war, und wir tanzten gemeinsam, bis der Reel endete. Als die Kapelle einen langsamen Walzer zu spielen begann, hielt ich sie in den Armen. Wir schwebten durch den Saal, und zum erstenmal an diesem Abend trat ich niemandem auf die Füße. Gute alte Tamar, sie tanzte wie ein Engel, und wer konnte schon etwas dagegen sagen, daß wir ein Tänzchen miteinander wagten?

Sie tanzte enger, als es den Konventionen entsprach, doch es war nicht leicht, Abstand zu halten; unsere Körper schienen auf so natürliche Weise zusammenzupassen. Gute alte Tamar mit ihren Medusenlocken und ihrem roten Mund, ihren roten Fingernägeln, die unter meinen Hemdkragen schlüpften, und dem Duft dieses Parfums. Nichts zu sagen, nur zu tanzen – ich erinnere mich, daß ich sie schließlich fragte, ob sie Maggie abgeklatscht hätte. Ja, sagte sie, das hätte sie, und ich erkundigte mich, ob's ein Schaltjahr wäre, da erwiderte sie, nein, nur Damenwahl.

Dann sah ich die gute alte Bess zwischen der Witwe und Mrs. Zee sitzen, und beschloß, daß wir genug getanzt hatten. Ich blieb stehen und ließ Tamar los, doch davon hielt sie nichts. Sie hing lachend an mir, und das schien weder Mrs. Zee noch der guten alten Bess besonders zu gefallen, was jeder Trottel merken mußte. Ich löste Tamars Arme, die sie um meinen Hals geschlungen hatte, und sagte, sie solle Justin abklatschen, ha-ha, und die gute alte Bess – zu diesem Zeitpunkt war sie bereits doppelt vorhanden – setzte ihren Du-machst-dich-zum-Gespött-der-Leute-Ausdruck auf. So hielt ich es für besser, etwas frische Luft zu schnappen.

Auf der Veranda hatte man einen neuen Steinkrug bereitgestellt. Ich trank einen Schluck, und sie schlugen mir alle auf die Schulter und sagten, daß ich mich zu einem prima Kerl entpuppte. Und ob diese Tamar Penrose nicht ein Rasseweib wäre, kein Wunder, daß ein schlauer Bursche wie ich bei ihr Erfolg hätte, und ich könnte mich wohl auf etwas gefaßt machen, wenn ich nach Hause käme! Ich schlug ihnen meinerseits auf die Schultern und sagte ihnen, was für prima Kerle sie wären, und nein, ich hätte gar nichts mit ihr, wie hätten nur getanzt, und wenn das meiner Frau nicht passe, könne sie mich im Mondschein besuchen. Sie lachten und fanden das komisch und wandten sich wieder ihren Gesprächen über Mais zu. Als die Musik von neuem zu spielen begann, gingen sie wieder in die Halle.

Und dann begann der Ärger.

Ich war betrunken und wußte es auch, doch es schien nicht so schlimm zu sein, denn viele andere Männer waren im gleichen Zustand, und so stolperte ich ebenfalls in den Saal zurück. Nun spielte nicht mehr die Kapelle; es waren andere Instrumente, ein fast fremdartiger Klang – die gleiche Art Musik, die wir am

Abend unseres »Erlebnisses« gehört hatten. Ich merkte, daß keiner der Männer tanzte, nur die Frauen: barfuß in einem Kreis. Der Fußboden war mit Körnern bestreut, die zu bestimmten Mustern geformt waren, und Missy Penrose stand mitten im Kreis der Tanzenden und trug eine Art Maiskrone. Die Frauen hielten sich an den Händen, während sie Missy umkreisten; einmal hoben sie die Köpfe freudig, dann hielten sie sie wieder gesenkt, warfen sie frohlockend in den Nacken, wenn die Töne von Tamburin und Flöte sich verstärkten; die Geige aber schwieg. Sie beugten die Knie, schoben die Brüste vor, breiteten die Arme graziös aus, neigten sich nach rechts und links in einer Bewegung des Säens. Ihre Füße zeichneten bei jedem Schritt Muster in die Körner auf dem Boden, ihre Schläfen glänzten vor Schweiß. Und Tamar, deren Locken sich ringelten, deren voller Körper sich bog – ich konnte den Blick nicht von ihr wenden –, sie krümmte sich fast, ihr Gesicht war entrückt, verlangend in Stolz und Sehnsucht. Der Tanz wurde zum Ritual, und ich, als Uneingeweihter, versuchte ihn zu verstehen, verwirrt von den geheimnisvollen, schlangengleichen Bewegungen der Arme, den verschlungenen Tanzfiguren. Es war, als enthielten diese Kreise, die von den gleitenden Füßen der Frauen beschrieben wurden, ein unergründliches Wissen, einen mystischen Zauber, und die Männer, heiß und verschwitzt, beobachteten die geschmeidigen Windungen mit aufgerissenem Mund und glasigen Augen. Auch ich wischte mir den Schweiß von der Stirn, fühlte mich betrunkener als je zuvor in meinem Leben, war irgendwie von dem Wunsch erfüllt, daß dies alles enden möge, doch es ging weiter, ich konnte es nicht verhindern – und mein Mund stand ebenfalls offen, als ich zusah, wie andere Figuren in den Kreisen der tanzenden Frauen auftauchten – kleine, lüsterne, ursprüngliche Symbole der Fruchtbarkeit, nichts als Brüste und Gesäße, mit großen, leeren Mündern und starrenden Augen, und NEIN schrie ich, wollte ein Ende machen, etwas Furchtbares war in diesem Tanz, plötzlich schien das alles Ernst geworden zu sein, und eine tiefere, unheilvolle Bedeutung schien in den Kreisen zu liegen, die sie drehten, rundherum, immer rundherum, die Strohpuppen baumelten an Stangen, die Frauen drückten sie mit verzücktem Stöhnen an sich, und dort, wo die Kinder getanzt hatten, waren die Jungen verschwunden, und nur die Mädchen tanzten, ahmten die Bewegungen ihrer Mütter nach. Und Missy Penrose tanzte, tanzte wie ein Derwisch, und während sie sich drehte, streckte sie den Finger aus und deutete ringsum, hielt inne, zeigte auf mich – Gott verdamm dich! dachte ich, verdamme dich mit deinem ausgestreckten Zeigefinger und deinen Hühnergedärmen!

Ein oder zwei Mädchen wurden aus ihrem Kreis in den Kreis der Frauen gebracht, und – *was zum Teufel war das?* Da war Kate, meine süße Kate, die eine Krone trug, eine Maiskrone, war das vielleicht eine Art Preis dafür, daß man ihr das Leben gerettet hatte? Nein, dachte ich, hol's der Teufel, was auch immer geschah, ich würde nicht zulassen, daß sie in einen dieser gottverdammten Kreise hineingezogen wurde, daß man ihr eine Krone aufsetzte, und ich torkelte durch den Saal, bahnte mir einen Weg durch die gaffenden Männer, hörte wie durch einen Nebel Bess' protestierende Stimme, merkte, daß sie mir folgte und mich zurückzuhalten versuchte, und ich widerstand ihr, riß mich von ihr los, brach durch die Kette der Frauen, die sich an den Händen hielten, und zerrte Kate grob aus dem Kreis, riß die Krone von ihrem Kopf, hörte Zischen und zorniges Raunen, die Mädchen blieben stehen und traten entsetzt zurück, manche schrien auf, machten alle anderen auf den Vorgang aufmerksam. Wütendes Gemurmel erhob sich unter den Männern, eine Bewegung ging durch die alten Frauen wie Wind, der durch trockenes Gras streicht. Dann erhaschte ich einen Blick auf ein noch zornigeres Gesicht unter einer weißen Haube, sah, wie sie sich von ihrem Stuhl erhob, ihre Augen schleuderten Blitze, sie war bleich, hob die geballten Fäuste, als wollte sie mich schlagen – eine Sibylle, die zur Harpyie wird. Die tanzenden Frauen hielten nicht inne, wirbelten weiter, an mir vorbei, warfen mir mörderische Blicke zu. Tamars Gesicht war eine Maske des Abscheus; aber ich, empört, verwirrt, war mir keiner Schuld bewußt. Noch immer gab ich Kates Arm nicht frei, schob sie zum Eingang, wo ich stehenblieb, ohne sie loszulassen.

Doch dann gab ich sie frei, während die Musik endete – nicht sofort, sondern nach und nach, wie auch der Tanz –, und alle wandten die Köpfe, um zu sehen, wer dort auf der erleuchteten Türschwelle stand. Ich blinzelte vor Bestürzung, als ich Mr. Deming und den Konstabler sah, zwischen sich eine schmale, dunkle Gestalt, die jeder von ihnen am Arm gepackt hielt. Ich schrie laut und taumelte auf sie zu, versuchte den Gefangenen aus ihrem Griff zu befreien, starrte in Worthy Pettingers bleiches, hoffnungsloses Gesicht, drehte mich wieder um oder wurde gestoßen, und das bleiche Gesicht verschwand. Die Menschen um mich her waren nun nicht länger freundlich; grobe Hände ergriffen mich, stießen mich aus dem Saal und die Stufen hinunter, und ich landete auf allen vieren im Staub der Straße. Droben auf der Veranda umkreisten Motten in irrem Flug die Lampe unter dem Erntesymbol, und immer mehr Menschen tauchten dort auf, warfen Maiskolben nach mir – ohne Zorn, doch unbarmherzig. Und nicht einmal jetzt wandte ich das Gesicht ab, sondern lag einfach da, blutend und voller Staunen, und fragte mich, was die Vorgänge dieser Nacht bedeuteten.

23.

Am nächsten Morgen hatte ich einen fürchterlichen Kater. Undeutliche Erinnerungen an Unheil ... Etwas war geschehen – doch was? Mein Gedächtnis ließ mich im Stich. Ich nahm Aspirin, ging unter die Dusche; es wurde eine Spur besser, doch nicht viel. Ich wußte es noch immer nicht. Was hatte ich getan? Kate: Denk dir nichts, Daddy, es ist schon in Ordnung. Bess: Mach dir keine Sorgen, Liebling, es war nichts. Ein Lächeln, ein Streicheln, der Duft ihrer Seife, als sie mich leicht küßte. Gegen Mittag fiel mir wieder ein, daß ich mit Tamar Penrose getanzt hatte; bruchstückhafte Erinnerungen an alles mögliche gingen mir durch den Kopf. Noch immer leicht umnebelt suchte ich nach der Bibel, trat Bess im Bacchuszimmer gegenüber und schwor auf das Buch der Bücher, daß die Sache mit Tamar ein für allemal vorbei war.

»Ned, ich will dein Versprechen nicht.«

»Aber ich will's versprechen«, sagte ich. »Ich möchte schwören, daß ich nie wieder etwas mit ihr zu tun haben will. Nicht mal mehr mit ihr reden werde ich.«

»Sei nicht so melodramatisch. Es ist nicht wichtig – wirklich.«

Aber für mich war es wichtig, und so versprach ich es ihr und fühlte mich besser, weil ich es getan hatte. Mein Eifer schien Eindruck auf sie gemacht zu haben, denn sie lachte und zeigte sich verständnisvoll und war ganz nachsichtige Ehefrau.

Sie erhob sich vom Sofa und öffnete das Fenster. Sie hatte es noch vor mir bemerkt: Der gelbe Vogel war fortgezogen. Es war seltsam, wie still der Akazienbaum und die Auffahrt plötzlich geworden waren.

»Robert sagt, er kommt im Frühling zurück. Das tut er immer.«

»Der gleiche Vogel?« fragte ich.

»Ja. Genau derselbe. Die ewige Wiederkehr.« Sie drehte sich

um und sah mich an. »Wenn er zurückkommt…« Wieder das selbstzufriedene Lächeln; ich wußte, woran sie dachte.
»Dann ist das Baby da.«
Sie nickte, ging in die Küche. Ich folgte ihr.
»Bist du ganz sicher? Ich meine –«
»Bestimmt.«
Es schien wirklich keinen Zweifel zu geben. Am Morgen befiel sie oft Übelkeit, ihre Brüste wurden stärker, ihr Leib nahm an Umfang zu. Trotzdem…
»Willst du nicht vielleicht doch zu Dr. Bonfils gehen?«
»Ned, mach dir keine Sorgen. Ich will nicht zu Dr. Bonfils. Es ist alles in Ordnung. Ich weiß das. Die Witwe hat's gesagt. Und Missy. Nein – mach kein so entsetztes Gesicht. Es ist wahr. Sie sagt, im Frühling wird das Baby kommen.«
Und wenn Missy, die Dorfidiotin, das prophezeite, stand es mir da zu, zu widersprechen? Aus welchen Gründen auch immer, Bess schien so sicher, so fest in ihrem Glauben, so glücklich damit, daß ich sowieso keinesfalls widersprochen hätte. Wie so vieles andere, hatte die Witwe Fortune auch dies möglich gemacht: daß wir ein zweites Kind haben konnten.
Doch für mich blieben die Vorgänge in Cornwall Coombe nach wie vor rätselhaft. Ich konnte noch immer nicht verstehen, weshalb Worthy Pettingers Abkehr von der dörflichen Gemeinschaft derartigen Widerwillen erregt hatte. Es war, als betrachteten sie ihn als ihr Eigentum, als hätten sie Anspruch auf ihn, als müßte er sich nach ihren Wünschen richten ohne Rücksicht auf seine eigenen. Meiner Meinung nach machten sie viel Lärm um nichts, denn sie hatten ja Jimmy Minerva als Ersatz, mit dem jeder einverstanden schien. Doch Worthy hatte im Zorn alle Vernunft vergessen. Als er den Mais verfluchte, hatte er das Dorf in seinen Grundfesten erschüttert. Ein schlechteres Vorzeichen gab es in den Augen der Bauern nicht. Sie konnten Missys Prophezeiungen nicht oft genug hören, und in der Kirche flehte Mr. Buxley Gott um Hilfe an.
Sogar Mr. Buxley.

Wenn meine Gedanken nicht um Worthy kreisten, ertappte ich mich trotz allem immer wieder dabei, wie ich an Gracie Everdeen dachte – an »das Geheimnis um Gracie Everdeen«, wie ich es insgeheim nannte. Einige der Tatsachen schienen klar genug zu sein. Sie war von hier fortgegangen, weil ihre Mutter die Heirat mit Roger Penrose verbot. Dann war sie zurückgekommen und erwartete ein Kind von ihrem Liebsten. Sie sprang von der Lost Whistle Bridge in den Fluß, der zu jener Zeit nicht besonders tief war, und schlug gegen die Felsen. Irene Tatum fand ihre Leiche, und man hatte Grace außerhalb des Friedhofs begraben.
Ihre Geschichte schien ebenso einfach wie tragisch zu sein. Und doch kam sie mir seltsam vor. Einige Wendungen in ihrem rührenden Brief gingen mir immer wieder durch den Sinn: *Was geschehen ist, war nicht meine Schuld… Es wird mit mir sterben. Was kein Mann je weiß, keine Frau je erzählt.* Ich war einfach nicht fähig, die Bedeutung dieser Worte zu entschlüsseln. *Ich wollte bei dir sein, um den Mais mit dir zu machen.* Ich hatte das »Maismachen« im Spiel gesehen, das Ritual der Feldbestellung. Sophie, wie sie über die Pflugschar sprang; doch noch immer verstand ich nicht, worauf Gracie sich bezog. Ich rief mir die Schuhe im Karton ins Gedächtnis zurück – ungewöhnlich groß für eine Frau, genau wie die Handschuhe. Und doch hatte Amys sie als hübsch, mädchenhaft und zart beschrieben. Und Mrs. Everdeen – warum hatte sie nicht gewollt, daß ihre Tochter Roger heiratete? Und weshalb hatte sie Gracie befohlen, ihm seinen Ring zurückzugeben? Und warum hatte Gracie ihn behalten? Und, was noch wichtiger war, weshalb hatte sie sich erst zwei Tage nach Harvest Home das Leben genommen? Wo war sie in der Zwischenzeit gewesen?
Ich schlug mir das alles aus dem Kopf, so gut ich konnte, und wandte mich dem Nächstliegenden zu: der Fertigstellung von Justins Porträt. Justin Hooke sollte mir Modell stehen; ich fuhr also zu seinem Hof und merkte, daß der junge Bauer, der sonst so heiter war, anfangs ein wenig kühl wirkte. Und ob-

wohl Sophie mir freundlich entgegenkam, schien sich ihr Benehmen ebenfalls leicht geändert zu haben. Ihr für gewöhnlich so strahlendes Gesicht war düster, von irgendeinem Kummer überschattet. Ich bemerkte eine wachsende Unruhe an ihr; sie verrichtete ihre Arbeit mit schnellen, nervösen Bewegungen und schien ungeduldig darauf zu warten, daß ich das Bild vollendete. Ich hatte meine Staffelei auf dem Rasen zwischen der Auffahrt und dem abgeernteten Maisfeld aufgestellt und hörte, wie sie in der Küche mit Töpfen und Pfannen klapperte.

Ich hatte das Gefühl, daß Justin von mir eine Bemerkung über die Ereignisse beim Maisschälfest erwartete, obwohl es mir noch immer schwerfiel, aus den Bruchstücken klug zu werden, die mir im Gedächtnis geblieben waren. Justin lachte gutmütig und sagte, ich wäre nicht der erste, der zu tief ins Glas geschaut und sich danebenbenommen hätte. »Außerdem scheint mir, daß Fred und die Jungs Sie auf die Probe stellen wollten.«

»Auf die Probe?«

»Um festzustellen, wieviel Sie vertragen können. Ich glaube, Sie haben die Probe nicht bestanden. Sie sind nicht gut auf Sie zu sprechen, aber das wird sich bald wieder eingerenkt haben. Die Leute hier sind nicht so sehr voreingenommen gegen Fremde wie es scheint.«

»Ich vertrage schon einiges, aber –«

»Der Whiskey ist verdammt stark.«

»Und ich habe richtige Gedächtnislücken, was das Fest anbetrifft.« Ich versuchte ihm den seltsamen Eindruck des Unheilvollen zu erklären, den der Tanz der Frauen auf mich gemacht hatte. Er sagte, das bilde ich mir nur ein.

»Es ist eben einfach etwas Althergebrachtes. Wenn Sie dagegen verstoßen haben, dann hatte das nichts mit den Leuten hier zu tun.«

»Was meinen Sie mit ›Althergebrachtes‹?«

Er war freundlich und ungezwungen. »Nun, eben die überlieferten Bräuche. Vielleicht sind sie ein bißchen ungewöhnlich, aber wir halten eben daran fest. Von uns aus kann jeder tun, was er will, aber wir wollen unser Leben so leben, wie wir's für richtig halten.« Er zuckte mit den Schultern. »Teufel noch mal, Ned, ich bin der Erntekönig und weiß nicht mal recht, ob ich das alles selbst so ganz verstehe. Alles, was ich weiß, ist das, was man mich gelehrt hat. Und ich war immer zufrieden damit. Ich bin ein Glückspilz. Ich hab's den anderen gesagt, nachdem Sie heimgegangen waren – Sie haben sich nur so benommen, weil Sie's noch nicht verstehen.«

»Was verstehe ich nicht?«

Er musterte mich einen Augenblick, und auf seinem Gesicht lag ein seltsamer Ausdruck. Dann sah er über das Maisfeld zu der Stelle, wo ich die Puppe gefunden hatte. »Nun – nehmen Sie's mir nicht übel, aber man sollte nicht einfach herumlaufen und Gegenstände aus dem Feld eines Freundes klauen. Manche Dinge haben einen bestimmten Zweck, wissen Sie.«

Ich errötete vor Verlegenheit, weil mein Diebstahl der Maispuppe ans Licht gekommen war. Wer außer Worthy hatte es gewußt? Wer hatte mich beobachtet? »Tut mir leid, Justin. Ich wußte nicht –«

»Das ist es ja, was ich meine. Mir war von Anfang an klar, daß Sie's nicht wußten. Machen Sie sich keine Sorgen, die Ernte ist sicher unter Dach und Fach. Sehen Sie – es steckt eben in uns drin, wir können nicht anders. Es hängt mit unseren Vorfahren zusammen, mit der Vergangenheit.«

»Was hatte sie zu bedeuten, diese kleine Puppe?«

»Der Mensch muß essen«, sagte er mit durchdringender Stimme. »Seine Nahrung kommt von der Erde. Und der Erde müssen wir danken.«

»Wie?«

»Sie muß verehrt werden.«

»Mit Maisgöttern?«

Sein Blick hielt dem meinen einen Moment stand; dann trat ein koboldhaftes Glitzern in seine Augen. »Haben Sie herausgefunden, wer es war – an jenem Abend?«

»Im Feld? Nein.«
»Wir müssen lernen zu ergründen, was sich ergründen läßt.«
Ich hörte ihn und war doch weit fort; in Soakes Lonesome, beim Pilzesammeln mit der Witwe. *Ein Mensch muß lernen –*
»Gefiel Ihnen das kleine ›Erlebnis‹?«
– zu ergründen –
»Die Musik? Das Fäßchen? Ihre Freunde?«
– was sich ergründen läßt …
Nun stand ein Lächeln in Justins Augen. »Ist das Rätsel so schwer zu lösen? Ned, ein kluger Bursche wie Sie –«
Ich versuchte es zu verstehen. »Dann waren also Sie es?«
Er lachte wieder; ein tiefes, dröhnendes Lachen. »Ich nicht. Ich bin kein Schauspieler. Ich habe Ihnen doch gesagt, wir waren im Kino. Und ich meinte nicht ihn, sondern die Frau.«
Langsam begann etwas in meinem Kopf Gestalt anzunehmen. Ich war der Lösung nahe, konnte sie jedoch nicht greifen. Die Puppe in Justins Feld – die verschleierte Gestalt am Rand unserer Wiese.
»Soll das heißen, diese Frau und die Puppe verkörpern ein und dieselbe Person?«
»Es gibt nur eine.«
»Wen?«
Seine Miene wurde nüchterner. »Sie war lange Zeit hindurch ein Rätsel. Wir dachten, Sie würden es bestimmt lösen.«
»Nicht die Maismaid?«
»Nein.«
»Dann –«
»Sie ist sehr alt.«
… älter als Rom oder Griechenland, älter als Kreta, als Babylon oder Ägypten; so alt wie die Menschheit selbst.
Plötzlich begriff ich es, sah es ganz klar vor mir. Ich wußte nun, wer sie war: die entschleierte Sphinx. »Ich –« Ich suchte nach Worten.
»– wußte es nicht«, vollendete er. »Natürlich wußten Sie's nicht. Aber jetzt wissen Sie es.« Er nickte; alle Leichtigkeit war

aus seinen Zügen gewichen. »Sie ist unsere Mutter. Die Mutter, die Worthy Pettinger verfluchte.«

Ein Mensch muß lernen, zu ergründen, was sich ergründen läßt. Ein kleines »Erlebnis«.

Nicht die Maismaid, sondern eine andere. Die Mutter.

»Sie verehren also ein Wesen, das Sie Mutter nennen? Mutter –«

Er wartete auf das letzte Wort. Ich fügte es hinzu: »Erde.«

Er machte eine zweideutige Handbewegung. »Man – huldigt ihr.«

Wenn ich genau aufgepaßt hätte, fuhr er fort, hätte ich das alles im Mais-Spiel sehen können. Es war nicht nur ein Spiel, sondern ein Glaubensbekenntnis – nämlich, daß die Erneuerung des Lebens das genaue Gegenstück zur sexuellen Vereinigung des Erntekönigs mit einem Geist des Wachstums, einer Göttin der Fruchtbarkeit, war. Nein, die Maismaid sei nicht die Mutter, sie spielte nur ihre Rolle.

»Fruchtbarkeit ist das, was für uns zählt. Der Tod ist schrecklich, doch noch schrecklicher ist in unseren Augen Unfruchtbarkeit. Wenn in unserem Spiel der Mais zur rechten Zeit sprießt, so kommt das daher, weil die Mutter Erde befruchtet worden ist.«

»Herrgott, Justin – Fruchtbarkeitsriten?«

»Wenn Sie's so wollen.« Wieder ein sanftes Lächeln. »Aber weshalb sollte man aufhören, daran zu glauben? Es gibt eigenartige Religionen auf dieser Welt. Die unsere ist sehr einfach. Und sie bewahrt uns vor …« Er verstummte und ließ den Blick über sein kahles Maisfeld schweifen.

»Wovor?«

»Vor der Angst. Wir fürchten nur eines: daß jemand den Kreislauf brechen oder stören könnte.«

»Welchen Kreislauf?«

»Den des Lebens. Lebender Dinge, der Jahreszeiten. Der natürlichen Ordnung. Der ewigen Wiederkehr.« Er sprach schlicht, doch voller Ernst, mit einer tiefen Überzeugung, die es mir schwer machte, ihn dafür zu verurteilen.

»Aber Sie gehen doch sonntags zur Kirche und singen fromme Lieder wie alle anderen auch.«

»Sind die Leute auf der Welt alle gleich, einer wie der andere? Ich glaube nicht, daß ein Mensch von kornischer Abstammung Ihnen da zustimmen würde. Anders zu sein, das liegt uns im Blut. Ich persönlich bin stolz darauf.« Es war keine Arroganz, die ich in seinem Gesicht las, sondern ein Selbstbewußtsein, ein Wissen um seine Bedeutung für die Dorfbewohner und um seine Verantwortung ihnen gegenüber. Sie hatten ihm Ehre erwiesen; er würde sie nicht enttäuschen. »Wenn Sie Fragen haben, gehen Sie damit zur Witwe Fortune«, sagte er herzlich. »Und«, fügte er hinzu, »wenn Sie Verständnis von den Bauern erwarten, müssen auch wir Verständnis von Ihnen erwarten können.«

»Und wie steht's mit Verständnis für Worthy?«

»Was meinen Sie damit?«

»Nur, daß es mir so vorkommt, als würde keiner in Betracht ziehen, was er aus seinem Leben machen möchte.«

»Die Frage ist, ob Mr. Deming das in Betracht ziehen will. Worthy weiß genau, worum es geht.«

»Was weiß er?«

»Was man von ihm erwartet. Mr. Deming erlaubt nicht, daß man es auf die leichte Schulter nimmt, wenn einem Ehre erwiesen wird. Und die übrigen Leute von Cornwall Coombe ebensowenig.«

Ich wollte protestieren, doch er kam schon auf mich zu und legte mir die Hand auf die Schulter. Trotz seiner Gelassenheit gab er mir das Gefühl, als würde er all seinen Einfluß aufbieten, um mich vor unüberlegten Handlungen zu bewahren. Es war, als versuchte er, mich vor meiner eigenen Unwissenheit zu schützen, mir verständlich zu machen, daß ich ihm vertrauen konnte, daß er die Situation beherrschte.

»Ich verstehe Sie. Es ist ganz natürlich, zu zweifeln, ohne Glauben zu sein. Aber gedulden Sie sich.«

Wer war ich, daß ich Rätsel lösen wollte, die jahrhundertelang

unlösbar gewesen waren? Ich würde mich gedulden – für den Augenblick.
Als Justin wieder an seine Arbeit ging, verstaute ich meine Malsachen im Wagen und fuhr zum Anwesen der Pettingers. Niemand rührte sich auf mein Klopfen an der Hintertür: der Stall war verschlossen, der ganze Hof wie ausgestorben. Schon wollte ich mich zum Gehen wenden, da erhaschte ich einen Blick auf Worthys Mutter. Sie stand unbeweglich hinter einem Fenster im ersten Stock des Hauses.
Bess kam mir auf der Heimfahrt in ihrem Kombiwagen entgegen. Sie fuhr in die andere Richtung, auf die Brücke zu. Sie winkte, hielt jedoch nicht an. Ich fragte mich, wohin sie so eilig wollte. In der Penrose Lane parkte ich vor dem Grundstück der Dodds, um mit Maggie zu sprechen. Ich klingelte, und sie öffnete die Tür, küßte mich herzlich und drückte mir die Hand.
»Hallo, Ned! Ich freue mich so über das Baby!« Ich dankte ihr und fragte sie, ob sie wüßte, wohin Bess gefahren war.
»Sie sagte, sie hätte irgendeine Verabredung, und dann wollte sie die Tapete für das neue Kinderzimmer aussuchen. Kommen Sie mit in die Küche, ich richte gerade Roberts Mittagessen. Möchten Sie auch einen Happen?«
Ich lehnte ab, sagte jedoch nicht nein, als sie mir einen Drink anbot. Sie nahm Roberts Tablett und führte mich ins Terrassenzimmer.
Dort wartete sie, bis die Unsichtbare Stimme eine Pause machte, hob dann den Tonarm und stellten den Plattenspieler ab.
»Rat mal, wen ich hier habe, Lieber«, sagte sie. »Ned.«
»Hallo, mein Junge, setzen Sie sich.«
»Robert liest gerade *Anna Karenina*.«
Sie deckte einen Klapptisch, schob ihn über Roberts Knie und drückte ihm die Serviette in die Hand.
»Danke, Liebes.« Er ertastete Stück für Stück des sorgsam vorgeschnittenen Fleisches mit der Gabel. Maggie stand in seiner Nähe, um ihm die Hand zu führen, wenn er das Milchglas oder

das Salzfaß suchte. Als er fertig war, nahm sie die Serviette von seinem Schoß, ergriff das Tablett, beugte sich über ihn und küßte ihn, ehe sie aus dem Zimmer ging. »Vergiß deine Tropfen nicht, Lieber. Brauchst du noch etwas?«

»Kann ich eine Zigarre haben?«

»O Robert, du weißt doch, was die Witwe gesagt hat.« Sie blinzelte mir zu, setzte das Tablett wieder ab und nahm eine Zigarre aus der Schachtel auf dem Tisch, bereitete sie wie gewöhnlich für ihn vor und hielt das brennende Streichholz für ihn.

»Sie macht ein richtiges Ritual daraus«, bemerkte ich, nachdem Maggie gegangen war.

»Ja, das hat sie von ihrem Vater gelernt.« Er blies drei Rauchkringel in die Luft, so daß der letzte Ring durch den ersten schwebte. »Hab ich's geschafft?«

»Ins Schwarze getroffen. Sie hätten mal sehen sollen –« Ich stockte verlegen.

»Schon gut, mein Junge. Sie brauchen sich nicht zu genieren. Ich will nicht, daß die Leute meinen, sie müßten Rücksicht auf meine – Schwäche nehmen. Ich bin daran gewöhnt. Es erstaunt mich immer wieder, wieviel ich sehen kann.«

»Ist Ihr Sehvermögen zum Teil erhalten geblieben?«

»Bin blind wie eine Fledermaus. Aber ich kann die Dinge im Geist sehen. Das Wunderbare ist, daß sich für mich nie etwas ändert. Margaret, zum Beispiel. Ich weiß, daß sie jetzt älter ist, aber ich sehe sie noch genauso vor mir wie damals, ehe ich blind wurde. Ich komme schon zurecht. Ich habe Margaret und meine Sprechbücher. Nach *Anna Karenina* werde ich wohl zu *David Copperfield* übergehen. Steht da irgendwo eine kleine Flasche?« Seine Finger glitten suchend über die Gegenstände auf dem Tisch. Ich beugte mich vor und drückte ihm eine Flasche mit Gummistöpsel in die Hand.

»Ja, das ist sie, danke.« Er nahm seine Brille ab und legte sie beiseite – da sah ich voll Erstaunen, daß er nicht nur seine Sehkraft, sondern die Augen selbst verloren hatte. Er zog die Wattebäusche heraus, die seine leeren Augenhöhlen füllten, träufelte jeweils ein paar Tropfen hinein, stellte das Fläschchen wieder auf den Tisch und ersetzte die gebrauchte Watte durch frische. Als er den Stöpsel wieder auf die Flasche gedrückt hatte, tastete er nach einem Papiertaschentuch und säuberte die Gläser seiner Brille.

»Ich sehe schon lange Zeit nichts mehr, aber meine Brille putze ich noch immer jedesmal, wenn ich sie aufsetze. Gewohnheitstiere, das sind wir.« Er setzte die Brille auf und nahm seine Zigarre aus dem Aschenbecher. Eine Zeitlang rauchte er schweigend. »Ich muß gestehen«, sagte er dann sinnend, »daß es ein ziemlicher Schock für mich war, plötzlich blind zu sein. Das ist wohl ganz natürlich, nehme ich an.«

Einen Augenblick dachte ich, er würde mir von seinem Unfall erzählen, doch er ging mit einer Drehung seiner Zigarrenspitze über das Thema hinweg, als wären die Schrecken des Lebens unerheblich und deshalb keiner Erörterung wert. »Manche Schicksalsschläge sind unbeschreiblich, aber wir müssen sie ertragen, so gut es eben geht. Ich will Ihnen etwas verraten, mein Junge: Obwohl ich meine Sprechbücher liebe, würde ich alle Bücher der Welt dafür geben, wenn ich wieder einen einzigen Stern sehen könnte. Das ist es, was ich am meisten vermisse – daß ich die Sterne nicht mehr sehen kann. Manchmal gehen wir nachts hinaus in den Garten, und Margaret beschreibt sie mir. Sie ist ziemlich vertraut mit den Sternen.«

»Sie ist mit allem vertraut«, sagte ich bewundernd.

Er nickte. »Ich wüßte nicht, was ich ohne Margaret täte. Sie verbessert meine Briefe – ich bin ein armseliger Maschinenschreiber. Bewahrt mich davor, dauernd gegen etwas zu stoßen. All die Jahre hindurch dafür zu sorgen, daß ein Mensch sich nicht die Schienbeine aufschürft, das ist schon eine Lebensaufgabe. Ja, Margaret ist eine bemerkenswerte Frau.« Er tastete nach dem Aschenbecher und streifte die Asche von seiner Zigarre. »Bedrückt Sie etwas?«

»Wieso?«

»Na, da ist so ein Unterton in Ihrer Stimme.«

»Robert – was geschieht mit Worthy?«

Er schüttelte den Kopf und blies eine Rauchwolke in die Luft. »Das ist schwer zu sagen. Er hat ziemlich viel Unwillen hervorgerufen. Man kann in diesem Dorf nicht einfach herumspazieren und den Mais verfluchen, ohne die Leute in Wut zu versetzen.« Soweit Robert informiert war, hatte man Worthy ins Hinterzimmer des Postamtes gesperrt, das in Cornwall Coombe eine Gefängniszelle ersetzte.

»Aber er hat doch kein Gesetz gebrochen«, protestierte ich.

»Nein – keines, das in den Gesetzbüchern steht. Aber in Cornwall Coombe gibt es einen Ehrenkodex, mit dem nicht zu spaßen ist. Es ist kein richtiges Dorf, wissen Sie. Mehr ein Stamm, eine Sippe.«

»Eine Penrose-Sippe?«

»Teilweise. Doch man muß sowohl die Dorfgemeinschaft als auch ihre Sitten respektieren. Wie spät ist es?«

Ich sah auf die Kaminuhr. »Zehn Minuten vor zwei.«

»Sie werden sich bald beraten.« Er fuhr sich mit der Zungenspitze über die Lippen. »Wegen Worthy. Ich nehme an, es ist eine – Ermessenssache.« Er hielt im Sprechen inne und streifte die Asche wieder von seiner Zigarre. Ich hatte den Eindruck, daß er seine Worte sehr sorgfältig wählte.

»Manche sind bestimmt anderer Meinung, aber ich glaube daran, daß jeder Mensch sein Schicksal selbst in der Hand hat. ›Nicht in den Sternen, lieber Brutus‹, wie's bei Shakespeare steht. Was die Astrologen oder Wahrsager oder Seher auch sagen mögen – das, was einem Menschen widerfährt, bestimmt er selbst. Wir werden alle immer wieder vor die Wahl gestellt. Unsere ganze Existenz hängt oft davon ab, wie wir uns entscheiden. Ein falscher Entschluß kann unser ganzes Leben verändern, aber wenigstens ist die Entscheidung gefallen. Die Hemmung ist beseitigt, die Maschine kann weiterlaufen. Das bedeutet dann aber vielleicht auch für einen Menschen, daß das Schicksal seinen Lauf nimmt, das er selbst gewählt hat.«

»Hat Worthy die falsche Wahl getroffen?«

»Ich kann's nicht sagen.«
»Aber es war doch eine so geringfügige Sache.«
»Der Begriff der Geringfügigkeit ist relativ. Ich verstehe, daß Ihnen das Wohlergehen des Jungen am Herzen liegt, doch Sie können nichts tun. Ich würde mir keine Sorgen machen. Höchstwahrscheinlich werden die Ältesten ihm eine Lehre erteilen und ihn wieder gehen lassen.«
Mit einer Handbewegung tat er die Sache ab, doch meine Zweifel waren noch immer nicht zerstreut. Er schien dies in der Stille zu spüren. Kopfnickend wiederholte er Justins Worte: »Wenn Sie Fragen haben, gehen Sie damit zur Witwe.«

Die Kirchenglocke läutete, als ich vor dem Grundstück der Witwe Fortune anhielt und an ihre Tür klopfte. Nichts rührte sich; der Einspänner stand nicht auf der Zufahrt. Ich wartete noch etwas und fuhr dann zum Dorfanger weiter. Mehrere Frauen stiegen gerade die Treppe zur Kirche hinauf. Das Portal stand offen, und auf der Türschwelle verteilte jemand Zettel; es schien Mrs. Green zu sein. Ich erhaschte einen Blick auf die weiße Haube der Witwe. Sie ergriff gerade einen der Papierstreifen und schickte sich an, in die Kirche zu gehen. Sie wandte rasch den Kopf nach mir um, und ein seltsamer Ausdruck glitt über ihr Gesicht. Es war nur ein Aufblitzen, nicht mehr, aber ehe sie sich wieder umdrehte, las ich Dinge in ihrem Gesicht, die ich dort nie zuvor gesehen hatte. War es Hohn? Verachtung? Oder Verdammung?
Im Verein mit den übrigen Frauen verschwand sie durch das Portal, und sofort verstummte die Glocke. Amys Penrose trat ins Freie, schloß die Kirchentür hinter sich und ging die Straße zum Rocking Horse hinunter. Ich fuhr zum nördlichen Ende des Dorfangers, wo gerade ein großer Stapel Abfall für das Freudenfeuer aufgeschichtet wurde, parkte vor der Drogerie und ging hinein. Mit Ausnahme des Lehrlings hinter der Theke war der Laden leer.
»Was geht in der Kirche vor sich?« fragte ich. Der Junge zuckte

mit den Schultern und sah mich merkwürdig an. Ich verließ den Laden wieder und lenkte meine Schritte zum Postamt. Unterwegs merkte ich immer wieder, wie man mich mit seltsamen Blicken streifte; einige Leute drehten mir den Rücken zu. Das erinnerte mich daran, wie es den Pettingers ergangen war, als sie mit ihren Kürbissen zur Gemeindehalle kamen.

Ich blieb vor der Post stehen. Mehrere Männer standen mit dem Rücken an die Mauer gelehnt und musterten mich mit düsteren, mürrischen Mienen. Ich schickte mich an, hineinzugehen, da kam Constabler Zalmon zur Tür und vertrat mir den Weg.

»Tut mir leid, heute ist geschlossen.«

»Ist heute Feiertag?«

»Nö. Nur geschlossen.«

Sein frostiger Ton verriet mir, woher der Wind wehte. Mit einem raschen Blick zur Kirche ging ich den Bürgersteig in Richtung Penance-Haus entlang. Hinter meinem Rücken hörte ich die Stimmen der Männer. Ich lehnte mich gegen einen Telefonmast, wartete und merkte, wie sie mich beobachteten. Sobald ich aufschaute, wandten sie sich betont ab und konzentrierten ihre Aufmerksamkeit auf die Tür des Postamtes. Ich stahl mich zum Penance-Haus, schlich geduckt um die Ecke und ging rasch über den Hof zur Seitenwand der Scheune.

Hier war ich seit dem Agnes-Fest nicht mehr gewesen, als Missy Penrose ihren blutbesudelten Zeigefinger auf mich richtete. Mehrere Nebengebäude standen kreuz und quer, und ganz in meiner Nähe sah ich eine Tür im Boden, die mit schwerer Kette und rostigem Schloß gesichert war. Ich fragte mich, wohin diese Tür wohl führen mochte.

Auf der anderen Seite des Weges befand sich die Rückfront des Postamtes mit einem einzigen, vergitterten Fenster in der Mauer. Ich überquerte den Rasen, der die beiden Grundstücke voneinander trennte, kauerte mich unter das Fenster und lauschte. Nichts war zu hören. Rasch richtete ich mich auf und spähte zwischen den Gitterstäben durch.

Der Raum war klein und spärlich möbliert: der Schreibtisch des

Konstablers, davor ein hölzerner Drehstuhl auf einem abgetretenen Teppich, an der Wand ein Feldbett. Worthy Pettinger saß darauf, die Hände teilnahmslos im Schoß. Er sah blaß aus. Ich kratzte mit dem Fingernagel über einen der Gitterstäbe; der Junge fuhr zusammen, stand dann auf, kam zum Fenster und öffnete es.
»Bist du in Ordnung?« fragte ich. Er nickte. »Was werden sie mit dir machen?« Er zuckte mit den Schultern und vergrub seine Fäuste in den Hosentaschen. Stumm erwiderte er meinen Blick.
»Hör zu, mein Junge. Es tut mir leid. Ich hab' dich wohl in diese Klemme gebracht.« Er schüttelte den Kopf. »Sie haben deinen Brief gesehen. Tamar hat ihn geöffnet; daher wußten sie, wo sie dich finden würden.«
»Sie haben's ihnen gesagt.«
»Nein – nein, das habe ich nicht getan. Heiliger Himmel!«
»Woher wußten sie dann, daß der Brief von mir war? Weshalb hätten sie ausgerechnet nach einem Brief von John Smith gesucht, wenn's ihnen keiner verraten hat? Niemand außer Ihnen und mir hat's gewußt.«
Ich war bestürzt. »Ich weiß es nicht. Aber ich schwöre dir, daß sie es nicht von mir erfahren haben.«
»Es ist auch nicht mehr wichtig.« Er drehte sich um, ging zum Schreibtisch und sah auf den gefüllten Teller nieder. »Das Essen ist wenigstens anständig.«
Ich prüfte das Gitter. Es war an einem massiven eisernen Rahmen befestigt, der in die Steinmauer eingelassen war. Doch es mußte zu schaffen sein, die Gitterstäbe durchzufeilen. »Hör zu, Worthy, ich gehe jetzt in mein Atelier zurück und hole Werkzeug, und nach Einbruch der Dunkelheit hol' ich dich hier heraus.«
»Ach, lassen Sie mich.« Er warf sich auf das Feldbett. »Es würde nichts nützen. Sie würden mich ja doch wieder finden. Es hat keinen Zweck.« Er zitterte.
Ich überlegte einen Augenblick. »Herrgott, Worthy, sei doch

vernünftig! Was hast du denn getan? Es gibt kein Gesetz –«
Er sprang von der Pritsche hoch und schlug mit den Handflächen gegen die Gitterstäbe. »Doch, das gibt es!« stieß er leidenschaftlich hervor. »Es gibt für alles ein Gesetz! Sie können mir nicht helfen. Keiner kann's. Mischen Sie sich nicht ein, oder Sie werden sich selbst in Schwierigkeiten bringen. Das wollen sie ja. Sie bekommen immer das, was sie wollen, diese...« Seine dunklen Augen blitzten, dann verlosch das Licht in ihnen. Er wandte sich heftig ab und setzte sich auf den Drehstuhl. Ich wartete noch eine Weile, dann ging ich.
Die Männer standen noch immer vor dem Postamt und sahen zur Kirche hinüber. Ich überquerte den Dorfanger und betrat die Schenke. Amys saß in der Ecke über sein Bierglas gebeugt. Ich bat Bert um einen Scotch mit Soda und setzte mich neben den alten Küster. »Was geht hier vor, Amys?«
»So allerlei, dies und das. In so 'ner kleinen Ortschaft passiert nicht viel.«
»Das habe ich nicht gemeint. Was geschieht in der Kirche?«
»'n Treffen.«
»Und worum geht es?«
»Woher soll ich das wissen – ich bin nicht dabei.« Er stürzte sein restliches Bier hinunter.
»Amys, dort hinter dem Penance-Haus – was bedeutet die Tür im Boden?«
Er verschluckte sich und benutzte den Spucknapf. »Ein Rübenkeller.« Er schleuderte einen Vierteldollar auf den Schanktisch, wischte sich den Mund mit einem schmutzigen Taschentuch und schneuzte sich im Hinausgehen. Ich sah, wie er zum Penance-Haus hinüberschaute, dann zu mir zurück, ehe er in Richtung Kirche verschwand.
Einige Männer kamen durch die Tür, unter ihnen Will Jones und Fred Minerva. Sie versammelten sich in einiger Entfernung vor dem Tresen, und ich merkte an ihren verstohlenen Blicken, daß sie sich über mich unterhielten. Ich trank meinen Scotch aus und verließ die Schenke. Der Konstabler stand noch

immer vor der Tür des Postamtes und unterhielt sich mit den anderen Männern. Das Kirchenportal war nach wie vor geschlossen. Die Uhr zeigte Viertel nach drei. Wieder dachte ich an Worthy, den man im Hinterzimmer des Postamtes eingesperrt hatte, und überlegte, wie ich ihm helfen konnte.

Ich hatte keine Ahnung, wie lange das Treffen in der Kirche dauern würde, doch ich wollte noch immer mit der Witwe Fortune sprechen. In der Zwischenzeit fuhr ich auf der Hauptstraße in südliche Richtung und die River Road zu Jack Stumps Hütte hinunter. Ich traf den Hausierer vor seinem offenen Kamin sitzend an; das Feuer war erloschen. Erst fand ich es seltsam, daß niemand da war, der sich um ihn kümmerte, bis mir einfiel, daß sich die Frauen ja alle in der Kirche versammelt hatten.

Bei meinem Eintritt wandte er mir das Gesicht zu und sah mich lange an. Dann senkte er matt die Lider und legte den Kopf an die Stuhllehne.

»Hier drinnen ist's kalt, Jack. Soll ich Ihnen Feuer machen?«

Er rührte sich nicht; so schichtete ich Holzscheite in den Kamin, zündete Papier an, holte eine Decke vom Bett und wickelte ihn damit ein. Als ich sie ihm um die Schultern feststeckte, erschien seine Hand zwischen den Falten und umfaßte die meine.

»Schon gut, Jack. Wie wär's mit ein bißchen Tee?« Er starrte in die Flammen. »Witwe Fortunes Weber Eins-B?« Ich sah, wie ein schwaches Lächeln um seine Mundwinkel zuckte, ehe ich in die Küche ging und den Wasserkessel aufsetzte. Die Teedose stand noch immer an derselben Stelle im Regal; ich holte sie herunter, brühte den Tee auf und goß ihn in die Tasse. Jack trank ihn schlückchenweise, doch ich merkte an seiner Miene, daß er ihm nicht schmeckte. »Tut mir leid«, sagte ich, »ich habe nichts Stärkeres bei mir.« Ein listiger Ausdruck trat in seine Augen. »Sie hätten gern ein bißchen Rum im Tee der Witwe, stimmt's?« Wieder ein Blick, diesmal eine Mischung aus Furcht und Verachtung. Er stieß ein Zischen zwischen den Zähnen hervor.

»Machen Sie sich keine Sorgen wegen der Soakes, Jack.« Er schüttelte den Kopf und schob meine Hand mit der Tasse beiseite. Dann lehnte er sich im Stuhl zurück und war gleich darauf eingeschlafen. Ich stellte das Teegeschirr ab und trug ihn mitsamt der Decke zum Feldbett. Sein Körper war leicht wie der eines Kindes, und als ich ihn auf das Laken legte, hatte ich die plötzliche Vorahnung, daß er im Frühling nicht wieder mit seinem Karren durch die Gegend ziehen würde.

Ich wollte meinen Arm unter seinem Nacken hervorziehen, da merkte ich, daß ich mich irgendwo festgehakt hatte. Der Knopf meines Jackenärmels war an dem kleinen roten Stoffsäckchen um seinen Hals hängengeblieben. Ich griff nach dem Säckchen, hielt es in der Hand und sah auf das Gesicht des Hausierers nieder, das noch im Schlaf einen gequälten Ausdruck trug.

Das Holz knisterte und krachte im offenen Kamin, die Flammen warfen ihren zuckenden Schein über die Wand. Jack bewegte sich unbehaglich, als eine Uhr die halbe Stunde schlug. Geistesabwesend spielte ich eine Weile mit dem Säckchen; dann spürte ich, daß etwas darin war, öffnete es und leerte den Inhalt in meine Handfläche. Überreste trockener, zerdrückter Kräuter, das zusammengerollte Stück Papier, auf das die Soakes ihre Warnung gekritzelt hatten, und ein Ring – ein kleiner, unregelmäßig geformter Ring, aus einem hohlen Knochen geschnitzt. Lächelnd dachte ich an den Zauber, mit dem die Witwe Fortune Zahnschmerzen und Warzen vertrieb, und überlegte, was wohl mein eigenes rotes Säckchen enthalten haben mochte. Ich blies die Kräuter auseinander und entrollte dann das kleine Stück Papier mit der drohenden Botschaft, das die Soakes in Jacks Falle hinterlassen hatten:

Dies ist eine WARNUNG!
Gefahr!
Betreten verboten!

Ich starrte sekundenlang darauf nieder und hielt das Blatt gegen das Feuer. Meine Finger müssen dabei leicht gezittert haben, denn ich sah an der rußgeschwärzten Wand neben dem Kamin einen winzigen Lichtschein blitzen, der von meiner Hand reflektiert wurde. Ich dachte, es wäre mein Ehering, und ließ die linke Hand sinken, doch der Lichtstreif, der wie das Signal eines kleinen Spiegeltelegrafen aussah, blieb. Ich hielt das Papier noch immer in der rechten Hand, drehte es um und entdeckte, woher das Flackern an der Wand stammte. Als ich die allzu deutlichen Worte auf der Rückseite las, überlief mich trotz der Wärme des Feuers ein Schauer – jene Art Schauer, die nicht vom Absinken der Körpertemperatur herrührt, sondern eines der schwachen Warnzeichen ist, die aus den dunklen Tiefen der Seele kommen.
Ich schob das Stück Papier in meine Tasche und steckte den beinernen Ring ins Säckchen zurück. In diesem Augenblick trat Mrs. Green mit einem Körbchen voll Essen ins Zimmer. Sie blieb stehen und starrte mich an, ohne mich zu grüßen. Rasch befestigte ich die Schnur wieder um Jacks Hals und ließ das Säckchen unter sein Hemd gleiten. Dann ging ich eilig fort. Ich hatte noch Zeit, vor Einbruch der Dunkelheit nach Soakes Lonesome zu kommen.

24.

Zwei Stunden später hielt ich vor dem Grundstück der Witwe Fortune an. Das schmalbrüstige, spitzgiebelige Haus mit dem abgeernteten Maisfeld davor wirkte düster und verlassen. Die untergehende Sonne verlieh den Bäumen, die das Haus umstanden, einen dunklen, unheilvollen Anstrich. Ich schlenderte über das Stoppelfeld und klopfte an die Tür, auch diesmal wieder ohne Erfolg.

Hinter dem Haus stand Fred Minervas Fuhrwerk neben den Bienenkörben geparkt, auf das zwei Männer gerade die letzten Fäßchen mit Honigmet luden, die sie aus dem Schuppen der Witwe geholt hatten. Ich trat zur Seite, als Fred losfuhr. Die Männer saßen auf dem Anhänger und maßen mich schweigend, mit steinernen Gesichtern. Draußen auf der Straße kam ihnen Mrs. Green entgegen. Das Fuhrwerk wurde angehalten, sie ließ sich eines der Fäßchen geben und eilte damit von dannen.

Ich folge dem Pfad zum Stall. Durch die offene Tür hörte ich, wie die Kuh mit ihren Hufen gegen den Verschlag polterte; dazwischen erklang das rhythmische Geräusch eines Milchstrahles, der in einen Eimer spritzt.

Die langen Röcke der Witwe bedeckten den Schemel, auf dem sie saß. Die Kuh warf mir einen gleichgültigen Blick zu, als ich eintrat.

»Guten Abend.«

»'n Abend.« Sie sah mich kurz an und wandte ihre Aufmerksamkeit dann wieder dem Kuheuter zu.

»Melkzeit«, bemerkte ich.

»Die kommt immer pünktlich wie eine Eins, jeden Tag zur selben Stunde. Eine Kuh, die Milch hat, will sie auch loswerden«, erwiderte sie gleichmütig und blieb unerschütterlich sitzen.

»Wie geht's Caesars Frau?«

»Sie ist nicht über jeden Tadel erhaben, wie sich's für Caesars Frau eigentlich gehört. Aber wer ist das schon? Halt still, Mädel. Die sticht heute der Hafer.«

»Warum?«

»Schwer zu sagen. Menschen und Tiere haben um diese Zeit leicht ihre Mucken, jetzt, wo die Ernte eingebracht und die Arbeit getan ist.«

»Und Harvest Home angebrochen ist?«

»Ja, Harvest Home.« Sie sah zu den Dachsparren auf, als wollte sie durch den First in den Himmel selbst blicken. »Vollmond werden wir auch haben. ›Mond ohne Reue‹ – so nennt man ihn hier.«

Ich lehnte mich gegen einen Balken. »Und warum das?«

»Wenn die Ernte kommt, muß alles hingenommen werden, wie es ist – für Reue ist's da zu spät.«

»Noch eine alte Überlieferung?«

»Allerdings.«

»Ich höre hier dauernd von Überlieferung und Bräuchen.«

»Es sieht aber ganz so aus, als würden gewisse Leute nicht genug davon hören – so, wie sie sich in der Öffentlichkeit aufführen.« Der helle, singende Ton, mit dem der weiße Strahl gegen die Innenseite des Eimers traf, schien die tiefere Bedeutung der Worte zu unterstreichen. »Manchen Leuten liegt offenbar daran, sich in Sachen einzumischen, die sie nichts angehen. Sie verhöhnen Dinge, die anderen wichtig sind, und haben doch kein Recht dazu. So mancher hier ist nicht gerade erfreut darüber, wenn ein Mann sich über unsere Gewohnheiten lustig macht. Für einen Außenseiter wie Sie sind die alten Sitten wohl nicht leicht zu begreifen. Außenseiter hatten damit immer Schwierigkeiten, zum Beispiel Robert. Er bekam vor etlichen Jahren deswegen Unannehmlichkeiten, aber er hat's begriffen. Uns hier in Cornwall Coombe bedeuten die alten Bräuche besonders viel. Nehmen Sie mal eine Frau: Eine Frau ist anders als ein Mann. Manches an uns Frauen wird ein Mann nie begreifen können. Halt still, Mädel!« Die Kuh schlug mit dem Schwanz, und die Witwe gab ihr einen Klaps auf die Flanke.

»Als Mann sollten Sie sich darüber klar sein, daß Sie manche Dinge an den Frauen nie ganz verstehen werden.«

Ich musterte sie kühl. »Welche Dinge?«

Sie lachte rauh. »Sie glauben, Sie kennen die Frauen? Sie glauben, Sie kennen Ihre eigene Frau? Denken, Sie könnten ihren Körper, ihren Geist verstehen? Ihre Bedürfnisse? Die sind alle verschieden von Ihren eigenen, ohne Ausnahme. Aber weil Sie's nicht verstehen, bleibt Ihnen nichts anderes übrig, als es einfach hinzunehmen.«

»Oder zugrunde zu gehen?«

»Vielleicht. Die meisten Männer erwarten, daß Frauen göttlich und erhaben sind, aber das sind sie keineswegs. Die Frauen sind Geschöpfe der Erde, sie arbeiten und lieben und leben bewußt, stehen mit beiden Beinen fest auf dem Boden der Tatsachen, und die, die's nicht tun, sind armselige Träumerinnen. Sehen Sie sich Ihre Stadtdamen an, in ihren Schönheitssalons und ihren eleganten Läden und ihren Liebesnestern. Sind sie glücklich, die mit ihrem Nagellack?« Sie ließ das Euter der Kuh los und wischte sich die Hände an der Schürze ab. »Mag sein, daß zuerst ein Mann im Garten Eden war, aber der Mann wäre ohne die Frau gestorben, lang vor seiner Zeit. Wo wären wir alle ohne die Frauen? Ungeboren. Einfach – nicht da. Irgendwo im Universum. Ohne die Frauen würde es nie Menschen geben, die Licht und Luft kennen, oder welche Freuden uns Gott auch immer bescheren mag.«

»Oder die Greuel«, sagte ich mit scharfer Stimme.

»Auch Greuel. Das kommt daher, weil wir von Frauen geboren worden sind. Doch man muß die armen Geschöpfe bedauern – für das, wonach sie sich sehnen und was sie doch niemals bekommen. Aber ihre Sehnsucht sollte gestillt werden. – Bist ein braves Mädel«, sagte sie zu ihrer Kuh, stand auf und ging zur Türschwelle, wo sie ihren Schemel und den Eimer niederstellte. Ohne mich zu beachten, überquerte sie den Pfad, trat an den Feldrand und sah über das öde Land. Dort blieb sie unbeweglich stehen, hätte aus einem großen Felsblock gehauen sein können: eine wuchtige und säulenartige Skulptur, dunkel, einer Sphinx gleich. Doch nun hatte ich das Rätsel gelöst. Ich mochte sie nicht länger, und dieser Gedanke machte mich traurig.

Ich trat hinter sie und hörte sie sprechen – nicht zu mir, sondern zu dem Stoppelfeld.

»Ich wurde geboren wie der Mais auf dem Feld, und wie der Mais wurde ich in meiner Jugend gehegt, ich kam zur Reife, ich trug Frucht. Nun bin ich verwelkt und sterbe.« Sie wurde sich meiner Gegenwart bewußt und sagte, ohne sich umzudrehen: »Das ist ein indianisches Totenlied.« Sie nickte und fügte mit schwerer, müder Stimme hinzu: »Ja, sie ist ein Freund des Menschen.«

Ich trat einen Schritt näher. »Mutter Erde?«

Abrupt wandte sie mir das Gesicht zu und sah mich lange prüfend an, als wäre sie sogar jetzt noch bereit, mir freundlich entgegenzukommen, als hoffte sie noch immer auf meinen Respekt, mein Verständnis. »Ja«, erwiderte sie schlicht. Sie bückte sich und hob etwas Erde auf, schloß die Hand vor meinem Gesicht zur Faust und öffnete sie dann. Der Abdruck ihrer Handfläche und ihrer Finger zeigte sich auf dem feuchten Klumpen. »Das ist sie. Sehen Sie sie an.« Sie nahm meine Hand und legte die Erde hinein. »Fühlen Sie sie. Riechen Sie sie. Sie ist da, war es immer, wird's immer sein, bis zum Ende. Sie ist der Anfang und das Ende. Wer kann sie verleugnen? Haben Sie Fragen, dann fragen Sie *sie*. Hören Sie ihr zu, sie wird Ihnen Antwort geben.«

»Was wird sie mir antworten?«

»Seien Sie nicht so spöttisch. Sie ist eine richtige Frau und noch mehr. Sie trägt Frucht wie eine Frau. Sie gibt und nährt wie eine Frau, doch eine Frau ist sterblich. Sie aber ist es nicht. Sie ist ewig fruchtbar. Sie ist die Mutter.«

Ich starrte auf den Klumpen in meiner Hand nieder.

»Legt Saat in ihren Schoß, und sie wird Frucht tragen und uns

erhalten. Und der Same, den man ihr gibt, wird einen neuen Samen machen, und dieser wieder einen neuen, wieder und wieder – die ewige Wiederkehr.« Sie hob ihre Arme langsam, breitete die Hände aus und richtete sich auf – die eindrucksvolle Gebärde einer Priesterin, die ihre Gottheit anbetet. »Wir wollen ihr huldigen. Wir wollen ihre Stärke, ihren Schutz erflehen. Wir wollen sie bitten, ihre starken Pflanzen hervorzubringen, ihre reiche Nahrung, ihr Leben. Wie selbstsüchtig sind wir doch. Wir geben ihr nichts als einen Samen, ein Korn, ein totes Ding, und was gibt sie uns wieder? Solchen Segen, soviel Reichtum und Leben! Welcher Sterbliche würde nicht über sie staunen, sie lieben, sie fürchten? Die Bibel sagt, Eva ist aus Adams Rippe erschaffen worden, doch er wurde aus Erde gemacht; also gab es die Frau, noch ehe ein Mann lebte. Sie ist ihm nicht nur eine Gemahlin, eine Lebensgefährtin, eine Gehilfin; sie ist die treibende Kraft, die Macht. Und während Adam den Wald durchstreifte, bestellte Eva das Feld. Nur ein Narr wird die Ratschläge seiner Gattin in den Wind schlagen, die seinen Söhnen das Leben schenkt. Welcher Mann kann sie verschmähen, sie nicht ehren – sie, die Tisch und Bett mit ihm teilt, die sein Feuer nährt, ihm das Essen kocht? Der Herr erhalte die Frauen. Der Herr erhalte die fruchtbare Mutter. Und sie wird geben und geben und geben, bis nichts mehr zu geben bleibt.«
Sie nahm mir den Erdklumpen aus der Hand, zerrieb ihn zwischen den Fingern und ließ die kleinen Brocken auf die Scholle fallen.
»Und am Ende wird sie alles zurückerhalten. Das ist die Ironie. Denn wie der Mann stirbt, stirbt auch die Frau. Es ist die Mutter, die am Ende triumphiert, denn alles muß zu ihr zurückkehren. Das ist der Preis, den wir für ihre Schirmherrschaft bezahlen.« Sie starrte auf die zerbröckelte Erde nieder und verteilte sie mit ihrer Schuhspitze. »Wenn der Tag der Saat kommt, wird sie sogar dieses bißchen hier brauchen.«
Sie drehte sich um, ging zum Stall zurück und griff nach Eimer

und Schemel. »Ich wünsche Ihnen eine gute Nacht«, sagte sie.
»Nein.« Meine Stimme klang laut und scharf. Sie sah mich aus zusammengekniffenen Augen an, als versuchte sie den Grund für mein Kommen zu erraten.
»Sie sind zornig«, sagte sie mit leichter Wehmut. »Schade. Ich habe gehofft, wir könnten Freunde werden. Es gibt also noch etwas?«
Ich nickte. »Kommen Sie mit, sagen Sie, was Sie zu sagen haben.« Auf einen Wink von ihr schloß ich die Stalltür und folgte ihr zum Vorgarten, wo sie den Schemel abstellte und mich die Stufen hinaufführte.
In der Küche goß sie die Milch in einen irdenen Topf, setzte den Wasserkessel aufs Feuer und hieß mich Platz nehmen. Die Lampe, die sie angemacht hatte, warf einen warmen Lichtkreis auf die verschrammte Holzplatte des Tisches. Sie wusch sich die Hände, und als das Wasser im Kessel zu kochen begann, nahm sie es von der Herdplatte, brühte den Tee auf und bemerkte über die Schulter: »Wer will sagen: ›Sei wie ich‹? ›Sei wie alle anderen‹? Wenn's dem Stier einfällt, Milch zu geben, wer will es ihm verbieten? Und wenn Menschen – Menschen wie ich – sich an die alten Bräuche halten, wer soll es ihnen verwehren? Wer will es mir verwehren? Ich habe eine Kuh, und wenn ich daran glaube, daß die Mutter das Gras fett macht, damit Caesars Frau mir Milch gibt, kann mir das keiner ausreden.« Sie stellte die Tassen auf die Unterteller und deckte den Tisch. »Wenn Ihre Frau Ihnen sagt, daß die Männer nur durch die Frauen und ihre Stärke überleben, wer kann ihr widersprechen? Sie nicht, wenn Sie so klug sind, wie ich glaube.«
Ihre Schritte waren nicht so flink wie sonst. Ihr Gesicht wirkte müde, der innere Funke fehlte, der für gewöhnlich jedes ihrer Worte, jede ihrer Bewegungen belebte. Ich sah nun, daß sie eine sehr alte Frau war. Etwas wie Schmerz lag in ihrem forschenden Blick, und in ihren Augen stand eine Frage – eine Frage als Antwort auf meine Frage. Sie trank einen Schluck

Tee, nahm dann etwas Schafwolle aus einem Korb und begann das Ende um ihren Finger zu wickeln.
»Der Tag der Saat, das Frühlingsfest, Mittsommernacht, Harvest Home? Das alles ist älter als die Hügel und anders als die Geschichten vom Weihnachtsmann, an den man nicht mehr glaubt, wenn man seine Mutter dabei ertappt hat, wie sie am Weihnachtsabend die Strümpfe in den Kamin hängt. Diese Feste dagegen liegen den Menschen im Blut, kommen seit Jahrhunderten aus ihrem Herzen, ihrem tiefsten Innern. Und Sie, Ned Constantine, sollten diese Dinge nicht leicht nehmen und auch nicht darüber lachen oder sich einmischen, nur weil Sie etwas zu tief ins Glas geschaut haben. Ein Mann, der das wagt, muß zu Fall kommen.«
Draußen war es dunkel. Die Lampe über dem Tisch war die einzige Lichtquelle in der dämmrigen Küche. Sie fuhr fort, die Wolle aufzuwickeln. »Adam grub und Eva spann«, sagte sie müde. Ich schwieg und dachte an das, was ich vor einer Stunde in Soakes Lonesome entdeckt und auch dort zu finden erwartet hatte. So blieb ich abweisend, beobachtete sie, rührte den Tee um und hielt die rechte Hand in meiner Jackentasche vergraben. Ich wußte, daß ich nie wieder in diese Küche kommen, nie wieder an ihrem Tisch sitzen und ihren Tee trinken würde. Es war in gewisser Weise wie das Ende einer Liebesgeschichte: bitter, hoffnungslos, unwiederbringlich.
»Spinnen ist die natürliche Arbeit einer Frau«, sagte ich schließlich.
»Ja, von alters her.«
»Ein Mann, der sich auflehnt, muß zu Fall kommen, haben Sie gesagt. Ist Worthy zu Fall gekommen?«
Sie biß sich auf die Lippen. Dann: »Wir kommen alle zu Fall – früher oder später.«
»Was wird mit ihm geschehen?«
»Das ist nicht Ihre Sache.«
»Weil ich ein Außenstehender bin? Worthy ist wie ein Sohn für mich.«

»Er war anderer Leute Sohn; lange, ehe er Ihnen begegnete.«
»Er ist ein Junge! Sechzehn! Was hat er verbrochen?«
»Er hat den Mais verflucht!« Ihre Augen weiteten sich. »Er verfluchte die Feldfrucht. Das ist eine ernste Sache.«
»Er hat nichts weiter getan, als vor etwas wegzulaufen, was er nicht wollte – um etwas zu finden, was er sich wünschte. Ist das so furchtbar? Sie hätten Worthy nie gefunden, wenn –«
»Ja?«
»– wenn Tamar Penrose seinen Brief nicht entdeckt und geöffnet hätte. Sie sagte es dem Konstabler, der es Mr. Deming erzählte. Mr. Deming rief Sie an – an jenem Abend, als ich Ihnen die Nähmaschine brachte. Sie schickten ihn hinter Worthy her.«
»Hören Sie auf, mich so wütend anzustarren. Sie mit Ihren finsteren griechischen Blicken! Worthy Pettinger wußte, was er tat. Er hatte Zeit genug, darüber nachzudenken – all die Wochen, die ich ihn zu Ihnen hinüberschickte und hoffte, er würde zur Vernunft kommen. Er war gewählt. Er sollte der Junge Lord im Mais-Spiel sein.«
»Aber das Mais-Spiel hat doch stattgefunden. Jimmy Minerva war der Junge Lord!«
»Wieviel besser wäre Worthy gewesen! Wie geschaffen dafür. Das richtige Alter und alles. Fast auf den Tag genau sieben Jahre jünger als Justin.« Sie schüttelte traurig den Kopf. »Es geht auch um die Jungen, die nachwachsen. Wir können nicht dulden, daß ein Bursche wie Worthy den anderen Flausen in den Kopf setzt, daß er sie auf die Idee bringt, in die Fremde zu gehen. Man muß ihm eine Lehre erteilen.«
Jetzt, dachte ich. Sag es jetzt. Sag es, dann hast du es hinter dir.
»Wie die Soakes Jack Stump eine Lehre erteilten.«
»Jawohl.«
»Sie wälzten ihn in Asche –«
»Ja.«
»Der alte Soakes schnitt ihm die Zunge mit dem Messer ab –«
»Ja.«
»Seine Söhne nähten ihm den Mund mit ihren Nadeln zu.«

»Ja. Armer Jack! Alles, was man ihm vorwerfen konnte, war, daß er zuviel redete, und dafür verstümmelten sie ihn gnadenlos.«
»Nein! Denn *Sie* haben ihn gnadenlos verstümmelt. Sie und die anderen Frauen. Die Soakes haben Jack nicht angerührt.«
»Nun, hören Sie mal –« Sie zog sich vor mir zurück, als wollte sie sich im Schatten des Raumes verbergen. Ich griff in meine Tasche und zog das Blatt Papier mit dem Totenkopf und der gekritzelten Drohung hervor. »Das ist eine Warnung, die die Soakes angeblich für Jack im Wald zurückließen – nur war sie nicht von den Soakes, sondern von Ihnen!« Ich legte das Blatt auf den Tisch. »Kommt Ihnen das nicht bekannt vor?« Rasch holte ich eine Dose vom Regal über dem Spültisch. Die Teeblätter spritzten mir entgegen, als ich das Einsatzstück herausriß. Ich streifte es glatt und legte es neben das verknitterte Papier, dessen Rückseite mit Silberfolie überzogen war; den Widerschein dieser Silberfolie hatte ich neben Jack Stumps offenem Kamin gesehen. »Lesen Sie's.«
»Ich kann ohne meine Brille nichts sehen«, sagte sie trotzig.
»Sie müssen es gar nicht sehen. Sie können es spüren.« Ich ergriff ihre Hand und preßte ihre Finger auf die neue Folie. »Webers Tee. Die Worte sind hier eingestanzt. Mit ›Eins-B‹, wissen Sie es noch?« Ich drehte Jacks Blatt um und drückte ihre Fingerspitzen auch darauf, auf das gleiche Stück Folie, in das dieselben Worte geprägt waren. »Weber Eins-B.«
»Ich bin wohl nicht die einzige, die Webers Tee trinkt.«
»Sie lassen ihn sich schicken – stimmt's? Aus London. Sie haben einen der Zettel genommen, die Sie in Ihrer Küche sammeln, um die Warnung darauf zu schreiben, und steckten ihn in eine von Jacks Fallen.«
Sie entzog mir ihre Hand; ich umklammerte ihren Arm und ließ sie nicht los. »Jack Stump war wirklich im Wald, und Sie konnten ihn dort ebensowenig brauchen wie die Soakes. Der alte Soakes ließ es bei ein paar Schüssen bewenden, sie aber beschlossen, etwas zu unternehmen. Sie faßten Jack, Sie und die anderen Frauen, mit denen Sie bei Irene Tatums Nähkränzchen

waren. Er ist nicht in der Asche vom Destillierapparat der Soakes gewälzt worden, sondern in der von Irene Tatums Seifenkessel. Dann haben Sie ihm die Zunge abgeschnitten. Damit.« Ich zog die rechte Hand mit einem Ruck aus der Tasche, hob sie hoch und ließ sie auf den Tisch niedersausen. Dabei traf ich mit der rostigen Schere die Teetasse, die klirrend zerbrach.

»Hier ist Ihre vermißte Schere, Mary, und Sie haben sie nicht in Asia Minervas Haus verloren. Sie ließen sie im Wald liegen, als Sie Jack überfielen. An dem Tag, als Sie angeblich nach Pilzen suchten, hielten Sie in Wirklichkeit nach Ihrer Schere Ausschau. Nachdem Sie die Zunge abgeschnitten hatten, nahmen Sie Nadel und Faden und nähten ihm den Mund zu. Sie haben die ganze Sache geplant – das Nähkränzchen in Irene Tatums Haus, alles.«

Sie sah mich über die Scherben der Teetasse hinweg an, und etwas wie eine Herausforderung stand in ihren Augen. »Das ist das erstemal, daß Sie Mary zu mir sagen. Berührt mich merkwürdig. Die Leute nennen mich sonst immer Witwe. Clem tat es natürlich – und Robert manchmal.« Sie hob die Hand und berührte eine der Porzellanscherben. »Ja, Jack war ein Schwätzer. Und neugierig ist er obendrein. Wenn diese beiden Eigenschaften bei einem Menschen zusammentreffen, Mann oder Frau, ist das eine gefährliche Sache. Tamar hat ihn zum Schweigen gebracht.«

»Tamar?«

»Sie war's, die dem armen Jack die Zunge abschnitt und den Mund zunähte. Eine recht krasse Maßnahme, das gebe ich zu, vielleicht ungerechtfertigt kraß, aber Tamar muß manchmal ein bißchen gezügelt werden. Trotzdem könnte ich nicht behaupten, daß es nicht notwendig war. Niemand hätte es für wünschenswert gehalten, wenn Jack auf eine seiner Reisen gegangen wäre und unterwegs an jeder Haustür geschwatzt hätte.«

»Worüber geschwatzt?«

»Über Dinge, die nur uns etwas angehen.« Sie sagte es mit

empörter Stimme. »Wir haben auch unsere Leiche im Keller, genau wie andere Leute. Jack konnte seine Zunge nicht im Zaum halten und war außerdem ein Schnüffler. Steckte seine Nase in alles, schnüffelte in Soakes Lonesome herum, wo er nichts zu suchen hatte, und im Dorf ebenfalls. Und fand Dinge heraus, die Außenstehende nichts angehen.«
»Ich bin ein Außenstehender.«
»Aber wir wollten nicht, daß Sie's sind.« Sie sah mich mit stummem Vorwurf an. »Ich wollte, daß Sie zu uns gehören.« Sie wartete auf eine Antwort; doch ich wußte, daß ich nichts sagen durfte, um meiner eigenen Sicherheit willen.
»Jack ist ein listiger Bursche«, fuhr sie fort. »Er zählt zwei und zwei zusammen und bringt vier heraus. Er hat seine Schlüsse aus dem gezogen, was er sah, und hätte alles weitererzählt. Wir haben unsere Heimlichkeiten. Manche sind bedauerlich. Das würde sogar Jack einsehen.«
Ich erwiderte kalt: »Sie brauchen sich keine Sorgen zu machen; er wird nie wieder sprechen. Und Sie brauchen sich auch keine Mühe zu geben, damit er im Frühling wieder auf seinem Karren durch die Gegend fährt – er wird den Winter nicht überleben.«
Sie starrte auf die zerbrochene Tasse nieder. »Sie halten mich für böse. Eine böse alte Frau. Ja, ich bin alt, und ich sehne mich nach Ruhe. Ich habe nicht mehr lang zu leben. Bald wird mich jemand ablösen müssen und meine – Pflichten übernehmen. Jemand wird meinen Platz einnehmen müssen.«
»Missy?«
»Seien Sie nicht so verächtlich. Ja, vielleicht Missy. Oder vor ihr eine andere. Doch solange ich lebe, werde ich meine Pflicht tun. Ich habe so gelebt, wie man's mich gelehrt hat. Ich habe für das gelebt, woran ich glaube.«
Sie fuhr mit den Fingerspitzen über die Schneide der rostigen Schere. »Ich vermisse den alten Aufschneider, wissen Sie. Ich hab's gern gehabt, wenn er mit seinen klappernden Töpfen durch die Gegend gefahren ist und den Leuten ein Loch in den Brauch geredet hat.«

Ich legte die Hände in den Schoß und verschränkte die Finger fest ineinander, um nicht in Versuchung zu kommen, eine alte Frau zu schlagen. Als ich mich wieder in der Gewalt hatte, stand ich auf.

»Was wird aus Worthy?«

Sie hob den Kopf, und ihre Augen blinzelten ins Licht, als versuchte sie durch mich hindurchzusehen, in eine nebelhafte Zukunft. »Worthy Pettinger«, sagte sie sanft. Das Licht ließ ihre Gesichtszüge scharf hervortreten; sie sah hager und verbraucht aus. Ich beobachtete, wie sie die Überreste der blauen Teetasse einzusammeln begann. »Clem hat mir dieses Geschirr in dem Jahr gekauft, als wir heirateten. Und bis heute hat's gehalten, keine Tasse ist in all der Zeit zerbrochen. Ich werde sie wohl kaum wieder kleben können, oder?« Sie überlegte einen Moment. »Nein«, fügte sie dann hinzu. »Manche Dinge lassen sich nicht mehr reparieren.« Und sie legte die Scherben in den Unterteller, eine nach der anderen.

25.

Es war das Ende unserer großen Landflucht. Nun würde die Landmaus wieder zur Stadtmaus werden. Was blieb mir anderes übrig? Aber wie sollte ich es Bess beibringen, ihr erzählen, wie man uns genarrt und hintergangen hatte? Ihr klarmachen, wie diese Frauen wirklich waren?

Ihr sagen, wie die Witwe Fortune wirklich war?

Nach einer schlaflosen Nacht machte ich mich am nächsten Morgen auf den Weg zum Dorfanger, verwirrt und unsicher, doch mit wachsender Entschlossenheit. Noch immer versuchte ich den tieferen Grund für die Gewalttat zu finden, der Jack Stump zum Opfer gefallen war. *Wir haben unsere Heimlichkeiten,* hatte die Witwe gesagt. Und Jack Stump war ihnen auf die Spur gekommen. Doch was hatte er entdeckt? Ich sah, wie Irene Tatums alter Lieferwagen vom nördlichen Ende der Hauptstraße gerattert kam und beim Dorfanger haltmachte. Die Tatum-Kinder sprangen heraus, luden unter Irenes Kommando eine Menge Bretter ab und zerrten sie über das Gras zu dem Platz, wo der Abfall für das Freudenfeuer zusammengetragen wurde. Der Stapel war während der beiden letzten Tage beträchtlich angewachsen. Ein roh gezimmerter Bretterverschlag hielt die Ansammlung von Schachteln, Lattenkisten und Altpapier zusammen, die zu einem bienenkorbartigen Gebilde aufgeschichtet war. Nun benutzte man schon Leitern, um das neu hinzukommende Material zur Spitze zu befördern, wo Jim Minerva den Haufen mit Schnüren absicherte. Rundum standen die Leute in Gruppen beisammen und sahen lachend und schwatzend zu.

Die geflochtenen Erntesymbole, die von den Schornsteinen und Dachrinnen der Häuser hingen, schwangen im Wind: Harvest Home stand vor der Tür.

Das Postamt hatte wieder geöffnet. Ich schlenderte an der offenen Tür vorbei und schlich dann an der Hausmauer entlang zur Rückseite des Gebäudes. Ein Blick durch das vergitterte Fenster zeigte mir, daß der Raum leer war. Die Tür stand offen; ich sah Myrtil Clapp am Schalter stehen. Sie stempelte gerade ein Paket für Mrs. Buxley, die an der anderen Seite des Tisches stand. Sie bemerkte mich und winkte mir leicht zu. Ich eilte rasch zur Straße zurück, um sie abzupassen. Als sie das Postamt verließ, wartete ich schon auf sie und begleitete sie zum Dorfanger.

Sie schenkte mir ihr schönstes Lächeln. »Wunderbarer Tag, Ned, nicht? Einfach wunderbar. Und ein herrlich aufregender Abend wird das heute werden – sehen Sie sich nur diesen Stapel an! Das gibt ein Freudenfeuer!«

»Mrs. Buxley, was hat man mit Worthy gemacht?«

»Worthy? Pettinger? Nun, nichts.« Sie zog die Brauen zusammen. »Worthy ist fort.«

»Fort?«

Sie nickte und nestelte an ihrem Kragen. »Mrs. Zee hat ihn zur Bushaltestelle an der Hauptstraße gebracht. Er ist nach New York gefahren. Wenigstens hat er gesagt, daß er nach New York wollte.« Sie zuckte die Achseln. »Allerdings weiß man ja heutzutage nie so recht, was den jungen Leuten alles einfällt.«

»Er ist einfach fortgegangen?«

»Ja, ganz einfach. Ewan Deming hat sich ein bißchen mit ihm unterhalten. Er hat ihm wohl eine ziemliche Rüge erteilt, nehme ich an. Ihm den Kopf zurechtgesetzt, wie man so sagt. Dann hat er Mrs. Zee gebeten, Worthy zum Bus zu fahren. Ist das nicht seltsam mit den Schafen?«

»Den Schafen?«

»Ja. Sehen Sie doch – sie sind fort. Amys hat sie in den Pferch gebracht. Ein sicheres Zeichen, daß der Winter kommt. Jedesmal, wenn die Schafe fort sind, weiß ich, daß es an der Zeit ist, meinen Pelzmantel herauszuholen. Hoffentlich haben Sie genug warme Kleidung – unsere Winter können scheußlich kalt sein. Einmal lag der Schnee fünf Fuß hoch hier auf dem… Ned? Ist Ihnen nicht gut?«

»Doch, natürlich.«

»Ihr Gesicht war plötzlich so… Nun ja.« Wir gingen über die Straße zum Bürgersteig vor der Kirche, wo ich Mrs. Buxleys Arm nahm und ihr die unterste Treppenstufe hinaufhalf. »Danke schön.« Sie stieß ein leises Lachen aus, als hätten wir etwas Sündiges getan. »Wir sehen uns beim Gottesdienst!« Sie drohte mir mit dem Zeigefinger, stieg nach oben und klopfte dem Küster auf die Schulter, der vor dem Portal saß und strickte. »Hübsche Farben, Amys.« Sie verschwand in der Kirche.

Er sah ihr kurz nach und strickte weiter.

»Waren Sie den ganzen Vormittag hier, Amys?«

»Den ganzen Vormittag.«

»Haben Sie gesehen, wie Worthy Pettinger wegfuhr?«

»Mja. Der alte Deming hat ihn angeschnauzt. Dann hat ihn Mrs. Zee in ihrem Wagen fortgebracht.«

»Hatte er einen Koffer bei sich?«

»Mja.« Er begann die Maschen auf seiner Nadel zu zählen. Ich drehte mich um, ging in den Friedhof und wanderte in Gedanken versunken zwischen dem Labyrinth von Grabsteinen den Hügel hinauf.

Kurze Zeit später betrat ich die Bibliothek des Dorfes und bat die Angestellte, mir einen bestimmten Band von »Farmers Almanach« herauszusuchen. Als ich meine Theorie bestätigt gefunden hatte, bedankte ich mich und ging. Margie Perkin hatte den Kopf aus dem Fenster des Schönheitssalons gestreckt und schwatzte mit Betsey Cox, der Bankbeamtin. Auf der anderen Seite des Dorfangers unterbrachen die Feuerwehrleute ihr ewiges Schachspiel; Merle Penrose und Harry Gill standen auf der Türschwelle und beobachteten, wie Mrs. Brucie aus dem Lebensmittelladen kam und in die Drogerie ging. Jim Minerva band gerade einen Maiskolben an einen Stock, den er in die Spitze des Freudenfeuerstapels rammte. Die Zuschauer stießen

Hochrufe aus. Mrs. Buxley, die sich mit ihrem Mann auf die Kirchentreppe gestellt hatte, drohte mit dem Zeigefinger. Tamar Penrose trat aus dem Postamt, um nachzusehen, was es gab.
Ich starrte trübsinnig in den Herbsthimmel, der so blau war wie einst im August, im Juni. Der Morgen des Agnes-Festes fiel mir wieder ein, als ich die Penrose Lane entlangging, der Erde Treue gelobte. Damals hatte ich noch gedacht, wie natürlich und richtig doch alles war, und daß wir unseren Platz in Cornwall Coombe finden würden. *Ihr jungen Leutchen sollt hier glücklich sein,* hatte die Witwe Fortune gesagt. *Das ist alles, was ihr habt, einander, und daß ihr miteinander glücklich seid.*
Ich biß die Zähne zusammen. Ich fühlte mich ausgeschlossen, abseits, als Fremder. Wer war ich? Wer waren sie, die Leute von Cornwall Coombe? Ich würde nie zu ihnen gehören. Doch das wollte ich auch nicht länger. Sie hatten sich gewandelt, und ich mich ebenfalls. Alles, was ich nun wollte, war – plötzlich sehnte ich mich schrecklich danach, Bess zu sehen, mit ihr zu sprechen.
Tamar verschwand wieder im Postamt. Das Hinterzimmer war nun leer. Worthy war fort. Er hatte sich letztlich wohl doch nicht viel aus uns gemacht; war gegangen, ohne sich zu verabschieden. Im Grund war er wohl nicht anders als die anderen.
Myrtil Clapp kam aus der Post, gefolgt von Tamar, die die Tür versperrte und zu ihrem Haus ging. Ich stand auf dem Friedhofshügel und dachte an Justin Hooke. Warum hatte er gelogen? Immer wieder fragte ich mich das. Warum hatte Justin Hooke mich absichtlich belogen?
Ich kletterte über den Drahtzaun auf der anderen Seite des Hügels. Der sumpfige Boden gab schmatzend unter meinen Füßen nach. Ich steckte einen Zweig in die Erde; es ging ganz leicht. Als ich ihn wieder herauszog, war das Loch voller Wasser. Dieser Ort war keine Grabstätte, sondern ein einziger Morast.
Amys beobachtete mich von oben. Ich stieg zu ihm hinauf und stellte mich neben seinen Stuhl.

»Feucht ist's da drunten«, bemerkte er. »Wär' gutes Land, wenn sie's entwässern würden. Hier oben geht uns bald der Platz aus. Hab' keine Ahnung, wo ich den nächsten hintun soll, der abkratzt.«

»Und warum wird das Land nicht trockengelegt?«

»Lohnt sich nicht. Das würd' immer wieder so feucht werden.«

»Bei Hochwasser.«

»Mja.«

»Amys, was hat Justin Hooke zu verbergen?«

»Woher soll ich das wissen? Ich bin nicht Justin Hooke.«

»Grace Everdeen hat sich nicht umgebracht.«

»Nicht?«

»Nein. Wenigstens nicht, indem sie von der Lost Whistle Bridge sprang. Justin sagt, sie wäre auf die Felsen geprallt, weil der Fluß damals wenig Wasser trug. Das stimmt aber nicht. In jenem Frühling war Hochwasser. Sie selbst haben mir erzählt, daß Sie hier einen strengen Winter hatten, ehe Gracie zurückkam. Der Schnee lag fünf Fuß tief, die Leute mußten sich Gänge schaufeln, und ein paar von Ihren Schafen kamen um. Dann taute es, und der Fluß trat über die Ufer. Den ganzen Sommer lang führte er viel Wasser mit sich, genau wie in diesem Jahr. Die Dürre kam erst, nachdem Gracie starb, nicht vorher. Die Felsbrocken waren also tief unter Wasser. Justin lügt.«

Ich hielt inne, sah Amys fest in die Augen und sagte dann: »Und wenn das Land so feucht war wie jetzt, konnten Sie auch kein Grab für Gracie schaufeln.«

Er wandte sich ein wenig von mir ab und sah auf seine schwieligen Handflächen nieder.

»Amys – sie liegt gar nicht dort unten, habe ich recht?«

Er antwortete nicht sofort, und als er es tat, merkte ich, daß es ihm schwerfiel. »Nein.«

»Sie haben sie nie begraben, stimmt's?«

»Doch, das hab' ich. Mr. Deming befahl mir zu graben, und ich grub. Aber 's war ein einziges Schlammloch, und auf dem

Grund stand das Wasser acht Zentimeter tief. Kaum hatte ich's ausgeschöpft, war's auch schon wieder nachgesickert. Nur ein kalter Brocken wie Ewan Deming bringt es fertig, eine arme Tote an so einem Platz verscharren zu lassen. Ich sagte ihm, daß das nicht geht, aber er erwiderte bloß: ›Laß sie runter.‹ Als die Ältesten gegangen waren, holte ich den Sarg wieder 'raus und versteckte ihn. Dann hab' ich das Loch wieder zugeschaufelt. In der Nacht legte ich ihren Sarg auf meinen Schubkarren und brachte Gracie an einen anderen Platz, wo's trocken und sicher für sie zu liegen war.«

Er sah flehend zu mir auf, seine Augen tränten. »Um Gottes Heiliger willen, sagen Sie's nicht. Bitte – die würden mich …«

»Ich werde nichts sagen, keine Angst. Was haben Sie mit ihr gemacht?«

Noch einmal ging sein Blick zu der Stelle jenseits des Zaunes hinüber, wo der verlassene Grabstein stand; dann erhob er sich. Ich folgte ihm über den Dorfanger zur Scheune hinter dem Penance-Haus. Er machte vor der Tür halt, die in den Boden eingelassen war, warf einen raschen Blick über die Schulter, bückte sich und sperrte das Schloß auf, das die Kette absicherte.

Drei Holzbalken dienten als Stufen. Im modrigen Halbdunkel der unterirdischen Kammer konnte ich die Wände aus festgestampfter Erde ausmachen. Überall hingen leere Regale, auf denen wohl einst Rüben und Gemüse für den Winter gelagert worden waren. Am anderen Ende des Raumes sah ich einen langen, dunklen Gegenstand an der Wand stehen, der unter einer Hülle verborgen war. Amys zog die staubige Ölplane zurück, und ich sah auf den Sarg Grace Everdeens nieder.

»Hier ist's trocken wie in der Wüste Sahara«, flüsterte er heiser. »Da ist sie sicher vor Regen und Schnee. Ja, da liegt sie – alles, was von der süßen Gracie übrig ist.«

Der Fichtensarg stand auf zwei Sägeböcken. Das Holz hatte in der Trockenheit gearbeitet, und die einfach gezimmerten Bret-

ter waren verzogen, so daß sich breite Zwischenräume gebildet hatten.
»Und Sie fürchten nicht, jemand könnte entdecken, daß sie hier liegt?«
»Hierher kommt keiner. Ich hab' den einzigen Schlüssel.«
»Es ist kein sehr großer Sarg, nicht wahr?«
»Nein.«
»Aber Gracie war groß für eine Frau.«
»Aber hübsch«, beteuerte er rasch. »Gracie war bildhübsch.«
»Ja, das haben Sie mir schon erzählt.«
Amys schüttelte die Ölplane aus, von der eine Staubwolke aufstieg, und ich half ihm, den Sarg wieder zuzudecken. Er bückte sich, um eine Ecke glattzustreichen, und als er zurücktreten wollte, blieb er mit der Schuhspitze am Bein eines Sägebocks hängen und riß ihn mit. Das eine Ende des Sarges kippte um und schlug mit einem trockenen Krachen gegen den Boden. Amys kniete rasch nieder, hob ihn auf und stützte ihn wieder auf den Sägebock. Als er die Plane darüberzog, sah ich etwas darunter auf dem Boden liegen, ein Häufchen irgendeines Materials. Vor meinen Augen wurde es zu einem kleinen Kegel, der sich verbreiterte wie Sand in einem Stundenglas. Ich bückte mich, um es mir genauer anzusehen. Über mir war ein Spalt, wo die Sargbretter auseinanderklafften, und daraus rieselte es immer weiter. Ich hielt meine Hand darunter und sah nach, was es war.
Maiskörner.
Winzige, zusammengeschrumpfte Maiskörner. Ich ging zum einen Ende des Sarges, schickte Amys ans andere, und gemeinsam hoben wir den Kasten hoch. Wieder rieselten Körner zu Boden, diesmal aus einer anderen Ritze. Wir schüttelten den Sarg, hörten es im Innern trocken klappern, während mehr Körner herausfielen, schüttelten ihn, bis ich so gut wie sicher war, daß sich nichts mehr in der Kiste befand, daß dieser Totenschrein vierzehn Jahre hindurch nicht die sterblichen Überreste von Gracie Everdeen enthalten hatte, sondern nur einen Sack Mais.

Requiescat in pace, Grace Everdeen.
Doch wo ruhte sie? Warum die Grabinschrift, der Gedenkstein, das falsche Grab?
Ich saß auf meinem Klappstuhl, den Skizzenblock auf den Knien, und zeichnete den Birnbaum hinter Justin Hookes Haus. Während ich die kahlen Äste skizzierte, fielen mir die Kastanienbäume in den Tuilerien von Paris ein, deren Zweige alljährlich im Herbst gestutzt wurden, um im Frühling neu auszuschlagen. Ich versuchte mit aller Kraft, an Paris zu denken – an alles mögliche, was mich von dem ablenken konnte, worüber ich nicht nachdenken wollte.
Ich hatte bei meiner Ankunft weder Justin noch Sophie gesehen, und keiner der Männer, die bei meinen früheren Besuchen auf dem Hof gearbeitet hatten, war zu entdecken. Justins Wagen stand in der Nähe des Stalles, und Betten waren zum Lüften ausgehängt.
Es fiel mir nicht leicht, mich auf meine Arbeit zu konzentrieren; fast unmöglich wurde es mir jedoch, als ich aus dem Fenster im ersten Stock Stimmen hörte.
»Nicht, Sophie. So darf dich niemand sehen.«
Eine Pause; wieder murmelte Justin etwas. Dann: »Du liebst mich«, sagte er.
»Ja.«
»Das ist genug. Für mich ist es genug. Wenn wir ein Kind haben können, wird es erzogen, wie wir es uns gewünscht haben, und auch das soll uns genügen.«
Ich verstand ihre geflüsterte Erwiderung nicht.
»Die alten Bräuche«, sagte Justin. »Glaubst du an sie, Sophie?«
»Ja.«
»Glaube an sie.« Wieder eine Pause. »Und morgen, wenn wir zum Dorfanger gehen –«
»Ich will nicht zum Dorfanger!«
»Wir müssen. Wir müssen dort sein, ihretwegen. Wenn die Glocke zwölf schlägt, müssen wir dort sein. Du wirst dich benehmen, wie man's von dir erwartet, oder sie werden dich has-

sen. Man würde dich für den Rest deines Lebens hassen, genau wie –«
»Nicht!« Ich sah eine Bewegung am halboffenen Fenster. Sophie flüsterte etwas, und ich neigte mich tiefer über meinen Skizzenblock.
Justin rief: »Wie geht's da unten?«
»Gut.« Ich nickte ihm zu; er schloß das Fenster und zog das Rouleau herunter. Bald hörte ich, wie sie sich in der Küche beim Geklapper von Teller und Tassen wieder in normalem Ton unterhielten. Dann fiel etwas zu Boden und zerbrach klirrend, und Sophie weinte wieder; ich hörte, wie sie die Treppe hinaufrannte. Im nächsten Augenblick kam Justin aus der Küchentür. Ich wandte mich wieder meiner Arbeit zu, und er überquerte die Auffahrt und stellte sich neben mich. Aus dem Haus drang Sophies Schluchzen.
Justin vergrub die Hände in den Hosentaschen. »Verschüttete Milch.« Er holte tief Atem. »Sie hat ihr Milchkännchen zerbrochen.« Ohne sich über die Zeichnung zu äußern, ging er zum Feldrand und blieb dort stehen. Er zog seinen Schlüsselbund aus der Tasche und spielte damit; dann fuhr er sich mit den Fingern durchs Haar und kam wieder zu mir zurück.
»Nun, ich muß jetzt los.«
Ich sah auf. »Sehen wir uns heute abend?«
»Kindling Night.« Er schüttelte den Kopf. »Ich glaube nicht, daß wir hingehen werden. Wir haben schon so viele Freudenfeuer erlebt.« Er warf einen Blick auf meinen Zeichenblock. »Hübsch ist der Baum geworden. Sie sind ein guter Maler.« Er streckte mir die Hand entgegen. Ich stand auf und ergriff sie. »Leben Sie wohl, Ned«, sagte er einfach, ging zu seinem Wagen, stieg ein und fuhr um die Hausecke.
Ich rückte meinen Stuhl näher an den Baum heran und begann die Struktur der Rinde zu zeichnen. Ich war noch nicht sehr weit gekommen, da hörte ich ein Geräusch hinter mir und drehte mich um. Sophie sah mir über die Schulter.
»Hallo, Sophie.«

»Hallo, Ned. Hübsch sieht das aus. Was macht das Bild?«
Ich sagte, ich müßte nur noch den Baum vollenden, und morgen mittag würde es fertig sein. »Wenn Sie und Justin ins Dorf kommen, können Sie's abholen, wenn Sie wollen.«
»Ja. Morgen mittag.« Sophie nickte geistesabwesend, und ich merkte, daß sie an etwas anderes dachte. Sie ging zum Baum und streckte die Hand aus, fuhr mit den Fingerspitzen an einem Ast entlang. »Er trägt keine Frucht, wissen Sie.«
»Nicht?«
»Nein. Nur Blätter und Blüten. Das ist wohl seine Bestimmung – einfach nur schön zu sein.« Einen Moment schwieg sie, und als sie wieder zu sprechen begann, schien sie sich mit großer Anstrengung zur Ruhe zu zwingen. »Ned, würden Sie mir einen Gefallen tun?«
»Natürlich, Sophie.«
»Könnten Sie so tun, als ob Frühling wäre?«
»Frühling?«
»Ja. Malen Sie den Baum wie im Frühling. Nicht mit den kahlen Zweigen, sondern mit Blüten. Machen Sie ihn weiß und blühend. Mit kleinen grünen Blättchen, ja?«
»Hm –« Es war meine Absicht gewesen, durch die einfachen, klaren Linien der kahlen Äste die einfache, klare Erscheinung Justins noch zu unterstreichen. Die Vorstellung, Blüten auf dem Porträt zu haben – noch dazu weiße –, widerstrebte mir; sie würden das Bild zu hübsch machen.
Sie bemerkte mein Zögern und lächelte. »Schon gut. Es war nur so ein Einfall.« Sie wandte sich rasch ab, hob die Hand und fuhr sich verstohlen über die Augen. Ich beobachtete, wie sie zum Baum ging und die Zweige betrachtete.
»Sophie, haben sie Grace Everdeen gekannt?«
Ihre Schultern zuckten in flüchtigem Schauder, als hätte ein kalter Wind sie gestreift. »Nein.«
»Aber Sie haben von ihr gehört.«
»Ja.« Sie hatte den Kopf gesenkt und das Gesicht von mir abgewandt. Ich stand auf und trat hinter sie, sah, wie sie einen ab-

gestorbenen Zweig abbrach. Ihre Schultern strafften sich; sie hob das Kinn. »Sie war schlecht. Grace Everdeen war schlecht. So schlecht ein Mensch nur sein kann. Schlecht – hat Unglück über das Dorf gebracht –« Sie sprach mechanisch, wie in Trance.

»Wieso?«

Ihre Augen blitzten, ihre Wangen röteten sich. »Sie kam an Harvest Home hierher zurück. Das hätte sie nicht tun dürfen. Sie war gezeichnet.«

»Gezeichnet?«

»Sie war krank! Deshalb lief sie davon, damit es niemand wissen sollte. Sie hätte nie zurückkommen dürfen.«

Krank. Nicht schwanger, sondern krank. Amys hatte sie als feenhaftes Geschöpf beschrieben, Mrs. O'Byrne als Pferd.

»Keiner will eine Maismaid, die krank ist.« Sophie zitterte. »Grace Everdeen war von Gott gestraft. So wie ich gestraft wurde.« Sie schlug die Hände vors Gesicht, um ihre Tränen zu verbergen. Dann sah sie mit nassen Wangen zu mir auf. »Helfen Sie mir!«

»Wie, Sophie? Sagen Sie es mir. Ich werde Ihnen helfen.«

Sie starrte mich einen Herzschlag lang an, als glaubte sie, daß ich ihr wirklich helfen könnte. Dann: »Nein – das können Sie nicht. Keiner kann es.« Mit einem wilden, verzweifelten Blick drehte sie sich um und lief über den Rasenstreifen in das Feld, stolperte zwischen den gebündelten Maisstengeln dahin, und ihr weißblondes Haar flatterte hinter ihr her.

Ich packte meine Sachen zusammen, ging in die Küche und rief Dr. Bonfils in Saxony an.

Seltsamerweise schien er meinen Anruf erwartet zu haben.

Als ich wieder aus dem Haus trat, war Sophie nur mehr eine kleine Gestalt in der Ferne; sie bewegte sich auf die Straße zu, und gerade da kam der Einspänner der Witwe Fortune um die Kurve gefahren. Die Stute verlangsamte ihr Tempo und hielt an, die alte Frau kletterte vom Kutschbock. Sophie lief zu ihr

hin; die Witwe nahm sie in die Arme und strich ihr tröstend über den blonden Kopf, der an ihrem schwarzen Kleid ruhte.
Auf dem Weg zu meinem Wagen drehte ich mich noch einmal um und sah zum Birnbaum zurück. Da faßte ich den Entschluß, daß ich ihn für Sophie blühen lassen würde, wenn ich das Bild nun fertigmalte: so, wie er im Frühling sein würde.
Die ewige Wiederkehr.

Ich hatte Dr. Bonfils gesagt, daß es um eine wichtige Angelegenheit ginge, und er war damit einverstanden gewesen, mich während der Mittagszeit in seiner Praxis zu empfangen. Als die Sprechstundenhilfe mich in sein Zimmer führte, standen ein Teller mit belegten Brötchen und ein Schokoladen-Milchshake vor ihm auf dem Tisch. »Nun, Mr. Constantine«, begann er rasch, »es tut mir leid. Wie ich schon Ihrer Frau sagte: Die alte Dame hat meistens recht, aber manchmal irrt unglücklicherweise auch sie sich. Bestimmt ist es eine Enttäuschung, aber Sie werden's hoffentlich verwinden können, oder?«
Ich starrte ihn an. »Tut mir leid, Doktor, ich verstehe Sie nicht – wovon reden Sie eigentlich?«
»Ihre Frau. Sie war gestern bei mir. Ich fürchte, es war alles ein Irrtum. Sie bekommt kein Kind.«
»Nicht?«
»Nein. Die Untersuchung fiel leider negativ aus.« Er biß von einem Brötchen ab und gab mir Zeit, die Neuigkeit zu verdauen. »Hat sie's Ihnen nicht gesagt?«
Bess, die mir gestern auf der Old Sallow Road begegnet war. Eine Verabredung, hatte Maggie gesagt. Meine Befürchtungen hatten sich also bewahrheitet.
»Sie war natürlich enttäuscht«, fuhr der Arzt fort. »Dabei waren alle Anzeichen vorhanden. Sie ist nicht der erste Fall von Scheinschwangerschaft. Eine Frau, die sich ein Kind wünscht und alle Symptome einer Schwangerschaft zeigt. Es ist eine Form von physischer Hysterie.«

»Doktor, können Sie einen Test mit mir machen? Um herauszufinden, ob ich steril bin?«
»Natürlich. Vermuten Sie, daß Sie's sind?«
Ich erzählte ihm von Bess' Schwierigkeiten, Kinder zu bekommen, und meiner Befürchtung, daß es an mir liegen könnte – oder vielleicht an dem Mumps, mit dem Cita Gonzales mich angesteckt hatte.
Während wir auf das Resultat des Tests warteten, kam ich auf den wirklichen Grund zu sprechen, der mich zu ihm geführt hatte. »Ich wollte Sie fragen, ob Sie sich an eine junge Frau namens Grace Everdeen erinnern.«
»Ich erinnere mich sehr gut an sie. Was wollen Sie über sie wissen?«
»Im Sommer 1958 lebte sie bei Mrs. O'Byrne. Damals haben Sie sie behandelt, nicht wahr?«
»Sie war schon lange Zeit vorher bei mir in Behandlung.«
Ich sah ihn überrascht an. »Wirklich? War sie in anderen Umständen?«
Nun war es an ihm, Überraschung zu zeigen. »In anderen Umständen? Nein, nichts dergleichen. Tatsächlich war Grace meines Wissens noch Jungfrau, als sie – äh, starb.«
»Wußten Sie, daß sie Selbstmord beging?«
»Natürlich.«
»Wissen Sie auch, warum?«
»Ich glaube schon.«
»War es wegen Roger Penrose?«
»Indirekt, nehme ich an –« Er stockte. »Mr. Constantine, weshalb interessieren Sie sich für diesen Fall?«
Ich erklärte ihm, ich wäre mit Mrs. O'Byrne bekannt, hätte durch sie Interesse an der tragischen Geschichte genommen und wollte nun sowohl für sie als auch für mich die Hintergründe von Gracies Tod herausfinden. Dr. Bonfils hörte mir zu, säuberte sich Mund und Hände mit einer Papierserviette und sagte: »Grace Everdeen hat sich das Leben genommen, weil sie an einer unheilbaren Krankheit litt.«

Ich beugte mich vor. »Und das war –?«
»Akromegalie. Das kommt gar nicht so selten vor.«
»Wußten Sie denn, daß Grace schwedischer Abstammung war?«
»Nein.«
»Mütterlicherseits. Aus irgendeinem Grund scheint Akromegalie bei Schweden ziemlich häufig verbreitet zu sein. Es kommt von einer Überfunktion der Wachstumshormone. Eine Störung der Hirnanhangdrüse.«
»Ist es eine tödliche Krankheit?«
»Oft. Im frühen Stadium kann sie bewirken, daß der Patient außergewöhnliche Kraftakte vollbringt. Dann, wenn die Krankheit fortschreitet, wird er in zunehmendem Maß schwächer. Er wird sentimental, von widerstreitenden Gefühlen hin- und hergerissen – manchmal sogar wahnsinnig. Was Grace betrifft, so litt sie einige Zeit unter Depressionen und Wahnvorstellungen. Das sind einige der psychischen Auswirkungen. Was die körperlichen Symptome betrifft, so kann Akromegalie in extremen Fällen einen Riesen aus einem Menschen machen.«
»Einen Riesen.«
»Allerdings. Wenn der ausgewachsene Körper seine volle Größe erreicht hat, hört im Normalfall das Wachstum auf. Doch bei Akromegalie vergrößern sich die Extremitäten weiter, die Hände und Füße, die Gesichtsknochen; auch die Finger können ungewöhnlich lang werden oder sich verdicken. Die Jochbögen, Kinnladen und Backenknochen werden plumper und treten stärker hervor. Es kann wie in Graces Fall passieren, daß die Zähne weiter auseinanderrücken. Die Zunge wird oft dick, der Patient hat Schwierigkeiten beim Sprechen, und die Lippen werden wulstig. Im allgemeinen geht bei dieser Krankheit eine ungeheure physische Veränderung mit dem Menschen vor sich.«
»Wie lange zieht sich das hin?« Plötzlich wurde mir die Ironie dieser Situation bewußt: All die medizinischen Informationen – ich war gekommen, um eine bestimmte Sache herauszufin-

den, und stand im Begriff, eine ganze Reihe von Dingen zu erfahren.

»Manchmal zeigen sich die Symptome nur langsam; in bestimmten Fällen, wie bei Grace, können sie schon rasch nach dem Ausbruch der Krankheit auftreten.«

»Keine Fee, sondern ein Pferd«, wiederholte ich leise.

Er warf mir einen Blick zu, zerknüllte seine Serviette und warf sie in den Papierkorb. »Binnen kurzer Zeit wäre Grace Everdeen eine sehr unglückselig aussehende Frau gewesen. Wenn sie nicht fortgelaufen wäre, hätte ich die Krankheit vielleicht zum Stillstand bringen können, doch während Graces Abwesenheit trat sie in ein akutes Stadium. Ich leitete die Strahlenbehandlung wieder ein und verordnete große Dosen von Östrogenen, um die Hormonausschüttung der Hypophyse zu vermindern. Die Strahlenbehandlung hätte allerdings in zweimonatigen Abständen wiederholt werden müssen, und als Grace damals zurückkam, war es bereits zu spät. – Wenn Sie einen Moment warten wollen …«

»Natürlich.« Er trank seine Mixmilch aus und verließ dann das Zimmer, um kurz darauf mit einem großen Umschlag wiederzukommen.

»Ich habe die Röntgenaufnahmen aufgehoben. Es war so ein ungewöhnlicher Fall.« Er knipste einen Schalter an und heftete etwa ein halbes Dutzend Röntgenaufnahmen vor eine Lichttafel. Einige davon zeigten die ganze Figur, etliche den Kopf und den Oberkörper. Eine Aufnahme war von den Händen, eine von den Füßen. Auf mehreren Röntgenbildern erschien auch der Umriß eines Ringes, der an einer Kette um den Hals hing.

»Stimmt etwas nicht?« sagte Dr. Bonfils. Ich starrte auf die bemerkenswerte Form des Ringes nieder.

»Nein – lassen Sie sich nicht unterbrechen.«

Noch ehe er seine Ausführungen beendet hatte, kam die Sprechstundenhilfe herein, legte ein vorgedrucktes Formular auf den Schreibtisch und verschwand wieder. Dr. Bonfils überflog den Bericht; dann sah er mich an.

»Es ist so, was Sie vermutet haben.«
»Steril?«
»Ich fürchte, ja. Sind keine kleinen Burschen herumgeschwommen. Zweifellos der Mumps.«
Nun, da hatte ich es. Ich mit meinem Mumps: steril. Was für eine alberne Krankheit. Viel uninteressanter als die von Grace. Und weniger folgenschwer. Ich konnte kein Kind zeugen. Grace war gestorben.
Doch als ich mich von Dr. Bonfils verabschiedete, wußte ich, daß er sich in einer Beziehung irrte: Grace Everdeen hatte nicht vorgehabt, sich das Leben zu nehmen. Man hatte sie umgebracht – in der Nacht von Harvest Home.
Im Flur blieb ich stehen, um ihm eine letzte Frage zu stellen. »Sagen Sie mir, Doktor, wie ist der Gesundheitszustand der Witwe?«
»Mary Fortune? Nun, großartig. Sie ist alt, aber sie hat ein starkes Herz. Bei ihrer Konstitution wird sie's noch eine ganze Reihe von Jahren machen. Vorausgesetzt, daß sie sich nicht zuviel zumutet.«
Ich nahm mir vor, mich darum zu kümmern, daß die Witwe sich nicht zuviel zumutete.

Wieder überquerte ich die Lost Whistle Bridge und fuhr auf der Old Sallow Road zurück. Fred Minervas Fuhrwerk war am Rand von Soakes Lonesome geparkt, und einige Männer bahnten einen Pfad durch das Gebüsch, während andere die Fäßchen mit Honigmet abluden und in den Wald trugen. Obwohl der eine oder andere von ihnen mich beäugte, gab keiner ein Zeichen des Erkennens von sich. Als ich zu Irene Tatums Obstplantage kam, fuhr ich meinen Wagen hinter einen Schuppen und lief geduckt über die Straße in den Wald. Ohne Schwierigkeiten fand ich den mit Kerben markierten Pfad wieder und erreichte nach kurzer Wanderung den Wasserlauf. Wieder überschritt ich die Furt, kletterte die Uferböschung hinauf und kam zur Lichtung.

Die Krähe saß im Hintergrund auf einer der Tannen. Diesmal fuhr kein Wind durch die klaffende Öffnung des Baumes, kein Klageruf war zu hören. *Wir haben auch unsere Leiche im Keller, genau wie andere Leute,* hatte die Witwe gesagt. Nur war ihre Leiche – oder vielmehr ihr Skelett – nicht in einem Keller, sondern in einem hohlen Baum versteckt: nicht die Gebeine des vermißten Steuerbeamten, sondern die der ermordeten Grace Everdeen. Dann, als ich näherkam, sah ich, daß das Gerippe nicht länger hier versteckt war; es war verschwunden. Der Baum war leer.

Ich hätte es wissen müssen. Sie hatten das Beweisstück weggeschafft. Vor Jahren hatten sie Grace getötet und ihre Leiche vor den Augen Neugieriger im hohlen Baum verborgen, unter dem wilden Wein. Doch warum? Warum hatten sie sie nicht begraben oder im Wasser versenkt? Warum im Baum, hier auf der Lichtung?

Ein Neugieriger hatte sie gefunden – Jack Stump. Und deshalb brachte man ihn zum Schweigen. Wie ich zum Schweigen gebracht werden würde, wenn sie erfuhren, daß ich alles wußte. Das Corpus delicti war in ein anderes Versteck geschafft worden, doch es gab noch ein Beweisstück, dessen Vorhandensein sie vergessen hatten. Eines, das Jack Stump kannte, das noch immer in seinem Besitz war.

Ich verließ die Lichtung, den Schauplatz des Mordes an Grace Everdeen, und schlug den Weg zum Fluß statt zur Straße ein. Ich wollte nicht ins Dorf und zu Bess zurück, denn ich wußte, daß ich ihr die Wahrheit sagen mußte. Während ich dem Wasserlauf folgte, versuchte ich, mir über die Geschehnisse klarzuwerden. Ich hatte die Spuren einer brutalen Schädelverletzung am Skelett festgestellt und angenommen, die Soakes hätten den Steuerbeamten mit einem schweren Gegenstand auf den Kopf geschlagen. Jemand hatte Gracie erschlagen. Sie war zur Feier von Harvest Home gekommen und hatte einen »zersetzenden Einfluß« ausgeübt; da wurde sie getötet – nicht erst zwei Nächte später. Dann hatte man zwei Tage gewartet und Irene

Tatum veranlaßt, zu behaupten, sie hätte die Leiche unter der Brücke gefunden. Sie brachten den mit Mais gefüllten Sarg zum Friedhof, wo er in die Erde gesenkt werden sollte, während Gracies Leiche im Baum versteckt wurde.
Der Wasserlauf verbreiterte sich, und ich sah den Fluß durch die Bäume schimmern. Kurz darauf erreichte ich einen grasbewachsenen Uferstreifen: die Bucht, wo Bess und ich an jenem Tag geschwommen hatten. Auch der gefällte Baumstamm lag noch an derselben Stelle wie damals. Jenseits des Flusses dehnten sich die abgeernteten Tabakfelder aus; die Hütten standen geduckt vor dem Hintergrund hochaufragender Bäume. Ich legte mich ins Gras, lehnte meinen Kopf an den Baumstamm, grübelte.
Hüte dich.
Die Nacht aller Nächte.
Der scheußlich aufgerissene Tierkadaver in Missy Penroses Hand. Hühnerblut und Irrsinn. Oder war ich verrückt? Wenn nicht, mußte ich etwas unternehmen.
Etwas unternehmen.
Jeder Mensch hat sein Schicksal selbst in der Hand, hatte Robert gesagt. Wir können alle wählen. Es geht darum, eine Entscheidung zu treffen.
Eine Entscheidung, sei sie nun richtig oder falsch.
Ich spürte ein Kitzeln an meinem Ohr, dann im Nacken. Ein Schwarm kleiner Insekten kam wie eine Wolke aus dem modernden Baumstamm, ließ sich auf meinem Rücken und meinen Schultern nieder. Ich fuhr hoch, riß mir die Kleider vom Leib und lief ans Ufer. Dann sprang ich ins Wasser und rieb meine Haut ab, bis ich mich von den Insekten befreit hatte. Ich schwamm noch einige Zeit, um mich zu ermüden. Später lag ich auf der Sandbank im seichten Wasser und spürte die Sonne auf meinem Körper; kleine Wellen überspülten meine Schultern und meine Beine. Ich holte tief Atem und versuchte mich zu entspannen, legte die Hände auf meinen Leib, merkte, wie die Muskeln sich zusammenzogen. Ich spreizte die Finger im

nassen Sand und befühlte die glatte Stelle, an der die Warze gewesen war.
Was war an Harvest Home in jener Nacht passiert? Morgen lag es genau vierzehn Jahre zurück. Wieso hatte Grace Everdeen einen »zersetzenden Einfluß« ausgeübt, um dessentwillen man sie ermordet hatte? Ermordet? Oder hingerichtet? Wo waren ihre Gebeine jetzt? Meine Gedanken drehten sich im Kreis, immer rundherum, und landeten stets wieder bei den Frauen. *Worüber redet ihr eigentlich, wenn ihr beisammensitzt und näht? – Ach, das Übliche – Weibergeschwätz.* Aberglaube? Ländliche Hirngespinste? Vielleicht. Und das Gesicht mit den starrenden Augen in Justins Maisfeld. Der kleine Maisgott. Göttin. Mutter Erde. Gesegnete Ernte. Mond.
Kreise.
Auserwählte.
»Kreise«, wiederholte ich laut.
»Sie führen Selbstgespräche.« Eine Stimme, die ich kannte, ein Lachen. Ich wandte den Kopf und sah zum Ufer hinauf. Tamar Penrose stand im Gras. Sie war im Wasser gewatet und hielt den Rock geschürzt; ich sah ihre weißen, glänzenden Beine, ihre Oberschenkel, ihre prallen Brüste. Ihre roten Nägel blitzten, als sie ihr Haar mit einem Griff zurückschleuderte.
Nicht aus Scham, sondern aus Verachtung rollte ich mich auf den Bauch, legte den Kopf auf die Arme, und das Wasser umspielte meinen Mund.
»Ich rede auch manchmal mit mir selbst«, sagte sie. Ich beobachtete, wie sie sich ins Gras setzte und die Füße ins Wasser baumeln ließ. Sie pflückte ein Gänseblümchen und drehte es zwischen den Fingern. Ich entschloß mich, eine Frage zu riskieren.
Sie zupfte die Blütenblätter des Gänseblümchens ab. »Liebt mich, liebt mich nicht. Gracie? Wie soll ich das noch wissen? Ich bin viel zu beschäftigt mit meiner Post, als daß ich mich drum kümmern könnte, was die Leute in dieser oder einer anderen Welt treiben. Liebt mich, liebt mich nicht ...«

»Was geschieht an Harvest Home?«
»›Was kein Mann je weiß, keine Frau je erzählt.‹ Nun, das ist wohl der älteste Ausspruch in unserem Dorf. Sie wollen etwas über Harvest Home wissen? Ich erzähle es Ihnen.«

Sie hatte sich Blumen ins Haar gesteckt, und die Blüten glitten ihr über die dunklen Flechten auf die Schultern hinab. Sie hob die Maiskette an ihrer Brust. »Das. Das ist Harvest Home. Und diese hier« – sie berührte die Blumen in ihrem Haar – »und das.« Nun nahm sie etwas lehmige Erde vom Ufer und preßte sie in ihrer Hand zu einem Klumpen. »Das hier wird gefeiert.« Sie öffnete die Hand, sah auf die Erde nieder und sprach dabei mit seltsam hochgeschraubter Stimme.
Tamar warf den Lehmklumpen in meine Richtung; er fiel neben meiner Achsel nieder. Sie erhob sich und kam langsam zum Strand. Ich legte den Kopf wieder auf die Arme, hörte das leichte Platschen ihrer Füße im Wasser und spürte eine plötzliche Kühle auf dem Rücken, als ihre Gestalt die Sonne verdeckte. Sie bückte sich und strich mit den Spitzen ihrer Fingernägel sacht zwischen meinen Schulterblättern entlang. Nun kam sie näher; ich fühlte, wie ihr Haar mich streifte, spürte ihre wissenden Finger am Ansatz meines Nackens.
»Sie haben nicht gesagt, was geschieht.«
»Das werde ich auch nicht.« Eine Lockung war in ihrer Stimme, als hoffte sie, daß ich weiter in sie dringen würde. »Es ist eben das, was Menschen so tun.«
Ich schüttelte ihre Hand ab. Sie war sofort wieder da, knetete meine Nackenmuskeln. Trotz des kalten Wassers begann es in meinen Lenden zu pulsieren: Fleischeslust. Ich rückte von ihr ab. »Und Jack Stump? Ist das auch etwas, was die Menschen so tun? Ihre Mitmenschen verstümmeln?«
»Es mußte sein.« Sie sprach leichthin, als ginge es um eine Sache ohne Bedeutung.
»Warum habt ihr ihn nicht getötet?«

»Ich hätte es tun können. Ich bin sehr stark. Fühle, wie stark ich bin.«

»Du Hure.«

»Ja.« Eine Bestätigung, eine Liebkosung, beides.

Ich hielt den Kopf abgewandt und beschimpfte sie weiter.

»Ja. Aber faß mich an. Faß meine Haut an.« Sie nahm meine Hand und drängte mich, sie zu berühren. »Fühle, wie weich sie ist.« Ich riß mich von ihr los, verfluchte sie. Sie nahm meine Schmähungen bereitwillig hin, ihre Finger glitten über meinen Körper, und während ich ihr Anklagen entgegenschleuderte, verstärkte sich der Druck in meinem Unterleib.

Voller Zorn bezichtigte ich sie der Grausamkeit: Sie hatte den Hausierer zum Schweigen gebracht, hatte ihm die Zunge abgeschnitten, den Mund zugenäht. Noch immer liebkoste sie mich. Ja, erwiderte sie mit schwacher Stimme, all das hätte sie getan.

»Mit diesen Händen.« Fuhr damit über meine Schultern, die Wirbelsäule entlang, über die Gesäßbacken, die Beine. Ich rückte wieder von ihr ab. »Grace Everdeen starb in der Nacht von Harvest Home.«

»Ja.«

Ich spürte die Härte zwischen meinen Beinen, gegen den Sand; als wüßte sie davon, murmelte sie Worte, die das Blut dahin trieben, wo sie es haben wollte.

»Sie hat sich nicht selbst getötet«, sagte ich.

»Nein.«

»Sie wurde ermordet.« Ich sah rasch zu ihr auf, las die Antwort in ihren Augen. »Du hast sie umgebracht.«

»Ja.«

»Herrgott!«

»Gott beschützt uns. Aber nicht Gracie. Sie kam an Harvest Home zurück. Dazu hatte sie kein Recht. Sie war krank. Unrein. Die Maismaid konnte sie nicht sein, aber sie wollte nicht, daß ich es wäre. Sie kam, um die Feldfrucht zu vernichten. Um Roger zu vernichten, wenn sie's gekonnt hätte. Ich erschlug sie mit meiner Hacke. Hier.« Sie hatte sich rittlings auf mich gesetzt; ihre Haare streiften meine Schultern, als sie sich vorbeugte und ihre Finger auf meine Stirn legte, um mir die Stelle zu zeigen. »Ich tötete sie, wie sie's verdiente. Wir steckten sie in den Baum, damit sie für alle Zeit dort sein sollte, damit sie bei jedem Harvest Home zusehen konnte. Du willst wissen, was an Harvest Home geschieht? Ich sage es dir. Sie machen den Mais.«

»Sie –«

»– machen den Mais! Nicht wie im Spiel, sondern wirklich, echt – machen – den – Mais. Roger und ich, wir haben zusammen den Mais gemacht. Missy ist Roger Penroses Kind. Wir machten sie in jener Nacht. An Harvest Home. Auch Justin wird den Mais machen. Mit Sophie. Wenn Sophie davon ein Kind bekommt, ist es gut. Dann können wir auf reiche Ernte hoffen.«

»Du hattest ein Kind, und die große Dürre kam.«

Ihre Augen blitzten. »Gracie war schuld an der Dürre! Und etwas Besseres als Missy hätte das Dorf nie bekommen können.«

Ich verabscheute sie. Ihr fleischiges Gewicht ekelte mich an. Ich stemmte die Handflächen gegen den Boden und stieß meinen Leib ruckartig hoch, so daß sie seitlich ins Wasser kippte. Ein triumphierendes Licht flackerte in ihren Augen. Ich richtete mich auf, kniete im Wasser, und sie stieß einen wimmernden Laut aus, als sie die Schwellung sah, die ihre Berührung erregt hatte. Sie streckte die Hand aus, doch ehe sie mich erreichen konnte, sprang ich auf, und sie legte sich mit einem Stöhnen zurück. Ich stand über ihr, die Sonne im Rücken, und mein Schatten teilte ihren Körper in zwei Hälften.

Mit aufgeregten kleinen Lauten, halb Ächzen, halb Jammern, kroch sie zu mir, ließ ihre Hände an meinen Hüften emporgleiten, legte ihre Wange an meinen Körper, und ich spürte die Spitzen ihrer roten Fingernägel dort, wo sie meine Kraft erzwungen hatte. Ich stellte einen Fuß auf ihre Schulter und drückte sie gewaltsam nieder. Sie fiel ins Wasser. Ihr Mund war

rot und naß; sie ging in die Hocke und hob ihre Arme, als kniete sie vor einem Altar: die Göttin, die um Erfüllung fleht. Ich würde es nicht tun. Ich würde der Göttin keine Lust bereiten; ich würde sie zerstören.
Selbst als ich mich ihr näherte, wußte ich, daß ich sie töten wollte. Ich stürzte mich auf sie, meine Hände suchten nach ihrer Kehle, schlossen sich um ihren Hals. Ich griff nach ihrem Kinn, stieß ihr Gesicht nach links und rechts ins Wasser. Dann zerrte ich sie gebückt ins tiefere Wasser, tauchte ihren Kopf unter, riß ihn wieder hoch, und ihr aufreizendes Lächeln unter einem Schaum von Blasen verschwand nicht. Ich hielt sie unter Wasser fest, sah, wie ihr Haar an die Oberfläche wallte, wellenförmig wie Seetang, schlangengleich – ein Medusenhaupt. Ich würde sie vernichten.
Wieder drückte ich sie tiefer. Die Luftblasen stiegen, und ihr spöttisches Lächeln war wie eine Herausforderung. Ihr Kopf kam nach oben, ihre reifen Brüste tauchten auf, das Wasser floß zwischen ihnen ab. Dann, als sie schlaff, aber lächelnd im Wasser trieb, zerrte ich sie halb unbewußt ans lehmige Ufer und lehnte sie gegen die Böschung.
Ihr Busen hob und senkte sich noch immer. Sie war noch nicht tot; doch sie würde es bald sein. Es gab eine andere Möglichkeit, eine bessere. Mein Körper hielt den ihren gefangen. Ich begann an ihren Kleidern zu reißen, zerrte sie ihr vom Leib, entblößte sie. Sie hatte überlebt, doch sie begriff nicht, was ich vorhatte. Ihre Hände hoben sich und liebkosten meinen Nacken. Sie drückte mein Gesicht an das ihre, legte ihre Lippen auf die meinen, zwängte ihre Zunge in meinen Mund; ihre Finger suchten sich einen Weg zwischen unseren Körpern, streichelten mich. Ich packte ihre Handgelenke und riß ihre Arme zur Seite, nahm meine Knie zu Hilfe, um ihre Beine auseinanderzutreiben. Sie schlang ihre Hüften um meine Schenkel und zog mich dicht an sich. Ihre Nägel gruben sich in meinen Nacken, meine Schultern, und dafür rieb ich mit meinem Kinn über ihre Brüste, benutzte die Bartstoppeln, um ihre zarte Haut

aufzuscheuern. Und dann, voll erigiert, begann ich gewaltsam in sie einzudringen.

Das Licht in ihren Augen war nicht verloschen; sie loderten bei jedem Stoß. Das Gleiten ihrer Schenkel und Hüften verriet kein Widerstreben; sie weiteten sich, öffneten sich für mich, wollten, daß ich sie nahm. Ich stemmte die Füße in den Boden, um Halt zu finden, spürte, wie meine Gesäßmuskeln sich spannten, als ich den Rücken bog und mich in sie hineintrieb. Sie erschauerte und schrie auf, doch als ich ihre Hände freigab, umarmte sie mich willig. Meine Finger verkrallten sich in ihren nassen Haaren – noch immer wollte ich sie töten, doch nicht mit den Händen, sondern mit jenem anderen Teil meines Körpers, den sie erregt hatte. Ich bearbeitete sie, wieder und wieder, hielt dann inne, sah ihre Augen wild wie die eines Tieres rollen, hielt sie aufgespießt, denn noch war ich nicht bereit, ein Ende zu machen, und als ich mich wieder in der Gewalt hatte, bäumte ich mich auf und stieß, und in meine Flüche und ihre leidenschaftlichen Seufzer mischten sich die Geräusche unserer aufeinandergleitenden Körper, Muskeln und des Fleisches, der dumpfe Aufprall meiner Brust gegen die ihre, das Klatschen unserer nassen Leiber.

Ein Zweikampf wurde daraus; ich wollte ihr nicht geben, wonach sie verlangte. Sie sollte keine Ekstase erleben, nur Schmerz. Doch ihr Schmerz wurde zu ihrer Ekstase. »O ja«, stöhnte sie. »Mein Grieche, mein Gebieter. Pflüg mich, pflüge mich!« Eine Bitte, eine Forderung, und das Wasser rann in kleinen Bächen von ihrem Körper das Ufer hinab, mischte sich mit dem dunklen Lehm, und während ich sie quälte, sie gegen den Boden stieß, schmierte ich den Lehm in ihr Gesicht, diesen Urstoff der Mutter Erde, rieb ihn ihr in die Augen, die Ohren, stopfte ihr damit den Mund, bedeckte ihre Wangen, ihre Schultern und Brüste damit, während ich unermüdlich stieß, zurückzog, sie wieder durchpflügte; sammelte den Speichel in meinem Mund und spie ihn ihr ins Gesicht, das Gesicht der Muttergöttin, rannte gegen sie an, krümmte mich, um ihr nach-

giebiges Fleisch zu zerstören, die Göttin in die Mutter Erde zurückzustoßen und sie dort zu begraben.
Sie verstummte nicht, und obwohl ich gegen sie ankämpfte und den Kampf zu gewinnen glaubte, machte sie weiter, um ihren Willen zu bekommen, ermunterte meine Gewalttätigkeit, frohlockte darüber, nahm jeden Teil ihres Leibes zu Hilfe, und ich dachte im Unterliegen, daß keine Frau je besser dazu geschaffen, herrlicher gebaut worden war, um Lust zu erzeugen und zu befriedigen. Ich kämpfte mit der Kraft meines Körpers gegen sie, doch der ihre war stärker. Und während ich mich in ihr bewegte, merkte ich, wie meine Flüche leiser wurden, wie sie sich in Koseworte verwandelten. Ich legte meine Lippen an ihre Brust und saugte daran. Sie hielt mich sanft in ihren Armen, murmelte, flüsterte; da wußte ich, daß ich verloren hatte. Sie hatte den Zweikampf gewonnen. Sie hatte mir Erfüllung gebracht und mich damit bezwungen. Ich hatte sie nicht vergewaltigt und geschändet, denn die Erde kann weder vergewaltigt noch geschändet werden, und sie war von der Erde. Sie war die Erde selbst, die Muttergöttin, und während mein Samen ausfloß, spürte ich, wie Tränen in meinen Augen brannten: Der Mann entmannt, besiegt von der Frau.
Wieder packte ich ihre Handgelenke und zog mich schaudernd zurück; unsere Körper teilten sich mit einem hohlen, schmatzenden Laut. Als sie keuchend auf dem nassen Lehm lag, sah ich das triumphierende Lächeln auf ihrem schmutzbesudelten Gesicht, sah, daß auch sie es wußte: Sie war die Siegerin.
Erde war in meinem Mund, knirschte zwischen meinen Zähnen. Ich drehte mich um, spuckte, füllte die Lungen mit Sauerstoff und sprang ins Wasser, tauchte unter, rieb meine Haut sauber, sah, wie der dunkle Lehm sich von meinem Körper löste, aufstieg und mit der Strömung davontrieb. Dann ging mir der Atem aus. Ich stieß mich schlaff wieder nach oben, schleuderte mein Haar aus der Stirn und sah zum Ufer. Sie war nicht mehr da, doch ihr Umriß hatte sich in den Lehm eingeprägt, und es war, als sei sie dort eingegangen: die Göttin, die zur Erde zurückkehrt.

26.

Die Göttin. Ich begriff es, oder glaubte wenigstens, es zu begreifen. Die Puppe in Justins Maisfeld verkörperte die Mutter. Die Mutter war die Göttin. Die Göttin brachte Fruchtbarkeit. Fruchtbarkeit war wichtiger als alles andere. Ohne Fruchtbarkeit kein Mais. Ohne Mais weder Geld noch Nahrung. Und beides brauchten die Menschen, um zu überleben. Puppe; Mutter; Fruchtbarkeit; Hoffnung; Glaube.

Sie alle glaubten, das ganze Dorf. Sie wollten, daß auch ich glaubte. Es war schockierend und doch furchtbar einfach.

Und Harvest Home stand bevor.

Harvest Home! Eine Zeit für Frohsinn und Feste. Iß, trink und sei fröhlich. Es bedeutet Erfolg und Dank und alle guten Dinge.

Doch dieses, das siebente Jahr, war etwas Besonderes. Bedeutete vielleicht nicht alle guten Dinge. »Was kein Mann je weiß, keine Frau je erzählt.« Hier lag das Geheimnis begründet, das ich noch immer nicht gelüftet hatte.

Ich fuhr langsam am Hof der Tatums vorbei. Vom Lieferwagen war nichts zu sehen, keine Spur von den Bewohnern mit Ausnahme des kleinsten Tatum-Sprößlings, Debbie. Sie stand auf dem Schotterpfad, drehte den Saum ihres Kleides zwischen den Fingern und heulte. Offenbar versetzte sie der wilde Tumult im Schweinekoben neben dem Stall in Angst.

Ich hielt an, um nachzusehen, was passiert war. Die Schweine grunzten und warfen sich mit ihren schweren Körpern gegen den Bretterverschlag. Eine Planke hatte sich gelockert, und ich hämmerte sie mit einem großen Stein wieder fest; dann ging ich zu meinem Wagen zurück. Debbie beobachtete meinen Abgang mit verschmiertem Gesicht und laufender Nase.

Jenseits des Hauses lag die Landschaft in schwermütigem Frieden. Rauchiger Dunst lag über dem Feld; Maisstengel waren in wirrem Durcheinander zwischen den Stoppeln verstreut, und die Hocken verjüngten sich zum Hügel hin. Dahinter stand die Sonne.

Ich parkte am Straßenrand und betrachtete das trostlose Bild. Dann drangen Geräusche an mein Ohr. Ich stieg aus und ging über das Feld. Dürre Stoppeln knisterten unter meinen Füßen. Von irgendwo kamen seltsame Laute, ein unheimliches, hohles Geklapper oder Gerassel, schwach zuerst, dann immer deutlicher. Im bernsteinfarbenen Licht wirkten die schweren Garbenbündel bedrohlich. Nun erkannte ich das Geräusch wieder: Blechdosen hingen an Stricken und wurden vom Wind bewegt, und die Kieselsteine in ihrem Innern verursachten einen dumpfen, klappernden Lärm. Er vermochte die beiden Krähen jedoch nicht zu vertreiben, die mit glänzendem Gefieder wie Verbrecher auf den Schultern einer einsamen Vogelscheuche hockten.

Ich konnte mir den Aufruhr unter den Schweinen nicht erklären. Ihr Gequieke und Gegrunze erfüllte die Luft; sie schienen in ihrer Wut neue Anstrengungen zu machen, aus dem Koben auszubrechen. Ich ging zum Wagen zurück und fuhr wieder los, da hörte ich hinter mir Debbies Aufschrei. Ich warf einen Blick zurück und sah sie zur Veranda stürzen. Die Bretter des Verschlages hatten nachgegeben, und die Schweine kamen auf sie zugerannt, stürmten mit gesenkten Köpfen über den Hügel und rasten aufs Feld. Dort verteilten sie sich, zertrampelten die Erde mit ihren kurzen Beinen und warfen die Hocken um.

Debbie setzte sich auf die Verandastufen und heulte lauter denn je.

In den Häusern am Straßenrand waren die Lichter angegangen. Ich sah, wie die Leute sich hinter den Fenstern zu einem vorzeitigen Abendessen niederließen: Kindling Night stand bevor. Ich war müde und schuldbewußt, schalt mich einen Idioten und erinnerte mich kaum mehr, wie es zu der Szene mit Tamar gekommen war. Als ich die Hauptstraße erreicht hatte, fuhr ich an der dunklen Gestalt eines Mannes vorüber, der sich auf den Griff seines Rechens stützte und hinter einem Haufen schwelenden Laubes stand. Blauer, beißender Rauch stieg in die Luft. Ich hörte Hufgeklapper und das vertraute Knirschen von Rädern. Der Einspänner der Witwe kam aus der Penrose Lane. Die Stute machte einen frommen Eindruck; nicht so die alte Dame, die aufrecht auf dem Kutschbock saß, den Rücken gestrafft, die Zügel fest in der Hand. Ich konnte ihr Gesicht nicht sehen, nur ihre weiße Haube, und sie schien mich nicht zu bemerken, als ich ihr entgegenfuhr – oder, falls sie es tat, machte sie doch kein Zeichen. Das Wägelchen rollte auf die Hauptstraße. Die weiße Haube verschwand in der Dämmerung, und ich bog in die Allee ein.

»Hallo, Ned!« Maggie Dodd stand vor ihrem Haus und legte Plastikplanen über die Blumenbeete an der Hecke. Ich rief ihr guten Abend zu.

»Ich hab' meine Blumenzwiebel gerade zu Bett gebracht. Einen schönen Tag gehabt?«

Ich erwiderte irgend etwas und fuhr auf unser Grundstück. Aus Roberts Terrassenzimmer drang die Unsichtbare Stimme herüber. Bess' Kombiwagen stand in der Garage. Ich ließ meinen Wagen auf der Zufahrt stehen und betrat das Haus durch die Küchentür. Kein Licht brannte; nur das fluoreszierende Schaltbrett am Elektroherd glühte unheimlich. Kate stand am Tisch. Sie tat nichts, stand nur da.

»Hallo, mein Süßes.« Ich legte meine Zeichenmappe auf den Tisch, küßte sie und zwang mich, mir den Anschein von Fröhlichkeit zu geben.

»Hallo.«

»War's nett heute?«

»Ja.«

»Was ist los?«

»Nichts.« Sie nahm meine Mappe vom Tisch und legte sie auf die Arbeitsplatte. Dort blieb sie mit dem Rücken zu mir stehen.

Ich trat hinter sie und drehte sie um, nahm ihr Gesicht zwischen meine beiden Hände. Sie sah blaß aus, ein wenig müde.
»Nichts?«
»Ehrlich – nichts.«
»Wo ist Mami?«
Sie deutete mit einem Kopfnicken auf die geschlossene Tür zum Bacchuszimmer. Erst jetzt hörte ich den gedämpften Ton des Fernsehers.
Kate steckte mir etwas in die Hand: meine kleine Taschenlampe.
»Ich hab' sie mir aus deinem Atelier geborgt.«
»Schon gut.«
Sie schickte sich an, die Küche zu verlassen, und blieb auf der Türschwelle kurz stehen; ich vermochte ihren Blick nicht zu deuten. Dann ging sie in die Halle hinaus.
Ich ließ die Taschenlampe in meine Jackentasche gleiten und öffnete die Tür zum Bacchuszimmer. Bess sah bei meinem Eintritt nicht auf. Sie saß auf dem Samtsofa, die Hände im Schoß gefaltet.
»Hallo«, sagte ich.
»Hallo.« Eine undeutliche Betonung, die nichts von ihrer gegenwärtigen Stimmung verriet.
»Magst du keinen Martini?«
»Nein. Mir ist nicht danach. Nicht heute abend.«
»Ich glaube, ich werde mir einen Scotch genehmigen.«
»Tu das.«
»Ist irgendwas mit Kate?«
»Nein.«
Ich mixte mir einen Drink und setzte mich in den Clubsessel. Ein kleines Feuer knisterte im offenen Kamin, und auf dem viktorianischen Büfett blühten frische Chrysanthemen in einer großen Schale. Ich legte meine Füße auf den Beistelltisch.
»Schönen Tag gehabt?« Ich gab mir Mühe, den Fernsehansager zu übertönen.

»Mhm.« Sie rieb die Handflächen mit einer langsamen, kreisenden Bewegung gegeneinander. »Und du?«
Ich versuchte meiner Stimme einen leichten, ungezwungenen Klang zu verleihen. »Ich war bei den Hookes.«
»Wie geht's ihnen?«
»Einigermaßen, glaube ich. Irgend etwas scheint mit Sophie nicht zu stimmen. Ich wollte noch ein paar Skizzen vom Birnbaum machen, für das Porträt.«
Im Licht des Bildschirmes sah ich eine kleine Falte der Ungeduld zwischen ihren Brauen erscheinen. Sie stellte den Fernseher ab. Ich trank meinen Scotch und beobachtete, wie der Widerschein der Flammen ihr Gesicht umspielte.
»Gemütlich«, sagte ich.
Sie knipste die Stehlampe an und zog ihr Handarbeitskörbchen zu sich her.
»Hast du etwas?« fragte ich.
»Nein, natürlich nicht.« Sie warf mir einen flüchtigen Blick zu und breitete die Flickendecke über ihre Knie.
Ich lauschte dem Ticken der Tiffany-Uhr.
»Macht ganz schöne Fortschritte«, bemerkte ich und meinte die Decke damit.
»Ja. Bis Weihnachten müßte sie fertig sein.«
Ich hielt mein Glas gegen das Feuer und beobachtete das Spiel der Flammen in dem Strudel von bernsteinfarbenem Scotch und Eiswürfeln. Plötzlich ertappte ich Bess, wie sie mich anstarrte. Ihre Augenbrauen hoben sich fast unmerklich; dann wandte sie sich wieder ihrer Arbeit zu. Ich merkte, daß etwas ganz und gar nicht stimmte. Sie war bleich und hätte eine Spur Lippenstift vertragen können.
»Und –?« sagte sie.
»Hm!«
»Und was hast du dann gemacht?«
»Nach den Hookes?«
»Ja.«
»Ich – ich bin zu Dr. Bonfils gefahren.«

Ein rascher, angespannter Blick; dann sah sie wieder auf ihre Decke nieder. Ich stellte mein Glas auf den Tisch, setzte mich neben sie auf das Sofa und versuchte ihre Hand zu nehmen.

»Tut mir leid, Bethany.«

»Was tut dir leid?«

»Das mit dem Baby.«

»Er hat's dir gesagt.«

»Ja.«

»Das hätte er nicht tun dürfen. Er hätte es mir überlassen sollen, dir das zu sagen.« Ihr Schulterzucken drückte aus, wie sinnlos das alles war; dann lachte sie. »Ich bin wohl nichts als eine unfruchtbare Frau, die sich ein Kind wünscht.«

»Bess –«

»Bitte, ich möchte nicht mehr darüber reden.«

»Es liegt nicht an dir, sondern an mir.«

Sie schüttelte verständnislos den Kopf. »Da ist kein Embryo. Kein wachsendes Leben in mir.«

»Ich weiß. Ich bin steril. Es kommt von dem Mumps. Der Arzt hat einen Test gemacht. Du kannst Kinder haben, aber ich nicht. Es ist meine Schuld.«

»Es liegt – nicht – an – mir?«

»Nein. An mir.«

Sie verstummte und saß einen Moment starr und unbeweglich da. Dann entspannte sie sich sichtlich, ließ den Kopf sinken, um ihre Tränen zu verbergen. »Es ist schon gut. Es ist nicht wichtig; nicht mehr.« Sie sprach gelassen und nüchtern, ließ das Thema fallen, als hätten wir uns über einen unerfreulichen Wetterumsturz unterhalten.

Ich stand auf und sah mich im Zimmer um. Es schien plötzlich verändert – nicht ein Raum, den wir gestaltet hatten, Teil unseres Hauses, sondern eben ein Zimmer, sonst nichts. Ich musterte Bess. Auch sie kam mir verändert vor. Eine fremde Frau. Ich wußte, daß die Sache mit dem Baby sie aus der Fassung gebracht hatte, doch da war noch etwas anderes; etwas, was sie noch nicht ausgesprochen hatte.

Sie hob den Kopf. »Was ist los, Ned?«
»Ich habe überlegt –«
»Was?«
»Ob wir vielleicht von hier fortgehen sollten.«
Sie sah mich an und zuckte dann mit den Schultern. »Ich versteh' dich nicht.«
»Ich meine, ich frage mich, ob wir Cornwall Coombe nicht verlassen sollten. Das Haus verkaufen. Wegziehen.«
»Warum denn in aller Welt?« Bess legte ihre Näharbeit beiseite; jetzt plötzlich wandte sie mir ihre ungeteilte Aufmerksamkeit zu.
»Ich weiß nicht. Ich hab' einfach das Gefühl, daß es so am besten wäre.«
»Wohin sollten wir denn gehen?«
»Hm – vielleicht nach New York zurück, vielleicht nach Europa.«
»Aber wir waren doch so glücklich hier.«
»Waren wir das?«
»Ich dachte es immer. Und wenn wir's nicht waren – wirklich, Ned, ich glaube, du hast dir das nicht richtig überlegt, oder? Ich fände es nicht besonders fair Kate gegenüber. Sie wieder aus der Schule zu nehmen. Und all die Arbeit und Mühe, die wir uns mit dem Haus gemacht haben. Das Geld, das wir dafür ausgegeben haben.«
»Wir können's zurückbekommen.«
»Durch einen Weiterverkauf? Das glaube ich nicht.«
»Warum nicht?«
»Weil sie nicht … Meinst du vielleicht, daß einfach jemand daherkommt, es uns abkauft und dann einzieht?«
»Warum denn nicht?«
Sie sah mich an. »Weil sie nicht den nächsten besten hierherziehen lassen würden. Nicht einfach irgendwen.«
»Waren wir nicht auch einfach ›irgendwer‹?«
»Nein, das waren wir nicht. Du weißt das. Sie wollten uns.«
»Den Teufel wollten sie.«

»Ja, sie wollten uns hier haben. Es hat einige Zeit gedauert, aber es war so. Die Witwe wollte, daß wir uns hier niederlassen.«

»Wirklich?« Ich stellte mein Glas abrupt auf den Tisch.

»Das wußtest du doch.«

»Nein. Ich wußte es nicht.«

»Nun, sie wollte es jedenfalls. Das war der Grund. Maggie hat uns angerufen. Es geschah alles auf Veranlassung der –«

»– der Witwe. Du willst damit sagen, daß sie es eingefädelt hat?«

»Ja.«

»Dann kann sie's auch für jemand anderen einfädeln.«

»Das glaub' ich nicht.«

»Bethany, hör mir zu. Ich weiß nicht genau, was hier vor sich geht, aber es gefällt mir nicht. Ich weiß nicht, was mit dir los ist, mit uns, mit allen. Ich will hier weg. Jetzt, sofort! Will hier weg, solang wir's noch können. Wäre das nicht möglich? Bess, denk an Paris! Erinnerst du dich an den Flieder?«

»Ja. Ich erinnere mich.«

»Wir könnten dorthin zurück.«

»Der Flieder wird draußen vor unserem Fenster blühen, wenn du dich bis zum Frühling geduldest. Außerdem – wer kann die Zeit zurückdrehen? Können wir das?«

»Manchmal ist's gar nicht so schlecht, die Zeit zurückzudrehen.«

»Ich möchte vorwärtsgehen.«

»Wohin?«

»Ich weiß nicht.«

»Bethany?«

»Ja.«

»Erinnerst du dich an jene Nacht?«

»Welche Nacht?«

»*Jene* Nacht. Das ›Erlebnis‹.«

»Ja.«

»Auch das war geplant.«

»Wer –?«

»Ja, wer wohl? Als ich in unser Schlafzimmer kam, hast du zugesehen, stimmt's? Ich meine, du hast es gesehen?«

»Was gesehen?«

»Den Mann, der aus dem Maisfeld kam, wer es auch immer gewesen sein mag.«

»Nein. Ich hab' niemanden gesehen. Ich wartete auf dich. Ich habe –«

»Ja?«

»Geträumt, glaube ich. Ned, hör mir zu. Es gibt Dinge, über die man besser nicht spricht. Dinge, die besser –«

»– ungesagt bleiben.«

»Mir gefällt es hier. Dir hat es hier gefallen. Kate ist ebenfalls gern hier. Es ist das erste Mal in meinem Leben, daß ich mich sicher fühle.«

Sicher. Nun wußte ich es. In Cornwall Coombe hatte sie ihren Platz gefunden. Sie war hier geborgen. Und nicht nur geborgen, sondern auch verändert. Es hatte sich immer deutlicher gezeigt. Nicht nur die Verwandlung einer Stadtmaus in eine Landmaus; sie schien gewissermaßen an einem Scheideweg zu stehen, als setzte sie zu einem undefinierbaren Sprung an. Ich sah sie vor mir, wie sie einst gewesen war, voll unerfüllter Sehnsüchte. Sie war auf der Suche nach etwas gewesen. Das Baby, das sie sich so erhoffte und nun nicht bekam –

»Es gibt Dinge, nach denen die Frauen sich sehnen, und ihre Sehnsucht sollte gestillt werden.«

Die Witwe. Edna Jones, Asia Minerva, Ruth Zalmon …

Mütter. Sie alle, alle Mütter. Für Bess. Mütter. Und die *Mutter*.

»Du magst mich nicht besonders gern, nicht wahr?« Es war heraus, ehe ich es richtig bedacht hatte.

»Ich liebe dich«, erwiderte sie schlicht.

»Das ist nicht das gleiche. Überhaupt nicht das gleiche.«

»Du triffst alle Entscheidungen«, sagte sie. »Du entscheidest immer, was zu geschehen hat. Sogar als wir hierherzogen, hast du die Entscheidung getroffen. Ich möchte auch mein Teil dazu beitragen.«

»Ist es das, was du willst – das Kommando übernehmen? Also bitte.« Ich trank meinen Scotch aus. »Oder willst du mich beherrschen? Manche Frauen finden Vergnügen daran.«
»Das liegt mir nicht.«
»Ich hoffe, du bist da ganz sicher, sonst kannst du dich nach einem anderen umsehen.«
Sie sah mich lange an, dann zog sie ihre Nadel wieder aus dem Stoff. »Und wie war der Rest des Nachmittags?«
»Ganz annehmbar. Ich – bin schwimmen gegangen. Stell dir vor, zu dieser Jahreszeit.«
»Was ist mit deiner Lippe passiert?«
»Hm? Ach, ich hab' mich wohl irgendwo gestoßen, an einem Felsbrocken vielleicht.« Mir wurde klar, welchen Ausdruck ich bieten mußte, und ich ging rasch zur Tür, die in die Küche führte. »Ich werde mich jetzt wohl besser umziehen. Was gibt's zum Abendessen?«
»Schmorbraten. Ned?«
»Ja.«
»Ned, sag mir, daß es nicht wahr ist.«
»Was?«
»Daß du Tamar Penrose vergewaltigt hast.«
»Ohh – also hör mal, Bess ...« Die Witwe mit ihrem Einspänner. Und ich hatte geglaubt, die alte Dame hätte nichts für Klatsch übrig. Bess erwiderte meinen Blick und wartete auf Antwort. Ich suchte nach einer Erklärung. Ich konnte mich nicht rechtfertigen. Wie sollte ich ihr begreiflich machen, was geschehen war? Welche Entschuldigung konnte ich vorbringen? »Bess, es war nicht so, wie du denkst. Überhaupt nicht. Es ist tatsächlich passiert – aber nicht so.«
»Sie sagt, du hättest sie vergewaltigt.«
»Es ist nicht wahr! Bess, hör mir zu!«
»Ich höre dir zu.« Ihr Ton war müde, als wäre sie nicht wirklich an der Sache interessiert. Ich schob den Tisch zur Seite, kauerte mich vor dem Sofa nieder und nahm ihre Hände in die meinen. Sie waren schlaff, teilnahmslos. Plötzlich wußte ich nicht mehr,

was ich sagen sollte. Sie hielt meinem flehenden Blick ruhig und ungerührt stand.
»Warum hast du es mir versprochen?«
»Es war mir ernst damit. Ich habe dieses Versprechen ernst gemeint. Bei Gott, Bess, wirklich!«
»Damals. Aber jetzt nicht mehr.«
»Bess, hör nicht auf sie. Hör nicht auf das, was sie dir erzählen. Ich will dir sagen, wie sie sind. Ich wollte nicht, daß du's erfährst, wollte es dir nicht sagen. Weil ich weiß, was sie dir bedeutet.«
»Wer?«
»Die Witwe. Mary Fortune. Aber sie ist in Wirklichkeit ganz anders.« Nun sprudelten die Worte nur so aus mir heraus. Ich erzählte ihr, was man Jack Stump angetan hatte, berichtete von dem Zettel aus der Weber-Eins-B-Teedose, daß ich die Schere gefunden hatte.
Sie versuchte sich loszumachen, doch ich faßte sie am Handgelenk und hielt sie fest, zwang sie, mir zuzuhören. »Und das ist nicht das Schlimmste. Sie haben Gracie Everdeen getötet. Sie ermordet.«
Nun riß sie sich los und sprang auf. »Hör auf, solchen Unsinn zu reden!« Ich hatte sie nie so böse gesehen. »Nach allem, was sie für uns getan hat! Sie hat das Leben unseres Kindes gerettet, ist wochenlang hierhergekommen, um für uns zu sorgen, für uns zu kochen, uns zu helfen! Und da versuchst du, mir so etwas einzureden! Hältst du mich für eine komplette Närrin? Du hast mir ein Versprechen gegeben, doch es war offenbar unmöglich zu halten. Du mußtest sie haben. Sogar gegen ihren Willen –«
»Es war nicht gegen ihren Willen!«
»Und dann willst du mir so furchtbare Dinge über die Witwe einreden, nur um dich reinzuwaschen. Jeder weiß, wer Jack Stump überfallen hat. Jeder weiß, daß Gracie Everdeen Selbstmord beging –«
»Das hat sie nicht, ich kann es beweisen. Die Witwe –«

»Sei still! Ich will nichts mehr über die Witwe hören. Kein einziges Wort mehr.« Alle Farbe war aus ihrem Gesicht gewichen. Sie preßte die Lippen wütend aufeinander, ihr Körper bebte.
»Du sagst das alles nur, weil du's im Wald mit der Dorfschlampe getrieben hast und weil es dir jetzt leid tut – ja, du bedauerst es, aber nicht, daß du's getan hast, sondern daß man dir auf die Schliche gekommen ist. Hast du gedacht, sie würde nichts sagen? Nie etwas verraten? Und nur weil ich es erfahren habe, versuchst du jetzt den Spieß umzudrehen, den Namen der großartigsten Frau in den Schmutz zu ziehen, die je gelebt hat.«
»Sie hat Gracie Everdeen umgebracht. Sie und Tamar und die übrigen Frauen. An Harvest Home.«
»Sprich nicht über Harvest Home. Du weißt nichts von –«
»Was kein Mann je weiß, keine Frau je erzählt?«
Ich konnte der Versuchung nicht widerstehen, sie zu verhöhnen. Sie tat einen Schritt auf mich zu, dann hatte sie sich wieder in der Gewalt. Ich konnte kaum glauben, daß das alles wirklich geschah. Ich kämpfte gegen ein Gefühl der Panik an. Sie würde mir wieder wie einst sagen, daß sie mich verlassen wollte, daß sie Kate mit sich nehmen, eine Scheidung beantragen würde. Genau wie es damals gewesen war.
Trotzdem konnte ich nicht an mich halten. »Sie sind Mörder.« Das Wort schien in der Luft zu hängen; es klang lächerlich. Mörder waren Menschen, über die man in der Zeitung las, Menschen in New York oder irgendwo – nur nicht in Cornwall Coombe. Ich sah Bess an, schaute dann weg, durch die offenen Türen zum Eßzimmer; meine Augen schweiften über das vertraute, seltsam wirkende Muster der Tapete. Dann kehrte mein Blick zu ihr zurück.
»Ich kann dir den Beweis bringen.«
Sie unternahm deutliche Anstrengungen, ruhig zu bleiben. Wieder rieb sie ihre Handflächen in kreisförmigen Bewegungen gegeneinander. »Bring ihn nur, es wird nichts beweisen.« Ihre Augen waren naß; sie schob das Kinn eigensinnig vor, wie ich es von ihrem Vater her kannte. »Ich werde das Kind be-

kommen … Ja, ich werde es bekommen …« In dieser blindlings hervorgestoßenen, sinnlosen Behauptung spürte ich eine Art Rückzug. In diesem Moment war sie mir sehr fremd – nicht nur ihre Gesichtszüge, sondern ihr Benehmen, ihr ganzes Wesen. Blitzartig ging es mir durch den Kopf, daß dies nicht mehr Bess war, sondern ein völlig anderer Mensch.

Sie erwiderte meinen Blick, schien mich jedoch nicht zu erkennen. Der fremde Mann. Jeder von uns hatte sich nun in sich selbst zurückgezogen. Wir waren getrennt durch die Schranken des Mißtrauens, des Zweifels, der Enttäuschung. Was konnte den Bruch heilen? Aus einem unerfindlichen Grund dachte ich plötzlich an den Regenbogen, den wir an unserem ersten Tag in Cornwall Coombe gesehen hatten. Er war wie ein Symbol gewesen, eine Brücke zwischen unserem bisherigen und unserem künftigen Dasein. Dies war das Leben, das uns erwartet hatte. In diesem Augenblick wußte ich, daß wir verloren waren. Sie hatte sich geistig von mir abgewandt; nun würde sie es auch noch körperlich tun.

»Ich werde es bekommen … ich werde es bekommen …«

Sie schlug mit der Hand auf ihren flachen Leib. »Wenn ich kein Kind in mir trage, ist es, weil du mir keines geben konntest. Nicht ich bin unfruchtbar – du bist es!«

Wieder sah ich sie an, ging rückwärts zur Tür. »Mörder«, sagte ich, sagte erneut, ich würde den Beweis bringen.

Droben öffnete sich Kates Tür; ihre Schritte kamen den Flur entlang. Ich öffnete die Vordertür und trat über die Schwelle. Kate kam die Treppe herunter. Ich hatte die Tür noch nicht hinter mir geschlossen, da hörte ich von der anderen Seite der Halle das geflüsterte Wort: »Mutter …«

Doch es war nicht Kates Stimme, die es flüsterte.

Ich fuhr zur Hütte des Hausierers. Mrs. Brucie war gerade in der Küche beschäftigt. Jack saß auf einem Stuhl vor dem Feuer. Er schien nicht zu wissen, wer ich war, und ich hatte den Verdacht, daß er unter dem Einfluß irgendeiner Droge stand, die

die Witwe gebraut hatte. Er sah mich an, als ich unter seinen Hemdkragen griff, gab jedoch kein Zeichen des Erkennens von sich. Mrs. Brucie erschien in der Verbindungstür und beobachtete mich. Ich zog das rote Filzsäckchen heraus, öffnete es und steckte einen Finger hinein. Es war leer. Der Ring war nicht mehr da – der seltsam geformte Beinring, der nicht ein Zaubermittel der Witwe gewesen war, sondern Gracie Everdeens Verlobungsring, den ich auf Dr. Bonfils' Röntgenaufnahmen um Gracies Hals hatte hängen sehen. Ich ließ das Säckchen wieder in Jacks Hemdausschnitt gleiten. Mrs. Brucie lächelte mich an, ohne ein Wort zu sagen.

Das Beweisstück war fort. Jack Stump zum Schweigen gebracht … von den Frauen … wegen – weswegen? Was versuchten sie zu verbergen? Man hatte dem Hausierer die Zunge abgeschnitten, weil er Gracie fand. Gracie Everdeen war ermordet worden, weil sie – krank – an Harvest Home zurückgekommen war.

Harvest Home …

Was geschah an Harvest Home?

Mit einem Mal überfiel mich gräßliche Furcht. Und ebenso plötzlich kam mir die Gewißheit, daß Worthy Pettinger Cornwall Coombe nie verlassen hatte.

Die Straßenlaternen um den Dorfanger brannten nicht, und in der Dunkelheit wartete alles gespannt auf den Augenblick, in dem das Freudenfeuer entzündet wurde. Ich parkte meinen Wagen in der Nähe des Postamtes und machte mich auf die Suche nach Amys Penrose; dann blieb ich stehen, um mir den riesigen Stapel aus Holz und Abfällen anzusehen, der sich mehr als dreißig Fuß auftürmte. Gleich darauf öffneten sich die Tore des Feuerwehrhauses mit einem Ruck, und die Scheinwerfer der Spritzenautos beleuchteten die applaudierende Menge. Schläuche wurden an die Hydranten angeschlossen; die Leitern, die man dazu benutzt hatte, um den Freudenfeuerstapel aufzubauen und die Vogelscheuchen an der Spitze zu befestigen, wurden weggeschafft, während die Feuerwehrleute ihre

Helme aufsetzten und die Zuschauer zurückdrängten, bis sie in sicherer Entfernung standen.
Plötzlich fand ich mich in der Menge wieder, und als ich mit den anderen zurückgetreten war, schleuderten die Feuerwehrleute brennende Fackeln in den Stapel. Das Freudenfeuer begann mit kleinen Flammenzungen, die hier und dort aufloderten, doch als sich das Holz und der Abfall langsam entzündeten, wurde es zu einem furchteinflößenden Anblick. Ich blieb, wo ich war, sah zu, wie es wuchs, wie die orangeroten, gelben und kupferfarbenen Flammen die Bretter, Kisten, Balken und was immer sie fanden, fraßen, und hörte aus dem hölzernen Innern des Stapels das Brüllen der Feuersbrunst.
Aus eigenem Antrieb wich die Menge vor der starken Hitze zurück, und in die sich vergrößernde Bresche sprang eine Schar lebender Vogelscheuchen, eine Reihe zerlumpter, wild aufgeputzter, strohumwickelter Gestalten, die in verrücktem Tanz herumhopsten und um ihre eigene Achse wirbelten. Nun faßten sich auch die Zuschauer an den Händen, bildeten eine lange Kette und umkreisten den lodernden Stapel im Uhrzeigersinn.
Verächtlich beobachtete ich sie, wie sie an mir vorüberglitten, Glied um Glied in ihrer menschlichen Kette; ich haßte sie, diese Tölpel mit ihrem albernen Tanz, ihrer dummen Singerei, ihren engstirnigen Anschauungen. »Die alten Bräuche« – wie ich diese Floskel verabscheute! Ich trat zur Seite; immer mehr Menschen kamen und mischten sich in den Kreis, der zunehmend größer wurde, sich bis an den Rand des Dorfangers ausdehnte. Jetzt bewegten sie sich entgegen dem Uhrzeigersinn um das Feuer.
Dann, scheinbar ohne ein verabredetes Zeichen, schwenkte der tanzende Kreis zu mir aus, kam auf mich zu. Hände teilten sich, Arme hoben sich über meinen Kopf, und ich wurde von zwei grotesken, stroh- und lumpenbekleideten Männern mitgerissen. Sie umklammerten meine Hände mit eisernem Griff, ihre vermummten Gesichter nickten mir zu. Ich war gezwungen, mitzumachen, mich schneller und schneller zu bewegen, und die

riesige Lohe drehte sich vor meinen Augen. Ein anderer Kreis tauchte vor mir auf, der in entgegengesetzter Richtung tanzte, und dunkle Köpfe bewegten sich vor dem flackernden Licht wie Schattentänzer. Ich wurde weitergezogen; die Kreise lösten sich, verwandelten sich in eine Schlangenlinie – menschliche Bänder, die sich ineinanderflochten, während das Feuer wuchs. In der wirbelnden Bewegung konnte ich Gesichter unterscheiden: Robert, Kate, Bess; dazwischen der weiße Kragen des Pastors, Mrs. Buxleys Hut, die Haube der Witwe – einem Kaleidoskop gleich; dann ein anderes Gesicht, rot und zornig. »Da ist er!« schrie Irene Tatum. »Der, der die Schweine rausgelassen hat! Debbie hat ihn gesehen! Er hat die Schweine absichtlich rausgelassen!« Ich merkte, wie sie mich von hinten packte, an meinen Kleidern riß, mich aus dem Kreis zu zerren versuchte, doch noch immer hielten die Hände unter den Strohbüscheln mich fest, und ich wurde mitgezogen, ob ich wollte oder nicht.

Die Linie schwang wieder nach außen, und ein Teil der Kette löste sich wie eine riesige Amöbe aus dem Kreis, um einen zweiten, kleineren zu formen. Jemand schob mich vor – ich wurde in die Mitte gestoßen, drehte mich wie ein Kreisel, sah vom Feuerschein überflutete Gesichter, jetzt hell, dann wieder dunkel im flackernden Licht, alle irgendwie unheilvoll. Sie schlossen sich drohend um mich, und ich spürte den Druck ihrer Körper, ihren heißen Atem … wollten sie mich ersticken? Schnell, wie sie auf mich zugekommen waren, zogen sie sich wieder zurück, als wäre ich die Zielscheibe eines Riesenspaßes gewesen, und plötzlich war wieder alles eitel Fröhlichkeit: Sie kehrten in den großen Kreis zurück und nahmen mich mit sich, ein Wirbel hüpfender Gestalten. Meine Vogelscheuchen-Kumpane packten mich an den Händen und umkreisten mit mir den lodernden Stapel. Erneut der rachsüchtige Hexenschrei: »… hat meine Schweine rausgelassen!« Die Stimme wurde schwächer, verlor sich; und soviel ich auch zerrte und zog, ich konnte mich doch nicht befreien. Schließlich gab ich allen Widerstand auf;

sie brachten mich, wohin sie wollten, und die als Vogelscheuchen verkleideten Männer lachten und nickten mir zu, als wäre ich nicht ihr Gefangener. Mit ihren wilden Narrengesichtern blickten sie hinauf zu dem Strudel aus Feuer und Rauch – seht! seht! – ihre Augen glitzerten vor Verzückung im Widerschein des Feuers.

Ich schaute wie sie hinauf, sah ein Bild, das kein Mensch sich ausmalen, sich erträumen kann. Sah eine Hölle von brennenden Vogelscheuchen, Stroh und Säcke und Knopfaugen, Querbalken und Ständer, Hüte und Jacken – alles in Flammen, eine Massenvernichtung von Strohmännern, sah einen davon höher als die anderen, die Arme in einer seltsam flehenden Gebärde ausgestreckt wie Christus am Kreuz. Die Gestalt war nach hinten geneigt, dem Feuer zu, das an der ausgedienten Uniformjacke leckte, und ich sah die glanzlosen Epauletten, den Dreispitz; sah die Flammen wie in einer Liebkosung das Gesicht umzüngeln.

»Worthy!«

Die Vogelscheuche auf dem Feld. Die Schweine, die von dem Geruch wie wahnsinnig wurden…

Ich schrie und kämpfte, um freizukommen, doch sie hielten mich mit eisernem Griff gepackt und zogen mich zurück, als der brennende Stapel sichtbar anzuschwellen schien, Rauch zu speien begann und sich wie im Todeskampf dehnte. Ich beobachtete, wie er wankte, vom Wind zur Seite gedrückt, zitterte – dann stürzte der schreckliche Stapel in sich zusammen.

Ich schrie noch immer, sah Menschen an mir vorübereilen, fliehen, sah Funken in einem glühenden Schauer durch die Luft wirbeln, sah, daß die Asche gleich Federn vom Wind davongetragen wurde und wie grauer, gespenstischer Schnee zwischen den Grabsteinen im Kirchhof zu Boden rieselte, sah, wie sich eine Hand über meinem Kopf erhob, sah das Bild zerbersten, in Stücke gehen, sah…

Nichts.

TEIL V

Harvest Home

27.

Ich erwachte aus dem Alptraum und fand die Bruchstücke wieder zusammengefügt, doch dann erkannte ich, daß es nur die Risse und Fugen einer Zimmerdecke waren. Ich lag in einem fremden Bett, in einem Raum, den ich nicht kannte. Meine Jacke hing über einer Stuhllehne, meine Schuhe standen daneben auf dem Boden. Die Rouleaus an den Fenstern waren heruntergelassen. In meinem Schädel dröhnte es, mein Hinterkopf schmerzte. Ich sah auf die Armbanduhr; sie war zehn Minuten nach fünf stehengeblieben: morgens oder nachmittags? Ich beugte mich aus dem Bett und zog an der Schnur des Rouleaus. Die Sonne stand hoch am Himmel.

Nun merkte ich, daß ich in einem Schlafzimmer des Penance-Hauses zu mir gekommen war, denn von hier aus konnte ich in spitzem Winkel zur Kirche sehen. Die Zeiger der Turmuhr standen auf zwanzig Minuten vor zwölf. Männer machten sich auf dem Dorfanger zu schaffen. Einige rechten den Rasen, andere schaufelten die verkohlten Überreste des Feuers auf ein großes Drahtnetz. Die so durchgesiebte Asche wurde in Rupfensäcke gefüllt und auf den Anhänger eines Lastwagens geladen. Bald erinnerte nichts mehr an die nächtlichen Ereignisse als ein riesiger, versengter Kreis im Gras.

Erschöpft fiel ich in die Kissen zurück. Mein Magen drehte sich um, als ich die Bilder des vergangenen Abends wieder an meinem geistigen Auge vorüberziehen ließ – das Flammenmeer, die Vogelscheuche, die keine gewesen war. Ich drückte die Augen fest zu. Es konnte nicht sein – es war nur eine Ausgeburt meiner Phantasie. Da war kein Gesicht gewesen, nichts als ein Kopf aus Stroh. Ich konnte es mir einreden, wenn ich es nur versuchte. Ich versuchte es. Es gelang mir nicht. Das Gesicht blieb … Worthy Pettingers Gesicht.

Wieder sah ich durchs Fenster. Mehrere Männer holten die Erntesymbole von den Schornsteinen und Dachrinnen. Andere wieder waren an den verschiedenen Stellen des Dorfangers aufgetaucht, schlenderten dort müßig hin und her. Ich sah keine Frauen, keine Kinder, kein Tier. Kein Wagen fuhr vorüber. Die Männer schienen zu warten, rauchten ihre Pfeifen und sahen zu dem verbrannten Rasenstück hinüber.
Da hörte ich Motorengeräusch. Justin Hookes Wagen fuhr unter dem Fenster vorbei und um den Dorfanger herum und hielt gegenüber der Kirche an. Justin half Sophie beim Aussteigen; sie warf einen verstohlenen Blick auf die Kirchturmuhr. Die beiden gingen über die Wiese und blieben stehen, als sie in die Nähe des verkohlten Kreises kamen. Justin ließ Sophies Arm los, und diesmal sah er auf die Uhr. Es war fünf Minuten vor zwölf.
Noch mehr Männer waren erschienen, vereinzelt, schweigend, blieben neben den Bäumen und Laternenpfählen stehen. Mr. Buxley kam aus der Kirche und trat auf die oberste Treppenstufe. Er sah sich um und verschwand durch das Portal. Justin sprach auf Sophie ein. Sie beugte den Nacken, legte ihre Stirn an seine Brust. Er schüttelte den Kopf, machte eine zornige Gebärde und hob ihr Kinn. Sie wollte sich abwenden und fortgehen, doch er ergriff ihre Hand und zwang sie, ihm zuzuhören. Da riß sie sich los und warf sich ins Gras.
Justin spähte zu einer Gruppe von Männern hinüber, kniete dann rasch nieder und zog sie hoch. Wieder hob er ihr Gesicht, diesmal sehr sanft, und sprach zu ihr. Sie schien sich zu fügen, ließ zu, daß er ihre Hand ergriff und sie weiterführte, hin zum Feuerkreis. Noch einmal blieb sie stehen, starrte auf den geschwärzten Rasen, sah unentschlossen auf die Kirchturmuhr und wieder zurück. Plötzlich löste sie ihre Hand mit einem Ruck aus der seinen und begann wegzulaufen. Justin ging drei oder vier Schritte hinter ihr her, dann blieb er stehen. Die herumschlendernden Männer wurden aufmerksam, drehten sich um und sahen Sophie nach, die sich immer weiter über die Hauptstraße entfernte.

Die Kirchenglocke begann die Stunde zu schlagen. Als der letzte Glockenton verklungen war, trat Justin in den Kreis. Die Männer sahen ihm zu, ohne ein Wort zu sagen, verfolgten jedoch genau, wie er auf den Mittelpunkt zuging. Amys Penrose kam durch das Kirchenportal und stieg die Stufen hinunter. Ohne einen Blick auf die Gestalt im Kreis zu werfen, ging er um den Dorfanger herum, überquerte die Straße und verschwand unter meinem Fenster.

Ich schlug die Decke zurück, schwang die Füße aus dem Bett und ging ins angrenzende Badezimmer, um mir das Gesicht zu waschen. Ich sah schmutzig und ungepflegt aus und hatte eine Rasur nötig. Als ich mich über das Waschbecken beugte, schmerzte mein Kopf schlimmer als zuvor. Ich befeuchtete den Waschlappen und drückte ihn auf die Schwellung, da öffnete sich die Schlafzimmertür. Amys' Gesicht erschien hinter mir im Spiegel.

»Ganz schöne Beule.«

Ich hielt den Waschlappen gegen meinen Hinterkopf, ging ins Zimmer zurück und setzte mich auf die Bettkante.

»Wie bin ich hierhergekommen?«

»Die haben Sie hergebracht. Merle Penrose und Morgan Thomas.« Sie hatten mich zusammengeschlagen und mich dann zu Bett gebracht. »Da sieht man mal, daß kein Mensch durch und durch schlecht ist.«

Amys beäugte mich. »Anständiges Bett?«

»Recht bequem. Waren Sie gestern abend auch dabei?«

»Teufel noch mal, nein. Bei dieser verfluchten Narretei? Bin im Kino gewesen. Wie ich zurückkomme, schleppen die Sie gerade die Kirchentreppe hinauf. Ich hab' ihnen gesagt, sie sollen Sie hierherbringen.«

»Wissen Sie, was passiert ist?«

»Die haben ihre Kindling Night gefeiert.«

»Und heute abend werden sie ihr Harvest Home feiern. Amys, ich muß Ihnen etwas sagen –« Er wandte sich ab und schien zu wissen, was jetzt folgen würde. Ich erzählte ihm von Jack

Stumps Entdeckung im hohlen Baum, daß er auf Rogers Ring gestoßen war und ihn an sich genommen hatte und daß Irene Tatum Grace Everdeen nicht im Fluß gefunden hatte.
»Sie war nicht hübsch, Amys. Nicht, als sie zurückkam.«
Er nickte. »Ich weiß. Hab' sie gesehen.«
»Sie?«
»Ich hab' sie gesehen. Damals, als Roger sie auf seinem Pferd über die Brücke holte. Hatte mich jeden Abend auf Irenes Grundstück versteckt und gewartet. Ich hab's gewußt, daß einer von den beiden über'n Fluß kommen würde. Er brachte sie in den Obstgarten. Sie hatte 'ne Art Schal ums Gesicht gebunden, den zog er weg. Und wie er sieht, was mit ihr passiert ist, läßt er sie einfach stehen. Sie schwört ihm, daß sie an Harvest Home kommen wird. Na, Roger hat's der Witwe gesagt, und die ist nach Saxony rübergefahren und hat Gracie verboten, zu kommen. Aber ich wußte, daß sie's doch tun würde. Sie konnte nicht anders. Konnte nicht anders – obwohl sie wußte, daß die sie umbringen würden.«
»Sie haben es gewußt.«
Er hob nur die Schultern »Jeder hat's gewußt. Gracies Unglück war, daß sie sich in Roger verliebt hat. Verlieben darf sich kein Mädel, das Maismaid wird – nicht in den Erntekönig.«
»Dann muß es auch Sophies Unglück sein. Warum haben Sie mich belogen und behauptet, Mrs. Zalmon hätte Worthy Pettinger aus dem Dorf gebracht?«
»Die haben's mir befohlen. Ewan Deming und die Ältesten, sie ...« Tränen stiegen ihm in die Augen. »Die wußten, daß wir Freunde sin'–«
»Sind wir Freunde?«
»Ja, Mister.« Er wandte mir das Gesicht zu, seine nassen Augen blinzelten gegen das Licht. »Ich weiß, was Sie denken, aber ich will Ihnen mal was sagen: Ich werd' nicht mehr allzulange leben, und ich hab' immer getan, was ich wollte, aber wenn Sie so lange auf der Welt sind wie ich, lernen Sie eines – Ihre Nase nicht in Dinge zu stecken, die Sie nichts angehen. Ich kümmere

mich nicht drum, was die Leute tun, und sie lassen mich zufrieden. Ich weiß nich', was letzte Nacht passiert ist. Und wenn Sie's wissen – oder wenn Sie meinen, Sie wüßten's –, würde ich nicht einfach so rumlaufen und es in die Gegend posaunen. Die Leute hier können verdammt ungemütlich werden.«
Ich spähte durch das Fenster. Die Bauern beobachteten Justin noch immer, der unbeweglich in der Mitte des Kreises stand. Mit Ausnahme von Missy Penrose war kein weibliches Wesen zu sehen.
»Was wird sie jetzt tun?« fragte ich und deutete auf das Mädchen. »Jetzt, wo die Schafe im Pferch sind.«
»Sie wartet. Jeder wartet.«
»Worauf?«
»Daß Jim Minerva seine Wahl trifft.«
»Daß er eine Maismaid wählt?«
»Mja.«
»Wer wird es wohl diesmal werden?«
»Ein – junges Mädchen.«
Eine Warnung lag in seiner Stimme, doch mein Verstand arbeitete nach dem Schlag auf meinen Kopf nur langsam. Ich starrte ihn an. Dann: »Kate?«
»Die Witwe will frisches Blut. Deshalb haben Sie das Haus bekommen. Die Dorfleute wollten eigentlich keine Fremden hier haben. Sie hatten 'ne Versammlung. Die Witwe sagte, ja, sie sollten sie kommen lassen. Sie hat Sie gesehen, am ersten Tag, wo Sie hergekommen sind.«
Ich erinnerte mich an die Fotografie, die ich von Kate gemacht hatte; wie ich unsere Telefonnummer darauf schrieb, das Interesse in den Augen der Witwe. Eine weitere Verschwörung. Ich umklammerte Amys' Handgelenk und hielt ihn fest. »Amys, was geschieht an Harvest Home?«
»Was kein Mann je weiß, was keine Frau je erzählt.«
»Sagen Sie es mir.« Er versuchte sich loszumachen, doch ich verstärkte meinen Griff. Amys sah auf Justin hinunter, auf den aller Augen gerichtet waren.

»Er wird's Ihnen auch nicht sagen. Nicht, ehe er geht; nicht, wenn er zurückkehrt.« Mit der freien Hand löste er meine Finger von seinem Handgelenk und rückte von mir ab. Ich blieb am Fenster stehen und starrte auf die Gestalt, die im Mittelpunkt des Kreises wartete.

Das Geheimnis. Jenes verwirrende Rätsel, das ich noch immer nicht gelöst hatte. Amys hatte geschwiegen, doch er wußte es. Sie alle wußten es – alle mit Ausnahme von mir. Und obwohl der Erntekönig einsam dort im Kreis auf dem Dorfanger stand, war er doch nicht allein; jemand war bei ihm, und obwohl ich *Sie* nicht kannte, wußte ich nun, wer Sie war.

Ich sagte Ihr den Kampf an, Tod und Zerstörung. Frisches Blut – für Sie? Wenn es dazu kam, würde ich jeden Stall im Dorf in Brand stecken, jedes Feld, auf dem auch nur ein Halm wuchs. Ich würde die Erde mit einer giftigen Masse verderben, um Sie zu töten. Ich würde die Klingen der Pflugschar rosten lassen, die Griffe zerbrechen. Ich würde das Land zu einer Wildnis aus Dornengestrüpp und Unkraut machen. Gleich, wie schön sie auch blühten, keine Hügel, keine Scholle, keine Wiese würde mir entgehen, um den Geist der heiligen Mutter Erde zu brechen. Ich verdammte und verfluchte Sie, schwor, daß Sie mich nicht besiegen würde.

Amys sah mich an. Hatte er meine Gedanken erraten? »Mein Sohn, heute wird nur zweimal geläutet. Das erste Läuten hab' ich schon hinter mir. Das zweite ist bei Mondaufgang. Das ist ein besonderes Geläut – das Abendläuten, könnte man's nennen. Wenn Sie die Glocke hören, sehen Sie zu, daß Sie daheim sind.«

Er berührte meinen Arm. »Und bleiben Sie um Himmels willen dort«, fügte er hinzu.

Ich hatte nichts dergleichen vor. »Nun«, sagte ich, »beten Sie um Regen.«

»Wieso das?«

»Die Bauern brauchen ihn.«

Ich ging auf dem Teppich in Robert Dodds Terrassenzimmer hin und her; meine Hand, in der ich das Glas Scotch hielt, zitterte. Obwohl Robert mich mehrmals aufforderte, Platz zu nehmen, konnte ich es nicht. Die Unsichtbare Stimme schwieg. Der Professor saß unbeweglich in seinem Sessel, mit hängendem Kopf, und die dunkle Brille verbarg seine Augenhöhlen.

Ich war heimgekommen und hatte das Haus leer vorgefunden. Der Kombiwagen war fort, Bess und Kate ebenfalls. Sie hatten keine Zeile hinterlassen, keine wie auch immer geartete Nachricht. Weder von Bess' noch von Kates Kleidern fehlte etwas. Ich war vor Sorge außer mir. Robert hatte mir gesagt, daß Maggie in die Stadt gefahren war und daß sie Bess und Kate vielleicht mitgenommen hätte. Doch das erklärte das Fehlen des Kombiwagens nicht.
In meiner Aufregung fiel es mir schwer, meine Gedanken zu sammeln. So zusammenhängend wie möglich berichtete ich von den Ereignissen des vergangenen Tages: meinem Besuch bei den Hookes, dem Spaziergang zum Fluß, meinem Zusammentreffen mit Tamar – zu diesem Teil der Geschichte kam ich, ehe ich es recht bedachte –, und wieder versuchte ich, mich zu rechtfertigen: »Es ist nicht so, wie Sie glauben. Ich habe nicht – sie wollte es – sie …« Ich stockte, fuhr dann fort. Das Feld sei leer gewesen, die alte Vogelscheuche wäre schon vor einiger Zeit von den Tatum-Kindern weggebracht worden. Dann hätte plötzlich diese neue Vogelscheuche dort gestanden. Die Witwe habe uns schon vor langem die alten Kleidungsstücke in ihrem Wohnzimmer gezeigt: die Uniformjacke aus dem Spanisch-Amerikanischen Krieg, die Jack Stump ihr verkauft hatte, den Dreispitz, die Stiefel. Eine Vogelscheuche, wo vorher keine gewesen war. Die Schweine, die vom Blutgeruch wie rasend wurden. Man hatte Worthy aus dem Postamt geholt, ihn getötet. Dann hatte man ihn als Vogelscheuche auf der Spitze des Freudenfeuers verbrannt.

»Sie haben Worthy ermordet. Und sie haben Jack Stump die Zunge abgeschnitten.«
Robert schüttelte ungläubig den Kopf. »Das kann doch nicht sein.«
»Nein? Ich sage es Ihnen doch! Und die Frauen brachten Gracie Everdeen um!«
»Beruhigen Sie sich, mein Junge. Ihre Nerven sind überreizt. Gracie Everdeen hat Selbstmord begangen. Deshalb hat man sie auch nicht in unserem Friedhof begraben.«
»Sie wurde ermordet, und man wollte sie nicht begraben – wegen dem, was sie getan hat, was immer es auch war. An Harvest Home. Draußen in Soakes Lonesome. Heute abend vor genau vierzehn Jahren!«
»Ja. Heute abend. Ich habe schon den ganzen Vormittag daran gedacht, daß heute abend Harvest Home ist.«
»Ich werde hingehen.«
»Wohin gehen?«
»In den Wald. Ich werde dabei sein, wenn sie Harvest Home feiern.« Zornig stellte ich mein Glas ab und schickte mich an, den Raum zu verlassen.
»Ned – warten Sie!« Roberts Stimme klang laut und scharf. »Wenn Sie sich schon nicht setzen wollen, bleiben Sie wenigstens stehen und hören Sie mir zu. Ich will Ihnen einiges erzählen, was Sie interessieren könnte. Haben Sie von den sogenannten Griechischen Mysterien gehört? den Eleusinischen Mysterien zum Beispiel?«
»Der Begriff ist mir bekannt.«
»In alten Zeiten gab es einen Kult, bei dem die Frauen eine Göttin Demeter verehrten. Sie war die Göttin des Erdsegens und der Fruchtbarkeit.«
»Die Mutter?«
»In einer ihrer vielen Eigenschaften. Diese sogenannten Mysterien wurden jährlich gefeiert, und was geschah, während die griechischen Frauen ihrer Göttin in ihrem Hain huldigten, wurde so geheimgehalten, daß die Wissenschaftler es bis zum

heutigen Tag nicht wirklich ergründen konnten. Besonders bemerkenswert aber ist, daß jeder den Tod fand, der hinter das Geheimnis kam. Jene Frauen wollten nicht, daß irgend jemand sie beobachtete, während sie das taten, was sie für nötig hielten und woran sie glaubten. Das ist eine sehr ernste Sache – wie alles, was mit Fanatismus zusammenhängt. Und ihr Fanatismus kam von ihrem Glauben an eine Gottheit der Feldfrucht. Diese Gottheit – in diesem Fall also die Göttin – wurde verehrt.«

»Angebetet.«

Er nickte. »Man weiß, daß in einem bestimmten Zeitalter der Geschichte die Landwirtschaft treibenden Gemeinschaften besonders primitiv und wild waren, auch außerordentlich verschlossen, was ihren Kult betraf. Und auch unsere Frauen hier in Cornwall, die ihren eigenen Glauben haben, wollen nicht, daß irgendein Mann über ihre ganz speziellen ›Mysterien‹ Bescheid weiß. Deshalb hat kein Mann je etwas davon gesehen. Das ist alles, was ich Ihnen sagen kann.«

»Ich werde es herausfinden.« Die Überzeugung in meiner Stimme schien Robert zu beeindrucken; er schwieg längere Zeit und sagte schließlich: »Wenn Sie hingehen, werden Sie es Ihr Leben lang bereuen – falls Sie weiterleben.«

»Trotzdem werde ich gehen.«

»Sie werden nie dorthin gelangen. Die Frauen werden Wachen aufstellen – an der Straße, der Brücke, am Fluß. Heute abend geht niemand außer den Frauen in den Wald. Keiner von den Soakes, niemand.«

»*Ich* gehe!«

Er seufzte müde. »Ich will Ihnen noch etwas sagen. Vor vierzehn Jahren gab es einen anderen Mann; auch er war neugierig. Er versuchte herauszufinden, was an Harvest Home geschieht.«

»Tatsächlich?«

»Ehe die geheimen Handlungen noch begannen, hatte man ihn schon entdeckt – und er mußte bitter dafür büßen. Ich bitte Sie, gehen Sie nicht!«

»Wenn dieser Mann, von dem Sie sprechen, gefaßt wurde, war er ein Narr.«
»*Sie* sind ein Narr!«
»Dieser Ansicht scheinen alle zu sein. Weshalb jetzt auch Sie?«
Ich wartete auf seine Erwiderung und spürte, daß er mehr zu sagen hatte. Fühlte, daß auch er irgendwie unter dem Druck der Angst stand, daß er es nicht wagte, mehr zu verraten. Stille hatte sich über den Raum gesenkt, und plötzlich wußte ich, daß ich auf etwas wartete. Etwas, das nichts mit dem zu tun hatte, worüber wir sprachen. Etwas war geschehen – oder würde geschehen. Eine Sekunde später sollte ich es erfahren.
In der Ferne begann die Kirchenglocke langsam und feierlich zu schlagen. »Zweimal wird heute geläutet«, hatte Amys gesagt. Dieses Geläut war nicht vorgesehen gewesen; trotzdem hatte ich geahnt, daß es erfolgen würde. Ich zählte mit und versuchte mich zu erinnern, was Amys mir über die Aufeinanderfolge der Schläge gesagt hatte.
»Jemand ist gestorben«, sagte Robert. Wir lauschten. Die Glocke läutete dreimal, wieder dreimal, dann noch dreimal.
»Dreimal drei Schläge. Eine Frau.« Robert erhob sich. »Haben Sie Ihren Wagen da? Fahren Sie mich zur Kirche.«
Die Glocke läutete noch immer, während wir zum Dorfanger fuhren, und als wir das nördliche Ende der Hauptstraße erreichten, kamen die Leute aus allen Richtungen geeilt und versammelten sich am Fuß der Kirchentreppe. Auf der obersten Stufe stand die Witwe Fortune. Ihre weiße Haube war unter einem dunklen Schal verborgen; sie sah zur offenen Kirchentür, wo Amys Penrose noch immer am Glockenstrang zog, und gestikulierte wütend. Ein Mann rannte zu ihr hinauf, sie sagte etwas zu ihm, und er rief der Menge zu: »Amys dürfte nicht läuten!«
Ich hatte an der Kurve geparkt und half Robert auf den Bürgersteig. Dabei beobachtete ich die Witwe, die nun ihre Augen mit der Hand beschattete und die Straße überblickte. Ein Wagen näherte sich in langsamer Fahrt. Die Menge teilte sich, als er

am Straßenrand vor der Kirche anhielt. Justin Hooke stieg aus, öffnete die hintere Wagentür und trug seine leblose Bürde auf den Armen durch die Gasse, die sich zwischen den Menschen gebildet hatte, die Stufen hinauf. Dann beugte er sich vor der Witwe nieder und legte ihr den toten Körper Sophie Hookes vor die Füße.

Die alte Frau hatte sich nicht von der Stelle bewegt; sie sah mit rätselhaftem Ausdruck auf die stille Gestalt nieder. »Was hat sie getan?« hörte ich eine Stimme fragen. Die Witwe gab durch eine leichte Handbewegung zu verstehen, daß sie die Frage gehört hatte, antwortete jedoch nicht. Mr. Buxley trat vor.

»Sie hat sich erhängt.« Er preßte die Lippen zu einem grimmigen Strich zusammen und sprach dann weiter. Er würde keinen Gottesdienst für Sophies Seelenfrieden halten, und man würde sie auch nicht im Friedhof beerdigen. Sie sollte außerhalb der Einfriedung in ungeweihter Erde ruhen. Ich stellte mir Sophies Gedenkstein neben Gracie Everdeens falschem Grab vor.

Während ich den Urteilsspruch mitanhörte, beobachtete ich die Gesichter der Umstehenden. Sally Pounders Mund öffnete und schloß sich vor Bestürzung; Betsey Cox runzelte die Stirn und biß sich auf den Daumen; Tamar Penrose, die hinter Missy stand, schien in atemloser Spannung auf etwas zu warten, und eine Art Triumph stand auf ihrem Gesicht geschrieben.

Nirgendwo hörte ich einen Menschen sagen: »Arme Sophie«, noch schien jemand von der Tragödie erschüttert zu sein oder ihren Tod zu beklagen – nur, daß sie *jetzt* tot war, *heute*.

»Ausgerechnet heute«, sagte einer.

»Ohne an andere zu denken«, sagte ein zweiter.

»Amys hätte nicht läuten dürfen«, bemerkte ein dritter. »Sie hat selbst Hand an sich gelegt.«

Justin Hooke stand teilnahmslos da und hielt den Blick auf die Witwe gerichtet, als erwarte er ihre Entscheidung, was geschehen sollte.

»Das Herz eines Sünders!« Plötzlich hob die Witwe den Kopf

und begann zu sprechen. Obwohl sie nicht schrie, erreichte ihre Stimme doch jeden der Versammelten. »Sie hat sich das Leben genommen. Sie hat es aus Bosheit getan, uns zum Trotz. Sie lebte wie ein törichtes Kind und ist auch so gestorben. Ich habe sie mit diesen meinen Händen zur Welt gebracht und wollte, ich hätte sie auch damit wieder vom Leben zum Tode befördert. Mr. Buxley hat recht – sie wird keine Ruheplatz in unserem Friedhof finden. Sie war verderbt.«

»Und was wird jetzt?« rief Sally Pounder.

»Ja, was soll jetzt geschehen?« Das war Margie, die Friseuse. »Können wir jetzt Harvest Home feiern?«

Die Züge der Witwe verfinsterten sich. »Rede keinen Unsinn, Mädel, natürlich werden wir Harvest Home feiern. Es ist das siebte Jahr – es muß sein!«

»Aber wer soll Maismaid sein?«

»Ohne Zweifel wird die Maismaid heute abend ihre Krone tragen.« Ihre Stimme war zwingend, voller Zorn. »Doch es ist schon spät. Uns bleibt nicht mehr viel Zeit. Missy, komm herauf. Tamar, schick sie zu mir.«

Während das Kind ihrem Befehl folgte, bahnte ich mir einen Weg durch die Menge und stieg die Treppe hinauf, Stufe für Stufe, bis ich der Witwe Auge in Auge gegenüberstand. Missy wich zum Kirchenportal zurück; ihr trüber Blick war auf mich geheftet, als ich das Wort an die alte Frau richtete.

»Sie reden von Verderbtheit. Wenn hier in diesem Tal jemand verderbenbringend ist, sind Sie es. Nicht durch Ihre Kräuter, sondern durch Ihr Wesen, Ihre Geschichten, Ihr Gerede. Schafsblut und Maiskronen und Gott weiß was noch alles!« Ich wandte mich an die Menge. »Wie könnt ihr auf sie hören? Wie könnt ihr das alles zulassen? Merkt ihr nicht, was für ein Mensch sie ist?«

Die Witwe wurde nicht wütend. Sie lächelte mich an; ein unergründliches, trauriges Lächeln, als hätte sie einen lieben Freund verloren – das ironische, wissende Lächeln des Fanatikers, dessen Glaube so tief verwurzelt ist, daß keine Verständigung mehr mit ihm möglich ist. Sie faltete die Hände unter dem Busen; zwei Finger spielten mit dem Band, an dem die Schere hing.

»Ihr Sarkasmus dürfte an diese Leute verschwendet sein«, begann sie, »denn sie sind einfaches Volk. Aber wenn sie auch einfach sein mögen, dies hier ist ihr Dorf, ihre Heimat. Ihre Vorfahren haben das Tal besiedelt, und alles wurde so weitergeführt, wie sie es wollten. Ich glaube nicht, daß man eine solche Kritik von einem Außenstehenden ohne weiteres hinnehmen wird. Wir ließen Sie herkommen und bei uns bleiben, denn das wollten Sie. Wir gaben Ihnen das alte Penrose-Haus, ließen zu, daß Sie es nach Ihrem Geschmack herrichteten und sich das Hühnerhaus ausbauten, um Ihre Bilder darin zu malen. Wir mischen uns nicht in anderer Leute Angelegenheiten, solange sie sich nicht in die unseren mischen.« Sie ließ ihren rachsüchtigen Blick über die Menge schweifen. »Wir waren seine Freunde, und Justin ebenfalls. Unser Erntekönig. Doch es gibt Dinge, die nichts mehr mit Freundschaft zu tun haben. Dieser Mann ist ein Narr. Er verachtet unsere Sitten. Die alten Sitten.« Wieder wandte sie sich an mich. »Sie sind nicht nur hergekommen, um ein Haus instand zu setzen; Sie sind gekommen, um Scherereien zu machen. Sie haben an Stellen herumgeschnüffelt, die Sie nichts angehen. Sie sind gekommen, um ihre Frau unglücklich zu machen – ja, und Ihre Tochter ebenfalls –, um sich bei einem öffentlichen Fest zu betrinken, zu dem Sie nur dank der Freundlichkeit der Dorfbewohner Zutritt hatten. Und als wäre das nicht schon genug gewesen, versuchten Sie auch noch, Worthy Pettinger gegen uns aufzuwiegeln; ihn, der erwählt war. Und jetzt haben Sie die Stirn, hier vor diese Leute zu treten und das zu verhöhnen, woran sie glauben.«

Sie hob die Fäuste. »Laßt euch gesagt sein«, rief sie mit donnernder Stimme, »dieser Mann ist geächtet. Von nun an ist er in unserem Dorf ein Ausgestoßener und wird es bleiben. Wir wollen ihm den Rücken kehren, unsere Herzen von ihm abwenden.

Wir wollen unsere Türen vor ihm verschließen und unsere Kinder vor ihm verstecken. Keiner von uns soll ihm je wieder das Gesicht zuwenden. Wir wollen ihn meiden wie einen tollwütigen Hund, eine giftige Schlange, einen Aussätzigen. Er ist in Bann getan.«

Sie verhüllte das Gesicht vor mir, verbarg ihre Züge hinter dem schwarzen Schal, so daß nur mehr die unerbittlichen, unversöhnlichen Augen – Cornwall-Augen – zu sehen waren, und drehte mir den Rücken zu. Die Männer, Frauen und Kinder am Fuß der Treppe folgten ihrem Beispiel, einer nach dem anderen. Als ich hinunterschaute, sah ich, daß sie mir alle den Rücken zugewandt hatten, nur Robert nicht. Er hielt den Kopf gesenkt, und die Brillengläser waren wie schwarze Kreise in seinem Gesicht.

Dann begann die Glocke wieder zu läuten. Ein Glockenschlag; ein zweiter, lauter, schallender; noch einer und noch einer. Sie drehten sich wieder um und sahen an mir vorbei zum Vestibül, wo Missy Penrose wild am Glockenstrang zog. Ihre Füße berührten den Steinboden, dann sprangen sie hoch, und wieder tönte die Glocke. Es glich einem dämonischen Tanz, wie sie dort gegen das Gewicht der riesigen Bronzeform ankämpfte. Erneut berührten ihre Füße den Boden, wieder sprang sie, wieder der Glockenschlag.

Schaum trat auf ihre Lippen, und ihre Augen quollen aus den Höhlen. Tamar lief die Stufen empor, doch die Witwe versperrte ihr mit ausgestrecktem Arm den Weg. »Laß sie.« Das Mädchen machte weiter. Bim! Bim! Bim! Dann ließ sie das Seil los, sprang auf den Steinboden, und während die Glocke noch immer hin und her schwang und läutete, kam sie mit ausgestrecktem Zeigefinger über die Schwelle und schrie: »Er ist da! Er ist unter euch! Bewacht ihn, oder ihr werdet es bereuen!« Ihr Kopf fiel nach hinten; sie riß ihn wieder hoch und entlud ihren ganzen irrsinnigen Zorn auf mich. *»Und du wirst es noch ärger bereuen!«* Sie packte meine Hand und vergrub ihre Zähne darin, bis das Blut kam, wie sie es mit dem Huhn gemacht hatte, um es sich vampirgleich einzuverleiben.

Ich riß meine Hand los, hob sie und schlug auf sie ein. Sie drehte sich um sich selbst und fiel dann neben der ausgestreckten Gestalt Sophie Hookes nieder.

Justins Augen sprühten Feuer, als er meine Arme mit eisernem Griff packte. Ich wehrte mich, war ihm jedoch nicht gewachsen. Die Menge am Fuß der Treppe bildete eine drohende Mauer.

»Bringt ihn um! Bringt ihn um!«

Merle Penrose und Morgan Thomas, meine Vogelscheuchen-Gefährten vom gestrigen Abend, nahmen mich in Gewahrsam und stießen mich grob die Stufen hinunter. Constabler Zalmon folgte uns. Drunten bahnte sich Sally Pounder einen Weg durch die Leute und schob sich in den Vordergrund.

»Aber wer soll es sein?« rief sie. »Wer wird heute Maismaid sein? Wer wird den Mais machen?«

Die Witwe wandte sich an Justin. »Du mußt eine andere wählen.«

Er schüttelte den Kopf. Sie sah auf das Kind zu ihren Füßen nieder und gab den Männern ein Zeichen, Missy wegzubringen. »Der Erntekönig will nicht wählen. Dann müssen wir abstimmen!«

Tamar trat vor, einen ungestümen, verzückten Ausdruck auf dem Gesicht. Sally Pounder starrte sie an, mürrisch, mit offenem Mund. »Aber Tamar ist's schon einmal gewesen. Für Gracie Everdeen. Eine andere müßte es sein. Ich –«

»Oder ich.« Margie Perkins Gesicht tauchte vor mir auf. Andere widersprachen schreiend.

Jemand rief: »Tamar macht den Mais besser.« Tamar – Tamar – Tamar.

Der Name fand ein vielfaches Echo in der Menge, und als man mich über den Dorfanger führte, warf ich einen Blick zurück und sah Tamar Penrose mit stolz erhobenem Kopf die Kirche betreten, in der die Abstimmung stattfinden sollte. Die Witwe

hatte gerade mit dem Pastor gesprochen; nun drehte sie sich rasch um, ihre schwarzen Röcke wirbelten, und wieder hob sie die Hände mit der Gebärde einer Priesterin: Segnung und Gotteslästerung zugleich.
Dann verschwand auch sie in der Kirche, und Amys Penrose schloß das Portal hinter ihr.

28.

Die Uhr im Eichengehäuse tickte monoton neben dem Wandkalender über Konstabler Zalmons Schreibtisch, zählte unerschütterlich die Minuten. Ich wußte, daß mir nur wenig Zeit blieb. Der Konstabler saß mir gegenüber auf dem Drehstuhl. Tamar Penrose kam mit zwei Tassen herein, stellte sie auf den Schreibtisch und ging wieder hinaus. Ich erinnerte mich an den Teekessel auf der Heizplatte – jenen Kessel, über dem sie Worthys Brief mit Dampf geöffnet haben mußte.
Ich warf zwei Zuckerstücke in den Tee, drückte die Zitrone aus und ließ die Schale in den Papierkorb fallen. Ein Löffel war nicht dabei.
»Scheint es eilig zu haben, Tamar«, sagte der Konstabler und schlürfte seinen Tee. Draußen, hinter dem vergitterten Fenster, wurde es langsam dunkel. Mr. Zalmon knipste das Licht an, stand auf und trug seine Tasse aus dem Zimmer.
Ich konnte sie im Postbüro sprechen hören – den Konstabler, Morgan Thomas und ein paar andere Männer. Die Außentür öffnete sich; nun vernahm ich die Stimme einer Frau: Maggie Dodd. Dann tat sich die Tür zum Hinterzimmer wieder auf, und Mr. Zalmon ließ Maggie eintreten. Sie trug ein Tablett in den Händen.
»Ich habe Ihnen im Rocking Horse etwas zu essen richten lassen.« Sie stellte das Tablett ab und sah mich an. Dann kam sie um den Schreibtisch herum und legte mir mitfühlend die Hand auf die Schulter. »Tut mir leid, Ned. Robert hat mir erzählt, was passiert ist. Ich war den ganzen Nachmittag in der Stadt und habe Schallplatten gekauft.« Sie streifte die Handschuhe ab und setzte sich auf den Stuhl des Konstablers.
»Ach, Maggie.« Plötzlich fühlte ich mich wie ein dummer Schuljunge. »Man scheint mich in Haft genommen zu haben.«

»Was ist vorgefallen, Ned?«
»Ich glaube, da müssen Sie Missy Penrose fragen –«
Sie machte eine ungeduldige Handbewegung, als wollte sie den Gedanken an die unheilvolle Missy Penrose beiseite schieben.
Ich fragte: »Wann sind Sie in die Stadt gefahren?«
»Heute morgen.«
»Haben Sie Bess gesehen?«
»Ja. Sie nicht?«
»Nein. Sie war nicht da, als ich nach Hause kam. Wohin ist sie gefahren, Maggie?«
»Ich bin nicht sicher. Ich weiß, daß ein paar Flickendecken nach New York gebracht werden sollten. Vielleicht hat sie sie selbst hingefahren, nachdem sie Kate abgesetzt hatte.«
»Kate?«
»Sie hat Kate nach Ledyardtown gefahren. Das Mädel wollte dort über Nacht bei einer Schulfreundin bleiben. Dann ...« Sie zuckte mit den Schultern. »Ich weiß es nicht – sie sagte, sie wollte sich über alles klarwerden.«
»Zur Witwe ist sie nicht gefahren?«
»Nicht daß ich wüßte. Vielleicht. Ich kann ja auf dem Heimweg bei ihr vorbeischauen, wenn Sie möchten.«
»Ich muß hier raus!«
Sie lächelte bedauernd. »Natürlich. Das ist wirklich eine lächerliche Geschichte. Morgen wird man bestimmt –«
»Ich muß heute abend noch hier weg. Helfen Sie mir, Maggie.«
Sie sah mich nachsichtig an. »Wie, Ned?«
»Holen Sie die Feilen aus meinem Atelier und bringen Sie sie mir ans Fenster.«
»Bleiben Sie heute nacht hier, Ned. Es ist ohnehin alles nur ein Sturm im Wasserglas. Sicher haben sich die Gemüter morgen wieder beruhigt.«
»Ich muß heute abend hier heraus!«
»Warum heute abend?«
»Weil Harvest Home ist. Die Frauen gehen nach Soakes Lonesome –«

»Welche Frauen, Ned?« Sie lächelte und sprach in geduldigem Ton, als wäre ich ein Kind oder ein Irrer.
»Sie alle –«
»Alle?« Sie lächelte noch immer, doch die Belustigung hatte sich in sichtbaren, erschreckenden Hohn verwandelt. Als sie weitersprach, war ihre Stimme hart, leidenschaftslos. »›Alle‹ – also auch ich, nicht wahr?«
Ich starrte sie an. »Sie?«
»Natürlich, mein Lieber. Sie vergessen, daß ich hier geboren bin?« Maggie lachte und klatschte mit den zusammengelegten Handschuhen gegen die Schreibtischkante. »Sie wollen also dabeisein, wenn Harvest Home gefeiert wird? Neugier ist gefährlich, mein Lieber.«
Ich konnte den Blick nicht von ihr abwenden. War das möglich?
»Sie sind ein Narr.« Leise, verächtlich; die freundlichen Maggie-Augen waren verschwunden. Statt dessen stand eine brennende Herausforderung in ihnen, ein Triumph, wie ich ihn vor kurzem noch in Tamars Gesicht gesehen hatte. Ich konnte es nicht glauben: Maggie, unsere Freundin. Mir war, als hätte man mich geschlagen. Ich holte schaudernd Atem und vergrub die Hände in den Hosentaschen. Der Drehstuhl quietschte, als sie sich erhob. Sie begann ihre Handschuhe wieder anzuziehen. Ich trat einen Schritt auf sie zu.
»Sie waren es, habe ich recht? Auf der anderen Seite der Hecke. An dem Tag, als Sie Blumenzwiebel einsetzten.«
»Weiter«, sagte sie.
»Sie hörten, wie Worthy mir erzählte, daß er von Cornwall Coombe fort wollte, und sagten Tamar, sie solle nach einem Brief von einem John Smith Ausschau halten. Sie sind schuld, daß man ihn umgebracht hat.«
»Umgebracht?« Sie streifte den rechten Handschuh über, einen Finger nach dem anderen. »Ich weiß nicht, wovon Sie sprechen, Ned. Niemand würde Sie verstehen. Mrs. Zee hat Worthy zur Hauptstraße gefahren, zur Bushaltestelle. Wenn er

nicht in New York angekommen ist – nun …« Sie hob die Schultern.

»Und Sie haben die Puppe genommen.«

»Nein – *Sie* haben die Puppe genommen. Ich habe sie nur dahin zurückgebracht, wohin sie gehörte – in Justins Feld. Man hatte sie dort nämlich zu einem bestimmten Zweck hingelegt.« Ihre Augen verengten sich abschätzend. »Ned, mein Lieber. Sie sehen ein wenig müde aus. Sie sollten jetzt essen und sich ein bißchen ausruhen und einfach versuchen, nichts zu tun, sich um nichts zu kümmern. Dann wird alles wieder anders aussehen.«

»Nach dieser Nacht.«

»Ja. Nach dieser Nacht. Nach Harvest Home. Wenn Sie vorsichtig sind und sich nicht einmischen, wenn Sie sich um Verständnis bemühen und ein guter Ehemann sind, wird sicher alles besser werden. Für Bess vielleicht ebenfalls.« Sie nahm die Serviette vom Tablett und hielt sie mir hin. »Abendessen?«

»Eine Henkersmahlzeit? Nein, danke.« Ich starrte sie an und dachte bei mir, wie sie mich doch die ganze Zeit über zum Narren gehalten hatte; und Robert ebenfalls. Auch er hatte es gewußt, hatte mitgemacht. Hatte sich verstellt wie alle anderen.

Ich drehte mich zum Fenster um und hörte, wie sie das Tablett ergriff. Gleich darauf stieß sie mit der Schuhspitze gegen die Tür, und der Konstabler schloß auf. Sie übergab jemandem das Tablett, sah noch einmal zurück und ging dann hinaus. Mr. Zalmon kam ins Zimmer.

»Wollen Sie nichts essen?«

Ich schüttelte den Kopf. Er biß sich auf die Lippen, musterte mich kurz und deutete mit einer Kopfbewegung auf die Pritsche an der Wand. »Sie können hier schlafen.«

»Wann komme ich hier raus?«

»Morgen sehen wir weiter. Aber heute wollen die Frauen Sie hinter Schloß und Riegel haben.« Er kicherte, machte einen Rundgang durchs Zimmer, ging wieder hinaus. Minuten später kam er zurück und forderte mich auf, meine Taschen zu leeren.

Ich legte meine Brieftasche, die Wagenschlüssel und mein Taschenmesser auf den Schreibtisch. Er nahm das Messer, öffnete die mittlere Schublade seines Schreibtischs und warf es hinein.
»Wir woll'n hier keine Selbstmorde mehr.«
»Warum sollte ich Selbstmord begehen?«
»Es gibt Schlimmeres.« Ich hörte die Männer im Postbüro lachen. Der Konstabler nahm auch die übrigen Sachen in Verwahrung, griff in meine Jackentaschen, fand die Taschenlampe, legte sie ebenfalls in die Schublade und verschloß sie. Dann ging er hinaus, und die Tür wurde zugeschlagen und verriegelt. Füße scharrten über den Boden; ich hörte, wie die Außentür ebenfalls versperrt wurde, und blieb allein zurück. Ich mußte mich damit abfinden, für diese Nacht im Postamt eingeschlossen zu sein. War es wirklich nur für diese Nacht? Was würde morgen geschehen? Wieder warf ich einen Blick auf die Uhr; der Mond mußte bald aufgehen.
Ich sah mir die Tür an. Das Schloß war alt, wirkte jedoch stark – stark und stabil wie der Raum selbst. Prüfend fuhr ich mit der Hand über die Steinmauer; es war wohl so gut wie unmöglich, hier auszubrechen.
Doch ich mußte hinaus. Ich hatte einen Plan. Ich ging zum Fenster, öffnete es und preßte die Stirn gegen die Gitterstäbe. Wieder musterte ich den Rahmen, an dem das Gitter befestigt war. Die Uhr tickte. Ich hörte Stimmen von der Straße, sah, wie in der Ferne Männer aus dem Rocking Horse kamen, in ihre Autos stiegen und abfuhren. Nun trat Bert aus der Tür, sperrte die Schenke zu, eilte davon.
Mein Blick fiel auf die Penrose-Scheune.
Gwydeon Penrose. Was war er für ein Mensch gewesen? Einer der verwegenen kornischen Vorfahren, zäh und ausdauernd wie die übrigen Siedler. Hatte er sich an die alten Bräuche gehalten? Sicher. Das hatten sie alle getan. Alle – ihre Väter und deren Väter vor ihnen. Schlaue Bauern, gerissenes Volk. Ich rief mir Amys' Erzählung ins Gedächtnis, wie Gwydeon die Indianer überlistet hatte, indem er sich mit seiner Familie hier in der

Schmiede verbarrikadierte. Und als es ihnen schließlich gelang, durch die Tür zukommen, fanden sie –

Nichts.

Ich richtete mich auf, strich mir über die Bartstoppeln. Sie hatten niemanden vorgefunden. Gwydeon war nicht hiergewesen, weder er noch seine Familie. Sie waren entkommen – hatte Amys das nicht gesagt? Ich durchmaß rasch das Zimmer, schlug mit den Fäusten gegen das steinerne Mauerwerk. Wenn sie entkommen waren, dann von hier aus. Aber wie? Waren sie durch den Kamin geklettert? Ich bückte mich, tastete das Innere des Rauchfangs ab. Doch obwohl die Kaminöffnung ziemlich groß war, erwies sich das Abzugsrohr doch als viel zu schmal, und außerdem befand sich eine alte Metallplatte darüber.

Der Kamin war es also nicht. An welcher Stelle waren sie dann entkommen? Vielleicht durch eine Falltür im Boden. Ich schob den Schreibtisch zur Seite, schlug den Läufer zurück und klopfte mit dem Fingerknöchel gegen die Dielenbretter: überall festes Holzwerk. Ich ging durchs Zimmer und sprang immer wieder mit voller Wucht auf die Dielen. Sie gaben nicht nach.

Nachdenklich blieb ich stehen, horchte auf das Ticken der Uhr und musterte den Raum noch einmal genau. Vier Wände, Decke, Fußboden, offener Kamin, der Wandschrank.

Der Wandschrank!

Ich drückte eine kleine Holzklinke nieder und öffnete die Tür. Der Innenraum war kaum fünfundvierzig Zentimeter breit und hatte die gleiche Höhe wie das Zimmer. Er schien einst zur Aufbewahrung des Feuerholzes gedient zu haben, nicht mehr. Ich kniete nieder und unterzog den Boden des Wandschranks einer genauen Prüfung. Obwohl die Beleuchtung schlecht war, merkte ich, daß er mit Linoleum bedeckt zu sein schien, das bis zur Türfüllung reichte. Ich fuhr mit den Fingerspitzen darüber und klopfte dagegen. Es klang hohl. Dann bemerkte ich eine Ausbuchtung im Linoleum, die von einer darunter befindlichen Türangel stammen konnte. Rasch tastete ich weiter; noch eine

Ausbuchtung: zwei Angeln. Ich versuchte mit den Fingernägeln unter das Linoleum zu fassen. Etliche kleine Stückchen bröckelten ab. Ich brauchte etwas, um es hochzuheben. Das Taschenmesser.

Ich ging zum Schreibtisch und rüttelte an der mittleren Schublade. Sie bewegte sich, doch das Schloß hielt. Nach kurzem Überlegen setzte ich mich auf den Boden, stemmte die Füße gegen die Vorderfront des Schreibtischs und zog mit aller Kraft an der unteren Kante der Schublade. Anfangs widerstand sie noch, dann lockerte sie sich und ließ sich plötzlich mit einem Ruck herausziehen. Im nächsten Moment begann ich das Linoleum im Wandschrank mühsam mit meinem Taschenmesser zu entfernen.

Fast eine Stunde später hatte ich die Türangeln endlich freigelegt. Schmutz hatte sich in den Ritzen der Falltür festgesetzt, so daß sie sich nicht öffnen ließ. Ich kratzte ihn mit der Messerspitze heraus und versuchte es von neuem. Die alten Angeln quietschten, und die Tür hob sich Stück für Stück, bis ich in ein enges, schwarzes Loch schaute. Eine Anzahl eiserner Sprossen führte an der einen Seite des Schachtes in die Tiefe. Ich holte meine Taschenlampe aus der Schublade und kletterte in Gwydeon Penroses Geheimgang hinunter.

Es war kaum Platz, um sich zu bewegen, und ich hatte das Gefühl, als müßte ich in dem dumpfen, stinkenden Tunnel ersticken. Ich begann zu kriechen, wand mich zwischen den engen Wänden hindurch und robbte vorwärts. Schmutz war von der Decke gefallen, und ich mußte ihn unter meinen Schultern beiseite schieben, um durchzukommen. Von oben drang ein schwaches, holperndes Geräusch an mein Ohr. Ein Wagen vielleicht. Möglicherweise befand ich mich unter der Hauptstraße. Und was lag am anderen Ende des Ganges? Noch ein Stück Linoleum, das mir den Weg nach draußen versperrte?

Der Stollen verengte sich plötzlich so sehr, daß ich die Schultern kaum durchzwängen konnte. Ich streckte die Arme mit der Taschenlampe vor und schob mich mit den Füßen weiter. Endlich erweiterte sich der Gang wieder, und ich kam leichter vorwärts, fand sogar Platz genug, mich hinzuknien und auf allen vieren weiterzukriechen. Plötzlich merkte ich, daß Boden und Wände des Tunnels mit Holz verschalt waren, und im nächsten Augenblick konnte ich mich aufrichten. Ich leuchtete mit meiner Taschenlampe die Umgebung ab; der Lichtstrahl traf eine Steintreppe. Ich stieg die Stufen hinauf und stieß am Ende auf eine kleine Tür. Sie führte in eine Art Wandschrank; ich spürte Kleidungsstücke, die an Haken hingen, und dann stieß meine Hand gegen einen Stapel Bücher. Bücher in Mengen. Dort war ein Schnappriegel. Ich hob ihn, und die Tür ging einen Spalt auf. Licht drang durch die Öffnung. Ich hörte jemanden mit eintöniger Stimme sprechen, griff rasch nach der Tür, ehe sie weiter nach außen schwingen konnte, und spähte durch den Spalt. Nun wußte ich, wohin Gwydeon Penroses Geheimgang mich geführt hatte.

Die Kirche. Ich befand mich in dem Schrank mit den Gesangbüchern, direkt unter dem Chor. Die Stimme gehörte Mr. Buxley; der stand auf der Kanzel und sprach ein Gebet. In den Kirchenbänken saßen lauter weißgekleidete Gestalten: die Frauen des Dorfes. Sie hielten die Köpfe gesenkt und wandten mir den Rücken zu. Ich hörte den Pastor sein Gebet beenden, sah, wie er die Kanzel verließ und sich auf seinen Stuhl setzte. Er strich mehrmals nervös mit den Fingern über seinen Kragen und beobachtete die Frauen, die noch immer in derselben Haltung dasaßen. Plötzlich tauchte Mr. Deming auf und stellte sich hinter die große Erntetafel unter der Kanzel. Jetzt erst bemerkte ich, daß eine Menge Hacken mit langen Stielen auf dem Tisch lagen. Die übrigen Dorfältesten nahmen rechts und links von Mr. Deming Aufstellung. Nun hoben die Frauen ihre Köpfe, Ewan Deming nickte feierlich, und gleich darauf erschien die Witwe in ihrem schwarzen Kleid und der weißen Haube. Der Älteste ergriff eine der Hacken und überreichte sie ihr. Sie drehte sich um und schritt den Mittelgang entlang. Nun erhoben sich weitere Frauen, gingen zum Tisch, erhielten je eine Hacke und kehrten in ihre Bänke zurück. Als alle Feldgeräte verteilt waren, verneigten sich die Männer vor den versammelten Frauen und verschwanden einer nach dem anderen durch die kleine Tür hinter der Kanzel, gefolgt von Mr. Buxley.

Nun näherten sich auch die Frauen über den Mittelgang und verließen die Kirche. Als letzte kam Maggie Dodd; nachdem sie die Tür hinter der Kanzel verschlossen hatte, hörte ich, wie sie durchs Vestibül hinausging. Gleich darauf wurde der Schlüssel im Schloß des Portals umgedreht.

Stille herrschte in der Kirche. Ich wartete noch einen Augenblick, dann kletterte ich aus dem Schrank. Alle Türen waren versperrt. Die Fenster befanden sich zu hoch über dem Fußboden, als daß ich sie hätte erreichen können; überdies wußte ich, daß sich sowieso nur die obersten Scheiben öffnen ließen. Ich war in der Kirche eingeschlossen.

Ich ließ das Licht meiner Taschenlampe über die Stufen gleiten, die in den Glockenturm führten, stieg die Treppe hinauf, kam an der Tür zum Chor vorbei und erreichte den kleinen, quadratischen Raum, der einst als Wachtturm gedient hatte und nun das Uhrwerk beherbergte. Ich ging weiter und kam in den Glockenturm.

Die Frauen hatten sich auf dem Dorfanger versammelt. Ich duckte mich, als ein paar von ihnen die Köpfe reckten und auf die Turmuhr sahen. Nun kam Amys Penrose die Straße entlang, stieg die Treppe zur Kirche empor und griff dabei in seine Westentasche. Sekunden später hörte ich, wie tief unter mir das Portal geöffnet wurde. Dann straffte sich der Glockenstrang, und die Glocke über meinem Kopf begann zu schwingen.

Ich kauerte mich in eine Ecke und hielt mir die Ohren zu. Das Abendläuten begann mit einem gewaltigen, dröhnenden Glockenton, von dem der ganze Raum widerhallte. Er echote vielfach in meinen Ohren und verklang langsam, nur um mit unverminderter Gewalt wiederzukehren. Die Glocke schlug zwölfmal. Endlich stand sie still, der Klöppel hing wieder gerade, das Seil wurde schlaff. Dann schloß Amys die Tür und versperrte sie, während unten am Straßenrand die Lichter der Laternen schwächer wurden und verlöschten, eines nach dem anderen.

29.

Durch das Bogenfenster des Glockenturmes sah ich, wie der Mond aufging – der »Mond ohne Reue«. Er hing tief am Horizont wie eine riesige Scheibe, orangerot und leuchtend, über schwarzen Baumwipfeln, die mit ihren Zweigen nach ihm zu greifen schienen. Und in dieser Nacht von Harvest Home war es, als kreise er nicht in seiner gewohnten Bahn um den Erdball – es war, als käme er auf die Erde zu, so groß und hell wirkte er.

Er tauchte den Dorfanger und die dort wartenden Frauen von Cornwall Coombe in seinen verschwenderischen Glanz, leuchtete zu diesem feierlichsten aller Ereignisse. Doch das Verhalten der Frauen wirkte nicht festlich-fröhlich; sie waren viel eher eine ernste, würdevolle Versammlung, und ihre Kleidung unterstrich diesen Eindruck noch: Mit ihren weiten Gewändern, die bis zum Boden reichten, den langen, fließenden Ärmeln, wirkten sie auf mich wie Druidinnen, und der Mondschein ließ die weißen Falten schimmern und leuchten.

Eine von ihnen deutete die Hauptstraße hinauf. Ich folgte ihrem ausgestreckten Zeigefinger mit den Augen und sah, wie Missy Penrose auf einer beleuchteten Veranda erschien und die Stufen herunterkam. Das Licht ging aus, und nun trat eine zweite Gestalt aus der Dunkelheit, die letzte der Frauen, sie, die von ihnen allen erwartet wurde: die Maismaid.

Verschleiert und feierlich gekleidet schritt sie den Bürgersteig entlang, den Kopf stolz erhoben, Ersatz für die tote Sophie Hooke. Heute nacht würde Justin den Mais mit Tamar Penrose machen. Sally Pounder und Margie Perkin hatten verloren.

Die Frauen führten sie zu einem girlandengeschmückten Fuhrwerk. Ihr Gesicht war unter dem bestickten Schleier verborgen, den ich vom Mais-Spiel her kannte. Sie stieg auf den Wagen, und ich sah, wie die Haube der Witwe sich zwischen den weißgekleideten Gestalten bewegte. Sie drapierte die Flickendecke, die das Wachstum des Getreides zeigte, über das Vorderteil des Fuhrwerks.

Sie waren bereit, doch noch warteten sie, denn einer fehlte: Justin Hooke, Tamars Gefährte der kommenden Ereignisse. Ich hörte unter mir das Uhrwerk gehen, hörte, wie seine eisernen Zahnräder sich lösten und wieder einrasteten, das metallische Klicken, wenn die Zeiger sich bewegten. Ich hob den Blick zur bronzenen Hülle der Glocken, dem großen eisernen Klöppel, der über mir hing, und betrachtete dann das Seil, das vom Schwinghebel bis hinunter ins Vestibül reichte.

Ich sah Justin noch vor den Frauen. Ich kann nicht sagen, woher er kam – plötzlich stand er am Ende der Hauptstraße; sein blondes Haar glänzte im Mondlicht, sein Körper war in den gleichen roten Umhang gehüllt, den er beim Mais-Spiel getragen hatte. Einen Augenblick verharrte er dort, dann kam er mit langsamen, fast theatralischen Schritten näher. Als die Frauen ihn erblickten, verstummten sie und sahen der dunklen majestätischen Gestalt entgegen. Justins roter Umhang mischte sich unter ihre weißen Gewänder, schien mit ihnen zu verschmelzen; sie halfen ihm ehrerbietig auf den Wagen, wo er seinen Platz neben der Maismaid einnahm. Sie waren ein Paar.

Wenn Sophie Hooke auch tot war, was die Nacht auch immer bringen mochte, sie waren ein Paar, Justin und Tamar. Ich beobachtete sie, wie sie sich die Hände reichten und stolz und hochaufgerichtet dastanden, während die hölzerne Deichsel des Wagens angehoben wurde. Fackelträgerinnen – zwei, vier, sechs oder mehr – flankierten die Seiten des Gefährts, eine Frau lief voraus, um den Weg zu beleuchten, und die Musikanten gesellten sich zu dem Zug. Flöte, Tamburin und Trommel ertönten, und der blumengeschmückte Wagen wurde die Straße entlanggezogen – nicht von Tieren, sondern von den Frauen selbst. Neugierige Hunde folgten ihnen, die am Straßenrand blieben und keinen Laut von sich gaben, als verstünden sie die Bedeutung dieses Ereignisses für das Dorf Cornwall Coombe.

Ich sah ihnen nach, bis sie aus meinem Blickfeld entschwanden. Dann begann ich den Glockenstrang bis zum Ende zu mir heraufzuziehen. Als das Seil in einer großen Rolle vor meinen Füßen lag, zog ich die Jacke aus und wickelte sie um den Klöppel der Glocke. Ich hängte mich mit meinem ganzen Gewicht an den Strang, so daß die Glocke sich zur Seite neigte, stieg aus dem Bogenfenster und ließ mich am Seil in die Tiefe gleiten. Ein dumpfer Widerhall kam von der Glocke und verklang in der Stille, als ich das Seil losließ und auf den Boden sprang.

Vor dem vollendeten Rund des Mondes, bleicher als noch vor einer Stunde, sah ich die Krähe über die Lichtung fliegen. Irgendwo in der Tiefe des Waldes bellte ein Fuchs. Das knorrige Holz des Baumstammes bohrte sich schmerzhaft in meinen Rücken. Ich kauerte hinter dem Geflecht wilden Weines, das die klaffende Öffnung des ausgebrannten Baumriesen überwucherte.

Der dichte Blättervorhang verbarg mein Gesicht völlig – dort, wo einst der Schädel Grace Everdeens geruht hatte. Ich wartete, spähte über die Lichtung, lauschte. Unter mir streckten sich die toten Wurzeln des Baumes bis zur Quelle aus, die zwischen felsigen Ufern dahinplätscherte. Das üppige Gras der Lichtung hatte im Mondschein einen silbrig-olivgrünen Farbton angenommen, noch silbriger jedoch waren die Stämme des Birkenhains, der das Rasenstück umschloß.

Dann hörte ich aus der Ferne Gesang, und wie ein Echo erklangen aus einer anderen Richtung Stimmen. Sie mischten sich mit dem Murmeln des Wassers, wurden jedoch immer deutlicher, und ich merkte, wie mehrere Menschen sich dem Baum von hinten näherten und dann an mir vorüberkamen. Es waren vier Frauen, die mir den Rücken zugewandt hatten. Gemeinsam trugen sie einen großen Gegenstand, der sich als Sessel entpuppte – kein gewöhnlicher Sessel, sondern eine Art

Thron, aus Stroh und Maisblättern gearbeitet –, und stellten ihn am Rande der Lichtung auf, meinem Versteck direkt gegenüber. Dann warteten sie wie ich.

Jenseits der Schneise wurde der Gesang lauter. Sie hatten eine halbe Stunde länger als ich gebraucht, um zum Hain zu kommen, denn ich hatte die Abkürzung über die Felder genommen und war dadurch den Männern ausgewichen, die an der Old Sallow Road Wache standen. Nun kamen die Frauen in feierlichem Zug auf die Lichtung zu; Fackeln beleuchteten ihren Weg. Ich erwartete, das Geräusch des Fuhrwerks zu hören, doch die Maismaid erschien zu Fuß und wurde sofort von jenen Frauen umringt und begrüßt, die zuerst eingetroffen waren. Sie schlossen sie in die Arme und führten sie nach rechts, wo eine große Decke ausgebreitet lag. Dort setzte sie sich, und acht oder zehn Frauen scharten sich um sie. Die Maismaid war noch immer verschleiert; ihr weißer Mantel umhüllte sie ganz, so daß kein Teil ihres Körpers zu sehen war.

Bis jetzt waren die beiden anderen wichtigen Figuren in diesem Spiel noch nicht eingetroffen: die Witwe und der Erntekönig. Die Frauen hatten sich zu einem weiten Kreis aufgestellt und warteten. Ich beobachtete, wie einige von ihnen miteinander flüsterten und in meine Richtung sahen; dann faßten sie sich an den Händen und näherten sich dem Baum. Plötzlich wurde ich von der Furcht ergriffen, entdeckt zu werden. Roberts Warnung kam mir wieder in den Sinn: die Eleusinischen Mysterien, die jedem Mann den Tod brachten, der das Geheimnis lüftete. Die Frauen kamen dicht an den Baum heran, ihre Gesichter waren mir zugewandt, doch sie hatten mein Versteck nicht bemerkt.

Inzwischen trafen noch mehr weißgekleidete Gestalten auf der Lichtung ein. Viele von ihnen hatten Hacken bei sich, andere trugen jene hölzernen Fäßchen, die Jim Minerva in seinem Fuhrwerk zum Wald gebracht hatte. Auch große Körbe wurden herbeigetragen, aus denen die Frauen kelchähnliche Becher holten, sie mit Flüssigkeit aus dem Fäßchen füllten und herumreichten.

Einige der Becher wurden zur Maismaid und ihren Gefährtinnen gebracht, und auch sie tranken vom Met der Witwe. Bald darauf hörte ich Musik. Die Frauen stellten sich wieder zu einem großen Kreis auf, die Becher in den erhobenen Händen. Eine Bewegung hinter dem Baum: Ich sah den breiten schwarzen Rücken der Witwe und ihre weiße Haube. Sie trat auf die Lichtung und führte Justin mit sich, dem man die Augen mit einem weißen Tuch verbunden hatte. Die Witwe brachte ihn zum Thronsessel, half ihm, Platz zu nehmen, und breitete seinen roten Umhang aus, so daß er Justins Gestalt bis zum Boden bedeckte. Sofort kam eine der Frauen mit einem gefüllten Becher und bot ihn ihr an. Die Witwe machte jedoch eine ungeduldige Handbewegung, und man reichte Justin den Kelch, während sie einen anderen erhielt, und sie tranken beide.

Immer wieder wurden die Becher herumgereicht. Die Frauen tranken in langen, gierigen Zügen. Sie hatten nun kleine Gruppen gebildet und tanzten – einen eigentümlichen, lockeren Tanz; nicht jenen, den ich vom Maisschälfest kannte, sondern improvisierter, ohne vorgeschriebene Schrittfolge. Jemand begann ein Lied zu singen, dessen Melodie mir fremd war; eine Weise mit seltsamem Rhythmus, seltsamerem Motiv und noch seltsamerer Sprache.

Plötzlich hörte ich ein Geräusch. Jemand war aus dem Wald gekommen und näherte sich der Lichtung mit langsamen, fast verstohlenen Schritten. Ein Zweig knackte. Ich wartete darauf, daß eine Gestalt in meinem Blickfeld auftauchen würde, doch niemand kam. Wer es auch immer war, er hatte an irgendeinem Punkt hinter dem Baum haltgemacht. Ich erstarrte bei der Vorstellung, der Neuankömmling könnte das Innere des Baumes untersuchen. Dann wurde mir jedoch klar, daß die Person, die ganz in meiner Nähe stand, nur die Vorgänge auf der Lichtung beobachten wollte.

Mehrere Frauen kamen auf die Quelle zu und trugen einen großen Metallkrug mit sich. Sie tauchten ihn ins Wasser, und während der Krug sich füllte, sahen sie in meine Richtung. Eine von ihnen hob die Hand in einer Geste des Erkennens, die der Zuschauerin hinter meinem Versteck galt. Noch einmal winkte sie, zuckte leicht mit den Achseln; dann wurde der gefüllte Krug weggetragen und dicht neben Justins Thron abgestellt. Nun kamen die Frauen eine nach der anderen herbei und sammelten sich um den Erntekönig. Man nahm ihm die Binde ab und reichte ihm wieder den Becher. Sie tauchten Mundtücher in den Krug und begannen Justins Füße zu waschen – offenbar ein Ritual der Reinigung und Läuterung.

Efeukränze und Blumenketten wurden gebracht und ihm um Hals und Schultern gewunden. Dann nahm die Witwe die gleiche Maiskrone entgegen, die ich schon im Mais-Spiel gesehen hatte, und setzte sie Justin aufs Haar.

Wieder zogen sich die Frauen zurück, und der Erntekönig beobachtete die Tänze. Der Tanz der Frauen wurde von Musikinstrumenten begleitet, die eine ursprüngliche, fast primitive Melodie spielten – ähnlich der Musik, die ich am Abend meines »Erlebnisses« aus dem Maisfeld gehört hatte. Manchmal lösten sich die einzelnen Gruppen auf, wenn sich die Frauen am Getränk aus den Bechern erfrischten, die immer wieder nachgefüllt und herumgereicht wurden. Einer der Becher wurde auch zu der Stelle außerhalb meines Blickfeldes getragen, wo die Unbekannte noch immer hinter dem Baum stand; dabei hörte ich leises Drängen, eine gedämpfte Erwiderung. Dann kehrte die Frau wieder zu ihren Gefährtinnen zurück, deren bisher ein wenig steifes, feierliches Gebaren sich nun änderte. Ihre Bewegungen wurden zusehends zielloser, ihr Gesang war oft falsch, ihre Gebärden wirkten plötzlich unbeherrscht.

Die ganze Zeit über hoffte ich, aus den Vorgängen Aufschluß über den Grund für die Ermordung Grace Everdeens zu erhalten, für Worthys Ende, Sophies Selbstmord. Der Erntekönig, der aufrecht auf seinem Thron saß, in seinen roten Umhang gehüllt, schien sich langsam zu entspannen: Seine Schultern sackten leicht vornüber, und er wiegte den Kopf im Rhythmus

der Musik hin und her. Ich sah im flackernden Licht der Fackeln, daß seine Augen glasig waren und sein Gesicht einen trunkenen Ausdruck annahm – der Met übte seine Wirkung auf ihn aus. Plötzlich dachte ich an das Fäßchen, das man Mrs. Green aus Fred Minervas Fuhrwerk übergeben hatte. Sie hatten Worthy also betäubt, ehe sie ihn ermordet hatten.
Der Mond stieg höher, und immer wieder sah die Witwe zu ihm auf; er war wohl eine Art Zeitmesser für sie. Die Fackeln waren nun fast überflüssig geworden, denn das Mondlicht hüllte die Lichtung in strahlenden Glanz, so daß ich jede Einzelheit deutlich erkennen konnte. Wieder reichte man der Maismaid den Becher. Sie hob ihn unter ihren Schleier und trank daraus; dann gab sie ihn weiter. Ich merkte am Geplapper der Frauen, die sie umringten, an ihren sich überschlagenden Stimmen, daß auch sie bereits unter dem Einfluß der Droge standen.
Dann, als die Musik lauter wurde, trat die Witwe in die Mitte des Platzes und streckte ihre Hacke hoch, so daß sie sich scharf gegen den Himmel abzeichnete. Sie stand im vollen Licht des Mondes. Die tanzenden Frauen zogen sich in Gruppen zu den Birken zurück, während die alte Frau sich langsam um sich selbst drehte und mit der Spitze ihrer Hacke in alle Himmelsrichtungen deutete. Plötzlich schien sie damit auf mich zu zeigen; ein zorniger Ausdruck erschien auf ihrem Gesicht, und sie näherte sich dem Baum. Doch auch sie hatte mein Versteck nicht entdeckt; ihre Augen waren auf einen Punkt hinter mir gerichtet. Ich hörte, wie sie in entschiedenem Flüsterton mit der unbekannten Zuschauerin sprach. Dann erschien sie wieder und ging mit schleppenden Schritten auf den Erntekönig zu. Schwerfällig kniete sie zu seinen Füßen nieder, neigte den Kopf und betete. Die anderen warteten mit gespannter Aufmerksamkeit, bis die alte Frau sich unsicher wieder erhob. Ihr Gesicht sah erhitzt aus, ihre Augen hinter den Brillengläsern blinzelten. Sie befeuchtete ihre Lippen mit der Zungenspitze, legte Justin die Hand auf die Schulter und sprach mit heiserer, nicht ganz fester Stimme.

»Seht ihn an. Das ist er, der Geweihte. Richtet eure Augen auf den Auserwählten, preist ihn mit euren Zungen. Er wurde für uns auserkoren, und sieben Jahre haben wir ihn geliebt und geachtet. Ehre und Tribut wurde ihm gezollt; wir alle haben ihm gehuldigt. Er war unser König des wachsenden Maises. Er ist unser Gott, dessen Gottheit die Feldfrucht ist.«

Die Stimmen der Frauen unterstrichen jeden Satz mit zustimmenden Erwiderungen, die mir wie das Amen in einem Gottesdienst erschienen.

»Wie es in alten Zeiten war, so soll es für immer sein. So ist es Brauch. Der Geist war diese sieben Jahre in unserem Erntekönig, und er hat uns reiche Ernten gebracht. Das Fleisch seines Leibes, seine Stärke und Ausdauer, seine Glieder, sein Verstand und sein Blut haben dies alles für uns getan. Der Mais ist sein, jedes Korn, und wir danken ihm dafür.«

»Wir danken ihm«, erwiderten die Frauen im Chor.

»Es ist eine gute Bestimmung, die Erde zum Tragen zu bringen. Dafür gelebt zu haben, lohnt sich.«

»O ja. O ja.«

»Er soll gepriesen sein.«

»Gepriesen. Gepriesen.« Ich lauschte der fiebrigen Bekräftigung, sah die leuchtenden, glitzernden Augen der Frauen, die ihrem Erntekönig bewundernde Blicke zuwarfen. Manche von ihnen waren in ihrem berauschten Zustand nicht mehr fähig, ihre plötzlichen Gefühlsaufwallungen zu unterdrücken. Sie drängten sich zu ihm vor und warfen sich ihm zu Füßen ins Gras.

Der Körper der alten Frau war langsam in Bewegung geraten; ihre Schultern hoben und senkten sich, als wollte sie die Wirkung der Droge beschleunigen, ihr Oberkörper vollführte leicht kreisende Bewegungen. Nun lag ihre Rechte auf Justins Kopf.

»Hört mich, denn aus mir spricht die Göttin, die in der Erde wohnt. Ich erinnere euch wieder an Ihr Versprechen. Sie wird für uns Sorge tragen. Sie gibt uns –« Hier brach sie ab, als müßte sie sich ins Gedächtnis rufen, was die Göttin zu geben versprach. Dann fuhr sie mit rauher, schroffer Stimme fort: »– die gesegnete Ernte, wenn – wenn wir, Ihre Diener, Ihrem Geheiß folgen. Wenn wir *glauben.*«

»Glauben.« Das Wort wurde von den versammelten Frauen wiederholt, die sich immer dichter um den Thron scharten. Jene unter ihnen, die dem Erntekönig am nächsten waren, streckten die Hände aus, um den Saum seines Umhangs zu berühren.

»Kein Mensch soll uns widersprechen. Kein Außenstehender soll Sie begreifen. In einer Zeit, da man sich dem anderen Gott zugewandt hat, wollen wir uns zu unser aller Mutter bekennen. Sie wird uns erhalten.«

»Ja. Ja.«

»Wie Sie ihn erhalten hat, Ihren Sohn.«

Schreie wurden laut. Wehklagen erhob sich unter den Versammelten, und einige waren hinter den Thron getreten, beugten sich vor und berührten Justins Kopf, liebkosten seinen Hals, seine Schultern.

»Von seiner Hand ist die Gabe gekommen, und dafür zeigen wir ihm unser Geheimnis. Die Erde war fruchtbar, wir hatten Regen in Fülle, und die Sonne der Welt hat für uns geschienen.«

»Hat geschienen. Hat geschienen.«

»Der Mais ist gewachsen. Wir waren gesegnet.«

»Gesegnet.«

»Und –« Abermals stockte sie, preßte die Lippen zusammen, um sich in die Gewalt zu bekommen, als wäre der nächste Augenblick von großer Bedeutung.

»– und aus der Dankbarkeit unseres Herzens bringen wir ihm jetzt den Beweis unserer Achtung dar, wie es zu jedem siebenten Harvest Home der Brauch ist. Er wird von uns das innerste Geheimnis dessen kennenlernen, was er selbst uns beschert hat. Von allen Männern soll er allein das Geheimnis mit uns teilen, das man uns geschenkt hat – das Geheimnis der Heiligen Mutter.«

Für einen Augenblick zog die Szene vom Tag des Zehnts wieder an meinem geistigen Auge vorüber, als Worthy in der Kirche erschien und die Mutter verfluchte. Nun sollte ich die Antwort erfahren. Das Geheimnis würde gelüftet werden, der Kern des Rätsels, das ich so lange zu ergründen versucht hatte. Das tiefste Mysterium der Mutter Erde. Dann wurde mir bewußt, was die letzten Worte der Witwe bedeuteten: *Von allen Männern soll er allein das Geheimnis mit uns teilen …* Und ich erkannte die Gefahr für mich. Wenn sie mich entdeckten, würden sie mich töten.

Die Frauen hatten sich auf der gegenüberliegenden Seite der Lichtung aufgestellt, und ehe ich recht wußte, was geschah, wurde das aus ihrer Mitte getragen, was das Kernstück dieses nächtlichen Mysteriums ausmachte – das, was kein Mann mit Ausnahme des Erntekönigs erblicken durfte. Der unbekannte Gegenstand lag auf einer silbernen Platte, mit einem Tuch bedeckt, und wurde der Witwe überreicht. Sie wandte sich um und streckte Justin die Platte entgegen. Da erhob sich auch die Maismaid mit ihren Frauen, um zu sehen, was unter dem Stoff verborgen lag. Es war nicht groß. Ein Schauder der Erregung überlief mich, und ich fragte mich, was für ein seltsamer, kostbarer Schatz dies sein mochte, den nur Eingeweihte sehen durften.

Doch als die Witwe das Tuch hob, sah ich, daß es ganz und gar nichts Ungewöhnliches war, sondern etwas, was ich während meines Aufenthaltes in Cornwall Coombe viele Male gesehen hatte. War es das, wofür all diese Zeremonien stattfanden? War das das Herz aller Geheimnisse um die Große Mutter, die seit Jahrhunderten von Generation zu Generation weitergegeben wurden? War es das, was Worthy gefürchtet hatte, wozu Gracie sich nicht bekennen wollte, was Sophie in den Tod trieb? Was kein Mann je weiß, keine Frau je erzählt?

Ein Maiskolben. Ein einzelner, einfacher Maiskolben. Er lag auf der silbernen Platte, und Justin sah auf ihn nieder. Was mochte diese Frucht ihm enthüllen? Welche Erkenntnis zog er in dieser Nacht von Harvest Home aus einem gewöhnlichen

Maiskolben? Dann wurde mir klar, wie es auch ihm klar sein mußte, daß man ihm mit dieser Feldfrucht den Inbegriff jener Welt gezeigt hatte, in der er lebte, in der der Mais sein ganzes Dasein bestimmte. Wie die meisten einfachen Tatsachen war auch diese die wahrhaftigste, die naheliegendste – und die, die man am leichtesten übersah. Dieser Maiskolben auf dem Tablett verkörperte alles: das Leben des Getreides und des Menschen, zu einer unlösbaren Einheit verbunden – im Pflügen, im Säen, im Wachsen, im Ernten und im…

Nun wußte ich es. *Ich wußte es.* Und gleichzeitig überkam mich entsetzliche Furcht. Der Mais war die Offenbarung, und die Offenbarung lag im Mais. Der Kolben in seiner Hülse, den die Witwe Fortune dem Erntekönig entgegenhielt. Seine tiefste Bedeutung hatte sich hinter einem Gespinst von Rätseln verborgen, doch in diesem kurzen, erschreckenden Augenblick wurde mir alles klar. Ein Schauder überlief mich; dann war mir, als würde mein Körper von einer Lähmung befallen. Ich schluckte schwer und war sicher, daß es in der Stille jemand hören mußte. Doch ich fürchtete nicht mehr für mich; ich fürchtete für Justin. Nun kannte ich das grauenvolle Geheimnis von Harvest Home. *Sie würden ihn töten.*

In diesem Hain, diesem Tempel der Mutter Erde, würde der Erntekönig geopfert werden: ein Ritualmord. Hier, im Mondlicht, unter den tanzenden und singenden Frauen, wurde Justin Hooke unter den Einfluß der Droge gesetzt, um getötet zu werden – getötet für den Mais.

Deshalb enthüllten sie ihm ihr Geheimnis: weil er nicht mehr lange genug leben würde, um zu verraten, was er gesehen hatte. Der Erntekönig und der Mais bildeten eine Einheit, und wie der Mais verging und wiedergeboren wurde, würde auch er sterben und auferstehen – im jungen Lord. Die ewige Wiederkehr.

Ich spürte Wut, Entsetzen, Abscheu, war von dem gleichen Haß erfüllt wie am Abend vorher angesichts des Freudenfeuers – Haß auf ihre engstirnigen, primitiven Überzeugungen. Ich wollte Justin zurufen: Trink nicht, flieh – hör nicht auf sie!

Ich sah ihn an. Er schien sich nicht zu fürchten. Trotz seines berauschten Zustandes hatte er seine Würde nicht verloren. In königlicher Haltung saß er da und sah zu, wie der Maiskolben wieder zugedeckt und weggetragen wurde, als verstünde er, was man ihm gezeigt hatte, was sie von ihm erwarteten.
Wieder erhob die Witwe ihre Stimme: »Und wie unser Lord Ehre und Tribut von uns entgegengenommen hat, wird er auch durch uns den Tod finden.«
Die alte Frau sprach weiter, rief der Versammlung die letzte große Dürre ins Gedächtnis, als Loren McCutcheon Erntekönig war – Justin nickte zustimmend –, nannte auch den Grund für diese Heimsuchung: Grace Everdeen, deren Körper und Seele verseucht waren; sie, deren Lord Roger Penrose war, und die die Bräuche von Harvest Home mißachtet hatte, der Herrschaft Loren McCutcheons Dürre und Hungersnot brachte.
Tot, sie alle: Loren McCutcheon, doch nicht durch Trunkenheit. Roger Penrose, doch nicht durch einen Sturz vom Pferd. Clemmon Fortune, doch nicht durch einen Axthieb.
Ermordet für den Mais.
Die Witwe Fortune.
Witwenschaft als Preis für reiche Ernte. Und jeder hatte es gewußt, Männer, Frauen, Kinder. Auch Justin Hooke selbst, das Opfer, hatte es gewußt, nur ich nicht, Narr, der ich in ihrer aller Augen war.
Nun wußte ich es. Loren McCutcheon war einst Erntekönig gewesen und regierte sieben Jahre; im siebten Jahr, beim Agnes-Fest, hatte man Justin zum jungen Lord gewählt. An Harvest Home wurde Loren McCutcheon getötet und Justin nahm seinen Platz ein. Sieben Jahre lang herrschte keine Dürre, die Ernten waren reich gewesen. Und nun, heute nacht, waren die sieben Jahre um. Worthy Pettinger war zum jungen Lord gewählt worden; Missy Penroses blutige Hände auf seinen Wangen hatten ihn gezeichnet, ihn zum Erntekönig für die folgenden sieben Jahre bestimmt. Doch Worthy wollte nicht sterben. Er hatte die Mutter beleidigt.

Und Justin würde in der Blüte seiner Jahre sterben, um für den neuen Erntekönig Platz zu machen, Jim Minerva, der in weiteren sieben Jahren ebenfalls sein Leben lassen würde.
Der König ist tot, es lebe der König.
Nun konnten die Frauen ihre Tränen nicht länger zurückhalten. Sie begannen unbeherrscht zu wehklagen, riefen ihm Lebewohl zu. Bei ihrem Geschrei konnte ich nur noch Bruchstücke von dem vernehmen, was die Witwe sagte. »– Land hat uns seinen Reichtum geschenkt – Gaben – seine Hand hat uns großzügig bedacht – dankbar – beklagt ihn in Dankbarkeit –« Die heisere, schwankende Stimme wurde lauter und leiser in einem fanatischen Klagelied von Lob und Trauer. »– Land wird schlafen – so auch er – bettet ihn zur Ruhe – gedenket in Liebe des Bauern Justin Hooke.«
Noch immer tauchte der Mond die Lichtung in verschwenderischen Glanz. Während die Witwe sprach, wurden die Becher stets aufs neue herumgereicht, und man versäumte auch nie, Justins Kelch zu füllen. Seine Augen glänzten wie im Fieber; er fuhr sich mit der Zungenspitze über die trockenen Lippen, und etwas wie Grauen zeigte sich in seinem Gesicht, als er dem Wehgeschrei der Frauen lauschte, die sein bevorstehendes Ende beklagten.
Sie würden ihn zweifellos vergiften, ihm einen verderblichen Trank in den Becher träufeln, den die Witwe vorbereitet hatte. Doch noch war es nicht soweit, denn zuerst sollte etwas anderes erfolgen. Ich hätte es ahnen müssen, was es war, und doch wußte ich es nicht, bis es begann.
Von neuem begannen die Frauen zu tanzen – eine andere Art Tanz, der zu einem wilden Ausdruck der Leidenschaften wurde. Man half Justin, sich von seinem Platz zu erheben, und der rote Umhang wurde ihm von den Schultern genommen, zusammengefaltet und beiseite gelegt. Nun stand er gleich einem jungen Gott vor ihnen, sein Körper war nur mehr mit einer kurzen Tunika bedeckt, die ihm vom Halsansatz bis zu den Oberschenkeln reichte und aus Streifen von Maisblättern gearbeitet

war. Ich sah seine nackte Haut zwischen den Blattstreifen schimmern. Wieder hielt man ihm den Becher entgegen, und er nahm ihn mit beiden Händen und schloß die Finger um den gewölbten Kelch. Ich beobachtete, wie sein Adamsapfel sich bewegte, als die Flüssigkeit durch seine Kehle rann. Er gab das Gefäß zurück, schwankte leicht, richtete sich wieder auf und stand mit gespreizten Beinen da, wartete.

Alle warteten. Und dann begriff ich, was folgen sollte. Da war eine Figur in diesem Spiel, die ich vorübergehend vergessen hatte: die Maismaid. Bis jetzt war sie nur dabeigesessen und hatte der Witwe mit vorgeneigtem Kopf und gespannter Aufmerksamkeit gelauscht. Nun nahm man ihr den Mantel ab und führte sie über den zertretenen Rasen. Ihr Gang war langsam und wiegend; ihre Bewegungen wirkten aufreizend. Der bestickte Schleier reichte ihr bis zur Taille, und darunter war sie in die gleiche Tunika aus Maisblättern gehüllt, wie Justin sie trug. Sie hielt ihm das Gesicht zugewandt, während die Frauen Hacken ergriffen und den weichen Boden umzugraben begannen. Stück für Stück verschwand das Grün des Rasens, und darunter zeigte sich die dunkle Erde. Sie arbeiteten mit fahrigen Bewegungen und sangen dabei, und ihre Gesichter waren rot und erhitzt vom Trinken.

Zwischen ihnen ging die Witwe, berührte eine Hacke nach der anderen und spornte die Frauen an. Das Mondlicht fing sich in ihrer weißen Haube, als sie den Kopf hob und der Mutter ihre Ehrerbietung bezeigte, und die Frauen wiederholten der Reihe nach jedes ihrer Worte, so daß eine liturgische Beschwörung daraus wurde; zuerst sprach die eine ihr nach, die nächste wiederholte es, dann eine dritte, und die Worte verbreiteten sich über die gepflügte Lichtung.

»Wir bieten Dir, o Mutter, Deinen Gatten dar, wie Du ihn uns gegeben hast, so geben wir ihn Dir zurück, in Deine Obhut.«

»Deine Obhut.«

»Wie Du ihm Stärke verliehen hast, nimm ihn in Stärke.«

»In Stärke ...«

»Ihm ist große Ehre zuteil geworden. Sie sollen vor seinem Grab stehen und seiner gedenken. Er soll nicht Justin Hooke, der Maisbauer, gewesen sein, sondern der Erntekönig. Er soll unsterblich sein.«

»Unsterblich.«

»Nimm ihn an Deine Brust, große, heiligste der Mütter, diesen Deinen Sohn, und stehe ihm bei, nimm ihn hin, vergib ihm. *Gesegnet sei er.«*

»Gesegnet sei er ...«

»Leib von Deinem Leib ...«

»Leib von Deinem Leib ...«

»Geist von Deinem Geist ...«

»Geist von Deinem Geist ...«

»Geist des wachsenden Maises. Gefäß und Beherberger der Saat ...«

»Beherberger der Saat ...«

»Nimm ihn hin.«

»Nimm ihn hin ...«

»O Mutter ...«

»O Mutter ...«

»O Mutter ...«

»O Mutter ...«

»O Mutter ... Mawtharr ... Moder ... Ma-ter-r-r ... Me-e eter-r-r ...«

»Me-e-eter-r-r ...«

»De-meter-r-r ...«

»Demeter ...«

So ging der Gesang weiter, ein Hohelied, bei dem die Alltagssprache allmählich abgewandelt wurde – zurück zu Sprachen, die Jahrhunderte hindurch gesprochen worden waren. Und zuletzt war es eine völlig fremde Sprache:

»O Mag-thyr ... Da-mag-thyr ... Da-myyg-a-r ... Ah, ldhu, Mag-thyr ...«

Eine Sprache, älter als alle vorherigen. Und die Frauen, die sich an der Hand gefaßt hielten und einen Kreis bildeten, sprachen sie, denn die Witwe war ihre Vorrednerin. Doch obwohl sie die Worte nicht kannten, begriffen sie ihre Bedeutung, denn dies gehörte zu dem Geheimnis, das sie teilten. Während sie sangen, verstummten die Flöten; nur die Trommeln und Tamburine wurden weiter geschlagen, und ihre monotonen Klänge brachten die Feiernden der magischen Bedeutung dieser Nacht aller Nächte immer näher.

»Mag-thyr … Da-mag-thyr …«

Und die Sprache war keine Sprache mehr, nur noch abgerissene Laute, die stets aufs neue wiederholt wurden, während die alte Frau den Kreis abschritt und mit erhobenen Fäusten den Trommeln und Tamburinen den Takt angab, den Frauen den Gesang und die Worte, die sie kannte, die Silben und Laute einer Sprache, die keine Sprache war:

»Ah, ldhu … ldhu … yah … halg … ogrl … na …«

Weder Englisch noch Deutsch noch Lateinisch noch Keltisch noch Sumerisch noch irgendeine andere Sprache – es schienen Laute, die die Menschen in Urzeiten gesprochen hatten, als sie anfingen, sich miteinander zu verständigen.

Und schließlich, während die alte Frau noch immer im Kreis ging und ihnen vorsprach, begannen einige der Frauen die Köpfe hin und her zu wiegen, und die Bewegungen übertrugen sich auf ihre Körper. Sie lösten die Hände voneinander, warfen sich zu Boden, gruben ihre Finger wie Tiere in die Erde, rollten übereinander, wanden sich hysterisch, mit wogenden Busen und zuckenden Gliedern, und die Witwe stand über ihnen, trieb sie an, sprach ihnen die Worte vor; ihre Fäuste schwangen den Takt gegen den Mond, hoben und senkten sich.

Nun konnte sie nichts mehr aufhalten, nichts vermochte sie mehr zu beruhigen. Hemmungslos warfen sie sich hierhin und dorthin, ohne sich darum zu kümmern, ob sie sich dabei verletzten, schienen in Trance zu verfallen, rangen nach Luft, erhoben sich wieder, sangen und fielen erneut in Ekstase.

Einige warfen sich dem Erntekönig zu Füßen, der den Becher abgestellt hatte und wieder auf seinem Thron saß, unbeweglich und hochaufgerichtet, der die Frauen beobachtete und sich von ihren zitternden Händen berühren ließ. Geliebter Lord, o lebendiges, warmes, männliches Fleisch, o herrlicher Lord, wir danken dir, die Mutter dankt dir…

Lauter der Gesang, schlangengleicher die Windungen ihrer Körper, als sie sich sehnend zu ihm neigten, von ihm wegliefen, sich das Haar rauften, die Köpfe in den Nacken legten und Klagerufe ausstießen.

Nun würde er sterben, das war Justin Hookes Ende. Doch nein; es gab noch etwas, was ihm zu tun blieb. Sie fielen über ihn her und brachten ihn zu der Stelle in der Mitte der Lichtung, wo die Erde umgegraben war. Von meinem Versteck aus konnte ich das Glitzern seiner Augen sehen, den lustvollen Blick unter halbgeschlossenen Lidern, als sie sich zu seinen Füßen niederkauerten, ihre Wangen an seinen Beinen rieben, hinauf zu seinen Schenkeln; ihre Hände griffen begehrlich unter seine Tunika, um ihn zu streicheln und zu liebkosen. Er warf den Kopf zurück und stieß ein tiefes Stöhnen der Lust aus, und durch die Streifen der Maisblätter reckte sich die geschwollene Mannheit des Erntekönigs.

»Ya-ldhu!« schrien sie, stürzten herbei, um es zu berühren, den aufgerichteten Gegenstand ihrer Verehrung zu befühlen, von dem Jack Stump sie ehemals an ihren Hintertüren tuscheln gehört hatte. »Ya-ldhu! Ahm-lot Ahm-lot!« Schreie der Qual; ihre Ekstase war ins Unerträgliche gestiegen. Der Anblick und die Berührung des priapeischen Objektes löste wilde Gebärden der Ergebenheit aus, eine obszöne Verehrung der Männlichkeit des Erntekönigs.

Nun banden sie ihm die Hände mit geflochtenen Riemen auf dem Rücken zusammen und führten ihn der Maismaid zu. Ich erkannte, was nun folgen mußte. Zusammen, vor allen anderen, würden sie den Mais machen!

Die verschleierte Gestalt stand vor ihm, vom Hals bis zu den Oberschenkeln in Maisblätter gehüllt; ihre weißen Beine leuchteten. Sie hob die zitternden Arme wie zur Anbetung.

Hände streckten sich aus, um ihr Gesicht zu enthüllen, und als der Schleier herabglitt, starrte ich sie wie versteinert an, hörte kaum, wie hinter dem Baum ein Zweig knackte. Ich dachte nicht an die Gefahr, in der ich schwebte, denn in diesem furchtbaren Augenblick wurde mir klar, welchen Fehler ich begangen hatte, wie sehr ich die Überzeugungskraft der Witwe Fortune unterschätzt hatte. Wenn Tamar Penrose eine Anwärterin auf die Rolle der Maismaid gewesen war, und Sally und Margie, so hatten sie alle eine Niederlage erlitten. Die Witwe wollte frisches Blut. Sie hatte es bekommen.

Es war Bess.

Wie verzaubert stand sie da, ließ sich von den Frauen stützen und stand Justin von Angesicht zu Angesicht gegenüber. Der Erntekönig und die Maismaid; Mann und Weib; mein Freund und meine Frau. Sie hatte nur Augen für ihn.

Ich war wie betäubt. Blitzartig ging mir die Szene in jener Nacht des »Erlebnisses« wieder durch den Sinn: Bess im Schaukelstuhl am Fenster, die Hand erhoben. Sie wollte nicht das Rouleau herunterziehen; sie hatte ihn gesehen, ihm zugewinkt. Schon damals hatte die Witwe ihren verderblichen Einfluß ausgeübt.

Ihr Körper schwankte, als würde sie magnetisch von Justin angezogen. Sie versuchte, die Arme zu heben, ließ sie wieder sinken. Ich sah, wie sie schlaff wurde; die Frauen umfaßten sie und zogen sie zu Boden, und ihre Finger scharrten in der Erde, bis sie voller Schmutz waren und zu Klauen wurden. Sie begann an der leichten Blättertunika zu zerren, die sie bedeckte, entblößte ihre Brüste, ihren Leib. Dann hob sie den Blick zu der Gestalt, die über ihr aufragte, stöhnte und streckte die Hände aus. Sie verlangte nach ihm. Sie verlangte danach, ihn in sich aufzunehmen, sich mit ihm zu vereinigen.

Ich stieß einen Schrei aus und begann am Weinlaub zu reißen, das die Öffnung im Baum überwucherte, hörte Schritte dicht in meiner Nähe. Zweige knackten, dann starrte ich in Tamar Penroses Gesicht. Ihre roten Fingernägel zerrten an dem Vorhang

aus Blättern, um mein Versteck zu enthüllen. Sie rief laut: *»Er hat alles gesehen!«* Köpfe fuhren herum, während ich mich zu befreien versuchte, wütend gegen die Weinranken kämpfte, die mich zuerst geschützt hatten und nun meine Fesseln wurden, mich festhielten, während sie von allen Seiten mit wütendem Geschrei auf mich zustürzten wie eine Schar rachsüchtiger Harpyien.
Ich verwünschte sie, versuchte meine Füße loszumachen, spürte ihre scharfen Nägel, als sie am Weinlaub rissen. »Frevler!« schrien sie, »er hat uns besudelt!« Und während sie zerrten und zogen, sah ich Tamars glitzernde Augen, sah im Geist Missys stumpfere, ihren leeren und doch wissenden Blick, hörte sie sagen: *Und du wirst es noch ärger bereuen!* – »Bringt ihn um!« kreischten sie. Justin und Bess sahen starr und verständnislos zu mir herüber, ohne zu begreifen, was vor sich ging. »Bringt ihn um!« schrien die Frauen wieder.
»Nein!« befahl eine Stimme. Die Witwe; doch sie war plötzlich ein völlig anderer Mensch geworden: ein besessenes Geschöpf, grauenerregend in ihrem Zorn. Ihre Haube war zu Boden gefallen, das Haar hing ihr in wirren Strähnen auf die Schulter herab, ihr schwarzes Kleid war voll Schmutz. Die Witwe im Wahn ihres eigenen Traumes befangen, in den ich tollkühn eingedrungen war.
»Nein! Er soll noch nicht getötet werden. Er ist gekommen, um alles zu sehen, um Zeuge zu werden. Laßt ihn zusehen. Laßt ihn Zeuge werden. Laßt ihn den Erntekönig bei der Arbeit sehen. Laßt ihn sehen, wie der Boden gepflügt wird! Laßt ihn zusehen, wie der Mais gemacht wird!«
Während viele Hände mich in den hohlen Baum zurückdrängten und dort gefangenhielten, wandte sie sich wieder Justin und Bess zu. Die beiden schienen so unter dem Einfluß der Droge zu stehen, daß ihnen die Vorgänge nicht richtig bewußt geworden waren. Er stand breitbeinig über Bess' ausgestrecktem Körper, die Arme auf den Rücken gebunden. Nun spreizte man ihr die Beine auseinander, und er trat dazwischen und kniete

nieder. Mit fanatischem Eifer halfen ihm die Frauen in die dunkle Öffnung zwischen ihren Beinen.
Ich wurde von Raserei gepackt. Wellen des Abscheus, des Grauens überfluteten mich. Meine Ohren waren wie taub, als wären alle Töne plötzlich abgeschnitten; hinter meinen Augäpfeln sprühten schmerzhafte Funken, das Blut wallte durch die angespannten Venen in meinem Hals. Ich grub die Zähne in die Unterlippe, um nicht loszuschreien, versuchte mich abzuwenden, die Augen zu schließen, spürte, wie Tamar ihre Nägel in meinen Arm grub, damit ich wieder zusah.
»Sieh hin, wie er die Furche pflügt! Sieh es dir an!«
Und ich sah zu. Sie war nicht seine Geliebte, er nicht ihr Liebster, sie waren beide das willige Werkzeug der Frauen: seine Arme gefesselt, die ihren auf dem Boden ausgestreckt und von fremden Händen festgehalten, während er in sie eindrang, und wieder kamen Schreie von meinen Lippen, mischten sich mit dem verzückten Gesang der Frauen, der von Sekunde zu Sekunde rascher und gellender wurde. Ihre Schultern bewegten sich in zuckenden Stößen, genau wie die seinen; sie keuchten, wenn er keuchte, einige traten hinter ihn, ihre Finger fuhren die Linie seines Rückens nach, der sich wölbte und wieder streckte, sich hob und senkte; ihre Leidenschaft spornte seine Leidenschaft an. Und sie war unter ihm, schrie in Lust und Pein. Im Mondlicht verzerrte sich sein Gesicht krampfartig, und dann war der Höhepunkt erreicht; sie preßten sich aneinander und erschauerten. Der Mais war gemacht.
Ich schrie auf, doch alle Augen waren auf das ineinander verstrickte Paar gerichtet. Während sie dort auf dem Boden lagen, er über ihr, schob man ihm den Stiel einer Hacke zwischen die abgewinkelten Arme und den Rücken, und er wurde von ihr losgerissen. Sie zerrten ihn auf die Knie; seine Wirbelsäule war gekrümmt wie ein Bogen. Ein gewaltiges Brüllen drang aus seiner Kehle. Zwei Frauen hatten Bess hochgehoben und brachten sie an eine andere Stelle der Lichtung. Dort blieb sie keuchend liegen, man bedeckte sie mit ihrem Mantel, breitete

den Schleier wieder über ihr Gesicht. Noch immer brüllte er wie ein Stier, kniete auf dem Boden, und die Tropfen sickerten in die Erde. Auch ich schrie wieder auf und versuchte erneut mich zu befreien.
Was nun folgte, dauerte nur Sekunden. Tamar sprang wie der Blitz vor, eine Frau packte Justin am Haar, riß seinen Kopf zurück und trat zur Seite, während Tamar sich auf ihn stürzte. Ein silberner Halbmond blitzte in ihrer Hand. Sie hob die scharfe Sichel und schnitt ihm mit einer einzigen, raschen Bewegung die Kehle durch.
Sein Brüllen verwandelte sich in wildes Keuchen, wurde dann zum Gurgeln. Ein roter Sturzbach quoll aus der Wunde, ergoß sich über seinen Hals, seine Brust. Die Frauen drückten Justins Kopf weiter nach hinten und kamen mit den Bechern gerannt, um die kostbare Flüssigkeit aufzufangen, trugen sie stolpernd über die Lichtung und tränkten die aufgerissene Erde mit seinem Blut.
Es war ein häßliches Ende. Sein Körper bäumte sich im Todeskampf auf, und sie mühten sich gemeinsam ab, ihn festzuhalten. Seine starken Muskeln traten hervor, seine Arme schlugen durch die Luft, das rote Leben verließ seinen Körper. Dann hoben sich die mächtigen Schultern, neigten sich zur Seite, er krümmte sich wie ein verwundeter Stier und stürzte um, und noch immer strömte das Blut aus der halbmondförmigen Wunde.
Sie hatten mich aus dem hohlen Baum gezerrt und stießen mich vorwärts, damit ich Zeuge der Greuel dieser Nacht wurde, Zeuge vom Tod des Erntekönigs. Ich sah zu, wie ich damals in meinem Traum das Auge beobachtet hatte; unfähig, etwas zu tun. Es war nicht wahr, konnte nicht wahr sein – und doch wußte ich, daß das alles wirklich geschah. Ich schloß die Augen, wollte nicht hinsehen, doch ich sah hin. Die breite Brust hob sich, er hustete würgend, und ein letzter Schwall Blut kam aus seinem Mund. Die Lider flatterten, seine Augen verdrehten sich nach oben. Dann hörte das große Herz auf zu schlagen, und er lag still.

Sie veränderten seine Lage, streckten ihn auf dem Boden aus, legten ihn zur Seite und ließen seinen Kopf auf dem gebeugten Arm ruhen. Dann ein letztes Bild des Grauens: Tamar warf sich neben ihm auf die Erde, preßte sich an ihn, umschlang ihn in einer makabren Umarmung, ihre roten Lippen küßten seinen blutigen Mund.

Die Frauen, die mich festhielten, lockerten ihren Griff, während sie das abscheuliche Schauspiel beobachteten. Da riß ich mich los. Der Mond war hinter einer Wolke verschwunden, und es wurde dunkler. Jenseits der Lichtung waren die Bäume, jenseits der Bäume war Sicherheit. Ich begann zu laufen. Doch welcher Baum konnte dem Entweiher des Tempels Schutz bieten, den Frevler verbergen? Wie rächende Geister tauchten sie von allen Seiten auf und verstellten mir den Weg. Ich fuhr herum, mein Fuß verfing sich in einer herausragenden Wurzel, und ich stürzte, spürte den Geschmack der Erde auf meiner Zunge. Sie schmeckte nicht bitter. Während ich auf ihren Angriff wartete, kam mir der Boden merkwürdig warm vor, und ich fühlte mich seltsam getröstet.

Ich preßte meine Wange gegen den aufgerissenen Boden, den Busen der Mutter Erde, merkte, wie sie mein brennendes Fleisch besänftigte, linderte, fühlte ihren festen und doch nachgiebigen Körper unter meinen Handflächen. Es war, als könnte ich unter meinem klopfenden Herzen das Herz der Erde selbst fühlen, das Herz der Mutter Erde. Mit meinem ganzen Wesen erfaßte ich Ihre Gewalt, Ihre Macht und Stärke. Sie stieß mich nicht zurück; sie schien mich an sich zu ziehen, mich zu umarmen. Obwohl Sie, die mir das Leben geschenkt hatte, nun nichts mehr geben würde, würde Sie mich doch zurücknehmen, und weil ich nie zu Gott um meinen Seelenfrieden gebetet hatte, betete ich nun zu Ihr – nicht um Beistand oder Schutz, sondern um Vergebung.

Sie war gnädig. Sie würde vergeben.

Dann, als ich noch an die dampfende Erde geschmiegt lag, fielen die Frauen aus dem Schatten der Nacht über mich her.

30.

»Ist das nicht ein herrlicher Tag« – das Fenster wurde hochgeschoben – »viel zu schön, um ihn auszusperren. Fühl nur diese wunderbare Frühlingsluft!«
»Mutter – dein Kleid!«
»Gefällt's dir?«
»Es ist bezaubernd.«
»Ich dachte, vielleicht –«
»Nein, es ist einfach vollkommen.«
»Ach, das freut mich.« Sie ging in die Küche und ließ den Duft des Flieders zurück, den sie aufs Büfett gestellt hatte.
»Was ist mit dem Nachtisch?«
»Im Kühlschrank, Liebling.«
Der Kühlschrank wurde geöffnet. »Mousse au chocolat. Wie viele Portionen?«
»Sechs. Zwei für Maggie und Robert, zwei für dich und Jim, eine für mich, eine für die Witwe. Kate, sei so lieb und mach das Fenster über dem Spültisch auf.« Das Fenster wurde hochgeschoben, und wie zur Erwiderung öffnete sich in diesem Augenblick auch das Fenster in Roberts Terrassenzimmer.
»Morgen, Robert!«
»Ich bin's, Maggie, Bess! Wundervoller Tag für das Picknick. Sind Sie bald fertig?«
»Bin gleich soweit.«
»Ich find's einfach närrisch, daß Sie immer die ganze Arbeit allein machen.«
»Ich tu's doch gern. Wie steht's mit den Martinis?«
»Fix und fertig.«
»Guten Morgen, Bess! Jetzt ist der Frühling endlich da, nicht?«
»O ja. Ich dachte, er würde überhaupt nicht mehr kommen.«
Nach dem langen Winter war die Luft nun lind und von balsa-

mischen Düften erfüllt, enthielt fast schon eine Ahnung des nahen Sommers. Und wo der Windhauch durch das geöffnete Fenster ins Bacchuszimmer drang, mischte er sich mit dem Geruch des Flieders und trug ihn zu mir. Nun unterhielten sie sich von Fenster zu Fenster über den gelben Vogel im Akazienbaum. »Ich hab' es euch ja gesagt«, erklärte Robert. »Er kommt jedes Jahr zurück.«

Die Unsichtbare Stimme begann:

»›Und ich wüßte auch gar nicht, warum Sie es tun sollten‹, sagte Dora, ›oder warum Sie es überhaupt ein Glück nennen. Aber natürlich meinen Sie es nicht im Ernst. Und gewiß zweifelt niemand daran, daß Sie tun können, was Sie wollen. Jip, komm, böser Jip, komm her.‹ Ich weiß nicht, wie es anfing. Aber es war sogleich geschehen. Ich kam Jip zuvor. Dora lag in meinen Armen. Ich war voller Beredsamkeit. Ich war nie um ein Wort verlegen …«

»Es gibt Mousse au chocolat«, rief Kate zu Roberts Fenster hinüber, und ich hörte seine kurze Erwiderung über dem Klang der Unsichtbaren Stimme.

»Endlich saßen Dora und ich leidlich beruhigt nebeneinander auf dem Sofa; Jip lag auf ihrem Schoß und blinzelte mich friedlich an. Die Last war von meinem Herzen. Ich war ganz der Erde entrückt. Dora und ich waren verlobt …«

Nun näherte sich das Geklapper von Pferdehufen über die Auffahrt, und hölzerne Räder knirschten unter dem Fenster des Bacchuszimmers. Bess ging mit leichten Schritten zum Spültisch. »Guten Morgen!«

»Frühlingsluft, wie? Wo ist denn Kate? Kate, komm raus und sieh dir an, was ich für dich habe.«

Scharrende Laute drangen aus der Küche, die Hintertür öffnete sich, Füße eilten die Treppe hinunter.

»Mutter – schau, was die Witwe mir gebracht hat!«

Bess ging hinaus und gesellte sich zu Kate und der Witwe. »Oh, die süßen kleinen Dinger!« säuselte sie.

»Sind die für mich?« fragte Kate.

»Mja. Wenn's deine Mutter erlaubt«, kam die Antwort, untermalt von vielstimmigem Gepiepse. »Wenn man Eier haben will, muß man Hühner züchten. Die hier sind richtige Osterküken.«
Von der Straße her erklang ein Hupton; eine Wagentür wurde zugeschlagen. »Da ist Jim Minerva.«
»Der Erntekönig! Meinen Glückwunsch.«
»Morgen, alle miteinander. Morgen, Kate.«
»Du hast dich fürs Frühlingsfest aber fein herausgeputzt! Wie fühlt man sich, wenn man gekrönt werden soll? Hier, bringt diese Kerlchen ins Hühnerhaus und steckt sie in den Brutkasten.«
Kates und Jims Stimmen verloren sich, als sie zum Atelier verschwanden. Bess sagte: »Was werden Sie Jim heute schenken?«
»Ich hab' ihm ein neues Hemd genäht.«
»Und ich habe Manschettenknöpfe für ihn ausgesucht.«
»Gute Idee?«
»Sind Sie das, Witwe?« kam eine Stimme aus dem Haus jenseits der Hecke.
»Morgen, Robert. Herrlicher Tag für die Maifeier.«
»Die ewige Wiederkehr.«
»Vierunddreißigstes Kapitel. Ich schrieb an Agnes, sowie ich mich mit Dora verlobt hatte. Ich schrieb an sie einen langen Brief, in dem ich ihr begreiflich zu machen suchte, wie glücklich ich sei und welch kostbares Kleinod Dora mir war. Ich bat Agnes …«
»Dickens«, sagte Robert.
In diesem Augenblick kamen Kate und Jim wieder zurück, lachten und unterhielten sich in vertraulichem Ton. Nun sagte Jim: »Sei froh, daß du das Dachfenster hast. Aber wenn du willst, daß deine Hühner nachts legen, müssen wir elektrisches Licht einbauen.«
»Hör auf ihn, Kate«, riet die Witwe. »Er ist einer der besten Hühnerzüchter im Tal. Eier in Hülle und Fülle, was, Jim?«

»Eier in Hülle und Fülle, Witwe.« Seine Stimme, obwohl fröhlich und vergnügt, schien sich leicht verändert zu haben, kam mir dunkler vor und verriet mehr Festigkeit.
»Mutter, Jim hat mir erlaubt, seinen Wagen zu fahren.«
»Wenn Sie's erlauben, Mrs. Constantine.«
»Kate, Liebling, du bist entschlossen, deinen Führerschein zu machen, stimmt's? Wenn die sich etwas in den Kopf gesetzt hat!«
»Das macht die griechische Abstammung.«
»Aber nur zur Hälfte, nicht zu vergessen!«
Kate und Jim Minerva verabschiedeten sich, und nachdem der Wagen losgefahren war, sagte die Witwe: »Ein schönes Paar. Das erinnert mich an früher. Ach, das waren noch Zeiten, als Clem und ich jung verliebt waren und miteinander zum Frühlingsfest gingen.« Eine Pause, dann: »Wäre es nicht wunderbar, wenn ...«
»Ich weiß, was Sie denken.« Bess seufzte.
»Sie wäre eine reizende Maismaid, da gibt's keinen Zweifel.«
»Kate und eine Geflügelzucht, wer hätte das jemals gedacht? Wie diese beiden geschuftet haben, um das Atelier herzurichten!«
»War gut für sie«, erwiderte die Witwe lakonisch. »Wie schon gesagt, ein schönes Paar, wenn's je eines gegeben hat. 'n hübsches Kleid haben Sie da an.«
»Ich hätte nie gedacht, daß ich je wieder Umstandskleidung tragen würde.«
»Nehmen Sie auch Ihr Elixier?«
»Ja, und ich spüre täglich mehr, wie er sich bewegt. Missy meint, etwas mit ›J‹ soll es sein.«
»J? John?«
»Sie sagt, der Name müßte sechs Buchstaben haben. Ich hab' an Joshua gedacht.«
»Großartig! Die Schlacht von Jericho und all das.« Pause; dann: »Sophies Birnbaum steht in voller Blüte.«
»Ich hab's gesehen.«

»Wie auf dem Bild. Schade, daß es nie fertig geworden ist. Er war ein guter Maler.«
»Ja.« Nachdem der Einspänner der Witwe davongerattert war, kam Bess in die Küche zurück und traf ihre letzten Vorbereitungen für den Lunch. Die Kühlschranktür öffnete und schloß sich, und ich hörte sie mit flinken Schritten hin und her gehen.
»›Lieber Traddles‹, antwortete ich, ›es freut mich, dich endlich zu sehen, und es tut mir leid, daß du mich nicht früher zu Hause getroffen hast. Aber ich habe soviel zu tun gehabt…‹«
Der Wasserhahn wurde wieder zugedreht; dann erklang ein kurzes Reißen, als Bess ein Papierhandtuch nahm und sich die Hände abtrocknete. Sie summte leise vor sich hin.
»›Hm‹, sagte Traddles nachdenklich. ›Es ist wirklich fast wie ein Wunder. Wahrscheinlich ertrage ich es, weil es nicht anders geht, Copperfield…‹«
Sie stellte den Eimer auf den Stuhl neben der Küchentür. »Oh, jetzt hätte ich beinahe meine Flickendecke vergessen«, sagte sie in überraschtem Ton vor sich hin. Sie kam rasch aus der Küche, und ihre Schritte wurden behutsamer, als sie das Bacchuszimmer betrat.
»›Ich sage dir, sie vergißt sich immer selbst und trägt Sorge für die anderen neun.‹«
»›Ist sie die Älteste?‹ fragte ich.«
»›Nein‹, entgegnete Traddles. ›Die Älteste ist eine Schönheit.‹«
Die Textstelle brach ab. »Ich gehe jetzt, Liebling.« Sie hob den Tonarm von der Platte und stellte die Sprechbuch-Maschine ab, während sie mit mir sprach. »Draußen ist so herrliches Wetter. Es gibt nichts Schöneres als einen Frühling in Neuengland. Kate ist mit Jim Minerva vorausgefahren. Willst du es dir nicht doch noch anders überlegen und mit uns kommen, Ned?«
Ich hörte, wie sie ihr Nähkörbchen vom jadegrünen Sofa nahm. »Die Sonne würde dir guttun, nachdem du hier den ganzen Winter eingesperrt warst. Nein? Nun, ich will dich nicht drängen.«
Ich wußte, was nun folgen würde.
»O Ned«, sagte sie in dem Krankenschwesterton, den sie sich

angewöhnt hatte. »Du hast mal wieder nichts gegessen. Willst du nicht ein bißchen davon versuchen? Es ist Kalbsleber – dein Lieblingsgericht.«
Ich konnte hören, wie sie die Gabel hob; die Zinken kratzten am Tellerrand, als sie ein Stück sorgsam geschnittener Leber aufspießte. Ich hob die Hand, um ihr zuvorzukommen. Obwohl es mir schwerfällt, ohne Hilfe zu essen, will ich nicht, daß sie mich füttert.
»Nun gut, Lieber«, sagte sie in ihrer munteren, geduldigen Art. »Im Schrank sind Crackers, und im Kühlschrank liegt Käse, falls du Hunger bekommst. Und heute abend können wir im Yankee Clipper essen, wenn du das möchtest, Ned?«
Ich antwortete ihr nicht, weil ich nicht konnte. Es war, wie Robert gesagt hatte: Manche Schicksalsschläge sind unbeschreiblich. Ich würde nie wieder sprechen können. Ich hörte sie murmeln und wußte, daß sie die Gegenstände auf meinem Tisch überprüfte. Dann erkannte ich das vertraute Geräusch des mit einem Gummistöpsel verschlossenen Fläschchens, das sie über die Tischplatte zu mir herüberschob. »Vergiß nicht, deine Tropfen einzuträufeln«, sagte sie. »Sie sind genau hier« – sie ergriff meine Hand, damit ich spüren konnte, wo die Flasche stand – »und die Watte liegt direkt daneben. So, jetzt habe ich meine Nähsachen und das Geschenk für Jimmy und das Picknick«, fuhr sie fort, und ich wußte, daß sie in der Mitte des Raumes stand und sich umsah, ob sie auch alles für mich getan hatte. Jetzt beugte sie sich über mich, um mich zu küssen, und ihre Wange streifte den Rand meiner dunklen Brille. Sie beeilte sich, sie wieder geradezurücken. »Tschüs, Liebling«, sagte sie, drückte meine zur Faust geballte Hand und schickte sich an, das Zimmer zu verlassen. Ihre Schritte verhielten kurz, und ich hörte das Rascheln von Blättern, sie ordnete wohl die Blumen noch einmal, die sie hereingebracht hatte. Flieder … Das Ziel unserer Sehnsucht … Dann lachte sie sanft, das leichte wehmütige Lachen, das sie von Maggie Dodd angenommen hatte. »Oh, ich habe dein Sprechbuch ver-

gessen«, bemerkte sie und setzte den Tonarm wieder auf die Platte.
»*›Sehr hübsch‹, sagte ich.*« Nachdem sie gegangen war, saß ich in meinem Clubsessel und fand es außergewöhnlich, daß sie immer unfehlbar genau die richtige Textstelle wiederfand. Aber sie war ja immer außergewöhnlich gewesen.
Irgendwo in der Ferne rief ein Kind; ein anderes antwortete. Ein Hund bellte, und noch immer kam die warme Mailuft durch das geöffnete Fenster. Im Luftzug raschelten die Chintzvorhänge, und die Blätter des Flieders auf dem Büfett bewegten sich leicht. Der schwere Duft der Blütendolden hing im Raum. Aus einem unerfindlichen Grund mußte ich an Joshua denken: es würde ein Junge werden, wie Missy es prophezeit hatte, und ich war überzeugt, daß er Justin Hookes blondes Haar und seine blauen Augen haben würde. Draußen, im bitteren Frühling, sang der gelbe Vogel und baute sein neues Nest. Ich faltete die Hände im Schoß. Die Uhr tickte. Die Unsichtbare Stimme sprach weiter.

Band 12420

Anthony Grey
Bangkok

Ein virtuoser Thriller um ein tödliches Geheimnis

Joceline Hampson, eine bekannte englische Fernsehjournalistin, stößt unerwartet auf das Tagebuch ihres verstorbenen Vaters, den sie nie kennengelernt hat. Wie im Rausch liest sie darin über den mysteriösen gewaltsamen Tod des Königs Anandas, Vorgänger des heutigen Thaikönigs Bhumipol.
Joceline will um jeden Preis die Wahrheit um die obskuren Vorgänge herausfinden. In Bangkoks großem Palast beginnt sie mit ihren Nachforschungen, die bis in das Bergland des Nordens und das berüchtigte Goldene Dreieck führen. Auf ihrer gefährlichen Reise begegnet sie Heroinschmugglern, Gangstern und Killern, und mehr als einmal gerät sie in höchste Lebensgefahr...

BASTEI LÜBBE

Band 12428

Jeffrey Archer

Falsche Spuren

Ein erstklassiger Erzählband des Bestsellerautors

Allen zwölf Geschichten ist eines gemeinsam: Die handelnden Personen stehen unter enormem persönlichen Druck. Ein nahezu unlösbares Problem oder eine lebensbedrohliche Situation macht ihnen schwer zu schaffen. Die Handlung ist stets voller Verwicklungen und ungeahnter Wendungen, und jede Geschichte enthält einen versteckten Hinweis zur Entschlüsselung, der nur darauf wartet, vom Leser entdeckt zu werden.